D'AMOUR ET D'EAU FRAÎCHE

Paru dans Le Livre de Poche :

RIVEN ROCK

UN AMI DE LA TERRE

VINGT-CINQ HISTOIRES D'AMOUR

VINGT-CINQ HISTOIRES DE MORT

T. CORAGHESSAN BOYLE

D'amour et d'eau fraîche

ROMAN TRADUIT DE L'ANGLAIS (ÉTATS-UNIS) PAR BERNARD TURLE

GRASSET

Titre original :
DROP CITY
Viking Penguin, a member of Penguin Putnam Inc., 2003.

Pour nos sœurs
Kathy, Linda, Janice et Christine

REMERCIEMENTS

L'auteur tient à remercier Chuck Fadel, Jorma Kaukonen, Russell Timothy Miller, Alan Arkawy et Jim Perry pour leur aide et leurs conseils.

Songez à notre vie dans la nature... voir tous les jours la matière, être en contact avec elle... les rochers, les arbres, le vent sur nos joues ! la terre *tangible* ! le monde *véritable* ! le *bon* sens ! le *contact* ! Le *contact* ! *Qui* sommes-nous ? *Où* sommes-nous ?

Henry David THOREAU, *Ktaadn*.

Je vous parlerai de peines de cœur et de perte de dieu,
Errance, errance dans la nuit sans espoir.
Là, dans ce périmètre sans étoile,
Là, nous est camé
Immaculé.

Jim MORRISON,
Les WASP (Texas Radio and the Big Beat).

PREMIÈRE PARTIE

Marginocity Sud

Allons, les gars !
Souriez à vos frères.
Tous, tous ensemble.
Un effort, aimez-vous tous ici et maintenant.

Chet POWERS, *Get Together*.

1.

Le matin était comme un poisson pris dans un filet, il luisait et gigotait aux franges noires et engourdies de sa conscience mais elle n'avait jamais pris de poisson au filet ni même à l'hameçon, alors elle n'aurait guère pu expliquer le si, le comment ou le pourquoi... Le matin était comme un poisson pris dans un filet : elle se répétait ça mentalement, elle en faisait une petite psalmodie, un mantra, lorsqu'elle décapitait l'herbe avec la guillotine de sa sarclette, trayait les chèvres aux yeux en amande ou lorsque, dans la grande salle de réunion parcourue de courants d'air, en compagnie de soixante lumineux communiants qui léchaient leurs cuillers et actionnaient leurs mandibules, elle s'asseyait devant ce que quelqu'un à la cuisine osait appeler du porridge.

Dehors, dans un voile de poussière, le soleil californien proclamait aux dépendances et aux arbres qu'il était vers les dix heures, dix heures trente... Elle était entourée de voix, de rires, de plaisanteries et de jérémiades matinales, mais elle flottait tranquillement en décochant son sourire à fond les watts, avant de prendre son bol en faïence où noix, graines, raisins secs et un rien de biscuit de flocons d'avoine trempaient dans le lait de chèvre. Puis elle sortit dans la cour se poser sur une souche et laisser les chaudes particules de terre se lover entre ses orteils. Se nourrir n'était pas un acte intime à Marginocity (rien ne l'était), mais ici on n'était pas fliqué par des surveillantes, assistantes sociales, parents et autres patrons, et pour une fois elle avait envie de faire ce qui lui plaisait. Plutôt cool, hein ? N'était-ce pas ainsi qu'il fallait prendre la vie ? Le soleil californien te chauffe le visage, loin des faux-semblants et de la société bidon... rien que la liberté et une communauté d'esprit, tous frères et sœurs, non ?

Star — anciennement Paulette Regina Starr, mais son nom et sa personne étaient désormais résumés dans ces quatre lettres essentielles — devait être à Marginocity depuis, disons, trois semaines : *devait*, parce qu'elle aurait été incapable (elle s'en moquait, d'ailleurs) de dire depuis combien de temps elle dormait sur quel matelas précisément dans quelle chambre précisément, avec quelle accueillante flopée d'êtres aussi insouciants qu'imprécis. Elle ne comptait plus les jours, les semaines, les mois... ni les années d'ailleurs. Même pas les millénaires. *Le Big Bang. Qui a créé l'univers ? Dieu a créé l'univers. Le matin est comme un poisson pris dans un filet.* N'étaient-ils pas arrivés un mardi ? Mardi, soirée musique, et aujourd'hui... aujourd'hui, on était vendredi. Elle le devinait au brouhaha qui entourait la marmite à la cuisine (les hippies du week-end allaient débarquer, sans parler des badauds et des curieux) mais le temps, ce n'était vraiment pas son problème, comme elle l'avait démontré en public, en faisant don de sa montre Tissot (celle avec le bracelet à maillons dorés) à un marmot indien de Taos, alors qu'il ne la dévisageait même pas, qu'il ne cherchait même pas à demander l'aumône, qu'il attendait tout bonnement à l'arrêt de l'autocar, accroché aux basques de sa mère. « Tiens, prends-la... — Star avait fait glisser la montre de son poignet. — Tu la veux ? » C'était la première fois qu'elle venait dans l'Ouest américain et elle n'avait jamais rien vu de pareil : brusquement, elle l'avait aperçu, mèches de jais tombant sur des yeux noir charbon, ce petit marmot indien ténébreux, et elle n'avait pu s'empêcher de lui donner quelque chose. Les collines étaient hérissées de cactus. Les gaz d'échappement de l'autocar étaient remontés dans ses narines et l'avaient fait pleurer.

Elle était venue dans l'Ouest avec un gars de chez elle, Ronnie Sommers, qui se faisait appeler Pan, et leur route avait été riche en aventures, Star et Pan, genre Lewis et Clark [1] mais en plus joyeux sur les bords. Ronnie s'arrêtait pour prendre en stop tous les chevelus qu'ils croisaient : formule éminemment profitable qui leur avait ouvert d'infinies perspectives, d'endroits où pieuter, de bouffes gratis et de dope. Au cœur de l'Arizona, ils avaient passé une nuit dans un tipi avec un gars très bronzé, les muscles noueux, les cheveux maintenus en arrière par un bandeau en peau de serpent, qui leur avait préparé du riz complet au chou-fleur sur un feu de camp en avalant des boutons de peyotl qu'il avait ramassés lui-même dans des collines à la blancheur aveuglante. « La chasse et la cueillette, voilà ce pour quoi on a été faits », répétait-il à satiété et, chaque fois,

1. Lancée par Jefferson et associée à la découverte du Nord-Ouest des États-Unis, l'expédition de Lewis et Clark (1804-1806), reste l'un des symboles phares de l'Amérique terre promise. (N.d.T.)

son auditoire ne savait que dire, Ronnie roulait un joint et Star s'était sentie si bien qu'elle avait fait l'amour avec les deux.

Elle continuait de ressasser sa psalmodie, les feuilles sur les arbres grillaient sous son nez et sa portion de biscuit de flocons d'avoine la dévisageait depuis le lait de chèvre jaunâtre qu'on aurait dit jailli de son propre corps, exhalé, vomi, vierge, vivant, lustré par ses propres fluides, lorsqu'une ombre tomba sur elle : c'était Ronnie, justement, en suspension aux confins de la vision de Star comme en négatif, jean frangé et sandales en cuir ajouré. « Hé, s'exclama-t-il en s'accroupissant, tu m'as manqué, t'étais où ? » Il attrapa le pied de Star, le pied droit, celui qui portait une cicatrice en forme d'hameçon imprimée dans la chair, souvenir d'enfance ; il y déposa un baiser, la marque mouillée de ses lèvres luisant sur la peau mate, dans le flou de la réverbération.

Star regarda son pied, la main de Ronnie, ses longs doigts aux ongles rongés, ses bagues en argent et turquoise qui captaient la lumière. « Ringo-Pan... », lâcha-t-elle.

Il rit. Ses cheveux commençaient à rebiquer sur la nuque, ils s'échappaient, comme du fil de la bobine de sa tête, et sa barbe épaississait. Mais son visage... son visage s'amenuisait comme un ballon emporté par le vent tout là-haut dans le ciel. « Je trayais les chèvres », expliqua-t-elle.

Deux gamins — deux bambins — blonds, cul nu, crasseux, apparurent à la périphérie de sa vision, tombèrent par terre et se mirent à se battre. Quelqu'un tapait sur un tambourin et puis voilà qu'une flûte s'en mêla, aiguë, s'interrompant et s'élevant tour à tour comme un chant d'oiseau. « L'herbe, c'est de la bonne, hein ? » fit Ronnie.

Le sourire de Star lui revint aux lèvres, béat, abreuvé de soleil. Tout, partout, palpitait. Elle sentait la planète qui pivotait sous elle comme un gros ballon. « Ouais, fit-elle. Oh, ouais. Vachement bonne. »

Et puis ce fut la nuit. Star était peu à peu redescendue sur terre au cours du long et lent après-midi qui s'était étiré, roulé comme un chien sur un tapis. Elle avait travaillé avec des copines à la cuisine, elle avait haché des aromates, des oignons et des tomates pour la soupe aux lentilles, le tout en fredonnant en chœur les airs de Jefferson Airplane et de Country Joe and the Fish. Quelqu'un avait fait circuler un shilom dont elle avait pris une taf ou deux et elle s'était gardé un cocktail additionné de Spañada pendant toute la préparation, la vaisselle et le repas, qui s'éternisa comme la Cène. Un garçon du nom de Sky Dog (ou peut-être bien Sky Dog *Junior*) jouait de la guitare acoustique en improvisant des textes poétiques. Il y avait là les gamins blonds, nus comme le matin, le torse strié de projections de soupe aux lentilles telles des peintures de guerre, et aussi un nourrisson dans un porte-bébé en osier, attaché, à l'indienne, dans le dos d'une grande femme décharnée, avec des yeux comme deux cratères perdus au milieu de son visage. Il y avait des gens partout, des gens que Star n'avait jamais vus (les hippies du week-end venus de la ville) et aussi ses frères et ses sœurs de Marginocity.

Des volutes de fumée s'élevaient des bâtonnets d'encens, de l'herbe, du hasch, des joints passés méticuleusement de main en main, à la manière d'aiguilles avec lesquelles ils auraient tous, collectivement, cousu une courtepointe dans l'air. Deux chiens errants au pelage ocre reniflaient les pieds des convives et plongeaient le museau dans les bols éparpillés à même le plancher.

Dans un angle de la pièce, Star s'était hissée sur un trône de vieux coussins de canapé, avec Ronnie et une nouvelle recrue dont le nom lui échappait. Tout ce qu'elle ressentait, c'était de la fatigue, et tout ça (cette ambiance) avait beau être extraordinaire, comme un camp d'été sans cheftaines, une fête sans fin, elle était en train de songer qu'elle en avait sa claque, qu'elle s'éclipserait volontiers, pour trouver une chambre où pieuter et laisser le sommeil déferler sur elle comme une obscure marée de néant. Ronnie avait allongé ses jambes en travers des siennes et elle sentait — oh, à peine... — les cheveux de la fille qui saupoudraient son épaule d'une pincée de sucre ou de sel. Elle ferma les yeux, partit à la dérive. La musique s'estompa, de l'eau engloutie par une canalisation, de l'eau cascadant sur elle, un ruisseau, une rivière, un lac se déversant dans un autre... C'est alors qu'un cri strident poussé par un mioche la fit redescendre sur terre. Le gamin, le petit garçon, ventre à l'air, balloches pendantes, et pas de dents de devant (ça lui donnait l'air d'un vampire en gestation), fit tomber, d'une tape, quelque chose des mains de sa mère... Reba, c'est comme ça qu'elle s'appelait ou peut-être bien Rena... ? Le gamin se mit à hurler derechef, un hurlement aigu et mécanique, mais il en resta là, car Reba lui glissa un joint entre les lèvres avant de replonger dans ses coussins, ni vu ni connu.

D'ailleurs, effectivement, il ne s'était rien passé. Personne n'avait rien remarqué et on s'en souciait encore moins. Sky Dog avait été rejoint par un autre guitariste et tous deux négociaient les modulations régulières et insinuantes d'un blues alangui. Une femme, seins nus, que personne n'avait jamais vue auparavant, se leva et se mit à rouler des hanches et à faire sauter en rythme son énorme poitrine ; bientôt, deux membres plus ou moins permanents de la communauté se levèrent pour la rejoindre, ondulant sur place et agitant les bras comme des mystiques hindous. « Une touriste », déclara Ronnie : syllabes dures et sèches sur sa langue : « Une hippie du dimanche. » Ronnie portait un T-shirt Kmart que Star avait teint le jour de leur arrivée, avec des supernovas orange qui fusaient de galaxies fuchsia et violettes. Quand il se tourna vers la nouvelle recrue, sa barbe, sous l'effet de la lumière, parut translucide. « Tu es pas une touriste, toi, hein ! fit-il. Hein, Merry ? »

Merry retomba dans le creux des bras de Ronnie. « Je ne retournerai jamais là-bas, répondit-elle. Je te le promets.

— Ouais. C'est ça, songes-y même pas. » Sur quoi, il passa son bras libre autour des épaules de Star, la serra contre lui et, emporté par la molle énergie de l'instant, s'exclama : « Hé ! tu voudrais pas qu'on descende à la rivière ? On pourrait étaler une couverture sous les étoiles et faire ça à trois, juste nous trois, je veux dire... ? Ça te botte ? », les yeux, pendant ce temps, rivés sur la danseuse, suivant une courbe, remontant l'autre. « Ça serait pas moral, ça, tu crois ? »

Mais la vérité, c'était que non, Star, elle n'en avait pas envie. Pas plus que, malgré ce dont elle avait voulu se convaincre, elle n'en avait eu envie la fameuse nuit dans le tipi. C'était Ronnie : Ronnie l'avait persuadée de se déshabiller devant ce type... non, en fait, il ne l'avait pas persuadée, il l'avait eue à la honte : « Tu veux pas faire ta conne de bourgeoise, rester coincée comme ta mère, pas vrai ? — Susurrement brusque et rauque à son oreille. — Ou comme la mienne, bordel de merde ? Vas-y, c'est cool, c'est le corps humain, c'est la nature... tu nous joues quoi, là ? »

L'autre, le gars du tipi (elle n'avait jamais su son nom), l'avait regardée comme un film qu'il aurait vu pour la première fois. Il était assis dans la position du lotus, image accomplie du *peace and love*, mais on voyait bien qu'en son for intérieur, il était tout noué. Il était extrêmement tendu. Bizarre, même. Elle avait capté de mauvaises vibrations mais elle avait mis ça sur le compte du peyotl, qui devait la rendre parano. Alors, elle s'était allongée, jambes croisées, et elle avait contemplé le feu. Personne n'avait rien dit pendant une éternité. Et, quand elle avait fini par relever la tête, le gars du tipi avait les yeux tellement délavés que l'iris avait disparu ou presque, et Ronnie roulait un joint ; il l'avait aidée à retirer sa veste en jean sur laquelle elle avait brodé les signes du zodiaque (une série sur les deux bras et une autre entre les omoplates) ; lui-même était en caleçon et le gars du tipi ne portait plus qu'une sorte de cache-sexe (le « mec », le *mec* du tipi,

Ronnie la reprenait sans cesse : on dit pas « gars », on dit « mec ») ; elle avait les seins nus. Les lueurs du feu remontaient le long des parois de la tente et la fumée se faufilait par l'ouverture au sommet. « C'est comme ça que les Sioux campaient sur les berges du Little Big Horn, hein, mec ? », s'était extasié Ronnie en passant un joint. Et puis le temps avait semblé refluer, tout paraissait étinceler, rouge, vert d'eau, doré, et Ronnie s'était retrouvé sur elle ; le gars du tipi les regardait et elle s'en moquait ou, plutôt, elle ne s'en moquait pas mais ça n'avait pas d'importance. Ils l'avaient fait sous le nez de ce *mec*, par terre sur un tapis indien, Ronnie et elle, Ronnie dont elle épousait les courbes du corps, dont elle connaissait par cœur les épaules, la langue, les déhanchements. Ronnie. Pan. Qu'elle connaissait depuis toujours. Au bout d'un moment, il avait glissé de côté et s'était assis ; ensuite, il s'était exclamé : « Mec, ha, génial ! » ; il haletait, la sueur perlait sur son front et une goutte infinitésimale était restée en suspens au bout de son nez, comme un bijou ; il avait fait un geste au mec du tipi, l'invitant à l'imiter : « Fais comme chez toi, frère, c'est cool... »

Au portail d'entrée du ranch de Marginocity, un panneau en contreplaqué cloué maladroitement sur les planches annonçait : « INTERDIT AUX HOMMES ET AUX FEMMES — ACCÈS RÉSERVÉ AUX ENFANTS. » Exactement, songea Star, rien que des enfants ! Jouons au jeu des tableaux vivants, vivants, vivants ! Le bras de Ronnie était un poids mort, il pesait des tonnes, c'était un arbre abattu qui l'écrasait de la nuque jusqu'aux pieds. L'imposante nana aux seins nus continuait de danser.

Got to keep movin', chantait Sky Dog Junior, *movin' on down the line*. « Alors, qu'est-ce que tu en dis ? », répéta Ronnie, le visage tout contre celui de Star, à quelques centimètres : le pâle duvet sur son menton, la cascade de ses cheveux. Ses yeux explosaient en une myriade de tessons de céramique qui criblaient la luminosité partie en éclats. Comme Star ne répondait pas, Ronnie se tourna vers Merry. Star observa le visage de la nouvelle recrue.

Merry arborait sa propre version du sourire à fond les watts : grande bouche, joli minois, toute en jambes dans sa minijupe jaune clair qui avait l'air de ne pas avoir été lavée depuis un mois. Merry scruta d'abord Ronnie, puis Star, droit dans les yeux, avant de laisser son regard voguer ailleurs, supposément trop camée pour se soucier de quoi que ce soit, alors qu'en fait, elle ne s'en fichait pas du tout, loin de là : Star le devina à la façon dont Merry baissa la tête, penaude, avant de tirer sur le bord de sa jupe, sur la ligne de crasse indélébile là où elle avait tiré dessus mille fois déjà. « Je sais pas... », lâcha Merry, voix réduite à un souffle. Et de hausser les épaules. « Ouais, peut-être. »

Les deux marmots blonds s'étaient mis à danser, le garçon de quatre ou cinq ans au regard vide, et sa cadette ; ils regardaient leurs pieds, ils n'avaient pas le moindre sens du rythme ; le minuscule tube tire-bouchonné du pénis du petit garçon battait comme un métronome une mesure tout autre. « Cool », dit Ronnie, avant de se tourner vers Star : « Alors, t'en dis quoi, Star, ça te branche ?

— Je ne crois pas. Pas ce soir. Je me sens... je ne sais pas... *bizarre*.

— Bizarre ? Qu'est-ce que c'est, cette histoire, merde ? »

Les sourcils de Ronnie se froncèrent et sa bouche se réduisit à un petit trou de rien : Star connaissait cette expression par cœur. Pas un muscle n'avait bougé, il était le *mec* le plus branché, le plus cool, le moins coincé de la Création — n'empêche, il bouillait intérieurement, plein de rancœur et de bile ronniennes. Il obtenait *toujours* ce qu'il voulait : une fille qu'il avait envie de baiser, une route qu'il avait envie de prendre au moment où il voulait la prendre, l'endroit où il souhaitait passer la nuit, et jusqu'au genre de bouffe que lui et Star devaient manger. Mettons qu'ils traversaient Buttwash, Texas, que le Dexamil commençait à ne plus faire effet et que Star avait une envie obsessionnelle, pour ne pas dire hallucinatoire, d'œufs au plat... Qu'à cela ne tienne, s'il avait, lui, Ronnie, envie de tacos, s'il avait envie de salsa, de piments et de Tecate, c'était ça et rien d'autre qu'ils finissaient par manger. « Allons, fais pas ta conne, Paulette. Tu connais l'avis de la Société Kéristienne sur le sujet, c'est écrit noir sur blanc dans le *Speeler*. Hein ? Non ? »

Oui, elle savait. Pour la bonne raison qu'il ressortait la même citation chaque fois que ça le démangeait. Les Kéristiens ou les Kéristaniens, peu importe le nom qu'ils voulaient se donner, prêchaient l'Amour libre sans discrimination : c'est-à-dire avec quiconque te le demandait, sans égard de race, de foi ou de couleur, gros, décati, retardé, puant la vieille semelle, qu'à cela ne tienne ! C'était faire preuve d'hostilité que de dire non à quiconque voulait te baiser, que tu en aies envie ou pas. Il est sept heures, tu as la gueule de bois, tes cheveux ont l'air d'avoir été agrafés sur ton crâne : un gars veut te baiser ? Tu baises avec lui. Soit ça, soit tu n'es vraiment pas dans le coup parce que tu es infectée par tous les préjugés bourgeois exactement comme tes cons de parents qui sont complètement étriqués, à l'image de tout le reste de la société petite-bourgeoise. Tel était le credo de la Société Kéristienne. Or, ce que, le plus crûment qui soit, Star pensait ou commençait à penser, c'était que l'Amour libre était l'invention d'un *mec* boutonneux aux cheveux irréductiblement gras ou d'un bigleux qui ne pouvait se faire aucune fille d'aucune autre façon et sous aucun autre régime ; et de ça, elle n'en voulait plus, pas ce soir, pas avec Ronnie et pas avec cette fille dont elle oubliait le nom !

« Non, Ronnie », fit-elle. Et, repoussant le bras de son compagnon, elle le laissa retomber comme le poids mort qu'il était : « N-O-N. » Puis elle se leva, le regarda de haut, observa la minuscule motte de sa tête et l'autre fille qui levait les yeux avec un sourire qui s'effaçait progressivement — genre black-out. « Je m'en fous, de la Société Kéristienne. Je vais me coucher. Et ne m'appelle pas comme ça. »

Ronnie était blessé, bluffé, ravagé, il s'accrochait à la fille (Merry... voilà comment elle s'appelait) comme à un tonneau en haute mer à la suite d'un naufrage. « Comme ça... ? », fit-il.

La poitrine qui ballottait, le petit pénis qui se balançait, les gens qui tapaient sur les tambourins avec la paume de la main, la fumée des pétards et de l'encens qui s'élevait du sol en volutes comme une brume...

« Ne m'appelle pas *Paulette* », répliqua Star, avant de s'éclipser, pieds nus se frayant un chemin entre les hanches avachies et les membres nus de ses frères et de ses sœurs vagueux.

Un autre matin. Celui-ci arriva par-dessus les crêtes des arbres, lueur naturelle et pure parce que Star n'avait pas fumé depuis trois jours, Ronnie ayant été accaparé par Merry et la femme aux gros nichons, dont on avait appris depuis qu'elle avait vingt-sept ans et était secrétaire dans une compagnie maritime. Elle s'appelait Lydia et, comme un matelas ou deux lui avaient tendu les bras, elle avait décidé de rester à Marginocity, de jeter son boulot aux orties, et le monde artificiel avec, ainsi que l'imposant carcan de ses soutien-gorge qui lui entamaient la peau, et ses épingles à cheveux, son maquillage et tout le reste. Star n'y voyait rien à redire. Ç'aurait été différent si elle avait été amoureuse de Ronnie, mais non, ce n'était pas le cas. Seulement, tout de même, ils étaient du même coin et ils avaient parcouru tellement de chemin ensemble... ils avaient traversé à deux la vaste pelle à pain de l'Iowa, le jaunâtre Nebraska, le Nouveau-Mexique et sa cuvette de poudre brune, l'Arizona rouge brique, ils avaient fredonné en chœur des airs des Stones, *Under My Thumb*, *Goin' Home... home*, *home*, *home*. Ce n'était pas rien, ça. Pour sûr. Cela dit, tirant le seau sous les pis de la chèvre, Star comprit qu'elle se sentait bien ici, propre et immaculée, vraiment bien, sans problèmes et sans stress, pour la première fois depuis aussi loin que remontait sa mémoire.

L'instant était électrique, elle le devinait, par la plante de ses pieds nus, par tous ses pores. Telle était l'existence qu'elle avait imaginée quand elle avait quitté le cocon familial : paisible, toute d'amour, de méditation et de foi dans l'ordinaire, sans faux-fuyants, sans faux-semblants, sans goût factice pour le dieu dollar. Elle avait entrevu cet idéal, là-bas chez elle, avec Ronnie, avec des connaissances à lui qui avaient loué des bungalows en pierre dans les bois, à guère plus d'un kilomètre de la grand-route. Ronnie et elle y passaient la plupart de leurs nuits, même quand elle devait se lever le lendemain matin pour aller travailler (à cette époque, elle vivait encore chez ses parents) parce que, là-bas, on pouvait s'allonger par terre, abandonner tout chichi, être soi-même, tout simplement. Les locataires de tous les bungalows se réunissaient dans le dernier de la rangée, qu'occupaient deux sœurs de Floride, Jojo et Suzie, car c'était le plus spacieux et il y avait un feu de cheminée que le *boyfriend* de Suzie passait son temps à alimenter.

Jojo, plus âgée que la moyenne, vingt-quatre ou vingt-cinq ans, avait fait partie d'une communauté (baptisée « Plus Loin ») dans le Vermont. Les bons soirs, quand les potes n'étaient pas camés au point d'en être réduits à s'enfoncer sans un mot dans les coussins et à se laisser pénétrer par les pulsations de la stéréo, Jojo racontait ses souvenirs de Plus Loin. Elle y était allée juste après le lycée, seule, avec six dollars en poche et un exemplaire des *Clochards célestes* sous le bras. Elle s'était mise avec un mec et était restée là-bas trois ans. Quand elle parlait, ses yeux semblaient s'enfoncer dans leurs orbites et, au bout de sa cigarette, la cendre blanchissait. Assise à la table de la cuisine, elle racontait à Star comment c'était quand on vivait avec un groupe qui illuminait ta vie nuit et jour, tes frères et tes sœurs mystiques, tes élus, choisis dans le vaste monde spécialement pour toi ; elle lui vantait le bonheur des joies simples comme faire le pain, ramasser les œufs, faire bouillir la fine sève un tantinet douceâtre de l'érable jusqu'à ce qu'on obtienne un sirop qui était tel de l'or liquide et qui ne ressemblait en rien à ce que tu achetais dans les magasins.

Ronnie passait son temps dans la grande pièce (à cette époque, il était accro à l'héro) : il hochait la tête, il se grattait et, d'une voix d'outre-tombe, parlait de voitures, de stéréos, de groupes de rock, et Jojo avait toujours une marmite sur le feu au cas où quelqu'un aurait faim, ce qui était le cas, presque tous les soirs. Ce n'était pas une véritable communauté (ce n'était guère plus qu'un groupe de jeunes à la coule, qui avaient choisi d'être voisins) mais, pour Star, c'était le *nec plus ultra*. Tu pouvais te pointer dans n'importe lequel des bungalows, à n'importe quelle heure du jour et de la nuit : il y avait toujours quelqu'un à qui parler, avec qui partager un nouveau disque, ou bien un poème, de la drogue ou un repas. Star s'installait sur le vieux tapis près de la cheminée, l'épaule contre celle de Ronnie, et elle écoutait la musique toute la nuit, tandis qu'un pétard ou un shilom circulait, et, quand elle voulait simplement bavarder ou montrer ses bottes neuves ou un nouveau bijou, elle avait Jojo, Suzie et une bonne demi-douzaine de filles, qui étaient comme ses sœurs, comme des camarades de dortoir mais en mieux.

Ç'avait été un avant-goût mais guère plus. Parce que, bientôt, les policiers avaient commencé à s'intéresser à l'endroit et pratiquement interdit son accès : dans l'allée ombreuse qui y menait, les lampes électriques, descendez de votre voiture, et où vous allez à cette heure de la nuit et, au fait, je te connais pas, toi ? Sans compter que la drogue prenait là-bas une place trop importante : après un temps, tout le monde était camé à mort. Et ça ne fonctionnait pas en coopérative : chacun gardait son boulot dans le monde en toc. Suzie fut arrêtée, puis son *boyfriend*, Mike, et le projet partit en fumée. Star était donc venue en Californie, où le soleil lui versait sur les épaules sa chaleur à la louche, où les chèvres bêlaient en la voyant, où elle faisait vraiment partie, pour la première fois, d'une expérience capitale. Sans compter que, jusqu'à deux semaines auparavant, elle n'avait même jamais vu de chèvres ou, si elle en avait vu, c'était peut-être dans une ménagerie ou un champ de courges quand elle avait dix ans et qu'elle serrait encore fort les joues sur son appareil dentaire parce qu'elle avait honte de sourire avec tout ce métal qui brillait comme une ampoule électrique dans sa bouche — or la voilà qui trayait ces deux chèvres comme une experte, comme une laitière dans un roman de Thomas Hardy, Star d'Urberville, et toute la communauté dépendait d'elle.

Génial. Le lait jaunâtre siffla dans le seau. Mais c'est alors que... était-ce Amanda ou Barbichette (elle avait beau leur tirer sur les pis depuis combien de matins consécutifs déjà... ? elle n'arrivait toujours pas à les distinguer)... Amanda ou Barbichette planta son sabot dans le seau, qui se renversa, et le lait, avec lequel on allait faire des yaourts et servir les flocons d'avoine au petit déjeuner, sans parler du café au lait, se répandit sur le sol. « Ha ! fit une voix dans son dos... Ça, c'est une offrande aux dieux ! Je suis vraiment impressionné. »

Star était assise à l'ombre d'un chêne auquel on attachait les chèvres la nuit, pour les empêcher de brouter le dernier brin d'herbe, le dernier bourgeon à la surface de la terre. Elle arbora son plus beau sourire et se retourna. Elle était heureuse (exaltée, prête à répondre haut et fort, à témoigner, sur le lait renversé et tout le reste) parce qu'elle menait à Marginocity l'existence qu'elle avait toujours voulu mener, retour à la terre avec ses frères et ses sœurs vagueux, et que Ronnie aille se faire foutre, ouais, qu'il aille *se faire foutre* ! D'accord. Bien. Mais son sourire se heurta au vide : il n'y avait personne.

Elle en était donc là ? Les flashes-back, c'était une chose, mais voilà maintenant qu'elle entendait des voix !

« Par ici, en haut ! » Levant les yeux vers les amples artères grisâtres de l'arbre, Star découvrit alors les plantes noircies de deux pieds, des pieds comme l'intérieur d'une tombe, puis la clairière blanchâtre et glabre des cuisses et des hanches d'un homme et ensuite son torse nu, ses cheveux, son visage. Le gars lui souriait depuis son perchoir. A califourchon sur une branche aussi large que les canalisations qui abreuvaient les gamins à bicyclette et les mères au foyer des zones pavillonnaires où elle avait grandi, dans le vrombissement des tondeuses à gazon et la fumée des grillades. *Barbecues. Lilas. Lotissement K, 12.*

Que pouvait-elle dire ? Inconsciemment, elle mit la main en visière, alors qu'il n'y avait aucune réverbération, seulement les ombres profondes de l'arbre et le doux chatoiement du nimbe du soleil.

Derrière l'homme (à sa gauche, juste au-dessus de lui, comment avait-elle pu ne pas s'en apercevoir ?), il y avait une cabane perchée, réplique de celle que son père lui avait construite dans le cerisier sauvage de leur arrière-cour pour ses huit ans, parce que c'était ce qu'elle avait demandé pour son anniversaire et rien d'autre. La voix descendit jusqu'à elle : « C'est de la faute aux chèvres ou tu essayais vraiment de te concilier la faveur des dieux ? »

Se concilier la faveur des dieux ? Qui était donc ce gars-là ?

« J'allais faire du yaourt... pour tout le monde... mais Barbichette, celle-là, à moins que ce soit Amanda... elle n'a pas l'air de vouloir coopérer.

— Tu as besoin d'un chevrier.

— Ouais. T'en serais pas un, non ? Hum... on sait jamais... »

Non, ce n'était qu'un homme nu perché dans un arbre. Il rit et s'exclama : « Dans le mille ! Mais c'est seulement un hobby... ma véritable vocation sur cette terre, c'est plutôt de construire des cabanes dans les arbres. Que penses-tu de celle-là, au fait ? »

L'homme perché s'appelait Marco. Norm Sender, le gars, le *mec*, qui avait hérité des vingt hectares baignés de soleil que comptait la propriété, au-dessus de la Russian River, le mec qui avait fondé Marginocity deux ans auparavant, avait pris ce Marco en stop à la sortie de Bolinas. Ce dernier avait construit sa cabane avec du bois de rebut en un seul après-midi, la veille, en fait, tandis que Star faisait la sieste, méditait, désherbait ou récurait les casseroles de la communauté. Quand il lui tendit un bras nu, elle saisit sa main et, quand il la hissa sur la branche, à côté de lui, elle se sentit légère comme une plume. Elle se retrouva sur ses genoux, *quasiment* sur ses genoux, et il était nu, donc, mais sans érection, parce qu'il ne pensait pas à la gaudriole : ils étaient frère et sœur, il ne s'agissait que de monter dans cet arbre, par cette belle matinée, et de laisser la terre tourner sans eux. « C'est le mont Olympe, déclara Marco. Nous sommes les dieux et les pourvoyeurs de lumière. Tu vois cette tache sur le sol aride, où la chevrière a accompli son sacrifice ? »

Oui, Star voyait la tache, et c'était amusant, c'était la chose la plus drôle du monde, ce lait de chèvre répandu à la surface de la terre et le seau rudimentaire renversé et les chèvres qui bêlaient et lâchaient leurs crottes, et une lève-tôt (Reba, empâtée, hors d'haleine, la toujours maternante Reba) qui sortait de la cuisine de la maison principale avec une casserole d'eau sale dont elle arrosa judicieusement les marguerites du potager. Star rit tellement qu'elle en eut mal à la poitrine et que les deux points douloureux qui t'indiquent que tu es à court d'oxygène lui plantèrent leurs talons dans la nuque, sur quoi son hôte l'entraîna à l'intérieur de la cabane perchée — deux mètres cinquante sur deux mètres, toiture en bardeaux de cèdre odorant, tapis, guitare et sac de couchage déroulé sur le plancher. Et quelle fut la première préoccupation de son hôte ? Il roula un joint, en lécha les extrémités et le tendit à Star.

2.

Les abords de la route chatoyaient de fougères, de fleurs des champs, d'herbes mouillées, luisantes et bien drues pour gratter le ventre des grenouilles et il faisait de l'auto-stop, en jean effrangé et veste assortie et délavée, T-shirt pas lavé depuis une semaine et boots de cow-boy cousues main, noir et rouge, achetées à Mexicali pour le cinquième, sans doute, de ce qu'il aurait payé à San Francisco, mais ce n'était pas une bonne affaire : et d'une, les talons s'étaient usés de façon inégale, et de deux, le cuir avait laissé passer l'eau si souvent qu'il était tout décoloré. La partie des bottes qui disparaissait sous le jean était encore neuve mais ce qui dépassait faisait penser aux fouets en cuir qu'on vendait dans des paniers dans les magasins pour animaux. Sa guitare, c'était encore pire : comme il n'avait jamais eu d'étui — il n'en avait pas souvenir, en tout cas —, il l'enveloppait dans un sac-poubelle noir. Posée contre sa jambe, on aurait dit un champignon cuivré, surgi de terre au pied de l'auto-stoppeur quand personne ne regardait.

Il ne pleuvait pas, pas vraiment, mais la brume s'accrochait aux arbres et il avait attaché ses cheveux bruns avec un bandana rouge pour éviter que des gouttes ne tombent de ses mèches sur son visage. A sa ceinture, glissé dans un fourreau, pendait, à des fins strictement non violentes, un couteau avec une lame de quinze centimètres : il s'en servait pour arracher l'écorce de tiges de manzanita ou vider les truites avant de les envelopper dans du papier alu pour les faire griller sur un lit de charbons rougis. Sa gourde contenait de l'eau plutôt que du vin (il avait appris la leçon, à la dure, dans le désert du Sonoran) et son sac à dos du surplus de l'armée contenait un sac de couchage, un tapis de sol, plusieurs ustensiles de première nécessité et un exemplaire humide de *Des souris et des hommes*. Il avait relu les premières pages pas plus tard que le matin même : George et Lennie assis autour d'un feu de bois de récupération, dans un monde qui promettait tout et ne lâchait rien. Il se préparait alors son café et réchauffait une boîte de ragoût sur son propre feu de camp, et l'aube, dans un lent et gris suintement, filtrait à travers les branchages. Il méditait sur le fait que, malgré la triste et lourde preuve du contraire, Lennie continuait à fredonner son refrain préféré *Et viv' les bienfaits d' la terre*, quand une précoce procession de voitures, déboulant du brouillard, les pneus chuintant, était passée sans s'arrêter, comme s'il n'existait pas.

Peu lui importait : il n'était pas pressé. Il ne fuyait pas, il allait plutôt à la dérive, anonyme comme le matin et, ouais, il avait eu des démêlés avec la police pour possession de substances illicites, il avait quitté le lycée, son premier boulot et puis un deuxième et un autre encore après celui-là, et, ouais, il avait bien reçu le froid, le dur, l'irrécusable et noir et blanc avis d'incorporation dans la boîte aux lettres gris métallisé de la maison de ses parents dans le Connecticut mais il y avait deux ans de ça, déjà... Entre-temps (et ça lui rappelait son roman préféré de Steinbeck, *Tortilla Flat*), il avait essayé de fonctionner à un autre niveau : la vie simple, atterrir là où son humeur le guidait. Tout le monde parlait du retour à la terre, comme si c'était une vertu en soi. La *terre*, lui, il connaissait : il dormait à même la *terre*, il faisait du stop sur ses crêtes et dans la réverbération des plaines alcalines, il percevait la respiration régulière de ses poumons monumentaux quand il se réveillait à l'ombre de grands arbres dans la paix du matin. Ça, c'était du tangible et, pour l'heure, ce qu'il avait de mieux à faire. Quant aux voitures : la veille au soir, il n'avait pas réussi à établir le contact, alors il avait trouvé cet endroit où pieuter, ce grand tournant, bordé d'eucalyptus blanchâtres qui sentaient l'humide, le menthol et toutes les promesses de la vie, et il s'était installé en contrebas, près d'un ruisseau, afin d'être réveillé par le bruit du courant plutôt que par celui de la circulation.

Passé le flot matinal de voitures, le calme était redevenu surnaturel, sans un seul bruit à l'exception des chants d'oiseaux et du murmure de l'eau qui gouttait des arbres. Marco avait attendu un moment, il avait dressé l'oreille, à l'affût de bruits de circulation, puis il avait posé sa guitare sur l'épaule et repris la route en direction de Olema et de Point Reyes. Il s'était glissé dans le rythme de la marche, qui animait ses mollets et ses cuisses comme un moteur : chemineau des bords de route, capable d'avancer sans jamais s'arrêter, de traverser le continent aller et retour, et son expression disait à tous les véhicules qui passaient qu'il se moquait qu'ils s'arrêtent ou pas. Vingt-cinq ou trente voitures avaient déjà dû le dépasser et le soleil, surgi à l'horizon au-dessus des champs, avait séché la brume, quand une camionnette Volkswagen s'était enfin arrêtée à sa hauteur. Pratiquement neuve, la camionnette, blanc en haut, orange brûlé en bas — mais, quand Marco s'était approché au pas de course, il avait vu le signe de la paix peinturluré sur le côté d'un coup de peinture blanche et il avait compris qu'il était arrivé au bercail.

Au volant se trouvait un gars plus âgé que lui, la trentaine (peut-être même pas loin de la quarantaine), la barbe hirsute pendant au-dessus de la salopette et remontant jusque dans les cheveux. Ses lunettes en plastique noir étaient cabossées et son sourire annonçait au moins deux dents en or. Le gars lui avait dit : « Monte, mon frère. Tu vas où ? »

La portière qu'on referme, l'explosion et les ratés métalliques du moteur, les insectes kamikaze, la poussière, le sac à dos et la guitare jetés sur le siège arrière comme du matériel de contrebande : tout trajet en stop est un rituel, tout rituel un trajet en stop. Marco avait répondu : « Au nord. Et j'apprécie que tu te sois arrêté, mec, avait-il ajouté par pur réflexe, c'est super. » Et les voilà partis, la radio revenant à la vie avec un déferlement électrique de rock and roll.

Le monde visible avait fusé pendant soixante bonnes secondes avant que le conducteur ne se tourne vers Marco et ne beugle par-dessus la musique : « Vers le nord ? C'est vague, ça, comme destination. Tu vas où exactement ? Sitka, peut-être ? Nome ? Ou Le village du Père Noël ? Ça, on peut faire. »

Marco avait souri. « En fait, je vise Sonoma... le ranch de Marginocity.

— Marginocity ? La ferme hippie ? C'est pas là où tout le monde est à poil et où ils font que baiser et se camer toute la journée ? C'est ton trip, à toi ? » Le conducteur s'était tourné vers Marco et l'avait regardé droit dans les yeux avant de reporter son attention sur la route.

Marco avait réfléchi. Ça pouvait être n'importe qui, ce gars-là. La brigade des stups, un facho, un courtier, peut-être même le général Hershey en personne, va savoir ! Mais la barbe... la barbe le trahissait. Marco avait donc répondu : « Ouais, c'est exactement ça, mon trip. »

Il ne pouvait guère être beaucoup plus de midi quand ils avaient franchi le portail à bestiaux et remontèrent en cahotant l'allée en terre, trouée d'ornières, qui menait à la maison principale. C'était le nec plus ultra des trajets en stop, celui qui te dépose direct sur le perron, devant la porte d'entrée. Marco était resté impassible, tous les sens à l'affût, lorsque Norm Sender avait beuglé : « Bonne réponse, frère ! » par-dessus la musique, avant de se lancer dans une tirade d'une demi-heure sur son sujet de prédilection, son *unique* sujet de conversation : Marginocity.

Norm était camé (au speed, d'après ce qu'il donnait à voir et à entendre) mais ça ne lui faisait ni chaud ni froid, à Marco, parce que tous les potes qu'il rencontrait depuis deux ans planaient ou redescendaient tout juste d'un trip, et lui-même aussi, plus souvent qu'il n'aurait voulu l'admettre. Au début, quand il avait dix-neuf, vingt ans, ç'avait été pour revendiquer ses droits à la vantardise : *Ah ouais, t'as pris du D.M.T. et t'as fumé du parégorique au concert ? C'est cool, mais moi, je prends du chnouf, mec, c'est tout, enfin... je veux dire, pour moi, il y a rien de mieux. Et de l'acide. De l'acide, sûr. Et pas pour élargir mon horizon spirituel ou rien de cette merde mystique : simplement pour prendre mon pied, mec, tu comprends ?* Et, depuis, c'était toujours pareil, mais à plus grande échelle. Combien de conversations semblables avait-il eues ? Des millions, lui semblait-il — du vent, tout ça. Cela dit, quand Norm Sender avait allumé un joint et le lui avait passé, il l'avait pris et l'avait porté aux lèvres. Ça se faisait, quoi... C'était le passage obligé.

Ils avaient fumé, les yeux rivés sur la route à travers le pare-brise. Le joint terminé, Norm avait allumé une cigarette et l'avait filée à Marco, qui avait pris une taf avant de la lui repasser. La route ressemblait à toutes les routes : soie enflammée dans un chatoiement de brasier, arbres bombardiers en rase-mottes. Marco s'était calé dans son siège, la camionnette sautait et tanguait, la fumée grimpait le long des vitres et Norm n'arrêtait pas de remonter ses lunettes comme si elles avaient glissé sur de l'huile. Il portait une ceinture tressée en corde qui ne pouvait contenir sa panse, des poils noirs et drus lui sortaient des oreilles et des narines, et il avait les bras plus blancs qu'un fermier n'aurait dû les avoir. Il parlait et Marco écoutait ses jappements haut perchés et rauques, qui, fondus dans la soupe radiophonique, rebondissaient sur le gémissement bavard du moteur.

« Comme mes parents, hein ? » (Cela en guise de prélude, bien que Marco n'eût rien dit de ses propres parents ni d'autres : ils avaient parlé de tout et de rien, des bons shits, de la vie à la coule, ce genre de choses, et la radio grésillait tandis que Norm tournait le bouton des fréquences avec ses gros doigts abîmés.) « Comme ma mère qui m'a donné le sein et mon vieux cow-boy de père, ce cul-terreux plein de crasse ? Ils sont morts. C'est eux qui ont acheté la ferme. Collision frontale avec un camion plein de poulets fermiers au sortir de Petaluma sur la Route 116 : ça pourrait paraître rigolo, ironie de l'histoire et blabla, mais ça l'est pas, parce que le vieux bouseux était soûl comme une barrique et ma mère méritait mieux. Quoi qu'il en soit, leur rejeton et héritier (votre dévoué serviteur) récolte le *rancho* des collines mais il se sent un tantinet *gêné* de devenir propriétaire terrien, parce que la terre est à personne et il pense comme Timothy Leary, *Mutons, mec*, alors j'élabore mon concept de Primitivisme Volontaire... laisse-moi t'épeler ça, mon vieux, A.P. T.A.L.T., Accès Pour Tous A La Terre, tu me suis ? Tu veux venir à Marginocity, tu veux te mettre au vert, te mettre à l'écart, te mettre en quatre, vivre à la campagne, faire ce dont tu as envie, traire les chèvres, bosser à la cuisine, au potager, réparer les canalisations, brocheter les cerfs ou simplement contempler le ciel en toute béatitude... je me moque de qui tu es... tu es le bienvenu, salut, tout le monde... »

Deux heures. Ça avait duré *deux* heures. Marco en était à ce stade particulier où les plus grandes espérances le cèdent à des pulsions plus menaçantes, plus noires, primaires, lorsqu'il avait vu les hautes herbes parsemées de moutarde, les chênes qui buvaient la terre et les chiens qui se mordaient la queue, les chèvres, les poules, les chevelus tellement en accord avec leurs occupations qu'ils avaient à peine levé la tête à leur arrivée, et les femmes — *les femmes !* : alors, il avait senti l'espoir renaître en lui. Il s'était penché en avant et avait observé le spectacle, les cabanes, les tentes, les jardins maraîchers, les citronniers, un dôme géodésique (ou était-ce une yourte ?). Norm avait négocié un dernier tournant et la maison avait surgi derrière un écran d'arbres. Pour redisparaître aussitôt. Lorsqu'elle était réapparue, Marco avait découvert une bâtisse à deux étages flanquée de plusieurs dépendances, un ensemble pas différent de ce qu'on pouvait voir dans le Kansas, dans le Missouri, partout où l'on cultivait la terre, sauf qu'ici on avait peint les boiseries en orange fluo et le reste d'un motif en damier vert et rose, de sorte que la bâtisse ressemblait plutôt à une immense publicité pour la révolution psychédélique. La camionnette avait cahoté dans un nuage de poussière qui avait saturé l'air, Norm avait distribué des sourires et le signe de la paix tous azimuts, et deux chiens au pelage ocre avaient bondi autour de la camionnette. Enfin, Norm avait garé le véhicule dans une courette défoncée à l'arrière de la maison et s'était écrié : « Tu viens passer les vacances à la maison, c'est ça ! »

Des vacances ? Quelles vacances ? Marco se demandait quelles vacances ce pouvait être au milieu du mois de mai (il n'était pas certain de la date mais on devait être au plus le quinze ou le seize) quand Norm s'était tourné vers lui en souriant : « Simple façon de parler, mon vieux... je tiens à être le premier à te souhaiter *Joyeux Noël* ! Mais, sans rire, tous les jours, c'est les vacances à Marginocity, parce que la civilisation bourgeoise y est bannie absolument et catégoriquement : Vous ne passerez pas cette porte, *Mister* Jones. Tu me suis ? »

Que pouvait faire Marco sinon sourire, acquiescer d'un hochement de tête et aider son bienfaiteur à décharger les provisions à l'arrière de la camionnette, boîtes de ketchup, beurre d'arachide, miel, sacs de boulgour, sésame, riz complet, amandes et flocons d'avoine, outils, un générateur qui venait d'être réparé, toute une cargaison de pain (« Le troc, mon vieux, le troc, des brocolis contre du pain, des concombres contre du pain, des aubergines et des “rutabagas”... tu connais ? »). Deux sacs en papier kraft devaient contenir trente 33-tours chacun. Où tout cela allait-il ? Dans la maison principale ! Quatre marches pour accéder, les bras chargés, au plancher usé de la véranda côté cour, qui donnait dans la cuisine : table du cru, rudimentaire mais honnête, aromates en pots sur le rebord des fenêtres, étagères du sol au plafond et boîtes de conserve, taille cantine, de toutes les denrées imaginables, empilées comme en prévision d'un siège. Et des femmes, au nombre de trois : Merry, Maya et Verbie.

Toutes trois levèrent la tête quand, dans le sillage de Norm, le nouveau venu passa la porte et déposa les paquets sur la table, et elles lui sourirent, certes, mais Marco avait déjà été confronté à ce genre de sourires, à Olompali, à Morning Star, à La Ferme Magique, à

Gorda Mountain : il n'y restait plus que d'infimes vestiges de l'enthousiasme et de la sympathie ressentis jadis à l'arrivée d'une nouvelle recrue. Comme ils étaient bien intentionnés, ces sourires esquissés sur les lèvres sèches de frères et de sœurs vagueux : sourires pâlots, inquiets de qui craint que, pendant ce temps, le porridge n'attache au fond de la casserole ! Combien de vagueux avaient-ils accueillis, déjà ? Marco n'était qu'un nouveau de plus. Un nouveau *mec*. Une bouche supplémentaire à nourrir, mais déciderait-il de rester, et si oui, est-ce qu'il mettrait la main à la pâte, est-ce qu'il jardinerait, est-ce qu'il réparerait la toiture ou installerait la canalisation qui devait relier les toilettes bouchées à la fosse septique restée en plan ? Vaudrait-il l'investissement en temps et en salive ou se contenterait-il de se taper toutes les femmes, de fumer de la dope, de boire de la piquette toute la journée, et de rappliquer à l'heure des repas, une assiette à la main ? Devant ces sourires jaunes, il se sentit timide et indigne.

Il avait dû monter et descendre les marches six ou sept fois, les bras chargés de provisions, avant qu'on ne daigne lui adresser la parole. C'est Merry, grande, les yeux noirs, un brin de gypsophile à l'oreille, qui lui demanda, tout bas, en levant les yeux vers lui : « Ça fait longtemps que tu es sur les routes ? »

Norm n'était plus là pour répondre à sa place : braillant comme à son accoutumée, il était passé dans la pièce voisine, tirant sur la pellicule plastique qui enveloppait un 33-tours neuf, laissant un vide derrière lui. Maya et Verbie, près de l'évier, dans un angle, penchées sur les monceaux de petits oignons, de poivrons, de courgettes et de carottes qu'elles coupaient en dés pour la soupe, parlaient à voix basse et Merry, pieds nus, avait traversé la cuisine pour sortir des sacs les provisions et les ranger sur les étagères. Elle était là, tout près, embaumant l'ail et la coriandre, le regard vitreux à la traîne de sa question. Marco haussa les épaules. La réponse exacte était : plus ou moins deux ans. Mais il se garda bien d'être précis. Il répondit simplement : « Aucune idée. Un bail. »

Fin de la conversation. Le dos tourné de Merry, le flot, le balancement de ses cheveux qui semblaient animés par leurs courants propres, la peau qui blanchissait autour de ses articulations quand elle levait le bras pour placer les boîtes sur les étagères, le soleil riche de promesses aux fenêtres, les aromates en pots qui se déroulaient comme des doigts et un chat que Marco n'avait pas remarqué de prime abord, et qui, à cet instant, leva la tête depuis son perchoir sur le réfrigérateur, pour le fixer d'un regard jaune et intraitable... Le silence tint une demi-mesure de plus, avant d'être rompu par le sifflement super amplifié d'un saphir usé qui tombait sur le vinyle vierge, suivi par l'explosion insensée d'une batterie et d'une guitare qui emplit la maison. Deux mesures supplémentaires. Marco rentra la tête dans les épaules et s'esquiva.

Derrière la courette défoncée où Norm avait garé la camionnette, se trouvait une autre cour, plus ou moins traditionnelle, avec deux citronniers, un jardin d'agrément et une piscine étincelante dans laquelle un unique nageur (à cette distance, Marco n'aurait su dire si c'était un homme ou une femme) faisait des longueurs avec une ténacité névrosée d'animal en cage. Tête brune, cheveux emmêlés. Une longueur, puis retour, une autre longueur et ainsi de suite. Marco ressentit une envie soudaine de se déshabiller, de piquer une tête, de se débarrasser de toute la pollution et des puanteurs de la route, de l'odeur fétide de son sac de couchage, mais, comme il ne connaissait personne, il hésitait encore : ce qu'il devait faire, avant d'être happé par le rythme de l'endroit, c'était décider où il pieuterait, ce soir-là au moins, et peut-être les suivants. Lorsqu'ils avaient remonté l'allée, Norm avait désigné une pile de bois de rebut, derrière un hangar : « Construis, avait-il hurlé pour couvrir le bruit de la radio, vas-y, construis à ta guise, je vais pas faire la police, je veux pas être élu maire, tu fais ce que tu veux » — Marco pensa qu'il irait donc jeter un coup d'œil au tas de bois, pour voir s'il pourrait en tirer quelque chose. Il n'était pas vraiment expert en menuiserie mais il se débrouillait ; hormis deux journées sur un chantier de construction à San José, il n'avait pas travaillé depuis des semaines. Cela dit, qu'est-ce que ça lui coûterait ? Même s'il ne restait pas dans cet endroit, c'était une façon comme une autre de passer le temps.

Il posa son sac à dos et sa guitare dans la cour, sous l'un des grands chênes au tronc torturé. Puis il se promena dans l'allée et alla inspecter le bois. Il n'y avait pas grand-chose : un tas de planches blanchies par le soleil, deux ou trois bouts de contreplaqué gauchi, des chutes, les arêtes calcinées pour la plupart : pas besoin d'être Sherlock Holmes pour comprendre que Marginocity avait perdu au moins un bâtiment dans un incendie.

Marco séparait ce qui était récupérable de ce qui ne l'était pas lorsqu'un type d'une vingtaine d'années surgit des herbes folles, chaloupant sur ses hanches lubrifiées, marchant comme il aurait dansé, la tête trop grosse, les pieds trop menus. « Ça gaze ? », s'enquit-il, sautillant jusqu'à Marco, qui vit alors qu'il tenait en équilibre dans une main une canne à lancer et, dans l'autre, un chapelet de minuscules perches noires. Il avait les yeux vitreux, comme agressés par la lumière, comme s'il sortait tout juste des derniers accords d'un très long concert. Quoi d'autre ? Bronzé, collier de verroterie ras du cou, jean effrangé, sandales, un duvet plus qu'une barbe.

Marco hocha la tête et lui renvoya le salut de la tribu : « Ça gaze ? »

Le type resta planté là à l'examiner pendant un moment, l'air vaguement amusé. « On m'appelle Pan, annonça-t-il enfin. En fait, mon vrai nom, c'est Ronnie mais tout le monde m'appelle Pan... et toi... ?

— Marco.

— Cool. Tu construis ?

— Je crois bien. »

Ronnie fronça les sourcils et remua son gros orteil dans la poussière. « Avec ce tas de merde ?

— “D'humbles commencements...”, entonna Marco, avec un sourire. Hé, Thoreau a payé dans les vingt-huit dollars sa maison de Walden Pond, et ça lui suffisait pour affronter les hivers rigoureux de la Nouvelle-Angleterre...

— Ouais, mais les prix se sont emballés depuis, pas vrai ?

— Exact. Ce bois, par contre, il est gratuit. C'est pas de la déflation, ça ? »

Ronnie ne parut pas saisir la plaisanterie. Il resta là pendant un long moment, avec sa prise qui se raidissait déjà, et observa Marco qui se penchait sur les planches dépareillées. Il faisait chaud. Un vol de corbeaux se mit à ricaner dans la forêt. « Et qu'est-ce que tu construis ? » finit par demander Ronnie.

C'est alors que la réponse vint à l'esprit du nouveau venu : il avait fallu cette question pour qu'elle se présente à lui, car, jusque-là, il n'avait rien imaginé de précis. Soudain, il vit le chêne, son ombre ample et pénétrante, ses racines semblables à des griffes, les glands, les feuilles tombées par terre et, contre le tronc, sans façon, sa guitare et son sac à dos. Il reposa la planche qu'il tenait à la main. « Une cabane perchée », répondit-il.

3.

Pan s'était donné quartier libre pour la journée. Pan se contenterait de caresser ses cheveux hirsutes, de tirer sur ses shiloms et de se la couler douce. Pas de sexe : il avait tellement fait l'amour qu'il avait la peau à vif. Et pas de bagarres non plus, ni avec Merry ni avec Lydia ni avec Star. Pas aujourd'hui. La matinée avait déjà été assez cauchemardesque ! A neuf heures, il avait dû s'extraire du matelas, à quatre pattes, dans la chambre de devant, un goût de merde réchauffée au fond de la gorge ; ensuite, ils s'étaient tous entassés dans sa Studebaker cuvée 1959 toute rouillée (celle au volant de laquelle Star et lui avaient foncé à travers les États-Unis), et ils étaient allés à Santa Rosa s'inscrire au bureau de la Sécu du comté, pour avoir droit à une carte d'alimentation. On devait dépasser allégrement les 35°, les rues étaient en feu, l'univers costume-cravate-Dieu-merci-c'est-vendredi prenait le dessus, des mères aux gros bras adipeux allaient au supermarché dans leur canadienne de dix mètres de long et pas un qui eût le moindre pétard pour le soulager.

C'était la fin de l'après-midi et Ronnie était allongé au bord de la piscine, les cheveux collés sur le crâne après toute une série de plongeons dans l'eau un tantinet verdâtre (est-ce que quelqu'un aurait pas pu verser un peu de chlore ? c'était pas ce qu'on était censé faire ?). Le soleil tenait ses promesses, les oiseaux chahutaient dans les arbres, les notes d'un harmonica flottaient sur la pelouse en compagnie des odeurs prémonitoires du dîner qui cuisait dans les imposantes marmites de la cuisine. La veille au soir (ou la nuit d'avant encore ?), les femmes avaient servi des lasagnes végétariennes avec du tofou, les carottes remplaçant la viande — et encore, c'était l'un des meilleurs menus ! D'ordinaire, ils n'avaient droit qu'à une purée de riz parfumée au bouillon de légumes, avec petits oignons et des trucs du jardin. Il ne se plaignait pas. Si, en fait... Ses coupons d'approvisionnement, il les mettait dans la caisse commune, avec ceux de tous les autres, et ça, il pouvait le supporter, mais Norm... Norm était cinglé, il tenait absolument à nourrir tous ceux qui se présentaient, même les clodos, les poivrots et les Noirs du Fillmore, à San Francisco, qui, incidemment, semblaient squatter la baraque à l'arrière de la cour depuis plusieurs semaines — sans donner signe de vouloir partir.

Ils avaient débarqué, un week-end, sept en tout, entassés dans une vieille Lincoln Continental avec des ailettes tirées d'un navire spatial qui aurait pu les emmener jusqu'à Mars et retour ; très cool, très calmes, simplement venus voir comment c'était. Ronnie était sur la véranda avec Reba, Verbie, Sky Dog et un ou deux autres, à regarder la lumière qui jouait dans les arbres et à s'évertuer à taper de la monnaie aux touristes qui semblaient toujours timides et *reconnaissants* d'avoir la possibilité de soutenir de cette humble manière leur choix de vie, parce qu'ils croyaient vraiment à tout ce qui se faisait là, ouais, vraiment, mais ils avaient une mère malade et il y avait les arriérés du crédit sur le pavillon et l'orthodontiste menaçait d'arracher l'appareil de leur gosse, mais est-ce qu'ils les autoriseraient à s'asseoir juste un instant sur la véranda, ça serait pas cool, ça ? Certains arrivaient avec leur appareil photo et Sky Dog les faisait payer 25 *cents* pour chaque cliché d'un authentique hippie en grande tenue, et les plus courageux restaient même dîner, faisaient la queue une assiette en fer-blanc à la main et prenaient même une bouffée ou deux de ce qu'on faisait passer, une fois qu'on avait allumé le feu de camp et que les guitares sortaient de leurs étuis. Ils chantaient même les airs de Buffalo Springfield, de Judy Collins ou de Dylan, quand il y en avait un pour se rappeler les paroles. Un vrai camp scout ! Et puis ils remontaient dans leur Ford, leur Chevrolet, leur Coccinelle ou leur Volvo et ils rentraient sagement dans leur banlieue résidentielle.

Les Noirs, c'était pas la même histoire. Ils étaient moins descendus de leur voiture qu'ils ne s'étaient déroulés, pour ainsi dire, avec toute leur énergie négro supercool, menaçante et lubrique — Ronnie n'était pas raciste, non, pas le moins du monde, il avait peut-être juste un chouïa plus d'expérience que ses frères et sœurs de Marginocity, qui, après tout, étaient peut-être un petit peu naïfs et *faibles*. Les blacks avaient traversé la courette en formation, genre équipe de foot. Leur chef s'appelait Lester. Petit, mou, un visage en pâte à modeler, foulard de soie rouge et bottes à talons hauts. Il avait lancé un « Paix, mes frères », en écartant l'index et le majeur et en regardant Ronnie droit dans les yeux. Ronnie n'avait pas répondu mais Sky Dog et les autres avaient fait le signe de la paix et prononcé les habituelles formules de bienvenue. Un battement de cœur plus tard, Lester était assis sur les marches du perron, prenait une taf d'un shilom qui circulait, pat d'eph noires relevées pour exhiber ses chaussettes rouges et le dessus élastique de ses bottes Beatle, tandis que les autres tournaient en rond dans la poussière, l'air en manque.

Lester, rejetant la fumée : « Alors, c'est ça, le fameux Marginocity ? » Il parlait si bas qu'il fallait tendre l'oreille pour le comprendre : c'était son truc, moins affectation que tactique, pour attirer l'attention.

Verbie, qui avait toujours du mal à tenir sa langue, n'avait pu s'empêcher de répondre : « Eh oui !

— On a... hum... mes *amigos*, là, et moi... on nous a raconté des trucs complètement dingues sur votre communauté, par exemple les mecs de la Diggers' Soup Kitchen, où ils servent à manger à tout le monde, aussi... vous savez, et au Fillmore... planante, la musique, au Fillmore... » Lester avait lancé en catimini un regard circulaire sur le perron, avant de tendre à l'un de ses *amigos* le shilom, qui fit ensuite le tour de tous les autres *amigos*, avant de revenir sur la véranda, et ça avait été exactement comme deux tribus qui se seraient rencontrées sur les hauts plateaux, *la paix, frère, et que circule le calumet*... « C'est vraiment aussi cool que ce qu'on nous a raconté à San Francisco ? Du genre... tous les frères sont bienvenus ? »

Les hippies de la véranda s'étaient évertués à leur confirmer que tel était le cas, et tout le monde n'avait en tête que Hendrix, Buddy Miles et Free Huey, sauf

Lester, qui s'était contenté d'allonger les jambes pour se mettre à son aise.

Pour l'heure, cependant, Ronnie était allongé au bord de la piscine, en apesanteur loin de tout et de tout le monde, à la coule comme jamais, avec dans les veines un petit chouïa de mescaline qui arrondissait les aspérités du réel. Les gamins de Reba (Che et Sunshine) faisaient tout un sabbat, montés sur un tricycle en plastoque, avec lequel ils faisaient des allers-retours sur l'aire en béton à l'autre bout de la piscine, tandis que le cheval de la communauté (baptisé indifféremment Charley, Charley Horse et quoi d'autre encore... ?) frappait du sabot et s'ébrouait méchamment parce qu'un camé de Daly City dont Ronnie avait momentanément oublié le nom essayait de lui faire sauter un bosquet de rhododendrons ratatinés et perclus de soleil en bas de la pelouse... Mais tout ça, c'était rien, c'était pas un problème, du tout. Ronnie encaissait en toute magnanimité. Il était *Pan*. Il planait. Il faisait un grand soleil, la terre était un endroit super, un endroit cool, conçu par une puissance supérieure (une puissance *planante* !) en vue de l'éveil sensoriel et spirituel de chacun de ses frères et sœurs vagueux de Marginocity.

Jusqu'à la nuit, du moins. Le soir tomba, grouillant et suppurant, des ombres pelotonnées en croissants au pied des arbres et des amas de broussailles qui faisaient la course au flanc de la colline. Pan se sentit un peu... voyons, un peu *instable*. Il y avait eu un interlude où il avait tout laissé aller, un deuxième shoot de mescaline, une bouteille de vin rouge et un ou deux autres shoots d'une substance que quelqu'un avait fumée après le repas... au fait, il n'avait pas dîné, hein ? Le dîner : de grosses marmites pleines de purée, les femmes les seins à l'air, santé, simplicité, la bonne vieille existence frugale de la campagne. La piscine luisait comme de l'huile, comme du sang, dans la lumière faiblissante. Pan n'avait pas d'appétit.

Il fut pris d'une soudaine envie de voir Star, de s'asseoir simplement avec elle dans un endroit tranquille et de parler de chez eux, des menus routines et souvenirs qui avaient maintenu leur moral lors de la traversée du morne plateau du Midwest puis dans les Rocheuses et au-delà : M. Boscovich et la biologie en classe de terminale, la façon que tout, à l'entendre, avait tendance à devenir « matière », comme dans : *ces cellules sont composées de matière cellulaire* ; les livres de la bibliothèque du lycée, qui sentaient le savon et les feuilles mortes brûlées ; l'après-midi où Robert Stellner, le gars le plus clean du bahut, avait enfilé la tête dans un sac de colle pour maquettes d'avions et s'était gravé le mystérieux message Yahvé sur le torse avec un canif, devant une glace des toilettes pour garçons, tout ça... mais Star était restée perchée tout l'après-midi dans l'arbre avec le nouveau venu... et, ça, il le digérait pas, même avec toute cette merde sur l'Amour libre et la Société Kéristienne ! Il se leva et quitta l'aire bétonnée mais l'effort était déjà trop grand pour lui, alors il se rassit. Le dallage était encore chaud et la chaleur lui fit penser au crotale que quelqu'un y avait vu l'avant-veille. « Ils viennent ici parce que le béton retient la chaleur (*dixit* Norm). Mieux vaut t'habituer à eux ou alors tu les tues, tu les dépèces et tu les manges mais tu auras un mauvais karma-serpent toute ta vie et peut-être jusque dans la suivante... alors, si c'est ce que tu veux... »

De la maison principale provenaient des rires, des bribes de conversations, de la musique, le tout fondu dans un murmure, un courant sous-marin où se serait concentrée la vraie vie, la seule, alors que tout ceci, au plein air, cette nature, cette obscurité crépitante, ç'aurait été pour les perdants, les perdants et les serpents. Lydia se trouvait là-bas, comme Merry, Verbie et tous les autres. Pan se lèverait-il pour aller les rejoindre, par pur besoin de chaleur humaine, de compagnie ? Marginocity, c'était ça, avant tout, le plaisir de la compagnie. Ou bien pour faire une partie de cartes, pourquoi pas ? ou une partie de Monopoly... mais c'est alors que l'image d'Alfredo se fraya un chemin jusqu'au-devant de son cerveau, et il se dit que, sans doute, il valait mieux pas...

Alfredo était l'un des membres fondateurs de la communauté et, en tant que tel, il faisait partie du premier cercle de Norm Sender ; le genre ascète aux traits revêches, il avait dans les vingt-huit, vingt-neuf ans et c'était le mec de Reba. Fervent partisan de l'accouchement par la méthode naturelle, il s'extasiait sur le fait que Che et Sunshine étaient nés à la belle étoile, au clair de lune, et sur la façon dont Reba avait cuisiné le placenta, dont tout le monde avait goûté un morceau, mais, en fait, c'était un connard de première, constipé et coincé, et, l'avant-veille, Ronnie s'était pris de bec avec lui à cause d'une de ses remarques vachement dirigées : il fallait des *volontaires* pour faire la vaisselle, pour débarrasser les détritus et creuser une nouvelle fosse septique parce que toute la faune qui affluait à Marginocity bouchait les deux seules chiottes en état de marche, et qu'on finissait par avoir des rivières de *merde* et est-ce que ça le dérangerait pas, lui, Ronnie, de se porter volontaire ? Bordel, si, ça le dérangeait, Ronnie, justement. Il avait pas fait tout ce chemin jusqu'en Californie pour creuser des *égouts*. Putain de merde !

Voilà donc à quoi réfléchissait Pan, assis sur le dallage chaud propice au repos des crotales, dans la nuit qui suppurait autour de lui, un peu patraque mais fumax aussi, royalement fumax, lorsque Lester et l'un des autres blacks (Franklin, voilà comment il s'appelait...) surgirent de nulle part avec une fiole de vin. « Hé, frère, lâcha Lester dans un souffle, s'accroupissant près de Ronnie. Tu fais quoi ? Tu nages ?

— Je sais pas. Ouais. Peut-être. J'ai nagé... plus tôt, tu vois ? » Les mots paraissaient lui coller au palais comme une croûte au fond d'une casserole. « Fait un peu froid, maintenant, ouais. Mais... Ça gaze comment pour vous ? »

Franklin resta planté là, la fiole de pinard, du rouge de Cribari, pendant du bout de ses doigts comme une grosse bombe en verre. Lester sourit. « Toujours la même merde. On fait une soirée dans la maison du fond, frère, et tu peux nous rejoindre si ça te dit... Ça nous ferait vachement plaisir, en fait ; à moi, en tout cas... et toi, Franklin ? »

Franklin acquiesça. « Au passage, dit Lester (ils se regroupaient déjà autour de lui), t'aurais pas, par hasard, un ou deux shoots de la mescaline que j'ai entendu dire qui te restait, hein ? »

Oui, en fait, il lui en restait. Et, deux minutes plus tard, il se retrouvait dans la maison du fond avec six ou sept mecs qui écoutaient Marvin Gaye sur une stéréo portable à piles, avec une basse essoufflée, boum, boum, *blat*, boum, boum, *blat*. Quelqu'un avait allumé deux ou trois bougies parfumées, parce qu'il n'y avait pas d'électricité dans la maison du fond. Sky Dog était venu aussi, il caressait sa guitare... et il y avait une nouvelle fille, une gamine de quatorze ou quinze ans, pas plus. Une fugueuse. Elle s'appelait comment ? *Sally*. Elle était d'où ? *Santa Clara*. Et son père, il était comment ? C'était *un fils de pute*. Ils devaient en ramasser vingt comme elle par semaine, et pas une qui restait plus d'une nuit ou deux, comme si tout ça (Norm Sender, Alfredo, Reba, Marginocity dans son entier...) n'était pour elles qu'une espèce de longue nuit blanche.

Ronnie se présenta à la fugueuse sous le nom de Pan, il lui donna une petite accolade de frère vagueux à sœur vagueuse, puis il s'installa par terre contre le mur du fond et prit soin de veiller à la circulation de la fiole de rouge. Tout n'était que paix et sérénité. Murmures de voix feutrées, Marvin Gaye, Sly and the Stone Family, Hendrix, boum, boum, *blat*. Pan racontait une histoire complexe de concert gratuit à Central Park... les bonnes et les mauvaises drogues qu'il avait prises ce soir-là, le vomi sur le pare-brise de la bagnole de sa mère, qu'il lui avait empruntée avec tous les conseils et les interdits qui vont avec, lorsque Sally, la fugueuse de quatorze ans aux jambes frêles moulées dans un jean rapiécé, assorti d'un chemisier moulant, poussa un cri. Non, pas un cri, un hurlement : « Me touche pas, détraqué ! », avec un vibrato adolescent ahurissant, haut perché, qui escalada les gammes comme un feed-back. Ronnie ne détourna un instant les yeux de son auditoire que pour découvrir Lester qui, simultanément, plaquait la nénette au sol et s'acharnait sur sa poitrine, à pleines mains et avec la tranche rosée de sa langue, et Sky Dog (Sky Dog, *Mister Peace and Love*, la douceur faite homme) qui, nu jusqu'à ses fesses bronzées, s'évertuait à faire glisser le jean le long des jambes de la fille qui ruait désespérément.

Ronnie était au beau milieu de son histoire, sa voix monotone déclinait les interludes de circonstance, agrémentés des vingt blagues nasillardes du jour, et il planait tellement qu'il avait du mal à relever la tête du plancher mais ce... ce hurlement, la scène qui se déroulait dans un coin lui firent l'effet d'une décharge. « Lâche-moi ! Lâche-moi ! » continuait de hurler la gamine. Elle n'avait plus son jean et les fesses de Sky Dog se contractaient et donnaient des coups de bélier d'une violence qui faisait mal à voir, d'une manière pas correcte, vachement pas correcte. Ronnie essaya de se lever, essaya de dire : « Hé, mec, tu fais quoi, là ? » parce que ça n'allait pas, pas du tout, mais, une fois debout, il s'aperçut que tous les gars dans la pièce lui lançaient des regards qui n'annonçaient pas le moindre début d'une étincelle fraternelle ni même tout simplement humaine, d'ailleurs.

Au matin, qui fendit le ciel en sifflant comme un missile soviétique dirigé droit sur son cerveau, en ouvrant les yeux, Pan vit, retombant sur lui, des herbes folles et des cosses dorées : est-ce qu'il était déjà mort et décomposé ? Il devait reposer dans les plants d'herbe à l'arrière de la maison du fond : sale petite surprise, compte tenu des serpents, crotales et autres... Ses cheveux étaient tout collés et sales, pleins de brindilles et de paille, et, quand il se gratta l'arrière du crâne, il y découvrit une grosseur, comme s'il avait coulé là un fluide essentiel (autrement dit : du sang) qui se serait coagulé et avait formé une bosse hérissée. Il ne se sentait pas bien. Pas bien de toutes les manières possibles. Mais, par-dessus tout, il avait soif, et il s'observa se levant des plantes accablées de soleil et titubant d'abord vers le tuyau d'arrosage de la pelouse côté champs et puis vers la piscine, dans laquelle le sang séché se dissoudrait, bouillonnant autour de lui dans un nuage brun de *matière* cellulaire gaspillée (n'avait-il pas également une entaille bosselée et grenue à la pommette ?).

Ce devait déjà être midi ou peut-être bien plus tard encore, parce que les pensionnaires de Marginocity se rassemblaient sur la pelouse et autour de la piscine, assiette en fer-blanc pleine de purée en équilibre sur la paume de la main, yeux brillants, cheveux au vent, et les multiples couleurs de leurs sarongs, de leurs T-shirts et leurs peaux hâlées resplendissaient autant que des ampoules électriques qui ne se seraient jamais arrêté de briller, de briller. Deux ou trois lui adressèrent un commentaire du type « La nuit a été dure, pas vrai ? », rirent et le taquinèrent fraternellement et sororalement quand il se pencha sur le jet d'eau pour laisser le liquide argenté entrer et ressortir de sa bouche en un long arc incandescent. Il ne comprenait pas ce qui n'allait pas ou, plutôt, ce qui allait le moins bien (gueule de bois, dépression post absorption de drogue ou épanchement de sang... il s'était bagarré, c'était donc ça ?). Faisant un effort de concentration, il tenta de se remémorer l'image de l'adolescente par terre dans la maison du fond mais il ne lui vint rien d'autre à l'esprit qu'une expression qu'il avait employée un millier de fois, composée de quatre syllabes qui n'expliquaient rien à personne : *Amour libre.*

Belle journée, déjeuner en plein air (de toute façon, il n'y avait pas assez de chaises dans la salle de réunion), et les gamins de Reba se faisaient la course autour de la piscine comme s'ils n'avaient pas arrêté depuis la veille, joues criblées de purée de maïs et de choux-fleurs, nus, bruns et la peau ponctuée de coupures, de contusions, de gale et de crasse. Tel un zombie, Ronnie laissa retomber le jet d'eau et s'approcha de la piscine. Ensuite, il plongea dans l'eau, dans l'enveloppe verdâtre : cessation des bruits, membres en pilotage automatique, pompe et relâche, pompe et relâche, jusqu'à ce qu'il se fracasse la tête contre le bord de la piscine et s'extraie de l'eau, ruisselant.

Quelqu'un d'autre avait plongé en criant, crawl rapide, les deux chiens ocre aboyant à ses trousses... c'était Lydia (était-ce Lydia ?)... Les genoux léchés par les vaguelettes verdâtres, il était en train de réfléchir qu'il se secouerait bien les cheveux avant d'aller se chercher une assiettée de purée, question, simplement, de se caler l'estomac, lorsqu'il croisa le regard d'Alfredo à l'autre extrémité de la pelouse. Alfredo le fusilla du regard, de ses petits yeux mesquins, la bouche comme un chewing-gum collé sous un pupitre d'écolier. Ronnie lui retourna son regard. Il n'allait pas accepter ce genre de merde ! Il avait autant le droit de vivre ici que quiconque (APTALT, Accès Pour Tous A La Terre, d'ac ?) et il ne présenterait pas d'excuses ni à Alfredo ni à Norm Sender ni à personne. Sur quoi, il sentit le contact d'une main sur son genou, et c'était bien Lydia, seins flottants, cheveux collés au crâne. « T'étais où ? On t'a cherché partout hier soir. » L'eau clapotait, les libellules voletaient. Et puis : « T'as appris ce qui est arrivé ? »

Non, il n'avait rien appris du tout.

Papillotant des paupières pour se débarrasser de l'eau qu'elle avait dans les yeux, Lydia glissa une main le long de la jambe de Ronnie et il sentit une érection monter contre les plis irréguliers et mouillés de son short en jean. « Une fille s'est fait violer.

— Violer ? Comment ça : *violer* ?

— Je veux dire... une fugueuse... quatorze ans, elle avait que quatorze ans... et Norm est flippé à cause de cette histoire, il courait partout dans la cuisine ce matin en baragouinant : “Ils... ils vont venir, ils vont débarquer ici...”. Il fallait cacher la dope et tout ça, nettoyer toute cette merde, faire ci, faire ça, et Alfredo le lâchait pas d'une semelle. Ils veulent que Lester se casse. Et Sky Dog aussi, et tous les autres. »

Ronnie réfléchit à la situation — l'eau qui continuait de lui lécher les jambes, les seins de Lydia sur ses chevilles, la main de Lydia remontant sa cuisse. En temps normal, il se serait fendu d'un « Pédé ! » ou d'un « Chieur ! » mais l'instant était grave et menaçant et il n'avait pas encore les idées claires, loin s'en fallait, c'est pourquoi il se contenta de fixer du regard les blancs fantômes des jambes de Lydia qui battaient en rythme sous la surface de l'eau. « On m'a raconté qu'ils l'ont shootée et puis qu'ils l'ont maintenue de force sur le plancher, et pas seulement Lester et Sky Dog. Ils s'y sont tous mis. » Lydia marqua une pause — elle battait les jambes, battait les jambes... rythme lent et fluide de ses jambes. Che jeta quelque chose (un Frisbee cabossé) sur sa sœur, qui poussa un hurlement, sur quoi les chiens se mirent à aboyer et Reba, à l'autre bout de la piscine, se mit à ricaner, *ha ha, ha ha, ha ha !* Brusquement, la main de Lydia devint froide. Elle agrippa Ronnie. « Quelqu'un disait que t'y étais... », lâcha-t-elle dans un souffle, laissant sa phrase en suspens.

Il y était. Sûr qu'il y était. Et il s'était bagarré avec un ou deux mecs aussi, non ? Sûr, sûr. C'était sûr. Parce que, camé ou pas, primitivisme volontaire ou pas, il serait pas resté à contempler ce spectacle sans rien faire... Il se remémora ce petit moment aigre et minable dans la maison du fond avec tous ces visages nuls et non avenants et le boum, boum, *blat* de la stéréo, et la gamine avec ses quilles qui gigotaient, et ça le fit se sentir tellement noir à l'intérieur qu'il aurait voulu ne jamais s'être cassé de chez lui. Que dire ? Comment s'expliquer ?

« Ouais, ouais, j'y étais. »

Lydia réfléchit un instant, yeux comme des planètes scintillant dans la *terra incognita* de son visage. Elle était bien bâtie, large d'épaules et de hanches, une belle plante de pied en cap, brune, lèvres gonflées, paillettes d'ombre à paupières accrochées dans les cils comme des épaves rejetées sur la grève. Ses jambes battaient sous la surface de l'eau. Sa main accentua sa prise sur la cuisse de Ronnie. En cillant, elle se débarrassa à nouveau de l'eau qu'elle avait dans les yeux et esquissa un sourire. « Tu voudrais pas me violer aussi ? »

4.

La réunion, c'était l'idée d'Alfredo : rendez-vous à huit heures du soir, vaisselle séchée ou au moins en train de tremper, pensionnaires repus et enclins à la paresse, six plaques de brownies en train de refroidir sur la table de la cuisine, et la perspective d'un film un peu plus tard (un *Charlot*, un que Star n'avait pas encore vu, sur l'Alaska, était-ce possible ?). Il y en avait qui, pour l'occasion, s'étaient mis sur leur trente et un, Vernie, en particulier, parce qu'une réunion n'était jamais qu'un prétexte à une fête, tout le monde était réuni, sorti des huttes, des yourtes, des chambres du fond et des arpents de bois tout alentour, alors, pourquoi pas, se dit Star, pourquoi on ferait pas la fête ! Quand on y pensait, même éplucher les patates pour le pot-au-feu végétarien ou désherber le jardin, c'était un peu faire la fête. En tout cas, ce n'était pas du travail, pas dans le sens conventionnel du terme, pas quand tu étais entouré de tes frères et de tes sœurs vagueux, et que personne ne te surveillait, un chronomètre à la main.

A sept heures et demie, Verbie paradait, cape vert tilleul et chemisier rose à jabot, le visage maquillé de la couleur des tuiles cassées que Norm avait, Dieu sait pourquoi, déversées contre le mur ouest de la maison un matin avant le chant du coq. Il y avait aussi Jiminy, en haut-de-forme et jaquette, sans rien d'autre qu'un caleçon à imprimé Donald, une nouvelle recrue — un gars qui jouait des bongos, *rataratarat* ; les chiens et même les chèvres étaient en état d'alerte maximale, et Maya passa la porte en tornade dans une robe de mariée de Goodwill qui ne semblait pas tout à fait encore achevée par les mites. Et Ronnie ? Ronnie était tel qu'en lui-même — la sobriété incarnée. Star avait décidé de s'en tenir à un maquillage léger, agrémenté d'un signe de la paix sur chaque joue et d'un troisième œil, avec faux cils, au milieu du front.

Il devait déjà être huit heures et demie quand Reba entra, alluma des bougies et déposa sur la table près de la porte deux théières d'infusion à la camomille et un plateau couvert de grosses tasses en terre cuite. C'était le signal, du moins Star le prit-elle pour tel, et elle s'installa par terre, à côté de Marco, de Ronnie, de Merry et de Lydia ; toutefois, une autre demi-heure s'écoula avant que Norm Sender n'arrive et que Alfredo ne porte à ses lèvres un vieux mégaphone de cirque et n'entame sa harangue : « Très bien, tout le monde, très bien... est-ce que je peux avoir votre attention un instant, on va tout faire pour vous rendre cette réunion le moins désagréable possible, je vous le promets... »

Star se sentait bien, très bien, aux anges même, lorsqu'elle s'enfonça dans les oreillers, lorsque Marco lui passa le bras autour des épaules et qu'un des chiens au pelage ocre se fraya un chemin à travers la pièce pour s'installer à côté d'elle et poser sa grosse tête jaune sur ses genoux. Tout sembla converger sur cet instant, tous les filaments de son existence, le tiraillement entre un pôle et un autre, Ronnie, Marco, le mec du tipi, ses parents, son boulot, sa voiture, sa chambre, tout ce qu'elle avait abandonné, parce que voici quelle était sa famille désormais : son véritable foyer, c'était ici. Elle allongea les jambes, leva les yeux vers le balancement des toiles d'araignées tendues au plafond comme des nuées miniatures et les araignées d'eau qui y étaient arrimées. Jusqu'à Marginocity, elle ne s'était jamais sentie chez elle nulle part.

Au lycée, par exemple, qui était-elle ? Miss Personne. Elle aurait pu broder la formule sur ses chandails, se la tatouer sur le front. Avec la légende suivante en petits caractères : JE SUIS DE LA MERDE, JE SUIS UNE ANONYME, MARCHEZ-MOI DESSUS, NE VOUS GÊNEZ PAS. Au collège, elle n'avait jamais été sacrée « La fille la plus rigolote de la classe » dans le livre de l'année, « La meilleure danseuse de la promo » ou « Meilleur Espoir féminin » ; elle n'avait jamais fait partie de l'orchestre ou du Club d'espagnol ; quand aurait lieu la réunion du dixième anniversaire de la promotion, personne ne la reconnaîtrait ou n'aurait le moindre souvenir à partager avec elle. Cela dit, les garçons la remarquaient. Au lycée, en tout cas. Oh oui, ils la remarquaient, ils la remarquaient dans les couloirs, à la cafétéria et en ville aussi, dans les allées oppressantes du magasin de disques, yeux vitreux de désir et d'une sorte de férocité animale dont ils n'étaient même pas conscients. Elle était sortie avec plusieurs sans avoir jamais eu de vrai *boyfriend*, alors qu'elle était jolie (elle le savait), et elle n'avait jamais compris pourquoi, sinon que quelque chose ne cadrait pas, comme si elle était née à la mauvaise époque, au mauvais endroit, surtout au mauvais endroit, là où il ne se passait rien et où personne ne réussissait jamais à faire quoi que ce soit de sa vie. C'était ça, la raison, se disait-elle, ça ne pouvait être que ça, et cette idée l'avait réconfortée, au fil des déceptions et du défilé des jours, des mois et des années en carton qui passaient inexorablement, tous plus raides les uns que les autres. Elle avait supporté les cours insipides d'instruction civique et de psycho 101, affronté les six causes majeures de la Première Guerre mondiale, les algorithmes et l'anatomie interne du ver de terre, et, pendant tout ce temps, elle s'était dit que la vraie vie devait être ailleurs.

Elle avait réussi ses examens, mis un masque et commencé à faire la classe aux enfants de troisième année dans l'école élémentaire où elle avait elle-même été élève dix ans auparavant. Elle avait continué à habiter sa chambre d'adolescente, chez ses parents : on aurait dit un cas d'interruption de croissance, et puis, elle ressemblait tellement à sa mère (de l'avis de tout le monde) ! Sa mère était institutrice à la maternelle, sa mère portait de jolis deux-pièces-pantalon taille 36 et des chemisiers mauves à col Peter Pan — et elle aussi. Or Star n'avait pas envie de ressembler à sa mère ! Quand elle rentrait chez elle, le soir, elle chiffonnait ses panties à l'intérieur de son tailleur taille 36 et faisait une boule du tout, qu'elle jetait par terre, puis elle s'allongeait, un baffle sur chaque oreille, et contemplait les mouchetures et les tourbillons des trois couches de peinture du plafond, tandis que Janis Joplin battait des ailes et s'envolait sur les altérations tonitruantes de *Ball and Chain*. La mère de Star n'arrêtait pas de bavarder pendant tout le repas, les rideaux en dentelle du Connemara pendaient, rigides, aux fenêtres, et son père protégeait son assiette comme s'il avait craint qu'on la lui prenne. Star souffrait de devoir porter la fourchette aux lèvres, petits pois, pâté, morue à la crème, choux de Bruxelles. *Et Tommy Nardone, il ne te crée pas trop de problèmes ?* s'enquérait sa mère, *il se tient bien ? Parce que j'ai eu son frère Randy et, crois-moi...* Star hochait la tête, opinait du chef et remontait illico dans sa chambre scruter l'expression sarcastique des Rolling Stones sur la pochette de *Out of Our Heads*. Et puis, un après-midi d'octobre arrosé, morne à souhait, déprimant à mourir, en allant s'acheter du maquillage chez Caldor, elle était tombée sur Ronnie dans la section disques. Oh ouais, il zonait pour de bon, un vrai margino, il fauchait des disques jusqu'à ce qu'il ait assez de *pèse* pour aller en Californie parce que c'était là-bas que tout se passait, nulle part ailleurs. Oh, ouais. *Minijupe. Magasin de dope. The Haight. Lucy in the Sky with Diamonds*. « On a eu des problèmes dans le passé, disait Alfredo, et je suis certain que tout le monde est à la coule mais nous... Norm, Reba, moi et tous ceux qui travaillaient au jardin communautaire ce matin... on trouve qu'on a atteint une limite...

— Quelle limite ? demanda Ronnie en s'appuyant sur les coudes. Les limites, c'est question d'opinion, mon vieux.

— Vérité en deçà, erreur au-delà... », commenta Merry.

Ronnie se retourna, s'adressa à la galerie : « Limites du monde entier, unissez-vous ! »

Il y eut des tapements de pieds, quelques maigres applaudissements, un hennissement ou deux — des rires qui pourraient bien avoir été un peu forcés. Alfredo resta de marbre, penché au-dessus de la table, le regard fouillant chaque visage individuellement. Lorsque les bruits se turent, il continua : « Oui, mais vous savez tous que les toilettes sont inadéquates pour une communauté de notre taille, sans compter que nous sommes envahis par des hordes de visiteurs le week-end et, avec l'été qui vient, ça ne va qu'empirer...

— Mettez une pancarte », proposa Jiminy. Jiminy, dix-neuf ans, maigrichon, avait l'air d'avoir ramassé sa barbe sur une plage de sable ; il n'était à Marginocity que depuis une semaine ou deux. Star aimait son style. Elle était dehors, accroupie par terre, à éplucher les haricots tout en discutant groupes de rock avec Merry, quand elles l'avaient vu remontant l'allée sur son unicycle, un terrier noir lévitant à sa traîne au-dessus des dos-d'âne. « J'y suis *arrivé* ! s'était-il exclamé, et Terrier aussi ! » Le chien s'était fait écraser le surlendemain et Jiminy avait pleuré comme un enfant dans les herbes folles. « Accès interdit, Propriété privée. Toi inclus ! criait-il maintenant, inconscient de l'ironie de sa situation. C'est ce qu'ils ont fait au Marginocity d'origine, dans le Colorado. Et à Thunder Mountain aussi.

— Ouais, d'accord, mais qui va décider qui peut entrer et qui doit être refoulé ? On va engager des flics ou quoi ? »

La parole était à Verbie, virevoltant, verte et rose, comme un cocktail aux fruits dans un shaker.

« Norm, qu'est-ce que t'en penses ? C'est toi qui seras notre flic-en-chef ? »

Norm Sender était assis en tailleur, une clochette des pâturages pendue autour du cou à une cordelette en daim. Il ne se donna même pas la peine de lever la tête. « Faut pas y penser.

— Le problème... », reprit Alfredo, la voix tendue : manifestement, il essayait de retenir quelque chose qui lui brûlait les lèvres. « ... le problème, c'est la merde dans les bois. Et tous les présents dans cette pièce sont coupables...

— Y compris les chiens ! résonna une autre voix.

— Exactement, y compris les chiens. Mais ce n'est pas hygiénique, les gars. Bordel, les gens prennent même pas la peine d'enterrer leurs trucs, et ce sont les nôtres, les gens de Marginocity... Les hippies du week-end, eux, laissent leurs rebuts... et leurs excréments... n'importe où, de toute façon. Ce qui m'amène à l'incident d'hier soir. Vous savez tous à quoi je fais allusion... »

Suivit un murmure d'acquiescement. Verbie prononça deux mots (« Sky Dog ») puis tout le monde entonna en chœur : « C'étaient les blacks.

— Ah oui ? — Alfredo promena sur la pièce un regard circulaire, s'attarda sur les visages. — Hum, je ne sais pas... on ferait mieux de demander à Pan, là-bas... tu y étais, Pan, n'est-ce pas ? Pourquoi tu ne nous raconterais pas comment ça s'est passé ? Vas-y, *Ronnie*, éclaire nos lanternes, raconte-nous comment c'est, *peace and love*, hein ? »

Ronnie qui, étendu jusque-là, amorphe, sur les coussins, les pieds à angle droit au bout de ses jambes allongées, se redressa puis se leva si brusquement qu'il surprit Star et le chien. D'un coup, il se retrouva debout, tremblant dans son short en jean et sa chemise en batik, et Star aurait bien voulu avoir un shoot, de n'importe quoi, parce que le gars qui venait de se lever, c'était le Ronnie dans la mire d'un index accusateur, Ronnie la victime, Ronnie le martyr. « Je te l'ai déjà dit, mec, et je vous le répète à tous ce soir, j'ai rien à voir avec cette histoire...

— Ouais, sûr. C'était Sky Dog, c'est ça ? rétorqua Alfredo. Et les *blacks*. »

Ronnie, Ronnie le cool, ce pauvre Ronnie lui lança un regard injecté de sang et écarta les bras, en signe d'exténuation. « Je veux dire... c'est moi, Pan, vous me connaissez tous, non ? Vous croyez vraiment que je ferais quelque chose comme ça, même si j'étais camé... ? Quatorze ans, elle a quatorze ans, de la graine de prison de quelque façon qu'on la tourne. Je suis pas comme ça, je suis pas ce genre de mec. Vous me connaissez tous, non ? Pas vrai ? »

Quelqu'un, devant, un membre fondateur, se leva. D'abord, Star ne put le distinguer, et elle dut détacher sa tête des oreillers ; elle sentit Marco ajuster sa position à côté d'elle. C'était le gars, le *mec*, que tout le monde appelait Mendocino Bill, cent vingt-cinq kilos de poils engoncés dans un bleu de travail qui aurait fait une bonne serpillière. « Écoutez tous, c'est pas le problème, et je suis avec Pan, c'est mon frère et je le crois... Voyons, c'est quoi, ça ? un tribunal populaire ou quoi ? Non, écoutez-moi, notre problème, c'est nos frères noirs, là-bas. Ils intimident les gens et tout ce qu'ils veulent faire, c'est boire de la piquette, trouver le joint, faire la fête non-stop et tout ça sur notre dos. Ils manquent pas un repas, hein ?

— Raciste », lança Verbie. Certains sifflèrent. « Non, pas du tout, *mec*. Vous êtes pas justes. — Le ton de Mendocino Bill monta d'un cran. — Parce que, moi, j'étais à Selma et j'étais à Birmingham et je me demande où vous étiez tous, vous, à ce moment-là, parce que je vous y ai certainement pas vus, merde ! pas un seul d'entre vous. Moi, je vous le dis, je me moque de qui c'est, on doit faire notre propre police, les mecs, c'est aussi simple que ça, sinon le shérif de Sonoma va venir ici et s'en occuper à notre place... et je crois pas qu'il y ait quelqu'un ici qui veuille ça. »

Tout le monde se mit alors à parler en même temps : volées d'accusations, mauvaises plaisanteries, quelqu'un répéta inlassablement une note aigre sur un harmonica et Ronnie quitta les feux de la rampe pour s'affaler derechef sur le nid de coussins comme un lézard qui disparaît dans une crevasse. Lydia lui prit la main et Merry lui décocha un sourire à fond les watts, mais c'est vers elle, vers Star, qu'il se tourna pour lancer son appel à la clémence. Il hocha la tête, pour la gouverne de Marco aussi, parce que Marco était là, tout près, sourcils levés, oreilles dressées : « Je jure, déclara Ronnie, je jure que j'ai rien à voir là-dedans.

— Conneries ! cria Jiminy. Videz-les !

— Qui ?

— Les blacks ! Foutez-les dehors, merde ! Norm, allons, *Norm...* »

Tous les regards se tournèrent vers Norm Sender, assis dans la position du lotus au centre de la table, et, l'espace d'un éclair, chacun poussa son soupir. Mais Norm refusa catégoriquement : il baissa la tête et se réduisit à la moitié de sa taille. « Accès Pour *Tous* A La Terre, leur rappela-t-il.

— Il faut bien que quelqu'un agisse... on se croirait dans *Sa Majesté les mouches*, là-bas, *mec*.

— Ouais, pour sûr... Et ici, c'est comment ?

— Hé, va te faire enculer.

— Non, *toi*, va te faire enculer ! »

Ça devenait pénible. Allongée là, le menton dans la main, le coude sur un coussin, Star se disait : si seulement ils pouvaient tous se taire ! Elle se demandait où étaient passées l'harmonie, la joie, et pourquoi tout le monde devait se bagarrer tout le temps, sur quoi elle regarda Ronnie, le regarda droit dans les yeux — et elle découvrit un cœur dur et froid, qui célébrait sa victoire, calfeutré au fond de lui-même, imperméable à toute chose à la coule, à toute chose fraternelle, et sororale aussi. Elle était sur le point de lui adresser la parole, elle allait le prendre à partie, quand elle sentit la chaleur à son côté l'abandonner comme si elle s'était évaporée, et devant ses yeux passa le jean effrangé de Marco et le cuir délavé et fripé de ses bottes maintenant plantées sur le sol. « Hé, lança-t-il à la cantonade, hé, tout le monde ! » Et il porta deux doigts à ses lèvres et émit le genre de sifflement, comme le crissement d'un ongle sur un tableau noir, qu'on entend au cours des matches et dans les concerts de rock.

L'assemblée se tut. Tout le monde l'observait. « Écoutez, dit-il, pourquoi quelqu'un n'irait pas leur parler ?

— Leur parler ? » Alfredo était incrédule. S'ils voulaient parler, ils seraient ici maintenant, pas vrai ? Mais non, ils sont complètement ivres, dans leur tanière, comme d'habitude, à attendre qu'une gamine de quatorze ans passe par là pour la violer. L'ancien jeta un regard circulaire sur la pièce. « Qui veut s'en charger ? Toi ? Tu te portes volontaire ?

— Ouais, répondit Marco. Je suppose que oui. »

Ce premier jour où il l'avait hissée sur l'arbre, où elle s'était sentie aussi légère que si elle avait été traversée par une brise, elle s'était prise pour l'héroïne d'un conte de fées. Rapunzel... ou non, pas précisément... Léda, peut-être, Léda, tout auréolée de sa gloire plumeuse. *Léda et le Cygne*. C'était son poème préféré en classe de littérature et elle l'avait lu si souvent qu'il avait fini par faire partie d'elle-même : toute cette agitation, toute cette fatalité, issues d'un instant d'inattention, et ce n'était déjà pas rien, pour sûr, mais ce qui lui faisait carrément venir la chaleur aux joues et des picotements au bout des phalanges, c'était la *bizarrerie* de l'acte. Se le représenter. En rêver. Le battement des ailes, l'odeur, la violence. Tous les autres poèmes de l'anthologie traitaient de fleurs, de la mort, d'urnes grecques, mais celui-ci, celui-ci... il parlait de *se faire un cygne* ! Star se rappela son incrédulité d'alors : elle se demandait comment cela était possible (les oiseaux avaient-ils donc des *pénis* ?) et pas seulement l'aspect mécanique, mais la scène en soi. Est-ce qu'il l'avait vraiment enlevée et transportée dans les airs ou l'avait-elle seulement *cru* ? Quelle taille avait-il ? La sève de qui portait-il (celle de Zeus, avait dit le professeur) et comment ça fonctionnait ? Hélène ne devrait-elle pas être mi-oiseau, alors ?

Marco lui avait tendu un joint et elle l'avait pris d'instinct. Elle avait eu trois jours pour s'éclaircir la tête, pendant lesquels elle n'avait rien ingurgité de plus fort que du thé rouge, et Maya qui, en pelant les oignons, lui racontait, de sa petite voix grêle, comment on devait transcender la drogue pour arriver à planer par les voies naturelles... l'harmonie des gourous, le bonheur suprême dans une cuisine surchauffée — bref trois jours, ça lui avait suffi. Elle avait besoin d'un coup de pouce pour repartir de plus belle, d'une méthode plus rapide pour métamorphoser sa conscience que psalmodier mille fois *Om Mani Pema Hung*, dans la mesure où sa conscience était obstruée comme une tuyauterie par tout le résidu de Ronnie et la lie de chez ses parents. Sans compter, devait-elle admettre, qu'elle se sentait gourde en présence de ce nouveau *mec*, ce roux mordoré qui se promenait à poil, ses cheveux longs tombant comme un rideau sur son visage, masquant ses yeux, parce que, depuis qu'elle logeait dans son aire, tout avait changé. Il ne savait pas quoi dire et elle non plus. Le joint était une offrande. C'était le grand égalisateur, la sainte communion, défonce-toi, regard vide porté vers l'espace... Qui a besoin de parler, dans ce cas-là ? Ils avaient fumé le joint jusqu'à la désintégration du mégot pressé doigt contre doigt, lèvre contre lèvre, sans dire un mot ni l'un ni l'autre.

L'air embaumait la suavité du joint. Les oiseaux venaient percher sur la balustrade en planches et les observaient comme s'ils avaient été de simples extensions de l'arbre, un fruit inattendu, une noix sans coque, ou bien encore quelque nécrose surgie de l'écorce. Star se cala contre la paroi, se fondant en elle-même tandis que les sons de la communauté qui s'éveillait (murmures, barbotages dans la piscine, musique à la radio) leur parvenaient de très loin, à ce qu'on aurait pu croire. « Jour de lessive », s'exclama Marco, ajoutant un drôle de petit gloussement censé les mettre tous deux à l'aise, ce qu'il aurait réussi à faire si seulement il ne s'était pas étouffé. Derrière lui, une flasque rangée de jeans, de T-shirts, de sous-vêtements en piteux état et de chaussettes dépareillées pendaient aux branches (tombés du ciel ?). Star se représenta un brusque cataclysme, une tornade qui aurait arraché les vêtements des gens mais épargné la chair en dessous. Ou des bombardiers, très haut dans le ciel, en route vers le Viêt-nam, larguant des sous-vêtements détrempés — plutôt que la mort. « Ouais », répondit-elle, succinctement, quoiqu'on eût dit que le mot comportait huit syllabes. « Ça faisait une semaine, au moins... Je commençais à sentir le chien écrasé. — Raconte-moi tout », dit-elle, et soudain tous ses sens furent à vif. « Parce que, lorsque Ronnie et moi, on traversait le pays, c'était exactement pareil... Tu connais Ronnie ? *Pan*, je veux dire ? Dans toutes les villes, on essayait de sortir quelques pièces pour la laverie, mais soit on se perdait soit ils n'avaient jamais entendu parler de machines à laver, de sèche-linge ou de ces petits sachets individuels de lessive — tu vois les sachets que je veux dire ? Sur le paquet, il y a marqué simplement LESSIVE, rien d'autre. Pas de marque, rien, seulement LESSIVE. Tu trouves pas ça horrible ?

— Hum... » Le regard passant juste au-dessus de l'épaule de Star, Marco hocha la tête comme s'il se rappelait parfaitement avoir été avec eux à chaque tournant de chaque trou perdu sans âme et déprimant que comptait l'Oklatexahoma. « Je suppose... Mais ça ne serait pas justement ce qui cloche dans la société de consommation... ? Les marques ?... comme si mon savon était vraiment meilleur que le tien ! Visitez les États-Unis au volant de votre Chevrolet ! Achetez, achetez, achetez, tuez, tuez, tuez, mangez, mangez, mangez. La guerre, c'est ça : des produits, des marques... il faut faire tourner l'économie, et qui se soucie que quelques centaines de femmes et d'enfants se font dégommer au napalm tous les jours ! »

Star se releva et posa une main sur le bras de son compagnon. « Oh là ! Oh là ! Je faisais la conversation, rien de plus.

— Pas de problème », répondit-il, et son regard plongea dans celui de Star, aucun problème. « Moi aussi.

— D'ac. D'ac, si on faisait que parler, alors je me demandais simplement ce que tu penses de te retrouver à poil devant une fille que tu ne connais ni d'Ève ni d'Adam, et camé par-dessus le marché, à huit heures et demie du matin ou dans ces eaux-là. C'est une pétition de principe ou c'est simplement que tu n'as plus rien à te mettre sur le dos ? »

Elle s'attendait à ce qu'il prenne ça à la rigolade. Il détourna le regard. Il haussa les épaules, éloquentes épaules, muscle ferme — un tendon tressauta dans son cou. « Je ne sais pas. — Une fois de plus, il croisa son regard. — Est-ce que ça te gêne ? Le corps humain, je veux dire... ? »

Toutes les feuilles retinrent leur souffle, avant de se soulever, comme si quelqu'un avait mis une nouvelle diapo dans le projecteur du monde. « Sans doute, répondit-elle. Quelquefois. »

S'ensuivit un silence, le bêlement des chèvres en contrebas, un cri lointain, le crissement des graviers sous les roues d'une voiture dans l'allée... Sur quoi Marco demanda : « Pourquoi tu ne te déshabilles pas, toi, pour voir comment ça fait ?

— Je sais comment ça fait... J'étais nue à six heures, ce matin, pour prendre ma douche. Pourquoi tu ne te rhabilles pas, toi ?

— Mes fringues sont mouillées. »

Alors, c'est elle qui se mit à rire — Marco l'avait coincée. Ses vêtements étaient bien mouillés, en effet, plaqués sur les branches comme du papier mâché, dégouttant à contretemps sur les chèvres en contrebas. « Écoute, Star, fit-il (c'était la premièrefois qu'il l'appelait par son surnom depuis qu'elle était montée jusqu'à lui), tu ne voudrais pas, peut-être... rester avec moi pendant un certain temps, prendre les choses à la coule...

— Et baiser ? »

A nouveau, il haussa les épaules, frotta une tache imaginaire sur son mollet. « Sûr. Si ça te dit. »

Elle réfléchit un instant, songea à Ronnie, à sa nouvelle nana, Merry, à la femme à la grosse poitrine, à toutes les possibilités qui s'ouvraient à elle à Marginocity et dans les bois de séquoias environnants, partout où elle avait envie d'aller, loin des confins étouffants du monde normal, puis elle observa Marco, son sourire, sa façon d'être, la manière qu'il avait de présenter les choses, et elle finit par répondre : « Non, je crois pas. »

Il baissa la tête, sa voix perdant de l'assurance jusqu'à se réduire à quelque chose qui serait tombé d'un panier et aurait roulé par terre : « C'était une simple question...

— Tu sais ce que j'essaie de te dire ? », fit-elle. Elle se mit sur le coude et lui saisit le bras juste au-dessus du poignet. « Je suis avec quelqu'un, maintenant, tu comprends ? C'est tout, rien de plus. »

Elle l'observa qui repliait les jambes, deux boules de muscle sursautant dans ses mollets. En se levant, il prit soin de ne pas lui faire face. « Je ne sais pas, dit-il, sur le ton de l'excuse, déjà. Comment savoir sans demander, hein ? »

Elle rit, mais ce n'était pas le genre de rire qu'elle avait voulu produire parce que Ronnie et le mec du tipi s'y trouvaient mêlés. « Non, reconnut-elle, on ne peut pas savoir. »

La nuit était plus noire qu'il ne devrait être permis, sans la moindre lune, sans étoiles, ciel cadenassé par la brume qui montait subrepticement de la rivière. Star ne distinguait ni Marco ni Ronnie, alors qu'ils n'étaient qu'à un mètre devant elle, contournant à tâtons les tricycles, les outils et les tuiles mises au rebut, mais elle humait la terre qu'elle déplaçait en marchant et l'odeur stagnante de poisson qui s'élevait de la piscine, quelque part à main droite, et elle entendait les chèvres qui agitaient doucement leurs chaînes en changeant de position sous les arbres. Un criquet solitaire n'arrêtait pas d'ouvrir et de fermer une porte minuscule dans les hautes herbes. Et rien d'autre.

Verbie avait décidé de les accompagner, en qualité d'arbitre, et Jiminy, Jiminy qui ne doutait jamais de rien... il suivait trois mètres derrière, maugréant doucement dans le noir. « Merde, putain, je vois rien. Hé, Verbie, tu es où ? Verbie ? Star ? »

Un sifflement retentit juste devant elle. Ronnie se retourna et le cercle pâle de son visage resta suspendu dans la nuit comme un lampadaire cassé. « Moins fort, d'accord ?

— Pourquoi ? — La voix de Verbie troua l'obscurité. — Qu'est-ce que tu veux dire... moins fort ! Pourquoi on devrait... ? Tu te crois en manœuvre ou quoi ? Tu nous prends pour un commando ? C'est nos frères et on est chez nous, partout ici, et c'est ouvert à tous, le pouvoir au peuple... pourquoi on devrait se la fermer, hein ? *Tu me réponds, hein ?* »

Lydia et Merry étaient restées avec les autres dans la maison, assises à croupetons, en boule — on se mêle pas de ça, nous — devant le feu de bois de rebut allumé par Norm pour combattre l'humidité venue avec la nuit, à regarder Charlot qui mangeait sa chaussure. (« Non, non, c'est vraiment épatant, il la fait bouillir dans une marmite et sert les lacets comme spaghettis. ») Les uns et les autres se servaient en brownies et en thé, installés en petits groupes, allongés sur des couvertures, tapant sur les ventres des chiens comme sur des tambourins. Personne ne bougea quand la bande se forma derrière Marco (et Ronnie, qui n'avait que le choix d'y aller s'il tenait à conserver sa crédibilité), parce que c'était un trop gros effort, plaidons le laisser-faire, relax, et laissons le problème se régler par lui-même. Star non plus ne voulait pas d'histoires (elle avait horreur des confrontations !) mais c'était quelque chose qu'elle se devait de faire, pas simplement pour la famille ou parce que Marco avait pris l'initiative et que tout reposait sur ses épaules mais pour la fille aussi, pour *elle.* Parce qu'il fallait bien mettre un terme à ce truc.

Star ne l'avait même pas rencontrée. Elle avait été trop occupée à cuisiner, récurer, jardiner, rêvasser. Les gens venaient, ils repartaient. A table, la moitié du temps, elle ne reconnaissait personne, surtout le week-end. Et alors ! Elle ne l'avait jamais vue ! Qu'est-ce que ça changeait ? Ça ne l'empêchait pas de la connaître par cœur, la petite sœur de quelqu'un : teint lait écrémé, sourire à soutien orthodontique, jean rapiécé, T-shirt R. Crumb, crasseux d'avoir été porté en vadrouille, sous les œillades et les propositions et les grosses pattes moites de tous les *mecs* qui s'étaient arrêtés après avoir vu son pouce recourbé — elle n'avait même pas besoin de se retourner pour faire face à la circulation parce qu'ils se seraient arrêtés pour ses cheveux, ses formes, sa seule aura. Son petit ami était un trou du cul. Sa mère était un clone. La gamine avait été abusée verbalement, sexuellement peut-être. Elle n'était pas intégrée. Elle désirait plus que les déclarations schématiques, des *Mi casa es su casa* : voilà pourquoi elle était venue les trouver, les hippies, les gens dont elle avait tant entendu parler qu'ils en étaient devenus, à ses yeux, des légendes de rédemption et d'espoir, pour découvrir en fin de compte qu'elle n'était pour eux qu'une nana de plus, couche-toi là et défonce-toi, chérie.

Star tendait les bras en avant, feu rouge, feu vert ; elle avançait un pas à la fois. Il ne pouvait y avoir plus de deux cents mètres entre les deux bâtisses mais on eût dit des kilomètres, pieds traînant dans la terre piétinée et les feuilles brunes des chênes, crispés comme des petites griffes, tous muets pour la première fois depuis que la porte s'était refermée sur eux. « Mec, ce qu'il fait noir ! », souffla Jiminy dans sa barbe clairsemée après un silence, simplement pour le briser, mais c'est alors qu'ils entendirent les pulsations de la musique devant eux, et ils avancèrent vers elle jusqu'à ce que deux fenêtres faiblement éclairées émergent des ténèbres. Ronnie trébucha sur un objet et le poussa de côté dans un mouvement précipité et furtif. La lueur des bougies accrochait les ombres réfugiées dans les fenêtres, les relâchait, les rattrapait, les relâchait.

Ainsi elle leur apparut, la maison du fond, de la taille de deux mobil-homes mis côte à côte, avec un toit de bardeaux blanchis par le soleil, et une véranda à la toiture inclinée comme un navire qui coule par grosse mer. Les ouvriers agricoles, des immigrés, y avaient été logés à l'époque où le père de Norm dirigeait la ferme, du moins c'était la version d'Alfredo : ils montaient et redescendaient la côte au gré des récoltes, pommes de l'État de Washington, cerises de l'Oregon, raisins de Californie. Star voulait bien le croire. Cette maison était un bouge alors et elle l'était encore, c'était l'édifice le plus *défoncé* de la propriété. Les fenêtres étaient presque opaques de crasse, il n'y avait ni eau ni électricité et, sur la porte, quelqu'un avait peinturluré « Les Vagueux de Marginocity » dans un tourbillon fleuri de lettres gothiques. Star était entrée là peut-être une demi-douzaine de fois, à l'occasion d'une fête ou d'une autre — mais plus depuis que Lester y avait emménagé, cela va de soi.

Marco ne se donna pas la peine de frapper. Il poussa la porte et ils entrèrent tous à la queue leu leu, plus comme des touristes qu'une armée d'invasion, et Star essaya de sourire mais elle n'y parvint pas. Il lui fallut une bonne minute pour s'habituer à la lumière, dans un froufrou de mouvements occasionnés par les salutations éventées et artificielles de la tribu, *ça gaze, frère ?*, le frémissement des bougies, le doux pouls autonome de Otis Redding, assis sur le dock dans la baie. Qui se trouvait là ? Lester, Franklin, trois *mecs*, deux Noirs et un Blanc, qu'elle n'avait jamais vus, même à l'heure des repas, où tout le monde avait plutôt tendance à venir et — surprise ! — Sky Dog. Surprise parce que, comme il ne s'était pas montré au déjeuner ou au dîner, tout le monde avait cru qu'il était rentré au Haight, ou dans l'Oregon. (Est-ce qu'il n'était pas originaire de l'Oregon ? et, à ce propos, quel était son *vrai* nom ?)

Star l'observa, assis en tailleur sur le plancher, penché sur sa guitare, dont il jouait en suivant le disque, libre comme l'air, comme s'il ne s'était rien passé, comme si s'imposer à une fugueuse de quatorze ans ne comptait pas plus que se brosser les dents ou aller aux chiottes, et elle sentit quelque chose d'irrépressible monter en elle. « Hé, mec, dit Verbie, comment vont les affaires ? Bien ? Hein ? Parce que, nous, on a simplement eu envie de venir vous rendre une visite pour voir ce qui se passait ici, tu me suis ? » Elle ne dépassait guère le mètre cinquante, cheveux roux plaqués contre les oreilles, petit minois ovale pincé et trou noir là où aurait dû se trouver son incisive gauche. Son maquillage s'accrochait comme des paillettes à la racine des cheveux, elle faisait onduler sa cape et glissait sur le plancher comme si elle s'était apprêtée à traverser la pièce en faisant des claquettes. « Je veux dire... vous êtes à la coule ? »

Personne n'alla jusqu'à l'assurer que c'était le cas et l'ambiance n'était pas à la coule, pas du tout. On aurait dit que les visiteurs avaient interrompu quelque chose. Star se faufila à l'intérieur, à la suite de Ronnie.

Il n'y avait aucun mobilier à l'exception d'une planche perchée sur deux blocs de ciment et tout le monde était assis par terre ou, plus exactement, pas vraiment par terre mais sur les coussins en vinyle craquelé et lépreux récupérés de la chaise longue rouillée de la piscine, et sur un sac de couchage kaki qui avait l'air d'avoir été tiré à l'arrière d'un semi-remorque sur deux cents kilomètres. Quelqu'un avait plus ou moins tenté de balayer la pièce et il restait, dans l'angle, au fond, un monceau de sacs en papier kraft, de cartons de beignets, de journaux déchirés et de verre cassé. Pour toute lumière, deux bougies qui coulaient chacune à une extrémité de la planche (caldères de cire, ombres incertaines, un shilom en équilibre sur une boîte d'allumettes de ménage) et, lorsque le pichet de vin bon marché circulait de main en main, il reflétait une infime lueur, comme si un soleil couchant avait été enfermé dans le ventre du verre. « Alors, qu'est-ce qu'il y a ? demanda Lester, levant le nez, avec un petit sourire pincé. C'est Halloween ? » A côté de lui, Franklin baissa la tête et lâcha un rire bref, une espèce d'aboiement tronqué. « Donnez-nous des bonbons ou gare à ta gueule, c'est ça ? On en est là ?

— Ouais... », fit Franklin. Et il porta le pichet à ses lèvres. Mais il dut le reposer, parce que le bon mot de Lester le faisait trop rire : « Eh bien, on en a pas, de bonbons ! »

Ronnie trouva un endroit où s'installer et s'accroupit à son aise : apparemment, il se sentait chez lui et peut-être l'était-il en effet mais tous les autres, restés debout, continuèrent de se balancer d'un pied sur l'autre. « Il y a eu une réunion », commença Ronnie, après quoi Verbie, qui perdait toujours l'occasion de se taire, se lança dans un compte rendu circonstancié de qui avait dit quoi, s'éternisant sur les étrons dans le bois, les hippies du week-end, les fosses septiques qu'il fallait creuser, et elle allait en arriver au point crucial en essayant d'en adoucir l'impact lorsque Marco prit la parole.

Il était appuyé contre le mur, bras croisés, bretelles tendues sur son T-shirt lavé de frais. « On veut que vous dégagiez, déclara-t-il, tous... — Il décocha un regard de biais à Sky Dog. — Ça te concerne aussi, l'ami. »

Sky Dog ne leva même pas la tête mais Lester fit la grimace : « Ouuuuuh, écoutez-le ! C'est quoi ton signe, *baby*... Bélier, fin mars ? ça doit être ça... fonceur, hein, mec ? Fonce-leur dedans, hein ? Fonce dans le tas. Ou bien est-ce à l'autre *Mars* que je pense ? Le dieu de la guerre, je me trompe ? C'est ça ? Le dieu de la guerre ? »

Franklin émit une sorte de hennissement mais les autres ne réagirent pas. Le pichet continuait de passer de main en main. « Écoute, si tu veux savoir ce que c'est la guerre, et je veux pas dire la merde du S.D.S., foutre le feu au drapeau américain sur la pelouse de ta maman pendant que nous, les nègres, on part au Viêt-nam et on fume de la came à votre place... parle donc à mon pote Dewey, là. — Il désigna le gars à sa gauche. — Lui, il a été coincé à Khe Sanh pendant quelque chose comme huit mois et il peut te foutre un coup de pied dans ton cul de Blanc qui t'enverra valser d'ici à Detroit et retour.

— On s'en fout, de ça, répliqua Verbie.

— Personne veut en venir aux mains », dit Jiminy, surplombant Verbie de toute sa hauteur dégingandée, représentant d'une autre espèce, tour d'os et de nerfs, ses quilles blanches sortant de sa jaquette et Donald qui grimaçait en multiples exemplaires sur la petite protubérance réfractaire de son caleçon de petit garçon. « C'est simplement que nous tous, enfin... je veux dire, en tant que représentants de la communauté... »

On s'embourbait et Star ne put se contenir plus longtemps : « Vous avez violé une fille ! », s'exclama-t-elle, et, soudain, on aurait dit qu'elle avait arraché le fil de la stéréo ou mouché les bougies d'un coup de carabine, tant le silence s'abattit sur la pièce. Elle regarda Lester, et Lester, mains pendouillant sur les pics étroits de ses genoux, lui renvoya son regard. Tout ça n'était guère *peace and love*, tout ça n'était guère fraternel. C'était moche et, à ce compte-là, laideur pour laideur, elle aurait pu rester chez elle, à Peterskill, New York. « Ça va comme ça, Star », finit par dire Ronnie... Mais Lester le coupa. « Moi, j'ai violé *personne* parce que, s'il s'est passé quelque chose ici hier soir, c'était d'un commun accord, tu vois ce que je veux dire ? Merde, t'étais présent, Pan... tu sais ce qui s'est passé.

— Bordel, cria Marco. Décampez, tous tant que vous êtes !

— Ouais, décampez ! — Jiminy soutint la motion.

— Écoutez, je suis désolé mais on a tous...

— Quoi ? ironisa Lester. Vous avez consulté le *Yiking* ? Vous avez voté : débarrassons-nous des nègres ? C'est ça ? » Sa voix était comme le grondement d'un camion qui grimpe une côte, lentement mais sûrement. « Merde, vous essayez de me dire ce que je sais déjà... *Peace and love*, frère, fais ce qui te plaît, *baby*, mais seulement si ton cul est bien blanc. »

5.

La pioche se levait, retombait, se levait, retombait et ainsi de suite. Marco s'activait sous la canicule (on avoisinait les 40°), en jean et bottes mais torse nu ; il transpirait, travaillait, sentait l'effort musculaire dans les bras et les épaules. Jiminy l'avait aidé, au cours de la matinée, à dépecer la terre à l'endroit où on installerait les nouveaux conduits d'évacuation destinés à la fosse septique mais, quand le soleil s'était trouvé à la verticale, il avait reposé sa pelle aussi délicatement qu'une sculpture en céramique et il avait traversé la cour d'un pas traînant, direction la piscine. C'était un compagnon plaisant, intarissable sur les livres, les disques et tous les endroits qu'il rêvait de visiter : Bénarès, Rio, Nairobi, une ville du Wisconsin qui détenait le record de la plus grosse roue de fromage du monde (si elle était moisie quand il y arriverait, eh bien, il y avait tout à parier qu'ils en referaient une aussi monumentale...). Cela dit, ça ne gênait pas Marco de travailler seul. Toutes les communautés auxquelles il avait participé, ou auxquelles il avait essayé de participer, s'étaient désintégrées sous la pression de trivialités pourtant essentielles, comme : qui fait la cuisine, qui le ménage, qui les réparations ; même s'il était agréable de penser que tout le monde mettrait la main à la pâte en temps de crise, ça ne se passait pas toujours comme ça.

Or là, on avait bien une crise sur les bras ! Que les vagueux s'en soient aperçus ou pas, d'ailleurs... les toilettes de la maison principale débordaient et il y avait une spirale d'étron humain derrière chaque rocher, chaque arbre, chaque herbe folle assez haute dans toute la propriété, et c'était hautement primitif, oh oui ! Involontairement primitif. Personne n'avait même l'idée d'enterrer sa merde, et encore moins de creuser des latrines. On ne pensait pas à ce genre de chose, on ne voulait pas s'encombrer de ces détails. Les pensionnaires de Marginocity étaient des marginaux ! Ils s'étaient retrouvés *là*. Qu'est-ce qu'on voulait de plus ? Moins on en parlait, mieux c'était. Or bientôt, Marco le savait d'expérience, l'inspecteur de l'hygiène publique du comté, lui, aurait des paragraphes à leur raconter, et il ne louerait pas l'éveil de leur haute conscience du monde.

Marco était enfoncé dans la tranchée jusqu'à la taille, il rejetait la terre, quand Alfredo traversa la cour dans sa direction, un broc de citronnade dans une main, une pelle dans l'autre. Il le vit arriver mais il continua de creuser parce que, pour l'heure du moins, creuser était son affliction, son tic, le processus qui activait son flot sanguin et ouatait son esprit. C'était la chose la plus naturelle du monde : la pioche se lève, la pioche retombe ; la pelle entre, la terre sort. « Hé ! fit Alfredo, ses dents pointues révélées par un sourire qui taillait une estafilade horizontale dans l'échafaudage noir et rugueux de sa barbe. J'ai pensé que, peut-être, tu boirais volontiers quelque chose et que tu avais besoin d'aide, aussi. »

Sans l'ombre d'un doute. Marco apprécia les trois glaçons qui flottaient dans la citronnade, vachement sucrée, citrons pressés de frais... mais il devait y avoir vingt personnes à Marginocity avec qui il aurait préféré passer l'après-midi. Il n'avait rien contre Alfredo, sauf son manque total d'humour : on aurait dit qu'on lui avait passé un fil de fer chauffé à blanc dans le cerveau, pour réduire à un tas fumant toutes ses cellules d'appréciation de l'existence ; quand il tenait — et c'était rare — une plaisanterie, il la gâchait en répétant la scie à satiété et en expectorant une série de ricanements sifflants et catarrheux qui te donnaient l'impression qu'il allait étouffer. Sans compter qu'il était vieux, peut-être vingt-neuf... trente ans : pas un problème en soi mais ça le devenait parce qu'il usait de son âge comme d'une matraque dès que tu exprimais une opinion différente de la sienne. Ses formules préférées étaient : « Hum, tu devais encore être au lycée, à cette époque-là » ou « Je ne voudrais pas te dire ce que tu as à faire mais... »

Alfredo descendit dans la tranchée, ôta sa chemise, dévoilant une pâle envolée de côtes, et il se mit à creuser, ce qui était bien. Ils travaillèrent en silence pendant les premières minutes, piétinant la terre meuble dont l'odeur leur montait aux narines comme celle d'ossements fossilisés, exsangues et neutres, le crâne chauffé par le soleil, des gouttes de sueur criblant la poussière accumulée sur leurs souliers. A un moment donné, leur parvint des environs de la piscine un cri, une sorte de hennissement, un bruit de plongeon, puis un deuxième, sur quoi Alfredo, pour faire la conversation, interrogea Marco à propos de son prénom : « Marco, c'est italien ?

— Ouais, je suppose... à l'origine. » Marco se redressa et s'essuya le front avec l'avant-bras — il aurait dû prendre un bandana dans son sac mais, maintenant, c'était trop tard. Il irait se rafraîchir dans la piscine, ouais, voilà ce qu'il ferait, mais plus tard. Beaucoup plus tard. « Mon père m'a appelé comme ça à cause de Marco Polo.

— Ah ouais ? Génial ! — Bruit de broiement lorsque la pelle entama la terre. — Et ton frère, il l'a appelé Christophe ? »

Marco prit acte de la plaisanterie (à laquelle il n'échappait guère depuis l'école élémentaire) avec un sourire bref. « Je n'ai pas de frère.

— Mon père est italien », dit Alfredo, et il grogna en rejetant une pelletée de terre par-dessus son épaule. « Ma mère est mexicaine. C'est pour ça que je supporte bien la chaleur... comme aujourd'hui. La chaleur ne me gêne pas du tout. »

Sûr. Mais Marco pensait au sien, de père, cet homme qui, depuis deux ans, n'était plus qu'une voix au téléphone, et ça n'était pas près de changer. *Où es-tu maintenant ?* hurlait-il dans le combiné. *Twentynine Palms ? Fichtre ! j'y étais pendant la guerre... des manœuvres dans le désert. On se préparait pour Rommel. C'est le paradis sur terre... en hiver, en tout cas. Ta mère veut savoir quand tu reviens à la maison... n'est-ce pas, Rosemary ? Rosemary ?*

Aucune rancune entre eux. Ce n'était pas le truc de Marco, la furie adolescente qui poussait ses potes de naguère à lancer leur V-8 hurlant dans la gorge de toutes les rues du lotissement et de répondre dent pour dent à table. En fait, son père lui manquait, ses deux parents lui manquaient. Par moments, quand il soulevait son paquetage, quand il se retrouvait au bord de la route, quand il se réveillait dans un lit inconnu, dans un endroit anodin exactement pareil à tous les autres qu'il avait traversés, il était la proie d'une douleur sourde, comme une dent en début de carie mais, la plupart du temps, ses parents se retrouvaient tellement compactés dans ses pensées qu'ils y faisaient figure d'étrangers. Il s'était dérobé à la justice. Un mandat d'arrêt avait été lancé contre lui : la première pierre posée par un infime et puéril acte délictueux s'était accrue par la suite d'une fuite inter-États, qui durait depuis des mois, depuis plus de deux ans... si bien qu'il était confronté désormais à une véritable muraille juridictionnelle, immense et menaçante, cimentée en outre par son statut d'insoumis. Son foyer. Son foyer, c'était ici, maintenant.

Désolé, 'pa, mais la réponse, c'est jamais.

L'histoire du Vieux Continent : voilà ce qui cimentait la personnalité de son père, qui l'avait enseignée, à partir du même manuel de plus en plus désuet, à un défilé sans fin de visages indifférents, pendant trente ans, au moins trente ans... *Ma nouvelle classe de terminales ?* s'exclamait-il à table, vêtu de sa veste en velours côtelé marron avec les pièces aux coudes qui brillaient comme si elles avaient été cirées : il était le seul père de tout le lotissement (plus de deux cent cinquante villas) à porter la moustache. *Des Wisigoths plus que des Grecs ! Pas comme à ton époque, Marco... cinq ans, ça fait une différence énorme. Par comparaison, vous étiez une génération d'érudits !* Il disait ça de sa grosse voix — on aurait pu croire qu'il y croyait —, et puis il éclatait de rire. Ah, ce rire !

« On est irlandais, en gros. Mon nom, c'est Connell. Tout le monde croit que je m'appelle Mark O'Connell... je suppose que mon père était un gros plaisantin. Je suppose aussi qu'il me croyait destiné à voyager dans des contrées lointaines...

— Vraiment ? Tu as déjà quitté les États-Unis ? »

Marco posa sa pelle pour s'attaquer avec le tranchant de sa pioche à une pierre enchâssée dans la terre. Il leva les yeux, avant de les détourner à nouveau. « Pas vraiment, non. »

Alfredo s'embarqua alors dans un monologue sur les voyages, les noms de lieux coagulant sur sa langue comme de la peluche sur des vêtements sortant d'un sèche-linge — lui, il n'en était pas aux roues de fromages de cent kilos du Wisconsin ! Son horizon, c'était Paris, Londres, Berlin, Rome, Venise, Florence... Il avait étudié l'histoire de l'art, Marco savait ça ? Ouais, et il avait parcouru l'Europe, un crayon à la main, du Louvre au Rijksmuseum en passant par le Prado. C'était la seule façon de voyager, un mois dans chaque ville, en pension ou en auberge de jeunesse : rencontrer des gens dans les cafés, se procurer la dope dans la rue, acheter un *pane* ou une baguette à la boulangerie après la fermeture des cafés. Alfredo dut parler pendant un bon quart d'heure sans reprendre son souffle.

A un moment donné, entre Amsterdam et la place de la Concorde, les corbeaux se mirent de la partie, cris rauques jaillis des branchages, avant de décrire des cercles au-dessus des têtes de Marco et de Alfredo : oiseaux lustrés piquant sur une chouette qu'ils avaient chassée de son perchoir. « Les chouettes prennent leur revanche la nuit quand ils se retrouvent sans défense, tu le savais, ça ? fit Marco, sautant sur l'occasion pour changer de sujet. C'est le nerf de la guerre. La survie. Imagine-nous, imagine qu'il y ait une autre espèce de singes capables de nous tenir tête, et pas des gorilles ou des chimpanzés, non, d'autres humanoïdes... »

Alfredo n'était pas prêt à imaginer quoi que ce fût de la sorte : il croyait à l'harmonie, à la fraternité, au végétarisme, à la paix, à l'amour et à la compréhension universelle. Il ne voulait rien savoir de la guerre entre les corbeaux et les chouettes, sans parler des singes... il ne voulait rien savoir de la façon dont les corbeaux malmenaient les nids des oiseaux de moindre envergure (moineaux, serins, pinsons) dans le but de prendre leurs petits dans leurs serres et de les dévorer. Ça n'avait rien à voir avec le monde dans lequel il vivait. « Vicieux, tout ça » : tel fut son commentaire définitif. *Vicieux*.

Ils se penchèrent derechef sur leur besogne, et le silence ne fut plus interrompu que par le tranchant persistant des pelles et le tumulte des volatiles qui fusaient à la frange du ciel, jusqu'à ce que le murmure prosaïque de Marginocity recommence à filtrer : bêlement des chèvres réclamant de se faire traire ou d'être nourries ; note unique, aiguë, sonore d'un chien surpris par la faim ; claquement régulier de la porte grillagée à l'arrière de la maison ; et, sous-jacent, comme la bande sonore d'un film, un bourdonnement de rock and roll filtrant des fenêtres de la cuisine. « Tu sais, Marco, j'apprécie sincèrement que tu t'occupes de ça », dit Alfredo de but en blanc, s'interrompant pour s'étirer et se cambrer, particules de terre accrochées à la peau dans un épais duvet de sueur. « Je veux dire... que tu aies pris cette initiative. Je sais que tu n'es ici que depuis deux semaines ou à peu près, mais c'est vraiment un bon trip, c'est de ça qu'on a besoin ici.

— Sûr. Pas de problème. » Et la pelle ne cessa de s'activer. Il était satisfaisant d'agir, de fabriquer quelque chose, de s'y mettre à fond jusqu'à effacer toute autre pensée de son cerveau. La dérive, c'était bien. La dope aussi. Et les nanas. Et la musique. Mais, pour l'instant, dans ce fossé, sous le soleil, c'était l'effort physique qui importait, rien de plus. « Tu sais, j'étais à Thunder Mountain avant de venir ici... Reba et moi, on était là-bas, avant qu'on ait les gamins. Ou plutôt, non... Che avait un an, à peu près, ou un an et demi, je ne sais plus... Mais, en gros, ce qui est arrivé, c'est que tout le monde voulait simplement baiser et prendre de la dope, ce qui me va très bien, il ne faut pas se tromper sur mon compte, mais ça en était arrivé au point où personne ne voulait plus s'occuper du jardin ou faire la cuisine. Les nanas, je veux dire. Parce que c'est elles qui sont la clef de tout. Si les nanas n'ont pas d'énergie, si elles ne veulent pas, tu sais... faire la vaisselle, balayer, préparer les repas, alors, il y a un problème, un gros problème. Il n'y a rien de pire que des tas de vaisselle sale dans l'évier, les casseroles et les poêles crasseuses et encroûtées, et puis tout le monde qui tourne en rond, en se demandant : comment on fait pour le repas ? C'est à ce moment-là que tout craque, crois-moi. »

Marco n'aurait pas eu le loisir de répondre, même s'il l'avait voulu, car, lorsqu'il leva la tête, il vit Sky Dog qui approchait en flânant, Lester et... Franklin ? à la traîne. Non, ce n'était pas Franklin, c'était l'autre, comment il s'appelait, déjà ? Dewey, le héros de guerre. Ils ne dirent rien, ne firent pas un signe, n'adressèrent pas un sourire, ils se contentaient d'avancer dans la courette parsemée de chiendent, l'amble lent et assuré, et d'infimes explosions de poussière remontaient sur les talons de leurs bottes. Alfredo leva la tête, lui aussi, juste au moment où tous les trois, atteignant l'extrémité de la fosse, se plantaient là, le regard porté en bas, comme des bourreaux. L'expression « creuser sa tombe » vint à l'esprit de Marco, disparut, s'imposa à nouveau... La rencontre ne commençait pas sous les meilleurs auspices. « Hé, Alfredo, fit Sky Dog, j'avais un mot à te dire. »

Alfredo mit les mains à plat sur le rebord de la fosse et prit appui pour se hisser dehors, avant de se les essuyer sur l'étoffe délavée de son jean, puis il esquissa un sourire. « Hé, fit-il, heureux de rencontrer Sky Dog, eût-on dit. Ça gaze, mec ? » Et de tendre une main en vue d'une poignée hyper fraternelle qui ne se matérialisa pas.

Sky Dog ? Un mètre quatre-vingts, peut-être quatre-vingt-cinq, quatre-vingt-dix kilos, bronzé, quasiment doré, une veine bleue peinte sur chaque biceps, les yeux plus clairs que le teint. Il arborait une moustache Fu Manchu qui tombait sept, huit centimètres sous la mâchoire. D'ordinaire, il portait un jean assorti d'une veste en jean brodée, manches coupées aux épaules, humble fermier hippy attifé en humble hippy chic, mais, aujourd'hui, il donnait dans le style poseur touriste de la côte Est, avec une chemise à motif cachemire et une écharpe argent passée dans un anneau doré, serrée à la gorge, et un pantalon à patte d'eph qui lui avalait les pieds. « Je voulais te dire que j'en ai plein le cul », entonna-t-il, et son visage prit la couleur du foie qu'on va jeter dans la poêle. « Parce que, si tu crois que tu peux simplement m'éjecter d'ici par un vote ou je sais pas quoi, t'as perdu ta tête. Et envoyer ce merdeux (un geste en direction de Marco) en éclaireur parce que t'as pas les couilles de...

— Hé, Bruce, hé, tu sais que je ferais rien contre toi, surtout toi (Alfredo écarta les bras dans un geste de renoncement) mais tu devrais savoir qu'on ne peut pas courir le risque de voir les autorités débarquer ici et, que tu aies eu quelque chose à voir avec cette fille ou pas, elle pourrait très bien aller trouver directement le shérif de Sonoma County et raconter tout ce qu'elle veut, on ne la connaît même pas, on ne sait même pas où elle est partie...

— Ah, putain, mec, écoute-toi... t'es qu'un hypocrite. Je veux dire... écoute-toi : *que tu aies eu quelque chose à voir avec cette fille ou pas*. Ouais, j'ai eu quelque chose à voir avec cette fille. Et Lester aussi, et Dewey et deux ou trois autres gars... y compris cette petite merde, Pan, ou comment qu'il s'appelle... C'est elle qui voulait... elle en redemandait même... genre : allez, on se came, on baise, on se came, on baise encore et, les gars, vous avez de l'herbe ?... alors, je vais pas m'excuser auprès de personne. Il y a pas un mec ici qui aurait pas fait pareil. Je me trompe ? »

Lester confirma. Dewey se tut, mais ses yeux n'en pensaient pas moins.

Sky Dog (Bruce, de son vrai nom, *Bruce* : savoir ça, c'était connaître le sésame qui le remettait à sa place) porta sa voix à des sommets de doléances : « Je suis ici, quoi... depuis huit, neuf mois ? Et tu m'envoies ce merdeux (à nouveau, un index meurtrier pointé sur Marco, en contrebas, dans son trou) qui a pas une semaine d'ancienneté, pour me dire, à moi, que je dois me casser ? Je te le dis, moi, je vais nulle part, pas même si Norm en personne vient frapper à ma porte, et tu veux que je te dise pourquoi ? je vais te dire pourquoi, moi... »

Marco cessa d'écouter. Il songeait à un chien que son oncle avait, à une époque, un husky, un œil bleu, l'autre marron, le clébard le plus fou qu'on ait jamais tenté de domestiquer, comme aucun autre clébard que Marco eût jamais vu. Jamais il ne voulait courir après une balle, faire des tours ou une balade en voiture, jamais il ne venait se faire caresser, ne te léchait la main ou ne mendiait des restes à table et, quand il se retrouvait en compagnie d'autres chiens, au parc ou sur la vaste pelouse bosselée derrière l'école, il ne bougeait pas d'un poil, il daignait à peine lever la patte ou se fendre d'un reniflement dispensatoire. Mais, si un autre clebs l'y poussait, l'approchait de trop près avec un grognement de chien d'arrêt et les épaules trop tendues, ce clébard-là explosait (sans crier gare, dans un pur et fluide élan de violence tellement soudain et absolu qu'on n'était jamais certain de ne pas avoir eu la berlue). L'autre chien, quelque monstrueux qu'il fût, se retrouvait sur le dos et le husky de l'oncle (Lobo, c'était ça, son nom !) lui avait planté les crocs dans la gorge.

Deux fois déjà, en une minute, Marco venait de s'entendre traiter de « merdeux » — c'étaient deux fois de trop. Avant que *Bruce* ait pu exprimer le reliquat de ses plaintes dans un nouvel assaut nasal et aigu de sa voix parfaitement adaptée à la clé et à la teneur du blues *(pas l'ombre d'un doute, ce gars-là savait chanter)*, Marco avança vers lui, lui saisit la semelle de la botte gauche et lui fit perdre l'équilibre. L'instant d'après, Sky Dog s'effondrait lourdement au bord de la fosse et, l'instant d'après encore, il se retrouvait postillonnant et se débattant au fond. Marco, avec toute la calme délibération du monde, observait son propre poing se lever et retomber comme un piston tandis qu'il se penchait pour refaçonner les traits de ce mec-là, de la manière la moins fraternelle qu'on pût imaginer.

Si Marco croyait de cette manière mettre un terme à quoi que ce soit, il se trompait ; il aurait d'ailleurs pu le prévoir, s'il avait calculé et évalué ses chances, mais cela n'avait plus d'importance. L'important, désormais, c'était Dewey, en premier lieu, qui, lui passant le bras autour du cou, lui renversa la tête comme il aurait dribblé avec un ballon de basket après avoir manqué un panier ; l'important, c'était, en second lieu, Lester, Lester qui, le visage bouffi, avec ses bottes à semelles compensées et son chapeau de maquereau à large bord, chaîne en argent scintillant sur la calotte, bien campé sur le sol de la fosse, décocha deux coups de pied aussi précis que chorégraphiques à la section médiane de Marco, tandis que celui-ci tentait de s'extraire du retournement de bras de Dewey et que Sky Dog *(Bruce !)* se relevait en moulinant des poings. Dix secondes passèrent, vingt, et tous trois continuaient de s'acharner sur Marco, prisonnier de la prise de Dewey comme un mannequin de paille, et Alfredo criait : « Arrêtez ! Arrêtez ! Bon sang, les gars, *arrêtez !* »

Marco ne se faisait aucune illusion. C'était leur force contre la sienne, ce qu'ils voulaient contre ce qu'il voulait, or ce qu'il voulait, c'était Marginocity, rien de moins que Marginocity. Il se tortillait, battait des jambes, envoyait des coups de pied à Sky Dog et tentait de repousser le bras qui lui serrait la gorge. C'était une danse, très exactement. Une danse futile, saccadée, tout en torsion, ponctuée par le martèlement mouillé et mat d'une pluie de coups. Sky Dog était mou, au bord des larmes, et la moitié de ses coups ricochaient sur les muscles et les os, mais Dewey était trempé dans l'acier, et Lester n'arrêtait pas de se renouveler et de viser avec précision, un pied après l'autre, comme pour grimper à une échelle. « Enculé de ta mère », répétait-il inlassablement, doucement, presque tendrement, comme s'il confondait le fait et l'épithète : « Enculé de ta mère. »

Cela aurait pu durer encore plus longtemps, il n'y a pas de fin à ce genre de chose, le sang appelle le sang, le couteau dans le fourreau, le fourreau accroché à la ceinture, le claquement mouillé de la peau contre la peau... si, sur ces entrefaites, les touristes n'étaient passés par là. Deux touristes, un couple, jean et cuir, pendentif en cuivre au symbole de la paix, arrivés la veille pour voir comment s'organisait la contre-culture et, qui sait, écrire un article ou un livre, la promiscuité et la paix, granola, lait de chèvre et marijuana à la belle étoile. Marco les avait rencontrés dans la matinée : ils étaient de Berkeley, il était professeur et elle poétesse, et ils avaient fait don de deux dollars par tête pour des céréales imbibées d'eau et des scones spongieux, et tout le monde en avait eu pour son fric parce qu'ils valaient le détour. Le professeur d'université, calvitie sur la calotte, portait un bandana et plaquait sur la nuque avec du gel ses cheveux longs et raides, de sorte qu'ils retombaient sur le col de chemise, déclaration d'intention qui devait paraître très « à la coule » aux yeux de ses collègues de la section sociologie. La poétesse devait avoir la quarantaine, personne n'avait jamais entendu parler d'elle, ses gros nichons s'effondraient sous son T-shirt sans manches, elle avait du duvet d'oiseau plutôt que des cheveux, une bouche parcimonieuse et des petites billes à la place des yeux, qui creusaient et fouinaient partout parce que tout était un poème en gestation. Or en voilà un qui se déroulait sous ses yeux. Comment l'intitulerait-elle ? *Le Combat de la Fosse Septique* ? Ou peut-être simplement *La Fosse* ? Marco n'avait guère le loisir d'y réfléchir. Il esquivait, se tordait, se contorsionnait, absorbait les coups du mieux qu'il le pouvait. Mais, ouais, *La Fosse*, ça semblait parfait. *La Fosse*, ça disait tout.

Voici la scène : ils faisaient une promenade, le professeur et la poétesse, ils se repaissaient de la chaleur, de la poussière, des lézards des pierrailles qui bombaient leurs minuscules poitrails de reptiles dans l'ineffable atmosphère *peace and love* et la synergie communautaire, lorsque soudain elle (la poétesse) poussa un cri. Et pas un cri banal : pas le genre de cri strident pro forma semi-titillé qu'on pourrait attendre d'une poétesse annonçant simplement un combat à mains nues entre hippies au fond d'une fosse à moitié creusée, dans un champ cloqué qui surplombait la Russian River ; non, ce cri-là exprimait un saisissement, une insigne commotion, il empoignait sauvagement la corde tendue entre les deux pôles de l'existence. Le cri de la poétesse s'éleva au-dessus de la masse stagnante de la torpeur, et tout s'arrêta net. Dewey lâcha prise, Lester retint son pied, Sky Dog et Alfredo tournèrent la tête d'abord vers la femme puis vers le bosquet à l'extrémité de la cour. Et Marco, en équilibre instable sur l'adrénaline qu'il chevauchait ardemment, comme un cautère brûlant qui aurait parcouru ses veines, Marco fut le dernier à tourner la tête.

Ce qu'il vit, c'était Ronnie, Pan, sortant, titubant des ombres dans un complet de sang, du sang frais, embrasé par le dur et implacable éclat du soleil, et une masse sur ses épaules, qui l'enveloppait de sa fraîche et rouge humidité. C'était... c'était un être vivant, ou plutôt, non, mort, manifestement mort. Et sanglant. *La fille*... Marco songea : *la fille* : il ne leur avait pas suffi de la violer, de l'humilier, voilà qu'ils l'avaient... non, ça n'avait pas du tout forme humaine. Que voyait-il ? Un pelage, un pelage brun. Pan avait-il tué l'un des chiens, c'était ça ?

Marco se hissa hors de la fosse. Ronnie se rapprochait, il n'était plus qu'à une trentaine de mètres, peut-être moins, et il chancelait sous son fardeau de sang, de viande, de poils et d'os. « Qu'est-ce que vous avez tous, merde, les mecs ? Je me suis tapé un daim c'est tout ! »

6.

A entendre certaines nanas, on aurait cru qu'il avait tué Bambi en personne... Merry fut la pire ou, plutôt, non, Verbie, Verbie fut pire encore, comme si elle n'avait pas passé les dix-huit premières années de sa vie à arpenter le rayon boucherie des supermarchés ou à s'empiffrer de burgers à quinze *cents* et de pizzas poivrons-lardons comme tous les autres ados américains. Et *Alfredo*, alors ! avec son couplet carnivores-assassins ! — comment pouvait-on massacrer des créatures vivantes, nos semblables, et vivre avec ce karma-là, blabla. Tout ça, c'était de la foutaise, vraiment ! Le retour à la terre, la vie rustique, vaguer : ils n'avaient que ça à la bouche alors que, s'il n'y avait pas eu un supermarché à moins de dix bornes, ils auraient déjà tous crevé de faim, jusqu'au dernier ! Il y avait du poisson dans la rivière, du gibier dans la forêt. Ce n'était pas la saison de la chasse et le daim que Ronnie avait abattu ne pesait pas cinquante kilos tout habillé ? Détail ! C'était tout de même de la barbaque, non ? de la viande gratuite et elle pouvait nourrir toute la communauté pendant une semaine. Est-ce qu'ils croyaient vraiment qu'ils passeraient leur vie à s'étouffer sur des pâtés au soja et des aubergines grillées sur du pain de seigle ? Sur des falafels ? Des kebabs au tofou ? Pour l'amour de Dieu ! Merde, ils auraient dû lui décerner une médaille.

Ronnie passa l'après-midi à dépecer et découper la bête, tâche glissante et peu ragoûtante, sans l'ombre d'un doute, et le seul qui lui prêta main forte, c'est Marco, parce que Marco comprenait ça, le retour à la nature : il chassait et il pêchait depuis l'âge de huit ans, faisan, lièvre, écureuil et canard par des matinées glaciales, enfoncé jusqu'à la taille dans une eau qui courait à la vitesse d'un train de marchandises, et pas de meilleure prise que deux truites d'élevage rabougries, arrêtées en cours de croissance — il valait mieux que ta mère sache faire des pâtés ! Il connaissait la chanson, par cœur et à rebours. Tout comme Ronnie. Comme *Pan*. Et, tandis que, bouche bée et les doigts dans le nez, Che et Sunshine contemplaient la scène, et que la moitié de la communauté semblait interrompre ses occupations quotidiennes pour venir critiquer, mettre son grain de sel et se rendre compte de quoi pourraient avoir l'air quelques beaux steaks de gibier grésillant sur un gril au-dessus de charbons rougis, Ronnie, dans un nuage de mouches, tirait sur la peau (en se disant qu'il pourrait confectionner une veste en daim, agrémentée, pourquoi pas, de franges), et Marco, avec l'extrémité lisse et translucide de son couteau de chasse, se penchait pour couper le fin tégument qui retenait le tout. « Qu'est-ce qui est arrivé à ton visage ? » lui demanda Ronnie au cours de l'opération, les mains plongées dans le sang, tandis que le soleil chatoyait dans les arbres comme une babiole dernier cri *made in Japan*. Un mégot pendait à sa lèvre et une canette de bière, toute luisante d'empreintes sanglantes, était plantée de guingois à côté de lui dans les herbes drues et jaunâtres. C'était la fin de l'après-midi, et les odeurs qui provenaient de la cuisine étaient strictement végétariennes.

Marco leva la tête et se fendit d'un sourire, mais un sourire de travers à la Floyd Patterson. Son œil gauche était gonflé comme une saucisse dans une poêle et une taillade brodée de croûtes descendait jusque dans le duvet de la pommette. « Une simple différence d'opinions », répondit-il, ce qui fut amplement suffisant, car Ronnie n'était pas prêt à entendre une tirade sur les Noirs, Sky Dog et qui avait fait quoi à qui dans la maison du fond l'avant-veille, si bien qu'il se contenta de hocher la tête et d'abandonner le sujet.

Ils continuèrent à couper, d'abord d'un côté puis de l'autre, et bientôt la peau se détacha de la chair comme une carpette mouillée, mais ne fallait-il pas la saler ou la frotter avec de la lessive ou quoi d'autre ? Quant au cuir, il fallait aussi retirer les poils, ce qui était rasoir, on en avait pour une éternité, rien de moins... Voilà, en tout cas, ce à quoi Ronnie pensait tandis que les grosses mouches à merde fusaient et que la voix de Tracy Nelson, forte et sincère, s'élevait très haut au-dessus des courants de la maison principale. Là-bas, derrière la piscine, sur un carré d'herbe grillée, ils avaient tendu la carcasse à une branche, pour la saigner, mais pendant une heure à peine : ils craignaient tous deux la chaleur : qui avait jamais abattu de daim en cette saison ? Personne. Personne hormis Pan. Or, elle était là, la bête, en chair et en os. Le matin, elle se promenait au bord de la rivière, elle pataugeait dans la boue, grappillait une herbe tendre par-ci, une herbe tendre par-là, lors d'une vadrouille solitaire que personne n'aurait pu imaginer ou prévoir, et voilà qu'elle était morte, qu'elle appartenait à Pan.

Pan vivait pleinement le moment : les herbes, la bière, la pure, la ruisselante, l'irrépressible *fièvre* de l'acte, son *daim*, son *premier daim* : et il se mit à chanter avec la musique *When it all comes down, you got to go back to Mother Earth*. Oh, oui, le retour à Mère-Nature, toujours, au bout du compte... Et il poussa la chansonnette à plein tube : aucune raison d'avoir honte, parce que tout le monde lui disait qu'il avait une belle voix et on n'arrivait pas plus à se retenir quand on avait envie de chanter que quand on essayait de parler une langue étrangère ou de descendre Portrero Hill sur un vélo à dix vitesses avec un sac plein de commissions sur le dos. *I don't care how rich you are, I don't care what you're worth* — tu es riche ? et alors ? ta cotation en Bourse, c'est pas ça qui compte ; la tête renversée en arrière, Ronnie s'en donnait à cœur joie, descente en roue libre, imbattable, quand le disque s'étouffa sur un crissement ; presque instantanément, une main invisible le remplaça par un raga aussi frénétique qu'auto-gratifiant — c'était quoi, ça ? de la *masturbation obsessionnelle* ou quoi ? « Merde, lâcha-t-il, je déteste ça. Je déteste vraiment ça. »

Les doigts sanglants, Marco retira le joint de ses lèvres. « Tu détestes quoi ? Ravi Shankar ?

— Non... je veux dire... oui. Merde, oui. C'est de la merde complète. Mais ce que je veux dire, c'est que, quand tu aimes vraiment une chanson, tu sais que quelqu'un, sans prévenir... » Il agita la main et son couteau ensanglanté, comme pour signifier *Tu vois ce que je veux dire...* et Marco comprenait, en effet ; il acquiesça avec un hochement de tête compatissant : n'en dis pas plus, mec.

Ils écoutèrent en silence ce foutu sitar et les tablas qui bouillonnaient en dessous comme la pluie sur un toit en tôle ondulée, Marco accroupi à côté de Ronnie, inhalant, retenant son souffle, avant de prendre une bonne lampée de mousse au goulot. La bière grésillait, jaunâtre, tellement qu'on aurait dit de la pisse carbonatée, mais, lorsque Marco lui passa la bouteille, Ronnie, le menton en galoche, la porta aux lèvres sans rechigner. Les couteaux entaillaient, les mouches prenaient leur envol. Ils s'étaient mis à couper de grossières tranches de steak, une première pour l'un comme pour l'autre. « Tu as une belle voix, déclara Marco.

— Ah, euh ? Elle te plaît ? Hum, là, je faisais que suivre la musique. Tu aurais dû m'entendre dans le groupe avec lequel j'ai failli chanter, là-bas à New York... Hum, j'ai chanté une ou deux fois avec eux à des répétitions. Le guitariste et moi, on était vraiment raides, et le batteur était ce mec avec qui j'étais au lycée... » Il poursuivit dans cette veine pendant un bon moment ; il s'amusa bien, à évoquer Baracca, Herlihy et les autres musiciens du groupe, et l'impression de voler sans ailes qu'il éprouvait chaque fois qu'il prenait le micro, baignant dans la surtension du groupe et la voix de Eddie Herlihy qui s'enroulait autour de la sienne comme deux *veines* d'un même corps. Comment pourrait-il jamais expliquer ça à qui que ce soit ? Ouais, sûr, et la chnouf qui allait avec, dans des sachets de trois ou cinq dollars que te vendaient les Noirs derrière les façades calcinées, barricadées des magasins du centre-ville, goûte-la, fais-la chauffer, injecte-toi-la, simplement pour redescendre de la fièvre de la musique, ça c'était de la fraternité, la fraternité de la seringue fauchée à la vieille d'un gars, qui était infirmière, tellement émoussée qu'il fallait pas y aller mollo pour se la planter dans le bras... « Alors, qu'est-ce que tu penses ? demanda Marco, on essaie de fumer le reste de la viande... tu as déjà fait ça ? Ou on la sale ? J'ai entendu dire qu'on pouvait la saler.

— Et le congélateur ?

— Tu plaisantes ? Il est plein de Tofutti, de six sortes de glaces, de pâte à gâteaux et de... combien ? cinquante bacs à glaçons ? Si on peut fourrer trois rôtis là-dedans, ça sera le bout du monde... Alors, je sais pas combien de collègues prendront du steak ce soir, mais je dirais qu'on devrait en griller le maximum.

— Ça marche », dit Ronnie. Et d'imaginer la scène, la fumée montant comme d'un incendie de forêt, l'odeur douceâtre de la viande envahissant tout, un autre joint, peut-être, pour se calmer et aiguiser l'appétit, et tous, jusqu'à Alfredo, en file indienne devant le gril, assiettes en fer-blanc à la main, avec leur misérable ration ratatinée de riz aux légumes, et Pan, Pan le magnanime, chasseur et cueilleur, la cheville ouvrière de la soirée, l'homme du moment, qui ferait la distribution.

En réalité, la nuit n'était pas loin d'être tombée lorsque le charbon de bois se fut suffisamment assagi pour permettre de faire griller les steaks sans mettre le feu au barbecue et Ronnie, qui commençait à planer considérablement à ce moment-là, put enfin les disposer au-dessus des braises. Une pincée de sel, une de poivre, un barbouillis de la fameuse sauce barbecue « à la *Pan* » (deux doses de ketchup, une dose de moutarde, de l'ail en poudre pour épicer tout ça, et on verse du vinaigre de cidre sur le tout pendant dix secondes, *glouglouglou*), et le tour était joué ! Avant d'obtenir un job au rayon disques chez Caldor, il avait travaillé dans une steak-house, Surf « n' » Turf, deux jours par semaine au gril, trois au comptoir, et il savait comment accommoder les viandes, ah ça, oui ! du moment qu'elles ressemblaient à de la viande, et il manipulait les steaks avec tout le brio d'un professionnel.

Il était en veine d'épanchement, à retourner les steaks des deux mains, à faire la conversation aux uns et aux autres, acceptant une bouffée de shilom au passage, et il se mit donc à raconter à Jiminy comment, un jour, un auto-stoppeur les avait invités, Star et lui, à une soirée, dans l'Iowa... oui, il lui semblait bien que c'était l'Iowa : une douzaine d'improbables hippies étaient réunis autour d'une grande table de pique-nique, en plein champ, au milieu du raffut des criquets, la lune grasse plantée au-dessus de l'horizon, hyper sereine et chargée d'âme. Toutes les assiettes (des assiettes en fer-blanc, exactement comme celles-ci, *c'était pas extraordinaire, ça* ?) étaient clouées à la table, crucifiées là, tout simplement, un clou au milieu de chaque assiette, dont il y avait une rangée de chaque côté de la table. A la fin de la soirée, quand ils eurent tous fini de mastiquer leurs côtelettes de porc, leurs maïs et le reste, l'hôte (le frère de l'auto-stoppeur) s'était levé et avait nettoyé la table à l'aide d'un jet. « Ah ouais ? Et c'était comment ?

— Super vachement cool.

— Pas de problèmes de gras et de bactéries ?

— Les fourmis s'y attaquaient le lendemain, les oiseaux et les mouches et je sais quoi encore. Le soleil. La pluie.

— Laissons faire la nature, hein ?

— Ouais, exactement : laissons faire la nature. »

La plupart des frères et des sœurs vagueux avaient déjà mangé (à Marginocity, on servait le dîner à six heures), ce qui ne les empêcha pas de faire la queue, tous sauf Merry et Alfredo, et un ou deux végétariens irréductibles comme Verbie. Ça fit de la peine à Ronnie, que Merry, surtout... — mais elle ne voulut pas céder : tous les êtres vivants sont sacrés, elle n'accepterait pas d'écraser un moustique à malaria s'il atterrissait sur son poignet ! Savait-il que les jaïns, en Inde, portaient un masque de gaze devant la bouche pour ne pas risquer d'avaler un insecte par inadvertance ? Mais Norm vint ; chaleureux, expansif, camé à Dieu sait quoi, et il criait, toutes les deux minutes : « Une manne de pains et de poissons ! Un miracle ! Un miracle ! » Quelqu'un amena les deux baffles sur la véranda côté arrière-cour et fit tomber le saphir sur *Electric Ladyland*, et bientôt les marginos dansaient sur la pelouse dans une sorte de frénésie carnée, et, quand la fête fut finie, il ne restait plus de viande et tout le monde s'était bien amusé.

A un moment donné, étendu sur l'herbe, avec, dans les mains, son assiette, un joint éphémère et un cocktail additionné d'un fond de pichet de vin qu'il s'évertuait à remuer dans l'espoir qu'un peu d'*aération* finirait par lui ôter son goût d'essence recyclée, Ronnie fut coincé par le professeur d'université et sa bourgeoise, celle qui avait poussé le cri atterré quand il avait déboulé de la forêt, le daim en écharpe autour du cou, et si quelqu'un croyait que c'était de la tarte, il se trompait ! Star était là, aussi, ainsi que Marco, Lydia, Jiminy, un bon petit cercle de pensionnaires à la périphérie du premier cercle, et ils discutaient de questions graves comme : Est-ce que Hendrix est un extraterrestre et combien de têtes peuvent tenir sur les épaules d'un ange ? Or, voilà que soudain le professeur d'université se retrouve là tout contre lui avec une assiette pleine de rataillons de daim et qu'il pose des questions telles que : « Alors, quand est-ce que tu as fait le grand saut dans la marginalité ? »

Ronnie aurait voulu lui répondre d'aller se faire voir, de retourner à Berkeley avec le reste des touristes, *Tu vois pas qu'on fait une fête ici, mec ?* mais ce gars-là avait un je-ne-sais-quoi (le gris de sa barbe ? le ton professoral — ample, étoffé, velouté — qui le replongea tout à coup dans l'atmosphère des après-midi assoupis des cours de littérature au lycée) et il baissa la tête pour répondre en marmonnant : « Un an et demi. » Il marmonnait et, en outre, il exagérait ; en répondant « six mois », il aurait été plus proche de la réalité. Mais le professeur d'université n'avait que faire des hippies de six mois d'âge, ce qu'il lui fallait, c'étaient des vagueux grand teint et de longue date, des habitués des fossés, avec lesquels il pourrait effrayer et ravir son *lectorat*.

Il avait emporté un carnet de notes. Il avait emporté... non ! si ! un magnétophone. « Ça te dérange si j'enregistre tout ça ? »

Comme Hendrix chevauchait la nuit, suprême, astral, vertigineux, Ronnie marmonna, *Ouais, sûr !* et la bourgeoise du professeur d'université approcha, jambes épaisses sous sa maxi, le joint pincé entre les doigts comme elle aurait tenu une vipère du désert sud-américain, tous crocs dehors, ondulante et mortelle. En prendrait-elle une bouffée ? Positif ! Et puis elle le passa au suivant. « Tu as quel âge ? Tiens, parle là-dedans.

— Là-dedans ?

— C'est ça, ouais.

— J'ai vingt-deux ans.

— Il y avait des problèmes dans ta famille ?

— Pas plus que chez les autres.

— Tu avais fugué avant ?

— Pas que je m'en rappelle. Ou peut-être une fois. Ou deux.

— Tu avais quel âge, à l'époque ?

— Je sais pas... neuf ans. Je suis allé jusqu'au bowling et je me suis caché derrière le billard électrique.

— Tu as encore tes deux parents ? »

Ses parents vivaient encore, certes, mais Lon Chaney Jr., du *Fantôme de la momie*, aussi, non ? Eh bien, ils lui ressemblaient : la démarche rouillée et toujours à grogner des messages hostiles à l'intention de la planète entière et, tout spécialement, de leur rejeton, le vaurien camé qu'ils ne voyaient qu'aux repas parce qu'il avait besoin de se sustenter pour rester en vie. Autant les envelopper eux aussi dans des bandelettes parce que tous les deux étaient des catastrophes ambulantes : son père avec son nez d'animal dépecé, épinglé à un visage troué de têtes de clous métalliques brillantes à la place d'yeux, sa mère un sac d'organes informe avec un crâne hurlant et flétri planté dessus. A y réfléchir, elle aurait pu jouer dans *Le Crâne hurlant*. Et ils se disputaient à tout bout de champ. Ils se disputaient, ils grognaient. Pan fixa bien du regard le professeur d'université, avant de détourner les yeux. Et il se contenta de répondre : « Ouais. »

« Victime de sévices ? Tu touches à la marijuana ? Drogues dures ? L'alcool ? Et l'Amour libre ? La tuberculose ? Tu as voté aux dernières élections ? »

Pan se piqua au jeu. Il s'anima, se montra volubile. Il raconta au professeur d'université comment il achetait de la dope sur South Street et la chauffait dans n'importe quel récipient plus ou moins propre qu'il avait sous la main et qui ne risquait pas de prendre feu, une cuiller le plus souvent, ou l'une de ces coupelles dans lesquelles on prépare les œufs pochés : il en avait eu une à laquelle il tenait beaucoup, mais il l'avait perdue au bout d'une semaine. Il écarta les bras à la façon des cadavres exposés à la morgue, pour montrer au professeur d'université des piqûres vieilles de six mois parce que la vérité... c'était que l'héroïne lui avait flanqué la pétoche et il avait la ferme intention de se contenter de la renifler désormais. Drew était mort. Et Mike la Mort, aussi, était mort. « Mais l'Amour libre...

— Oh, ça, me lancez pas sur le sujet ! C'est pour ça qu'on est ici... les *nanas*, vous voyez ce que je veux dire ? » C'est alors qu'il s'aperçut que Star l'observait, genoux repliés jusqu'au menton, enserrés dans l'étreinte de ses bras, la lueur du feu comme de la graisse chaude sur son visage, et le sourire affecté qui lui était particulier, cet air narquois qui trahissait davantage tout le bien qu'elle pensait de lui que tout ce qu'elle aurait jamais pu exprimer par la parole. « Et les maladies vénériennes ? », s'enquit le professeur, approchant encore le micro, le visage suspendu dans la pénombre, telle une piñata au sommet de son cou de vieillard veineux et cloqué, le médaillon de la paix acheté dans une boutique de souvenirs pendouillant en dessous comme une corde d'ouverture, et ses yeux comme deux crapauds trépignant : Pan (Ronnie) se sentit tellement *gêné*, tellement, putain, merde, mortifié et escroqué, qu'il arracha le micro des mains du professeur d'université et, ne sachant qu'en faire, le jeta dans le feu en un seul geste tout d'un tenant et incontesté. « Qu'est-ce que tu fais, petit con ! », s'exclama le professeur d'université, et sa bourgeoise, la poétesse, opta pour « Primitif américain ! », en partant d'un rire d'outre-tombe.

Ronnie s'était déjà levé. Avec ses sandales ajourées, ses coups de pied ne furent pas d'une puissance faramineuse mais suffisante, en tout cas, pour envoyer valdinguer dans le feu le reste de l'appareillage (la caisse gris et argent avec son assortiment de boutons, de cadrans et de *bobines* tellement lentes...). Le professeur se mit à hurler et essaya de récupérer le tout dans le charbon et les reliefs inertes et calcinés du daim. « Cinglé, fils de pute ! » Tels furent les qualificatifs appliqués par le professeur d'université à Ronnie, sur lequel, toutefois, ils n'eurent aucun effet puisqu'il n'écoutait même plus.

Mais il entendit le rire de Star, un rire dur comme un dard, discordant, qui le transperça de part en part alors que lui-même partait dans la nuit, en quête de tout à fait autre chose.

Plus tard, bien plus tard, après être resté autour d'un feu de camp avec d'autres convives, qu'il ne reconnut pas (ou peut-être bien que oui, au fond...), il songea un moment à aller vérifier dans la maison du fond ce que manigançaient Sky Dog et les Noirs mais il se ravisa. Mieux valait ne pas tenter le sort. Certains, à Marginocity, souhaitaient son départ (dans un recoin de sa mémoire, le visage d'Alfredo surgit d'une fosse, suivi, en succession rapide, par ceux de Reba et de Verbie) et l'incident de l'autre soir avait d'ailleurs divisé la communauté. Lester, Sky Dog et leurs acolytes avaient été exclus, de sorte qu'ils ne se montraient plus aux repas et restaient entre eux, allaient toutes les deux heures en ville avec la Lincoln pour se réapprovisionner en alcool, cigarettes et sandwiches au fromage pasteurisé : leurs rapports avec Marginocity s'étaient tellement distendus qu'on ne se serait pas aperçu de la différence s'ils avaient déménagé. Ils avaient humé le fumet de la viande. Ronnie les avait vus sur la véranda de leur tanière à la tombée du jour et il aurait presque souhaité qu'ils viennent se mêler aux autres : il aurait ainsi pu leur montrer de quoi il avait été capable avec une .30-06 et deux balles à la reluisante couverte de cuivre mais ils avaient fait la fine bouche parce que c'était la guerre et qu'il fallait choisir son camp. Pan, de son côté, n'avait pas hésité une seconde. Il était pour l'équipe en place, l'équipe qui avait toutes les filles, la bouffe, la grande maison aux énormes enceintes K.L.H. et les cinq cents, huit cents ou Dieu sait combien 33-tours alignés sans ordre particulier sur les étagères en pin laquées : y avait-il dans le pays une seule station de radio qui possédait une telle collection ?

On était maintenant au plus profond de la nuit. De la pelouse lui parvenaient des cris et des rires, et, de l'arrière de la maison principale, les pulsations ininterrompues de la musique. Ronnie était dans les buissons, où il venait de remonter sa fermeture à glissière après avoir répondu à l'appel de la nature, quand il sentit venir un méchant mal de tête. Ç'avait vraiment été une journée exceptionnelle et, tout compte fait, il était très content de lui, mais ce dont il avait besoin, c'était peut-être d'un peu de cette Spañada sirupeuse que Star buvait tout le temps, ou alors du Mateus, si quelqu'un en avait. Voilà ce qu'il lui fallait pour anéantir son mal de crâne et clore la soirée sur une note sereine. Il traversa donc la pelouse en sens inverse pour aller rejoindre les ombres qui dansaient autour de son feu.

Star n'y était pas. Elle n'était pas non plus dans la cabane perchée (il grimpa même à l'échelle pour vérifier) et elle n'était pas dans la maison principale, où une demi-douzaine de marginos lui dirent de se taire parce qu'ils regardaient un film muet que Norm avait emprunté à la bibliothèque de prêt *pour le pur plaisir de l'esprit*. Ronnie resta planté là pendant une minute dans la pièce obscure, observa la lumière qui jouait sur une banquise jusqu'à ce qu'un Esquimau apparaisse (deux fentes à la place des yeux, la bise qui tirait sur la collerette de sa parka) et se mette à construire un igloo avec des cubes qu'il coupait dans la neige. Il utilisait un couteau de la taille d'une machette et il ne perdait pas de temps : on voyait que le vent soufflait fort et son haleine gelait dans les poils de sa barbe. Chacun des cubes qu'il posait l'un au-dessus de l'autre était parfait et, quand il cala le dernier dans un interstice au sommet, tout le monde applaudit. « Sacré Nanouk ! lança Norm, allongé par terre, une couverture remontée jusqu'au menton. Et on parle de retour à la terre, mec... »

Le matin venu (ou, plutôt, non, c'était l'après-midi, ouais, sûr, c'était déjà l'après-midi), Ronnie se réveilla d'un coup de roulis qui fit tanguer toute la chambre et le cauchemar dans lequel il était plongé, quel qu'il ait été, se dissipa avant qu'il ait pu le ressusciter. Et c'était tant mieux car les veines de son cou étaient gonflées par le tambourinement frénétique de son cœur (il essayait d'échapper à quelque chose ou à quelqu'un, couloirs sombres et sinueux, visages hurlants), et voilà que, soudain, il se retrouva, éveillé, dans le monde apparent, une fine pellicule de sueur grasse sur le corps, suintant dans le sac de couchage qui, chaque jour davantage, empestait la pourriture, l'ammoniac et la décomposition. A côté de lui, Lydia, les bras écartés comme une crucifiée, dormait, avec des ronflements légers et réguliers comme le bruit de dés sur un tapis de trictrac. Ses tétins foncés étaient de petits bonnets en tricot passés sur les crânes blancs de ses seins et ses seins étaient deux êtres humains, deux Blancs gras et avachis, qui taillaient la bavette de part et d'autre de l'autoroute à quatre voies de sa cage thoracique. Une fine ligne de pilosité noire et luisante mesurait la distance de son nombril à son buisson. Elle avait aussi des poils sous les bras, sur les jambes, et une bande infime peinte sur sa lèvre supérieure. Elle transpirait. Ses paupières tremblaient. Ronnie la contempla pendant un moment, le temps de laisser son cœur redescendre du rebord où il l'avait abandonné, gagné par l'impression de n'être qu'un assemblage de pièces détachées recomposées pendant la nuit. Des coups de marteau dans la tête. Son estomac serra le poing, le relâcha. Ronnie avait besoin de papier-cul, *presto*.

Pan émergea de son sac de couchage posé sur un matelas deux places à même le sol, au fond de la pièce côté cour de la maison principale. Il se leva lentement, fourbu, les os lourds comme des poutres. En silence, il fouilla dans son sac à dos et dans la boîte à chaussures qui, à eux deux, contenaient tous ses biens. Il ne voulait pas réveiller Lydia. Il ne voulait *surtout pas* réveiller Lydia. Parce que Lydia ne voudrait qu'une chose, une chose que, dans les circonstances, il ne souhaitait pas lui donner. En fait, l'examinant du coin de l'œil tout en poursuivant sa quête d'un ultime quart, ou huitième, voire seizième de rouleau de papier-cul que ses frères et ses sœurs auraient pu ne pas avoir déniché, elle lui parut grosse, trop grosse, pas du tout son type. Son type, c'était Merry. Son type, c'était Star... Où était-elle, au fait ?

Il ne l'avait pas retrouvée la veille au soir, alors qu'il l'avait cherchée partout où il avait pu imaginer la dénicher, sauf dans la maison du fond, où les Noirs et Sky Dog entretenaient leur rancune, arrosaient de piquette leurs sandwiches au Velveeta et humaient les derniers vestiges dépérissant de gibier grillé dans l'air nocturne raréfié, mais elle ne pouvait pas avoir été là-bas, il le savait bien et tout le monde à Marginocity le savait aussi. Il était tombé sur Merry (Jiminy et elle se lisaient des poèmes à voix haute dans la chambre de Norm, à l'étage) mais elle lui avait rétorqué qu'elle n'était pas d'humeur à faire la fête, parce que *l'idée* même d'un barbecue heurtait ses convictions les plus intimes, sur quoi elle l'avait traité de carnivore ou peut-être bien de cannibale, mais avec un sourire, comme pour signifier : je t'accorde mon pardon mais ne viens pas me casser les pieds maintenant, je lis de la poésie... à voix haute, avec Jiminy. Ronnie était donc allé en trouver d'autres et avait continué d'abuser de diverses substances licites et illicites jusqu'à ce que la soirée joue les prolongations et qu'il se replonge dans les profondeurs ombreuses de cette chambre en compagnie d'un bâtonnet d'encens, d'une unique bougie phallique et de Lydia, nue, poilue, mouillée et saisissant sa queue comme si elle en avait été la propriétaire exclusive.

Et voilà qu'il avait besoin de papier-cul. Désespérément besoin de papier-cul. Il retrouva son short, l'enfila mais oublia sa chemise, oublia ses sandales ajourées : il y avait urgence. Il en était à songer *des feuilles d'arbres ! je me servirai de feuilles !* lorsque les yeux de Lydia, sous des paupières violettes à la Elizabeth Taylor, papillotèrent. « Oh, fit-elle, Quoi ? Oh, c'est toi. » Et puis elle se mit à quatre pattes, s'étira, ses gros nénés gonflés suspendus sous elle comme des dirigeables, et elle dit : « Viens par ici, Ronnie, *Pan*, viens, tiens-moi serrée contre toi, juste une minute, hein ? T'as une minute, non ? »

Non, il n'avait pas une minute. Il n'avait pas quinze secondes. Le daim, *via* l'afflux brutal de protéines faisandées, de poils drus et sauvages, de graisse forestière, prenait sa revanche. L'estomac de Ronnie se contracta derechef, l'image de gaz s'échappant d'un vase en classe de chimie dressa le camp dans sa mémoire, et voilà qu'il détalait, passait la porte, traversait la maison (visages ébahis, oh, c'est Pan ! quelle mouche l'a piqué ?), traversait la pelouse cloquée et s'enfonçait dans le bosquet le plus proche. C'est là, que, accroupi, chassant de son esprit toute mention de fosses septiques, de W.-C. bouchés ou de luxueuses installations sanitaires, tout jaillit enfin, en une cataracte sauvage et irrépressible.

Il crut qu'il se rétablirait au fil de la journée mais il se trompait. Il fut la proie d'élancements dans le crâne et ses entrailles continuèrent d'être brassées. Il eut beau prendre tout son temps pour avaler un plat de risotto (grain par grain), celui-ci ne fit que le traverser. Il n'eut plus qu'à rester allongé au bord de la piscine, toute la fin de l'après-midi jusqu'à tard dans la soirée, déclinant toute ébauche de conversation et des invitations à dîner (Merry), baiser (Lydia) ou inhaler des drogues (une demi-douzaine de pensionnaires, des deux sexes). Régulièrement, accablé par le soleil, il se vautra, lymphatique, dans le tapis verdâtre de la piscine, ce qui suffisait déjà à faire la révolution dans son crâne et à lui contracter le ventre, et il ne se leva pas vraiment avant que quelqu'un ne tire le store sur la journée, que le crépuscule, tel un vol de vautours, ne vienne percher sur les branches des arbres et que tout ne devienne grisaille. Alors, il prit quelques gorgées mal assurées de la bouteille *especial* de *tequila reposado* Don Ricardo qu'il cachait sous le siège de sa voiture et alla inspecter les reliefs du daim. Il n'y avait personne, et le feu que Marco et lui avaient allumé (le feu fumant, pas le barbecue, parce qu'il fallait conserver la viande, par quelque moyen que ce fût) n'était même plus chaud : il mit la main au-dessus du cercle de cendres blanches mouchetées d'escarbilles et il ne sentit absolument rien. Le daim, les morceaux de second choix, les morceaux dont ils ne s'étaient pas occupés dans la précipitation, quand il avait fallu faire disparaître le sang de leurs mains et démarrer la fête, ces morceaux pendaient à un fil de fer étique comme les restes d'une victime d'un vigile de nuit, la nuque brisée, tournée à un angle improbable, la colonne vertébrale rongée, réduite à un serpentin osseux et moiré. Pendant que Ronnie dormait au bord de la piscine comme si c'était sur lui qu'on avait tiré, les mouches s'étaient évertuées à transformer la bête en terrain de jeu. Le spectacle ne lui fit ni chaud ni froid. Il ne daigna même pas lever la main pour les chasser. La nuit tombait. Et la viande, le daim, son trophée, empuantissait déjà les parages.

DEUXIÈME PARTIE

Sur les berges de la Thirtymile

La femme ne dispose pas de son corps, mais le mari.
Pareillement, le mari ne dispose pas de son corps,
mais la femme.

Saint Paul, *Première Épître aux Corinthiens*, VII, 4.

7.

Cecil Harder reprenait des forces au comptoir du Three Pup, sur la route de Fairbanks, à moins d'un kilomètre après la sortie de Boynton. Il en était à sa troisième Oly et à sa deuxième rasade de Wild Turkey, et, dans environ trois minutes, il allait repasser en trombe par la porte grillagée, monter dans le pick-up de Richard Schrader et parcourir les deux cent cinquante-six kilomètres et demi qui le séparaient encore de la ville. Il avait besoin de provisions pour son chalet (un nouveau manche de hache, du mastic pour conduites, du pétrole lampant, du riz, des cartouches de .22, des haricots, de la levure, du sucre) et Richard lui avait également fourni une longue liste. Mais ces achats n'étaient pas la raison majeure de son déplacement.

Il leva les yeux. L'atmosphère du bar était à couper au couteau, épaisse comme un mur alourdi par la pénombre et la poussière clouées dessus par deux minces rais de lumière. Les moustiques entraient et sortaient, pas immobiles pour un sou, et ils attaquaient aussi à qui mieux mieux les deux côtés des vitres, comme s'ils ne s'étaient nourris que de verre. Cecil Harder acheva son Wild Turkey et but une longue lampée de bière.

Le Three Pup était en ce moment sous la gouverne d'une saisonnière, une « touriste », grande, maigre et aussi laide qu'un garde-chiourme (ouais, c'est ça, un gardien *homme*, comme dans les films de James Cagney) ; elle surgit à ce moment-là du rideau de perles qui cachait le gril à la vue des clients, avec le sandwich jambon-fromage que Cecil Harder avait commandé — pain de seigle de la semaine dernière roulé dans du papier sulfurisé. Lynette avait la cinquantaine et il passerait bien des glaçons sur la rivière avant qu'un gars ne s'intéresse à son cas. A l'autre bout du comptoir était stationné Skid Denton, pourtant notoire pilier du Nougat, le seul autre endroit où l'on pouvait prendre un verre à Boynton (cent soixante-dix âmes). « Hé, Lynette, annonça Skid, Sess va s'approvisionner à Fairbanks, tu savais ça ? »

Posant le sandwich comme s'il avait pesé un quintal, Lynette se fendit d'un sourire qui lui plissa à peine la lèvre et elle tira sur sa cigarette. Elle ne faisait que travailler ici, rien de plus ! Elle débutait tout juste. Elle était logée gratis dans un chalet en pleine nature contre pas de salaire, pas de pourboires, mais tout ce qu'elle pouvait manger et boire pendant les absences de Watzel Setzler, le propriétaire des lieux. Comme c'était le cas en ce moment. « Ah bon ? », fit-elle, jetant un coup d'œil de biais à l'un puis à l'autre.

Sess détourna le regard. Il était impatient. Temps d'y aller... Oh que oui ! Il se représentait déjà la piste large et plane qu'il connaissait si bien et qui se déroulerait infiniment sous ses roues jusqu'au premier trottoir qu'il verrait depuis huit ou neuf mois, lisse comme de la glace noire aux abords de la ville, et puis les magasins, les maisons, les *saloons*. Il finit sa bière, haussa les épaules. « Il va se chercher une femme, pas vrai, notre Sess ? »

Sess se rappela alors pourquoi il n'aimait pas ce type : il parlait à la façon des vétérans de la ruée vers l'or comme se les imaginaient les touristes, alors qu'il venait de Los Angeles et était diplômé de littérature française. « Un peu de farine, des œufs, du lait et une nouvelle épouse, le panier type de la ménagère, quoi... »

Lynette portait un chemisier en flanelle aux couleurs passées boutonné jusqu'au cou, un blue-jean et des bottes. Elle se coupait les cheveux court comme un homme, elle était venue de Seattle avec sa familiale Pontiac flambant neuve et personne ne savait si elle était mariée, divorcée, vieille fille ou bonne sœur défroquée. Elle se baladait avec un revolver bien au chaud dans un étui en cuir qui rebondissait sur sa ceinture, ce qui, aux yeux de Sess, la classait dans la catégorie des toquées dangereuses, le genre qui vient en Alaska se jouer les fantasmes Technicolor du Grand Ouest américain. En commandant sa deuxième bière, il lui avait demandé : « Pourquoi portez-vous ce flingue ? » Elle l'avait toisé du regard. « Pour me protéger.

— Pour vous protéger ? De quoi ? » Nouveau regard, glacial, cette fois, le regard de mille bars, de mille dancings et de mille autres nuits encore, seule devant le trou béant de la télé. « C'est pas les ours qui m'inquiètent, lui avait-elle expliqué, et c'est pas les élans ou les loups. C'est les bêtes à deux pattes. »

Et, maintenant, elle lui dit : « Une nouvelle épouse ? Je savais même pas que vous en aviez une ancienne... »

Pouvait-il honorer la question d'une réponse ? Est-ce que ça valait le temps et l'effort ? Avait-il envie de mal se comporter, de faire une scène, de lui dire d'aller se faire foutre, et puis peut-être ensuite de dribbler avec la gueule à Skid Denton jusque sur la route comme il aurait traversé avec un ballon toute une ligne de défense ? Non, il n'en avait pas la moindre envie. La vérité, c'est qu'il n'avait jamais eu la moindre épouse, nouvelle ou ancienne, parce que la dernière fille, Jill, avec qui il avait passé un été mirobolant puis un hiver rabougri et malheureux comme un chien dans son chalet en rondins, quatre mètres sur quatre tout confort compris ou, du moins, tout le strict nécessaire, lui avait causé du tracas. On en parlait encore dans les environs. Les gens hochaient encore la tête, comme d'une bonne blague, une sorte de numéro qu'il aurait exécuté, avec Jill pour partenaire, pour le plus grand plaisir du public. Une dramatique pour la télévision. Un feuilleton.

En raflant sa monnaie sur le comptoir, il eut un peu de mal avec les *dimes* parce que, le matin même, il s'était rogné le bout des ongles avec un canif, dans le cadre de son offensive de charme, de l'amélioration de son image. Il glissa sa chemise dans le pantalon, pivota sur le tabouret et prit le chemin de la sortie. Où il marqua une pause, entrouvrant la porte pour que les moustiques du dehors puissent relever ceux du dedans, l'activité qui semblait leur tenir le plus à cœur au cours de leur brève existence vampirique. « Si j'ai de la veine, s'exclama-t-il. Vraiment de la veine. Alors, souhaitez-moi bonne chance ! »

Au cours du long trajet, il laissa son esprit vagabonder, un œil toujours, fût-ce distraitement, à l'affût du gibier, vitre baissée pour humer le grand air et sentir la fraîcheur qui montait de la Chatanika. Il croisa quelques voitures, un ou deux campeurs, mais la piste n'était guère fréquentée même au plus fort de la saison — et c'était cette époque de l'année. L'hiver, dès les premières neiges, elle était fermée, balayée par les vents qui y déposaient tout et n'importe quoi, glacée, couturée de glissements de terrain et bouclée, et Boynton était comme un navire en haute mer sans la moindre côte à l'horizon. Si on voulait s'échapper, on prenait un avion-taxi. Un coucou sans peinture sur la carlingue parce que la peinture, c'était huit kilos de charge supplémentaire inutile. On prenait un avion-taxi, donc, tant que la température ne chutait pas au-dessous des – 40°, limite inférieure en deçà de laquelle les conduits d'alimentation tendaient à geler et, si le carburant n'arrivait pas au moteur, on faisait le plongeon comme une grosse pierre ailée. Ça, c'était la vie en Alaska et, de l'avis de Cecil, c'était un faible prix à payer pour les bénéfices qu'on en retirait.

En arrivant à Fairbanks, il fut effaré par la circulation, deux voitures sur sa gauche, trois l'une derrière l'autre aux feux, des camionnettes qui s'arrêtaient ou démarraient à l'entrée ou à la sortie des cours des maisons comme sur la ligne de départ d'Indianapolis, des femmes, des enfants, des vélos, des toutous. Il dut se rappeler de faire attention parce qu'il n'avait pas l'habitude de conduire et il n'aimait pas bien ça : en fait, il était plus qu'un peu méfiant des automobilistes.

Sans compter qu'il était soûl, ou encore un peu pompette, même si le plus gros des effets de ce qu'il avait descendu au bar s'était dissipé en route, en partie grâce au sandwich jambon-fromage préparé par Lynette avec toute la minutie d'un vétéran de la coupe du hasch, et qu'il avait mastiqué lentement et longuement. La ville le prenait à rebrousse-poil. Les feux de circulation l'excédaient. Mais il savait exactement où il allait et rien, absolument rien n'avait changé depuis la dernière fois, en septembre de l'année précédente.

Elle l'attendait à une table sur la terrasse d'un restaurant au bord de la rivière, le meilleur endroit en ville : c'était agréable de pouvoir manger dehors et de profiter du soleil et de la vue. Comme il la vit le premier, il marqua un temps d'arrêt afin de se préparer. De profil, avec en arrière-plan la rivière et la vaste claque du soleil sur la surface de l'eau, on aurait dit une silhouette vue dans un rêve. Ses jambes et ses bras nus étincelaient, sa chevelure reluisait. Elle portait un short kaki, de grosses chaussures de marche, d'épaisses chaussettes en laine grises roulées sur le haut des chaussures, et un T-shirt rose trois tailles trop petit qui lui moulait la poitrine. Elle s'appelait Pamela, il l'avait déjà rencontrée deux fois mais il n'en était pas moins sur des charbons ardents. Il enfonça les pans de sa chemise sous la ceinture autour de la taille, lissa ses cheveux avec deux doigts mouillés de salive, et il s'engagea sur le ponton.

C'est à cet instant, l'instant précis où le talon de ses bottes toucha les planches, qu'en se tournant pour écraser un moustique sur son bras, elle l'aperçut. Un bref éclair de surprise traversa son visage, comme si elle ne s'était pas attendue à le voir là ou comme si elle l'avait totalement oublié, jusqu'à ce à quoi il ressemblait, mais elle ne s'en leva pas moins très vite, et ils se retrouvèrent nez à nez, prompts à s'engager dans les maladroites salutations de membres de sexes opposés, entre embrassade tout en retenue et effleurement des joues, tandis qu'elle se hissait sur la pointe des pieds et le faisait descendre jusqu'à elle. « Assieds-toi », dit-elle en montrant ses parfaites dents blanches : des dents de dentiste ou de strip-teaseuse, des dents qui disaient simultanément *bonjour* et *attention !* « Assieds-toi, viens près de moi, Sess, ne sois pas si timide. Mon Dieu ! fit-elle en partant à rire, on dirait un petit garçon perdu au milieu d'un terrain de jeu. »

Il s'assit gauchement en face d'elle et, dans un murmure, lâcha : « Content de te voir, Pam. » Il n'avait pas fini sa phrase qu'elle le corrigeait déjà : « Pamela. » Et elle souriait encore, un sourire si franc, si persistant, si radieux qu'il eut, à son corps défendant, un peu peur d'elle. Quelque chose clochait-il dans la scène qu'ils interprétaient ? Ou bien avait-elle autant peur que lui ? Il haussa mentalement les épaules : qu'importe, elle était fichtrement belle. Mon Dieu, ce qu'elle était belle ! Et quel chalet en Alaska n'aurait eu besoin d'un tel bibelot, de dents si parfaites et de tout le reste... ?

C'est la serveuse qui le sauva. Elle apparut, mini-jupe, seins et visage, le tout au-dessus de lui. Elle voulait savoir si elle pouvait lui servir une boisson. Et déjeunerait-il aujourd'hui ?

Pamela buvait un thé glacé. Le menu était tourné texte contre table à côté de son assiette. « Je crois que je vais prendre une bière, répondit-il, une Oly. » Dieu sait pourquoi, il regardait Pamela et pas la serveuse, comme s'il lui demandait la permission ou essayait d'évaluer sa réaction. « Et... je suis désolé, est-ce que tu as déjà commandé ?

— Non, répondit Pamela, mais commande, toi. Tu sais ce que tu prends ? »

Il prit un cheeseburger, à point, avec tous les à-côtés, frites et salade avec sauce ranch. Pamela leva les yeux vers la serveuse sans même retourner le menu. « Je prends pareil, dit-elle en souriant. Et une bière... Ça me paraît être un bon choix.

— Une Oly aussi ?

— Ouais. » Pamela, maintenant, le regardait, lui, Sess, droit dans les yeux. « Une Oly aussi. » Dès que la serveuse eut disparu, elle prit le taureau par les cornes : « Alors, es-tu prêt à faire demi-tour et à rentrer cet après-midi même ? Parce que, tu sais... mes affaires sont prêtes, et ce n'est pas la peine de perdre de temps..., une nuit en ville, alors qu'on pourrait être au grand air, dans ton chalet, je veux dire... Ton chalet est au bord de la Thirtymile, non ? »

Il se contenta de la dévisager. Tout allait trop vite : mais n'était-ce pas exactement comme ça qu'il avait imaginé les choses dans ses fantasmes : elle nue sur le lit, sous la fenêtre, la peau blanche comme un savon Ivory, sur le profond entassement de ses fourrures, jambes écartées, l'invitant ? « Je pensais faire quelques achats à la quincaillerie et à l'épicerie, et j'étais censé... — Pendant un instant, son esprit vagabonda et il esquissa un sourire forcé. — ... pour Richard. Richard

Schrader. Tu sais, parce qu'il m'a prêté sa camionnette... »

La serveuse arriva avec leurs bières ; ils se turent et l'observèrent exécutant le versement rituel et mousseux du liquide de la canette dans le verre. A la table voisine, un consommateur éclata d'un rire gras. Deux canoës glissèrent le long de la rive opposée de la rivière. « Je connais Richard », dit Pamela. Sess sentit son cœur se glacer.

« Tu ne veux pas dire... ce n'était pas l'un de ceux...

— Non », répondit-elle, abrupte, comme si elle avait mordu dans un sandwich. Elle secoua la tête énergiquement. « Pas Richard, d'aucune façon. Rappelle-toi, je suis une fille pratique et le nœud de l'affaire, c'est que je veux quelqu'un qui m'aime, certainement, mais qui puisse aussi *veiller* sur moi, tu comprends ce que je veux dire ? En pleine nature. Quelqu'un, *comme toi*, qui sait où il va, qui connaît les méthodes de survie, un vrai bûcheron, pas un citadin en quête de reconversion. »

Avait-il rougi ? Le compliment lui alla droit au cœur. Il leva la bière à ses lèvres, but une gorgée et scruta les yeux de sa compagne comme s'il s'était agi de poissons sous une pellicule de glace, ou bien de lagopèdes dans un bosquet de saules, gibier dans sa ligne de mire... un couple d'oies ou de canards de Miquelon. Brusquement, il se retrouvait dans le rôle de Monsieur Confiance. Brusquement, il avait envie de se lever de table et de soulever tout le ponton, le restaurant, et de les tenir, là, sur ses épaules, simplement pour montrer à Pamela qui il était vraiment. « Est-ce que c'est honnête de te demander qui sont mes concurrents ? Et quelle place j'occupe dans ce tournoi ? »

Le sourire se réduisit à rien. « Richie Oliver et Howard Walpole. Eux deux. C'est tout. Et toi. Et tu sais quoi, Sess ? » Elle avait posé sur la table sa main, qui reposa là, paume tournée vers le ciel, comme un piège Victor à double ressort quand le vent a balayé la neige et qu'il se retrouve exposé à la vue. Et que souhaitait Sess ? Il souhaitait être pris, oui, il priait pour ça tous les jours, toutes les nuits ; il avança la main et passa ses doigts entre ceux de Pamela. « Non, je ne sais pas. Quoi ? fit-il.

— Tu n'as aucun souci à te faire. »

Il ne se rappelait pas grand-chose du trajet de retour, juste la sensation de flotter sur la route, comme s'ils étaient en avion plutôt qu'en voiture. Pamela, assise dans la position du lotus sur le siège du passager à côté de lui, jambes nues luisant au soleil qui entrait par la fenêtre. Ils se sentaient bien, tous les deux, chaleureux, pleins d'entrain, et presque tout ce qu'il disait la faisait rire et découvrir ses dents. Le paysage se déroulait devant eux comme une tenue de camouflage, gris, vert et brun, et ils virent des autours et des mainates à tête pourprée qui vrillaient au-dessus de leurs têtes. A un moment donné, juste avant l'embranchement des sources chaudes de Boynton, ils s'arrêtèrent pour observer un renard qui chassait dans les bois à quelque distance de la route ; Sess dut réprimer le désir de le tuer avec le .22 que Richard gardait sous le siège pour de telles occasions : la fourrure n'avait aucune valeur à cette saison, mais c'eût été de la viande fraîche pour la marmite, et n'était-il pas à l'essai, après tout ?

« Regarde comme il saute, dit Pamela en se penchant tellement par la fenêtre qu'il eut peur qu'elle ne tombe. On dirait un chien qui joue avec une balle.

— Ce qu'il est en train de faire, expliqua Sess en glissant sur le siège pour regarder par-dessus l'épaule de sa passagère, si proche, tout à coup, qu'il sentit le savon qu'elle utilisait, c'est qu'il essaie d'effrayer les bestioles qui se cachent sous le buisson, tu sais... des campagnols, des sauterelles, et peut-être une ou deux grenouilles des bois bien juteuses... »

Elle se tourna vers lui, et voilà qu'elle était carrément à deux doigts de lui, le visage à quelques centimètres du sien, de sorte qu'il dut reculer, impossible autrement, pour qu'elle puisse inscrire ça dans sa colonne Crédit. Qu'elle fasse le premier geste ! Sûr. Elle. « Ça m'a l'air appétissant », fit-elle, avec un large sourire.

Il rougit, glissa sur le siège en sens inverse, retour au volant, et il passa la vitesse. « Tu as faim ? s'enquit-il. Pas de cuisses de grenouilles..., précisa-t-il, mais un steak ou un sandwich et peut-être encore deux bières pour fêter ça ? Parce que, à l'heure où on arrivera au chalet, hum, après avoir déballé toute la marchandise, quand on aura nourri les chiens et qu'on aura vérifié le jardin, je ne sais pas si on aura le temps de... » Il laissa sa phrase en suspens. Avec elle à son côté, effectivement là, qui palpitait, respirait, l'observait, lui, de ses yeux qui étaient deux missiles braqués sur les siens, il ne pouvait guère dépasser en imagination la scène où il se la représentait passant la porte du chalet. Après quoi, black-out.

Elle répondit que oui, certainement, elle avait faim et, vingt minutes plus tard, il l'escortait sur les marches en bois décoloré du Three Pup, fier comme s'il l'avait lui-même façonnée à partir d'une motte d'argile et lui avait insufflé la vie.

Il était huit heures du soir et le soleil, encore des leurs, montrait toutes ses dents. Les arbres étaient attachés à leur ombre, les chalets pour touristes qui n'en avaient pas accueilli depuis dix ans s'enfonçaient tranquillement dans le marécage, des oiseaux voletaient au-dessus des scooters des neiges qui rouillaient en ordre dispersé dans la cour. D'abord, on remarquait les cliquetis du générateur et, ensuite seulement, le geignement des moustiques : ils ne manquaient pas à l'appel, bien sûr, toujours là, omniprésents, mais, à cette heure, l'équipe de jour était rentrée à la maison pour digérer les effets du petit déjeuner, du déjeuner et du dîner, et l'équipe de nuit avait pris la relève. Sess en écrasa une demi-douzaine sur son avant-bras et en chassa d'autres, d'une main protectrice, aux environs du sommet du crâne de Pamela, lorsqu'ils poussèrent la porte grillagée et que les ténèbres perpétuelles de l'endroit leur tendirent les bras.

La moitié de Boynton était réunie au comptoir, y compris Richard Schrader et Skid Denton, qui devait tout de même avoir fait un tour chez lui dans l'intervalle car même lui ne pouvait boire non-stop pendant neuf heures et demie... à moins que... ? Dès qu'ils entrèrent, ce fut un brouhaha généralisé, les gens firent de l'esprit, lâchèrent des commentaires du genre : « Regardez ce que ce mec-là nous a rapporté ! » Deux hommes sifflèrent en voyant Pamela. Qui se retourna pour, bras écartés, exécuter une pirouette à leur intention. La réticence n'était pas un de ses défauts, ça, au moins, c'était acquis.

Ils prirent une bière au comptoir et il se reput de sa douce proximité, de la masse blonde de ses cheveux enroulés en une natte sans chichis, de la fermeté et de la complexité des muscles de ses jambes, de son sourire. Il lui acheta des Beer Nuts, des Slim Jims, des œufs à la saumure, et ils prirent tous deux un alcool fort pour accompagner leur bière tandis que Lynette leur faisait frire des steaks, l'étui de son revolver rebondissant sur sa hanche comme une excroissance de peau. Ce fut un grand moment, sans nul doute, si resplendissant, si pur que Sess ne voulait pas le laisser échapper.

Quand ils en furent aux steaks, qu'ils dégustèrent à une table dans un coin, Pamela lui raconta ce qu'il savait déjà ou soupçonnait ou avait entendu raconter ailleurs. Elle était née et avait passé son enfance à Anchorage mais, tous les étés de son enfance, son père emmenait la famille (sa mère, sa sœur et elle) camper dans les Endicott, dans le massif des Brooks ; lui-même prospectait dans des affluents, dans des canyons anonymes, pour réapparaître à peu près tous les trois jours avec de quoi remplir la marmite. Ils se mettaient d'accord avec un pilote d'avion-taxi qui les déposait là juste après la fonte des glaces et revenait les chercher fin septembre... et qu'est-ce que ça faisait si elles manquaient tout un mois d'école ! Sa sœur, Priscilla, et elle pêchaient, se promenaient, effrayaient les oiseaux, écoutaient les loups la nuit et se retrouvaient nez à nez avec la plupart des créatures qui croisaient au nord du cercle arctique. Désormais, à vingt-sept ans, diplômée de l'université, lassée de travailler de neuf heures du matin à cinq heures du soir, enfermée dans une ville de métal et de béton, elle souhaitait retourner vivre en pleine nature, et pas seulement pour les vacances, pas en touriste, pas à temps partiel mais pour toujours. Voilà. C'était ça, le *deal*.

Sess commençait à ressentir les effets de sa longue journée (l'aller-retour, l'alcool, l'excitation qui lui tapait sur la luette comme une rasade de Canadian une nuit où le thermomètre tombe en dessous de zéro), lorsque, détachant ses yeux de ceux de sa compagne, il aperçut Joe Bosky à l'autre bout de la salle.

« Merde, fit-il. Il faut y aller.

— Déjà ? Tu ne m'invites pas à danser ? Au moins une fois... une seule fois ? »

Le juke-box fonctionnait, il passait *Mystic Eyes*, l'une des chansons préférées de Sess, mais on ne pouvait pas danser dessus. « La prochaine fois », s'excusa-t-il.

Elle éclata de rire. « Tu es vraiment comme tous les autres, tu te méfies de tes pieds. Et si on attendait un slow ? »

Il chercha un faux-fuyant : « Je ne voudrais pas que tu aies à passer ta première nuit dans ma cabane en ville et toi non plus, d'ailleurs, je me trompe ? Parce que, n'oublie pas qu'il nous faut encore pagayer pendant trois heures pour remonter la rivière jusqu'au chalet... »

Elle lui dit qu'il était mignon. Elle lui dit qu'elle aimait la façon dont deux lignes parallèles plissaient son front quand il s'excitait tout seul. Elle lui adressa un sourire coquin et allongea les jambes, à telle enseigne que lui-même et toute la salle purent admirer leur chatoyant étirement ; elle reconnut qu'il avait raison : « Tu as raison. Je veux voir le chalet... voyons, c'est le but de l'opération, n'est-ce pas ? Ou une partie, en tout cas. Seulement, je m'amusais bien ici. »

C'est alors que Joe Bosky s'en mêla.

Il vint se poster au-dessus de leur table comme un serveur ; il empestait Dieu sait quoi (le poisson, le vomi, la sueur ?) et il souriait comme une bête qui aurait été prise au piège de sa barbe touffue. Il portait une chemise de combat, avec l'inscription U.S.M.C. passée au feutre sur la poche, et une casquette kaki à la visière plate comme une galette. On aurait dit qu'il avait fauché son jean à un cadavre — l'odeur, d'ailleurs, étayait cette hypothèse... « Hé, fit-il, penché sur la table et ignorant Sess, on m'a dit que t'es la mousmé qui se cherche un homme, c'est ça ? »

Pamela ne le connaissait ni d'Ève ni d'Adam mais elle était le genre de femme à accorder son sourire à tout le monde, et elle l'en gratifia en répondant : « C'est vrai. Mais je ne savais pas que j'étais si célèbre. »

Sess s'était levé. « On doit y aller, répéta-t-il.

— Je me demandais simplement si je pouvais pas m'ajouter à la liste, poursuivit Joe Bosky en continuant d'ignorer Sess. Tu sais, je me défends bien, moi aussi, là-bas dans la cambrousse, et je me construis une cabane à Woodchopper Creek, en ce moment même, et je me demandais simplement si, tu sais... s'il y avait pas des essais sans frais ? »

Le sourire de Pamela s'évanouit sur ses lèvres.

« Parce que... j'ai un sac de couchage dans ma voiture... si tu avais un petit quart d'heure à me consacrer... »

Sess lui décocha un coup de poing sur la tempe — ou, du moins, il essaya, mais Bosky, qui l'observait du coin de l'œil, eut le temps de lever l'avant-bras et d'esquiver le coup. L'instant d'après, les deux hommes se battaient, tombaient à terre ; il y eut des bris de verres, et une vieille chaise branlante, comme toutes au Three Pup, fut cassée de même, avant qu'on ne parvienne à les séparer. Bosky fit quelques commentaires désagréables : il les hurla, plus précisément, furieux d'être immobilisé par trois clients... menaces, accusations, promesses, or la loi n'était pas représentée dans le canton à moins de faire venir le shérif en avion depuis Fairbanks, pour examiner le cadavre. Sess lui rendit la pareille. Il aurait préféré ne pas le faire, il aurait préféré s'abstenir de montrer à Pamela ce côté-là de son caractère (les jurons et le reste) mais, s'il y avait un péquin sur cette terre qui pouvait l'enrager au point de faire péter la marmite, c'était bien Joe Bosky !

Dans la cour, les moustiques fondirent sur eux. Ils se réfugièrent dans la camionnette, refermèrent les portières en vitesse, d'un seul coup, prêts à parcourir les cinq cents mètres jusqu'à la cabane où était amarré le canoë. Pamela semblait bouleversée.

« Tu peux m'expliquer à quoi ça rimait, tout ça ? s'enquit-elle. Ce gars... hum, j'avais déjà croisé des vieux givrés de la toundra, mais celui-là faisait vraiment peur à voir. »

Assis au volant au-dessus du moteur qui revint à la vie dans les profondeurs de la camionnette, Sess se borna à regarder par la fenêtre pendant un long moment. Joe Bosky était ce qui n'allait pas dans ce bas-monde. Joe Bosky était ce que les gens voulaient fuir en venant au fin fond de l'Alaska. Or voilà qu'à la dernière borne de la dernière route des États-Unis, on se retrouvait face à Joe Bosky, façonné, astiqué et livré par les Marines, et à égalité avec le monde. Sess avait le souffle court, chambardé malgré lui. « Et tu n'as rien vu ! », lâcha-t-il.

Mais bientôt, ils se retrouvèrent sur le Yukon, dans l'imposant cargo Grumman de six mètres chargé jusqu'aux plats-bords, sous le soleil de dix heures qui se frayait un chemin à travers les ombres sinueuses et noires des débris à la surface de l'eau, et Sess avait recouvré son calme, de retour dans son élément, loin de la route, loin du bar, dans les bras de Mère-Nature. Il observait les épaules de Pamela lorsqu'elle plongeait la pagaie, il examinait sa lourde natte, les belles courbes des muscles de son dos et le mol endroit de son anatomie qui touchait le siège. Les oiseaux étaient au rendez-vous, et les rangées de sapins qui, le long des berges, prenaient d'assaut les collines comme une armée impériale, et les falaises nues, et des cordes et des cordes de bois flottant agglutinés contre la rive, attendant que la rivière décide de leur sort. Une brise qui remontait le courant chassa les moustiques. Sess et Pamela virent des élans dans des petits fonds, une ourse brune avec ses deux oursons qui remontaient à la vitesse du canon les escarpements de l'autre rive. Sess et Pamela ne parlaient qu'à voix basse. Mais ils préféraient se taire et laisser la nature parler pour eux. Et puis, à un moment donné, Pamela dit quelque chose, et Sess lui répondit, et cela lui vint aussi naturellement que quand il parlait tout seul.

Il devait être aux alentours de minuit, le soleil flottait à l'horizon, quand ils obliquèrent dans l'embouchure de la Thirtymile et que le chalet apparut à quelque distance. Déjà sur le pied de guerre, les cinq chiens, plantés dans les nuages de poussière qu'ils soulevaient au loin, faisaient un effroyable sabbat et leurs proto-aboiements, en ricochant sur la rivière, prenaient des accents de loups. « Tu entends ça ? fit Sess, donnant un coup de pagaie. C'est ton comité de bienvenue. »

Pamela se retourna vers lui. « Oh, vraiment ? Et qu'est-ce qu'ils disent ?

— Pam... eeee... laaaa, oooon t'êêêmeee ! »

Elle rit. A ce moment-là, deux plongeons surgirent de l'eau en faisant grand bruit. « Tu es sûr qu'ils ne disent pas : On est là. Quand est-ce que tu nouous dooonnes à maaanger... êêêê ?

— Hum, Pamela... » Il lui fit un clin d'œil, parce qu'il lui semblait que ses os et ses organes pesaient si peu qu'il se serait cru un oiseau, près de s'envoler et de traverser toute la largeur de la rivière en un seul et sauvage élan plumeux... « Pour être honnête, et je veux être honnête avec toi, toujours, que notre rencontre ne dure qu'un week-end ou jusqu'à ce que tu deviennes une vieille dame voûtée et moi un vieillard... je crois que tu n'es pas loin de la réalité. — Il laissa la pagaie un instant dans l'eau et mit la main en cornet contre son oreille. — Ouais. Maintenant que je me concentre, je crois que je peux détecter une infime trace de fringale dans cette aubade... c'est seulement Bobo, le contralto très aigu, mais il est toujours affamé. Alors, ne lui tiens pas rigueur de gâcher ta surprise. »

Et puis le crépuscule tomba et, tandis que les chiens continuaient de tirer sur leurs chaînes, une fois le canoë amarré sur les galets, Sess et Pamela, main dans la main, remontèrent la piste tracée à travers les herbes folles en direction du chalet. Il aurait aimé pouvoir lui présenter une propriété somptueuse : une multitude de dépendances de-ci, de-là, le fumoir, le sauna et la piste d'entraînement pour les chiens qu'il prévoyait d'installer quand il aurait le temps et l'argent, sans parler d'un chalet plus spacieux, mais il était fier de ce qu'il avait déjà accompli et il sentit la fierté monter en lui et battre contre sa cage thoracique lorsqu'il ôta les volets anti-ours et ouvrit la porte à sa compagne.

L'entrée était orientée au sud, naturellement, de même que les deux fenêtres à double vitrage de part et d'autre, mais, avant de pénétrer dans le chalet proprement dit, ils durent franchir le décrottoir (un mètre cinquante sur un mètre cinquante) — l'entre-deux, comme aurait dit un citadin. « C'est..., dit-il — respirant fort dans l'obscurité, inhalant les odeurs familières d'huiles, d'essence, de vieux hameçons, de pièges sanglants, de moisissure et de toutes les émanations de la terre —, c'est l'entre-deux. »

Et ça, c'était Pamela, bien vingt-cinq ou trente centimètres de moins que lui, cheveux blonds presque blancs, bras immaculés et fantomatiques dans la pénombre, muette, yeux écarquillés, telle une écolière lors d'une excursion scolaire. Il l'invita à franchir la porte intérieure, à entrer dans le chalet proprement dit, la dépassant pour aller, une allumette à la main, allumer la lanterne accrochée à un clou près de la porte. « Et ça, dit-il, la voix étranglée par l'intensité du moment, c'est chez moi. »

Elle resta au milieu de la pièce, sans dire un mot. Les cheveux fluorescents, les épaules tendues. Il aurait voulu dire quelque chose, lui demander si elle aimait... mais sa voix ne lui obéit pas. Après un moment, elle glissa vers les étagères du mur le plus proche et caressa nonchalamment les objets qui s'y trouvaient, ses rares livres à la couverture grasse *(La Tannerie de A à Z ; Comment survivre dans la forêt ; Les Étendues sauvages de l'Arctique ; Distiller l'alcool chez soi)*, une bouteille de Pepto Bismol à côté d'un rang de piments de Cuba séchés ; de l'huile Trois-en-Un dans un récipient rouillé ; une bougie de vingt centimètres de diamètre qu'il avait confectionnée avec de la cire d'abeilles commandée par la poste l'été dernier ; un outil ou deux. Et elle ne disait toujours rien.

Combien de temps resta-t-elle plantée là, tripotant un objet après l'autre avant de le reposer délicatement. Qui sait ? Pas plus d'une minute ou deux, sans doute, mais ce fut la minute ou deux la plus longue de la vie de Sess. Était-elle en état de choc ? Était-ce là le problème ? Elle avait beau dire, c'était une citadine ; peut-être se faisait-elle une idée tout autre de ce que devait être un chalet en pleine nature, une image idyllique, le parfait chalet Ponderosa comme à la télé : des volets vert bouteille, une immense véranda, une cuisine carrelée et une pompe à eau. Le cœur de Sess battait la chamade. Il n'arrivait plus à déglutir. Dehors, les chiens hurlaient.

Jamais la pièce ne lui avait paru aussi renfermée, aussi sale, aussi exiguë, une cellule, l'antre d'un clochard, la représentation la plus minable, la plus toquée d'une cabane décatie ! Le plancher était recouvert de plusieurs épaisseurs de crasse. Il faisait un froid de canard. Il aurait pu tomber à genoux et se mettre à chialer. Qu'avait-il espéré ? Pour l'amour de Dieu, qu'avait-il cru ?

« Je vais vernir le plancher, déclara-t-il. C'est mon prochain boulot. Vraiment, la prochaine chose que je dois faire... »

Elle se tourna vers lui, et c'est *elle* qui pleurait. « Oh, Sess, c'est si... si *beau* ! »

Ils donnèrent ensemble à manger aux chiens : des tonnes de bouillie de farine de maïs agrémentée de restes de saumon séché avec un ou deux morceaux verdâtres d'un élan tué l'automne précédent ; ensuite, Sess alluma le feu et prépara le café avec du lait en boîte et tellement de sucre que la cuiller tenait droite dans la tasse. Il déplia la table et le lit, qu'on relevait tous deux contre le mur quand on ne s'en servait pas et qui reposaient sur des supports en sapin blanc quand on s'en servait : « Utilisation maximum de l'espace ! déclara-t-il, rien qui gêne, pas un obstacle. » Elle grimpa sur le lit, avec le maigre matelas une place qu'il avait transporté dans le canoë deux ans auparavant, et le sac de couchage qu'il avait confectionné lui-même avec une centaine de fourrures d'écureuils. En l'affaire de quelques minutes, le poêle avait chassé l'air glacé, conquis les relents d'humidité et de moisissure.

Il s'assit sur le bord du lit en prenant soin de ne pas trop s'approcher d'elle, les mains autour de sa tasse.

« C'est cosy, comme chalet..., affirma-t-il, faisant l'article. Même à – 50°. Tu serais surprise. Je t'assure, vraiment... »

Elle avait enlevé sa veste ; elle s'étira et se cala contre une montagne de fourrures, lynx, loup, renard, qu'il avait entassées autour d'elle. Les yeux de Pamela étaient à la fête. « C'est bon de le savoir, dit-elle. Mais, avec toutes ces fourrures, et ce somptueux sac de couchage... extra, les points de couture, Sess, au fait... je suis impressionnée... avec tout ça, on aurait chaud même sans poêle ! »

Il songea qu'il aurait encore plus chaud s'il avait quelqu'un dedans avec lui et, sans réfléchir, il le dit tout haut. Il le dit et détourna le regard.

La première réaction de Pamela fut de rire, un rire harmonieux et sonore, un rire qui amplifia la pièce, la transforma en salle de concert. Sess porta la tasse de café à ses lèvres pour pouvoir la regarder discrètement. Tout à coup, elle prit un air sérieux. Elle se rapprocha de lui et avança la main. « Ce serait bien..., dit-elle, soudain à fleur de peau, mais je ne veux pas que tu te trompes sur mon compte, parce que ce serait facile, j'imagine... tu sais, comme j'ai fait passer une annonce... »

Il tint sa main sur le lit, sa peau entra en contact avec celle de cette femme et il n'y avait plus une cellule dans tout son être qui ne fût en feu. Il ne sut que répondre. « Parce que je ne suis pas ce genre de fille, ce genre dont on entend parler ou sur lesquelles on lit des choses dans les magazines. Je suis vieux jeu, Sess, et je suis désolée, mais c'est comme ça et pas autrement. J'ai attendu vingt-sept ans l'homme de ma vie et j'imagine que je peux encore patienter quelques semaines. Jusqu'au mariage. Tu peux comprendre ça ? Tu en es capable ? »

Il songea à Jill : à ses cheveux coupés court avec des cisailles, de sorte qu'ils tenaient drus comme sur la tête d'un clown ; à ses jambes courtes et musclées ; au lourd mouvement de balancier de sa poitrine quand elle se glissait dans le sac de couchage, nue, toujours nue, même par les nuits les plus froides. Jill. Il songea à Jill. « Oui, pour sûr. »

Finalement, quand ils songèrent à dormir, à l'heure où le soleil faisait un frêle retour dans le ciel, dans la nuit calme comme le rêve d'un mort, il lui abandonna le lit et sortit dans la pâle bruine de lumière dresser sa tente auprès des chiens.

8.

Le lendemain matin, à onze heures et demie, elle était assise sur le bord du lit, elle se coiffait en observant Sess, le jeu des muscles de ses épaules lorsqu'il se pencha sur le poêle pour préparer le petit déjeuner. Il portait un jean rapiécé et une chemise de travail dont le soleil avait fait passer la couleur, mais qui devait avoir été verte ou bleue. Ses cheveux (il avait la crinière d'une star de Hollywood, épaisse comme une peau de loup) se tenaient drus sur son crâne, comme s'il les avait suspendus à un cintre dans un placard pour la nuit. Il était pieds nus. Une manche de sa chemise était trouée et les deux poignets étaient frangés de fils qui pendaient. « Saucisse d'élan, annonça-t-il en se retournant pour la regarder, et matefaims extra-super-spéciaux aux airelles de l'an dernier, la spécialité de Sess Harder. Qu'est-ce que tu en dis ? »

Une douce lumière blanche filtrait en couches successives par les deux fenêtres, et les deux portes étaient ouvertes au soleil et à la brume striée de rayons. Pamela voyait l'agitation des abeilles de Sess, points d'or dans les bouleaux et les trembles de la cour, et elle sentait le parfum tout frais de la Thirtymile là où elle se jetait dans le Yukon et faisait des étincelles en heurtant les rochers. Les cheveux de Pamela exigeaient beaucoup de soin, surtout quand elle était dans la nature, et elle avait d'abord pensé garder sa natte mais, au réveil, quand elle avait vu Sess au fourneau, en train de disposer les bûches, préoccupé par le tirage, elle avait décidé de les défaire et de les coiffer pour les laisser pendre comme un drapeau blanc. Ou comme une invite. Car elle aussi était à l'essai, et elle voulait lui montrer ses qualités, pas seulement mentales ou verbales mais aussi physiques. « Ça me semble parfait, dit-elle en lui souriant. Parce que, je veux dire... n'importe qui aurait pu me préparer des œufs Benedict, du caviar, des truffes et je ne sais quoi, mais si je dois pagayer pendant trois heures pour avoir droit à un petit déjeuner, le moins que je puisse espérer, ce sont bien des matefaims extra-super-spéciaux. Avec quoi ? Qu'est-ce que tu as dit ?... des saucisses d'élan ? »

Il ne répondit pas, parce qu'il exécutait à cet instant-là une manœuvre délicate avec une poêle en fonte tellement noire qu'il aurait pu l'avoir déterrée dans une tombe. On entendit la graisse chaude claquer dans la poêle et, brusquement, le chalet fut empli de son odeur, et de fumée. Sess planta dans les saucisses les dents d'une fourchette à long manche, dansa autour de la cafetière et, d'une torsion du poignet, retourna les matefaims noirs et plombés. « J'aurais dû t'apporter une toque », dit Pamela, et il demanda : « Une toque ? »

Ils mangèrent dehors, au soleil, autour d'une table de pique-nique qu'il avait confectionnée en sapin noir et vernie pour lui donner une couleur de vieux cuir. Ils utilisèrent pour l'occasion toute la vaisselle dont il disposait : deux assiettes et deux timbales, le tout en fer-blanc. Au milieu de la table, dans une cannette, des fleurs sauvages qu'il avait cueillies quand elle dormait encore ; l'attention la toucha... tous ces efforts trahissaient une certaine gentillesse. Il versa le café, servit les airelles. « Devine ce que je crois qui est le plus formidable dans le fait de vivre ici ? fit-elle en essuyant son assiette. Hormis la beauté du lieu, bien sûr... »

Il haussa les épaules et sourit, tenta de ne pas paraître trop content de lui-même. « Je donne ma langue au chat...

— La sécurité. On se sent forcément en sécurité ici. Pas toi ?

— Si, du moment qu'on ne me demande pas de pratiquer une appendicectomie en urgence. Sur moi. Ou sur toi.

— Une auto-appendicectomie, renchérit-elle — et ils se mirent à rire.

— Ou jouer au dentiste. Tu t'imagines en train de t'arracher une dent ? »

Ils gardèrent le silence pendant un instant, imaginèrent l'horreur que ce serait ; sur quoi, elle reprit : « Je t'arracherai la tienne si tu m'arraches la mienne. » Et ils rirent derechef. D'un rire qui mit du temps à se résorber et, lorsque Sess se leva, gloussant encore, pour vider les assiettes et faire la vaisselle, elle lui dit de se rasseoir, qu'elle ferait ça, parce qu'elle en avait vu suffisamment, elle en avait déjà assez vu. Que s'imaginait-il ? Qu'il devrait être à son service ? « Ce à quoi je pensais, expliqua-t-elle en faisant glisser les assiettes dans la bassine d'eau qu'il avait fait bouillir sur le feu, c'est le genre de sécurité qu'on ne peut jamais ressentir en ville ou, du moins, que moi, je n'arrive pas à ressentir. Ça en était arrivé au point que je ne voulais plus sortir le soir. Pas seule, en tout cas. »

Il l'avait suivie dans le chalet et s'était assis sur le bord du lit ; il roulait une cigarette en l'observant qui évoluait au milieu de ses objets à lui. « D'accord, fit-il, oui, je te l'accorde. Parce que tu es une femme, tu dois faire particulièrement attention....

— Mais les hommes aussi... La société se désintègre : meurtres, drogue à l'école, hippies... Il y a un gars dans mon bureau qui promenait son chien, le soir... il ne faisait rien de plus que promener son chien. Et tu sais ce qui est arrivé ? »

Sess alluma une cigarette.

« Quelqu'un l'a agrafé ?

— Je veux te croire ! Deux gars armés d'un couteau, des chevelus, et ils ne se sont pas contentés de lui voler son portefeuille, ils lui ont glissé la pointe du couteau dans le nez et lui ont entaillé la narine. Tu devrais le voir, il est défiguré à jamais, on dirait qu'il a un tatouage... Et la chienne ! C'était une adorable petite bête, un chihuahua, Bérénice, je crois qu'il l'appelait ; comme elle a essayé de le protéger, ils se sont retournés contre elle, ils lui ont donné des coups de pied, à n'en plus finir, ils en ont fait de la bouillie. Voilà ce que je veux dire, voilà ce à quoi la société en est réduite, de nos jours. »

Il s'était levé du lit pour venir près d'elle, et elle était tellement consciente de sa présence qu'elle en avait la chair de poule : sa masse physique, l'odeur de son tabac, une main hésitante posée sur son épaule, et sa voix grave : « Tu n'as pas à t'inquiéter de ça ici. Des ours, peut-être... Des gloutons. Mais on sait comment les décourager. Crois-moi. »

Elle avait les mains dans l'eau, qui était aussi chaude qu'elle pouvait le supporter. L'éponge grattait mécaniquement la croûte de la poêle noircie. « C'est ça que je veux dire, affirma-t-elle. Ici, on est libre, et pas seulement de faire ce qu'on veut mais aussi libéré de ce genre d'horreur... Tout ce qu'il faisait, c'était promener son chien, pour l'amour de Dieu ! » Pour une raison qu'elle n'aurait pu nommer, elle avait les larmes aux yeux, et elle se demanda pourquoi, pourquoi elle pouvait se laisser aller à ces excès, alors qu'elle se trouvait à cet instant-là où elle avait toujours rêvé d'être, à côté de l'homme, va savoir, avec qui elle avait peut-être toujours rêvé d'être, et le reste du monde, avec ses coupeurs de narines et ses bourreaux de chiens, pouvait bien sombrer au fond de l'océan, pour ce qu'elle s'en souciait !

« Pamela, je t'en prie, Pamela ! » Elle sentit qu'il lui sortait les bras de l'eau savonneuse, pour qu'elle les lui ouvre, et il l'attira à lui. « Tu n'auras plus jamais à penser à tout ça, pour le restant de tes jours. »

On la disait folle de vouloir vivre à perpette, à quinze ou vingt kilomètres du premier magasin, de l'église, du restaurant ou de la poste les plus proches, et à près de cent kilomètres d'une agglomération qui ressemblât un tant soit peu à la civilisation, si on pouvait dire que Fairbanks était civilisé. Et on disait qu'elle était encore plus folle de se jeter dans les griffes d'un trappeur plus tout jeune, tordu, affamé de sexe, les artères bouchées par le gras des rognons, et des fusils tapissés sur les quatre murs de sa cabane. C'était, mot pour mot, ce qu'avait dit Fred Stines, l'homme qu'elle fréquentait à Anchorage. Elle avait une vision différente de la chose. Ce que les gens ne comprenaient pas (Fred ne pouvait même pas le concevoir), c'est que tout leur environnement, cette société violente et belliqueuse, chancelait, était sur le point de s'effondrer. Elle n'en doutait pas un instant. Les récentes émeutes n'étaient qu'un prélude, parce que, si personne ne travaillait plus et s'ils restaient tous à ne rien faire, à se droguer et à se vautrer dans la promiscuité toute la journée, qui resterait-il pour produire la nourriture ? Or, si personne ne produisait plus de nourriture, que mangeraient-ils ? La réponse était évidente : ils mangeraient votre part et, quand ils auraient terminé, ils vous mangeraient, vous, comme dans le roman de science-fiction où on mettait en boîte les morts et les mourants. Exactement. Mais on pouvait aller au bureau tous les jours, aller faire du shopping avec sa voiture flambant neuve et puis rentrer chez soi, retrouver sa chaudière à gaz ou son poêle à bois, et ne jamais penser à ça : les Fred Stines de ce monde en seraient là quand tout l'édifice s'effondrerait. Mais pas elle, non. Pamela vivrait dans la toundra, elle serait cent pour cent autarcique. N'importe quelle autre attitude était, à ses yeux, suicidaire.

L'après-midi du deuxième jour, après le petit déjeuner et l'accolade qui devint une étreinte, puis un baiser, poursuivi jusqu'à ce que le sang se mette à chanter à ses oreilles, Sess, tout fier, lui fit faire le tour du propriétaire. Il lui montra et vanta la limpidité de la Thirtymile là où elle cascadait dans l'opaque Yukon chargé de ses débris gelés ; il lui indiqua où il avait l'intention de construire le sauna et un atelier ; lui fit un exposé sur le jardin, où des taches de vert pointaient sur le noir des plastiques censés conserver la chaleur. Il faisait pousser des choux, des choux-fleurs, des choux de Bruxelles, des navets, des kohlrabi, des pommes de terre, des oignons, des pois, des laitues, des tomates Early Girl, du basilic, des concombres, des courges. « Tout doit être planté le 1er juin, expliqua-t-il, même s'il y a encore un risque de gel... C'est pour ça que je garde ce tas de bois là, par précaution... Parce que notre saison de pousse ne dépasse guère la centaine de jours, cent cinq... grâce à la proximité de la rivière, qui réchauffe un tantinet l'atmosphère. Mais chaque jour compte, crois-moi. Vers février, on tuerait n'importe qui pour avoir un peu de choux à la saumure ou des tomates bouillies pour accompagner la millième variation sur le ragoût d'élan... »

Elle écoutait parce que c'était le genre d'information qu'il lui fallait, parce que c'était le genre de savoir qui serait sa meilleure parade, mais la plus grande partie de ce que disait Sess lui échappait : c'est sa voix qu'elle écoutait, pas les paroles. Sa voix la fascinait comme jamais celle de Fred Stines ne l'avait fait. Cette voix la traversait comme un courant, elle la percutait comme l'électricité dans une prise murale ou la fameuse lampe récalcitrante qu'elle avait essayé de réparer (avec quels résultats !) à la fac. Sess parlait (sa timidité s'était évaporée, entièrement) et elle écoutait. « Bon, finit-il par dire (ils contemplaient le canoë depuis la berge), est-ce qu'on remonte un peu la rivière pour voir si on peut dénicher une bestiole pour le dîner ? Un canard, ça te dirait ? Du canard aux échalotes et une sauce barbecue maison, super-spéciale-extra épicée, à la Sess Harder ? »

Quand le canoë remonta le courant, on l'eût dit suspendu dans l'air ; les roches au fond du lit étaient de hardis nuages floconneux, les poissons des oiseaux fendant les airs. Je fais du canoë avec Sess Harder, se disait Pamela, je suis en pleine nature avec Sess Harder, et j'adore tout ici. Ils pagayaient dur, à contre-courant, contre la brise. Le canoë était une balançoire sur un terrain de jeux aquatique, Pamela sentait dans son dos le poids de son compagnon et ses coups de pagaie, tandis qu'ils évitaient les rochers et les arbres et franchissaient les remous dans le courant qui bouillonnait tout alentour. La concentration exigeait le silence et, pour la première fois depuis qu'ils avaient mis le pied sur le ponton du restaurant, la veille, ni l'un ni l'autre ne se croyait obligé de parler. C'est seulement quand ils ménagèrent une courbe et que, tout étonnée, elle avisa une construction au sommet de la rive opposée, qu'elle rompit le silence. « Grand dieu, Sess, s'exclama-t-elle en se retournant vers lui, qu'est-ce que c'est ? Un chalet ? Dans cette solitude ? »

Oui, c'était un chalet. Manifestement. Un assemblage de rondins, l'éclat d'une vitre, le soleil sur la peau tendue d'une embarcation en aluminium renversée, tirée au plus près du mur. Du toit de gazon émergeaient des arbres de deux mètres cinquante ou trois mètres de haut comme dans les tanières de trolls telles qu'on les représente dans les livres d'enfants. Sess continua de pagayer : le coup de pagaie le plus régulier du monde. « Exactement, dit-il.

— Mais tu ne m'avais pas dit que je devrais vivre dans un lotissement ! » Elle avait essayé d'enrober d'humour l'expression de son dénigrement mais, en fait, elle était outrée, carrément outrée, parce que... à quoi ça rimait de venir vivre ici s'il y avait un chalet à chaque coin de cours d'eau ?

« Tu n'as rien à craindre, Pamela, répondit Sess, tandis que le chalet glissait déjà vers les marges de leur vision périphérique. Personne ne l'habite. Personne n'est venu ici depuis un an. »

La pagaie de Pamela poursuivit son labeur, et elle en ressentit les effets dans ses épaules, consciente qu'elle s'endurcissait. « Mais qui... ? voulut-elle savoir.

— Un vétéran pur jus, un vieux de la vieille, l'ermite de la rivière, un hurluberlu toujours déguenillé ; il empestait les plumes d'oie trempées dans l'huile de castor qu'il utilisait pour attirer les lynx... le genre de type qui ne se lavait que lorsqu'il tombait à l'eau, environ deux fois l'an. » Sess marqua une pause mais continua de pagayer. « Le genre de type, de trappeur fou, que je serais devenu sans... hum... eh bien, sans toi. »

Elle prit acte de l'espoir contenu dans cette remarque, avant de demander : « Et où est-il maintenant ?... je veux dire... il est mort ?

— Oh, non, non, il avait bien trop mauvais caractère pour mourir. Il a pris sa retraite. Il a pendu ses raquettes, il a rincé ses tamis une dernière fois et il est descendu à Seattle rejoindre son frère dans une “maison” quelque part. Tu sais... chauffage central, télé couleurs, machine à laver et sèche-linge. Un rectangle de macadam pour garer ta canadienne.

— Quelle pitié !

— Oh, ouais. — Pamela se retourna et vit que Sess souriait. — Rien de pire. »

Ils tirèrent le canoë sur une bande de gravier et s'enfoncèrent dans un enchevêtrement détrempé de bouleaux, de trembles et de peupliers reliés par des régiments et des brigades entières de moustiques. Pamela avait des manches longues et un jean, et elle s'était enduite de 6-12 au point de ressembler à une cuisse d'agneau près de passer au four, mais les moustiques la piquèrent au seul endroit qu'elle avait oublié (le bout de son nez), et elle se mit à les chasser par pur réflexe. Dans un murmure, Sess précisa : « Plus que cinq minutes. » Il avait un fusil de chasse dans une main et un .22 en bandoulière. « Je t'emmène dans un marais où il y a encore plus de canards que de moustiques, si tu peux imaginer ça. » Et il continua en lui racontant que les indigènes n'appelaient pas cette saison « la fin du printemps » ou « le début de l'été », mais simplement « Canards » parce que c'était la période où ceux-ci remontaient du sud par milliers pour nicher et élever leurs petits. On aurait dit un marché aux volailles. Il suffisait de tirer dans le tas.

Or, une fois sur place, il manqua son coup, deux coups, trois coups... et le lac qui avait été jadis un bras de rivière (un « bras mort », tel était le terme) se présenta d'abord comme une incroyable kermesse de cris rauques et de battements d'ailes à perte de vue avant de redevenir un simple lac désert, étendue d'eau noire sans une ride, sans un canard. Sess prit mal la chose. Il s'excusa... mais ne chercha pas à se justifier, ce n'était pas son genre. « Attends ici », fit-il, et elle attendit près d'une heure après qu'il se fut faufilé dans le sous-bois aussi discrètement qu'une brise. Les moustiques continuaient de grouiller ; le silence fut finalement interrompu par trois détonations, lointaines et sourdes, mais, quand Sess revint, il ne tenait encore pas de canard par les pattes et il avait l'air frustré et furieux. Il adressa à Pamela un sourire tendu : « Ne t'inquiète pas, dit-il, simplement nous... hum, je déteste dire ça mais il faut être patiente. Tu comprends ça, Pamela ? Tu peux le comprendre ? »

Elle allait dire qu'elle comprenait tout à fait, naturellement — il ne devait pas se faire de souci pour elle, il pouvait préparer ce qu'il voulait pour dîner, ça lui conviendrait, lorsque l'eau brune à ses pieds se mit à bouger comme si elle venait à la vie ; à la surface se dessina un V plus sombre que l'eau. Sess sourit, fit glisser le .22 de son épaule et, l'instant d'après, ressortait de la gadoue, tenant à la main une bestiole noire, trempée, la queue glabre. Pamela : « Qu'est-ce que c'est, un castor ? » Sess : « Non, c'est un rat. »

A dîner (Dieu qu'elle avait faim, elle mourait de faim, toutes ses cellules réclamaient du carburant !), Sess prépara une fricassée de rat musqué accompagné d'une sauce tomate (les tomates étaient en conserve), du riz, de la verdure et une noix jaunâtre et douceâtre de cette graisse de premier choix que leur invité d'honneur portait sous sa fourrure lorsqu'il exécutait ses rituels fangeux dans les étangs et les marécages de l'intérieur des terres. Le tout arrosé de deux bouteilles de bière maison tellement forte que Pamela pensa aux tord-boyaux qu'elle buvait à la fac. Elle n'avait jamais rien mangé de meilleur. Elle en informa Sess. Assise sur le lit, elle lui sourit, tandis qu'il faisait la vaisselle près du poêle : « J'insiste, avait-il dit. C'est toi qui l'as faite ce matin, ce n'est que justice. » Ensuite, il sortit son harmonica et lui fit la sérénade — et ils finirent en chantant à l'unisson, pas une mais trois fois *Oh Susannah*, *You Are My Sunshine* et *She Loves You* (*Yeah, Yeah, Yeah !*).

Il était plus de minuit, ils étaient ivres de musique, de bière et de leur compagnie mutuelle, qui les stimulait et les stimulait encore, lorsqu'elle lâcha : « Alors... dis-moi tout sur Jill. »

Le charme fut brisé tout net. Sess était en train de porter une bière à ses lèvres, juste après avoir terminé une histoire sur une nuit, l'hiver précédent, où le thermomètre était descendu à – 51° : il était sorti vider l'eau de la vaisselle et elle avait gelé avant d'atteindre le sol avec un bruit de billes qui tombent d'un sac. Il repoussa la bière, regarda Pamela sans la voir, ses yeux prirent la direction de la petite fenêtre et, à travers elle, se perdirent dans le lointain. « Ça ne t'intéresserait pas.

— Si, vraiment.

— Il n'y a pas grand-chose à dire. Ça ne ressemble sans doute en rien à tout ce qu'on t'aura raconté.

— On ne m'a rien raconté du tout. » Par souci d'honnêteté, puisqu'elle avait, de fait, entendu au moins *trois* versions différentes de l'affaire, la plus dérangeante et la plus négative pour Sess étant celle qu'avaient déversée, comme autant de litres d'acide, les lèvres de Howard Walpole, elle ajouta : « Ou pas grand-chose. Elle était loin de te valoir. » Il poussa un soupir. Se leva, prit la lampe à son crochet et l'alluma. On aurait dit que tous ses muscles étaient montés à son cou, durs, minces, arrachés à la chair. Sa tête parut soudain très lourde. « Vas-y, l'encouragea-t-elle. Je veux tout savoir. »

Jill était jeune, à peine vingt et un ans, et il était jeune aussi, vingt-huit ans à l'époque, il y avait trois ans de ça... Il l'avait rencontrée à Fairbanks, quand il servait au bar pendant l'hiver après avoir travaillé tout l'été comme pompier. Il buvait trop, se couchait tard, vivait dans un bourg qui ressemblait à tous les autres et il n'allait quasiment jamais pêcher sur la Chena ou la Nenana. Il ne savait pas ce qu'il voulait. Jill étudiait à l'université de l'Alaska ou, plutôt, y avait étudié avant de le rencontrer mais elle avait arrêté ses études et ils avaient passé l'hiver à coucher ensemble, à parler de grand air : ils avaient fait le projet de fuir la civilisation et de partir vivre en toute liberté.

Elle était venue avec lui, juste après la fonte des glaces, dans ce chalet même ; elle l'avait aidé à le construire, en fait. Ni l'un ni l'autre ne s'y connaissait mais ils avaient appris sur le tas et s'étaient constitué une réserve de provisions pour réussir à passer le premier hiver, en attendant de savoir pêcher, jardiner et chasser : des sacs de riz de trente kilos, lentilles et farine de maïs, du beurre dans des récipients de cinq litres, du poisson fumé, ce genre de provisions. Ç'avait été formidable tant que ça avait duré. Mais Jill n'était pas faite pour la pleine nature — psychologiquement parlant. L'hiver venu, une fois que le soleil avait tiré sa révérence, elle avait commencé à déraisonner, n'importe qui aurait cru qu'elle était prisonnière, aurait pensé qu'elle avait été jugée, condamnée, retenue contre son gré. « J'ai écopé de la perpétuité, disait-elle d'une voix éteinte, réduite en cendres. Je loge au couloir de la mort. Je suis un forçat de Saint Quentin. » Lui-même sortait, y compris par les frimas les plus rudes, il parcourait les bois en quête de lagopèdes, de porcs-épics, de lynx, n'importe quoi pour la marmite, alors qu'elle restait collée au poêle, les yeux rivés sur le feu rougeoyant, et elle relisait sans cesse les mêmes livres : elle avait dû lire *Silas Marner* vingt fois : de quoi devenir folle, en effet ! Elle avait tellement joué au solitaire qu'elle avait usé les cartes, qui finirent par tomber en poussière. Puis elle s'était mise à graver les jours dans le bois des murs, quatre traits verticaux, un horizontal, exactement comme les prisonniers.

Pamela le laissa continuer. Raconter cet épisode, c'était une thérapie pour lui, elle le voyait bien, il fallait purifier l'air, parce que si tout se passait bien, elle prendrait la place de cette fille, et il aurait été intolérable de ne pas savoir. N'empêche, quand il lui décrivit les traits sur les murs, quand il se leva et se pencha sur elle pour passer les doigts sur le renflement d'un rondin, là où Jill avait appuyé sa tête, quand Pamela s'aperçut que les traits y étaient encore, comme des cicatrices sur la peau d'un Indien, gravures du désespoir... tout ce qu'elle put faire, ce fut lancer une question comme on lance une bouteille à la mer, et s'y accrocher : « Alors, elle était, cliniquement, dépressive ?

— Le mal des cabanes, fit-il, s'enfonçant dans les fourrures à côté d'elle, un cas incurable. » Sess ignora la main que Pamela lui offrit. « Ça arrive à un tas de gens en pleine nature. Aux femmes, notamment. Les femmes semblent avoir davantage besoin de la compagnie des autres femmes que les hommes celle des autres hommes : nous, les hommes, nous sommes plus solitaires. Comme les ermites et tout ça.... Mais vous... vous avez besoin de cancaner et de je ne sais quoi encore, pas vrai ? »

Elle haussa les épaules. « Peut-être.

— Bien sûr, les hommes deviennent des sagouins par ici. Tu as déjà entendu parler des deux trappeurs qui vivaient là-haut près de Eagle ? Deux dingos, le genre qui parle tout seul, même quand ils descendent en ville pour leur visite semestrielle. Non ? Eh bien... c'était au mois de février, un hiver particulièrement rude, l'un des deux avait vraiment besoin de voir du monde, alors il a préparé ses chiens et parcouru la cinquantaine de kilomètres qui le séparaient de l'autre et l'autre est venu à la porte de sa cabane et a hoché la tête d'un air accueillant, et il a laissé la porte entrouverte. Hum... le premier homme est allé attacher ses chiens et puis il est entré dans la cabane sans dire un mot, il a secoué sa parka, il s'est assis près du feu et il s'est contenté de regarder l'autre pendant à peu près une heure jusqu'à ce que son hôte mette un ragoût d'élan sur le feu et puis ils ont mangé en silence. Ensuite, ils se sont assis et ils ont fumé leur pipe et, en temps voulu, le premier homme a déroulé son sac de couchage et s'est endormi. Au matin, ils ont pris le petit déjeuner ensemble (encore du ragoût d'élan, des biscuits, du café) et puis le visiteur est sorti, il a préparé ses chiens, il a fait un signe d'adieu à l'autre qui se tenait à sa porte. Et tu sais quoi ? Aucun des deux n'avait prononcé le moindre mot de tout le temps de leur rencontre, pas un "salut", pas un "au revoir" pas un "fameux, ce ragoût !", ou "Je peux pas saquer ta face d'ours, sale fils de pute".

— Instructif. Tu essaies de me faire peur ? »

Sess parut surpris. « Non, pas du tout. Pourquoi je ferais ça ?

— Alors, Jill..., fit Pamela après un moment. Elle est partie ? »

Le poêle grinça et émit un soupir. Les derniers rais de soleil striaient la paroi arrière d'un infime ruban d'un rose délavé. « Qu'est-ce qu'on t'a raconté ? » La voix, rude, restait bloquée dans la gorge. « Que je suis une espèce de Barbe-Bleue ? »

Elle avait confiance en lui. Elle l'aimait bien. Elle pourrait même l'aimer. Elle l'aimait, de fait, elle l'aimait déjà. « Non », répondit-elle d'une voix si douce que c'est à peine si elle put s'entendre elle-même. « Tu sais... là où je t'ai montré le jardin ? »

Elle fit non de la tête. « Jill est sortie là-bas où on a coupé tous les arbres et elle a fait plusieurs tas de neige, qui formaient chacun une lettre énorme, je veux dire, vraiment énorme... trois mètres de haut, un mètre cinquante de large... Et tu sais ce qu'on lisait de là-haut, d'avion ? JILL VEUT SE SAUVER. Jill veut se sauver !

Tu comprends que j'aie été profondément humilié ? » Sess alla jusqu'au poêle dans l'intention de se verser une autre tasse de café, il souleva la cafetière... mais il la reposa. « La semaine suivante, un Cessna 180 équipé de skis a atterri sur la rivière gelée ; c'était Joe Bosky. Il est venu à notre porte. “Vous avez un problème ici, les gars ?” qu'il a dit...

— Et ça a été la fin de Jill... ? »

La voix se fit sentimentale, toute dureté envolée : « Je ne l'ai jamais revue. »

Le soleil s'effaça de la paroi. De loin, faible à cause de la distance, leur parvint le hurlement d'un loup, qui mourut dans un *glissando* fiévreux jusqu'à ce que les chiens s'y mettent. Pamela les vit par la fenêtre, dressés, tirant sur leurs chaînes, truffe pointée vers le ciel ; le bruit qu'ils produisaient, rauque et discordant, exprimait une tristesse inextinguible, la mélancolie du piquet, de la chaîne, du harnais. Alors, Sess dit quelque chose qu'elle ne saisit pas, qui resta un son, jusqu'à ce qu'il répète : « Tu dois vraiment y aller ?

— Je l'ai promis.

— Au diable ta promesse ! » Les chiens lancèrent un hurlement tellement plaintif que les loups durent en rire là-haut sur les sommets. « Howard Walpole... », commença-t-elle, mais Sess l'interrompit. « Howard Walpole est un con et tu le sais aussi bien que moi. C'est moi qu'il te faut. Dis-le-moi.

— Il y en a pour trois jours seulement. »

Il ne put la regarder. Il fixa des yeux la cafetière, le mur. Les chiens hurlèrent. « Trois jours, Sess. Après, je serai sûre de moi. »

9.

Sur fond de rive escarpée brun grisâtre et d'agrégat diffus d'abris et de cabanes qui composaient la vue de Boynton côté fleuve, Howard Walpole, bottes en caoutchouc, pantalon en twill luisant de graisse, était planté dans la gadoue. Il les attendait quand ils empruntèrent l'ample courbe du fleuve qui donnait sur le bourg, et, à voir son air, Sess supposa qu'il attendait depuis des heures même si le rendez-vous avait été fixé à midi et qu'il ne pouvait être plus de onze heures et quart ou la demie tout au plus. Le temps était effroyable, nuageux, bouché. Le fleuve avait la couleur du ciel et le ciel celle de l'enduit qu'on voyait sur les fourgonnettes et les 4x4 qui attendaient la bénédiction des peintres. Il bruinait. L'air sentait la corruption, comme si toute chose, dans l'eau, dans la forêt, dans le ciel, s'était affaissée, décomposée.

Pendant toute la course en canoë, Pamela ne s'était pas arrêtée de bavarder gaiement de choses et d'autres : un élan dans les petits fonds, une explosion de canards, sa mère qui avait des problèmes de pieds, sa sœur qui avait congédié l'un de ses petits amis... Sess, lui, n'avait pas desserré les dents. Il était outré, outré et haineux, et qu'importe si elle s'en apercevait ! Il manipulait sa pagaie avec hargne, parcourut à toute allure les deux cents derniers mètres comme s'il n'avait espéré qu'une chose : se débarrasser d'elle. Et il se dit qu'il devrait prendre à part Howard Walpole et lui confier que c'était une emmerdeuse, une paumée irrécupérable, une salope consommée, mais il savait que ça ne marcherait pas. Howard (trente-huit ans, le crâne presque plat à l'arrière comme si on l'avait cogné dès qu'il avait sorti la tête du ventre de sa mère) ne jetait jamais rien et n'accordait jamais aucun crédit aux paroles d'autrui.

Le canoë racla le gravier. Pamela sauta sur la rive et tira la proue alors que Sess restait assis. Howard souriait, dents jaunes encadrées par une barbe grisonnante ; comme il avait relevé sa casquette d'ingénieur crasseuse bien au-dessus des sourcils, on distinguait sous les cheveux une ligne de peau blanchâtre que le soleil ne dorait jamais. « Bonjour, Pamela, lança-t-il, guilleret. Il t'a plu, le palais Harder ? »

Elle répondit par l'affirmative. « Bonjour ! », lança-t-il derechef, à Sess, cette fois-là, avant de prendre des mains de Pamela son sac à dos pour le jeter sur le siège avant du gros bateau plat à double moteur Evinrude ; il tendit la main pour l'aider à monter à bord. « Pas la peine de s'éterniser ici sous la pluie, ajouta-t-il, alors que j'ai tout un univers à te montrer, là-bas, et je sais pas à quoi tu t'es habituée au palais Harder mais, chez moi, c'est un quatre-étoiles par comparaison, alors t'inquiète pas. »

Sur quoi il démarra, les moteurs rugirent et Pamela ne fut plus, pour Sess, qu'une tache qui diminuait rapidement sur le vaste dos gris de la rivière.

Il savait qu'il ne devrait pas se mettre à boire, il savait qu'il ferait mieux de rebrousser chemin, de remonter la rivière, de rentrer au chalet, de passer en plein air les trois journées à venir, de nettoyer les broussailles le long de sa piste, de pêcher le brochet dans les bras morts de la rivière, de tuer quelques canards, or il dépassa son pied-à-terre sur la grand-rue et les cabanes de gens qu'il connaissait, aimait, n'aimait pas ou qui le laissaient indifférent, il dépassa l'édifice en bois de la poste, le Nougat et le magasin, en direction du Three Pup. Il avait entraîné dans son sillage toute une nouvelle nation de moustiques qui se débrouillaient avec le contingent local tandis que lui-même plongeait à l'intérieur du bar. Lynette, au comptoir, plissait les yeux à cause de la fumée de la cigarette qu'elle avait entre les dents, et elle distribuait des cartes à Richard Schrader, comme si distribuer des cartes était l'activité majeure de la race humaine sur cette planète : pourquoi se presser d'arriver au bout du paquet quand on sait qu'il va falloir redistribuer tout de suite après ? « Salut », fit Richard, sans lever la tête. Puis Skid Denton, installé à sa place habituelle, au bout du comptoir rectangulaire qui servait aussi de table aux clients qui prenaient des en-cas, s'exclama : « Satisfait ou remboursé... Satisfait, Sess ? Ou tu cherches à te faire rembourser ? »

Sess lui répondit de fermer sa sale gueule : il n'y avait pas là matière à plaisanter, à sourires lubriques, à se donner des coups de coude, à rire derrière son dos comme ça s'était passé avec Jill. Et l'avertissement valait pour tout le monde. Tout le monde, à cette heure, comprenait Richie Oliver, assis à une table en coin avec une femme que personne n'avait jamais vue. Richie Oliver fermerait sa gueule, de toute manière, parce qu'il avait déjà eu ses trois jours d'essai avec Pamela, et Sess et lui étaient dans le même bateau. En outre, sa compagne d'aujourd'hui n'était pas canon, et pas une jeunette non plus, et il était clair qu'il n'y avait qu'une chose que Richie Oliver (ou quiconque, d'ailleurs) aurait pu vouloir tirer de cette relation-là. Sess mit un *quarter* dans le juke-box pour entendre *Mystic Eyes*, trois fois de suite, avant de commander un alcool et une bière ; quand il eut terminé, il repassa commande, s'assit à la fenêtre pour étudier un numéro de *Time* vieux de deux ans, qu'il avait déjà lu de part en part au moins six fois.

Les gens entraient, ressortaient. Deux touristes d'âge mûr arrivés en canadienne blanche avec une croûte de boue de dix centimètres lui firent la conversation pendant un moment et il leur raconta quelques mensonges très imaginatifs sur la pleine nature et ce qu'ils devraient s'attendre à y trouver. (Des élans ? Vraiment ? Vous voulez dire qu'ils fonceront effectivement sur la voiture ?) Vers six heures, il demanda à Lynette de lui préparer un sandwich au thon et une assiette de frites pour se caler l'estomac, puis il se rendit au Nougat, question de voir qui y était et peut-être faire une ou deux parties de billard ; il y rencontra deux Indiens Hungwitchin qu'il connaissait de l'amont de la rivière, après Eagle : il but avec eux pendant une heure ou deux, jusqu'à ce que l'un des deux vomisse sur la table et que Clarence Ford, qui servait alors, leur demande de partir. Les Indiens montèrent tant bien que mal dans leur pick-up, démarrèrent et lui adressèrent un signe d'adieu maladroit mais, attendez un moment, ne pourraient-ils pas l'emmener jusqu'au Three Pup ? Ses jambes n'avaient pas l'air de vouloir le soutenir. Sûr, bien sûr qu'ils pouvaient !

C'est alors que tout se brouilla... Joe Bosky était au Three Pup, ça c'est certain. Sess et lui se prirent encore de bec, mais lequel avait dit quoi à l'autre, qui avait commencé... tout ça n'avait aucune importance. Sess croirait se rappeler que Lynette avait brandi son pistolet et peut-être tiré un ou deux coups dans la cour mais le fin mot de l'histoire, c'est qu'il s'était fait jeter alors que Joe Bosky était resté planté fièrement au comptoir, en compagnie d'une dizaine d'autres, à boire dignement tout le restant de la soirée. Toutefois, ce que Joe Bosky n'avait pas pris en considération, pas plus que ses acolytes, d'ailleurs, c'est que sa voiture, une Mustang blanche à l'arrière profilé et avec une bande bleue sur le côté, style bolide, pour laquelle il louait un garage spécial et qu'il ne sortait que l'été, était garée juste là, dans les mauvaises herbes de la cour. Là, comme un mur en tôle et en verre : Sess ne pouvait que tomber dessus. Et ce n'était rien, vraiment, l'affaire de quelques minutes avinées et passagères, que de relever le capot et de se soulager sur le chicot noir et brillant du bouchon du delco, avant de s'éloigner en direction du fleuve, avec la vague idée de passer la nuit à Boynton.

Dire qu'il se réveilla avec la gueule de bois est encore loin de la réalité. Il était écrasé, terrassé, transpercé par un pieu de douleur, de regret, de pur et simple et mat aveulissement suite à ses excès de la veille. Il n'avait pas réussi à atteindre sa cabane et il se réveilla, le soleil dans les yeux, sous la pression légère de la pointe du soulier de Richard Schrader. « Sess », disait ce dernier, dont le visage était un planétoïde luisant, en orbite autour du ciel, avec une lune tout près, et cette lune était le visage trop blanc de la femme qui accompagnait Richard la veille, ou peut-être un clone de cette femme. Sess se mit en position assise. Il était à environ cinq mètres de la porte de sa cabane, niché dans un tas de pneus et de pièces détachées d'automobiles, tout près de la véranda côté sud de la cabane de Richard. La rivière s'arc-boutait dans son dos. Tout alentour était humide et froid. « Eh bien, fit la femme, vous vous êtes vu ? »

Un moine, un pénitent : il refusa le café qu'on lui proposait, les sparadraps, la lotion de calamine pour les piqûres de moustiques ; il grimpa dans son canoë (sans provisions, sans rien, pas même une bouteille d'eau) et remonta le courant. Il piocha l'eau en chemin et la but ; dans son sac, il trouva une ou deux tranches de caribou qu'il mâchonna — honte et abnégation ! — tout en plongeant dans la chair du courant le couteau de sa pagaie. Il bruinait encore et il fut pris de frissons, raison pour laquelle, profitant d'un faible courant, il aborda l'autre rive, sur laquelle il tira le canoë et alluma un feu pour se réchauffer, alors qu'il devait faire plus de 20° : mais, quand on est mouillé et qu'on est face à la brise, il pourrait bien faire 25°...

Le feu était modeste mais réconfortant. Sess avait avec lui sa canne à lancer, il ne s'en séparait jamais, et il décida de se préparer quelque chose de simple pour le déjeuner. Trois lancers avec son moulinet Mepps orange, et il put se faire griller un ombre sur un bâton : un ombre tellement appétissant qu'il prit un équipement plus lourd et une cuiller en argent avec un éclat verdâtre au fond qui représentait l'œil d'une créature des maigres eaux, insouciante et à moitié formée, et il lança à nouveau, dans l'espoir de ramener un brochet pour son dîner au chalet. Un sifflement, une éclaboussure là-bas à la surface de l'eau, puis le fil revint avec un susurrement, et ainsi de nombreuses fois, et tout ce à quoi Sess pouvait penser, c'était Pamela, Pamela dans le chalet trois-pièces-cuisine de Howard Walpole avec le tapis blond en grizzly devant la cheminée en pierre qu'il allumait en plus de son poêle, parce qu'il aimait l'esthétique des feux ouverts même si lui-même était efflanqué et avait la peau grasse. Cela dit, Pamela ne choisirait jamais un homme comme ça, non... maigrichon, le crâne aplati, bête comme ses pieds ; peu importait l'argent qu'il avait gagné en découvrant un gisement deux ans auparavant et tout le confort moderne qu'il pouvait installer dans son chalet, hein ?

Cette interrogation aggrava le mal de tête de Sess pendant tout le lent chemin du retour, et le tourmenta encore davantage même lorsqu'il eut déniché de son trou au pied d'une berge abrupte un brochet long comme le parcours du ballon envoyé par un *slugger* de Louisville sur le terrain de base-ball, lorsqu'il l'eut convaincu de saisir l'appât argenté entre ses dents aiguisées et l'eut fait sauter hors de l'eau une demi-douzaine de fois. Sans doute lui sortit-elle de l'esprit (Pamela) pendant les cinq minutes où, ayant tiré le canoë sur la grève, il lutta avec le gros poisson afin de l'extraire des maigres eaux, tel un long coup de fouet tout en muscle, mais il repensa tout de suite à elle dès qu'il eut sorti le couteau de son fourreau, eut planté la lame entre les yeux du brochet et l'eut fait pénétrer dans la chair jusqu'à ce que le long muscle se fût ramolli.

Ce soir-là, il siffla deux bières, nourrit les chiens et plaça des pièges pour les lièvres là où il découvrit des traces, à la lisière extérieure du jardin. Pour le dîner, il mangea des haricots froids et des biscuits pétrifiés, entamés par les souris : il n'eut pas le courage d'affronter l'odeur du poisson grillant dans la poêle. Réveillé au milieu de la nuit par un concert d'aboiements, il sortit sur la véranda avec son fusil dans la pâle pénombre de trois heures du matin pour voir un vieil élan effaré — une femelle, un tantinet moins de quatre cents kilos, le poil décoloré, autant qu'il put voir —, planté au milieu du jardin, les pattes comme des surgeons qui auraient poussé dans l'étang de plastique noir. La première impulsion de Sess fut de l'abattre mais il résista à la tentation. On ne tuait pas les élans à l'époque des Canards, on ne les tuait pas avant l'automne, parce que la viande ne se conservait pas. Sans parler du fait que l'élan n'était pas de saison et que tout le pays commençait à peine à mettre la table pour le long banquet d'été : oies, canards, saumons et baies. Alors, que faire ? Il gâcha une balle pour la faire fuir dans le doux espoir qu'elle éviterait les parages à l'avenir. Jusqu'à l'automne, en tout cas.

Le matin, il raviva le feu, prépara du café et deux filets de brochet pané frits dans trois centimètres de Crisco grésillant ; ensuite, il s'assit sur le porche, passa le temps à tuer des moustiques et à observer les nuages qui s'amoncelaient au-dessus de la rivière. Il ne se sentait pas dans son assiette et ça n'avait rien à voir avec sa rage de la veille. Ça avait à voir avec Pamela. Il humait son parfum, aura féminine persistante, prise dans les fourrures du lit, dans les odeurs habituelles du chalet et, s'il se retournait, vers l'endroit où elle était assise l'avant-veille, il pouvait presque la voir. Pamela. Elle était sienne, aucun doute là-dessus. *Tu n'as pas à t'inquiéter, Sess* : n'était-ce pas ce qu'elle avait dit ? Il lui vint à l'esprit le visage émacié et grimaçant de Howard Walpole, surimposé sur l'expression grave et barbue de Richie Oliver : et si elle lui avait menti ? Pour l'amadouer ? Et si elle avait simplement été *polie* ?

Avant de savoir ce qu'il faisait, il avait grimpé dans le canot, filait à vive allure dans le sens du courant, la rive défilait tout près de lui et le vent lui frappait le visage. Le chalet de Howard Walpole se trouvait de l'autre côté du bourg, près de l'embouchure de Juneburg Creek, en retrait sur un escarpement qui dominait un méandre où le fleuve virait à angle droit. Pire, il y avait des fenêtres à double vitrage qu'il avait fait venir spécialement de Oakland, en Californie, ce qui lui donnait une vue imprenable non-stop — petit déjeuner, déjeuner et dîner —, sur tout ce qui pouvait venir par voie d'eau ou par la rive, et Howard gardait toujours à portée de main de bonnes jumelles 7x42 du surplus de l'armée. Sess était en train de réfléchir à tout ça quand il se mit à pleuvoir ; le vent lui lacéra le visage et les mains, grosses gouttes dures, glacées et cinglantes qui ressemblaient plus à du grésil qu'il ne voulut l'admettre. N'importe, il pensait encore à Pamela et resta près de la rive, là où le vent s'acharnerait moins sur lui.

Il serait très gêné (ce serait horrible, il serait anéanti) s'il était surpris à moins de quinze kilomètres du chalet de Howard : le genre de situation dont il ne se relèverait pas, pas en mille ans. Si quiconque le voyait là-bas, Howard ou Pamela... il devrait quitter les environs, se trouver une chambre au cœur d'une jungle urbaine délabrée, en déliquescence, comme Cleveland, Brooklyn, ou n'importe lequel de ces endroits perdus où la rumeur ne l'atteindrait pas. Mais il était trop tard pour revenir sur ses pas et, la matinée se rectifiant en après-midi, il dépassa Boynton, qui, sur l'autre rive, était enveloppé dans un lourd suaire de mauvais temps.

Il ne savait pas ce qu'il faisait, ne savait pas ce qu'il escomptait, n'avait ni espoir ni projet. Mais il avait des jumelles lui aussi, et il se débrouillait mieux que beaucoup sur le fleuve et dans la forêt, hormis quelques vétérans, et les vétérans étaient trop vieux pour être encore fiables. Lorsqu'il dépassa la pêcherie de Ogden Stump, déserte à cette saison, il sut qu'après le prochain méandre, il découvrirait le chalet de Howard Walpole : il laissa donc sa pagaie traîner dans l'eau et se rapprocha de la rive. Il n'avait pas besoin de cacher le canoë mais il le fit tout de même. (Imaginons que Howard ait justement emmené Pamela faire un tour en amont ou que quelqu'un soit allé chercher du bois de flottaison et le découvre là !) Il longea la berge fangeuse, son vieux

.30-06 dans une main (seulement pour effrayer les ours, rien de plus), les jumelles dans l'autre.

Il s'était mis à pleuvoir dru, il pleuvait comme si les êtres humains inhalaient de l'eau et pas de l'air. Il avait beau avoir mis son poncho vert olive et une casquette sous le capuchon, il était trempé jusqu'aux os de la taille jusqu'aux pieds. Et il grelottait, il grelottait déjà et il n'avait aucun moyen de faire un feu dans les environs sans que Howard Walpole vienne fourrer son nez, se réchauffer les mains et les pieds, parler du temps, lui demander s'il pouvait lui être d'une quelconque utilité, lui proposer, par exemple, un morceau de viande à griller à la broche, sans manquer d'ajouter une petite remarque sournoise du genre : ah ! il était vachement loin de son chalet, non ? Sess continua donc de grelotter tout en avançant dans la végétation dense le long de la berge, suivant à travers les saules une piste empruntée par le gibier, qu'aucun homme n'avait empruntée dans toute l'histoire de l'humanité ou, du moins, depuis la fonte des glaces. Il vit des traces d'élans, d'ours bruns, de gloutons, de loups. Des crottes d'élans, des étrons d'ours. Il pleuvait sans discontinuer et les feuilles ruisselaient.

Lorsqu'il fut à une centaine de mètres du chalet, il se mit à croupetons, parce qu'il aurait été idiot d'éveiller l'attention des chiens de Howard. Cela le calma, de ramper, cela le renvoya à son enfance, quand il pistait le cerf dans les maquis des contreforts de la Sierra, et puis, comme ça, ses épaules eurent l'occasion de se mouiller autant que ses genoux. Il avançait à quatre pattes et il réfléchissait au passé, à la laiterie aux abords de Porterville où il avait grandi, où il avait assisté son père jour après jour, se forgeant peu à peu la musculature qui aurait pu lui servir sur le terrain de football, mais l'entraîneur était un imbécile de première et Sess avait donc abandonné la partie avant de l'avoir commencée ; il avait également quitté la fac car il ne se voyait pas enfermé derrière un bureau. Tous ses loisirs, il les passait à faire des balades, à chasser, à pêcher. Il s'y entendait, il savait s'embusquer, il était bon *dans ce domaine.*

A une cinquantaine de mètres du chalet, il se glissa dans un massif d'airelles, prit les jumelles et ne vit rien de bas, d'indigne, d'avilissant dans la situation. Il n'avait pas l'impression d'être un pervers, un voyeur, méprisable et pathétique. Pas lui, non. Il se voyait plus dans le genre... hum, commando, oui, c'est ça, commando. Un commando en mission secrète, une mission essentielle pour le bien-être de la nation entière, sans parler d'un lieu très spécifique de nature minutieusement policée à l'embouchure de la Thirtymile.

Le seul problème, c'était qu'il n'y avait personne au chalet. Ou, du moins, c'est ce qu'il lui sembla de prime abord. De l'angle qu'il avait choisi, en portant son regard vers le haut, il pouvait voir l'intérieur de la pièce principale, une tranche inopportune d'espace vide jusqu'aux fenêtres orientées au sud, de l'autre côté. Aucun mouvement, hormis la bruine. Les chiens étaient recroquevillés à l'extrémité de leurs chaînes, tout au fond des cabanes miniatures en rondins que Howard leur avait construites. Sess observa les fenêtres et les niches, les truffes foncées des chiens, un écureuil, un rouge-gorge, et il étudia la façon dont la pluie dégouttait des avancées du toit en une longue et grise succession de perles.

Où pouvaient-ils donc être ? Il ne sortait aucune fumée du tuyau du poêle ou de la cheminée, aucun mouvement, aucun son. Le bateau de Howard, amarré là, tirait sur sa bosse et l'hydravion était là aussi. Étaient-ils partis en balade, à pied ? Dormaient-ils ? Étaient-ils au lit... ? C'était une hypothèse qu'il ne voulait pas envisager (il avait des crampes d'estomac rien que d'imaginer la chose) mais, au fil des heures, l'éventualité devint certitude à ses yeux. Ils étaient au lit. En train de baiser. Voilà ce qu'ils étaient en train de faire. Ils baisaient et elle lui avait menti, et Howard Walpole était l'heureux élu depuis le début parce que Howard Walpole, au contraire de Sess Harder, avait de l'argent et était crédible, et, à l'instant même, à l'instant où lui, Sess Harder, grelottait, trempé, à croupetons dans les buissons, tel un adolescent éperdu, Howard goûtait à son nouveau joujou, le baveux, la praline de sa dulcinée — le *jelly roll*, comme on appelait le con des femmes dans les airs de blues d'antan... *jelly roll*.

Sess écumait de rage. C'est à peine s'il put se retenir de fondre sur le chalet, de briser les fenêtres, de faire de la chair à pâté des clebs qui, surpris, auraient fusé de leurs niches pour foncer sur lui en grondant, de massacrer Howard Walpole sorti en caleçons longs et pantoufles râpées. Comment avait-il pu se foutre dans ce merdier ? Que s'était-il fourré dans la tête ? Une femme, une belle femme, une splendeur, avec de bonnes mains et un dos meilleur encore, fait passer une annonce : recherche homme... On vivait dans quel monde ? Comment avait-il pu croire récolter dans toute cette histoire plus qu'une peine de cœur et une cuisante humiliation ?

Il s'était levé, levé de toute sa hauteur. Au diable le subterfuge ! Il allait monter au chalet, frapper à la porte jusqu'à ce qu'ils ouvrent et, alors, il exigerait d'elle une réponse, sur-le-champ : *C'est lui ou c'est moi ? Lui ou moi !* Or, lorsqu'il sortit des buissons, il détecta l'ombre infime d'un mouvement à la fenêtre de la pièce et, avant qu'il ait eu le temps de réfléchir ou d'agir, les chiens tiraient sur leurs chaînes et rongeaient leurs freins, écumant, tous crocs dehors, dans un concert de rouspétances et de hurlements surpris. Était-ce un visage à la fenêtre ? Celui de Pamela ? Celui de Howard ? Sess retomba dans la gadoue sur les mains et battit en retraite à quatre pattes, entendant, ce faisant, la porte d'entrée qui s'ouvrait sur ses gonds rouillés puis la voix de Howard qui retentissait : « Qui est là ? », celle de Pamela qui commentait : « C'est sans doute un élan, c'est tout », et Howard qui disait, à propos de quoi, se demanda Sess, « Je te l'avais pas dit ? Hein ? »

Le surlendemain, à midi pile, le bateau plat de Howard Walpole contournait la bande de galets au large de la plage de Boynton et arriva en glissant sur la crête de son propre sillage. Sess, bottes aux pieds, se tenait dans la boue, tout comme Howard avant lui. Il n'avait pas fermé l'œil. Il n'avait pas mangé. Il était éméché, dépenaillé, désespéré comme un mendiant de Calcutta. Quand le bateau accosta avec un raclement de gravier et le cri unique d'une mouette tout là-haut,

Pamela, en short et T-shirt sous une veste en coton et un chapeau mou à large bord qui masquait ses yeux et jusqu'à son expression, Pamela, donc, sauta avec une telle grâce et une telle légèreté qu'on aurait cru que la brise l'avait soulevée. Il baissa la tête. Retint son souffle. « Alors ? », fit-il.

Elle lui adressa un sourire, oui, elle lui accorda un sourire. « Je dois rentrer à Anchorage pendant quelques jours », déclara-t-elle. Howard, dans son dos, tirait la bosse sur la grève, prêt à l'enrouler autour du premier rocher, de la première souche venue.

Sess la regarda : « Pourquoi ? »

Elle s'arrêta là, juste devant lui, sans ciller, sans détourner le regard un instant. « Pourquoi ? Mais... pour acheter ma robe de mariée, qu'est-ce que tu crois ? Et puis il faut que je prévienne ma sœur, qui sera ma seule demoiselle d'honneur, et ma mère... qui devra venir d'Arizona. J'ai toujours voulu me marier en juin. »

Et toujours rien. Il ne comprenait encore pas. Il resta planté là, ballotté par le vent, pas plus vif ou sensible qu'un saumon coupé en son milieu et suspendu au séchoir.

Un long moment s'égrena, l'instant le plus long de toute la vie de Sess, et puis Pamela demanda : « Si on disait le 21, Sess ? Ça t'irait ? »

10.

Sa sœur, Pris, apporta le gâteau d'Anchorage, à l'arrière de sa canadienne, un gâteau comme Boynton n'en avait jamais vu, du moins depuis la ruée vers l'or, époque faste où les environs avaient été témoins d'allées et venues, d'excès de tous acabits. Un gâteau de cinq étages, avec alternance royale de couche de crème rose et de glaçage immaculé, une génoise blanc princesse à l'intérieur, et les figurines en plastique d'une mariée portant le voile, au bras d'un trappeur barbu, vêtu d'une chemise à carreaux. La mère de Pamela arriva en avion-taxi, en deux changements et un saut de puce depuis l'aérodrome de Fairbanks, pas de perturbations, un sourire éternel et éclatant qu'elle accorda comme un second soleil à tout un chacun dans le bourg, y compris les givrés de la toundra et les Indiens. Et Pamela de même, établie avec Pris dans la pièce à l'arrière de la cabane de Richard Schrader pour qu'elle puisse se maquiller et enfiler sa robe en satin blanc, avec volants de dentelle de Bruxelles, que sa mère avait portée lors d'une occasion tout aussi capitale deux semaines après l'attaque de Pearl Harbor par les Japonais ; Pamela elle-même avait toujours le sourire aux lèvres et ne semblait pas *vouloir* s'arrêter de sourire. « Donne-m'en une petite bouffée », dit-elle devant la glace en désignant le reflet d'une cigarette collée à la lèvre inférieure de sa sœur. « Quoi ? » fit Pris, les bras nus levés, faisant gonfler ses cheveux à l'aide d'un peigne en écaille. « Une bouffée... de ta cigarette.

— Toi ? Mais tu ne fumes pas ! »

Elle souriait à l'intention d'un point derrière son propre reflet, ses yeux croisaient ceux de sa sœur dans la glace, de sorte qu'elles auraient cru se retrouver dix ans en arrière. « Aujourd'hui, je fume. Aujourd'hui, je fais tout ce que je n'ai jamais fait. »

Bientôt, ils se réunirent tous dans la cour commune entre le pied-à-terre de Richard et celui de Sess, jonchée de débris, pneus usagés, pièces détachées rouillées, bois de cerfs mis au rebut, cageots, bidons de carburant, bouteilles d'alcool, filets de pêche, baquets, pièges, épaves de skidoos et embarcations défoncées, tous repoussés pour l'heure le plus loin possible des regards. Sess portait une veste à chevrons qu'il avait empruntée pour l'occasion et une cravate tellement étroite qu'on aurait dit un bout de ruban ; le blanc de sa veste aurait pu être plus blanc et les manches plus longues mais on n'était pas à un défilé de mode et les photographes de *Vogue* semblaient avoir boudé cet événement qui se déroula finalement sous un beau soleil. La mariée et sa sœur avaient sifflé à elles seules la plus grande partie d'une bouteille d'un demi-litre de crème de menthe ainsi qu'une demi-douzaine de Larks, et Pamela se sentait très bien lorsqu'elle descendit précairement les marches usées à l'arrière de la cabane de Richard Schrader vers le vide qu'avait laissé derrière lui son vagabond de père.

Comme il n'y avait personne pour donner le bras à la mariée, Sess dut demander à son ami Tim Yule, le doyen du bourg, de faire office de géniteur ; en bas des marches, Tim passa donc son bras sous celui de la promise et ils traversèrent la cour au son de l'harmonica de Skid Denton, qui joua *Here comes the bride*. Métallique, asthmatique, un ton en dessous, la musique s'insinua dans l'étoffe de la journée, chevaucha la brise réfrigérante qui montait du fleuve, orchestra le mou balancement des arbres. Tim sentait le bourbon et la lotion après-rasage, et ses bottes brillaient sous l'effet de plusieurs couches d'un cirage noir bien gras. Voûté, chenu, la goutte au nez, les joues enflammées par l'alcool, il opta pour un pas tellement solennel qu'ils se traînèrent presque. De la compagnie s'éleva un murmure. Tous les sens de la mariée étaient aux aguets. Elle ne se sentait ni faible ni anxieuse ni triste, seulement déterminée : déterminée, vigoureuse, prête à affronter le reste de sa vie. Elle avait attendu vingt-sept ans et il n'était pas question de revenir en arrière.

La fumée du barbecue traversait lentement la cour. Tous les chiens du bourg aboyaient au bout de leurs chaînes, aiguillonnés par le souffle aigre et répétitif de l'harmonica, affolés par les fumets des côtes d'élan et de caribou, du saumon grillé, des steaks et des saucisses à la sauce barbecue. A l'autre extrémité de la cour, silhouette brouillée par l'éclat des reflets du soleil sur la rivière, Sess attendait Pamela à côté de Richard Schrader, son garçon d'honneur. La mère de Pamela, légèrement sur leur gauche, les joues mouillées de larmes, s'accrochait tant à Pris qu'on aurait dit qu'elle tentait de ne pas se laisser happer par des sables mouvants.

Wetzel Setzler, propriétaire du Three Pup et du magasin du bourg, postier, maire, croque-mort et représentant local de Prudential Life, présidait la cérémonie. Des bouteilles de bière et des gobelets en plastique pleins de bourbon ou de vodka à la main, les trois quarts de la population de Boynton s'étaient donné rendez-vous là, dans les herbes folles et les fleurs sauvages, pour voir Pamela prononcer ses vœux sur ses talons blancs dont la pointe au motif de fleur de lys était maculée de boue. A l'arrière de la foule, elle reconnut Richie Oliver, main dans la main avec une femme sans charmes, en jean et chemise rouge, et Howard Walpole : tous deux réglo, bons perdants — cela dit, elle aurait pu se passer de la présence de Howard. L'harmonica se tut, fit place au silence. Même les chiens se turent. Pamela entendit le fleuve rouler sur ses rides, couler dans les anfractuosités de son lit. Acceptez-vous de prendre cet homme ? Oui. Oui.

S'ensuivit une hilarité générale, le genre d'hilarité exubérante, débridée, tapageuse, sans retenue, que seul peut générer un bourg du *bush*. Quelqu'un avait amené sa guitare, quelqu'un d'autre un violon. Un banjo apparut. Un xylophone. On dansa, on but, on mangea, le gâteau diminua, étage après étage, et disparut dans un pâle magma tout picoré de glaçage et de miettes, steaks et côtelettes se réduisirent à des fragments d'os rongés, les bouteilles se vidèrent, rendirent l'âme. Pamela resta aux côtés de Sess, le bras autour de sa taille, à boire, dans un gobelet en plastique, du champagne rafraîchi dans le courant du fleuve, tandis que des gens qu'elle ne connaissait pas venaient lui parler, et elle les remerciait pour leurs cadeaux, « inconnu » fumé, graines de capucines, gaffes et huile de vidange, sans parler des cadeaux plus terre à terre tels qu'un sac de vingt-cinq kilos de farine de maïs et une nuisette grande comme trois tranches de pain cousues ensemble. « Sess, je sais que vous êtes du genre à vivre au grand air, s'exclama la mère de Pamela, tout comme mon Victor, mais ça ne signifie pas que vous deviez errer dans les bois des jours d'affilée pendant que ma fille restera toute seule, le cœur brisé, dans votre cabane grande comme un mouchoir de poche, n'est-ce pas ? Parce que je m'inquiète. C'est vrai.

— Je m'inquiète aussi, répondit Sess avec un sourire serein, mais vous pouvez arrêter de vous inquiéter pour votre fille... » Il était sur le point de remplir avec le nom de sa belle-mère les points de suspension à la fin de sa jolie petite déclaration mais Pamela comprit qu'il ne savait trop comment l'appeler : est-ce que « Maman » passerait, devrait-il se rabattre sur « Mariette » ou « Mrs. McCoon », ou devrait-il tout simplement s'éclaircir la gorge ? C'était mignon, ce petit dysfonctionnement. C'était attachant. Et Pamela était à son côté, cœur et âme, glissée sous son bras comme un livre qu'il n'aurait pas encore lu mais qu'il avait bien l'intention de dévorer dès que possible. Et elle n'avait pas cessé de sourire depuis son réveil ce matin-là. « Ma femme aura de quoi s'occuper, précisa-t-il, avec un soupçon de malice. Elle devra dépecer les carcasses, tirer la glace de la rivière pour qu'on ait de l'eau, couper du bois pour le poêle, coudre, repriser, nourrir les chiens... me nourrir, moi, d'ailleurs. C'est pas fait pour ça, les épouses ? »

Sa belle-mère buvait de la vodka depuis trois heures. Le soleil pilonnait son visage, dardait cruellement les minces lambeaux de peau que le chirurgien esthétique avait façonnés comme du cuir sur les pommettes et raffermi autour des orbites. Émettant un petit rire, elle lui prit le bras, son bras libre, et se pencha vers lui. « Si vous voulez mon avis, et elle marqua une pause pour souligner l'effet, une femme n'a besoin d'être compétente, vraiment compétente, que dans un seul domaine... »

Sess rougit et sa belle-mère, s'amusant, poursuivit : « Et je ne crois pas que je doive préciser à un grand garçon comme vous ce que c'est, n'est-ce pas, Sess ? »

A ce moment-là, Pris, au milieu de la foule des danseurs, lâcha un cri et tous trois tournèrent la tête pour la voir aux prises avec quelque chose d'incontenable, une tache brune et floue, en mouvement, qui aurait pu être un ours qui lui aurait sauté à la gorge mais qui n'en était pas un. Pamela mit un certain temps à comprendre parce qu'elle était nouvelle dans la région et qu'elle était entraînée dans le tourbillon de sa propre histoire : Joe Bosky venait de s'inviter à la fête. Vêtu d'une vieille chemise de l'armée dont la couleur avait passé et du jean qui lui était comme une seconde peau, il battait des pieds comme un infirme et se portait en avant pour faire virevolter Pris sous le mixer de son bras droit. Pris, charmante dans son ensemble en satin lavande, les cheveux ramenés en un chignon sur le sommet du crâne, ne savait absolument pas ni qui était son cavalier ni qu'il se trouvait être le seul habitant du bourg et des environs à être venu sans être convié. Il avait été, bien au contraire, spécifiquement, irrémédiablement rayé de la liste. Pris avait cette expression débridée que Pamela ne lui connaissait que trop, le regard cigarette, le regard vodka qui signifiait que la fête, pour elle, ne venait que de commencer et qu'il n'y aurait plus moyen de l'arrêter. Joe Bosky l'attira contre son torse, la fit virevolter en l'éloignant de lui, la ramena à lui. «*Yee... ha !* » criait Pris et son cri aigu et époumoné retentit au-dessus du vacarme des musiciens comme le cri d'amour d'un volatile exotique.

Pamela sentit Sess se raidir. Sa mère déclara : « On dirait que ma cadette n'a pas l'intention de se refuser quoi que ce soit non plus.... Je n'aime pas son chignon. Tu aimes quand elle se coiffe comme ça, toi, Pamela ? »

Pamela ne répondit pas. Le bras enroulé autour de celui de son mari (mon *mari*, songea-t-elle, le bras de mon *mari*), elle se sentit pieu fiché en terre, elle se sentit chaîne : non, il n'y aurait pas de violence le jour de son mariage, pas aujourd'hui, non ! « Sess, menaça-t-elle, Sess... » Elle se colla contre lui et l'emprisonna dans ses bras. « Viens, On va danser. »

C'est alors qu'elle fut bousculée par-derrière et qu'un homme qu'elle ne reconnut pas (chapeau de pêcheur dans le bandeau duquel était plantée une plume de faisan, chemise bleue élimée, barbu, haleine houblonnée, poils aux oreilles) les enveloppa tous les deux dans une accolade titanesque, les étreignit, les fit se balancer. « Sess ! hurla-t-il à l'oreille de la jeune mariée. Pamela ! Félicitations ! Tous mes vœux !, Etc., etc. !

— Ogden ! », s'exclama Sess. Pamela le sentit qui cherchait à s'écarter, désireux de s'extraire du cercle, de foncer dans la partie sanglante de la cérémonie. Pris lâcha un autre cri. Ogden resserra son étreinte et c'est alors que Pamela comprit la raison de son comportement. « On va s'en occuper, dit-il d'une voix qui graillait comme la proue d'un esquif s'échouant sur une grève sablonneuse, Richard, Steve l'Acier et moi. Détends-toi. D'ac ? Détends-toi, c'est tout. » Et puis, il relâcha son étreinte, s'éloigna, fendant la foule de danseurs pour aller chercher la collision avec Pris et Joe Bosky. Pamela vit un homme, grand, la tête disproportionnée, qui fondait sur le couple indésirable d'un côté et Richard Schrader, le visage fermé, de l'autre. « Fils de pute », lâcha Sess — elle continua de le tenir contre elle. « Putain de fils de pute !

— Hum, hum..., commença sa mère, le sourire flageolant tout à coup. Vous avez des amis entreprenants, c'est certain, Sess... J'ai bien cru qu'il allait vous écraser tous les deux. »

Joe Bosky n'était pas concerné ou faisait semblant de ne pas l'être. Pamela ne put s'empêcher de l'observer (ne put, en fait, le quitter des yeux), tandis qu'il vrillait, oscillait et faisait tourner Pris, à croire qu'il se prenait pour un bourreau des cœurs de *American Bandstand* : tout dans le look, tout dans le physique, yeux en boules de loto et déhanchements. Quant à Pris ! Elle était radieuse : voilà le genre d'hommes après qui elle courait depuis toujours : ceux qui ont un quotient de vigueur animale tellement supérieur à la moyenne qu'on ne peut pas leur mettre le capuchon dessus. Elle devait faire deux mouvements quand il en faisait un, sa robe remontait sous les bras, sa coiffure s'effondrait en une lente et soyeuse culbute. Et le tout dans le meilleur esprit possible. En toute camaraderie. Sauf que cet homme-là était l'ennemi de Sess, qu'il était venu avec l'intention de gâcher la fête, et qu'on ne s'y trompe pas !

Le grand barbu (Pamela supposa que c'était lui, Steve l'Acier) saisit Bosky sous les aisselles au moment où il exécutait une figure qui l'éloignait de la main de Pris, dont les articulations blanchissaient sous l'effet de la traction. Alors, Richard et Ogden convergèrent sur lui comme des plaqueurs sur un terrain de football. Pamela vit les traits de Joe Bosky tirés par la surprise, son hésitation, le temps d'un éclair, la main vide de Pris dont l'expression montra qu'elle commençait à comprendre, et puis ce fut comme si Joe Bosky explosait. Il se jeta dans quatre directions à la fois, hurlant comme une femme, un long cri haut perché, plein de haine et de fausseté, et puis les quatre hommes roulèrent dans les hautes herbes et la boue, ils maculèrent leurs habits du dimanche, la foule s'écarta et les musiciens arrêtèrent de jouer le refrain de *Cold, Cold Heart*, de Hank Williams.

Tout fut terminé en deux minutes : Joe Bosky, le brun fou furieux, fut bridé, le coude de Steve l'Acier calé sous la gorge ; s'ensuivit une course à huit jambes jusqu'à la limite de la propriété, assortie des menaces incontournables, des inévitables imprécations que se renvoyèrent et l'un et les autres ; les musiciens reprirent le refrain interrompu et le regard de Sess, soudain, eut la froideur de celui d'un meurtrier. « Mon Dieu, Sess, s'exclama sa belle-mère, vous avez des amis très soupe au lait. C'est l'excès d'alcool, j'imagine... (elle rit)... ou peut-être n'a-t-il pas été à la hauteur avec Pris ? Mes filles sont comme ça, vous savez. »

Et voilà que Pris arrivait, tout agitée, écarlate, échevelée, l'ourlet de la robe rigide de boue. « Ça signifie quoi, tout ça ? fit-elle, en tirant une cigarette de sa pochette. Je commençais à peine à m'amuser. Qui c'était, ce gars, de toute manière, il s'était échappé de l'asile ou quoi ? Enfin... je l'aimais bien... Son énergie, en tout cas. »

Sess ne desserra pas les dents. La sœur, la mère regardèrent dans sa direction mais, cloué sur place, il restait rigide comme un piquet. « Tout va bien, tout va bien, répétait Pamela. Il ne faut pas que ça te gâche ta journée. Tout va bien, tout... »

Mais non, tout n'allait pas bien. Sess ne voulait pas être amadoué, il ne voulait pas céder. Ils dansèrent, ils burent du champagne, ils reçurent les félicitations des gens et les en remercièrent, les uns après les autres ; les gens venaient à eux, lumineux d'hilarité et de bonne volonté, mais ce ne fut plus pareil après que Joe Bosky eut fait son petit numéro. C'est *mon mariage*, ma *nuit de noces*, songeait Pamela..., or son époux était froid et impénétrable comme un extraterrestre descendu de son vaisseau spatial dans l'un des films rebattus de série B qu'elle aimait tant regarder enfant. Elle avait envie de lui dire : *Réveille-toi, Sess. Réveille-toi, reprends-toi, ta promise est à ton bras... tu te rappelles de moi ?*

Il devait être dix heures quand le rythme de la fête commença à ralentir : les gens se mirent à partir en couples, ils migraient au Nougat ou au Three Pup, ils perdaient connaissance sur les galets de la berge. Assis sur un seau renversé, dans un ultime rayon de soleil, Tim Yule remuait de l'Everclear dans un gobelet en plastique avec son index aux articulations épaisses, tout en soutenant une conversation *sotto voce* avec lui-même. Howard Walpole et Richie Oliver s'étaient endormis depuis longtemps, épaules basses en signe de commisération réciproque. La mère de Pamela avait pris place à l'arrière de la canadienne de Pris : « Une petite sieste, je n'ai besoin de rien de plus, ne t'inquiète pas pour moi » — et Pris tenait sa cour devant trois givrés de la toundra complètement bourrés qui se seraient dépecés vivants pour le privilège d'une caresse, et l'orchestre était réduit au violon, qui sciait ardemment ses modestes souvenirs d'une formation classique. Le grand moment était donc venu. Pamela serra la main de son époux ; le sang fusa dans ses veines. « Sess », souffla-t-elle, et sa voix lui sembla bizarre, accompagnée qu'elle fut par les accents mélancoliques du violon — elle n'en avait jamais entendus de plus tristes : était-ce du Borodine ? du Chostakovitch ? Un compositeur dans ce genre. « Sess, reprit-elle, ne crois-tu pas qu'il serait temps que les jeunes mariés aillent...

— Au lit ? »

Ils se trouvaient sur la véranda côté cour de la maison de Richard Schrader qu'il avait magnanimement libérée pour la nuit. Une armada de moustiques accostaient leurs visages, rebondissaient mollement sur leurs lèvres, leurs cils. Pamela s'était changée, elle avait passé un jean et un sweat-shirt à manches longues et capuche mais elle sentait sur sa peau l'étoffe des dessous qu'elle avait achetés à Anchorage avec Pris, la culotte en dentelle de satin, le soutien-gorge qui la serrait comme les doigts écartés d'un homme. Sess se pencha sur elle et l'embrassa, à l'aise, gentil, toute rage et raideur bues, finalement... finalement. Et elle répondit, dans un murmure : « Oui, au lit. »

Alors lui parvint, leur parvint, le bourdonnement d'un hors-bord, un hors-bord qui remontait la rivière au soleil ras de dix heures, grondement de plus en plus distinct, une lueur d'eau brassée dans son sillage et, à la proue, la barbe et la crinière brunes de Joe Bosky. Joe Bosky faisait un tour d'honneur. Sess se leva au moment où la proue bondit à quelques mètres de la berge. « Hé, Sess Harder, va te faire foutre ! », hurla Bosky par-dessus le bruit du moteur, dansant à pleins gaz. « Va te faire foutre et ta chienne de femme avec ! » Puis la proue fut cachée à leur vue, le hors-bord passa son chemin à toute allure et, bientôt, disparut tout entier.

Richard leur avait laissé deux bougies parfumées à la vanille, de part et d'autre du lit, de menus objets phalliques, effilés, plantés sur des coupelles en céramique assorties que son ex-femme avait façonnées et cuites elle-même. Le chalet possédait quatre portes, dont deux que Richard condamnait l'hiver, et comprenait un évier de cuisine avec une pompe à eau et une salle de bains complète avec toilettes qui marchaient la plupart du temps, du moins quand il faisait chaud. Comme dans la majorité des chalets et des maisons en bois de Boynton, les considérations esthétiques avaient été sacrifiées au côté fonctionnel, et les quatre pièces étaient recouvertes du sol au plafond de cartons aplatis (cartons de petits pois Bird Eyes, de bière Rainier, de papier toilette Charmin) pour se protéger de la bise qui, au plus fort de l'hiver, dévalait en hurlant les steppes polaires. La chambre était construite comme une sorte de loft, au sommet de quatre marches qui montaient de la pièce principale et du poêle Ashley haut-de-gamme que l'ex de Richard avait absolument tenu à ce qu'ils achètent. Pas besoin de faire marcher le poêle ce soir. Il faisait aussi chaud que dans une *cabana* sur une plage de sable blanc dans une baie frangée de palmiers aux Bahamas.

Assise sur le lit, Pamela dénoua ses cheveux. Elle avait allumé les bougies et mis de côté son verre en plastique de champagne tiède : le goût avait viré à la saccharine pure au fond de sa gorge et elle n'en voulait plus. Il n'y avait pas de bruit. Le soleil se maintenait. Elle s'entendait respirer, elle entendait le tic-tac et le ronflement du sang qui courait dans ses veines. Après un moment, elle se leva et tira les stores sur les deux fentes des fenêtres.

Sess s'affairait dans la pièce principale, concentré sur Dieu sait quoi, les épaules tellement contractées et rigides qu'on aurait cru que les vertèbres étaient soudées à la nuque. Quelque chose fit un bruit, tomba par terre. Sess essayait de ne pas perdre sa maîtrise de soi, Pamela le devinait : Joe Bosky lui avait gâché la journée, l'instant, la nuit à venir, et elle ne savait que dire, comment désamorcer l'affaire. Dans son sac, elle avait un livre de poche que sa mère lui avait donné, *Le Conseiller de la jeune mariée : 100 Questions et Réponses pour votre nuit de noces*, mais il n'y avait rien, dans les trois cents pages et appendices, qui concernât la situation présente. Son époux n'était pas d'humeur tendre. A près de dix mètres d'elle, il lui tournait le dos : autant dire qu'il était sur une autre planète. Il y eut un nouveau petit bruit mat lorsqu'un second objet tomba par terre.

Elle se releva, s'installa là où Sess pourrait la voir quand il se retournerait, elle passa son T-shirt pardessus la tête et laissa choir son jean sur ses chevilles, avant de s'en extraire. Elle n'avait plus sur la peau que ses dessous, sa culotte en soie à 16,90 dollars et son soutien-gorge assorti de chez Oswalt : elle voulait que Sess la voie habillée de cette manière, qu'il soit excité, elle voulait qu'il voie son ventre plat, les courbes de ses hanches et ses longues jambes fines. Les paroles restèrent bloquées dans sa gorge : Sess, aurait-elle voulu lui dire, pourquoi ne te retournes-tu pas ? Mais elle ne put s'y résoudre. Un long moment déraciné passa avec un frisson et elle pensa à ses années de lycée, au temps où elle recevait Gary Miranda dans le grenier de la maison de ses parents quand ceux-ci étaient au travail, aux Platters, aux Ink Spots qui coulaient comme du miel de la hi-fi, à la chaleur de la langue de Gary, aux sensations que cela suscitait en elle. La langue de Gary, mouillée, agressive, insistante, entraînait la langue de Pamela à l'intérieur de sa bouche à lui, lui, le garçon qui la suçait comme il l'aurait fait d'un bonbon à la menthe ou d'un caramel dur, et elle s'était abandonnée totalement, elle se sentait capable de faire des folies, mais elle ne l'avait jamais autorisé, néanmoins, à lui toucher les seins, ou toute autre partie de son corps, parce qu'elle n'était pas ouverte à ce genre de choses. Au lycée, il y avait du pelotage, la furieuse et sèche fiction du pelotage ; les garçons, dont elle découvrait une seconde série de mains, se frottaient contre elle tels des troufions en manque, suivant un rythme et des mouvements aussi automatiques que leurs battements de cœur, et la moitié de ses camarades allaient jusqu'au bout avec leur petit ami, sans le moindre remords. Elle en avait la culotte mouillée autant que si elle était tombée dans un lac, et son jean, et sa jupe, suivant les jours, l'étaient autant, mais aucun garçon, pas même Eric Kresten, avec qui elle était sortie pendant près de deux ans, n'avait jamais réussi à lui faire enlever plus que son soutien-gorge. Et puis, quand elle avait eu passé la barre des vingt ans, Fred Stines était venu dans son appartement, elle s'était mise en sous-vêtements pour lui, et il l'avait caressée partout où ses doigts atterrissaient sur son corps, il lui avait sucé les seins comme un chiot sevré et, toutes les fois, elle se sentait sur le point de céder, mais *jamais* elle n'avait cédé.

Avec Howard Walpole, ça avait été différent. Les trois jours passés avec lui faisaient partie du contrat, du programme qu'elle s'était fixé et, même si elle savait que Sess était l'élu de son cœur, même si elle l'avait su avant de monter dans son canoë et de sentir sa présence physique à l'arrière, parfait contrepoids de son propre corps, elle avait dû se soumettre à l'expérience, parce que telle elle était : elle tenait ses promesses, voilà tout. C'était sa façon de voir les choses. Elle était faite comme ça. Mais Howard... Howard était raide comme une planche. Quand elle était montée dans le hors-bord, il lui avait serré la main comme s'ils avaient été mandatés pour signer la paix entre deux factions adverses : il n'avait pas songé un instant à frotter sa joue contre celle de Pamela ou à lui saisir les épaules dans une étreinte de bienvenue. Il lui avait seulement tendu la main, il avait pris le temps de narguer Sess puis il avait mis les gaz.

Ce jour-là, l'air était vif et cinglant, des projections d'écume chevauchaient les vaguelettes, des éclaboussures de pluie charriée par le vent criblaient son visage. Elle était devant et Howard Walpole à l'arrière. La proue en fibre de verre giflait l'eau sans discontinuer, bing, bing, bing, et le bruit des moteurs rendait la conversation difficile. Elle s'agrippait fort, se disant qu'elle préférait, ô combien, le canoë, son allure, sa lenteur, qui, à la différence du hors-bord, ne semblait pas violer le calme de la journée, de la rivière, des oiseaux qui planaient au-dessus de leurs têtes, des mammifères furtifs. « Beau bateau ! », avait-elle crié en se retournant, par politesse, pour faire la conversation, et Howard, la joue gonflée par une chique, la casquette toute sale tellement enfoncée sur le front pour se protéger du vent qu'on aurait dit que son crâne avait rétréci au préalable pour lui permettre de la mettre, Howard, donc, s'était contenté de hocher la tête. Le parcours avait pris une heure. Elle n'avait rien dit de plus de tout ce temps et lui non plus.

Mais, quand ils étaient arrivés au chalet, lorsque la proue du hors-bord avait glissé sur la grève, au pied de la bâtisse, lorsque les chiens avaient débité en bégayant leurs complexes aboiements de bienvenue, Howard avait fait un discours manifestement préparé — à la fois aveu, petit discours d'encouragement et boniment —, et il ne l'avait pas regardée une seule fois pendant toute son allocution, qu'il avait poursuivie, d'ailleurs, pendant la plus grande part des trois jours et deux nuits qu'elle avait passés en sa compagnie. Il lui avait parlé de son hors-bord, de son avion, de son chalet, de ses concessions dans des mines d'or, de la façon dont il disposait une peau d'élan dans son augette pour que les particules les plus fines se déposent sur les poils ; il lui avait montré un pot de mayonnaise dans lequel il y avait pour trente-deux mille dollars de poussière d'or, qu'il lui demanda de soulever : il avait ri de voir qu'elle y arrivait à peine. Pendant tout le dîner, il avait parlé de viande d'ours brun agrémentée de purée de pruneaux et de pommes séchées et accompagnée d'un plat de saumon fumé et de pommes de terre à la poêle ; il avait monologué pendant des heures sur le divan (elle commençait à bâiller) et il avait continué en la bordant, en l'enveloppant dans une couverture tandis qu'elle sentait ses yeux se fermer.

Le matin, il la réveillait avec ses discours, parlait de ses bobos (deux ans auparavant, il s'était cassé la jambe en trois endroits, est-ce qu'elle le savait ?... il parlait des chiens, des manies et des goûts culinaires de chacun, même s'il n'avait plus vraiment d'attelage comme Sess Harder et certains autres retardataires parce que le scooter des neiges, c'était vraiment sensass, c'était pas son avis ? Au petit déjeuner, ç'avait été au tour de sa mère, qui vivait à Minneapolis ; des automobiles qu'il avait eues ; du comportement odieux et hypocrite de son ex-femme, Irene ; des compagnies d'assurances (deux ans de sa vie foutues à cause de l'entourloupe d'un arnaqueur : avait-elle déjà vu quelqu'un prendre une assurance sur la vie et parier sur sa propre mort ?) ; le tout suivi d'une tirade d'une heure contre le gouvernement et les expropriations qu'il envisageait, et qui affectaient tous les habitants de l'État, au nom de l'or noir de Prudhoe Bay.

C'était un raseur. Un raseur plein de vent, ignorant, buté, à moitié cinglé, avec l'endurance et les poumons d'un cheval de somme. Sans compter qu'il n'était pas beau, puisqu'elle avait eu cette fois l'occasion de bien l'observer ; l'œil furtif, veiné de rouge, le cheveu tirebouchonné qui sortait de la casquette et les mains posées sur la table comme des morceaux de viande bouillie. D'accord, elle s'était résignée à trois jours et deux nuits d'ennui et, au bout de deux heures, elle avait commencé à envisager l'expérience comme un rituel de purification, une mortification de la chair et de l'esprit qui la rendraient digne de Sess Harder, qui se présentait à elle désormais comme une lumineuse promesse. Elle avait mangé la nourriture que Howard Walpole lui avait servie. Elle avait contemplé ses chiens, ses scooters des neiges, son hydravion, son hors-bord, sa réserve, son fumoir. Elle avait répondu quand, à la fin d'une harangue, il s'interrompait pour poser une question rhétorique, et elle avait refusé ses avances. « Le sexe... », lui avait-il dit le premier soir après dîner (autant qu'elle s'en souvenait, ils n'avaient parlé jusque-là que de moteurs doubles), « tu aimes le sexe ? Moi oui. Et c'est vraiment ce qui me manque le plus, ici... simplement ça, le sexe. » Il s'était interrompu un moment et avait porté sur la pièce un regard comme une mitraille. « Je suis *très* se... xu... el, si tu vois ce que je veux dire. »

Le dernier jour, moins d'une heure avant son départ, avant qu'il ne lui fasse remonter la rivière pour qu'elle puisse aller affronter le restant de sa vie, il était apparu dans le chambranle de la porte de la pièce principale ; elle-même était enfoncée dans le fauteuil, elle lisait pour la seconde fois en autant de jours un vieux numéro de *Argosy*, elle jouissait d'un bref instant de silence, pendant lequel elle n'était pas forcée d'entendre le son de la voix de son hôte... Il avait lâché, d'une voix gutturale, grave et asthmatique : « Pamela, regarde-moi. » Levant les yeux, elle l'avait découvert, nu à l'exception de chaussettes et d'une casquette graisseuse, bandant, tirant sur sa verge comme un producteur de lait travaillant le long pis maculé d'une vache. Il avait fallu à Pamela toute une minute pour récupérer du choc, qui lui était tombé dans les jambes comme un fardeau de sang. Ensuite, elle s'était levée et avait saisi le tisonnier. Elle n'avait dit que : « Range ça ! » et Howard avait filé, la bosse de sa main luisant du lustre cireux qu'il avait réussi à extraire de son corps, comme de l'or extrait des résidus d'une concession abandonnée.

Mais pourquoi pensait-elle à ça maintenant ? Parce que le moment était approprié, le grand moment était venu. Elle était une femme mariée et cet homme, là, les muscles du dos crispés, la nuque massive comme une borne d'incendie, ce mâle qui s'affairait avec Dieu sait quoi dans la pièce voisine était son mari et elle pouvait désormais laisser libre cours à ses fantasmes les plus fous, faire tout ce qu'elle voulait, le caresser, le sucer, sans se sentir avilie. C'était sa nuit de noces. C'était l'aboutissement de toutes les heures de tâtonnements, de palpitations, de sacrifices à la rigueur de l'empire sur soi, qui était plus violente que tout désir. « Sess, dit-elle, déboutonnant son soutien-gorge et le laissant tomber par terre, Sess, regarde-moi. »

Alors, il se retourna, son mari, et dans la main elle découvrit qu'il avait une sorte de sachet vernissé et flasque, en plastique, imitant la peau. « J'essayais juste... », dit-il, et elle scruta son visage, ses yeux, tandis qu'il s'éveillait à la vision neuve d'elle debout, sans rien sinon un infime cache-sexe évanescent de chez Oswalt. « Je n'y suis pas arrivé... hum, ça s'est déchiré quand je l'ai sorti du paquet... »

Elle eut envie de rire. « Tu n'en as pas besoin, dit-elle en écartant les bras. Tu n'en auras plus jamais besoin, jamais. Tu ne comprends pas ? Je suis ta femme. »

Ils se levèrent tôt, tous les deux, bagages déjà bouclés, canoë chargé de cadeaux de mariage jusqu'aux plats-bords ; au petit déjeuner, ils mangèrent ce qui leur tomba sous la main (Sess prit du jambon, un sandwich de caribou et de Swiss, confectionné avec la moitié d'une miche de pain français que la sœur de Pamela avait apportée d'Anchorage ; Pamela une assiettée de restes d'une salade aux trois haricots, de cœurs d'artichauts marinés, avec un cœur de laitue et une cuillerée de salade de pommes de terre pour la bonne mesure).

Elle n'avait pas dormi... ou, plus exactement, si, une fois oui une fois non, d'une manière qui était davantage comme un rêve éveillé que tous les sommeils qu'elle connaissait : elle n'avait pu de toute la nuit s'empêcher de le toucher, de laisser ses doigts courir le long de son bras ou de la mystérieuse topographie de l'épaule calée contre la sienne. Elle était devenue exploratrice, voilà ce qu'elle était devenue, elle apprenait la topologie du pays, qu'elle recréait sans cesse, et encore.

Il lui avait fait l'amour deux fois sous l'influence de l'infatigable soleil cuivré qui refusait de se coucher sur sa nuit de noces, le soleil qui irradiait les bords géométriques des stores et peignait le pied du lit comme s'il n'existait que pour eux seuls, et Sess ne ressemblait en rien à Fred Stines, à Eric Kresten ou aux collégiens tendus, trop intenses, le visage enflammé, qui avaient de l'amour une conception purement mécanique, qui y voyaient une sorte d'exercice, comme les pompes ou : accroupi, bras tendus, et debout, accroupi, debout, accroupi, un deux... Non : Sess était patient. Affectueux. Reconnaissant. Il la faisait se sentir plus que désirée : il lui faisait penser qu'elle était le centre du monde. Elle l'avait observé quand il dormait et que le soleil plongeait derrière les collines et que le crépuscule, qui voulait jouer à la nuit, noircissait le store, et puis elle l'avait réveillé lorsque le soleil était revenu et il lui avait encore fait l'amour.

Mais voilà qu'il était sept heures : après avoir nettoyé la pièce, fait le lit et rangé les restes dans la glacière de Richard, ils étaient sortis, main dans la main, et étaient allés jusqu'au canoë. Le soleil jouait dans les branchages, la rivière était un gouffre de lumière. Les oiseaux jactaient. Deux oies fusèrent de l'onde et Sess lui montra la capsule épineuse et noire d'un porc-épic pris sur le faîte d'un bouleau plus haut le long de la berge. Et voilà qu'ils pagayaient tous deux, de conserve, acclimatation aisée et rythmée d'un mari et de sa femme qui pagayaient déjà comme une équipe bien rodée.

Tout lui paraissait neuf, chaque feuille, chaque courbe, le fleuve même, dans la surface duquel elle plongeait sa pagaie et qui se reformait à chaque instant. Son cerveau était inondé d'endorphine. Elle était plus légère que l'air. Ils parlaient à voix basse et leurs voix douces et calmes se propageaient sur l'onde ; ils parlaient de choses matérielles, de construire une roue à saumons, d'agrandir le chalet, de construire une serre pour faire pousser des tomates, de planter des graines de zinnias, de soucis, de pensées et de gueules-de-loup. Et des chiens. « La première chose que je vais t'apprendre, c'est à conduire les chiens, lui dit Sess. Pour que tu puisses m'accompagner sur la piste, pour que tu deviennes ma partenaire. Tu as toujours voulu devenir ma partenaire, non ? Dès le départ ? »

Pamela répondit par un sourire, lancé par-dessus son épaule tandis que la pagaie remontait d'un coup porté dans l'eau. Naturellement, il était son partenaire, c'est lui qu'elle avait choisi, non ? N'était-ce pas le but de l'opération ? Elle nourrirait les chiens, elle les conduirait, elle étirerait et tannerait les peaux, réparerait les vêtements de son homme, lui donnerait à manger, le garderait au chaud la nuit et, en retour, il la tiendrait dans ses bras et prendrait soin d'elle. Telle était sa vie, qui se propulsait vers l'avenir, aussi définie et certaine que peut l'être quoi que ce soit sur terre.

Après un moment, la baratte du Yukon le céda à la Thirtymile translucide et le chalet (leur chez-soi) apparut, ultime avant-poste de la civilisation dans un monde retourné à la nature. Le canoë coupa le courant et le chalet grandit à leurs yeux. Le calme parfait. Calme et verdoyant. Elle voulut ressentir le silence, se détendre en lui. Or, soudain, Sess se mit à planter la pagaie dans l'eau avec frénésie, pour la première fois à contretemps de son rythme à elle, de toutes ses forces, lançant le canoë de l'avant comme si la rivière avait pris feu. « Les chiens ! », lança-t-il.

Alors, elle comprit : les chiens n'aboyaient pas. Deux jours au bout de leurs chaînes et personne à la maison : le museau en l'air, ils auraient dû exprimer leur impatience et leur joie. Or, ils se taisaient. Pire : ils étaient allongés dans les herbes folles, leur chaîne comme une corde au cou. Et quand Sess et elle eurent tiré le canoë sur les galets et remonté le talus en courant, hors d'haleine, ils découvrirent les carcasses déjà raides autour des trous sombres où les balles avaient pénétré en déchiquetant la peau.

TROISIÈME PARTIE

La Fête du Druide

Il y a une pilule qui t'agrandit,
Et une pilule qui te fait plus petit,
Mais celles que ta maman te donne
Ne te font rien du tout.

Grace Slick, *White Rabbit*.

11.

Ce matin-là, Star n'avait pas de mantra dans la tête, pas de syllabes idiotes ou de paroles de chanson qui auraient ricoché dans son crâne tandis que le soleil chantait à la fenêtre au-dessus de l'évier et de trente-deux œufs cassés de frais et battus en mousse dans la poêle. Ou, plutôt, les poêles. Quatre pour être précis, en fonte, noires comme charbon : quatre poêles, quatre feux, tous énormes. Les posters grimpaient au mur, quatre Beatles, trois Young-bloods, cinq Rolling Stones. Basilic, romarin, estragon et citronnelle. Des pots en faïence. Une débauche de verdure. Star effritait du fromage de chèvre sur chaque poêle, le fumet montait, la spatule s'agitait, replier puis remuer, replier puis remuer. A côté d'elle, le hachoir, qui, ce matin, avait revêtu un éclat mouillé : résidus de tomates, de poivrons et d'oignons que Merry et elle avaient coupés en cubes tandis que Lydia pressait des oranges et que Maya retirait des biscuits du four. Sur la table, des piles d'assiettes en fer-blanc et les couverts, qui attendaient l'heure du déjeuner dans deux bacs en plastique qui avaient contenu autrefois de la margarine Blue Bonnet. En guise de serviettes, il y avait des rouleaux de papier, comme au Camp Minewa.

Les chiffres : voilà quelle était son obsession ce matin, voilà ce qui l'occupait tout entière : les chiffres, c'était sa passion d'aujourd'hui : deux chiens couchés sur le carrelage de la cuisine, quatre femmes au travail (et qu'on ne compte pas sur elle pour les appeler des « nanas », parce que c'était carrément stupide, c'était, quoi qu'en dît Ronnie, dégradant et humiliant), deux chèvres sous l'arbre, quarante-trois vagueux faisant la queue pour le petit déjeuner et un seul soleil, gras et éclatant, qui conférait de la magie au grillage noir de la porte. Star battit les œufs : une poêle, deux poêles, trois poêles, quatre, l'odeur des oignons entrant en compétition avec celle des biscuits, jusqu'à ce que la pièce entière en soit emplie et que Jiminy passe la tête par la porte. « C'est prêt ? » désirait-il savoir. « Encore une minute », répondit-elle, et elle pensa qu'elle adorait vraiment tout ça : le lieu, l'instant, plus qu'elle n'avait jamais rien aimé dans sa vie, « soixante secondes brèves et infimes... compte-les sur les doigts ».

A Merry, tout près d'elle, elle dit : « Les mecs et les nanas, je sais pas qui a inventé ça, enfin, je veux dire, ces termes-là... Ils sont cons, non ? Je veux dire, “mec”, ça fait dur, ça fait sec et...

— Et t'as pas le temps de dire le mot qu'il est déjà plus là ? » Merry s'était penchée en avant, elle, son sourire et le joint mal foutu et pansu qu'elles se partageaient. Elle le dirigea vers les lèvres de Star, qui maniait vigoureusement la spatule et manœuvrait les poêles. « Vif comme l'éclair ? Fort comme un lion ? Mâle et félin, c'est ça ? Et il pisse partout comme les chats ?

— Ouais, c'est exactement ce que je veux dire. Il y a des équipes qui se baptisent de noms de félins, les *Tigers*, *Nittany Lions*, ils pourraient s'appeler les "Mecs"... mais "nanas", c'est quoi, ce nom débile ? C'est à peine mieux que "poulette", ça fait la fille faible, bécasse, bêtasse...

— Mais plutôt mignonne, non ?

— Je m'en fous d'être mignonne. »

Merry coupait des tranches de pain épaisses. Comme ses cheveux lui tombaient sur les mains et le hachoir, elle les ramena en arrière avec un mouvement du cou. « Tu préfères être quoi... alors ? »

Les œufs dégringolèrent des poêles dans deux grosses jattes en faïence assorties, cannelées, façonnées amoureusement par Harmony et Alice, le couple de potiers en résidence de Marginocity. Star recula son visage des volutes de vapeur et cria : « C'est prêt ! » avant de revenir aux oignons. « Ouais, sûr... Je préférerais être une dure à cuire. C'est cent fois mieux que bêtasse. Ou une lionne, peut-être. Oui, une lionne, c'est encore mieux.

— Une chatte ? »

Non, ça, c'était trop et elles pouffèrent et s'essuyèrent les yeux ou le bout de leur nez qui les démangea brusquement tandis qu'elles servaient les œufs, d'abord à Jiminy, puis à tous leurs autres frères vagueux et à leurs sœurs vagueuses de la communauté, tandis que tout Marginocity accompagné de ses invités d'honneur défilait, assiettes en fer-blanc à la main. Jiminy était presque toujours le premier de la file d'attente aux repas parce qu'il avait toujours la fringale : il avait la ligne survivant des camps et pourtant il mangeait comme quatre, plus que quiconque que Star eût jamais connu, y compris son frère Sam, qui était plaqueur gauche dans l'équipe du lycée et chaussait du 46. Suivaient dans la queue deux parfaits inconnus, puis Reba, Alfredo et les enfants, Reba les traits durcis et vieillis par la lumière crue du matin, cheveux comme des algues séchées, yeux mornes et éteints. Quand elle souriait (or, elle ne souriait guère à ce moment-là : ses lèvres étaient deux choses mortes pressées l'une sur l'autre), toute une plaine alluviale de rides, de rainures, de sillons profonds, lui couvrait les yeux, comme si elle avait déjà épuisé tout son quotient de joie, comme si tout rire, désormais, lui coûterait. « Che n'aime pas les œufs, déclara-t-elle. Je crois qu'il fait une allergie à l'albumine. Donnez-moi peut-être seulement du pain grillé et je lui mettrai du miel ou... »

Che se tenait près d'elle, l'air engourdi, T-shirt maculé, pieds sales, cheveux crépus éclaircis par le soleil et des yeux qui étaient comme des spots sur un écran-radar. « C'est ça que tu veux, mon bébé, dit Reba en se penchant vers lui... du pain grillé et du miel ?

— Moi aussi, veux du miel », renchérit Sunshine, d'une voix grave, râpeuse, comme si on avait entendu, amplifié, le bruit qu'aurait fait quelqu'un en se grattant une croûte, sans croire que cela pourrait le soulager. Sunshine avait trois ans. Elle se tenait juste derrière son frère, assez près pour que son ventre rebondi et nu frotte le bas de la chemise de Che. Son regard était doux, noyé de larmes, désespéré. Star esquissa un sourire, parce que c'était ce qu'on était censé faire quand on croisait des gamins (Ah, ce qu'elle est jolie ! Oh, pardon c'est : Ah, ce qu'*il* est joli ? Ah, c'est ni l'un ni l'autre...), or les gamins la gênaient, la mettaient mal à l'aise, la faisaient se sentir inhumaine. Comment, elle, une femme, pouvait-elle dire à quiconque qu'elle ne désirait pas d'enfants, ne ressentait rien pour eux, ne les aimait même pas ? Les enfants n'étaient pour elle que des poids morts, de petits extraterrestres hurlant et rougeauds qui vous vampirisaient et, avec des enfants, si on avait la moindre intention de vivre pour soi, on pouvait la mettre au placard, parce que, dès lors et pour l'éternité, on n'était plus que la mère de quelqu'un d'autre. Et qu'est-ce que ça avait de mal, la régulation des naissances ? Ou la pilule ? Baise à ta guise mais prends sans faute ta pilule tous les matins : Star ne comprenait pas qu'on puisse faire autrement. Non, elle ne comprenait pas ça.

Quoi qu'il en fût, elle tenta un sourire, et Reba lui lança un regard exaspéré avant de se retourner d'un coup vers sa fille pour lui pincer le bras : avec deux doigts transformés en pince, comme la mère de Star, comme toutes les mères qu'elle avait connues, et cela la ramena en arrière, très loin, la plongea, pour ainsi dire, dans un *home movie*. « Mange tes œufs et ne commence pas, hein ? parce que je suis pas d'humeur ce matin, s'exclama Reba, furibonde, laisse-moi te dire que... »

La fillette, la gamine, Sunshine : elle était plantée là, pas le moins du monde démontée par cette menace laissée en suspens. Mais son frère se renferma, traumatisé par le moment, le lieu, la vie sur cette étrange planète surexcitée, et sa sœur le regarda comme si elle ne le reconnaissait pas. Avec son infime filet de voix comme un raclement désespéré, elle dit : « Je veux du jus.

— Du lait », la corrigea Reba, par pur réflexe. Les gens à l'arrière de la file d'attente, quoique embarqués sur leurs propres orbites planétaires (clochettes, barbes, verroterie, plaisanteries matinales, rythmes lents et paisibles), commençaient, néanmoins, même eux, à lever la tête pour voir ce qui faisait bouchon à l'avant.

Le filet de voix : « Je veux du jus. »

C'est alors que Star s'interposa, parce que le jus... hum, il se trouvait qu'aujourd'hui, c'était la Fête du Druide, la fête du solstice d'été, et le jus, pressé de frais par Lydia, aussi pur, sucré et biologiquement salutaire que tout ce qu'on pouvait espérer trouver dans l'État doré et ensoleillé de Californie, était allongé d'acide, de L.S.D., de *Lysergic Acid Diethylamide*, parce que tous les vagueux de Marginocity et leurs invités, aujourd'hui, allaient entrer en contact avec leur moi intime, tous autant qu'ils étaient, dans un effort concerté pour exhausser le niveau de conscience de la planète, ne fût-ce que d'un degré infime. « Mais, mon chou, le jus n'est pas bon aujourd'hui, il ne te plaira pas... »

Nue, jambes légèrement arquées, traits disparaissant dans la large arène de son visage, la môme tint bon : « Du jus.

— Oh, merde, lâcha Reba. Merde. Putain ! Je m'en fous. Donne-lui du jus. »

Lydia était là, et Merry, Maya, toutes contemplaient la scène avec un sourire vanné. Elles étaient des nanas et elles servaient le petit déjeuner. Demain, ce serait le tour d'autres sœurs vagueuses, d'un autre groupe de nanas. Mais, ce matin, c'était ce groupe-ci et pas un autre, le groupe de Star, et c'était jour de fête, ou ça allait l'être. Star hésita. « Mais c'est, hum... tu sais, le jus est spécial aujourd'hui, Reba. Tu as oublié ?

— Le solstice d'été.

— Exactement. — La Fête du Druide. » Elle sentait l'herbe qui tirait sur son corps, proche de la lévitation : elle était en apesanteur, comme dans un rêve, tout son corps était soumis à une traction infiniment douce, infiniment subtile mais la plus efficace qu'elle eût jamais ressentie, et puis tout se relâcha. « Ouais, finit-elle par dire, alors nous... Lydia, je veux dire, elle a déjà...

— Mélangé l'acide au jus d'o. Comme si Alfredo et moi, on avait pas *inventé* la Fête du Druide il y a deux ans, et t'étais où, toi ? A la maison avec papa-maman ? Tu crois vraiment que je suis disjonctée au point de pas savoir ce que je fais ? Tu crois que mes gamins ont pas été initiés ? » Reba foudroya l'assemblée du regard avant de baisser la tête et d'affronter sa fille. « Tu vois tous les problèmes que tu causes ? Tu veux du jus ? Eh bien, prends-en du jus... mais ne viens pas pleurer dans mes jupons si tu fais un trip de gosse comme la dernière fois... tu te rappelles la dernière fois, quand tu t'es planquée dans le placard sous l'évier et que tu as pas voulu en sortir de la journée ? »

Sunshine ne hocha pas la tête, ne fit ni oui ni non, ne cilla même pas. « Bon », lâcha Reba en se redressant, sourire aux lèvres, le visage transformé en gouffre de tics nerveux, de rides et de grains de beauté répartis en constellations inouïes. « Donne-lui des œufs, et le *lait*, et si ça peut l'aider à se décoller de moi... parce que, crois-moi, j'ai besoin d'un jour de repos de temps en temps, moi aussi... file-lui juste un demi-verre de jus, d'accord ? »

Plongé dans une conversation avec Mendocino Bill (« Les Hobbits font moins d'un mètre de haut, ils ont la taille de gamins, parce que c'est un livre d'enfants, alors fais-toi-z-y, déjà... »), Alfredo n'avait aucun commentaire à faire. Il adressa à Star un regard vide et la file d'attente avança lentement. Sunshine emporta à la table son assiette d'œufs et son jus, les posa et revint prendre le lait. Quand Star releva la tête, toutes les places à la table étaient prises et Jiminy pérorait, fourchette à la main, repoussant comme des assaillants ses mèches en bataille. Sunshine avait disparu. Son assiette, à laquelle elle n'avait pas touché, était repoussée sur le côté. Le verre de lait était là aussi, une mince bande jaune de crème peinte sur le bord, mais le jus n'y était plus.

Star en prit note, photographia le fait dans sa mémoire (table pleine, déferlement de batik, œufs safran sur les mornes assiettes en fer-blanc, éclat des fourchettes, dents étincelantes, mais pas de gamin, sous quelque forme que ce fût, et pas de jus de fruits). Toutefois, l'instantané ne fut jamais développé parce que Verbie apparut alors dans la file en compagnie d'une fille qui aurait pu être la jumelle de Star sauf qu'elle avait les cheveux longs, et que Verbie la lui présenta (c'était sa sœur, Angela, de Pasadena), et que les assiettes continuèrent de défiler, que les biscuits disparurent et que le niveau du jus d'orange baissa dans le broc en grès. Verbie se servit une double portion d'œufs, accepta des biscuits et un plein verre de jus. Star, quant à elle, avait déjà bu son jus, et elle en sentait la première charge pétaradante qui te faisait sauter des synapses dans tout le corps, de sorte qu'elle déconnecta un instant de l'histoire compliquée dans laquelle Verbie s'était lancée, concernant sa sœur, le whiskey, une overdose de Harvey Wallbangers et une *go-go dancer*. La sœur exultait. C'était une histoire qui la concernait et Verbie la racontait, au petit déjeuner, le jour de la Fête du Druide à Marginocity !

« Tu sais, dit la sœur, je crois que je vais en prendre un verre plein aussi. C'est pas trop fort, hein ?

— Deux cents mic, répondit Verbie. Trois cents... pas plus. »

A qui le tour ? Ronnie, l'air de ruminer, renfrogné. Tête baissée, regard furtif et sans cesse en mouvement derrière les disques surdimensionnés de ses lunettes de soleil, *poisson*, mais pas encore pris dans un filet, *vairòn*, prisonnier d'un aquarium d'eau trouble. Il prit un verre et le tendit. « Des œufs ? », demanda Star, en guise de calumet de la paix. Elle avait préparé les œufs, elle allait les lui servir, *nana* besogneuse, discrète, déférente, que demander de plus ?

« Laisse tomber les œufs.

— Du pain grillé ? Des biscuits ? » Elle risqua un sourire. « Ils sortent du four. C'est Maya qui les a faits.

— Le jus, c'est tout. » Il l'observa qui remplissait son verre. Le brouhaha du petit déjeuner emplit la salle, passa la porte, déborda dans la cour. « Alors, t'étais où, ces deux derniers jours ? fit Ronnie. Je t'ai cherchée partout. »

Elle haussa les épaules : question de montrer que tout était simple, normal, rien d'inhabituel, mais il n'est pas pratique de hausser les épaules et de verser un liquide en même temps. Le jus coula sur le bord du verre, fit une mare sur la table. « On est partis faire un tour au mont Tam, dans les Redwoods, tu sais, là-bas... ? Une excursion, quoi. Vraiment.

— Marco et toi, c'est ça ? »

Elle fit oui de la tête. « Comme le soir où j'ai tué le daim, je t'ai cherchée aussi toute la soirée. » Il lui prit le verre des mains et le tint à bout de bras : le jus moussait comme une concoction de sorcière, orange néon et clop, clop, clop. « Juste Marco et toi, hein ?

— Ouais et toi, tu avais Lydia pour te réconforter, non ? et Merry et cette nouvelle avec qui tu étais tellement gentil l'autre jour, comment elle s'appelle... ? Premstar, c'est ça, celle qui est tellement camée qu'elle peut à peine parler. Je suis sûre qu'elles ont dû t'empêcher de trop t'apitoyer sur ton sort.

— Juste Marco et toi, hein ? », répéta-t-il.

Elle le regarda droit dans les yeux. « D'accord, bon. » Il vida le verre d'un trait, attrapa le broc sur le comptoir et le remplit derechef jusqu'à ras bord. « T'avise plus de m'adresser la parole », lui lança-t-il, en se retournant vers elle, car il était déjà ressorti dans le scintillement du soleil, qui explosa tout autour de sa silhouette comme des comètes entrées en collision.

Assise au comptoir près de l'évier, Lydia regardait de l'autre côté de la salle comme si elle se moquait de tout ça, partie dans son trip, et : confonds pas ton trip avec le mien. Merry, cependant, fit le tour de la table et vint se planter devant Star, jusqu'à ce que celle-ci prît acte de sa présence. « C'était quoi, cette histoire ? »

Star était en train de le ressentir, jusqu'à la pointe de ses orteils... le premier assaut euphorique et voltigeant de la drogue. Elle ne voulait pas de complications, pas de possessivité, de jalousie, de colère, de mauvais sexe et de rancunes : elle voulait se relâcher, observer le jour se dérouler, chacune de ses minutes lumineuses et pleines. Elle regarda Merry et Merry avait l'air d'être sous l'eau, ses cheveux flottaient, molles et lentes ondulations, son visage, ses yeux, algues chevauchant les courants et hippocampes aussi. « Je sais pas, s'entendit-elle dire, je crois que Pan s'est levé du pied gauche. »

C'est alors que le visage de Lester apparut, large sourire, dc l'or dans les dents, la peau aussi lisse et usée que le cuir du sac de sport de son frère Sam pendu dans le garage chez ses parents. Ses yeux étaient énormes comme s'il avait tâtonné dans le noir toute sa vie (yeux de lémure, yeux de chouette ?) et ses cheveux étaient tellement démêlés qu'ils tenaient droit sur sa tête comme ceux de Jimi Hendrix. Franklin était avec lui, et tous deux avaient les épaules courbées, comme s'ils venaient d'affronter une tempête. « Salut, Star, Merry, ça gaze ? leur lança Lester. Je me demandais juste si, hum, il vous resterait pas un peu de ce jus pour deux ermites ? Et peut-être des œufs aussi... des œufs, ça t'irait, non, Franklin ?

— Sûr », répondit Franklin.

Star ne parvenait pas à leur fournir de réponse : elle avait beau essayer, aucune réponse ne se présentait, pas pour l'instant, ni un oui ni un non ni il faudra me passer sur le corps d'abord, rien. Zéro. Star fit chou blanc. Sky Dog était parti de Marginocity, à l'instar de Dewey et de la plupart de leurs acolytes, mais Lester et Franklin s'étaient incrustés, alors que tous les autres les traitaient comme des pestiférés. Ils ne s'étaient pas montrés aux repas depuis des semaines, et on ne les rencontrait presque jamais ailleurs non plus. Mais ils étaient bien là, dans la propriété, et tout le monde en était conscient, même si on prétendait le contraire. Il n'y avait qu'à se rendre sur le parking pour voir que la Lincoln n'avait pas bougé, tellement poussiéreuse qu'on aurait dit une excroissance du sol. Il n'y avait qu'à faire un tour la nuit pour entendre la musique qui venait de la maison du fond, profonde, mystérieuse. Régulièrement, aussi, on levait la tête et on les voyait sur leur véranda défoncée, torse nu, qui se passaient un joint, une cigarette ou un litron, d'une main adhésive à une autre.

C'est Merry qui prit la parole : « Je ne crois pas, non. »

Lester se tourna vers Franklin, comme pour lui servir d'interprète : « T'entends ça, Franklin ? La nana pense que non. T'en penses quoi, toi ? »

Franklin dépassait Lester d'une tête. Il portait une chemise à large col, noire à pois jaunes. Il avait des cernes aux yeux, comme s'il ne s'était pas couché depuis des lustres, et il laissait pousser ses cheveux trafiqués en tortillons roux. Il regarda Lester en répondant : « J'en dis que dalle, moi.

— B'en, moi je dis qu'on a là un tas de merdes *hippie-dippy* racistes, dit Lester, en se retournant d'un coup vers elle. Qu'est-ce qu'y a ? Nous, les nègres, on est pas assez bien pour vous, c'est ça ?

— Va te faire foutre, Lester », répliqua Merry, sous le regard de curieux qui venaient de pointer la tête à la porte, mais sans avancer plus, comme s'ils avaient été retenus par une laisse. Et où était Marco ? A Santa Rosa, avec Norm : ils étaient allés chercher des provisions.

Lester trouva amusante la réponse de Merry. « Que j'aille me faire foutre, hein ? Ça, c'est *peace and love*, au moins ! »

Courroucée : tel était le mot, non ? Star était courroucée : d'abord Ronnie, et maintenant ça. « Écoute, dit-elle, s'engouffrant dans la brèche. Tu sais parfaitement que ça n'a rien à voir avec le fait d'être noir ou blanc ou, ou...

— Rouge ou jaune ? »

Dieu sait comment, elle se retrouva la spatule à la main. Ou, plutôt, non, c'était la louche, en pin desséché par de trop nombreuses cuissons, tout incrustée de croisillons : elle l'agitait comme un chef d'orchestre sa baguette. « Norm a dit... »

Il lui renvoya la formule, doucement, oh tout doucement — sa voix n'était plus qu'un murmure : « "Norm a dit". Écoutez-la. Norm a dit couic. Norm a dit que tout le monde est bienvenu ici et si vous aimez tant les nègres, dites-moi combien vous avez de frères blancs en attente, embusqués dans la forêt, juste au cas où on déciderait de se casser d'ici, un beau jour ? Hein ? Combien ? Dix ? Quinze ? »

Star sentit son cœur s'emballer. Elle laissa tomber la louche sur la table et recula. « Je ne vais pas discuter avec toi, je ne vais pas me laisser entraîner dans ton trip, tu peux faire ce que tu veux, je m'en moque. Vraiment, je m'en moque.

— Et Marco, lui, il s'en moque ? »

C'est alors qu'elle le dit, elle aussi : « Va te faire foutre, Lester. Va te faire foutre. »

Lester se versait du jus d'orange, Lester prenait des œufs et des biscuits... Il en prit assez pour trois, en entassa une montagne sur une assiette jusqu'à ce qu'elle déborde, sur quoi il la tendit à Franklin, avant de se servir à son tour, et personne ne put rien dire. Une cuillerée d'œufs brouillés, deux, trois. Il prit son temps, avec, aux lèvres, un petit sourire pincé qui rendit Star triste et honteuse. Est-ce qu'on en était réellement arrivés là ? Ils se battaient pour de la *bouffe* ? Ou bien y avait-il autre chose, de laid, de vil, quelque chose qui transformait Marginocity en grosse blague ?

Fonce et cerne ton mauvais trip, parce qu'il arrive, le voici ! Star se retourna tout simplement et sortit de la cuisine, traversa la salle de réunion, franchit la porte d'entrée : pas d'œufs pour elle, pas de vaisselle avec ses sœurs, pas question de danser, toute guillerette, des fleurs dans les cheveux, elle ne communierait pas avec le clan, ne laisserait pas l'acide la laver de toute impureté, en dedans comme en dehors. Elle traversa l'allée de terre pâle qui menait à la cabane perchée, elle grimpa à l'échelle, qu'elle hissa jusqu'à elle une fois qu'elle s'en fut servie, et puis elle s'allongea sur le sac de couchage de Marco, le regard perdu dans les feuilles jusqu'à ce qu'elle pût les identifier une à une et que son rythme cardiaque rétrogradât, en passant par toutes les vitesses, du surrégime au point mort.

Plus tard (mais combien de temps plus tard ? cinq minutes ? cinq heures ? elle n'en avait pas la moindre idée), elle se redressa et regarda autour d'elle. Une libellule était perchée sur la rambarde, un seul trait de couleur électrique comme un clou bleu enfoncé là, et, dessous, une étagère incorporée, tout animée par les couleurs des dos de la collection de livres de Marco (*Soul on ice*, *Ficciones*, *Cat's Cradle*, *La Pêche à la truite en Amérique*, *Steppenwolf*) et une lanterne Coleman dans une nuance de vert tellement foncée qu'elle semblait creuser un trou dans la paroi. Les livres étaient incandescents, brûlaient de l'intérieur. Elle en choisit un presque au hasard, pour sa couleur et sa texture, et tomba en l'ouvrant sur des mots qui louvoyaient sur la page comme des bateaux sur une mer envenimée. Elle n'y comprit rien, n'avait d'ailleurs pas envie de comprendre, honnit à cet instant-là l'idée même des livres, la littérature, les *histoires* (parce que les histoires, c'était pas la réalité, d'accord ?), en bloc. Cela dit, les livres lui rappelaient Marco, ils étaient donc bons, honnêtes et précieux, et elle caressa l'objet familier dans sa main comme elle l'aurait fait d'un chat ou d'un lapin domestique, elle le caressa jusqu'à ce que le papier devienne fourrure et que sa chaleur vivante pénètre ses phalanges.

Elle percevait des sons menus, des sons intimes comme si, retirée d'elle-même, elle était devenue une omniprésence (une toux, un gloussement, un soupir, la discrète susurration de la respiration de Jiminy quand son souffle râpait le fond de sa gorge, tandis qu'il se balançait contre la peau mouillée de sueur de Merry dans la chambre du rez-de-chaussée de la maison principale à une centaine de mètres). Elle entendait la respiration des feuilles, le voyage de la sève dans les branches, flux sanguin d'une lenteur pâteuse. Les termites chuchotaient dans le sol de la forêt, les sabots des chèvres grossissaient, prenaient de l'expansion avec un bruit aux arêtes acérées qui grouillait et pétait à ses oreilles. Ensuite, le livre, celui qu'elle avait dans la main, redevint matière dans une onde colorée, rose et jaune, agrémentée d'un œil humain qui te fixait de son regard depuis la page, et elle sut instantanément que c'était *Blow-up et autres histoires* de Julio Cortázar. Un livre que Ronnie lui avait conseillé, déjà à New York, et, qu'à son tour, elle avait acheté à Marco (voyez, le tampon de la librairie d'occasion de Sebastopol, Librairie Indépendante, 25 *cents*, là, un pâté d'un rose fané sur la page de garde). Bon. C'était au moins ça de pris, même si les mots ne voulaient toujours pas coopérer, même s'ils se groupaient, se regroupaient, faisaient la culbute et le gros dos sur la page, même si toutes les bouches de la forêt bourdonnaient à ses oreilles, avec des voix infimes qui n'avaient de cesse de flamber et de hurler leur témoignage que ça en devienne un blême brouhaha, elle pouvait du moins rêver les histoires, rêver de l'axototl et de l'homme qui vomissait des Jeannot lapins, ce qu'elle fit, jusqu'à ce qu'elle finisse par retirer tous les livres, un à un, de l'étagère, pour se laisser infester par toutes les histoires qu'ils racontaient.

Sur quoi, elle se retrouva au pied de l'arbre, pieds nus dans les feuilles revêches, à éparpiller une brassée de livres comme autant de graines lustrées, car c'est là que Marco et elle les avaient trouvés, par un après-midi torride et transpirant, qui avait explosé comme une bombe à retardement, et où était-il donc, Marco, maintenant qu'elle avait besoin de lui ? Il était avec Norm, se rappela-t-elle, voilà où il était. A Santa Rosa. Ils faisaient des courses. Il lui avait promis de prendre son acide au même moment qu'elle, afin qu'ils chevauchent la vague au même moment, et elle l'avait vu le faire tandis qu'il cahotait sur les dos-d'âne de l'allée et que Norm beuglait en même temps que la radio, d'une voix qui était comme un long cri soutenu poussé dans la maison des douleurs, mais Santa Rosa n'était pas Tombouctou et ça faisait un bail qu'ils auraient dû être de retour, vous ne croyez pas ?

Avec un ample mouvement du cou-de-pied, Star enfouit les livres sous les feuilles griffues. Les gars avaient cassé la guitare de Marco, déchiré ses vêtements, émasculé ses livres, auxquels elle procurait enfin le repos éternel, avec tout le soin requis, oui, tout le soin requis, obsèques en bonne et due forme et tout le respect qui leur était dû. De nouveaux livres, aux couleurs plus vives, aux histoires plus vraies, pousseraient et remplaceraient les exemplaires en loques, toute une bibliothèque vivante qui pousserait dans l'humus au pied du chêne, des ouvrages libres, des ouvrages pour tous, qu'on cueillerait comme des baies. Ou quelque chose comme ça... Star s'attarda là un moment, essayant de se concentrer, et puis elle se découvrit dérivant vers la maison principale et un attroupement réuni sur la véranda de l'entrée, mais elle ne se sentit pas prête, pas encore, et elle prit donc la direction des bois. Solitaire (embarquée dans son trip à elle). La terre s'agrippait à ses pieds comme des souliers faits main, *salut, au revoir*, *salut, au revoir*, et les arbres s'écartèrent comme l'aurait fait une foule, tout du long du chemin qui descendait à la rivière.

L'atmosphère était chargée, le soleil torturait l'eau. Les oiseaux tombaient du ciel comme des météores. Star s'assit sur la berge, écouta le chant du courant, plongea ses doigts puis ses pieds dedans, et ça n'allait toujours pas ! Elle semblait incapable de reprendre son souffle, voilà ce qui se passait, comme si elle avait mis trop de café dans un espresso ou était confrontée à un nombre excessif de panneaux de croisement au cours d'une longue nuit filante au volant, les Rocheuses surgissant des horizons gastes tel un haut mur gris et impénétrable, susceptible d'arrêter des armées entières. Elle avait peur ? Oui. Peur de rien et de tout, de choses qui n'étaient pas là et de choses qui se bousculaient et mutaient à l'extrême limite de sa vision. Elle ferma les yeux et observa les images qui jouaient sur la sombre scène de ses paupières, valse spasmodique qu'elle n'était guère à même ni de ralentir ni d'arrêter.

Le jour où les gars avaient bousillé ses affaires, elle se trouvait avec Marco derrière la maison principale, dans le champ, où il installait la tuyauterie des eaux usées. Elle était allée lui porter un broc de Kool-Aid, pieds nus, vêtue d'un short et d'une chemise paysanne dont le corsage était brodé d'oiseaux bleu couroucoucou — elle l'avait achetée chez un fripier au Nouveau-Mexique et, rien qu'à y penser maintenant, à cette chemise, ça la faisait rire. Assise, elle contemplait le jeu des muscles du dos de Marco, la façon dont ils se regroupaient chaque fois qu'il se penchait pour envoyer voler une pelletée de gravier dans la fosse. Il lui avait dit qu'elle était belle. Elle lui avait dit qu'il était beau. « Alors, on forme une société d'admiration mutuelle », avait-il déclaré en lançant une nouvelle pelletée de gravier. Une autre pelle, solitaire, était posée contre un tas de pierres, comme un don de Mère-Nature. Elle avait demandé « Tu veux que je t'aide ? » en retirant la pelle du gravier avec un bruit de dents qui grincent, avant de prendre la pose, un pied nu sur le tranchant de la pelle, les deux mains sur le manche. « Pieds nus ? », s'était-il exclamé en se relevant pour essuyer la sueur de son front avec un foulard aux motifs de cachemire, qui lui servait aussi de bandana mais dont il avait fait une boule pour l'instant. « Tu dois être costaud, comme femme, toi. »

C'était vrai. Et, pendant près d'une heure, Star avait travaillé avec Marco : adaptant ses mouvements à ceux de son compagnon, elle avait soulevé des pelletées de gravier pour les lancer dans la fosse, tant et si bien que la couche de gravier dans celle-ci avait bientôt crû comme un affluent gris dans la tranchée brune. Elle avait ressenti les séquelles de ses efforts dans les tendons des jarrets, les bras, les lombaires et les pieds : les pieds, particulièrement, qui ne lui auraient pas fait plus mal si on les avait pilonnés avec des briques pendant son labeur — mais elle n'avait pas abandonné. Elle voulait qu'il la félicite ; plus, elle voulait faire mieux que lui. « D'accord, avait-il fini par concéder, d'accord... sacré nom de Dieu, quelle diablesse ! Alfredo avait raison.

— A propos de quoi ? »

Le regard porté de l'autre côté du champ où les arbres glissaient, chancelant, vers la rivière : « Je sais pas, avait-il répondu... Tu veux aller te baigner ? »

L'eau était une chose vivante, animée dans la moindre de ses rides, la moindre de ses vaguelettes, et Star avait plongé, d'un mouvement lisse et tranchant commencé avec ses paumes réunies dans l'attitude de la prière levées au-dessus de l'arc de son cou et terminé par un coup de fouet de ses chevilles et de ses pieds. Le bruit du plongeon de Marco avait été étouffé par celui qu'elle avait fait elle-même, puis il y avait eu le choc instantané du froid, et puis voilà qu'ils faisaient la course tous les deux pour rejoindre l'autre rive, le crawl de Star contre le papillon de Marco. Lequel avait remonté en fin de course, barattant la surface de l'eau avec les ailes déployées de ses bras et les explosions mates et percutantes de ses battements de jambes. En pensée, Star s'était retrouvée en compagnie de ses parents au lac, quand elle avait treize ans et qu'elle était la meilleure nageuse de tous les enfants de son âge, quand ils allaient tous jusqu'au radeau puis retour, et qu'elle n'avait jamais perdu, pas une seule fois de tout l'été. Une main posée sur un rocher de l'autre rive, elle s'était tournée vers Marco. Deux battements, trois et voilà qu'il était là, nu contre elle, dans la palpitation du courant, et qu'il se saisissait d'elle comme s'il l'avait poursuivie toute sa vie durant.

Plus tard, au moment où le soleil avait tracé un sillon au milieu de la rivière pour aller se perdre dans les arbres, ils avaient traversé le flot en sens inverse, en tandem, s'étaient rhabillés et avaient remonté le talus. Les pieds de Star glissaient sur la poussière du chemin. Elle se sentait propre et neuve, comme toujours après une baignade, les muscles étirés au maximum, frappés et massés comme la viande que sa mère tapait sur la table quand elle préparait un veau cordon-bleu, d'abord d'un côté puis de l'autre, *flac*, *flac*, *flac*. Ils avaient fait l'amour dans un carré d'herbe ondulante et fraîche au milieu de la bande de sable. Marco avait pris son temps ; avec la langue et les doigts, il lui avait arraché de doux halètements, elle avait cambré le dos, elle l'avait pris en elle, lui avait fait l'amour tout autant qu'il le lui faisait. Ensuite, ils étaient restés étendus sur l'herbe pendant un long moment, à observer le ciel cobalt et un faucon solitaire embrasé par le soleil, puis Marco l'avait encore attirée à lui et elle avait roulé sur lui, et le moindre millimètre carré de sa peau s'était illuminé de l'intérieur, et elle avait pensé à un film qu'elle avait vu à la télé, tard un soir, quand elle était au lycée et que ses parents étaient allés se coucher, s'étaient entièrement fermés au monde, *Hiroshima, mon amour*, un film *français* ! Elle s'était rappelé l'excitation qu'elle avait ressentie à voir les amants ainsi, peau contre peau, les seins de la femme contre le torse de l'homme, hanches contre hanches, et jambes, et pieds... Elle ne s'était pas sentie souillée, mais propre, au contraire. Pure. Comme si elle n'avait jamais vécu chez ses parents, n'avait jamais suivi le catéchisme, n'avait jamais communié ou écouté, horrifiée, les joues empourprées, Mrs. Montgomery lorsqu'elle prenait à part les filles de terminale pour leur raconter des histoires de pénis, comment le sang l'irriguait jusqu'à ce qu'il se dresse, et ce que cela leur vaudrait de ne pas savoir garder les genoux serrés jusqu'au mariage. Dans les bras de Marco, Star n'avait pas pensé à Ronnie. Pas pensé au mec du tipi. Elle n'avait pensé à rien du tout.

Personne n'avait rien vu. Personne ne savait quoi que ce soit. Quand elle était remontée de la rivière avec Marco, sa longue chevelure trempée dégoulinant jusque sur le bas du dos, une main se balançant, agrippée à celle de son compagnon, l'esprit tout à son plaisir et à la paix dans le monde, ils étaient tombés sur la guitare, les cordes serpentant dans les tas de feuilles, le bois fendu en éclats scintillants, ravalé brusquement au rang de simples souvenirs. Après avoir traversé l'allée, ils avaient découvert sous l'arbre ce qui ressemblait aux restes d'un vide-grenier : les livres de Marco, ses vêtements, jusqu'à sa brosse à dents. Marco n'avait dit mot. Il ne s'était pas penché pour examiner les livres, il n'avait pas tenté de rassembler les pages ou de recoller les couvertures — ça, ce serait pour plus tard. Faisant volte-face, il était parti dans la direction de la maison du fond, épaules tendues, bras rigides sur les côtés, et Star n'avait rien dit non plus — à moins que... si, elle avait peut-être lâché un petit bourrelet d'interrogation, minable, incongru (genre *Qui ?* ou *Pourquoi ?*) mais elle l'avait suivi.

Sky Dog, assis sur la véranda, les avait vus venir. Ce qu'il avait fait alors ? Il s'était levé de sa chaise de cuisine au dossier cambré et avait appelé à l'intérieur (Lester, Franklin, Dewey) mais personne n'avait répondu et voilà que Marco montait les marches, fonçait furieusement, et Sky Dog, soudain réduit à ses mains et à ses yeux exorbités, reculait de plusieurs pas. « J'ai aucun problème avec toi, moi », avait-il dit, reculant dans un angle, à deux doigts de s'effondrer, de se recroqueviller sur lui-même, de se protéger avec le bras. Marco avait fondu sur lui.

Star ignorait combien de temps la bagarre avait duré, mais elle n'avait jamais douté de l'issue. Alfredo, Jiminy et Mendocino Bill n'avaient pas été de trop pour séparer Marco et Sky Dog, qui avait mordu la poussière dès le premier assaut et ne s'était jamais relevé. Debout dans la terre de l'allée, le crâne tamponné par un rai de soleil évidé, Star avait entendu chaque coup, inflexible, os contre os : à croire que Marco faisait un massage, très complet, très assidu, à Sky Dog, avec attention spéciale à la tête et à la gorge ! Or ce n'était pas un massage, c'était un meurtre. Ou ça lui ressemblerait bizarrement. Il y avait du sang là où il n'était pas censé y en avoir, sur les lattes de bois sec, sur les murs délavés de lumière ; le jean de Sky Dog en était imprégné, et il en avait au creux du sternum, comme une trace de main pleine de peinture. Le sang de Star fusait dans ses veines. Elle détestait ça, positivement, et malgré tout, elle ne pouvait détourner le regard, et pas une fois elle n'avait appelé au secours.

Mais c'était passé et le passé ne comptait guère.

Ce qui comptait, c'était « maintenant » et elle ouvrit les yeux sur les arbres qui hochaient leur chevelure, sur la fête de la rivière, sur un couple de martins-pêcheurs qui rasaient le sol. Une journée comme les autres, rien d'autre, une sorte de vêtement qu'on pouvait enfiler pour l'utiliser à sa guise, et voilà que tout s'illuminait, s'illuminait au point que les couleurs ressortaient en relief contre les ombres rassemblées sur la rive opposée. Des chiffres, répétait Star en son for intérieur, des chiffres, pas des histoires. Deux oiseaux, une rivière, trois cent seize arbres, sept mille fleurs sauvages, une terre, un ciel : rien d'effrayant là-dedans, pas de quoi s'exciter. *Strawberry fields forever*. Elle se força à se lever et rentra au bercail.

12.

Norm avait une montre à gousset, de famille, vieille de trois générations, un disque d'argent terni, au bout d'une chaîne en argent terni de même, qui ne quittait jamais la poche avant de sa salopette. Marco avait compté qu'il l'avait consultée au moins toutes les trente secondes depuis leur départ, main libre négligemment posée sur le volant, grésillements de la radio, camionnette penchée dans les courbes de River Road, comme si les forces habituellement à l'œuvre (pesanteur, vitesse, résistance au vent) avaient été suspendues en l'honneur de cette journée particulière. « Ce que je veux, criait-il, c'est coordonner ça de manière qu'on soit en harmonie avec tous les autres, je veux dire... parfaitement à l'unisson, et ne me dis pas que je suis fou, parce que c'est une affaire de karma, c'est tout. Et pour le flux. Comprends-moi... à quoi ça rime, un trip, si on se défonce pas vraiment ? J'ai raison, non ? »

Il n'avait pas besoin de Marco pour le savoir mais Marco répondit néanmoins. « D'ac. Alors, on dit... dix heures, une tasse de jus d'o pour toi, une pour moi, ensuite on va chercher tout ce dont on a besoin pour la fête... du *cream soda*, moi c'est ce qui me plaît, mec, *j'adore* le *cream soda*, surtout pour un trip... et puis on rentre vers onze heures et demie, midi, tu sais... et que la fête commence, le jour le plus long, mec, le jour le plus long... Ouais ! T'imagines ? »

Ils venaient de se garer sur le parking du supermarché, la vie palpitait autour d'eux — enfants montés sur des bicyclettes, vieillards s'extrayant de pick-up comme des punaises écrasées, avions dans le ciel, chiens qui se grattaient, mères poussant des chariots comme si elles partaient en guerre —, lorsque la montre de Norm s'arrêta. Elle s'arrêta à dix heures moins cinq, les aiguilles s'immobilisèrent comme si on les avait soudées sur place. « J'y crois pas ! », marmonna-t-il en tapotant le verre. Il colla le cadran contre son oreille, tapota encore. « Je l'ai remontée ce matin.

— Bah ! c'est comme ça, la vie..., dit Marco. Trop d'attention portée aux détails. Contente-toi de suivre le courant. »

Norm eut l'air intrigué. Il loucha sur Marco du plus profond de ses yeux emmurés, comme s'il ne voyait pas vraiment qui c'était. Il murmura quelque chose d'inintelligible, une sorte de prière ou d'incantation, et puis, sans crier gare : « Tu sais, bien que ce soit pas mes oignons, mais par simple curiosité... tu sors avec Star, non ? »

La question prit Marco de court — *Star ? Qui parlait de Star ?* Instantanément, il céda à la suspicion. Il regarda Norm : les yeux marron, fébriles, planqués à l'abri des verres déformants, et se demanda : « Qu'est-ce que ça peut lui foutre ? Est-ce que ça l'intéresse vraiment, d'ailleurs ? Et si c'était le cas, que signifie vraiment sa question ? » En qualité de gourou-en-chef et de génie tutélaire du ranch, il recyclait les femmes avec une efficacité certaine : à un moment ou à un autre, presque toutes les nanas de Marginocity avaient couché avec lui. Lydia avait parlé pendant une semaine de son lingam, de sa taille parfaite ; dans son dos, Verbie le surnommait « Pacha Norm » et Star... hum, Marco ne pouvait s'avancer en ce qui concernait Star mais, d'après ce qu'il savait d'elle et ce qu'il ressentait pour elle, il doutait que Norm et elle aient pu s'entendre, mais tout était possible, après tout. Naturellement, d'un côté comme de l'autre, où était le problème ?... Parce que tout le monde avait atteint la sagesse suprême, et la chair était là pour être célébrée, n'est-ce pas ? Si quelqu'un était jaloux, si un quelconque a priori bourgeois suppurait sous la surface du long rêve irénique qu'était Marginocity, Marco n'était pas au courant. Mais il faut dire qu'il n'avait guère le sens de l'observation, il était le premier à l'admettre. « Je crois qu'on est vraiment à l'unisson, dit-il, avec un chat dans la gorge. Star et moi. »

Norm, se penchant très près de lui : « Tu veux dire... spirituellement ? Agape plutôt qu'éros ?

— Qu'est-ce que tu veux dire ?

— Tu la baises ?

— C'est quoi, cette question ?

— Une question d'ordre pratique. » Norm avait l'haleine fétide, pire que fétide, elle empestait la pourriture. Il avait des dents qui pourrissaient dans sa tête, et sa tête pourrissait au sommet de son corps. Il ne croyait pas aux dentistes, seulement aux chamanes, parce que ce n'étaient pas les caries qui te faisaient tomber les dents, c'étaient les mauvais esprits des dentistes disparus, et il avait de l'or aux dents pour le prouver. « Quoi ? fit Marco — et il se sentit rougir. Elle t'intéresse ? »

Norm répartit différemment son poids sur le siège et haussa les épaules. « Elle est cool, comme nana. »

Sûr. Tout le monde était cool, *tout* était cool. Tel était le monde qu'ils construisaient, tel était le *New Age*, libre, éclairé, sans a priori, *climb every mountain*, trais toutes les chèvres, *La Mélodie du bonheur*. « Ouais, acquiesça Marco. Ouais, c'est vrai. »

S'ensuivit un silence et, quelque part sous et derrière eux, le moteur s'endormit avec un déclic. Norm ne donna aucun signe de vouloir sortir. Il remonta ses lunettes sur l'arête du nez, les refit glisser. Il poussa un soupir. Leva une main comme en signe d'exténuation, avant de la laisser choir. « Tu sais, il y a quelque chose que je t'ai pas encore dit..., commença-t-il. Que j'ai encore dit à personne, en fait, sauf à Alfredo. Ça ne va pas, ça ne va pas du tout. » Il tapota encore sa montre, avant de lui lancer un regard pitoyable, comme si elle était la source de toute la misère du monde. « Qu'est-ce que tu veux dire ?

— Ils aiment pas les drogués dans cette ville, voilà ce que je veux dire... dans tout ce putain de comté fasciste, d'ailleurs, et il vaut mieux rentrer dans le rang plus vite que ça et suivre les règles et les règlements ou alors tu l'as dans le baba, crois-moi. Ils veulent pas de gens qui vivent en harmonie avec la terre et les uns avec les autres, tout ce qu'ils veulent, c'est Papa, Maman, Junior et la cadette, tous casés dans un pavillon de banlieue avec une allée neuve goudronnée et une pelouse qu'on dirait peinte par terre.

— Tu as des problèmes avec les autorités du comté ?

— Tu peux le dire !

— Les services de l'Hygiène publique ? La Sécurité incendie ? »

Encore penché sur sa montre, Norm dodelina mollement de la tête et acquiesça, d'un hochement de sa tête qui se balançait au-dessus des épaules et semblait flotter, perdue dans sa crinière hirsute : « Tas de merde ! », finit-il par lâcher, mais sa voix avait perdu toute animation. « J'ai pas signé ce genre de contrat, moi, jamais de la vie... »

Ils restèrent assis dans la camionnette, à contempler tristement, par le pare-brise criblé de bestioles écrasées, le spectacle des fruits de la vie au royaume de l'abondance —*Wonder Bread*, beurre de cacahuètes Skippy, margarine Oleo — et, tandis que Marco ravalait son souffle et faisait courir négligemment son index sur la boîte à gants, Norm, après avoir poussé un soupir, l'informa de la situation. Elle était pire que ce à quoi Marco s'était attendu. Bien pire. Depuis plus d'un an déjà, les autorités sanitaires du comté cherchaient à fermer Marginocity, les brigades de la Sécurité incendie et les services des Propriétés bâties étaient sur le qui-vive. Norm avait couru les tribunaux pendant tout l'automne et puis tout l'hiver ; depuis quelque temps, il se servait des mandats de comparution pour allumer le feu dans l'incinérateur de la cour du fond parce qu'il en avait marre, il en avait sa claque, il en avait ras le bol, il en avait tellement plein le cul qu'il avait envie de tout plaquer et de laisser ces cons de bureaucrates, de scribouillards, prendre le ranch et en faire un parking si c'était ça qu'ils voulaient. Récemment, ça avait encore empiré : le comté lui avait intimé de vider la propriété de toute personne et habitation hors norme ou bien il devrait s'acquitter d'une amende de cinq cents dollars *par jour* : « Comme si j'entassais des immigrés chez moi et que je leur faisais payer un loyer exorbitant, merde... ! » Il regarda par la fenêtre de la camionnette une rangée de chariots encastrés les uns dans les autres, les publicités multicolores pour les détergents, la viande et l'alcool qui recouvraient les baies vitrées du supermarché. « Qu'est-ce qui est en si mauvais état qu'on ne peut pas le réparer ? objecta Marco. On a installé une évacuation des eaux usées, non ? Ils devraient être contents, pas vrai ? » Il ne parlait que pour s'entendre parler, que pour dire quelque chose. Il savait bien comment tout ça marchait. Les gens ne voulaient pas de communauté libertaire en leur sein parce qu'une communauté libertaire, ça virait toujours à l'anarchie, ça voulait dire une cordillère de détritus d'un kilomètre de haut et de la merde humaine plein la forêt, c'était Sky Dog, Lester et une guitare écrasée comme une coquille d'œuf : même si Marginocity s'était trouvée au sommet des plus hautes cimes du Tibet, les autorités s'y seraient ramenées avec leurs yacks surchargés jusqu'au pied des falaises pour interdire l'accès. Et peut-être que ce n'était pas injustifié, il fallait bien que quelqu'un mette le holà, un jour ou l'autre. « Ils ont saisi mon compte à la Banque d'Amérique. » Norm contemplait une blonde en minijupe qui, dans la rangée suivante de voitures, prenait des sacs en papier kraft dans un chariot pour les transférer avec précision et délicatesse dans le coffre de sa Cutlass basse sur roues. Elle était accompagnée par deux gamins, un bébé, jambes nues et boudinées qui pendaient des interstices prévus à cet effet sur le chariot, et un gosse de cinq ou six ans qui regarda Norm et Marco droit dans les yeux et leur fit le signe de la paix. « Doux Jésus ! regarde ce minot, ça alors..., dit Norm. On dirait Alfred Hitchcock. Ou Mao. Ouais, peut-être plutôt Mao. Peut-être bien. »

Marco ne disait mot. Il calculait : les plus d'un côté, les moins de l'autre. Il s'était trop bien habitué à l'endroit, il aurait dû se méfier. Il s'était installé, il s'était construit une cabane perchée, il avait creusé les canalisations pour les eaux usées, il avait dégoté une fille (le visage de Star, souriant comme sur un vieil album de fin d'année scolaire, prit alors possession de son esprit) mais tout était éphémère, rien ne durait, qu'on se batte ou pas. Sky Dog était parti, ça c'était positif, et ce n'était qu'une question de temps avant que Lester ne l'imite. Alfredo n'était pas un problème, Pan était agaçant à ses heures mais, du moins, on pouvait le garder sous contrôle. Or tout ça n'avait plus la moindre importance — si les autorités s'en mêlaient. L'expérience était close et, s'il avait la moindre jugeote, il abandonnerait ce qu'il avait accumulé ces cinq dernières semaines et reprendrait son bâton de pèlerin.

Norm tourna sur son siège pour lui faire face : « Les gens me disaient : “Norm, tu ne peux pas laisser venir n'importe qui parce que ça va tout gâcher pour le reste d'entre nous.” Mais qu'est-ce qu'on fait alors ? Tout le monde veut se tirer de cette foutue société complètement accro à la consommation, et je ne vais pas me mettre en travers de leur chemin, je veux dire... personne m'a élu dieu, non ? » Il remonta ses lunettes sur l'arête du nez : elles glissèrent instantanément. Il commençait à faire très chaud dans l'habitacle. « D'ailleurs, et j'ai pas à te dire ça, mec, si on se met à fixer des *limites* à une communauté, alors elle se fige, comme les shakers ou les amish. Ces gens-là meurent d'eux-mêmes. Comme ça. Une communauté, ça doit être *ouvert* et, dans l'acception du terme qu'en donne Gurdjieff, il faut laisser Dieu reconnaître les siens, tu vois ce que je veux dire ?

— Et Sky Dog ? Et Lester ?

— Et alors ?

— Oh, arrête ton char, Norm, tu te moques de moi ? Ils bousillent tout. Et il en existe un million d'autres comme eux, ils affluent chez toi, jusqu'à ce que les gens du comté te transpercent le cœur avec un pieu, et que tout se casse la figure. Prends Jiminy, même. Ou même Star et moi, n'importe lequel d'entre nous. C'est simple, ça ne peut pas marcher à moins qu'on institue des normes, Norm...

— Si tu veux des règlements, va travailler dans une banque. Ce qui me ramène à mon affaire : ces fils de putes me réclament déjà trois mille dollars de... comment dire... ces amendes *ridicules*... non, c'est pas le mot... indignes, ouais... *indignes*... et cet argent provient de l'assurance. On continue et il reste plus rien, tu vois ce que je veux dire, mec ? C'est fini. Le mot de la fin. Bonne nuit et adieu ! »

Le moment glissa, les contourna. La radio déversait de lumineuses petites bulles de soupe pop, *I Got You Babe*, qui filtraient à travers un tonnerre de parasites et dans un grésillement des baffles alors que la camionnette n'avait pas six mois. « C'est pour ça que j'ai acheté la camionnette, expliqua Norm, comme si Marco avait pensé tout fort. Question de dépenser mon argent pour quelque chose dont j'avais vraiment envie. Qu'on voulait tous, qu'on peut tous utiliser, au lieu de le refiler bêtement à ces têtes de nœud avec leurs règles à calcul et les codes du bâtiment qu'ils ont dû, merde, se loger par cœur dans la citrouille. Mais merde ! C'est pas notre grand jour ? On n'est pas venus ici pour se garnir en *cream soda* ? »

Exactement. Et Marco n'était pas venu que pour l'excursion : il construisait un enclos pour le cheval — un monstre efflanqué, idiot, le regard fou, apparemment imperméable aux concepts de routes goudronnées à deux voies ou de camions de ciment à freins défectueux, et Marco était venu avec l'intention d'acheter (avec l'argent de Norm) à la droguerie un rouleau de fil de fer barbelé. Cela paraissait futile maintenant. Il baissa la tête, abattu tout à coup. Il se gratta la barbe, se demanda un instant si le gros matou roux qui avait élu résidence sur le réfrigérateur ne lui avait pas refilé la teigne. Il avait envie de construire quelque chose (à vingt-quatre ans, il avait passé l'âge de s'affronter aux pouvoirs en place) mais ce ne serait encore pas pour ce coup-ci, à Marginocity... Soudain, il se sentit écrasé par une chape, d'une lourdeur incommensurable, comme s'il avait pu lui-même écraser le véhicule sous son poids décuplé et plonger sous l'asphalte, dans les antiques cours d'eau souterrains. Il avait envie de donner un coup de pied dans quelque chose, il avait envie de sortir et de s'éclaircir les poumons ou, peut-être, les conduits lacrymaux. Il avait la main sur la poignée quand Norm lui saisit le bras.

On crevait de chaud dans cette camionnette ! Et puis Norm : lunettes aux montures en plastique noir cabossé, dents en or scintillant au milieu du sourire comme la réalisation du rêve d'un chercheur d'or. Il présentait à Marco la thermos comme si ça avait été la solution à tous les problèmes de la création, la clef, le pompon, le Graal rapporté chez soi sur un plateau en argent. Marco se détendit, accepta le gobelet sale avec le bord fileté. « Un pour toi, dit Norm, versant le liquide jusqu'à ras bord. Et un... (il renversa la thermos et fit disparaître le goulot en plastique dans la masse sombre de sa barbe) pour moi. »

Sur le chemin du retour, Marco ne se sentait pas raide du tout, et puis, brusquement, oui. Pas de fourmis aux extrémités, pas de cataclysme, pas de brusque éclat de lumière ou de perte de personnalité : ça lui tomba dessus comme si on l'avait enveloppé dans une couverture, emmailloté et posé pieds et mains liés dans une crèche, comme si la nuit était tombée et qu'il rêvait les rêves de quelqu'un d'autre. Pour une fois, Norm se tut. Et Marco... il n'aurait pas pu ouvrir la bouche même s'il l'avait voulu. Il ne se trouvait pas sur le siège avant d'une camionnette Volkswagen qui filait sur une route de campagne, avec la rivière qui se déroulait dans son dos comme une bannière vive voltigeant au vent, mais dans une pièce, dans une ferme ou peut-être un meublé, et cette pièce regorgeait d'objets hérités et accumulés, dessertes, sièges rembourrés, une commode, des kilts, des édredons, des bibelots, bref, un véritable bric-à-brac. Il y avait un lit, un lit à baldaquin avec un monceau d'édredons et, dans ce lit, un vieillard, décharné et chenu, un nez qui sortait du visage comme s'il ne lui appartenait pas. C'était une scène conventionnelle, « Le Mourant », l'avenir ou le passé de quelqu'un, un tableau des plus académiques, hormis la présence incongrue d'une paire de raquettes fixées au mur au-dessus du lit. La portion demeurée consciente de son esprit le raccrocha à la réalité : était-ce une photo qu'il avait vue quelque part ? Une scène de son enfance ? Vue à la télé ? Ou était-il sorti de lui-même et coincé dehors ? C'était le problème, avec l'acide. Marco n'aimait pas l'acide, il n'avait jamais aimé ça, même quand il appréciait les drogues bien plus que maintenant.

Norm murmura quelque chose... une idiotie ou, plutôt, non, il fredonnait quelque chose, doucement, à voix basse, des paroles comme un langage codé, et puis voilà qu'ils passaient sous des arbres puis débouchaient sur un paysage ouvert. Ils traversaient l'univers sensoriel comme s'il leur appartenait. « Ça y est, tu sens quelque chose ? s'enquit Norm. Parce que, moi, je sens rien ou, peut-être bien, un tout petit *frémissement*, à peine, alors je me demande : est-ce que les nanas auraient pas oublié de charger notre jus, tu crois pas ? »

Marco aurait voulu lui dire qu'il était, quant à lui, submergé de réactions, qu'il se sentait quasiment possédé, camé jusqu'aux oreilles et lessivé, mais il n'en eut pas la possibilité : une nouvelle vision surgie sur la route vint se jeter sous les roues de la camionnette, énorme boule en mouvement, noire et brouillée, pas une hallucination du tout, mais une réalité très présente et palpable qui venait soudain de mettre au défi les mains blanches de Norm agrippées au volant et de disloquer sérieusement ses intentions. Qu'était-ce ? Le canasson. Charley. Le monstre qui, la tête agitée de tremblements et l'air stupide, souhaitait s'arroger la route pour lui tout seul tandis que Norm faisait courir désespérément ses mains sur le volant et que la camionnette se livrait à une démonstration de stock-car, sur deux pneus minces et crissants.

C'était une route à deux voies : l'autre voie devint instantanément un lieu de violente contraction, la camionnette de Norm et un pick-up au pare-brise agrémenté de deux visages ébahis, un homme, une femme, se rapprochant à vive allure dans leur revendication du même espace vital. Tonnerre et éclairs : la camionnette fit une brusque embardée vers la gauche et Marco vit le cheval surgir à sa droite avant de sentir le choc de la première collision, celle qui, avec le plat d'une main en métal, fit valdinguer l'animal, suivie par un choc plus conséquent et un hurlement de métal tordu. Le pick-up (au volant, un vieillard à casquette, le visage décomposé, tombé dans un profond abîme d'étonnement et d'indignation) percuta la camionnette en travers de la porte latérale du passager, avant de se détacher et d'aller finir sa course dans un arbre, dans plusieurs arbres, tandis que le cheval perdait toutes ses jambes, avant de les retrouver, au moment où la camionnette de Norm rebondissait après la collision et décrivait une longue courbe pour s'immobiliser au milieu de la chaussée. « Ça va, ça va, tout va bien », déclara Norm, comme s'il avait tout prévu, comme si cet incident n'était que l'une des nombreuses cascades qu'il avait orchestrées pour agrémenter la journée. Il avait sous la paupière une coupure qui saignait, réservoir brillant de sang qui s'accumulait dans l'orbite, avant de couler dans sa barbe. La monture de ses lunettes était brisée et sur le pare-brise s'était dessiné un mandala en forme de toile d'araignée, gravé dans le verre comme un ornement — ces ingénieurs allemands sont vraiment au poil, se dit Marco, vraiment au poil... mais pourquoi n'y avait-il pas le même de son côté ?

Marco allait bien ou, du moins, c'est ce qui lui sembla à première vue. Pas de sang, pas de fractures. Son épaule droite était rigide là où il avait été projeté contre le tableau de bord à trois reprises, et l'acide semblait tellement bouillonner dans ses veines que le crépitement parvenait jusqu'à ses oreilles, mais il allait bien. *Ils* allaient bien mais il leur fallait sortir du véhicule : ouvrir d'un coup de pied une porte très récalcitrante, poser les deux pieds sur l'asphalte, qui n'était pas trop instable. Le cheval, Charley, se tenait là, tremblant de tous ses membres comme si on lui avait versé dessus un seau d'eau glacée ; Norm était figé, une véritable statue, au volant ; le vieillard, et sa vieille épouse, étaient parqués dans les bois à cinq-six mètres de la chaussée. Il régnait un silence plombé.

Jusqu'à ce qu'une voiture, un monstre, une Buick ou, peut-être, une Pontiac, ployant vers l'arrière sous le poids du canot en fibre de verre pailletée de bleu qu'elle tirait, coupât le tournant et que Charley fît le gros dos deux fois, baissât la tête et essayât de sauter par-dessus. Marco s'entendit pousser un cri mais, comme il était en compétition avec la décharge d'adrénaline et les déferlantes successives de l'acide dont l'effet commençait néanmoins à se réduire, aucun des êtres animés présents ne sembla l'entendre ou se soucier de lui, et surtout pas le cheval. Celui-ci lança ses quintaux de viande chevaline sur le capot de la Buick (non, c'était une Pontiac, parce qu'on distinguait le V et le fameux et stoïque chef peau-rouge) et il se mit séance tenante à battre des sabots sur les garde-boue des deux côtés. Le canot se lança à son tour dans l'action : il monta sur l'arrière du véhicule, puis se détendit un instant avant de traverser gracieusement la chaussée en tournant sur lui-même et d'aller s'arrêter contre le pare-chocs de la camionnette.

Quelqu'un jurait. Ses jurons montaient, telle une incantation, des dents serrées de l'accident, trois monosyllabes identiques répétés inlassablement avec une véhémence croissante jusqu'à ce que les jurons se métamorphosent en cris, jusqu'à ce que Marco s'en approche à travers une gaze faite de ce qui était réel et de ce qui aurait pu l'être. Que vit-il alors ? Une femme accrochée au volant de la Pontiac, en bigoudis, les traits déformés. Charley avait réussi à se déchirer le ventre sur l'ornement, le fulcre, du capot, et il avait enfoncé le toit. Marco se débattait contre la drogue, contraignait son esprit à garder le contrôle de son corps. Esquivant les sabots, le sang du cheval qui s'était déversé en seaux entiers et les spirales de ses intestins gris, il parvint avec difficulté à ouvrir le hayon de la Pontiac. Il tira la femme, qui n'était plus qu'un long hurlement, par les épaules jusque sur le siège arrière, comme il l'aurait fait d'un meuble, avant de l'extraire de la voiture, avant de la poser, enfin, sur l'asphalte mouvant. Elle portait sa bouche comme un badge (quel vacarme, quelle violence !) ; Marco resta à côté d'elle, un bras passé sur ses épaules, tandis que Charley, à force de ruades, réussissait à descendre de la voiture, et à glisser sur le bas-côté de la route comme un lion de mer visqueux qui quitte le rivage à jamais. Cette fois, la bête ne se releva pas. « Marco ! cria Norm. Marco, fais quelque chose, merde ! Qu'est-ce que c'est, ça ? Du sang ? » Il était lui aussi sur la route maintenant, à l'instar du vieillard et de la vieille dame, et tous clignaient les yeux dans la lumière comme s'ils arrivaient en retard à un film et essayaient de trouver des places dans le noir. Norm avait un drôle d'air sans ses lunettes (inhumain... ou, plus exactement : non humain). Dans la camionnette, il avait trouvé un chiffon (un T-shirt déchiré qui avait dû appartenir à l'un des enfants de Marginocity) : il s'en épongeait le front. « Putain de cheval », lâcha-t-il entre ses dents : ce cheval qui était là, pantelant, couché sur le flanc, dans le fossé. « J'espère seulement, pour votre bien, monsieur », dit le vieillard — et lui-même fut rudement là tout à coup, surgi comme un Polichinelle à côté de Norm, blanc comme linge, les traits tirés, des dents qui n'allaient pas avec le visage (des dents d'emprunt — ça, c'était un concept !). « J'espère seulement que vous avez une assurance, c'est tout ce que je peux dire. »

L'instant d'après, Marco avait conscience de courir. Près d'un kilomètre sur l'asphalte qui défilait, jusqu'à l'embranchement de Marginocity, puis il remontait le chemin de terre, plein d'ornières, en direction de la maison principale dont il distinguait les ondulations sur fond d'arbres. « Va chercher de l'aide ! » lui avait crié Norm. « Va chercher Alfredo ! N'importe qui ! » Et voilà qu'il avait détalé, foncé sur la route, pris de panique, une panique chauffée à blanc, conséquence de l'acide, bottes frappant d'abord l'asphalte puis, quelques minutes après, la terre. Quelqu'un, n'importe qui ! Il sauta par-dessus une barrière vermoulue et se fraya un chemin à travers champs, songeant qu'il ferait bien de se calmer, de se comporter comme les gens normaux étaient censés le faire dans ce genre de situation (se remuer, se réveiller, prendre ses responsabilités !) mais la drogue l'en empêchait. Elle l'avait pris à la gorge, à la tête, elle enserrait son cœur, elle mangeait ses poumons.

Il n'y avait personne sur la véranda côté entrée, personne dans la pièce de devant. Mais il y avait de la musique, qui jouait dans le vide, très fort, tapageuse, tumulte métallique comme si toute une fanfare avait dévalé l'escalier... mais pourquoi cet air-là ne lui disait-il rien du tout ? Il vit des assiettes à moitié vidées en équilibre sur les bras des fauteuils ; les baguettes, abandonnées sur des restes de riz, de haricots et de tofou, ressemblaient à de méchants insectes ; des pochettes de disques jonchaient le plancher comme des rebuts charriés par le vent et, dans le coin de la bibliothèque, à l'arrière, la flaque luisante et noire d'un disque traçait son sillon sur l'électrophone. C'était étrange, ça, la musique qui vivait sa vie dans une maison vidée d'humains. On se serait cru dans une histoire de fantômes. Un conte de fées. Personne à la maison et le porridge encore chaud sur la table. Dans la salle de réunion, c'était la même chose. Idem dans la cuisine. Marco leva les yeux et le chat roux à la tête carrée, perché sur le réfrigérateur, abaissa son regard sur lui.

C'est alors, que, sous la musique, ou bien mêlée à elle, il perçut des bruits d'humains dans l'arrière-cour, un gémissement, suivi par un silence, puis un concert de voix, le tout répété, écho moins strident : gémissement, silence, concert de voix. Marco passa la porte grillagée et il les vit tous, la tribu entière réunie au bord de la piscine, et ce qui ressemblait à une poupée de son très mouillée, allongée sur le dallage en pierre. C'est alors que, finalement, l'acide desserra son étreinte assez longtemps pour lui permettre d'enregistrer la scène : c'était l'un des enfants, l'un des enfants de Reba, et Jiminy lui appuyait sur le torse puis relâchait la pression, comme un médecin des Marines aux informations du soir, et tous les autres se tordaient les mains et sautaient dans la vase qu'ils appelaient « la piscine » — ou en sortaient. Il vit Ronnie gonfler les joues et plonger, puis Alfredo flotter à la surface dans un maelström de cheveux. A la première personne dont sa main agrippa le bras, il aurait voulu demander « Qu'est-ce qui se passe ? » mais il était tellement obnubilé par Norm et l'accident qu'il ne la reconnut pas, au début en tout cas. « C'est Che », lui apprit Merry qui, torse nu, frissonnait. Elle s'était recouvert le corps de peintures ; des vrilles rouges et bleues striaient ses membres comme des veines apparentes. Ses yeux paraissaient ailleurs, flotter à l'extérieur de son visage, à dix centimètres à gauche. « Il s'est noyé ou il est tombé dans l'eau, et on n'arrive pas à... je veux dire, on ne sait pas où est *Sunshine*. »

Un hurlement déchira l'air : le cauchemar de toutes les mères. « Sunshine ! » hurla Reba, allongeant la dernière syllabe jusqu'à ce qu'elle s'étouffe à l'arrière de la gorge. « Sunshine ! Montre-toi, mon bébé, montre-toi. C'est pas marrant ! » Elle s'élança dans la cour, secoua les branches rigides du chaparral avec des mains colère. Elle était bouffie, furieuse, bientôt parvenue à ébullition. « C'est pas un jeu. Sors de là, bon Dieu ! Sors, tu m'entends, petite garce !

— Elle n'est pas dans la piscine, dit quelqu'un mais, dans la confusion, Marco ne vit pas qui c'était.

— Et la rivière ? Et si elle était à la rivière ? » Levant la tête, Marco reconnut Verbie, perchée sur le dallage mouillé, pupilles dilatées, cheveux collés sur le crâne. « Est-ce que quelqu'un est allé voir à la rivière ? »

Tous les présents eurent l'air accablé, impuissant, regards perdus, bouches bées, épaules tombantes et mains agitées. Comment auraient-ils pu agir à un moment pareil ? C'était la Fête du Druide. Ils étaient lessivés, tous. Ils ne voulaient pas sauver des enfants : ils voulaient *être* des enfants. « Qu'est-ce que tu veux dire... la rivière ? » demanda Merry à la galerie. « Je veux dire... la *rivière.*— Verbie mit les mains en avant comme si elle avait voulu se protéger d'une balle sur une scène obscure. — Elle s'est peut-être noyée. Là-bas, en bas, je veux dire... » Jusque-là, elle s'en était plus ou moins bien tirée mais, alors, elle regarda sa sœur, puis Marco. « Je veux dire, ouais, c'est ça... »

C'est à ce moment-là que Star surgit de nulle part, fendant la foule, prophète au visage hermétiquement fermé, pieds nus volant sur le dallage, membres nus, T-shirt et short mouillés. Et voilà qu'elle se penchait au-dessus du corps flasque de Che, lui ouvrait la bouche en y plongeant deux doigts et en les écartant, lui pinçait les narines et le ramenait à la vie. *Sauveteurs juniors. Bouche-à-bouche*. Tout cela revint alors à l'esprit de Marco mais il ne put rien faire que rester planté là à observer Star, les bras ballants, comme s'ils avaient été épinglés à son torse, et il ressentit... de la terreur. Il observa les genoux de Star se caler sur le dallage, son corps trouver son équilibre sur le dos des pieds. Et ses cheveux ! Un véritable miracle, comme une tente à oxygène au-dessus de la tête et du torse du gamin, chaque boucle comme un doigt recourbé, chaque doigt l'invitant à revenir parmi eux.

Les vagueux de Marginocity, qui s'étaient mis à fouiller les buissons, criaient « Sunshine ! Sunshine ! » comme si ça avait été le seul nom qu'ils connaissaient dans leur langue maternelle, alors que, pendant ce temps, Norm perdait tout son sang, telle une bête blessée, là-bas, quelque part sur la chaussée, et le shérif qui devait être en route et les citoyens en armes, et pourtant Marco ne bougeait toujours pas... Il contemplait les cheveux de Star, ses lèvres qu'elle appliquait sur celles de Che. Contact et relâche, contact et relâche. Une année passa.

Une décennie. Et puis le pied gauche de Che commença à tâter le dallage et Marco fut libéré. L'instant d'après, il s'était remis à courir, créant sa propre brise, et les câbles en sueur de ses cheveux battaient autour de son crâne, les cordages de ses jambes s'opposaient à la descente qui l'envoyait dévaler le talus d'arbutus, de lauriers et de pins, jusqu'à l'endroit où la rivière arrachait sa lumière au ciel. Alors, involontairement, pour ainsi dire, il prononça le nom que tous les autres appelaient, il le cria jusqu'à se brûler les poumons et à se dessécher la gorge. « Sunshine ! Sunshine ! »

Aucune réponse. Il emprunta un sentier le long de la rive nord, plissa les yeux pour scruter l'eau, mais celle-ci était profonde et embourbée par son fardeau de sédiments, à cet endroit où le courant ménageait une longue courbe bavarde. L'eau lui parla mais ne lui apporta pas la sérénité. Les oiseaux s'appelaient les uns les autres. Le ciel s'éleva et chuta brusquement à nouveau. Que s'était-il attendu à voir ? Un bras livide pirouettant dans les débris emportés par les flots ? Un cadavre fantomatique, écrasé contre un amas de rochers à deux mètres de fond ? Et il continuait d'appeler : « Sunshine ! Sunshine ! »

Il l'appelait encore quand il la découvrit. Il l'appelait mais elle ne répondit pas. Accroupie au pied de la voûte d'un épais buisson recouvert de baies, elle avait au menton une tache de jus carmin qui lui exagérait la bouche et la faisait ressembler à un clown. Mains rouges à l'œuvre sur les genoux. Elle portait une robe blanche extrêmement sale, pas de souliers, des perles au cou et aux poignets, et ses nattes flasques étaient hérissées de brindilles et de feuilles. « Sunshine », dit-il, pour le pur plaisir de s'entendre prononcer son nom une fois de plus. Elle ne le voyait pas, accroupie qu'elle était, accroupie et rien d'autre. Peut-être fredonnait-elle une ritournelle tout bas, c'était peut-être ça, parce qu'elle produisait un bruit, au fond de la gorge, un bruit qui gêna Marco. « Est-ce que tu vas bien ? », lui demanda-t-il.

Pas de réponse. « Écoute (il avait du mal à parler), tout le monde était inquiet. Ta mère, elle était inquiète. Et ton père. Et Norm aussi, moi, tout le monde... » Il marqua une pause afin de souffler un bref instant, simplement pour échapper à la routine de l'expiration-inspiration. « Tu cueillais des mûres, hein ? »

Elle ne le regardait toujours pas mais elle hocha la tête ou, du moins, c'est ce qu'il sembla à Marco. « Hum, je vais te ramener, maintenant, ça ira ? Je vais te hisser sur mes épaules et te ramener... tu veux faire "à dada sur le bidet" ? Tu veux que je te porte sur mon dos ? »

Il sortit du bois en héros, tout le clan s'était réuni pour chanter ses louanges, sourires timides s'épanouissant lentement et yeux surpris comme devant une apparition : on avait encore évité une tragédie ! Alors, touillons hardiment la marmite de purée et célébrons, de façon spectaculaire, sûr, et tournons la musique à fond ! Cela le surprit de voir le soleil rivé au ciel tout là-haut : on en n'était encore qu'au début de l'après-midi, alors qu'il se serait cru bien plus tard : il était minuit dans sa tête. Reba traversa la cour. Sans un mot, elle fit glisser sa fille des épaules de son sauveur et l'emporta dans la maison comme si de rien n'était. Che avait disparu, probablement était-il aussi dans la maison, au lit, couvé par une demi-douzaine de femmes : Marco voulut s'accrocher à cette image mais celle qui s'imposait, c'était la silhouette floue du petit garçon encore collé aux dalles trempées, comme une pièce de puzzle dont personne n'aurait su que faire. Jiminy s'installa sur un transat avec une paire de bongos et se lança dans une mélopée lente et lugubre qu'il accompagna en tapant du plat de la main contre sa cuisse. Une bière (encore fraîche du tonneau) apparut dans la main de Marco et puis voilà que Star était à côté de lui. Elle ne dit pas un mot, se contenta de se pencher en avant, l'embrassa sur la bouche et laissa ses lèvres posées là jusqu'à ce qu'il redescende chez les vivants.

13.

Lorsque la voiture de patrouille noire et blanche du shérif remonta l'allée, l'air de renifler une piste comme une espèce de chien chasseur mécanique, de renifler les courbes et de foncer droit sur la maison principale, Pan ne ressentit pas grand-chose. La journée l'avait contourné à son aise. Il y avait eu, bien sûr, tout ce drame, cette hystérie... les plongeons et replongeons jusqu'à ce qu'il manque, merde, se noyer, et puis une accalmie qui avait aplani toutes les rides comme un fer chaud. Les minots de Reba avaient été sauvés et ressuscités et soit punis ou récompensés ou les deux (de tout cela Pan était certain ou, du moins, il pensait l'être) et puis, à un moment donné, Norm était apparu, un carré de tissu sanglant collé sur l'œil, les lunettes rafistolées avec un morceau de sparadrap blanc. Norm, qui arborait son air posez-pas-de-questions, avait tiré tout droit sur sa chambre, si bien que cet autre menu drame-là avait été terminé avant d'avoir commencé, et, après un moment, la fête, la manifestation nombrilo-communautaire ou quelque nom qu'on voulût lui donner, était repartie de plus belle.

Mais, depuis, il s'était écoulé des heures. Ce qui inquiétait Pan, maintenant, c'était la viande et, à cette fin il avait séquestré un paquet de hot-dogs de Safeway dans les profondeurs du réfrigérateur et planqué un paquet de huit petits pains de supermarché tout mous sous une pile de vêtements sales dans la chambre du fond ; tandis que la voiture de patrouille remontait l'allée lentement mais sûrement, si lentement, en fait, que c'est à peine si elle faisait voler la terre agrippée à ses roues, Pan songeait qu'il ferait un petit feu bientôt, après quoi il se préparerait un ou deux hot-dogs tartinés de moutarde et de pickles doux, et quiconque serait dans les parages, y compris les hippies du week-end et les camés à mi-temps, seraient les bienvenus.

Il était assis sur la véranda, côté entrée, avec Merry, Maya, Mendocino Bill, et il y avait un nouveau, poncho et chapeau mexicains, affalé sur les marches : celui-là, son trip, c'était Krishna et il aurait fallu lui flanquer un coup de marteau sur le crâne pour le faire taire, ce que Pan envisageait sérieusement depuis une bonne demi-heure. Merry ne mangerait pas de viande et Maya non plus, ça, c'était sûr. Mendocino Bill peut-être mais Ronnie se foutait complètement de ce que ferait Mendocino Bill. « Krishna, c'est l'Amour », disait le nouveau quand la voiture de patrouille vint emplir l'espace devant la rambarde comme un pied se glisse dans une chaussure. Deux flics en sortirent, chacun la réplique de l'autre.

L'un et l'autre restèrent debout dans la poussière pendant un moment, furetant partout, deux flics presque encore jeunes : et sur quels courants ils flottaient, ceux-là ? Sveltes, pas de hanches, complètement glabres, ils avaient l'air d'avoir été élevés dans un chenil pour flics ! Ronnie se représenta l'endroit : les femmes enchaînées, les hommes le cou taurin qui les burinaient jusqu'à obtention de la portée parfaite. *Woof-woof.* Ronnie étudia leurs visages, mais leurs visages ne trahissaient rien. Leurs yeux, cependant, leurs yeux illuminaient la moindre particule de poussière, enregistraient le moindre geste, chaque nuance, des yeux qui transperçaient les murs, les vêtements, la peau : seul un fou n'aurait pas ressenti leur feu.

Quand les portières se refermèrent à l'unisson, les deux chiens au poil jaune se faufilèrent d'en dessous la véranda pour aller renifler les bottes des flics, et Freak, celui qui avait la queue coupée, saisit l'occasion pour lever la patte et pisser contre l'enjoliveur du pneu le plus proche. Les flics ne daignèrent même pas hausser les épaules. Pendant une bonne minute, ils carrèrent les épaules et ajustèrent leurs ceinturons, caressant, l'air absent, la crosse de leur flingue, leur matraque et le reste de leur attirail, avant de tourner leur attention sur la véranda. « Vous habitez ici ? », demanda l'un des deux, s'adressant à Ronnie tout en laissant glisser son regard sur Merry, Maya, Mendocino Bill et au-delà, jusqu'aux profondeurs de la maison qui palpitaient dans une pâte épaisse et paresseuse d'activité.

Si la moitié de Marginocity s'était évaporée dans les bois dès que la voiture de patrouille avait montré de loin le bout de son capot, Ronnie, lui, la joua cool. Il n'avait rien à craindre. Il n'avait jamais eu maille à partir avec la loi, il avait eu de la chance dans toutes ses transactions, à chaque poignée de main furtive et collée — et le cousin de son père, psychologue, lui avait fourni un certificat pour incapacité mentale lorsque l'armée avait voulu l'incorporer. Ce qui ne signifie pas qu'il ne prenait pas ces porcs pour ce qu'ils étaient vraiment. « Je vis sur la verte planète terre, répondit-il en dévoilant toutes ses dents.

— Correct, mec, renchérit le nouveau, et c'est Brahma qui nous y a placés. Et Vishnou qui nous y préserve.

— Exactement », acquiesça Maya, sur quoi, Merry, rejetant ses cheveux en arrière pour dévoiler sa poitrine peinte, s'exclama : « Vous vivez dessus aussi. Nous vivons tous dessus. Sur cette planète, vous comprenez ? » Et tout le monde, sur la véranda, même le nouveau, exécuta le signe de paix.

Le flic leva une botte reluisante jusqu'à la deuxième marche de la véranda, une planche sèche, gondolée, la peinture écaillée, et il resta là, coude sur le genou afin de se concentrer pleinement sur Pan. « Qui est le responsable ici ? », désira-t-il savoir, et le ton était modéré encore, civil et modéré, oui : il aurait pu s'adresser à un groupe d'élèves de 3e ou, peut-être, au poivrot du village qui aurait baigné dans son jus. « Qui est le maître des lieux ? Le propriétaire ? »

Dale Murray passa alors la porte grillagée, juste à temps pour saisir la question au bond. Dale était un camé de la vieille école (sa devise était : « Il y a rien sur cette terre qui mérite qu'on se passe d'un joint. »). Un soir de la semaine précédente, il avait fait irruption dans le ranch sur une Honda vert figue qui pétaradait tellement qu'on aurait dit qu'il avait attaché des grenades au pot d'échappement. Patte d'eph à rayures bleu et blanc, torse nu, muscles saillants et bronzé intégral ;

à son cou pendaient clochettes, perles et dents jaunies de quelque carnivore malchanceux et il avait, attachée à la taille, une guitare comme une grosse ceinture en bois. Portant sur chacun des deux flics un regard mystique, il déclara : « Écoutez, je vais pas tourner autour du pot et vous rappeler que c'est Dieu, le propriétaire, ici, et qu'on est tous amis sur cette terre, vous, moi, votre femme, Loretta et Richard Milhous Nixon, non, je vais pas faire insulte à votre intelligence et vous faire perdre votre temps parce que je sais que, les gars, vous travaillez dur, et que les gens vous traitent comme de la merde. » Il marqua un silence. Les traits de ses interlocuteurs se durcirent et le flic le plus près de lui, celui qui avait posé les questions, retira sa jambe et reprit une position bien rigide. « Je vous mentirai pas, répondit Dale Murray. C'est moi. C'est moi le maître de céans. »

Le flic causeur jeta un coup d'œil à la première feuille du mandat qu'il avait à la main, puis releva les yeux pour aller les ficher comme des agrafes dans ceux de Dale Murray. « Vous devez être Norm L. Sender, alors ? Propriétaire d'une camionnette Volkswagen blanc et orange avec un signe de la paix peint artisanalement côté conducteur, immatriculée en Californie, dont la plaque est : O...W...S...L...E...Y.... C'est bien ça ? »

Dale Murray tira sur ses mèches folles. Ronnie entendait sa respiration, inspiration et expiration rauques qui auraient pu provenir d'une machine en manque de graissage. « Recherché pour avoir quitté les lieux de l'accident, annonça le flic, en état d'ébriété évident. Ça ne serait pas vous, par hasard ?

— Non, *sir* », répondit Dale Murray — et personne sur la véranda ne trahit la moindre émotion. « Non, *sir*, répéta-t-il, et il sembla avoir accentué son accent (cowboy ? prolo du Sud ?). Non, j'ai pas dit ça. »

L'autre flic s'était avancé pour réduire la distance entre les deux parties. « Vous avez vos papiers ? », s'enquit-il, et le ton n'était pas le moins du monde modéré, cette fois, c'était l'habituelle voix finies-les-conneries assortie d'un tournoiement de matraque, qu'on avait dû leur fourguer avec leurs badges. « Tous, aboya-t-il. Je veux voir vos papiers et que ça saute ! »

Personne ne bougea. Là-bas, à la périphérie de la pelouse desséchée, Verbie jonglait avec trois ou quatre pamplemousses dans un rai de lumière tandis que sa sœur dansait autour d'elle comme une désaxée, paradait et se contorsionnait sur une mélodie inaudible de loin. Il y avait des étrons de chiens partout, des tas comme des termitières miniatures égrenés jusqu'à l'horizon. Deux voitures défoncées penchaient sur leurs suspensions foutues sur le côté de la maison, au milieu d'un tas de vieux bois pourri et de galets. De l'arrière provenaient les bruits de festivités, du rock and roll et, régulièrement, un bruit de plongeon et des cris. « Est-ce que quelqu'un ici a un cheval ? », demanda le premier flic, glissant la douce missive de sa question dans la fente que son collègue avait complaisamment laissée ouverte à son intention.

C'est alors que Mendocino Bill, avec ses cent vingt-cinq kilos, comme propulsé par-derrière, se leva d'un bond, une question bien à lui aux lèvres : « T'as un putain de mandat de perquisition, mec ? »

Avant que l'affaire soit réglée, chacun sur la véranda, y compris Ronnie, dut faire pénitence. Dès que Mendocino Bill eut ouvert le bec, les flics se ruèrent sur lui, tandis que Merry, Maya et l'adepte de Krishna entonnaient *Peace and Love, Peace and Love, les Flics dehors, Peace and Love*. Ronnie *(Pan)* évita les flics autant que possible mais se retrouva écrasé contre la rambarde lorsqu'ils tirèrent au bas de la véranda l'énorme carcasse de Mendocino Bill, le firent s'agenouiller à coups de pied dans les jarrets et lui mirent dans le dos ses bras flasques et blanchâtres, en vue du rituel des menottes. « Il n'est pas ici, s'écria Maya de sa voix aiguë. Norm n'est pas ici ! » Les flics l'ignorèrent. Ils n'étaient même pas essoufflés et tout ce qu'ils inhalaient désormais, c'était un air de liberté auquel ils n'avaient même jamais osé rêver : des hippies, tout un cirque de hippies, qui résistaient aux forces de l'ordre.

Mendocino Bill était un autre Alfredo : grande gueule, Monsieur je-sais-tout, toujours plongé dans *Popular Mecanics* en classe, sans nul doute animateur de la radio du lycée et guide scout par-dessus le marché, or le voilà qui se tordait maintenant dans la poussière sur le fulcre de son ventre comme une boule de bowling lancée en vrille au beau milieu de la piste. Il était allé à Selma ? Il mangeait quatre parts de purée quand les autres en mangeaient deux ? Il appartenait à la confrérie des Frères et Sœurs vagueux de Marginocity et les flics étaient des porcs ? Et alors ? A son corps défendant, Pan sentit monter quelque chose en lui lorsqu'il vit le fort en gueule au tapis — jusqu'à ce que le second flic, le silencieux, les fît tous descendre de la véranda et les obligeât à s'aligner, jambes écartées, contre le mur. « C'est quoi, le problème, monsieur ? demanda Dale Murray lorsque le premier flic le palpa. J'veux dire, qu'est-ce qu'on a fait ? On a plaisanté un peu ? C'est ça ? J'veux dire, on s'amusait, c'est tout. Vous aimez pas la plaisanterie ? Vous allez nous dire que plaisanter, c'est contre la loi, maintenant ?

— Norm n'est pas à la maison », répétait Maya inlassablement avec son filet de voix. Tête baissée, les mains écartées contre le mur, les pointes desséchées de ses cheveux pendouillant, elle parlait au sol. Ce n'était pas une beauté et, si ce n'avait été l'atmosphère très permissive de Marginocity et la présence d'obsédés et de défoncés comme Mendocino Bill et Jiminy, elle n'aurait jamais réussi à se faire baiser. « Il n'est pas à la maison. J'veux dire... c'est vrai. Il est allé à Santa Rosa faire des courses, et puis il est jamais...

— Quel véhicule conduisait-il ? demanda le flic, le premier, le bavard. Une camionnette Volkswagen, c'est ça ?

— Ne lui dis rien », s'interposa Merry, et Ronnie vit qu'elle avait fermé son visage au monde, alors que le résidu d'acide lui faisait sortir les yeux de la tête. Il se sentit donc porté par une sorte d'élan vers elle, un élan qui englobait ses jambes tendues, son dos courbé et ses seins peinturlurés, dressés sous l'effet de la pression des bras tendus, et il n'éprouvait pas seulement du désir. C'était une fille bien, plus que bien... elle était comme Star, mais en mieux. « Tu as tes papiers ? répétait le second flic. Et toi ? Et toi ? »

Ronnie montra son permis de conduire new-yorkais (Ronald Daniel Sommers, 8 Crestview Avenue, Peterskill, New York, D.O.B. 12/2/48, yeux noisette, cheveux bruns, 1,79 mètre, 80 kilos) et se tut. Il ne les intéressait pas. Ils s'intéressaient à Dale Murray, qui avait caché près de deux grammes d'herbe dans un sachet en plastique calé bien au chaud dans son entrecuisse, et à Merry qui ne portait rien au-dessus de la ceinture que de la peinture corporelle. Si Norm avait été présent au début du ramdam, il devait avoir filé depuis longtemps, par la porte de derrière, il devait avoir traversé la cour et cherché refuge dans les bois : et quoi qu'il eût fait de la camionnette, les flics ne la trouveraient pas ici. Ils ne trouveraient rien d'autre que l'herbe de Dale Murray, la carcasse en sueur de Mendocino Bill et les nénés nus de Merry (ce qui n'était déjà pas mal, pour une seule journée, non ?) et, au fur et à mesure que les marginos qui se trouvaient à l'arrière de la maison commencèrent à affluer et à les entourer, les flics se détendirent sensiblement.

Ronnie continuait de planer, tout là-haut à dix mille mètres d'altitude, dans les nuées bouillonnantes, *leavin' on a jet plane*, et rien de tout ce qui se passait ne le concernait vraiment, même s'il n'appréciait guère de se faire tâter et fouiller. La rancœur, voilà l'étoffe dont il était fait et cette prise de conscience le fit se hérisser intérieurement, un tout petit peu. Les flics l'insupportaient, Mendocino Bill l'insupportait, tout comme Alfredo, Reba et ses mômes camés, crasseux et suicidaires, ses parents l'insupportaient, et Star aussi, et Marco et peut-être même le mec du tipi dans le désert. Debout dans le soleil vespéral, la paume des mains, doigts écartés, plaquée contre la façade de la maison, ses frères et ses sœurs vagueux réunis tout autour de lui et les flics qui commençaient à chercher à prendre la tangente, il remonta dans sa mémoire jusqu'au jour douloureux, attristant, l'un des nadirs de son existence, où il était parti à la recherche de Star, simplement pour la voir, pour être avec elle, et où sa rancœur lui avait fait traverser la cour pour aller grimper à l'échelle de la cabane perchée. Combien de temps cela lui avait-il pris ? Cinq minutes ? Dix ? L'endroit était vide, propret : tapis au plancher, livres sur les étagères, guitare dans un coin, sac à dos, vêtements, la brosse à cheveux de Marco, son coupe-ongles, son dentifrice. Le monde entier retenait son souffle. Pan n'avait rien réprimé. Il avait laissé la rancœur monter en lui jusqu'à ce qu'elle devînt quasiment un dégueulis et, quand il l'avait régurgitée, sa propre violence l'avait surpris.

Mais, pour l'heure, c'était la Fête du Druide et tout le monde affluait vers eux dans l'après-midi finissante et les flics enfouirent la tête de Dale Murray dans leur voiture de patrouille noire et blanche, comme un objet précieux qu'ils auraient rapporté à son propriétaire. Pendant un long moment, ils mitraillèrent l'assemblée du regard ; Mendocino Bill frottait ses poignets libérés et Merry les conspuait sans même ouvrir la bouche. Finalement, les flics remontèrent dans leur voiture, démarrèrent dans un envol de puissance turbo et reprirent lentement mais sûrement la route chargée de poussière.

La soirée s'étira. La lumière se fit plus dense. Pan faisait griller les hot-dogs sur la mince baguette verdâtre d'une tige de saule, la fumée tirait sur ses poumons ; à côté de lui, Lydia, adossée à une souche, mangeait déjà, quand Norm surgit en bondissant de la forêt. *Norm*, songea Pan, *voici Norm*, et quelque chose se crispa en lui. Ronnie ne savait jamais comment se comporter en présence de Norm, parce que Norm était plus vieux que lui, *un mec d'une autre génération*, une sorte de gourou dont il cherchait l'approbation, mais sans en être vraiment conscient. Il se raidissait toujours en présence de Norm et il s'apercevait qu'il tentait alors d'exagérer son emprise sur son environnement, comme si la seule relation possible avec cet homme passait par l'instauration d'un écran de *coolos, mec*. Essayait-il de l'impressionner ? Sans nul doute. De se faire remarquer ? Pour que Norm se repose sur lui, le distingue dans la masse ? Sans nul doute. Alors, que lui dit-il donc à ce moment-là ? « Hé, Norm... hé, tu veux un hot-dog ? »

Norm ne répondit pas immédiatement. Il avait l'air ailleurs, comme s'il ressortait de la forêt après y avoir erré pendant un mois. Il avait une croûte de sang coagulé sur la paupière gauche. Ses lunettes tenaient sur son nez d'une drôle de manière. « Le petit-bourgeois mesquin est venu, dit-il, le souffle coupé ou la respiration sifflante ou les deux. Le petit-bourgeois mesquin est bien venu ici, hein ? Je suis recherché ? »

Lydia leva les yeux. Elle était pieds nus ; et comme elle avait les jambes écartées, on jouissait d'une vue imprenable sur l'entrejambe de son short effrangé. Elle faisait négligée, voilà ce que Ronnie était en train de penser, elle faisait négligée et elle était grosse. Elle dit : « Ils ont embarqué le nouveau, comment il s'appelle...

Dale ? et personne est allé payer sa caution, personne. Alfredo a dit qu'il fallait t'attendre.

— La came », dit Ronnie en rentrant les joues. C'était sérieux. Et ne voilà-t-il pas qu'il se retrouvait près du feu de bois à parler de choses sérieuses avec Norm Sender... « La came ? — Norm eut l'air accablé. — Tu veux dire qu'ils l'ont fouillé ? Ici, dans une propriété privée ? Sur ma pelouse, bordel de merde ? C'est ça que tu es en train de me faire comprendre ? »

Le ciel était illuminé par les traceurs flamboyants du soleil couchant et les chauves-souris s'étaient mises à fuser dans les airs. Les moustiques lançaient leurs premiers raids. Un geai poussa un cri perçant dans la rangée d'arbres à l'arrière. « Ils nous ont tous fouillés, tous ceux qui étaient sur la véranda. »

Norm regarda dans la direction de l'ombre portée de la maison comme s'il pouvait encore voir les intrus. Ronnie attrapa un petit pain, retira un hot-dog de la tige de saule et le lui tendit. « Tu veux de la moutarde ? Ou de la sauce piquante ? On a aussi de la sauce piquante...

— Nom de Dieu ! », lâcha Norm dans un murmure, en prenant le hot-dog sans autre commentaire, sans moutarde, sans sauce, la viande seule avec le petit pain, et il porta le tout à la bouche. « Nom de Dieu ! répéta-t-il et on aurait pu croire qu'il priait. Ils me tuent, les gens dans ce pays, ils me tuent. »

A ce moment-là, la fumée changea de direction et revint sur eux, des brindilles éclatèrent au milieu des flammes, et tous deux firent un pas de côté. « C'est la faute à Bill, dit Ronnie. — Il ne put s'en empêcher. —

S'il n'avait pas ouvert sa grande gueule, il ne se serait rien passé. Il les a poussés, du genre : "Merde, vous avez un mandat de perquisition, les mecs ?" »

Norm mangeait, le regard vide, et le hot-dog était devenu une extension de son visage. Lydia se gratta l'intérieur de la cuisse, écrasa mollement un moustique et, agacée, contracta les épaules. « Putains de bestioles », lâcha-t-elle. Et puis, songeuse : « J'y étais pas. J'ai tout loupé.

— Tu as pas raté grand-chose », dit Ronnie en se demandant où elle était à ce moment-là... allongée sur le dos, sans doute, camée et baisant n'importe quel mec en mesure d'ouvrir sa braguette. « Qu'est-ce que tu en dis, Norm ? Tu crois qu'ils vont revenir ? »

C'était une question idiote et Norm n'y répondit pas : s'il l'avait fait, ça aurait probablement été sous la forme d'une rebuffade comme *Où tu crois qu'ils iraient me chercher, à l'hôtel de ville ?* Norm s'abstint de répondre car il n'était pas encore complètement redescendu sur terre (il était encore un peu trop instable et avait encore l'œil exorbité) ; dans un rare moment d'empathie, Ronnie comprit combien la journée avait dû être dure pour lui, entre l'accident, la mort du cheval et la nécessité de ficher le camp dans la forêt. *Ficher le camp. D'où venait cette expression ? Du temps des cow-boys ?* Pan eut une vision fugitive de Hopalong Cassidy éperonnant un grand cheval blanc dans les buissons d'armoise, un écran bombé noir et blanc de la taille d'un bocal à poissons, et son père qui hurlait dans la cuisine parce qu'un ingrat (oui, c'était bien le terme qu'il utilisait : un *ingrat*) avait pris tous les glaçons du bac sans le remplir. Norm restait planté là. Il enfourna le reste du hot-dog et mastiqua mécaniquement, et, quand Ronnie lui en tendit un second, niché dans un nouveau petit pain, il le prit sans un mot.

C'était un sacré moment et Ronnie l'appréciait vachement. Or Reba arriva sur ces entrefaites, traînant sa tête de trois cents kilos dans l'arrière-cour comme une espèce de zombie exsangue — à trente mètres, elle se lamentait déjà. Le moment s'évapora. « Norm, brailla-t-elle, tu as entendu ? Les flics. Ils sont venus. Ils te recherchent. »

Il était au courant, en effet... et elle, elle n'était pas au courant qu'il s'était caché dans les bois, dans un coma d'acide, pendant trois heures, du sang coagulé sur le visage et les lunettes cassées en deux, elle ne le savait pas ? Qu'est-ce qu'elle croyait ! Qu'il était allé là-bas pour le plaisir ? Tous trois la dévisagèrent tandis qu'elle approchait du flamboiement et des craquements du feu de bois. « Tu es au courant pour Che ? » lança-t-elle à cinq mètres d'eux.

Norm grommela une réponse, vaguement affirmative, et puis elle se retrouva tout près, oscillant sur la plante des pieds, nattes rebelles tentant d'échapper de l'élastique rose qui était censé les maintenir en place. « Il va bien. Il sera cool, mais je te le dis, il nous a vraiment fait flipper... Je veux dire, pendant un moment, il a arrêté de respirer. » S'ensuivit un silence, que rien ne vint remplir. Ses yeux étaient comme des crochets à l'affût, ils déchiraient son auditoire, tiraient, soulevaient, tiraient. « Mais Charley, continua-t-elle, quel con, ce cheval...

— Ouais, un con », acquiesça Lydia en hochant la tête.

Norm regarda ses pieds. « Vous savez ce qu'on fait d'un cheval mort ?

— Des steaks, dit Ronnie.

— De la graisse, répondit Norm. On en fait de la nourriture pour chien, de la colle, je sais plus quoi... Je l'aimais pas, cette bête, de toute manière. C'était juste un gros tas de merde débile à quatre pattes que mon ex-femme avait absolument tenu à prendre chez nous. *T'as un ranch, pas vrai ? Alors, tu dois avoir un cheval.* Géniale, la logique, non ? »

Reba resta plantée là, le regard dur, batailleur, les doigts de pieds en éventail, nattes défaites, fonçant déjà droit dans l'âge mûr. Ronnie vit les deux rides creusées entre les sourcils, les parenthèses à la commissure des lèvres : mariée trop jeune, mise en cloque trop tôt, voilà toute l'histoire. Et que voulait-elle ? Des réponses. Elle voulait des réponses. « Alors, qu'est-ce qu'on va faire, Norm ? Tu sais bien qu'ils vont revenir avec un mandat de perquisition. Tu sais qu'ils vont nous tomber dessus. Qu'est-ce qu'il se passera alors ? Où on va aller ? Je veux dire, Alfredo et moi, on a donné deux ans de notre *vie*, à cet endroit... je veux dire, c'est chez nous. C'est là qu'on devait passer tout le restant de notre vie, et de la vie de Che et de Sunshine. » Elle détourna le regard, comme si elle n'avait pas supporté la vision de Norm, épaules tombantes, visage ensanglanté et lunettes rafistolées, mais, ensuite, elle releva la tête et remonta à l'assaut. « Alors, à quelle sauce on va être mangés, Norm ? Qu'est-ce qu'on va faire, maintenant ? »

Pan enfila un autre hot-dog sur sa branche de saule et le plongea dans les flammes. *Fermer Marginocity ?* Il commençait à peine à s'y sentir chez lui. Sûr, certains de ses frères et sœurs vagueux étaient peut-être des emmerdeurs mais il les connaissait tous et, pour la première fois de sa vie, il avait un but, que les gens aient voulu l'admettre ou pas, il était le pourvoyeur ici, ou l'un *des*, en tout cas. L'un des principaux. Il avait abattu le daim, non ? Et des cailles, il avait aussi tué des cailles. Et il avait pêché du poisson... c'était sa spécialité, le poisson, et même les végétariens pouvaient pas se plaindre. Ils mangeaient gratis : c'était ça, non, l'idée, quand on retournait à la terre ?

Les paroles de Reba flottèrent dans l'air, porteuses d'accusations, revendicatives, tragiques, apitoyées sur leur sort : *Qu'est-ce qu'on va faire, maintenant ?*

Norm ne regardait plus ses pieds. Il carra les épaules comme s'il venait de se réveiller, enfourna les restes de son second hot-dog et lissa ses cheveux en arrière avec la paume des mains. Il avait trente-sept ans, la barbe saupoudrée de sel. Ses orteils étaient tellement biscornus qu'on aurait dit qu'ils avaient été agrafés sur le pied. « Qu'est-ce qu'on va faire, maintenant ? répéta-t-il en écho. On va organiser une réunion, voilà ce qu'on va faire. »

14.

La réunion ne ressembla en rien à la précédente. Après une lente et insidieuse déflation tellement fastidieuse que ce n'était même pas la peine de revenir dessus, la journée était à bout de souffle et, quand Norm eut fait passer le mot, la moitié de la population de Marginocity s'était déjà effondrée et enfoncée dans l'apathie. Les membres de la communauté, traits tirés, échevelés, affalés sur des canapés, des matelas tachés, des sacs de couchage, des sièges arrière de voitures et des paillasses en branches de pin, trouvaient dans le sommeil un repos mérité après avoir ouvert et fermé tant de portes à la fois dans leur esprit... Le visage contre la douce houle du torse de Marco, Star dormait quand Verbie, du sommet de l'échelle de la cabane perchée, lui intima de se lever : il y avait urgence, tout le monde, oui, tout le monde, sans exception, devait se retrouver à la salle de réunion dans un quart d'heure.

Star ne sut que penser. Elle était dans la cabane perchée avec Marco et elle avait dormi : ça, c'était acquis. Hormis quoi, tout était un sac de nœuds. Elle avait l'impression d'avoir été réveillée en pleine nuit, alors qu'il faisait jour — mais était-ce l'aube ou le crépuscule, comment savoir ? La lumière ambiante ne provenait de nulle part, n'allait nulle part, elle flottait tout simplement, grise et dense comme l'eau, une eau dans laquelle étaient suspendus les membres du chêne, telle l'architecture d'un rêve. Or elle n'avait pas rêvé, elle ne se souvenait même pas de s'être couchée. Elle scruta les branches en quête d'indices, mais ce n'était qu'un arbre, dont les branches retombaient sur elle, un arbre aux côtes apparentes. Il dégageait une odeur de fiel, âpre et forte : odeur du matin ou odeur du soir ? elle l'ignorait. Des oiseaux y atterrissaient comme des pierres sombres qu'on aurait jetées. Marco continuait de dormir. Star ne trouva pas sa culotte, pas davantage son short et, apparemment, elle avait été piquée par une bestiole car une succession de zébrures remontait le long de son ventre nu avant de disparaître sous les seins. Où étaient ses chaussures ? Elle se mit en position assise et regarda autour d'elle.

C'est alors qu'elle prit peur. Une urgence ? Quelle urgence ? Elle se représenta le petit garçon, Che, cheveux crépus tout ébouriffés, la peau de la couleur de l'huile d'olive épaissie dans la poêle, les yeux enfoncés dans les orbites, comme s'ils allaient se cacher pour toujours à l'intérieur de son crâne et elle sentit le contact de ses lèvres froides sur les siennes, des lèvres comme deux vers de terre qui copulent, comme une chair sans feu... Mais le problème n'était-il pas réglé ? Ne l'avait-elle pas sauvé ? N'avait-elle pas sauvé la journée ?

Ce n'était pas le matin. C'eût été trop demander. C'était le soir, voilà qui était clair maintenant. Elle le sentait dans l'atmosphère, l'entendait dans la façon dont les oiseaux se chamaillaient et se lamentaient. C'était la Fête du Druide, le jour le plus long de l'année, et le pire, de beaucoup le pire, or il n'était pas terminé. Marco était allongé à côté d'elle, les cheveux en éventail sur son visage, le poing droit contre la tempe comme pour se protéger d'un coup. Star l'écouta respirer pendant un moment, s'imprégna du tissage lent et régulier de sa respiration, trame, chaîne, trame derechef, avant de le secouer pour le réveiller. « Quoi ? fit-il en se mettant sur les coudes, si bien qu'elle put le voir de tout son long.

— C'est Norm. Une urgence. Norm a convoqué une réunion.

— Une urgence ? Maintenant ? Quelle heure est-il ?

— Neuf heures, sans doute. Je ne sais pas. Je croyais que c'était le matin.

— Quel genre d'urgence ? La pompe du forage a lâché ou quelque chose de ce genre ? Laisse-moi deviner : Reba a encore perdu ses gamins. Ou bien Pan, c'est à cause de lui ? Il est tombé dans son feu de rien et s'est roussi les rouflaquettes ?

— Verbie n'a pas précisé. Mais elle avait l'air flippé.

— Elle a toujours l'air flippé. »

Il tendit un bras, pour la faire rentrer dans le sac de couchage, mais elle repoussa sa main. « J'ai peur, avoua-t-elle. Après ce qui s'est passé aujourd'hui... les enfants, le cheval, je veux dire... Tout ça. On a perdu le contrôle, Marco... plus personne ne contrôle quoi que ce soit à Marginocity.

— Ouais, fit-il en lui adressant un sourire tellement infime, à peine une esquisse, qu'il en était presque invisible. Mais c'est pas précisément comme ça que ça devrait être ? »

La maison principale resplendissait de tous les feux dispensés par la compagnie d'électricité, cette lumière même que Norm et Alfredo exhortaient toujours leurs ouailles à économiser *(Des bougies, les amis, des bougies !)* et, quand Star, au bras de Marco, eut monté les marches usées, le plancher de la véranda sembla ployer sous son poids, comme si la maison avait été sur le point de s'effondrer. Elle observa le bois tailladé du chambranle, le grillage troué de la porte, l'endroit usé où des milliers de mains, en frottant contre la peinture autour de la serrure, l'avaient remplacée par la saleté, la crasse humaine : elle observa tout cela avec une netteté insigne, alors même qu'elle sentait venir une migraine, une migraine stridente, acharnée, qui lui martelait la tête, qui menaçait de lui faire éclater le crâne : tel était l'effet de l'acide, tel était le prix à payer. Ouvre-toi l'esprit, nourris ta tête. Sûr ! Et tu finiras par avoir l'impression d'être une chose rejetée sur la grève, laissée pour morte. Star saisit le bras de Marco pour qu'il la soutienne, et puis la porte grillagée battit derrière eux et ils se retrouvèrent, hésitant, debout dans la grande salle, qui avait l'air ce soir-là d'une chapelle dans un crématorium : pas de musique, pas de bougies, personne ne jouait aux échecs, personne ne s'était installé pour lire un livre dans l'un des fauteuils maculés de taches de gras. Mais il y avait un de ces bazars ! Des journaux, des magazines, des assiettes sales, des tasses et des verres, une chemise rayée, oubliée là, une paire de bottes crottées. Là où il y a du bazar, il y a de la vie ! Comme pour confirmer ce point, les chiens choisirent cet instant-là pour arriver dans la pièce en se dandinant et venir renifler les mains de Star tandis qu'un murmure de voix s'élevait, oh, si discrètement, de la pièce voisine.

Tous les vagueux de Marginocity étaient là ou peu s'en fallait, la plupart assis par terre en tailleur, visages blêmes, regards vides. Ils se frottaient les tempes, faisaient circuler un pichet de thé glacé ou de Kool-Aid (Star n'arrivait pas à distinguer), ils se grattaient oisivement les oreilles ou les orteils, vautrés dans cette mer de chair amassée comme s'ils apprenaient à flotter ou, peut-être, à léviter. Alfredo et Reba s'étaient installés au premier rang, Reba fumait en faisant des remontrances à son vieux, peignant l'air avec le rougeoiement de cendre ardent à l'extrémité du joint. Ronnie, tout à fait à l'autre bout de la pièce, avec Merry et Lydia, se liquéfiait dans un amas de coussins et Jiminy était affalé sur la table avec Verbie et sa sœur, Harmony et Alice.

Star, qui ne s'était pas regardée dans une glace depuis des lustres, se demanda de quoi elle-même avait l'air. En pénétrant dans la salle, à l'aide de ses seuls doigts, elle essaya de se faire une raie dans les cheveux, qu'elle lissa sur le sommet de son crâne, et elle fit boucler les mèches restantes derrière les oreilles. Ses boucles d'oreilles en céramique (des dauphins bleus sur lesquels était peint un sourire) lui paraissaient de plus en plus lourdes, on aurait dit que des briques tiraient sur ses lobes, mais elle n'avait pas l'énergie de les enlever. Elle n'avait pas trouvé ses sandales — néanmoins, comme de toute façon la plupart des marginos de la tribu marchaient pieds nus, cela n'avait aucune importance. Quant à son T-shirt et à son short, ils lui paraissaient moites, presque mouillés : quand les avait-elle lavés pour la dernière fois ? A quand remontait son dernier lavage ? La migraine cognait les parois de son crâne et, soudain, elle fut à nouveau prise de peur, peur pour elle-même, peur pour Marco et Marginocity, pour tous ces neurones perdus, pour les synapses mal connectées de tout un continent de toxicos, de camés et de mecs dans des tipis. *Boum*, le sang tapait dans ses tempes, *boum*, *boum*, *boum*.

Elle échangea dans un murmure des salutations avec une ou deux personnes, pensa à traverser la pièce pour aller retrouver Merry et se sentit si faible brusquement qu'elle eut l'impression que ses os partaient en poussière. « On s'assoit ici », proposa-t-elle à Marco, et ils s'affaissèrent par terre, à l'entrée, parce que, vraiment, quelle différence ça faisait ? Norm ne convoquait pas des réunions d'urgence pour rien : les nouvelles seraient mauvaises, et ça ne changerait rien de les apprendre debout ou assis, à la périphérie ou au centre, au cœur de l'action.

Elle observa Alfredo qui se levait et se retournait, face à l'assemblée. Ses yeux brillaient d'un éclat mat, comme s'ils avaient été peints et n'avaient pas encore vraiment séché. La lumière du plafonnier cribla son visage, creusa ses pommettes et lui donna l'air du Christ crucifié de la grande fresque au-dessus de l'autel dans l'église, chez elle. Certes, il faisait toujours une tête de trente-six pieds de long mais, ce soir-là, il était carrément tragique. « Écoutez, on a un problème, commença-t-il, d'une voix d'outre-tombe. Il nous concerne tous, Norm surtout, mais, en fin de compte, nous tous, et Norm m'a demandé de rassembler tout le monde parce qu'il a quelques mots à vous dire... »

Star l'entendit à peine à cause des pulsations dans sa tête. On aurait dit que des pinces tombées du plafond enserraient ses tempes et la hissaient lentement et inexorablement dans l'air. Elle fut obnubilée par l'image d'un jeu de fête foraine, la grue avec laquelle on doit extraire un objet convoité d'un amas de babioles. Elle-même était l'objet convoité, la bague en or qui était en fait en cuivre, et les mâchoires l'avaient saisie, la pinçaient et l'écrasaient, et ce dont elle avait besoin, c'était d'un Darvon ou, mieux encore, d'un Seconal, un médicament quelconque pour apaiser la douleur. Elle en demanderait un à Ronnie à la fin de la réunion : d'ordinaire, il était utile dans ce genre de situation, il avait toujours de petites provisions cachées quelque part. Elle abaissa son regard sur ses mains jointes et essaya de toutes ses forces de paraître normale. Ou humaine. Rien de plus.

Alfredo continuait son discours : « Frères, sœurs, *les amis*, on est tous dans le même bateau, et maintenant, surtout maintenant, on doit se serrer les coudes... » Irritée tout à coup, Star se pencha vers Marco. « De quoi il parle ? De l'accident ? C'est ça ? Norm peut pas simplement payer une amende ou quelque chose comme ça ? »

Marco ramena une mèche de cheveux derrière l'oreille et, d'une main, lissa sa barbe (il ne portait pas de bague, il n'aimait pas les bijoux, pas pour les hommes, mais Star remarqua qu'il portait tout de même le collier de perles en bois peint qu'elle lui avait offert, et, l'espace d'un éclair, ce détail remit tout en ordre). Le dos bien cambré, il était assis dans la position du lotus, qu'il tenait exactement comme dans les illustrations des fascicules écrits par Swami Kriyananda que Norm n'arrêtait pas de distribuer, *Le Yoga facile*, *Huit étapes vers l'Illumination*, *Paroles du Swami*. « Non, répondit Marco en secouant la tête, c'est bien pire. C'est... je ne sais pas. Je ne voulais pas te le dire, au moins jusqu'à demain, mais tu veux savoir la vérité ? Tout est fini. Voilà. Il essayait de me le dire ce matin, quand on est allés chercher le *cream soda* et le reste... le fil de fer barbelé pour la clôture du cheval, qui, en passant, est resté à l'arrière de la camionnette... Où elle est passée, au fait ? Mais ça n'a plus d'importance, maintenant.

— Tout est fini ? » Star chercha à croiser son regard mais il détourna les yeux. « De quoi parles-tu ? »

C'est alors que la voix de Norm retentit et que tout le monde leva la tête pour le voir, debout là-bas dans l'embrasure de la porte de la cuisine, le bras passé autour des épaules de Premstar. « Un cheval ! s'exclama-t-il. Mon royaume pour un cheval ! » Il n'en fallut pas plus : deux exclamations, et le suaire qu'Alfredo avait jeté sur l'assemblée fut dissipé, et tous, tous autant qu'ils étaient, même Reba, même Alfredo et l'adepte de Krishna, tous, ils éclatèrent de rire. « Ou pour une allumette ! ajouta Norm, tirant de sa poche intérieure un pétard de la taille d'un cigare. Quelqu'un a une allumette ? Ou vous avez oublié que, ce soir, c'est le soir où on allume le feu de la Saint-Jean ? Le plus long jour de l'année, mecs, le plus long jour de l'année ! »

Le feu de la Saint-Jean. Bien sûr ! Un brouhaha s'éleva dans la pièce. C'était tout Norm : il était capable de réveiller toute la communauté, de remonter toute la compagnie, de changer l'atmosphère d'une salle pleine à craquer rien qu'en entrant. Star s'aperçut aussi que, urgence ou pas, il s'était habillé pour la circonstance : chapeau en daim à large bord avec cordon sous le menton, et veste à franges coupée dans le même daim. Lequel, d'un ambre foncé, de la teinte du miel au fond du pot, était mis en valeur par un bandana bleu noué autour du cou. Et ce n'était pas tout : Norm avait scotché ses lunettes et un morceau de sparadrap blanc coupait en deux sa paupière droite, d'une manière qui n'en faisait pas la victime d'un accident ou un invalide mais lui donnait plutôt un air... — Star eut du mal à retrouver le mot, mais oui, c'était exactement ça —*sémillant*. Et Premstar. Elle n'était pas à Marginocity depuis plus d'une semaine ; elle passait son temps à pouffer et à flatter Norm, genre poupée gonflable ou je ne sais quoi ; il fallait la voir, maintenant, vêtue d'une simple chemise de nuit blanche comme l'ingénue dans un film de vampires ! Et ses cheveux... : deux nattes blondes remontées au-dessus du front comme une décoration de gâteau d'anniversaire.

Star se tourna vers Marco et, l'espace d'un éclair, elle sentit que les crampons relâchaient leur emprise sur elle. « Ces cheveux ! dit-elle dans un murmure, optimiste tout à coup, à nouveau complètement camée. Moi, c'est ça que j'appelle une urgence ! »

L'assemblée observa Norm quand il mena Premstar à la table, où, avec le genre de galanterie exagérée qui signifiait haut et fort qu'ils étaient encore en train de baiser dix minutes auparavant, il tira une chaise à son intention, lui tendit le joint et grimpa lestement sur les vieilles planches en chêne. « Les amis, cria-t-il, frères et sœurs, je suis responsable de tout ça et je suis plus que navré de vous l'infliger ce soir, particulièrement ce soir, juste avant qu'on allume le feu de joie, et je veux dire... on *va* se démener, croyez-moi, on va danser comme personne a jamais dansé, je veux dire... on va réinventer tout le trip de la danse, maintenant et à jamais, mais l'affaire dont je dois vous causer, ça fait longtemps qu'elle couve et maintenant on peut plus se voiler la face, on peut plus repousser et il faut, *il faut* que je vous en parle, alors supportez-moi un moment... » Il s'interrompit à ce point, et personne ne dit plus un mot, les gens n'osaient même plus respirer.

Star trouva le bras de Marco et le posa sur son épaule comme une cape. Maintenant, son cœur aussi battait la chamade, comme sa tête, un petit marteau tapait dessus comme ils font dans les publicités à la télévision : elle ne rentrerait jamais à Peterskill, quoi qu'il arrive, pas même si on fermait Marginocity le soir même. Elle resterait sur place et elle se moquait de ce que dirait Norm et de la gravité de la situation.

Norm se pencha très bas pour allumer le joint pour Premstar, qui avala une bouffée, puis il l'observa, de l'œil du propriétaire, quand elle le passa à Reba, avant de se redresser et de jeter un regard panoramique sur la pièce. « Je vais vous apprendre la mauvaise nouvelle d'abord mais rappelez-vous ce que dit le *Yi-king*, "Bénie soit la persévérance", et tous, chacun de vous, frères et sœurs, vous *saurez* que les bonnes vibrations l'emportent sur les mauvaises et que nous persévérerons, oui, dans notre mission, dans notre philosophie, dans notre amour, dans notre vérité, dans les merveilleuses vibrations de Marginocity, et dans tout ce que nous avons accompli ici en dépit des fascistes qui frappent à notre porte. » Autre pause. Norm baissa la voix. « Mais pas ici. Pas sur cette terre californienne. »

S'il était resté un peu d'air dans la pièce au début de la réunion, il n'en restait plus désormais, il était tout parti par la fenêtre. Pas ici ? Qu'est-ce qu'il voulait dire ?

« Bien sûr que non, merde ! » Jiminy s'était levé d'un coup, les cheveux tournoyant autour de ses épaules. Il serrait le poing, dont il frappa la table aux pieds de Norm, avant de replonger en lui-même, agité de tremblements. Star comprit que, pour lui aussi, la journée avait été moins que clémente. « C'est fini, les amis. » Norm poussa un soupir, sans accorder un regard à Jiminy, préférant laisser ses yeux glisser sur chacun dans la salle, l'un après l'autre, comme il aurait enfilé des perles sur un collier. « Les bureaucrates ont gagné la guerre. Les ronds-de-cuir, les comptables, le petit-bourgeois mesquin. Nous avons fait notre temps ici et vous feriez bien de vous y habituer, parce que la société bon teint s'installe. »

L'assemblée était aux aguets maintenant. Ou, plutôt, non : l'assemblée était furibonde. « Conneries ! », cria une voix à l'autre extrémité de la salle. « On les laissera pas faire ! Non ! » Maya se mit de la partie, et il n'y avait rien dans sa voix, que du vent mis en forme, et ses lunettes étincelèrent comme un bouclier dans la lumière crue des plafonniers, et pourquoi donc les lumières étaient-elles allumées, pourquoi remplir les caisses de la compagnie de gaz et d'électricité ? Est-ce Norm qui avait organisé cette mise en scène ? On en était là ?

C'est alors que s'éleva une voix que Star reconnut, qu'elle connaissait si intimement qu'elle aurait cru parler elle-même : « Allons, Norm, allons, mec, ne nous laisse pas tomber ! » C'était Ronnie, à l'autre extrémité de la salle, traits grippés, yeux exorbités. Il faisait peur à voir. On l'aurait cru ressuscité des morts. Mais cette voix, ce ton de voix : on y devinait l'écorché vif, le désespéré ; Star entendit des trémolos qui la renvoyèrent à leurs interminables discussions nocturnes sur Dieu, sur la futilité de l'existence, sur l'impossibilité de capter une bonne station F.M. dans les plateaux, et elle comprit à ce moment-là toute l'importance que cela revêtait pour lui. Ronnie. Pan. Il avait tout autant qu'elle besoin de Marginocity. « Allons, Norm, gronda-t-il. *Allons*. »

Norm resta tête baissée pendant un moment, comme s'il ne supportait pas toutes ces histoires. Il tira sur sa barbe, remonta le bord de son chapeau, de sorte que le sparadrap parut flamboyer comme une accusation. « Avant une semaine, les bulldozers seront à l'œuvre ici. Et ça, que ces salauds de flics reviennent me chercher ou pas, parce que, les amis, que ça soit bien clair, par ordre du *juge*, et vous pouvez vérifier... le *Right and Honorable* juge Vincent T. Everard... ils vont détruire tout bâtiment ne répondant pas aux normes sur cette propriété, c'est leurs propres termes, pas les miens, parce que Norm, lui, il dit : les normes, mon cul !

— Exactement ! Bravo ! », cria Mendocino Bill, sur quoi tout le monde se mit à hurler, avec, pour résultat, une cacophonie étourdissante, tournoyante et remontée à bloc : non, ils ne bougeraient pas d'un poil, ils se battraient, ils s'enchaîneraient aux grilles. De son côté, Star ne put s'empêcher d'imaginer la propriété vidée de ses bâtiments, les vestiges des yourtes, cabanes et bâches toutes roulées comme une couverture effrangée... et la cabane perchée, l'épargneraient-ils ? Est-ce qu'ils la verraient, même ?

A ce moment-là, elle commença à n'être plus connectée qu'épisodiquement à la crise en cours parce que le joint était arrivé à sa hauteur : elle le porta à ses lèvres, goûta à la communion de ses frères et de ses sœurs vagueux dans son extrémité humectée, et elle emplit ses poumons avec la fumée dense et douce qui allait mettre K.O. son mal de tête et emplir chacune de ses cellules et de ses fibres de bonheur, ce bonheur qui lui était nécessaire et qu'elle méritait et désirait parce que la vie, c'était bien ça, précisément, non ? Norm n'en finissait plus, s'acharnait sur les autorités du comté, sur M. Jones — le petit-bourgeois mesquin — et la société factice dont il était le produit, sur le conformisme, la haine, l'amour et le *Yi-king*. Il devait parler sans interruption depuis une demi-heure, sa voix piquait dans les basses, tempêtait et revenait en boucle sur elle-même au point de n'être plus qu'une espèce de bruit de fond neutre qui ne pouvait plus atteindre Star : elle avait son soûl de mauvaises vibrations et de négativité pour la journée. Suffit. Suffit. Elle était sur le point de se lever pour dire ça... *Suffit, dormons, la nuit porte conseil, reparlons demain matin*, lorsque, subitement, il y eut un grand silence.

Elle regarda autour d'elle et eut l'impression de se réveiller tout à coup.

Norm était encore debout sur la table, la lumière artificielle saignait de son visage. Il venait de leur faire part de la bonne nouvelle, de la promesse qui les sauverait tous et ressusciterait Marginocity, promesse qui s'exprima en trois syllabes reliées entre elles mais qui ne semblaient apporter aucune promesse : on aurait plutôt cru à une blague ou à un rêve, peut-être. Star n'était même pas certaine d'avoir bien entendu et, avant de savoir ce qu'elle faisait, elle levait la main, la levait et l'agitait au bout de son poignet, comme si elle avait été coincée derrière un minuscule pupitre d'école traité à la gomme-laque. « Norm, Norm ! » hurla-t-elle dans un tumulte de voix, car tout le monde s'était mis à parler en même temps, tout le monde criait, mais, maintenant qu'elle s'était levée et qu'il la regardait à travers les verres clairs et acérés de ses lunettes rafistolées, comme si elle avait été seule avec lui dans la pièce, elle s'exclama : « Norm, tu as bien dit : l'Alaska ? »

Oui, c'est bien ce qu'il avait dit : l'Alaska. Il répéta spécialement pour elle sa phrase à la Norm, longue comme un chapelet, qui se terminait avec le nom que Star reçut comme un coup de poing, le nom de ce pays des glaces inconnu et périphérique, que les vagueux de la salle ne connaissaient que parce qu'ils avaient vu à la télé *Le Sergent Preston du Yukon*, alors que le Yukon ne coulait même pas en Alaska, non ? Ça n'avait pas d'importance... Norm était sous les projecteurs, Norm était leur chef et leur gourou, et, même s'il ne les avait jamais conduits nulle part, il les entraînait maintenant, il dansait et battait la mesure au rythme du froufrou de ses franges en daim, et il vendait l'Alaska comme s'il lui appartenait. « Pas de règles, criait-il, pas de plan d'occupation des sols, pas d'impôts, pas de flics et d'arrêtés du comté. Tu veux construire... tu construis ! Tu veux abattre des arbres et constuire ton chalet au bord du petit lac le plus sensass, le plus super, le plus bandant du monde, tu fonces, tu fais ce que tu veux, et tu as pas besoin d'aller quémander la permission de quiconque, parce qu'il y a pas un chat là-haut... vous entendez, les amis ? Pas un chat. Là-bas, on peut vivre comme Daniel Boone, on peut vivre comme les premiers hippies, comme nos arrière-grands-pères et nos arrière-grands-mères, on peut vivre de la terre, mecs, on peut faire ce qu'on a envie, et pas s'excuser toutes les deux secondes. Vous pigez ? »

Silence — un silence de plomb. Chacun se représentait des chiens de traîneau et des étendues infinies de dunes de neige. Ils imaginaient... quoi donc ? des crabes, des ours, des Esquimaux, le mont McKingley trônant sur un calendrier des Postes telle une planète blanche rompant ses amarres. Norm devait plaisanter. Ça n'était pas possible autrement. « T'es devenu cinglé ou quoi, merde ! » Star se retourna et vit Mendocino Bill, tout près d'elle, titubant sur ses pieds blancs et enflés, la barbe buvant toute la couleur de son visage. « T'es tombé sur la tête ? L'Alaska, merde ! Il fait – 25° là-bas ! Qu'est-ce qu'on ferait, on construirait des igloos, comme Nanouk ? On mangerait la neige, les glaçons et quoi ? Du lard de phoque ?

— Le jour le plus long, fit Norm. Le soleil ne se couchera pas là-haut ce soir. J'y ai assisté. Pendant trois ans, j'ai assisté à ça. Et vous savez ce que ça signifie ? Ça signifie des fraises grosses comme des pommes, ça signifie des tomates comme des melons et des concombres qu'on pourrait creuser et vivre dedans ! Et ça... — il fouilla dans la poche de sa veste et en sortit un autre joint communautaire, roulé avec du papier bleu blanc rouge clinquant —, ce shit pousse comme des redwoods géants là-haut, comme des séquoias, je veux dire... Tous à l'aciérie, les mecs !

« Mon oncle Roy, et je sais pas combien d'entre vous savent ça, je veux dire... toi, tu le sais, Alfredo, et sans doute toi, Verbie... il a cet endroit là-haut, dans les environs de Boynton, sur le Yukon, l'endroit le plus excentré des Etats-Unis continentaux, le terminus, je vous le dis, l'ultime Frontière, et en quoi est-ce qu'elle est construite, la ville ? En rondins ! Vous voyez ce que je veux dire ? En rondins ! J'ai vécu là-bas pendant trois ans après avoir quitté la fac en troisième année, parce que je supportais plus le lavage de cerveau bourgeois capitaliste, merde ! et je sais de quoi je parle. » Il ôta ses lunettes avec un geste vif du poignet, les essuya sur sa manche et les chaussa illico, et puis voilà qu'il dépliait une feuille de papier réglé jaune, qu'il tint à la lumière. « Vous voyez ça, les mecs ? Vous voyez bien ? C'est une lettre de mon oncle. De l'oncle Roy en personne, datée d'il y a deux mois et, depuis ce temps, je l'ai toujours sur moi. Vous savez ce qu'elle dit ? — Il marqua une pause et posa sur l'assemblée un regard circulaire. — Elle dit qu'il est à Seattle maintenant, qu'il vit chez mon autre oncle, l'oncle Norm... il s'appelle comme moi, celui-là... Mon oncle Roy a soixante-douze ans, merde ! et il souffre tellement de son arthrite qu'il arrive à peine à tenir un stylo. Il va pas retourner là-haut, jamais, et vous savez ce que ça signifie ? Ça signifie que son chalet est à nous, les mecs, approvisionné et en état de marche, pièges, fusils, raquettes, six stères de bois rangés à côté de la porte, ustensiles de cuisine, mobilier fait maison et tout le reste, et ça va être une sacrée aventure, je vous le dis. On va abattre des *arbres*, parce que c'est comme ça qu'on fait... le bois, c'est gratuit là-bas, vous comprenez ? *gratuit*, et on va construire quatre nouveaux chalets, une salle de réunion et on va construire sur le bord de la rivière parce que les saumons la remontent en ce moment même et ils sont des *millions*. Ça vous botte pas... le saumon fumé ? Il y en a ici que ça botte, le saumon fumé ? Et les myrtilles. Les airelles. Vous avez jamais rien vu de pareil. Vous voulez savoir ce qu'on va manger ? On va manger tout le pays, parce que, là-bas, c'est qu'un immense buffet self-service. Et il y aura personne... personne, vous m'entendez, pour nous en empêcher. »

Tous s'étaient levés, on aurait dit un ralliement, un concert rock. Star pensa au jour où elle avait été à un concert du Velvet Underground dans un loft de New York bourré à craquer : il circulait le même genre d'excitation, le même genre d'énergie. Un courant embrasait la pièce, l'embrasait elle aussi et au diable la migraine, au diable les bulldozers : pour une fois, il y avait du nouveau, quelque chose de fou, personne n'arrivait à imaginer ça, à se le représenter et, quand Norm descendit tant bien que mal de son piédestal, ils l'ensevelirent sous une avalanche de mains, d'épaules et de cheveux, et les questions fusèrent. Quand ? Où ? Comment ? Voilà ce qu'ils voulaient tous savoir, et ils étaient si nombreux à parler en même temps qu'il ne les aurait pas moins compris s'ils avaient parlé en dix langues étrangères. Verbie était là, tout contre lui, et Jiminy jouait des coudes près d'elle, les yeux brillants. Même Reba paraissait enthousiaste. « Des détails ! cria Norm au-dessus du tumulte. Ce sont des détails secondaires, mes amis. » Il était déjà lancé et rejetait d'un simple revers de main toute crainte rationnelle et considération pratique. Premstar au bras, il l'entraîna à travers la foule, vers la cuisine, puis vers la cour plongée dans l'obscurité, criant en se retournant vers les autres, tel un agitateur quittant l'arène : « Au feu de la Saint-Jean ! Allez ! Au feu de la Saint-Jean !

— Merde, il a perdu la tête ou quoi ? », cria quelqu'un et Star se sentit poussée dans le dos. « Tu crois à ses conneries, toi ? »

Star regarda Marco, seulement lui, lui qui l'observait comme avec des yeux bandés, tandis qu'ils rejoignaient la porte et le parfum de l'air nocturne chargé d'humidité. Il croisa son regard, sourit et haussa les épaules. « Tu sais, déclara-t-il en lui passant le bras autour des épaules et en collant sa hanche contre la sienne, j'ai toujours voulu voir les lumières septentrionales. »

Plus tard, quand les flammes sautèrent vers la voûte céleste noir de jais, quand les sifflantes d'Alaska grésillèrent sur les charbons, *Alaska*, *Alaska*, seul vocable qu'il leur était nécessaire de connaître ce soir-là — la pierre de touche, l'avenir —, Star se laissa porter par ce qui lui arrivait, quoi que ce fût. Elle sirota un verre de Spañada au bord du feu et contempla les flammèches qui montaient dans la nuit. Elle se sentait sereine, cadrée, comme si on lui avait ôté un poids des épaules : une sensation qu'elle éprouvait toujours dès qu'elle parvenait à prendre une décision. Comme avec Ronnie. Elle se rappela le moment où elle avait quitté ses parents avec lui, ses livres, ses disques et ses sacs en papier kraft débordant de provisions, empilés sur le siège arrière : le seul foyer qu'elle eût connu pendant les trois quarts de son existence rapetissait dans le rétroviseur et puis sa mère, furibonde, sortit pieds nus dans la rue, au vu et au su de tous les voisins, pour lui crier qu'elle était en train de gâcher sa vie. Le visage de sa mère était resté accroché à la vitre arrière même lorsqu'ils avaient atteint le bout de la rue, et Star le revoyait encore, les yeux luisants, les sillons et les rides creusés par une longue journée, une longue semaine mobilisée par la douleur, *Paulette ! Tu gâches ta vie, tu gâches ta vie !* Or Paulette — Star — était sereine ce jour-là aussi. Elle avait pris la décision de partir, un point c'est tout...

La douceur du vin frais lui massa la gorge et concentra sa migraine pour la réduire à une petite boule en caoutchouc noir qui vint s'immobiliser dans l'arrière-cour de son esprit. Au milieu d'un groupe (Marco,

Norm, Alfredo, Reba, Harmony, Deuce, qui parlaient tous, en même temps, de logistique, de *l'Alaska*), elle ferma les yeux et chevaucha la vague d'exubérance qui déferlait sur Marginocity, et la Fête du Druide se fondit dans son lendemain, qui était également férié. Exactement ! Est-ce qu'ils n'avaient pas allumé un feu de la Saint-Jean ? Est-ce qu'ils ne partageaient pas de la drogue, du vin, de la bière ? N'allaient-ils pas danser jusqu'à tomber par terre ?

Juste avant que le feu ne s'embrase, quand toute la communauté s'était rassemblée dans le champ pour regarder Norm agiter la torche cérémonielle et se lancer dans un nouveau discours intersidéral *(Une partie de nous-mêmes, mes amis... élevons-nous et jetons une partie de nous-mêmes dans ce bûcher voué à la défunte Marginocity)*, Merry avait pris l'atlas sur l'étagère du haut, dans la cuisine, où il était coincé entre le *Whole Earth Catalogue* et *Les Joies de la Cuisine*. Star était entrée pour remplir son verre, et Lydia et Maya étaient là aussi (elles écrasaient des avocats pour faire du guacamole), elles étaient toutes réunies autour de la table lorsque Merry suivit du doigt les contours de l'Alaska, jusqu'à un point situé sur le cours sinueux du Yukon : Boynton. « C'est là, dit-elle. Marginocity Nord ! » Et les autres filles se penchèrent toutes pour vérifier que la bourgade existait bien, que c'était un endroit comme un autre, une destination tangible. « Regardez, ajouta-t-elle en mesurant la distance avec la largeur d'un ongle, voilà Fairbanks. Et, ouais, là, *Nome* ! »

Personne ne dit mot mais toutes semblaient possédées par la même fièvre. Elles avaient toutes parcouru un long chemin pour en arriver là, cela faisait partie du deal : visiter le pays, le monde, avant de se ratatiner et de se scléroser comme les parents. Lydia venait de Sacramento mais elle était allée à Puerto Vallarta, Key West et Nova Scotia ; Maya était venue en stop depuis Chicago. Merry était de l'Iowa, Star avait franchi les plaines, les Rocheuses et les plateaux désertiques (des kilomètres et des kilomètres de routes poussiéreuses) or tout cela n'était rien, rien du tout. Elle avait maintenant l'occasion de sortir carrément de la carte, de visiter l'endroit le plus excentré et le plus formidable de tous, d'emmagasiner de quoi pouvoir se vanter jusqu'à la fin de ses jours. *Ah ouais, tu as fait Bali, la Côte d'Azur, la Côte-d'Ivoire ? Ouais, eh bien, moi, j'ai fait l'Alaska !*

Et la musique, au fait ? Ils n'étaient pas supposés danser ? Ce n'était pas ce que Norm avait dit ? *On va danser comme personne a jamais dansé* ? Les yeux de Star s'ouvrirent d'un coup à la pensée et la première chose qu'elle vit, c'était Ronnie, torse nu à côté de Dale Murray, de l'autre côté du feu, une bière dans une main, un tison dans l'autre. Elle se demandait ce que Ronnie pensait de l'évolution des choses : il demeurait, malgré tout, quoi qu'il arrivât, son unique lien avec le passé, et de le voir, avec son regard inexpressif-trop-cool-pour-cette-vile-condition-humaine, la fit, l'espace d'un éclair, douter d'elle-même : serait-il de la partie, était-il prêt à s'engager ? Ou leur rabattrait-il le caquet avec un commentaire acide, avant de s'éclipser par la porte du fond ? Elle se pencha contre Marco. « Je reviens », dit-elle dans un murmure, mais Marco était déjà en Alaska, en pensée, du moins... *De la boue et de la mousse ? Tu veux dire... comme isolants ?* Il n'entendit même pas sa compagne.

Elle contourna le feu tandis que les autres surgissaient des ténèbres pour jeter des branches, des bouts de bois et des détritus dans les flammes. Jiminy et Merry émergèrent de nulle part avec un fauteuil déglingué qui s'effondrait jusque-là en toute quiétude sur la véranda et elle vit le garçon qu'ils appelaient George le Bizarre (tout en ombres, pas la moindre substance), ployant sous le poids de la fourche d'un arbre abattu qu'il tirait à travers la cour.

Eh bien, Ronnie aussi prenait part à la fête, allumé comme un brandon, le visage transformé en masque de carnaval jaune et rouge, deux feux jumeaux brûlant dans le cristal réfléchissant de ses yeux. Pendant un moment, Star resta debout à côté de lui, observant le squelette rougeoyant du feu révélé comme par un rayon X chatoyant, avant de lancer à son camarade un « Salut ! » cordial. En même temps que Dale Murray, Ronnie lui renvoya sa salutation. « Ah, tu es sorti ! s'exclama Star en regardant Dale Murray. On a tous eu peur.

— Ouais, dit-il en se penchant pour cracher dans la poussière. Mais, si je suis ici, c'est pas grâce à vous, hein ? A aucun d'entre vous. Sans mon copain, là (il fit un signe de la tête et le profil de Sky Dog émergea des teintes guerrières de la nuit, une bière accrochée à ses lèvres comme un médaillon), je continuerais à chier des briques dans la prison du comté. C'est lui qui est allé trouver l'officier de caution. Je veux dire... C'est si compliqué que ça ? Il faut être un génie ? »

Star ne sut que répondre ; elle était, de toute manière, paralysée de la tête aux pieds depuis qu'elle avait aperçu Sky Dog. Elle avait cru l'incident classé, de l'histoire ancienne, elle avait cru que Sky Dog était parti infester une autre famille avec son ego hypertrophié, son égoïsme et le genre d'amour qui n'avait rien de l'amour, qui n'était que des mots, des mots creux. Sans prendre acte de la présence de Star, Sky Dog se contenta de vider sa bière et de jeter la cannette dans le feu.

Il y eut une menue explosion, comme un coup de pistolet. Les flammes claquèrent et rugirent.

Ronnie demanda à Star : « Alors, qu'est-ce que t'en dis ?

— De quoi... de Norm ?

— Ouais, de Norm. Comme si on pouvait parler d'autre chose, ce soir...

— On a regardé la carte. Boynton, ça existe vraiment. Hum... comme tous les autres endroits sur la carte quand on traversait les États-Unis. — Elle ne put s'empêcher de rire. — Un point. Un tout petit point sur la carte.

— C'est près de quoi ? »

Tout à coup, elle était l'experte en la matière, la spécialiste de l'Alaska, sauf qu'elle avait déjà atteint les limites de ses compétences : « Fairbanks. A deux cents... deux cent cinquante kilomètres, quelque chose comme ça...

— La pêche, c'est quelque chose là-haut ! s'exclama Ronnie. — Il ne s'adressait pas réellement à elle. — Des ombres, des saumons, des quinnats longs comme le bras. Et le gibier ! Des élans. Tu peux même te faire un ours. En réalité, tu sais que tu vas devoir tuer un ours, tout le monde doit le faire, chaque année. Tu sais pourquoi ? Pour récupérer la graisse. Je veux dire... c'est pas comme si tu pouvais tout simplement descendre à l'épicerie du coin chercher ton pain de margarine, ton Crisco ou je sais quoi...

— Et les chèvres ? demanda Star, qui les imagina alors fourrées sur la banquette arrière de la Studebaker, chiant sur le chargement, puant, bavant, transformant l'habitacle en zoo. On emmène les chèvres, non ? » Et voilà : le fait accompli : *on*. « Hé, mec, tu veux une autre bière ? » Dale Murray se pencha vers eux, le visage bouffi par un dard de lumière comme un éclair. Ronnie tint sa bouteille d'un air d'expert, la remua deux fois et la vida. « Et toi, Star ? », fit Dale Murray. Le ton s'était adouci, la voix devenue civile, voire séductrice. Proposait-il de faire la paix ? Après tout, ce n'était pas elle qui l'avait mis en prison, elle n'était même pas présente — ou voulait-il simplement la baiser comme tous les autres *mecs* ?

« Ça ira pour moi », fit-elle, sur quoi Dale Murray reflua dans les ombres. Elle prit une lampée de cocktail et se tourna vers Ronnie. « Dis donc... qu'est-ce qui est arrivé à ta chemise ? »

Il regarda au loin et haussa les épaules. « Je l'ai jetée dans le feu. Norm a dit de se débarrasser de toute notre merde, non ? Toutes les merdes avec des ondes négatives ? Il faut les laisser derrière, c'est pas ce qu'il a dit ? »

Il fallut une bonne minute pour que Star percute : « La chemise que je t'avais faite ? »

Le regard de Ronnie revint sur elle, yeux plissés et accusateurs. Il caressa les perles de son collier. « Et toi, qu'est-ce que tu as jeté dans le feu, une petite effigie de moi, comme dans le vaudou ? Ou le bracelet en turquoises que je t'avais acheté à Sedona ? Je le vois plus sur toi. Tu le portes plus...

— D'accord. Écoute... Je t'aime. C'est vrai mais tu dois comprendre...

— Comprendre quoi ?

— Marco. Je suis avec Marco, c'est tout.

— C'est qui, ça, merde ? Moi, je te connais depuis *l'école des petits*. Bon Dieu, on est venus ici ensemble, on a vécu toutes ces aventures ensemble, tu te rappelles ? Ça ne signifie rien pour toi ? » Il se pencha en avant pour jeter sa bouteille vide dans les flammes. On entendit une nouvelle explosion quand le feu s'empara du verre. « Merde, si ça doit se passer comme ça, je sais même pas si je veux y aller, en Alaska. Je veux dire... on prend la Studebaker ou quoi ? Et Marco ? Il a même pas de bagnole, non ? Sans parler de tous les autres. Comment on va y aller, en Alaska ? »

Qu'avait-elle entendu Lydia dire dans la cuisine, pas plus tard qu'hier ? *Moi, le porno, je regarde pas, je le fais*. Parfait. Les nanas, les mecs. L'Amour libre. Ronnie était tellement plein de merde qu'elle lui sortait par les oreilles. Star lui prit la main et la lui serra fort. « Star et Pan, dit-elle.

— Tu sais, je croyais que tu venais me demander si j'avais encore des calmants, parce que je te connais comme ma poche, et je pensais que tu voudrais dormir ce soir, j'ai pas raison ? »

Elle lui adressa un sourire épanoui. « Tu lis dans mes pensées.

— Il faut que tu viennes avec moi, déclara-t-il en caressant d'un air songeur les poches de son jean. Je suis devenu un peu parano et j'ai tout caché sous le rocher, là-bas, dans les bois. A pas plus de trois minutes d'ici. »

Les voilà donc partis dans le gouffre profond de la nuit qui attirait toutes les lumières dans une espèce de trou noir ; Star tâtonnait avec ses orteils nus, la main de Ronnie liée à la sienne comme un aimant. A travers champs jusque dans le bois, et voilà que ses yeux commencèrent à s'ajuster : elle s'aperçut que la lune était de sortie, qu'une douce brume de lumière se déversait doucement sur tous les brins d'herbe et les feuilles, que des bandes pâles enluminaient les troncs sombres et qu'un tapis spectral couvrait uniformément le sol d'un coin de la nuit à l'autre. Une chouette hulula au loin. L'air avait une odeur particulière, propre et rafraîchissante, comme une gorgée d'eau. « Tu m'emmènes où, au fait ? »

Ronnie glissa ses doigts entre les doigts de Star, pressa sa main. « Juste là, au rocher : tu le vois ? »

Devant eux se dressait un volumineux affleurement de grès qui luisait discrètement au clair de lune et qu'on voyait, d'ailleurs, dans la journée, depuis la fenêtre de la cuisine. De jour, c'était un repaire de lézards, et celui de Jiminy, qui aimait s'y retirer pour lire, méditer ou quoi qu'il fît tout seul. Le simple fait de voir le rocher, de le connaître, sa *familiarité*, plongea Star dans la mélancolie. Tout cela lui manquerait.

Ronnie lâcha sa main et plongea dans les ombres ; elle l'entendit qui fouillait dans le noir, bruissements de brindilles et puis soupir du plastique. « J'ai des barbis, dit-il. Combien tu en veux, deux ? »

Elle sentit le toucher de sa main, une infime appréhension tactile de deux capsules lisses et extrêmement légères. Elle les avala avcc une gorgée d'un vin suave. Au loin, le rougeoiement du feu peinturlurait le ciel et elle entendit la musique démarrer avec un coup de tambourin et les progressions rudimentaires des accords de la guitare de Sky Dog... ou alors, c'était celle de Dale Murray. Les vagueux de Marginocity dansaient, là-bas, ils dansaient de joie, ivres de sagesse et de paix. Star n'avait plus envie de danser. Elle n'avait plus envie de rien : elle était tout engourdie, neutre, et tout ce qu'elle souhaitait, c'était dormir. Or Ronnie glissa une main le long de sa jambe et émergea de la pénombre pour l'embrasser sur la bouche. Elle aurait voulu lui dire non, elle aurait voulu lui dire de retourner voir Lydia, elle aurait voulu lui dire que tout était fini entre eux, hormis dans le sens le plus strictement fraternel et sororal, et que le fait de venir du même endroit ne signifiait plus rien : voilà tout ce qu'elle aurait voulu lui dire. Mais elle n'en fit rien.

15.

Il ne pleuvait jamais en juin, pas en Californie, parce que la Californie était soumise au régime des moussons et que le climat y dictait ses propres règles : pluie en hiver, sécheresse en été. C'était comme ça. Il en avait toujours été ainsi. « Vous pouvez parier tout ce que vous voulez, annonçait Norm à tous les nouveaux arrivants de la côte Est, il ne tombera pas une goutte entre avril et novembre. Vous voulez vivre au grand air ? Vous voulez mettre vos habits au clou ? Vous voulez faire la fête comme les Chumash ? Allez-y, faites comme chez vous, parce qu'ici, on n'est pas dans le New Jersey, on n'est pas à Buffalo, on n'est pas à Pittsburgh, P.A. : ici, c'est la *Californie* ! » Comme Marco avait passé l'été le plus sec et l'hiver le plus arrosé de sa vie à San Francisco, quand il y avait tenté sa chance, dans une grosse vieille baraque du XIXe, pleine de coins et de recoins, une toiture qui fuyait et treize communards qui n'arrêtaient pas de se chamailler, il pensait avoir une petite idée de ce qu'était le climat californien ! N'empêche, quand il se réveilla le lendemain de la fête du Solstice, il pleuvait.

Il avait mal dormi. Et peu. Star s'était éloignée de lui au moment où le feu de la Saint-Jean avait atteint son paroxysme et elle n'était pas revenue. Sur le moment, c'est à peine s'il s'en était aperçu. Il avait pris deux bières et tapé dans la balle Alaska, par-dessus le filet et retour, et de plonger pour tenter le smash du siècle, et de sauter haut, *bing !* Tout était dans l'expectative à ce moment-là, les vagueux étaient réunis en groupes abasourdis et colères *(Fils de putes, nazis, on est en Amérique ou quoi ?)*, ils essayaient de donner de la teneur à ce nouveau rêve, ce rêve d'un nouveau départ : repartir de zéro comme les pionniers que tous, intimement, croyaient être. Ils souffriraient un peu, et alors ? Il ferait froid, et alors ? Est-ce que Roger Williams s'était soucié de son confort quand il était parti fonder Rhode Island ? Et le capitaine John Smith quand il avait fait voile vers les marais de Virginie ? L'un après l'autre, ils s'étaient défaits d'un vêtement, d'un charme, d'un totem et l'avaient jeté au feu, en prêtant serment au nouvel idéal, à la liberté absolue, à l'Alaska. C'était un fantasme d'adolescent : celui de posséder son île, sa propre contrée... établir les règles au fur et à mesure : c'était irrésistible. Marco la voyait sur tous les visages, la métamorphose, la *mutation*. Il était entraîné lui-même.

Il était là, avec Norm, assis genoux contre genoux près du feu, il buvait du thé rouge dans une tasse ébréchée, il essayait de saisir la moindre nuance, et d'anticiper chaque obstacle, lorsque le ciel s'éclaircit à l'est. Tous les autres étaient allés se coucher, même Mendocino Bill, qui avait passé près d'une heure dans la pénombre à dégoiser sur la nécessité, le *devoir*, de prendre un avocat et de s'opposer à la décision des autorités du comté, mais Norm avait répondu qu'il en avait sa claque, des avocats, qu'il en avait sa claque, de payer des impôts, qu'il en avait sa claque, une bonne fois pour toutes, de la société bourgeoise et capitaliste. « Regarde-moi ça, s'était-il exclamé en agitant sa tasse en direction du ciel : on dirait le grand rhéostat de Dieu, tu trouves pas ? » Et puis, il s'était levé, avait essuyé le cul de sa salopette : « Il est l'heure de se rentrer pour la nuit. On a peut-être une semaine, avec un peu de chance. La logistique, mec. Je parle logistique. On a du pain sur la planche. »

Or voilà qu'il pleuvait, une douche d'eau grise et drue dans son état naturel, inattendue, tombée sans crier gare, mouillée ! Marco sentit la pluie et l'entendit au réveil, en découvrant simultanément que la toiture fuyait. Il ne s'était jamais donné la peine de la tester avec un jet d'eau : du moment qu'elle retenait la rosée, ça suffisait : qui aurait pu penser qu'il pleuvrait en juin ? Il avait coupé les bardeaux lui-même mais il n'avait pas de calandrite — même pas de goudron — et le contre-plaqué qu'il avait utilisé avait subi les outrages des éléments pendant si longtemps qu'il était alvéolé de moisissure. Étendu dans son sac de couchage détrempé, d'abord il s'en voulut, puis il se trouva stupide, jusqu'à ce qu'il comprenne que tout cela était futile : il ne s'agissait que d'une cabane perchée, après tout, un gamin de douze ans en aurait ri. Il n'avait fait que s'amuser. Il pouvait mieux faire. Incontestablement !

Il inspira, expira, observa la fumée quand elle sortit de sa bouche et resta suspendue dans l'air, tel un infime événement météorologique, et il écouta l'incessant goutte-à-goutte de la pluie.

Au moins Star était-elle au sec. Il essaya de se la représenter lovée dans l'un des grands canapés de la maison principale, à écouter des disques, à bavarder avec Merry et Lydia, et quiconque se serait réfugié là, à l'abri de la pluie. A moins qu'elle ait été, peut-être, dans la cuisine, à concocter pour quarante un petit plat de pâtes ou de riz aux légumes. Elle était bonne cuisinière, elle savait employer les épices. Elle savait cuisiner indien, et il adorait la cuisine indienne. Elle était forcément dans la maison principale, puisqu'elle n'était pas revenue. C'était clair. Puisqu'il n'y avait ce matin dans la cabane perchée qu'un chevelu abandonné, dans son sac de couchage mouillé.

Star s'était plainte d'avoir une migraine la veille au soir, et Marco avait cru qu'elle était retournée se coucher à la cabane perchée mais, lorsqu'il avait lui-même escaladé l'échelle dans la brume grise de l'aube, le sac de couchage était vide. Marco avait donc alors supposé qu'elle avait passé la nuit dans la grande maison, comme cela lui arrivait parfois, dans la chambre que Merry et Maya avaient séparée en deux avec des couvertures navajos aux couleurs passées, pendues sur un fil à linge. Marco y avait été en une ou deux occasions : après tout, ils vivaient dans une communauté ouverte et, en théorie, il n'y avait pas d'espace privé — mais il avait été gêné. La pièce sentait la femme : elle sentait leurs parfums, leurs crèmes, leurs bougies parfumées, leurs encens, les choses qu'elles portaient près du corps, sans compter que tout y était bien rangé, contrairement au reste de la maison. Et puis, il y faisait sombre, une obscurité ponctuée de bougies, même en plein jour, car elles avaient punaisé des cartons et des affiches aux fenêtres. Norm appelait cette pièce « le sérail ». Le gros chat roux, qui n'était pas idiot, aimait à s'y nicher dans les draps pour se faire caresser les oreilles.

Est-ce que Star manquait déjà à Marco après cette seule nuit ? Lui en voulait-il de ne pas l'avoir passée à son côté ? Était-il inquiet ? Jaloux ? Possessif ? Il l'ignorait. Mais il ne tarda pas à s'extraire du sac de couchage moite ; il enfila son jean, descendit l'échelle pieds nus et traversa la cour boueuse pour aller se renseigner dans la grande maison.

Faisant le tour pour ne pas amener de boue à l'intérieur, il monta les marches à l'arrière. A ce moment-là, il pensa à ses bottes (s'il voulait survivre en Alaska, il lui en faudrait une paire neuve, une paire de bottes de chantier qu'il se procurerait à l'Army and Navy Store). Il s'arrêta afin de rincer ses pieds boueux dans la cataracte qui dégringolait de l'avant-toit. A l'intérieur, les filles préparaient du thé et les vitres étaient embuées. Il ne faisait pas froid, pas vraiment, mais il s'aperçut qu'il frissonnait lorsque, poussant la porte, il fut confronté à un mur d'air chaud et un mélange complexe d'odeurs : pain sortant du four, café, basilic, bouillon mitonnant dans une marmite bien briquée, posée sur le feu.

Star était bien là, penchée sur la marmite, ses mains d'enfant formant une coupe sous un lot de céleris coupés en dés. Elle lui lança un sourire, jeta le céleri dans la marmite et traversa la pièce pour le serrer brièvement contre elle, et lui donner un baiser des plus brefs. « Tu étais où ? lui demanda-t-il dans un souffle. Tu m'as manqué. » Elle répondit, tout aussi bas : « Chez les filles. »

Verbie était là, avec sa sœur, une fille au visage allongé, des mâchoires proéminentes et des yeux trop rapprochés l'un de l'autre, et puis il y avait Merry, Maya et Lydia, toutes affairées autour de la cuisinière avec des tasses de café bien au chaud entre les mains. Les deux chiens au pelage ocre étaient allongés à leurs pieds. « Tu as déjà mangé ? », lui demanda Star, et puis elle retourna au hachoir et prit d'autres poignées de légumes qu'elle jeta à leur tour dans la marmite. « On se croirait dans un sauna, ici », dit-il. Il se trouva une place à la table et, avec la paume de la main droite, lissa vers l'arrière ses cheveux mouillés. Il se fit la raie au milieu, comme c'était la mode à Marginocity, mais la sienne était toujours irrégulière, comme si sa tête n'avait pas été centrée par rapport au corps, et, à moins d'employer le peigne et la brosse avec la plus grande circonspection, il n'arrivait tout simplement pas à un résultat satisfaisant. « Non, répondit-il à la question de Star, pas encore... mais quelle heure est-il, au fait, tu crois ? »

C'est Merry qui répondit. « Je sais pas... deux heures ? Deux heures et demie ? » Elle versa une tasse de café, deux cuillers à café de sucre, un nuage de lait de chèvre, et la lui apporta. « A quelle heure tu t'es couché hier soir ? »

Il esquissa un geste imprécis. « Norm, commença-t-il. J'étais avec Norm » — et toutes, même la sœur de Verbie au visage allongé, éclatèrent de rire. Il aima ça. Il aimait les regarder, leurs petites dents régulières, leurs gencives lustrées, leurs yeux réduits à des fentes. Le rire dégénéra en gloussements. « N'en dis pas plus », fit Star.

Et puis le voilà qui plongeait du pain chaud dans son café, enveloppé dans le cocon du moment, pas tout à fait prêt à recommencer quoi que ce soit. Il était entouré par la conversation, des voix douces, la danse rythmée talon-pointe-talon-pointe du couteau sur le hachoir. « Les chèvres déménagent aussi, hein ?

— Je sais pas. Ouais. Je suppose.

— Est-ce qu'il leur faut un truc spécial... je veux dire... un véhicule particulier ? Comme les chevaux, je veux dire...

— Ah, un fourgon à chèvres ! — Nouveaux gloussements. — Il suffit d'aller au revendeur de fourgon à chèvres pour en acheter un !

— Je blague pas.

— Moi non plus. Comment on les nourrira ?

— Les chèvres ?

— Ouais.

— Je sais pas... de l'herbe.

— En hiver.

— Du foin ?

— Où est-ce qu'on trouvera du foin au fin fond de l'Alaska ?

— On en achètera.

— Avec quel argent ?

— On fera du troc. Comme on fait ici. Tu sais, des bougies, des perles, des poteries, du miel, ce genre de camelote.

— Qui est-ce qui pourrait vouloir des perles, là-haut ?

— Les Esquimaux.

— Il n'y a pas d'Esquimaux où on va. Il n'y a que des forêts et des montagnes. Un peu comme dans le Minnesota, dans ce genre-là. C'est ce que Norm a dit, en tout cas.

— Les Indiens, alors. Il y a bien des Indiens là-haut, non ?

— Les Indiens fabriquent leurs propres perles.

— Les adolescents ? Des adolescents qui meurent d'envie d'échapper au train-train. On démarrera une révolution. *Flower Power* dans la toundra !

— Ouais, super. »

Star était celle qui s'inquiétait du sort des chèvres. C'était son domaine d'action, les chèvres, maintenant ; et personne d'autre ne semblait se soucier d'elles. Star sentait même la bique, et ça ne gênait pas Marco, pas le moins du monde, parce que c'était une odeur naturelle et c'était exactement ce qu'ils avaient tous trouvé ici : la nature. Et s'ils pouvaient faire tirer jusqu'en Alaska, ils en trouveraient davantage encore là-bas.

« Je m'inquiéterais pas pour les chèvres, moi, je me soucierais plutôt de me procurer des sous-vêtements chauds... je veux dire, qu'est-ce qu'on est censées porter là-haut ? Des pelisses de vison ? Des mukluks ? — Un silence. — Qu'est-ce que c'est, de toute façon, les mukluks ?

— On ira chez Goodwill, dans ce genre de magasins, c'est pas compliqué. On se prend des pulls, des paletots et de la laine à tricoter. On pourra tricoter sans problème...

— On s'en mettra plusieurs épaisseurs, c'est la solution.

— J'ai entendu dire que, si tu transpires trop, la sueur gèle sur ton corps et tu finis par mourir d'hypothermie ou je sais pas quoi...

— Je ne transpire pas.

— Tu transpireras quand tu auras mis tes culottes en vison et tes soutiens-gorge en hermine ! »

Éclat de rire général. Elles étaient heureuses. Elles seraient parties en Sibérie, en Terre de Feu, sur Devil's Island : à leurs yeux c'était tout du pareil au même. C'était une aventure, point final. Une grande partie de rire. Elles étaient les femmes de la tribu. L'âme et le fondement de l'entreprise. Assis dans la cuisine, la pluie tambourinant sur les carreaux, le bouillon mitonnant sur le feu et les voix des femmes qui jetaient comme un filet autour de lui, Marco ne put s'empêcher de penser que tout se passerait bien, finalement.

C'était la fin de l'après-midi et il pleuvait encore quand les chiens levèrent le museau et dressèrent les oreilles : un véhicule remontait l'allée, un véhicule imposant, précédé par le bruit sourd de roues ou de chenilles peut-être, et l'étrange bégaiement asthmatique d'un moteur Diesel. Marco était encore dans la cuisine, assis à la fenêtre avec un livre, pestant d'être confiné là, brimé, mais pas d'humeur à retourner s'allonger pendant toute la journée sur un sac de couchage mouillé dans une cabane perchée dont la toiture fuyait. Il s'ennuyait. Pressé d'agir, de s'occuper, de s'occuper des détails, d'arranger, d'organiser le départ : l'Alaska, l'Alaska ou rien ! En imagination, il voyait un chalet en rondins dans une clairière surplombant une rivière majestueuse regorgeant à ce point de saumons qu'on pouvait marcher sur leurs dos pour la traverser... et des élans, des élans campés dans des mares peu profondes, les antennes festonnées de longues lianes. Mais il pleuvait à Marginocity et il en était réduit à lire un livre, et tout ça ne le menait à rien. Quant au reste, les personnages avaient changé : c'est Reba qui était au fourneau maintenant, elle préparait un ragoût pour accompagner la soupe, et Alfredo, à la table, était penché sur un jeu de solitaire tandis que Che et Sunshine n'arrêtaient pas d'entrer et de sortir en courant de la pièce dans une frénésie ininterrompue qu'on aurait pu appeler indifféremment, selon : course-poursuite, partie de cache-cache ou gestalt-thérapie. Star et Merry entassaient des choses dans un coin *(six théières, on a vraiment besoin de* six *théières ?)* et Maya glissait des pots de conserves dans un carton avec la lente et rechignante impondérabilité d'une prisonnière. La lumière était une dalle de marbre gris. Les choses progressaient lentement.

Mais les chiens, qui s'étaient dressés tout à coup, grattaient le sol avec leurs ongles noirs et durs. Freak se mit à aboyer, Frodo l'imita, et tout le monde eut la même idée : les bulldozers ! « Oh, merde ! », lâcha Alfredo, secouant la tête d'une manière telle qu'on l'eût dite attachée à un fil. Reba lui lança un regard désespéré. « C'est impossible, fit-elle, pas encore. Norm a dit "vendredi", non ? » Marco jeta son livre sans mettre de marque-page (*La Pêche à la truite en Amérique*, l'un des livres que Star avait mystérieusement enterrés sous les feuilles, la veille — il n'arrivait toujours pas à comprendre ce qui avait pu lui passer par la tête). Il sortit en toute hâte, dévala les marches et déboula dans la cour, autant dire, sur le champ de bataille.

D'abord, il n'y eut que le bruit, agression mécanique et grinçante qui lui décrocha le cœur et la cervelle jusqu'à ce qu'il ne sût plus s'il devait tenir bon ou fuir à toutes jambes : mais que leur dirait-il alors, que ferait-il quand ils commenceraient à mettre le domaine en pièces ? Il planta donc ses orteils dans la gadoue, entendant d'une oreille les autres qui se réunissaient sur la véranda. « Ils ont pas le droit de venir comme ça (la voix de Reba dans son dos, tendue à bloc mais traînante), c'est pas vrai ? » Puis il y eut un éclat jaune, lumineux comme la moutarde Heinz, et une forme qui avançait entre les arbres, mais ce n'était pas un bulldozer, c'était encore plus gros, et trop *jaune*...

C'était un bus. Un bus d'école. Et c'était Norm, Norm l'infatigable, boosté à l'amphétamine et au café noir, qui était au volant, chapeau de cow-boy en daim abaissé jusqu'au cerclage en plastique noir et cassé de ses lunettes, et Premstar perchée sur ses genoux comme la marionnette d'un ventriloque. Les vitesses crissèrent, le museau massif de la chose déboucha dans la cour, écrasa, soumit la boue, et la pluie sculpta deux longues rangées mouillées de fenêtres enveloppées dans un doux manteau. On entendit le souffle asthmatique des freins à air, un clapotement rassurant et lourd, et puis le bus s'immobilisa devant eux, comme si tout ce qu'ils avaient à faire était de ramasser leur sac de classe, leur casse-croûte et de monter à bord.

La portière se replia avec un soupir et Premstar, ex-Miss Watsonville, poitrine drue et contrainte, jambes parfaites, descendit de la plate-forme, sourire incertain lui plissant les lèvres. Elle avait mis un rouge à lèvres blanc, du fard à paupières bleu et des cuissardes à bouts ronds et à hauts talons. Marco observa la scène, fasciné, quand elle descendit précieusement et mit une botte dans la boue, écarta les cheveux de son visage et leva les yeux vers lui. « On a trouvé un bus d'école... », dit-elle dans un petit filet de voix essoufflé : on aurait pu croire qu'elle décrivait sa promenade pour aller acheter du papier-cul, « ... Norm et moi ».

Norm tira sur le frein à main et descendit les marches derrière elle, tandis que le bus, à l'arrêt mais moteur en marche, gigotait, agité de frissons, empuantissant l'air avec l'odeur du diesel. La pluie cribla de gouttes le chapeau et la veste frangée de Norm, gouttes sombres comme du sang sur le daim couleur de miel. Ses yeux trahissaient sa fatigue. La pluie les lui fit plisser. « Allez-y, dit-il, agitant un bras, regardez-le. C'est un Crown de 1963, quatre-vingt-onze passagers, pas croyable, hein ! le genre de véhicule qu'on peut dégotter, si on a vraiment de la chance et si on est vraiment malin, en échange d'une camionnette Volkswagen de 1970, quasiment neuve, à peine amochée, si vous voyez ce que je veux dire... »

Alfredo était arrivé aussi et se tenait là sous la pluie, Reba à son côté ; Star se joignit à eux et glissa un bras autour de la taille de Marco. Ils souriaient tous, tandis que Premstar montait les marches de la maison et que Norm avançait mollement vers eux, épaules affaissées, tête basse comme une boule de bowling échouée entre elles. « Mais je veux pas éteindre le moteur, déclara-t-il, parce que ça a vraiment été toute une histoire pour le faire démarrer... le mec qui me l'a vendu m'a dit qu'il était un peu capricieux, surtout quand il fait froid le matin.

— Quand il fait froid le matin ? fit Alfredo. Mais c'est *l'après-midi* et, s'il fait pas plus de 30°, il va falloir changer de présentateur météo !

— Ouais, ben... c'est un bon engin, à toute épreuve, pas plus de cent quatre-vingt mille kilomètres et il peut facilement en faire trois fois plus, facile. Ce que je voulais dire, c'est que j'ai pas dormi depuis deux jours et j'ai fait ma part du boulot, plus que ma part, en fait, et je crois que quelqu'un, Bill, par exemple, devrait régler le moteur ou je sais pas quoi, et le reste d'entre vous devrait charger vos merdes à l'intérieur, parce que le temps, la rivière et les membres du Conseil du Comté n'attendent pas son homme. » Et de grimper les marches de la maison à son tour pour aller enlacer Premstar. « Ou sa femme, d'ailleurs. Mais moi, j'en ai ma claque, je suis vanné, et quelqu'un devra construire une galerie sur le toit, pour le chargement... et on va avoir besoin de cordes, de sandows et de tout ce genre de matériel. Et de nourriture, bien sûr, des caisses entières de tous les produits de base, haricots secs, farine et je ne sais quoi, de la Coopé à Guerneville. »

Il marqua une pause, lissa sa salopette et sortit de sa poche intérieure une pince à billets. « Voici », fit-il en arrachant une coupure de cent dollars avant de la tendre par-dessus les marches, si bien que la pluie la noircit et qu'on eût bientôt dit un morceau de carton mouillé, comme l'argent factice des jeux de société. « Tu le prends, Reba, d'accord ? Pour les provisions ? » Sur quoi, il tira la porte grillagée et se faufila à l'intérieur, Premstar fourrée douillettement sous son bras.

Les cinq jours suivants furent décrétés « journées bohèmes » par Marco et Star (leur petite plaisanterie en aparté) : pas de temps pour le petit vin, la bière, la dope ou la méditation, adossés au gros effleurement rocheux tout jaune au milieu du champ, pas le temps de dormir, même : la caravane poursuivait sa route, pliez bagage, détachez les chèvres et saisissez les poules par les pattes ! Si quelqu'un avait eu des doutes quant aux intentions véritables de Norm Sender, le bus les aurait balayés. Le véhicule trônait là, massif, incontournable, il dominait la cour embourbée comme un rêve de domination mécanique et, toute la journée, tous les jours, de l'aube aux dernières heures déclinantes, les vagueux s'activaient autour, armés d'outils, de literie, de nourriture, de disques et autres provisions.

Le précédent propriétaire, un ancien camarade de classe de Norm, qui portait une queue-de-cheval et était devenu psychologue à Mill Valley, avait installé à l'intérieur un fourneau ventru, un comptoir et un évier inachevés, et huit plaques de contreplaqué pliantes qui servaient de couchettes. Il avait fait un rêve, le psychologue : transformer la bête en camping-car pour emmener des patients de l'hôpital psychiatrique en excursions de quarante-huit heures mais le rêve ne s'était jamais réalisé pour la raison qui fait que beaucoup de rêves doivent rester à l'état de rêves : manque de fonds. Il avait laissé intactes les douze premières rangées de sièges, qui pouvaient chacune accueillir trois passagers assis de front et au moins un dormeur ; à ces rangées succédait, après le poêle, un compartiment avec une cabine W.-C. en alu. D'après Premstar, qui confia l'information dans un murmure et avec un regard oblique, à un moment où Norm ne pouvait pas l'entendre, le psychologue avait acheté le bus pour des clopinettes après que trois enfants de maternelle avaient brûlé vifs à l'intérieur lors d'un accident : le bus avait percuté un camion de mazout. Le châssis n'était plus très droit, même si le psychologue avait essayé de le redresser avec un autre ancien camarade de classe propriétaire d'un atelier de soudure : il faudrait donc qu'ils vivent avec : on avait toujours l'impression qu'il partait de biais alors qu'il filait parfaitement droit au milieu de la route. Et on avait beau tout essayer, aérosols, laques et parfums d'ambiance, il persistait dans l'habitacle une odeur de brûlé — vinyle... ou peut-être pire.

Quand Jiminy vit le bus, ce premier soir, au moment où la pluie se résorbait en bruine et où une lune délabrée se hissait péniblement au-dessus des arbres, il se traîna, pieds nus, dans la boue pour aller embrasser le métal froid du capot comme il l'eût fait d'un tissu vivant. *« Magic bus »*, lâcha-t-il dans un murmure avant de se mettre à psalmodier très bas *« Magic bus, magic bus, hey, hey, magic bus »*. Marco tenait une torche pour que Mendocino Bill, pince dans une main, tournevis dans l'autre, puisse vérifier le moteur et qu'Alfredo, qui n'avait rien de mieux à faire, supervise l'opération. Reba avait suspendu une lanterne Coleman à un crochet à l'intérieur, où se trouvaient les femmes, cinq ou six d'entre elles (dont Star), qui ajustaient le chargement, nettoyaient les sièges avec une éponge, répartissaient déjà l'espace.

« Tu sais ce qu'on peut faire ? fit Jiminy, la joue contre le pare-chocs. On pourrait le peindre. Comme Kesey. Comme les Pranksters. Des mandalas, des signes de la paix, des poissons... plein de poissons partout, comme le poisson de Peter Max qui souffle des bulles. Et des tortues. Ce genre de trucs, tu vois. On va les faire flipper d'ici à ce putain trou de Nome. »

Mendocino Bill produisit avec sa glotte un bruit affirmatif mais pas particulièrement enthousiaste. Encore un fantasme d'adolescent ! C'était un problème, qu'il y ait marqué WASHO UNIFIED sur les deux côtés du bus en grosses lettres noires indélébiles ?

« Je ne voudrais pas donner des ordres, intervint Alfredo, mais on doit tout de même passer la frontière du Canada, genre... deux fois... et la dernière chose qu'on veut, c'est se promener partout comme une caravane de guignols, tu comprends ce que je veux dire ? » Il sauta du banc sur lequel Bill s'était installé et lança à Jiminy un regard glacial. « C'est comme toi, par exemple, *Jiminy*. On t'appelle comme ça, mais c'est quoi, ton vrai nom ? Je veux dire, sur ta carte d'incorporation ? »

Jiminy regarda ses pieds. « Paul Atkins.

— Paul Atkins ? Ouais, ah, c'est ça qu'ils voudront savoir à la frontière et tu ferais bien d'avoir une carte d'incorporation à leur montrer. Et peut-être un certificat de naissance par-dessus le marché. Tu es quoi, réformé pour cause psychiatrique ? »

Jiminy eut l'air blessé, abusé, et Marco aurait voulu parler mais il n'en fit rien. « Ils demandent pas ce genre de merde à la frontière, dit Jiminy. Ils te demandent simplement : “Vous êtes citoyen américain”, d'accord ? Et : “Combien vous allez rester au Canada” ?

— Écoute, mec, renchérit Alfredo, tu étais sans doute encore au lycée la première fois que je suis allé au Canada, dans l'Ontario pour être précis, et ils étaient peut-être cool à l'époque mais, crois-moi, avec la guerre et tous ces gars qui se défilent, et je suis d'accord avec eux, d'ailleurs, qu'on se méprenne pas sur mon compte, ça va être un sacré trip et il faut vraiment qu'on le fasse bien. Mets-toi ça dans la tête, mec, c'est pas un jeu, on va pas à trois jours de festival rock et puis on rentre à la maison, non, on parle de survie ici : ils nous foutent dehors du ranch, merde ! Qu'est-ce que tu crois que ça signifie ? »

Marco n'écoutait plus le sermon parce qu'il se représentait la frontière, un vague canevas d'arbres, un *checkpoint* planté sur l'autoroute dans un halo obscur. Que ferait-il si on le questionnait ? Il se fabriquerait une fausse identité ? Il descendrait cinq kilomètres avant et filerait à travers bois ? Est-ce qu'ils avaient installé des fils de fer barbelé ? Des clôtures électriques ?

« Bouge pas la lampe, tu veux ? dit Bill. J'arrive pas à voir ce que je fais là-bas dessous.

— Alors, qu'est-ce qu'on est censés être ? s'enquit Jiminy. Washo United, la fameuse équipe de Lacrosse ? Avec nos *pompom girls* et notre orchestre pour nous accompagner dans notre tournée triomphale de la Colombie britannique ? » Il s'écarta du bus et plana au-dessus des deux cratères que ses pieds creusèrent dans la boue. « Facile pour toi de dire ça, parce que tu as pas de souci à te faire... tu es trop vieux pour être appelé. »

La bruine faisait reluire les côtés du bus, qu'on aurait dit passé à la cire. La lune brillait dans la boue. De l'intérieur du bus provenaient des gloussements.

Alfredo ne répondit pas tout de suite. « Exactement, dit-il enfin, je suis trop vieux de quatrc ans et trois mois. Mais c'est pas pour ça que je prendrai pas toutes les précautions, parce qu'il y a toi, Marco, Mendocino Bill et tous les autres mecs ici. C'est la guerre, mec, et on va la gagner. Pour Margi*nord*city, d'accord ? J'ai pas raison ?

— C'est encore les États-Unis là-haut, dit Marco. Le quarante-neuvième État. Ils ont aussi la conscription.

— Ouais, mais on sera si loin que personne saura même qu'on existe. »

Au matin, sur le toit du bus avec Star, Marco essayait de fixer des planches sur la plus grosse galerie du monde quand, voulant aller chercher sur le côté un autre poteau, il se retrouva nez à nez avec Lester et Franklin, la tête en l'air. « Alors, qu'est-ce que c'est, cette histoire ? », l'interrogea Lester, la voix ouatée comme s'il avait eu peur de la casser. Il tira sur le bord de son immense feutre pour protéger ses yeux du soleil. « Vous allez vraiment tous nous laisser derrière, Franklin et moi ? Pour aller où... dans ce putain d'Alaska ? » Et de se mettre à ricaner : une expiration profonde, mielleuse, époumonée, comme les deux premières mesures d'une chanson. « Vous tous, vous êtes sérieusement dérangés. »

Comme Marco avait un marteau à la main, il put se dispenser de répondre. Il se contenta de planter deux clous dans le coin avant du porte-bagages de fortune et oui, le fait que le toit du bus fût bombé posait problème mais il se dit que s'il construisait un rebord suffisamment haut et s'ils ficelaient bien la cargaison, cela devrait suffire pour tout transporter là où ils allaient — tant que le toit ne s'affaissait pas sous le poids. Star intervint alors : « C'est peut-être vrai (elle souriait tellement qu'on aurait dit que ses joues allaient se fendre) mais, au cas où vous ne seriez pas au courant, l'Alaska, c'est ce qu'il y a de mieux, le dernier endroit vraiment libre du continent.

— Merde, lâcha Lester, souriant à son tour, c'est ce que je croyais de la Californie, jusqu'à ce que j'atterrisse à Oakland. Et Fillmore, c'est encore pire que Oakland, et le Haight encore pire que ça.

— Et nous, alors ? fit Franklin, qui les observait d'en bas avec sa paire de lunettes de soleil aux verres teintés jaunes (on aurait dit la partie supérieure d'un masque à gaz). Ils vont aussi démolir la maison du fond ?

— C'est ça que je veux savoir, confirma Lester. Et Sky Dog aussi. Et Dale. Parce que ça va plus trop être convivial par ici, quand ils vont arriver avec leurs bulldozers, vous voyez ce que je veux dire ? » Il abaissa la tête, donna un coup de pied dans une pierre sur la boue quadrillée de traces qui avait déjà séché au soleil. Puis il leva les yeux derechef, une main en visière. « Mais ce que je veux réellement savoir, c'est : est-ce qu'on est invités ? Parce qu'on a la Lincoln, et vous pourrez pas mettre tout le monde dans ce bus et dans la voiture de Pan, et je sais plus trop... cette Coccinelle complètement nase qu'a Harmony. »

Marco abaissa le regard vers lui. Il n'aimait pas Lester et Sky Dog encore moins, et il n'avait pas oublié le jour de la fosse, et ce qu'ils avaient fait à sa cabane perchée, mais ça, ça il avait vraiment de la peine à y croire ! Lester ne plaisantait pas. Il pensait vraiment faire partie de l'aventure, il croyait vraiment au credo de la tribu, à la paix, à l'amour, à la fraternité. Ou, du moins, le souhaitait-il. Désespérément. Ce fut un moment difficile, et Marco eut l'impression d'être Noé sur son arche, toisant toutes les mauvaises graines qui pataugeaient dans les sombres plaines détrempées, en contrebas. Il jeta un coup d'œil à Star, qui détourna le regard. « Ou alors, je m'adresse à la mauvaise personne, peut-être que je devrais parler à Alfredo. Ou à Norm.

— J'ai entendu dire qu'il y avait de l'or là-haut, déclara Franklin, s'efforçant de garder le menton levé. C'est ce que tu vas faire, chercher de l'or ?

— Hé, arrive, mec, dit Lester. On a qu'à tirer un trait sur le passé, d'accord. Nos frères, ça ! Laisse-moi rigoler. »

S'ensuivit un long silence. Personne ne dit mot. Marco sentit le bus remuer : Reba et Merry grimpaient à bord avec deux nouveaux cartons de plats, de casseroles, de poêles, de couverts et de conserves. Ils avaient l'intention de monter les deux gros baffles K.L.H. sur deux supports à l'arrière et de faire fonctionner le tourne-disques avec une batterie de voiture, pour pouvoir écouter la musique le soir, quand ils gareraient le bus au bord de la route ou dans un camping. Maya installait des rideaux aux fenêtres et Verbie et sa sœur découpaient un rouleau de moquette mis au rebut pour le fixer sur le plancher. Même Pan mettait la main à la pâte : il faisait frire du poisson et des frites, accompagnés de chou en salade, pour libérer les femmes des besognes culinaires afin qu'elles puissent se concentrer sur la tâche en cours. Marco entendait le doux son monotone de leurs voix en dessous, le bruit d'un je-ne-sais-quoi qui croissait et prenait forme, résultat d'un effort collectif qui éliminait toutes les pustules et verrues de Marginocity. Il se sentait bien. Il se sentait tout-puissant. Il était l'un des élus. « Alors, qu'est-ce que tu dis ? — La voix de Lester monta vers lui, légère comme une plume. — On est invités ou pas ? »

Marco tira un clou de sa poche de chemise, planta la pointe à l'endroit voulu et l'enfonça avec deux coups de marteau. Le bruit explosa dans le matin comme deux coups de fusil, en succession, correctement visés, fatals. Il haussa les épaules. « Hé, fit-il (et il entendit toute la détermination qu'il y avait dans sa voix), on est en république, non ? »

QUATRIÈME PARTIE

La forêt ivre

Ici, la vie est en égale mesure dans le soleil, le gel, la sève et le sang bouillant des choses,
dans leur décomposition et dans leur mort soudaine.

John HAINES, *Les Étoiles, la Neige, le Feu.*

16.

La lune de miel fut terminée avant d'avoir commencé, quel dommage, pire que dommage : c'était un crime. Un crime commis par un homme armé, d'un Remington semi-automatique calibre 22 Nylon 66, à en juger par les éclats de cuivre aplatis que Cecil Harder retira des cadavres de Bobo, Hippie, Girl, Loon et Saucy. Bien sûr, les balles auraient pu venir de n'importe quel calibre 22, mais Joe Bosky avait un Nylon 66 (il le préférait, comme beaucoup, à cause de la légèreté de la monture en plastique) et Joe Bosky était le seul sur cette planète verte à pouvoir imaginer tuer les chiens de son voisin. Tuer les chiens de son voisin, ça ne se faisait pas, pas plus qu'on ne brûlait le chalet de son voisin, qu'on violait la femme de son voisin ou qu'on lui tirait dans le dos quand il passait en canoë sur la rivière. Sess Harder essayait de vivre de la terre, tout le monde le savait. Le plus gros de son revenu provenait des fourrures et, sans les chiens pour parcourir la soixantaine de kilomètres de pistes sinueuses qu'il avait héritées de Roy Sender, qu'il avait améliorées et allongées, il n'avait plus rien. C'était connu. Un enfant l'aurait compris.

Donc, au lieu d'un joyeux retour au foyer, au lieu de prendre la jeune mariée dans ses bras pour franchir le décrottoir puis le seuil du chalet, au lieu de faire le tri dans les cadeaux de mariage, de ranger les provisions dans le garde-manger et, pourquoi pas, de s'allonger tout nu avec Pamela sur une couverture au soleil (l'un de ses fantasmes les plus récurrents), il dut creuser cinq trous, le cœur serré de haine et de regret, le crâne en proie au ululement sanglant de la vengeance. Pamela tenta, en vain, de le réconforter. Elle-même était sous le choc, et c'était bien ça le pire, car, pour Sess, cela confirmait le crime d'une manière des plus tangibles. Il était déjà assez insupportable que ce salaud, ce psychopathe, ce rebut, ce marine sans couilles et sournois ait commis un tel acte, mais exposer Pamela à ce genre de chose, et le lendemain de son mariage, pas moins ! Sess allait tuer Joe Bosky, dès que possible, il n'y avait pas d'autre solution. Joe Bosky s'était exprimé. Joe Bosky demandait qu'on le tue. Il suppliait qu'on le tue. « C'est impossible, Sess, n'y songe même pas. Tu irais en prison... ce serait un meurtre. Il y a des lois ici aussi, tu sais... »

Sess était au fond de l'une des fosses, il brisait le permafrost, il rejetait la terre par-dessus bord. Il était de retour au chalet depuis une heure, avec sa femme, et il n'avait ni déchargé le canoë ni inspecté le jardin et il n'avait même pas installé Pamela entre ses murs ni même, d'ailleurs, planté un bécot sur sa joue. « Qu'est-ce que tu y connais ? » — il n'avait pas prononcé les mots, il les avait proférés.

Elle se tenait tout près de lui, mains sur les hanches. En short, exhibant ses jambes superbes. Lèvres pincées. C'était leur première dispute, le lendemain même de leur mariage... Une nuit au paradis et puis ça... « Je ne vais pas te parler comme à un gamin, Sess, et je n'ai pas à te rappeler que c'est mon affaire aussi, maintenant... On ira trouver la justice, comme des gens civilisés, on lui mettra la justice sur le dos...

— La justice ne se déplace pas pour des chiens.

— Et pour un meurtre ? Est-ce que la justice n'intervient pas pour un meurtre ? Tu crois que je t'ai épousé pour devoir te rendre visite trois heures par semaine dans une prison quelconque ? »

Sess planta sa pioche dans la terre gelée, toute sa rage concentrée dans ses bras, ses épaules, les muscles d'acier de son torse. « La prochaine fois que je le croise, lâcha-t-il dans un grognement, avant que la pioche ne s'abatte à nouveau sur le permafrost, je le bute.

— Parfait. D'accord. Je vois que tu es bouleversé, alors je vais te laisser faire ce que tu dois faire et je vais commencer à ranger les affaires. Ça te va ? »

Bouleversé ? manqua-t-il de répliquer. *Tu crois que je suis comme ça quand je suis "bouleversé" ? Attends que je coince ce fils de pute contre un mur et que je le fasse pleurer comme une madeleine.* Mais Sess n'eut pas l'occasion de parler, car Pamela avait déjà montré les talons et redescendait le talus, à travers le chatoiement des jacinthes, des lupins, des avenas et des perce-pierre, jusqu'à la grève où le canoë se découpait, brillant, sur l'éternelle traînée de lumière qu'était la rivière.

C'est Pamela qui prépara le repas ce soir-là, des restes du mariage, salades, côtelettes froides, tout ce qui ne se conserverait pas, et ils s'installèrent à la table de pique-nique, au soleil, par une température de 24°, et le silence se referma sur eux. Sess portait un T-shirt et un jean rapiécé ; Pamela portait un haut qui laissait le ventre nu et elle était coiffée de manière telle que ses cheveux retombaient sur les épaules comme une bannière d'or, et, pour Sess, c'était vraiment quelque chose, oh oui ! La voir, comme ça, dans sa cour, à sa table, vivant et vibrant sous l'immensité du ciel, ça l'émut, ça le ramena à sa juste dimension et ça lui fit oublier sa rage pendant de longues minutes consécutives. Pamela était sa femme. Il était marié. Marié pour la première et la dernière fois de sa vie.

A deux cents mètres, au pied du talus, la rivière procurait un subtil accompagnement argentin aux haussements d'épaules et murmures qui ponctuaient leur conversation : ça aurait pu être le froufrou d'un piano dans un salon ombreux. Même les moustiques, animés par des pourquoi et des c'est pourquoi incompréhensibles pour les hommes, semblaient avoir décidé de faire relâche. Sess mangea du jambon et de la salade aux trois haricots, il écouta sa femme, à l'affût de chaque inflexion, scrutant ses lèvres, ses yeux. Une bouteille de vin du mariage était ouverte sur la table, du pinot noir de Inglenook, 1969, *Product of the Napa Valley*, et, à côté, un pichet de bière brune maison. En emménageant dans cet endroit retiré, en construisant là son chalet, il s'était fait brasseur parce que le débit d'alcool le plus proche n'était pas du tout pratique et, quand il n'allait pas à son mariage ou espionner Howard Walpole, il brassait la valeur de six cannettes par jour, dans un grand jerrycan en plastique qu'il gardait à l'entrée. « Allons, bois donc ! » telle était sa devise, parce qu'il ne stockait que treize bouteilles d'un litre et ce qu'il ne pouvait pas mettre en bouteille ou ne buvait pas dans les jours suivants tournait vite à la rinçure. Il avança le bras pour prendre le pichet, se versa une autre rasade et trinqua à la santé de Pamela avec un doux tintement de gobelets en fer-blanc qui fut à ses oreilles aussi délicat que celui du cristal le plus fin.

Une heure auparavant, quand il avait eu enterré les chiens, il s'était aperçu, en pénétrant dans le chalet, que Pamela avait déjà tout rangé, qu'elle avait trouvé une place pour tout et que, par la même occasion, elle avait réorganisé son filon de vieux garçon où il entassait tout à la manière des écureuils — il en avait conçu du ressentiment. Les boîtes de conserve n'étaient pas sur la bonne étagère, une robe pendait comme un rideau d'une corde au milieu de la pièce et il y avait une pile de cartons pleins de vêtements et de livres, et même un réveil (un réveil, pour quoi faire, on se le demandait !), contre la paroi, là où il dépliait le lit tous les soirs. Et des posters. Elle avait accroché au mur du fond plusieurs posters d'un chanteur pop avec une coupe « page » (Neil Diamond). Qu'est-ce qu'elle croyait ? C'était un chalet, une cabane en pleine nature, pas un dortoir de pensionnat de jeunes filles !

Il ne dit rien. C'était la première journée que son épouse passait là, leur premier jour de couple marié, et il était fou de rage à cause de ce que Joe Bosky avait fait, et il devait se le répéter, se convaincre de ne pas laisser Bosky envahir son intimité, de ne pas le laisser tout gâcher : il alla donc jusqu'à elle (elle arrangeait des fleurs dans une vieille boîte de café) et la serra dans ses bras par-derrière. D'où baisers, caresses, murmures, d'exquises paroles exprimant la bonne volonté, le répit. « Si c'est une question d'argent, dit-elle, reculant pour le regarder droit dans les yeux, moi, j'en ai. »

Nouvel éclair de colère : « Qu'est-ce que tu racontes ?

— Les chiens. On peut en racheter. On peut retourner à Boynton. Ou à Fairbanks. Quand tu voudras.

— Et quoi, mettre une annonce dans le journal ? "Recherche chiens de traîneau entraînés pour la piste ?" Je serais la risée du bourg. Je ne m'en remettrais jamais, jamais. D'ailleurs, personne ne met plus de pièges, les gens n'utilisent plus de traîneaux, quasiment plus. »

Pamela lui lança un regard qu'il ne lui connaissait pas, bouche figée, double pli de peau entre les deux yeux. « Tout le monde a des chiens, insista-t-elle, et tout le monde a des chiots un jour ou l'autre. Tu n'es jamais allé à Kiana, à Noorvik ou dans un autre village esquimau ? Il y a cinq chiens pour un humain, là-haut.

— D'accord, laisse-moi récapituler... On est censés aller en avion dans un village esquimau, acheter des chiens et les ramener tous dans un Cessna 4 places ?

— Je ne dis pas ça. Je dis que nous pourrions nous renseigner à Boynton. Ou à Fairbanks. »

Sess était partagé par des émotions multiples : amour, haine, tristesse, douleur. « Écoute, dit-il, écoute, changeons de sujet. »

Alors, que fit-il ? Il se reporta sur la bouteille. Leur premier soir, alors que sa femme, dans son chalet fait-main au milieu de nulle part, probablement désorientée, assaillie par le doute, l'esprit tout embrouillé, se mordait peut-être les doigts comme toute jeune mariée qui a sauté à pieds joints sans regarder et qui se retrouve dans un endroit inconnu avec un homme qui, au fil des heures, se révèle de plus en plus différent de ce qu'elle avait imaginé, eh bien, il finit une bouteille de vin de leur mariage, deux pichets de bière et tint absolument à sortir son litron de rhum Hudson Bay, *150 proof*, dont il enfila les rasades de braise jusqu'à ce que le soleil se couche derrière les collines. Au début, elle l'accompagna, rendit gobelet pour gobelet, rasade pour rasade (Pamela tenait l'alcool, elle avait de l'endurance, elle était forte de plus d'une manière) mais, en fin de compte, elle n'y vit plus très clair et il resta seul à parler. « Ah, tu veux que je te raconte comment c'est, les pièges ! dit-il, professoral, qu'elle ait voulu l'écouter ou pas. Eh bien, je vais te le raconter... »

Et il le lui raconta. Il lui raconta tout le travail qu'avait accompli Roy Sender, qui avait nettoyé une soixantaine de kilomètres de pistes à travers des terres vierges de tout chemin, en remontant la Thirtymile et puis tout le long de ses affluents, et puis sur l'autre rive, un circuit de neuf jours accompli par des temps si rudes qu'il fallait être surhumain pour résister, or Roy Sender avait fait ça jusqu'à l'âge de soixante et onze ans. Roy avait pris Sess sous son aile, il lui avait appris comment fabriquer des pièges pour toutes sortes d'animaux, comment fabriquer un traîneau en bouleau de deux mètres cinquante de long et pas plus large que ses épaules, comment dépecer les lynx, les renards et les hermines, et confectionner des appâts qui étaient de véritables petites bombes atomiques de puanteur destinées à chatouiller le museau et dresser les oreilles de tous les prédateurs des environs. C'était un vieux schnock, célibataire, grincheux comme une Ford à laquelle il aurait manqué deux cylindres ; il engueulait Sess et le maudissait à chaque pas, cet homme dont aucune femme n'avait jamais voulu, qui vivait comme un ermite, enfermé tout l'hiver dans sa cabane, où il passait son temps à ranger ses affaires, à rendre son espace vital aussi confortable et carré que l'image idyllique d'un salon de luxe aux boiseries lustrées dans un navire. Sess s'était assis aux pieds de l'hurluberlu suprême, heureux de se trouver en sa compagnie bourrue, et, après que des mois eurent filé au-delà de l'horizon et qu'ils eurent commencé à parler en termes de saisons, et que les saisons se furent transformées en années, le vieillard était devenu plus chaleureux à son égard. « Pourquoi tu n'irais pas te construire quelque chose à l'embouchure de la rivière, là-bas ? », avait-il suggéré un soir de printemps : la neige tombait comme un ruban de téléscripteur et Sess campait dans une tente de toile derrière le chalet. « C'est pas la place qui manque ici et, comme les raquettes sont en plein boom, il y aura plein de fourrures pour tout le monde, si les gens en veulent encore. Bigre, j'ai pas besoin de te dire que je suis plus celui que j'ai été, tu me comprends ? Il y a mon genou, mon dos, mes poumons, putain de merde, qui me donnent l'impression que je me noie tout le temps : tout ça, c'est le prix qu'on paie pour devenir vieux. Et je pense à tout le labeur que j'ai investi dans cet endroit, et je me dis que ça va tout être perdu. »

Tel était Roy Sender, telle fut sa bénédiction. Penser à tout ça, ici, dans le chalet qu'il s'était construit à partir de la sollicitation optimiste du vieillard ce soir-là, dans son chalet avec sa femme, Pamela, cela suffit à susciter en Sess une émotion tellement transcendante qu'il eut du mal à respirer. Tout à coup, il devint sentimental, le vin mi-triste mi-joyeux. Brusquement, il était ivre.

Pamela se trouvait à quelques centimètres de lui, assise à la table, le menton dans les mains, les yeux virant au sud. Un animal froissa des feuillages à l'arrière du jardin, et ce n'était pas les chiens, puisque les chiens ne froisseraient plus jamais rien. Sess se versa une nouvelle rasade de rhum, frotta une allumette et observa la flamme bleue trembloter à son extrémité avant de la jeter. La soirée était douce, *encore* douce, et les moustiques n'avaient pas encore débarqué. Peut-être observaient-ils une trêve nuptiale, oui, c'était sans doute ça ! Attentionnés, les moustiques. Il s'en souviendrait la prochaine fois qu'il en écraserait une douzaine sur son avant-bras ou sur ses tempes : *live and let live*, d'accord ? « Pamela », dit-il, et Pamela ouvrit les yeux d'un coup. « Je suis soûle, Sess, avoua-t-elle. J'ai peur de m'être laissée aller. — Et de sourire, un sourire, lent, las, confit. — C'est de ta faute. Amener une fille ici, et la faire boire ! Je parie que tu trouves que je suis pas farouche, hein, pas vrai ? »

Il lui renvoya son sourire, allongea le bras pour lui prendre la main et la serrer dans la sienne. Il n'avait plus envie de parler, il avait évacué tout son feu désormais, il ne souhaitait plus lui raconter ce qu'il avait ressenti la première fois qu'il avait emprunté la piste et qu'il avait trouvé un loup, gros comme un gros chien, une patte à moitié arrachée, prise dans un piège Newhouse à double ressort prévu pour les renards : le loup l'avait regardé, avec ses yeux jaunâtres, comme pour lui dire qu'il ne comprenait pas ce qui arrivait à ce pays, avec ces nouvelles manières insensibles, inhumaines, méchantes. Sess n'avait plus envie de raconter à sa jeune épouse ce qu'il avait ressenti quand il avait tiré sur le loup mais l'avait manqué, puis quand il avait tiré à nouveau, et encore, à telle enseigne qu'il avait gâché la fourrure. Des cinquante-cinq kilos de sauvagerie crue qui gisaient à ses pieds jaillissait du sang artériel. Il ne voulait plus lui raconter comment Roy Sender lui avait appris à frapper avec un bâton le museau d'un pékan ou d'une hermine pris au piège et puis à secouer les tendons du cœur jusqu'à ce que celui-ci se décroche et que l'animal devienne tout flasque — tout ça pour ne pas gâcher la fourrure. Il ne voulait plus lui avouer qu'à son tour, il était devenu un prédateur, un tueur, aussi inutile que le vent dans les arbres, prenant des vies pour nourrir la sienne. Non, il ne lui avoua rien de tout cela. « Tu veux te coucher, maintenant... — Voilà ce qu'il lui dit. — Je le vois bien. Tu veux prendre ton homme dans tes bras. Tu veux être nue. »

Elle se rapprocha, lui passa le bras autour des épaules et colla son front contre le sien, de sorte qu'il ne vit plus rien d'elle que ses yeux, ses grands yeux limpides comme l'eau. « Je vais te confier un secret, dit-elle tout bas, et ses « s » virèrent au sentimental. Je suis une fille facile. Pour toi. Pour toi seulement, Sess Harder. »

Il était très soûl. Profondément ivre. Sauf que... Ça ne voulait rien dire... « profondément ivre ». Ou bien alors qu'il était prêt à s'enfoncer, s'enfoncer toujours plus profond. L'haleine de Pamela, chargée de vin, de jambon fumé et de jambon en sachet, de bière maison et de ce qui était son essence même, à elle... cette haleine excitait Sess. Il banda instantanément. Son haleine se mêla à celle de sa femme. « Que veux-tu que je fasse ? lui demanda-t-il.

— Tout », répondit-elle.

Le matin, tout allait bien. Sess n'était pas arrivé là sans embûches, il n'avait pas coupé des arbres pour construire son chalet, chassé deux hivers durant, vendu des fourrures et refusé de s'inscrire au chômage, de réclamer des tickets d'approvisionnement et toute forme d'allocations ou de prêt du gouvernement sans que les choses aient mal tourné à un moment ou à un autre. L'adversité le durcissait, le détrempait. Elle le forçait à relever le défi et à rendre la pareille jusqu'à ce qu'il se convainque que personne ne le valait dans le pays, que personne n'avait plus de ressources que lui, n'était plus résistant, plus indépendant. Ses chiens étaient morts. Il en reprendrait d'autres. Et, en temps voulu, quand il en aurait le loisir et l'inclination, il prendrait sa revanche.

Pour l'instant, c'était le matin, le chalet était allumé par un gros triangle de soleil qui tenait dans ses rais la fenêtre au-dessus du lit et enflammait les pots de miel sur l'étagère derrière le poêle. Il resta allongé pendant toute une minute, une longue minute, la silhouette palpable de Pamela collée contre la sienne telles deux cuillers dans un même tiroir, et il contempla le soleil sur le mur comme s'il avait été enfermé dans un placard toute sa vie et n'avait jamais rien vu de semblable.

Ils avaient fait la grasse matinée, mais c'était toujours comme ça, l'été : on restait debout la moitié de la nuit, avec le soleil qui décrivait sa courbe tout là-haut, et puis on dormait jusqu'à ce que le lendemain s'empare de soi. Sess avait la gueule de bois (plus la honte mêlée au sentiment d'indignité qui l'accompagne) mais il ne la laisserait pas l'affecter, pas un instant. Cette journée serait toute dévouée à Pamela, toute la journée, une journée qui compenserait la veille et, si elle voulait rester simplement assise nue au soleil et tresser des tresses de myosotis et de jacinthes dans ses poils pubiens comme Lady Chatterley (autre fantasme récurrent chez lui), eh bien, qu'elle ne se gêne pas ! Naturellement, rien qu'à y penser, il bandait, et il réveilla Pamela au rythme de la lente et douce propulsion de son amour.

Et que souhaitait-elle faire après qu'il lui aurait servi une assiette d'œufs au bacon pommes de terre frites dans quatre cuillerées à soupe de lard à moitié rance dont il n'aurait pu certifier l'origine ? Elle souhaitait faire, agir, aller de l'avant avec le restant de leur vie, poser une brique (ou, plutôt, rondin dans le cas présent) après l'autre. « Montre-moi où tu vas construire l'annexe », fit-elle, et elle était déjà dehors, herbes folles jusqu'aux genoux, arpentait la superficie d'une pièce qu'elle se représentait comme un espace plus propre, plus aéré, qui ferait plus que doubler ce qu'ils avaient déjà et leur permettrait d'avoir une vraie chambre à coucher avec un vrai lit. Et des étagères, des kilomètres d'étagères, et peut-être même des tiroirs incorporés. Des fauteuils à bascule en bois courbé. Des tables basses. Elle avait son regard-table basse, il le voyait bien, il voyait comment elle calculait tout déjà. « Il faut l'orienter face au soleil », dit-il.

Elle mit la main en visière et lui sourit. Des fleurs sauvages caressaient ses mollets. Sa peau luisait comme un toast beurré. Jamais il n'avait vu une aussi belle image à encadrer. « Alors, on l'oriente à l'est ?

— Ça dépend si tu veux le soleil le matin ou l'après-midi. Bien sûr, l'hiver, c'est la lumière de la lune. Tu es déjà venue ici en hiver ? En pleine nature, je veux dire... » Il pensait à Jill. *Jill veut partir*. Tout le monde voulait partir une fois que la nuit s'installait, la nuit qui ne faiblissait jamais : les murs du chalet semblaient tellement rétrécir qu'on se serait cru dans un épisode de Flash Gordon, avec les murs qui se rapprochent pour écrabouiller le héros dans leur étau. Mais Flash Gordon réussissait toujours à s'échapper, comme la plupart des femmes qui venaient dans le pays, raison pour laquelle il y avait à Boynton trois givrés de la toundra pour une femelle. La nuit réclamait vos ressources intérieures et la plupart des gens, surtout les femmes, ne savaient compter que sur les ressources extérieures : les courses, les ragots, les restaurants avec des appliques aux murs, pour être précis. « Je connais Boynton, dit-elle. Et je suis d'Anchorage, non ? »

Il aurait voulu lui expliquer que c'était insuffisant, que ce n'était rien, parce que, dans une ville, grande ou petite, tu pouvais toujours aller au bar, au cinéma ou regarder la télé et, sûr, le soleil te manquait, et, peut-être que tu avais envie de te casser à Hawaï, mais le fait qu'il faisait nuit noire, nuit et jour, à l'extérieur de ton appartement chauffé au gaz et isolé avec des doubles vitrages restait à la périphérie de ta pensée. Il aurait voulu lui parler d'un couple que Jill connaissait : ils avaient cru pouvoir essayer d'aller jouer les pionniers dans une vieille cabane de mineur dans le bassin-versant de la Porcupine — ils s'étaient presque tués à la baise, par pur ennui... quatre, cinq, six fois par jour — à la fin, il paraît que leurs sexes à tous les deux avaient la consistance du filet de bœuf et, au printemps, ils étaient redescendus de là avec un air de prisonniers échappés des camps de concentration. Sur quoi, ils avaient divorcé et s'étaient probablement reconvertis dans l'industrie du beignet. Mais Sess se tut parce que Pamela était trop jolie et trop fière, et puis ce n'était ni le lieu ni le moment. C'était, au contraire, le moment de faire preuve d'optimisme, d'amour... de penser « début » et non « fin ». « Je ne sais pas..., dit-elle, je suppose que je préférerais avoir... le soleil le matin. Et toi ?

— Moi, c'est le soleil de l'après-midi ; c'est pour ça que j'ai placé cette lucarne à l'ouest, là, mais le mauvais temps vient du nord-ouest, et on n'arrive jamais à la calfeutrer correctement, pas quand la bise se met à souffler. »

Pamela n'écoutait plus. Elle se tenait en équilibre sur une jambe de sylphide, pied nu appuyé contre un genou, dans la pose d'un échassier des marécages. Elle était tournée vers le sud, où un bouquet de sapins noirs griffait le ciel, à une centaine de mètres de terre détrempée. « Est-ce ce bouquet d'arbres, là, qu'on va couper ? », s'enquit-elle.

Alors, il s'approcha, la prit dans ses bras, la berça. Les arbres avaient deux cents ans, pour le moins, même s'ils n'étaient pas plus hauts et épais que des pins de quinze ans sous le 48e parallèle. « Je ne sais pas, dit-il, ces arbres sont drôlement mignons. Je pensais qu'on remonterait plutôt la rivière pour en couper là-haut qu'on ferait descendre par voie d'eau, comme au temps des bûcherons.

— Tu as déjà fait ça ? »

Non, il n'avait jamais essayé. Le bois nécessaire à la construction du chalet actuel, il l'avait pris sur place, mais il avait pris pour excuse le fait qu'on devait installer un chalet dans une clairière, or ces arbres s'étaient trouvés là dans l'aire à dégager, enfouis sous le chiendent, la madriette et l'achillée. Son idée lui paraissait bonne et il se représentait déjà la scène : tous les deux travaillant ensemble, peut-être sur l'autre rive, face à la cabane du vieux Roy, lui coupant les arbres, elle les branches, et puis ils feraient rouler les troncs jusqu'à la rivière et ils les guideraient avec des cordes depuis le canoë et, sans doute, la gaffe ou une perche. Ce serait un surcroît de travail, particulièrement à l'arrivée, car les troncs seraient imbibés d'eau et il serait rudement difficile de leur faire remonter le talus mais il fallait de toute façon les laisser sécher. « Sûr, fit-il, sûr. Ce n'est pas une grosse affaire. Surtout que, maintenant, j'ai une pionnière royalement costaude pour faire la besogne à ma place. »

Au cours des deux semaines suivantes, il oublia complètement la mort des chiens ou, du moins, s'y efforça-t-il. Pamela et lui empruntaient la Thirtymile tous les jours et arrachaient sur les berges des épinettes blanches pour les chevrons et, sur les collines à l'arrière, des épinettes noires, d'environ trente centimètres de diamètre, qui devaient être issues de graines qui dataient d'avant George Washington. Ils emportaient un pique-nique pour le déjeuner et quelquefois aussi pour le dîner, et, deux fois, ils campèrent à la belle étoile au milieu d'une bruine incessante de moustiques. Les arbres tombaient comme du carton et Pamela coupait sans trêve les branches à l'aide d'une hachette, avec, jour et nuit, son regard-table basse. Tous deux ressentaient les effets de leurs efforts aux bras, aux épaules, dans les paumes des mains, qui suppuraient, écorchées, cloquées et endurcies, et ils avaient beau être épuisés quand ils arrêtaient le labeur à la tombée de la nuit (il leur arrivait de travailler jusqu'à huit ou neuf heures), ils trouvaient le temps de faire l'amour, dans un sac de couchage ou sur la grève sableuse, comme s'ils avaient inventé à eux deux le concept même du sexe et devaient continuer d'expérimenter pour être certains de ne pas s'être trompés.

A la fin de ces deux semaines, ils avaient réuni une bonne collection de troncs d'arbres, qu'ils avaient tirés jusqu'au pied du talus devant le chalet, et ils étaient plutôt satisfaits d'eux-mêmes ou, du moins, était-ce l'opinion de Sess. Pamela semblait prendre du bon temps : peu importait qu'elle ait été une fille de la ville, qu'elle ait été diplômée et qu'elle aurait pu, si elle l'avait voulu, se faire bronzer sur la Côte d'Azur, elle travaillait autant qu'un homme, que *deux* hommes, elle ne comptait pas sa peine, elle n'abandonnait jamais avant son mari. Quand les troncs restaient accrochés à des rochers ou à d'autres troncs en travers, ce qu'ils faisaient immanquablement, elle était la première à sauter jusqu'à la taille dans les remous d'une eau à 6° ou 7° pour les récupérer.

Assis sur la pile de troncs, à la fin de leur dernier soir de labeur, piochant des portions de macaronis froids, de thon et de fromage que Pamela avait préparées dans la lumière crue du matin, ils regardaient dans la direction du chalet auquel étaient destinés les troncs, après avoir abattu le plus gros du travail, lorsque Pamela, avec son short kaki, son T-shirt trop serré, ses mains de bûcheron et ses cheveux tirés en arrière, s'interrompit entre deux bouchées et annonça qu'il était temps d'aller en ville.

Sess lui lança un regard de biais. Il fallait décortiquer les troncs avec une herminette, les tirer jusqu'au sommet du talus, en faire des tas pour les faire sécher, les entailler et les mettre en place. Sur quoi il faudrait colmater. Ensuite, il faudrait rassembler la toiture et ils se feraient tous les deux une double hernie en montant le mât central (est-ce que les femmes se faisaient des hernies ?). « Pourquoi ?

— Et je veux pas dire seulement Boynton.

— Tu veux pousser jusqu'à Fairbanks ? »

Elle se contenta de faire oui de la tête. « D'accord, fit-il. — Il l'aurait conduite jusqu'à Topeka si elle en avait eu envie. — Je veux bien essayer encore. Pour quoi faire ? Des courses ?

— Oui, en partie », dit-elle en mettant son plat de côté. Elle était perchée tel un génie sur la pile de troncs qu'ils avaient amenés par la rivière au prix de gros efforts, mais elle donnait l'impression qu'il lui avait suffi de claquer les doigts pour les faire apparaître. « Je veux des choses pour rendre plus féminine ta tanière de vieil ours, et faire des provisions aussi ; on pourrait manger de l'élan tout l'hiver mais je ne vois aucun mal à se faire un peu de légumes bouillis ou du riz et d'utiliser des condiments, des pickles et tout le tintouin. Des lasagnes. Des spaghettis. Des barres de Hershey. Des caramels à la fleur de sel. Des guimauves. »

Sess se leva, étira les jambes : il était resté assis trop longtemps, il sentait la raideur prendre possession de ses lombaires et lui descendre dans les jambes. « Ah, c'est ça, des guimauves ! Enfin, la vérité éclate au grand jour. Ma bourgeoise et moi on va en ville chercher des guimauves. »

Elle lui lança un sourire qui lui fit sentir ce qu'il avait déjà deviné : il n'était plus maître de sa vie et ne le serait plus jamais. « Exactement », répliqua-t-elle, et elle marqua une pause pour regarder un nuage en forme d'anneau de mariage (ou de nœud coulant ?) que le vent chassait. « On va en ville chercher des guimauves. — Enfin, elle baissa la voix et le sourire s'évanouit. — Et des chiens. Tu ne crois pas qu'il serait temps ? »

Ils se mirent en route pour Boynton le lendemain à six heures et, à huit heures et demie, ils amarraient le canoë et montaient le talus, main dans la main, vers le pied-à-terre de Sess là-bas. Drôle de sensation pour tous les deux : sentimentale, nostalgique déjà. La végétation était piétinée sur un large ovale là où l'on avait dansé et une bouteille ou deux et quelques confettis brillaient au soleil au milieu de touffes de chiendent sur les franges, restes du rituel auquel ils avaient sacrifié deux semaines plus tôt. On reconnaissait les endroits où les oiseaux s'étaient jetés sur le riz, remplissant leurs jabots jusqu'à l'éclatement, et une dépression en forme de croissant délimitait l'endroit où s'était trouvée la fosse pour les grillades. Les cendres blanches étaient ponctuées de restes d'os calcinés, qui dépassaient tels des troncs d'arbres miniatures dans une forêt ravagée par un incendie, et quadrillées de traces de belettes et d'écureuils. Tout le reste avait disparu, comme un cirque de Bohémiens, comme après un spectacle de magie. « C'était une sacrée fête, dit Sess. Je suis sûr que personne ne l'oubliera de sitôt.

— Ouais. — Pamela lui lança un regard de biais. — Jusqu'à la prochaine. »

Ils s'affairèrent sans but précis dans la cabane pendant un moment, faisant l'inventaire en silence et mettant de côté des objets (principalement des outils) à remporter au chalet ; ensuite, de la porte grillagée, ils appelèrent Richard Schrader et insistèrent jusqu'à ce qu'il fût évident qu'il était soit mort soit empaillé soit de sortie. Son pick-up était dans la cour (le pick-up indispensable pour l'expédition en cours puisque le Gremlin de Pamela était désormais la propriété du cuisinier-livreur du Snack de la Lumière du Nord sur C. Street à Anchorage et que Sess n'avait plus de véhicule depuis trois ans). Ils supposèrent donc que Richard ne pouvait pas être bien loin. Ils supposèrent, en outre, qu'ils avaient bien mérité un verre après une descente non arrosée de la rivière sous un ciel de crachin ; Pamela voulait aussi téléphoner à sa mère pour savoir si elle était bien rentrée et la rassurer et lui certifier que ses délicates affaires amoureuses s'étaient révélées des plus satisfaisantes. Sess approuvait. Il approuvait tout. La pluie serait bénéfique pour le jardin, ils venaient de passer deux semaines de labeur éreintant qui n'avaient ressemblé à aucune lune de miel, il y avait des visages au Three Pup et au Nougat qu'il ne lui déplairait pas de revoir dans l'éclat prolongé du mariage et, même s'il lui était impossible de l'avouer à qui que ce fût, il devrait se mettre en quête de nouveaux chiens, et c'est à Fairbanks qu'il devrait le faire, à Fairbanks, où personne ne poserait de questions.

Sess déposa Pamela au magasin, où Wetzel Setzler avait une radio amateur qu'il reliait aux lignes téléphoniques que Bell Telephone mettait généreusement à la disposition de toute la population, à l'exclusion des renégats, des anarchistes, des xénophobes et des chevelus qui choisissaient de vivre au tout dernier kilomètre de la toute dernière route du pays. Ensuite, il se dirigea tranquillement vers le Nougat, pour le simple plaisir de passer la tête par la porte. Il ne craignait pas de se retrouver nez à nez avec Joe Bosky parce que Joe Bosky était un lâche qui vous frappait dans le dos, et il ne referait pas surface après ce qu'il avait fait. Mais il n'aurait pas déplu à Sess de dénicher Richard pour savoir quelles étaient ses chances de pouvoir emprunter le pick-up.

Le Nougat ressemblait en tous points au Three Pup, sauf qu'il était moitié moins grand, n'avait pas de cuisine et limitait ses offres à la vente d'alcool, de paquets de chips de deux cent cinquante grammes, de cacahuètes sous cellophane et de bretzels rassis pour les connaisseurs. Deux têtes de caribou montaient la garde au-dessus du comptoir et un élan aux bajoues noircies de suie présidait sur le poêle à bois. Clarence Ford, le propriétaire, avait cru baptiser son établissement le *Nugget* — la *pépite* —, mais l'orthographe n'était pas son fort.

Lorsque Sess entra dans la pénombre matinale du bar, il n'y avait personne hormis Steve l'Acier et un Indien qu'il ne reconnut pas, tous deux ivres morts au comptoir. Solly, le cadet de Wetzel Setzler, faisait du raffut dans l'arrière-boutique en rangeant des cartons de bouteilles tout en gribouillant des notes dans un carnet. Six cents milliards de mouches, au bas mot, bourdonnaient contre les vitres : un véritable sabbat de violoncelle à moyenne portée. La respiration de Steve l'Acier était lente et ronflante : une inspiration sur deux sonnait la trompette. La salle empestait la cigarette refroidie, la cigarette refroidie depuis longtemps, une odeur triste, rappel de tout ce qui était passé par là, les épaules levées au comptoir, les verres bus, les disputes, les conneries racontées, les femmes emballées, les femmes perdues. A neuf heures et quart, le matin, aux yeux d'un homme qui venait de perdre ses chiens et de s'emplir les poumons de l'air plaisant de la rivière, c'était presque déprimant. « Hé, Solly, lança Sess dans un murmure exagéré, de crainte de réveiller les autres prématurément, on peut se faire servir une bière dans cet endroit ? Ou bien c'est ici qu'on vient pour mourir de soif ? »

Solly Setzler avait vingt-quatre ans, les épaules en descente de ski héritées de son père, l'œil laiteux et la paupière décolorée, et personne ne trouvait vraiment bizarre qu'il travaille pour la concurrence parce que c'était tout bonnement miraculeux que quiconque veuille passer son temps derrière le comptoir d'un bar à cette période de l'année. Ses cheveux tenaient eux aussi du miracle, en quelque sorte, car ils étaient de la couleur précise de la fibre de verre — et il manquait un éclat humain à ses yeux. Comme la seule éducation qu'il eût jamais reçue lui provenait du foyer paternel, il se faisait du monde les idées les plus erronées ; il était rêveur et ignare comme pas deux, surtout pour un garçon de son âge. Il leva les yeux, le cou à un drôle d'angle, tel un oisillon s'efforçant d'aller gober sa nourriture dans le bec parental. « Sess, répondit-il, l'air perdu dans le bar où il travaillait depuis trois ans, comme si on l'avait fait redescendre d'un rêve, je te croyais en amont. »

Solly ne savait pas où se trouvait Richard Schrader mais, ayant déniché une Oly, il servit Sess, sans songer un instant à offrir le coup du patron au jeune marié, que Sess aurait décliné de toute façon, parce qu'il était encore tôt et qu'il avait une longue route devant lui, sans compter toutes les responsabilités d'un homme marié qui ne pouvait tout simplement pas débarquer au bourg à l'improviste et se prendre une cuite comme n'importe quel givré de la toundra en manque de conversation, avec des ongles incarnés et des poils qui lui sortaient des oreilles et des narines.

Au Three Pup, Sess tomba sur Skid Denton, qui parut avoir retiré son allégeance au Nougat, du moins depuis l'arrivée de Lynette. Skid Denton prenait son petit déjeuner, steak, œufs arrosés de Tabasco et oignons en lamelles, accompagnés de frites maison, de pain grillé et d'une bière avec un soupçon de jus de tomate. (« Une *Bloody Beer*, répondait-il si quelqu'un lui posait la question. C'est plein de vitamine C. ») Il leva les yeux de son assiette pour informer Sess que Richard Schrader était parti en aval dans sa pêcherie, pensant que les saumons étaient sur le point de remonter la rivière. Lynette, tellement courbée sur le comptoir que son arme, dans l'étui, remonta sur sa hanche maigrichonne, confirma l'information. « Un de ces foutus touristes, dit-elle comme si elle-même habitait là depuis cinquante ans, en a attrapé un de seize kilos sur les galets il n'y a pas deux jours. Ou peut-être bien trois ? »

Sess prit une autre Oly, pour faire la juste mesure avec celle qu'il avait descendue au Nougat (répartir équitablement les consommations, telle était sa devise), et personne, là non plus, ne lui offrit un verre pour fêter son mariage, ce qui, compte tenu de sa résolution, lui convenait parfaitement, et il remonta donc la route vers le centre-ville, retrouver Pamela au magasin. Il désirait lui apprendre la mauvaise nouvelle (la camionnette n'était pas disponible) et la laisser acheter ce qu'elle voulait même si, n'allant pas à Fairbanks où la compétition était libre et ouverte, ils devraient payer les prix exorbitants de Wetzel Setzler, du moins pour l'heure. Naturellement, en hiver, ils n'auraient pas le choix et, s'ils n'avaient pas de chiens, ils ne pourraient pas, de toute manière, descendre à Boynton en traîneau et ne pourraient donc guère se procurer de ces boîtes de 1,250 kilo d'olives grecques qui leur feraient tellement envie... et pas de réunions mondaines au bar non plus, ni chez Richard ni nulle part ailleurs.

C'est alors que, l'estomac plaisamment rempli de deux bières, les cheveux agités par la brise légère du fleuve, tandis qu'il posait un pied devant l'autre et que les premières cabanes du bourg, aux peintures cloquées, venaient lui souhaiter la bienvenue comme autant de vieux amis et de joyeux compagnons, il songea à une Mustang de 1965 tout ce qu'il y avait de plus haut de gamme, arrière profilé et tout, dont il se trouvait qu'il avait connaissance. C'était une pensée criminelle, mais un bon délit en méritait bien un autre, non ?

17.

Aux yeux de Pamela, l'intérieur du magasin de Boynton était l'exemple parfait de l'ordre dans le chaos. Elle avait toujours cru en l'espèce de probité qui résulte de la sobriété et d'un mode de vie frugal, et, dans son appartement d'Anchorage, elle s'était abstenue de l'accumulation et du kitsch qui encombraient ceux de ses amies (les objets sculptés en corne de morse et en stéatite, les étagères en bois de caribou ciré, les vitrines d'animaux empaillés et les scènes typiques dans des cadres d'écorce de bouleau, sans parler des stéréos, des réchauds électriques, des armoires pleines de paires de chaussures, de sacs à main, de chandails au point natté et de mukluks à décors de perles. Les objets l'oppressaient. Les objets manufacturés, les babioles, les bidules, le dernier gadget à la mode, la dernière toquade, l'incalculable monceau de colifichets dont tout bon Américain avait besoin pour survivre. Elle n'entrait pas dans ce système et ne l'avait jamais fait. Elle admirait l'autarcie des pionniers qui ne craignaient pas de partir pour un mois sans rien de plus qu'un fusil, une longueur de fil de pêche, un sac de riz, deux cents grammes de sel et un peu de thé dans une boîte en fer-blanc. Retrouver l'essentiel. Vivre des produits de la terre.

Cela dit, elle admirait le profit que Wetzel Setzler avait tiré des deux longues pièces de la bâtisse en rondins noircis trop grandiose qui dominait la grand-rue (l'*unique* rue) de Boynton. Sess lui avait raconté que c'était un vestige du début du XXe siècle, l'époque où Boynton comptait douze cents âmes, un opéra et vingt-huit *saloons*, l'époque où dans les tamis des *placers* des bords de la Kandik et de la Charley se déposait encore de la poussière d'or, l'époque où trente-deux bateaux à roues à aube de la Northern Navigation Company remontaient et descendaient la rivière pour assurer la circulation : Pamela ne s'en demandait que davantage ce que ces hordes de gens pensaient quand ils déboulaient dans cette contrée dont ils ne savaient rien. Mais elle connaissait déjà la réponse : viols et rapines, voilà ce qu'ils avaient en tête, et rien d'autre. Prendre l'or, prendre la viande, prendre les fourrures, et puis replier la tente et retourner vivre à Cleveland, à Sacramento, à Montpelier ou à Miami Beach.

Wetzel Setzler devait avoir trois mille articles en exposition : bougies, cartouches, hameçons, pièges à castors, clés à molette, chaussettes polaires, salopettes, jusqu'aux cerises au marasquin, haricots beurre en boîte, alcools variés et seize variétés de bonbons et de chewing-gums, dont chacune était rangée dans une boîte et clairement marquée avec son prix écrit en capitales à la main, tellement régulières que ça aurait pu être un tampon du fabricant. Il y avait un poêle au milieu du magasin avec deux chaises installées tout près, un fouillis de choses qui pendaient de crochets plantés dans les poutres et un frigo avec une porte vitrée, avec des boissons fraîches, des cannettes de bière et jusqu'à du lait, du beurre et de la crème fraîche, le tout provenant d'un supermarché de Fairbanks et vendu trois fois le prix. Hormis le frigo, l'endroit aurait pu sortir d'un recueil de photographies du temps jadis, sinon de daguerréotypes, le genre d'ouvrages que la mère de Pamela laissait toujours traîner sur la table basse du living-room pour que les invités puissent les feuilleter, *Comment vivaient nos aïeux ou Vieilles Boutiques du Far-West*.

Quand Pamela franchit le seuil, il n'y avait personne, alors qu'il était dix heures du matin et que les gens flânaient dans la rue comme des caillots dans les veines du bourg. Une clochette au-dessus de la porte annonça son arrivée mais personne (ni Wetzel Setzler ni un commis, si l'espèce existait dans un endroit aussi retiré !) ne surgit de l'arrière-boutique pour l'accueillir. Il régnait un silence surnaturel, en dehors du temps ; la seule source de lumière était les fenêtres. La pensée lui traversa l'esprit qu'elle pourrait faire une razzia, prendre tout ce qu'elle voulait, emporter tout ce qu'elle pourrait et installer une boutique en face, et personne ne s'apercevrait de rien. « Bonjour ! fit-elle. Il y a quelqu'un ? »

Elle se retrouva face aux mâchoires de ce qui devait être un piège à ours qui pendait à une chaîne au-dessus d'elle, un énorme morceau de métal noir à reflets bleutés, qui luisait faiblement dans la lumière du matin. C'était un piège, mortel, inextricable, et elle l'imagina artistiquement enfoui près d'une carcasse sur la piste d'un animal, un cauchemar devenu réalité et, pendant un instant, à regarder les dents, elle en ressentit toute la cruauté : n'était-ce pas là ce que Sess avait tenté de lui faire comprendre le soir où ils s'étaient soûlés ? C'était un piège. Un outil nécessaire à la vie sauvage. On piégeait les bêtes et puis on les tuait, on les dépeçait et on les donnait en pâture aux chiens, et l'argent qu'on récupérait en vendant les peaux permettait de s'acheter du sucre, du café, des cartouches et d'autres pièges. Voilà ce à quoi elle croyait et c'était une question de choix, de plaisir personnel, d'inclination, autant que de survie : toutes ces vies alimenteraient la sienne, comme si elle s'était métamorphosée en divinité : une déesse dont les sacrifices seraient exigeants.

A côté du piège, cloué au renflement de la poutre traitée à la gomme-laque, comme pour se moquer de toute l'affaire, pendait un vieux cornet de bicyclette, avec son cuivre terni et sa poire en caoutchouc noir. Sans réfléchir, Pamela leva le bras pour presser la poire et un souffle asthmatique, grave et flatulent annonça sa présence. « Bonjour ! », lança-t-elle derechef.

Toujours pas de réponse.

Mais peut-être le magasin n'était-il pas ouvert, après tout. Ce devait être ça. Peut-être les habitants avaient-ils tellement confiance qu'ils laissaient tous leur porte ouverte, qu'on pouvait entrer et sortir à sa guise, choisir ce qu'on voulait et payer — la maison faisait confiance. Au fond se trouvait une porte marquée BUREAU, avec les mêmes capitales méticuleuses qui annonçaient le prix sur les boîtes de bonbons ; Pamela alla tourner la poignée. Poussant la porte de la main droite, elle tapota dessus, officiellement, avec les articulations de la main gauche, et se trouva sur le seuil d'un antre sans fenêtre, meublé d'un bureau, d'un classeur en bois et de cartons de bouteilles d'alcool empilées contre les murs jusqu'au plafond. Il régnait là une odeur de cire brûlée ou de pétrole lampant, chimique, en tout cas, mêlée aux relents de Pine-Sol et de la moisissure qu'il était censé combattre.

Pamela se pencha en avant, le plancher craqua et elle s'arrêta net, gênée soudain. Elle n'avait rien à faire dans le repaire d'un homme qu'elle connaissait à peine : des chaussettes et un T-shirt jauni mis à sécher sur le dos du fauteuil comme s'il les avait lavés un à un, une rangée de pipes mâchonnées sur le classeur à côté d'une photo de lui-même plus jeune et d'une femme deux fois plus grande que lui, en robe à imprimé, tous deux éblouis par le soleil comme s'ils sortaient d'une grotte. Il y avait aussi une paire de bottes dans un coin, un nécessaire à pipe dans un bocal, un moulinet de pêche posé sur un journal. C'est alors que Pamela aperçut la radio, là-devant, sur le bureau, avec casque et micro attachés : vision qui l'impressionna autant que le piège à ours : elle avait vraiment pénétré dans un monde différent, un mode de vie différent, et il lui faudrait le temps de s'habituer. Sa mère pourrait attendre, décida-t-elle, songeant qu'il serait meilleur marché de téléphoner depuis un téléphone à Fairbanks (s'ils retrouvaient Richard Schrader et s'il pouvait leur prêter sa camionnette) : elle ressortit donc du bureau et ferma la porte.

Une fois de plus, elle appela (« Bonjour ! Il y a quelqu'un ? »), avant de se promener dans les allées, perdue au milieu des seaux en acier galvanisé, des boîtes de

Blazo, des boulons, des pioches, des hameçons et des pains vieux d'une semaine enveloppés dans de la cellophane. L'espace d'un éclair, elle eut un pincement au cœur. Elle désirait vraiment parler à sa mère, c'était vital, moins pour la rassurer que pour lui apprendre que la fille pourrait réussir là où la mère avait échoué, qu'elle savait ce qu'elle faisait, et que tout se passait bien, mieux que bien. Elle était heureuse. Ravie. Il fallait que sa mère soit au courant.

Manifestement, Sess avait, dans l'ensemble, plu à sa mère, mais l'idée que sa fille puisse vivre dans le *bush* lui avait paru douteuse dès le départ. « J'en ai eu ma part quand ton père partait prospecter, l'été, quand tu étais gamine », disait-elle, et c'était comme une litanie, comme un catéchisme que Pamela aurait pu répéter mot pour mot. « Oh, c'était peut-être amusant pour vous, les filles, mais, pour moi, c'était une croix supplémentaire à porter : essayer de faire la cuisine pour quatre sur un feu de camp, ne pas dormir la moitié de la nuit pour écraser les moustiques et me demander si ton père allait revenir, s'il ne s'était pas cassé une jambe, s'il ne s'était pas fait attaquer par un ours ou ne s'était pas noyé en traversant un torrent ; c'était ça, le pire : l'imaginer flottant là-bas, comme un morceau de viande du repas de la veille, gorgé d'eau, transformé en festin pour les corbeaux, pour les fourmis... »

Pamela était jeune alors, à peine huit ans quand ils étaient partis la première fois, et ses seuls souvenirs étaient heureux. Elle se rappelait d'elles trois (sa mère, Pris et elle) allongées sous la grande tente en toile : la pluie transformait les pans de la tente en formation de musiciens sud-américains, sa mère distribuait les cartes pour une partie de belote, de poker, de whist ou d'euchre tandis que l'odeur de lapin ou d'écureuil mariné au gingembre ruminait dans les coins. Dans un four de camping des biscuits aux céréales et même des gâteaux acquéraient une délicieuse densité. Pamela lisait tout Nancy Drew, les sœurs Brontë, *Sherlock Holmes*. Elles nageaient, pêchaient, faisaient du canoë et, pendant tout le mois de juin et la moitié de septembre, sa mère leur faisait faire leur arithmétique, leur orthographe, leurs essais sur Andrew « Stonewall » Jackson et Thomas Paine. Elles vivaient comme dans un rêve. Et, comme dans un rêve, les souvenirs lui revenaient par fragments de couleurs et d'émotions, un moment se fondait dans le suivant en un montage qui couvrait six étés, jusqu'au dernier, au cours duquel son père était parti et n'était pas revenu.

Elle ignorait combien de temps elle avait erré dans le magasin, effleurant du doigt un objet puis l'autre, comme si, de toute sa vie, elle n'avait jamais vu de gonds et de clous à trois sous, jusqu'à ce qu'un coup de klaxon timide, presque gêné, de l'autre côté de la vitrine, ne l'extraie de sa rêverie. Il y avait une voiture dans la rue (blanche, bandes bleues, une auto de course tout à fait incongrue dans un pays perdu où les véhicules devaient travailler comme des chiens et où, si l'on n'avait pas un pick-up, c'est qu'on avait une canadienne). D'abord, Pamela songea que le conducteur devait être un touriste d'Anchorage, voire d'en dessous le 48e parallèle, mais on aurait dit qu'au travers des reflets du pare-brise, il s'adressait à elle par gestes, sur quoi il y eut un nouveau coup de klaxon, plus suggestif, insistant, familier même. Il lui fallut un moment avant de comprendre, et elle ne put que rire d'avoir été incapable de reconnaître son mari, parce que c'était bien lui qui, penché à la fenêtre, l'appelait, accompagnant son appel d'un geste des doigts recourbés de ses deux mains. Soit. Néanmoins, elle se trouvait devant la boîte méticuleusement étiquetée de tablettes Henley, sans un épicier en vue mais avec un bon bout de route devant elle. Elle en prit deux sans réfléchir et se trouvait quasiment à la porte lorsqu'elle se ressaisit. Et, bien que Sess klaxonnât encore deux fois, elle revint sur ses pas, redescendit l'allée jusqu'à la caisse, esseulée sur le comptoir du fond, et laissa là deux pièces de 25 *cents*.

Dehors, à la lumière du jour, la voiture paraissait encore plus déplacée, comme si elle avait été déposée là, au fin fond de la cambrousse, par une écurie automobile démente qui aurait pu emprunter un de ces gros hélicoptères Huey tels qu'on en voyait utilisés pour le transport des troupes dans les reportages sur la guerre à la télévision. Elle ne cadrait pas, tout simplement, cette voiture de course, à Boynton, à deux cent quarante kilomètres de la route goudronnée la plus proche. Pamela s'affaissa sur le siège du passager à côté de Sess, à qui elle tendit une barre de chocolat, tandis qu'il faisait vrombir le moteur et jaillir une gerbe de gravier. « Belle voiture, fit-elle, les épaules collées au dossier. Où tu l'as eue ? »

Déchirant l'emballage de la barre avec les dents, Sess démarra en première et, de la main gauche, avec l'aide de l'épaule droite, manœuvra la voiture à travers une succession de nids-de-poule et de mares sans fond, jusqu'à la route de Fairbanks. Alors seulement, il passa en deuxième, le châssis tremblota sur une succession de nids-de-poule et de dos-d'âne, la boue gicla de tous les bords, des cailloux criblèrent les pare-chocs comme de la mitraille et ils dépassèrent le Three Pup à toute vitesse avant que Pamela ait pu ne fût-ce que se demander si, par hasard, Sess n'esquivait pas sciemment la question. « Tu as passé ton coup de fil ? cria-t-il au-dessus du vacarme.

— Il n'y avait personne dans la boutique », répondit-elle, et la tension des ressorts sur la surface impitoyable lança sa voix dans un vibrato rapide. Sess n'avait pas encore ralenti, le compteur montait déjà à cent vingt sur une route qui était tout juste sûre à la moitié : qu'avait-il en tête, son mari aux grandes mains, aux cheveux épais comme une fourrure, au sourire figé dessiné de profil tandis qu'il mâchonnait le chocolat dans un coin de la bouche ? Essayait-il de l'impressionner comme un adolescent en goguette avec la bagnole de son père gonflée à bloc ? Allait-il jouer l'adolescent avec elle, il s'agissait de ça ? Ou alors était-il simplement gris ? Quelle que fût la cause, il allait bousiller la voiture s'il ne ralentissait pas... et peut-être les tuer tous les deux. Elle lui saisit le bras. « Sess, fit-elle, Sess, tu peux ralentir, s'il te plaît ? »

Instantanément, l'aiguille redescendit jusqu'au soixante et Sess se tourna vers Pamela et lui sourit. « Elle te plaît ? », s'enquit-il, les dents de devant oblitérées par une mousse de salive chocolatée si bien qu'on aurait cru un de ces comiques au rire forcé qu'on voyait toujours à la télé (genre Red Skelton ou elle ne savait plus qui). Il y avait un brin de folie dans son regard, un bouillonnement d'émotions qu'elle ne lui connaissait pas, et elle dut se rappeler qu'elle en était encore à apprendre à le déchiffrer : ils en étaient encore, après tout, à leur lune de miel. C'était son mari, elle l'aimait, mais que savait-elle vraiment de lui après deux semaines ?

Elle lui sourit en retour, serra son poignet droit posé sur le levier de vitesses, tandis que les roues attaquaient la route et que cette dernière ripostait. « Bien sûr, elle me plaît. Mais il n'y a pas d'arrière, pas de siège, rien, alors comment va-t-on faire... ?

— Pour les chiens, tu veux dire ? Bah, on les ficellera sur le toit. » Sess taquina l'accélérateur : la voiture sursauta et fit un bond en avant, puis revint à la normale lorsqu'il leva le pied. Il n'avait pas cessé de sourire et elle allait réitérer sa question *(Où te l'es-tu procurée ?)* lorsqu'elle remarqua qu'il n'y avait pas de clef dans le contact, seulement une fente brillante qui la fixait comme un œil aveugle. Et dessous, sous la colonne de direction, une sorte de fiche pendait au milieu d'un paquet de fils défaits.

Un instant passa, broussailles de part et d'autre de la route, arbres battant comme des bannières dans une forte brise. Puis Sess alla fouiller sous son siège, la tête relevée pour garder un œil sur la route. « Tiens, fit-il en se redressant et en lui tendant une boîte de Oly, j'ai déjà un tour d'avance sur toi... On n'avait pas dit qu'on s'offrirait une bière ce matin ? » Il coinça une seconde cannette entre ses genoux et manipula la languette, tandis que la voiture tanguait avant de se rétablir.

Pamela accepta la bière, l'ouvrit avec un bruit sec, but une gorgée. « Tu es soûl, c'est ça ? D'où ton comportement ? »

Le sourire s'était évanoui quand il avait fouillé sous le siège mais voilà qu'il revenait, encore plus artificiel qu'avant. « Mais non, Pamela... je veux dire... deux bières et une barre de chocolat sur un estomac en grande partie vide ? Je me sens bien, voilà tout, fantastiquement bien. Formidablement bien. »

Sa bière entre les genoux, Pamela observa son mari. « Où t'es-tu procuré la voiture, Sess ? »

Le sourire figé, il regarda droit devant. Il haussa les épaules mais ne se tourna pas vers elle. « Au bourg.

— Ah ouais ? », fit Pamela. Elle ne trouvait plus Sess mignon du tout. Il avait un comportement criminel. Irresponsable. Ce n'était pas correct, ce qu'il avait fait. « Et pourquoi n'y a-t-il pas de clefs ? Et c'est quoi, ce tas de fils qui pendent ? »

Nouveau haussement d'épaules. Il porta la bière à ses lèvres et fit à nouveau emballer le moteur. « Je l'ai empruntée.

— Empruntée ? A qui ?

— Tu veux qu'on voie si on peut dégotter quelque chose sur la radio ?

— A qui, Sess ? »

Alors il la regarda, et le sourire avait disparu. Quelque chose... une strie fauve... traversa la route à toute allure devant eux. « Joe Bosky.

— Joe Bosky ? » Elle avait répété le nom comme si elle avait mal entendu et peut-être était-ce le cas, d'ailleurs... Peut-être le grondement du moteur et le vent à la fenêtre lui jouaient-ils des tours ?

Sess ne dit rien, fixa des yeux la langue de piste brune devant eux. « Joe Bosky ? Celui que tu voulais tuer il y a quinze jours ? Ce Joe Bosky-là ? »

Elle étudia son profil, qui demeura impénétrable. « C'est du vol de voiture, Sess. Tu pourrais aller en prison. Est-ce que ça en vaut la peine ? Est-ce que ça en vaut la peine, simplement pour... pourquoi ? se faire remarquer ? Faire le matamore ? C'est ça que tu fais ? Tu fais de l'esbroufe pour mes beaux yeux ?

— Dent pour dent. Tu me fais mal, je te fais mal. C'est la loi de la jungle ici, Pamela, et tu ferais mieux de t'y habituer.

— Ne me raconte pas de conneries, n'y songe même pas », répondit-elle, ce qui n'empêcha pas Sess de continuer sa route, de conduire trop vite, et le gravier volait, criblait de petits coups la carrosserie de la Shelby Mustang GT350 de 1965, que Joe Bosky avait achetée le jour même de son arrivée à San Diego au retour de sa seconde expédition au Viêt-nam, avec l'argent que sa mère décédée lui avait laissé, et il l'avait embarquée sur un bateau en partance pour Anchorage, puis l'avait conduite à quarante à l'heure sur la route de Fairbanks, pour la remiser dans l'unique garage de Boynton, courtesy Wetzel Setzler et un loyer de dix dollars par mois. Pamela ne sut que dire. Elle était furieuse. Tout cela était infantile : deux petits garçons qui se chamaillaient... Quel bénéfice Sess espérait-il tirer de cette revanche ? Ses chiens étaient morts, donc il se vengeait sur la voiture de Joe Bosky. Et si Joe Bosky l'apprenait, puisque Sess s'était acharné sur le klaxon en pleine rue ? Et s'il demandait à Wetzel Setzler d'appeler le shérif sur sa radio amateur ? Que se passerait-il alors ?

« Arrête la voiture, Sess, dit-elle. Arrête-toi. Je ne veux pas être mêlée à cette histoire. »

Les mains de Sess se crispèrent sur le volant. Il regardait droit devant. « Tu l'es déjà. »

Une voiture de police attendait le long de Steese Highway quand ils arrivèrent à Fairbanks, une conduite intérieure longue et basse, l'air menaçant : comme le soleil se reflétait sur le pare-brise, on ne pouvait rien distinguer à l'intérieur. Pamela eut un haut-le-cœur mais Sess leva le pied de l'accélérateur, sortit un bras par la fenêtre et adressa au flic invisible un salut cordial. Pamela n'osa pas tourner la tête mais elle observa le véhicule de police dans le rétroviseur latéral comme si elle avait pu l'immobiliser par le simple effet de sa volonté, tout en s'attendant à ce qu'il démarre en trombe dans une débauche de sirène et de gyrophare. Mais non, il ne se passa rien. La voiture de police reflua dans le rétroviseur, immobile comme un tas de pierres. Un pick-up les dépassa. Ils obliquèrent. Sess mit les deux mains sur le volant et roula comme un fermier qui va vendre ses œufs au marché.

Ils déjeunèrent sur le ponton de la Pumphouse, son endroit préféré à Fairbanks, et le soleil qui caressa le visage de Pamela, la brise et les deux bières qu'elle but firent beaucoup pour la calmer. Elle acheta le journal et ils étudièrent les annonces de la rubrique « Animaux de compagnie », mais aucun des chiens décrits n'agréa à Sess (voilà qu'il faisait le difficile maintenant : sa gaieté s'était envolée) ; tous deux s'aperçurent alors qu'ils avaient perdu leur journée. Sess n'arrêtait pas de répéter qu'ils devraient rentrer pour sortir les filets mais, chaque fois, il reprenait une rasade de bière, vidait son godet d'alcool et maugréait : inutile de parler de saumons ou de quoi que ce soit d'autre pour l'instant parce que, tant qu'ils n'avaient pas de chiens, ils étaient voués à l'échec et toute cette affaire de vivre dans les bois n'était qu'un vaste rêve éveillé, une fumisterie. Pamela était déprimée de le voir ainsi : pire, cela l'effrayait. Il était son roc, ses fondations, le mâle dominant qu'elle s'était choisi dans un troupeau de mâles qui ne le valaient pas, il était celui qu'elle avait attendu toute sa vie pour qu'il l'emmène en pleine nature : s'il était vaincu, elle l'était aussi. Comme la serveuse tournait autour d'eux et qu'elle lut dans les yeux de Sess qu'il était prêt à passer une autre commande, Pamela suggéra : « Écoute... et la fourrière ?

— Je ne sais même pas où elle se trouve. » Il dressait des obstacles sur leur chemin.

« Vous voulez dire la fourrière où ils mettent les chiens abandonnés ? fit la serveuse en ramassant les bouteilles sur la table, remuant chacune pour vérifier qu'elle était bien vide. Je peux vous indiquer où c'est, parce que mon ami et moi, on y a trouvé une adorable petite caniche, Mitzi. C'est comme ça qu'on l'a appelée. Attendez. Vous voulez voir sa photo ? »

La fourrière se trouvait derrière une espèce d'usine ou d'entrepôt sur un terrain plat piétiné, sans arbre, sans même un buisson ; c'était un bâtiment préfabriqué, carré, devant lequel n'était garé qu'un véhicule, un camion publicitaire tout cabossé, dont on aurait dit que le conducteur l'avait abandonné là et puis était parti en courant. A environ trois cents mètres se trouvaient les voies de chemin de fer, où des chapelets de wagons étaient alignés comme des dominos jusqu'à l'horizon. Sess ne voulait même pas descendre de la voiture, mais Pamela l'aiguillonna, et ils se retrouvèrent donc dans la cour, gravier crissant sous les semelles, et Pamela songea que sans doute nulle part en Alaska on ne pouvait être plus loin de la Thirtymile. C'est alors que leurs narines furent assaillies par une odeur d'ammoniaque charriée par une brise légère sur laquelle voguait également une poignée de moustiques. Ils entendirent un bruit de fond angoissé, protestations et geignements, qui semblait venir de partout et de nulle part à la fois. « Qu'est-ce qu'on a à perdre ? », dit Pamela, tentant d'amadouer son mari qui lui lançait au même moment un regard vitreux par-dessus le toit de la voiture ridicule.

A l'intérieur, l'odeur concentrée rappela à Pamela le seul grand zoo qu'elle eût visité, celui de San Francisco, où les animaux mal soignés dépérissaient dans des cuvettes en béton et où leur puanteur démultipliée (une puanteur si intense que Pamela en avait ressenti de la panique) était la seule impression marquante qu'elle avait gardée du zoo, de toute la ville, en fait. Le sol de la fourrière aussi était en béton, et la lumière inadéquate. Une femme trapue, coiffure crêpée et monture de lunettes en ailes de papillon, leur sourit, à l'abri de son comptoir en contreplaqué avec tablette en Formica. « Vous venez pour une adoption ? », demanda-t-elle, criant plus fort que la cacophonie des chiens, dont le volume avait augmenté depuis que les visiteurs avaient passé la porte. « Ou peut-être que vous y pensez seulement ? »

L'instant d'après, ils longeaient un couloir en ciment, entre des rangées de boxes grillagés, avec des chiens de toutes tailles et de toutes descriptions sautant contre le grillage, yodlant, jappant, geignant, les pattes comme des moulins à vent, les yeux pleins d'enthousiasme et d'espoir. La femme se pencha vers l'un, vers l'autre, câline, et ils pointèrent leur truffe luisante à travers la maille pour vénérer ses doigts et le dessus de sa main. S'ensuivit un effroyable raffut de coups d'ongles lorsque les chiens se battirent pour le premier rang sur le ciment mouillé. L'un d'eux, un bigle croisé, les oreilles tombantes, le regard profond et liquide, grimpa sur le dos de trois autres pour venir fourrer son museau dans un interstice, là où la porte s'était écartée de ses gonds, et Pamela glissa la main contre le mur pour évaluer l'appréciation du chien, dont la langue rose se mit à extraire toutes les molécules de senteur de sa peau. Elle aurait voulu pouvoir les adopter tous. « Alors, Buster ! », dit la femme en pressant sa main contre le grillage, là où un retriever blanc s'était accroupi sur ses mauvaises hanches, « Buster est le chien le plus adorable que je connaisse. Il ferait un parfait chien de compagnie. Et il adore les enfants. Vous avez des enfants, tous les deux ? »

Sess se trouvait tout près d'elle mais il ne parut pas l'entendre. Toute son attention s'était portée sur un chien au fond de la cage, décharné, grosse tête, les pattes comme des cribles. Il ne pouvait avoir plus de huit ou dix mois. « Celui-là, fit-il, je peux voir celui-là ? »

La femme prit un air dubitatif. « Vous voulez dire Pêche ? Lui, c'est Pêche, répéta-t-elle en se retournant pour regarder Pamela. Il n'est pas fait pour la ville mais, si vous vivez à la campagne, si vous avez de l'espace, hum, je suppose qu'il ferait l'affaire. Il est timide, voilà tout.

— C'est parce qu'il a du sang de loup dans les veines », affirma Sess, guilleret tout à coup — Pamela le devina au son de sa voix. « Tu vois ses pattes de derrière, Pamela, leur aspect anguleux ? Et son museau ? Le museau pointu est signe qu'il a des vertèbres plus longues et que les muscles de son poitrail peuvent donc bien se déployer, de sorte qu'il peut tenir la distance. C'est un rapide. Et il pourra tirer aussi. » Quand Sess pénétra dans la cage, trois ou quatre chiens se précipitèrent sur ses mains, agitant la queue. Le chien-loup recula dans le coin, Sess se mit à genoux, s'accroupit et tendit la main droite. « Pêche, dit-il, d'une voix basse et mature. Quel drôle de nom pour un chien ! Viens mon garçon, viens. » Cela prit une minute, sous le regard de la responsable de la fourrière et de Pamela, mais le chien finit par venir, un mètre cinquante sur le sol en ciment, dans la position soumise du loup, rampant sur les coudes, ventre contre terre. Sess le caressa en lui repliant les oreilles en arrière et lui passa la main sur le museau. « Je prends celui-ci », déclara-t-il.

Au supermarché, il refusa que Pamela achète plus que ce qu'ils pouvaient porter sur le dos, sans donner d'explication, sans même daigner l'accompagner pour l'aider à pousser le chariot dans les allées de l'abondance comme tout autre mari de la création l'aurait fait. Il resta dehors sur l'aire de stationnement avec le chien, à la lisière de l'aire, là-bas où les hautes herbes prenaient le relais. Il avait apporté une laisse et un collier faits maison mais il ne s'en servit pas — pas encore. Il se faisait obéir du chien par la voix seule et, lorsque Pamela entra dans le magasin, il resta accroupi à observer la bête, le doux flux apaisant de ses paroles agissant sur l'animal comme une incantation. Malgré son envie de dévaliser le supermarché, Pamela dut se contenter de produits de beauté, de dentifrice, de fruits et de légumes frais (qui lui manquaient déjà terriblement) et d'autant de paquets de pâtes, de boîtes de tomates pelées et de sauce tomate qu'elle imagina qu'ils pourraient porter. Quand elle sortit du supermarché en poussant le chariot, Sess se leva et traversa l'aire de stationnement pour la rejoindre, sans un regard pour le chien, qui, la tête baissée, ne l'en suivit pas moins.

Sur le chemin du retour, Sess fut de moins en moins exubérant, bavardant sans cesse comme s'il venait de gagner le gros lot. Ils avaient fourré les courses derrière le siège et le chien (que Sess ne voulait pas abaisser en l'appelant Pêche) resta enroulé comme un rouleau de corde sur les genoux de Pamela, le museau à la fenêtre. Sess conduisit plus lentement dans l'ensemble, mais il continua de soumettre le véhicule à des accélérations brutales et passait les vitesses comme s'il avait voulu les arracher à la transmission. Cahotant avec fracas sur les nids-de-poule et soulevant des gerbes couleur café, la voiture devenait un esquif fendant les eaux boueuses d'un bras de rivière. Régulièrement, Sess avançait la main pour caresser le bras de Pamela ou le chien. Bientôt, il se mit à siffler. « Trotte ? Que dirais-tu de Trotte ? Ça lui irait, comme nom. Descriptif, tu vois ce que je veux dire ? Ou alors Lucius. J'ai toujours bien aimé Lucius. Comme nom, je veux dire... »

Pamela avait presque oublié qu'ils se trouvaient dans une voiture volée, qu'ils jouaient à un jeu dangereux avec un homme qui tirait des balles dans le crâne des chiens d'autrui, et qu'un jour viendrait l'heure du jugement : elle l'avait presque oublié parce qu'elle était totalement impliquée dans le moment présent, ici et maintenant, que son mari et elle sirotaient des bières fraîches pour célébrer l'acquisition de ce chien de concours installé sur ses genoux et de deux autres pour lesquels Sess avait fait une avance de cinq dollars et qu'il reviendrait chercher avec le pick-up de Richard Schrader. « Qu'est-ce que tu dirais de Roi du Yukon ? » fit-elle.

Sess éclata de rire et, de nouveau, avança la main pour caresser le chien, qui, ramenant la tête à l'intérieur, lui lança un regard soumis de chien fidèle. « Je n'avais jamais pensé à celui-là ! Mais, pour sûr, ça serait logique de donner à son chien le nom d'un chien de cinéma qui ne saurait sans doute pas s'enlever du chemin d'un traîneau qui lui foncerait dessus. A ce propos, tu savais que Lassie est en fait jouée par trois chiens différents... tous des mâles... ? »

Non, elle l'ignorait. Mais elle connaissait l'origine de l'inimitié de Sess envers le brun, parce qu'il la lui avait avouée en buvant son second godet morose de Wild Turkey à la Pumphouse tandis qu'elle lui lisait le descriptif des chiens à vendre, à échanger ou « offerts gracieusement à tout bon foyer », et qu'il les rejetait les uns après les autres avant qu'elle eût le temps d'arriver à la fin de la première phrase du descriptif. Il y avait deux hivers de cela, Joe Bosky était arrivé à Boynton habillé comme s'il sortait tout droit de *National Geographic*, parka en peau de caribou doublée de loup, fusil en bandoulière. Le coucou qui l'avait amené n'avait pas même refait le plein avant de remettre le cap sur Fairbanks que Joe Bosky faisait déjà des siennes au Nougat, à étaler sur le comptoir l'acte de propriété de la cabane de Tilda Runyon : la cabane qu'elle avait laissée à son fils métis, un ivrogne, joueur, voleur et menteur, qui, apparemment, avait servi dans le même régiment que Bosky. Que faisait-il par là en plein mois de février ? Il allait vivre en pleine nature, voilà ! Il avait emménagé dans la cabane de Tilda Runyon, coupé du bois, bu excessivement et survécu grâce aux approvisionnements dispensés par l'avion postal deux jours par semaine. Dès le premier été, il s'était construit un chalet sur Woodchopper Creek et avait commencé à gagner un tas de fric en transportant dans la brousse des touristes et des pêcheurs dans le Cessna 180 avec lequel il avait rappliqué un beau jour ;

à l'automne, il parcourait les collines et les cours d'eau, fouillant les environs en quête de fourrures. Il avait fini par s'installer sur la piste de Roy Sender, la piste que Roy Sender avait tracée, maintenue et allongée au cours de la quarantaine d'années qu'il avait passées là, avant de la céder à Sess au moment de partir. Le premier hiver, il n'y avait eu que des vols d'appâts et de pièges à ressort, sans aucune empreinte dans la neige, comme si le coupable s'envolait par magie, car Joe Bosky était malin, apprenait vite et connut bientôt le pays comme le fond de sa poche. Le deuxième hiver, il installait ses propres pièges et piochait dans ceux de Sess. « Tu ne savais pas ça, à propos de Lassie ? Vraiment, tu ne le savais pas ? »

Pamela fit non de la tête. « Tu l'as lu quelque part ?

— Oui. Dans le journal de télé, sans doute.

— Dans le journal de télé ? Pourquoi tu lis le journal de télé ? Tu n'as jamais eu de télé de toute ta vie d'adulte et tu n'en auras jamais ! »

Il lui lança un regard de biais. Haussa les épaules. « Un hiver, j'avais plus un clou, quand j'étais encore à Fairbanks... tu te rappelles ? Je te l'ai dit. Je buvais trop, tout mon argent passait dans l'alcool. Il y avait une librairie qui donnait une caisse entière de vieux journaux de télé. J'ai dû tous les lire d'un bout à l'autre. Deux fois. *Au moins* deux fois. Tu connais *Citizen Kane* ? »

Une image en noir et blanc traversa l'esprit de Pamela, la pénombre d'un living, le tremblotement du poste de télé, et sa mère qui, les pieds sur la table basse, se faisait les ongles, l'incandescence tout en bajoues du visage d'Orson Welles, les salles géométriques et dépouillées d'un manoir dans lequel des armées entières auraient pu camper. « Oui, je l'ai vu. Des passages, en tout cas.

— 1941. Orson Welles, Joseph Cotten. Dirigé par Welles ; Quatre étoiles. *Le Fantôme de la momie,* 1944. Lon Chaney Jr. Deux étoiles. *Les Dents du diable*, Anthony Quinn, 1960 (ce film-là, il devait être programmé six fois par semaine) : trois étoiles. Je pourrais te donner la cote de tous les films jamais tournés mais je n'ai pas dû en voir cinquante dans le lot, et encore ce devait être quand j'étais môme chez mes parents. »

Le chien remua sur les genoux de Pamela. « Ça te manque, demanda Pamela... la télé, les films ? »

Elle pensait qu'il répondrait « non », qu'il lui fourguerait la réponse standard des givrés de la toundra : on est trop occupé, le paysage est trop beau, la nature, c'est mieux que tout ce qu'on pourra jamais espérer voir sur le petit écran, avec les aurores boréales qui resplendissent tout là-haut en Cinémascope... Or il la surprit. « Par une nuit sans lune de janvier, le poêle tellement chaud que la fonte rougeoie, le plancher tellement froid qu'on ne veut pas se lever pour ne pas mettre sa vie en danger, tout te manque. »

S'ensuivit un silence, le chien passa à nouveau la tête par la fenêtre, et le soleil, triomphant des nuages, illumina la piste qui se déroula devant eux comme une autoroute ; la Mustang de Joe Bosky fit des embardées dans les ornières et prit un malin plaisir à dénicher des mares. On ne peut pas dire que la circulation ait été un problème : ils dépassèrent seulement deux véhicules, qui devaient se rendre aux sources chaudes de Boynton, où se trouvait une vieille station décatie pour estivants, et ils croisèrent six ou sept véhicules qui se dirigeaient vers Fairbanks, et que Sess reconnut tous. Sifflotant, il enchaîna quatre versions chevrotantes de *My Favorite Things*, un Dvorak (Pamela aurait été incapable de spécifier lequel) et (ça, c'était très agaçant) *J'ai vu Maman embrasser le Père Noël (sous le gui)*. Sur quoi le soir tomba et ils se trouvaient à cinq kilomètres de Boynton quand Sess se gara sur le bas-côté, dans un endroit où la Birch Creek décrivait un méandre contre le ressaut et où les rares pêcheurs avaient arasé un mamelon cloqué sur la berge. « Pamela, on descend », annonça-t-il et, avant qu'elle ait pu trouver la poignée, il avait déjà fait le tour pour lui ouvrir la portière. « Il est temps de se dégourdir les jambes. Viens, Lucius, ça c'est un bon chien. Toi aussi, tu veux te dégourdir les pattes ? »

Le cours d'eau, la *creek*, se révéla être une véritable rivière, profonde, mais son débit était lent à cet endroit et ses eaux de la couleur du thé infusé. Le chien leva la patte, renifla. Sess prit Pamela dans ses bras et lui donna un baiser passionné et ardent, puis il relâcha son étreinte et commença à ranger les courses dans leurs sacs à dos. Les moustiques étaient aux anges. « Qu'est-ce que tu fais, Sess ? s'enquit Pamela. Tu vas laisser la voiture ici ? C'est ça ? »

Il ne répondit pas. Les tendons de sa nuque saillaient tandis qu'il rangeait boîtes, pots et sachets de pâtes et de guimauves dans les sacs en prenant soin d'équilibrer la charge. « Je ne pense pas que ça fasse la moindre différence, Sess », s'entendit-elle lui dire sans vouloir pour autant le harceler — elle avait essayé de se retenir de parler mais en vain. « Tout le monde t'a vu dans la grand-rue ce matin, et tu as klaxonné comme un perdu. D'ailleurs, si quelqu'un voulait vraiment savoir, il y a nos empreintes partout sur la voiture. Et les poils du chien. » Elle tenta d'instiller un peu de légèreté dans son propos alors qu'elle était, à nouveau, hors d'elle. « Qu'est-ce que Perry Mason dirait de ça, tu crois ? »

A genoux par terre, Sess leva les yeux en un regard interrogateur. « Qui est-ce, Perry Mason ? » Ensuite, il se releva, prit les deux sacs à dos par les bretelles pour les soupeser, avant de les reposer contre les hautes herbes. « Pamela, dit-il, j'ai besoin que tu fasses quelque chose pour moi, tu veux bien ? — Et, sans attendre de réponse : — Tiens Lucius, veux-tu, pour qu'il ne prenne pas peur.

— Pourquoi prendrait-il peur ? De quoi tu parles ?

— Fais ce que je te dis, s'il te plaît. »

Et puis vint le grand final, qui anéantit Pamela, parce qu'il était fou, ce mari qu'elle s'était choisi, dingue, et il n'y avait pas moyen de faire machine arrière, c'était définitif, irrévocable, autant croire à la paix entre les Anglais et les Irlandais, entre les Israéliens et les Palestiniens. Sess remonta dans la voiture, fit vrombir le moteur, sans refermer la portière côté conducteur. « Tu sais, il n'y a sans doute pas cinq cents exemplaires de cette Mustang Shelby dans tous les États-Unis », déclara-t-il, levant la voix pour se faire entendre au-dessus du bruit du moteur. Puis il lança le bolide sur la butte, direction le fleuve, sautant avant que celui-ci ne s'empare de l'engin, dont l'arrière se releva juste un instant avant de revenir à l'horizontale puis de s'enfoncer dans un magma de bulles, englouti par le flux lent et régulier du courant.

18.

Ronnie adorait ça, de A à Z, vraiment. Il avait repris la route, le poignet enveloppé nonchalamment autour du volant de la Studebaker, Star et Marco serrés à côté de lui, des caisses entassées et ligotées sur le toit, et Lydia allongée sur le siège arrière, avec son chemisier transparent. Il suivait le bus, à l'arrière duquel Merry et Maya leur adressaient des grimaces, tandis que les chèvres bêlaient à cœur joie, perchées à cent à l'heure dans leur enclos de fortune au-dessus du véhicule, qui valait le détour ! C'était un tas de merde ambulant tellement chargé au sommet, tellement affaissé par son poids, oscillant et vacillant sur ses suspensions que même les Joad se seraient enfuis à toutes jambes en le voyant. WASHO UNIFIED, ah oui ! ça lui faisait plaisir, rien que de regarder l'inscription, parce que c'était une sorte de blague entre intimes dont il partageait le secret. Et derrière lui (il n'avait qu'à jeter un coup d'œil dans le rétroviseur pour être réconforté par la vision), suivait la Coccinelle grenue de Harmony, qui avançait cahin-caha juste devant le capot de la Lincoln de Lester.

Et ça, c'était encore autre chose : Lester et Franklin ! Ils s'étaient montrés à la dernière minute, traînant les pieds sur la terre battue, les mains dans les poches, pour les sortir de suite, avant de les remettre dans les poches et ainsi de suite, le regard plongeant dans les yeux de tous comme s'ils avaient eu des lasers incorporés, pour annoncer qu'ils allaient accompagner les autres, même s'ils pensaient qu'ils n'iraient pas jusqu'au bout de la route, là-haut dans l'arrière-pays glacé. Parce qu'on était en république, pas vrai ? Pan ne se souciait guère qu'ils viennent ou pas : ils ne le gênaient pas, il n'était pas regardant, même s'il avait ses doutes quant à leur capacité à prendre au piège un lynx, à tuer un élan ou à enlever l'écorce du bois pour construire une cabane. Et Sky Dog. Il partageait le siège arrière de la Lincoln avec un amas de sacs de couchage, du matériel de cuisine et une tente aux couleurs délavées qui aurait pu dater du Débarquement de Normandie. Quant à son pote Dale Murray, il fermait la marche sur sa moto. Qu'est-ce qu'Alfredo n'avait pas cessé de répéter pendant toute la semaine ? « La dernière chose qu'on veut, c'est une parade de cirque ! » Eh bien, il l'avait, sa parade, et le soleil brillait avec constance à l'horizon, les réservoirs étaient pleins, la radio déversait son rock n' roll et Pan, pour sa part, était content et fier de faire partie de la troupe.

Tout n'était pas rose, naturellement. Il y avait eu quelques instants désagréables au moment où chacun s'était demandé s'il allait tenter l'aventure, retourner tranquillement à San Francisco ou essayer de se raccrocher à une autre communauté : tout un tas de gens avaient plié bagage et étaient partis alors. Et puis il y avait eu la question de l'espace : qui allait voyager où, quand et avec qui ? Pendant plusieurs jours, fraternité et sororité vagueuses s'étaient tout bonnement effondrées comme un vieux toxico à la queue basse et avaient refusé de bouger. Quelle foire ! La plus parfaite désorganisation. Reba avait essayé de jouer à la chef et, bien sûr, Alfredo avait mis son nez partout, et le mec Krishna (tout le monde, désormais, l'appelait Tom Krishna) était sorti suffisamment longtemps de son trip Krishna pour se révéler bon ouvrier quand il avait un marteau et une scie à la main, et les nanas, toutes, n'avaient pas arrêté de tout ranger dans des cartons comme une équipe de secours mais, n'empêche, on aurait dit que Marginocity ne déménagerait nulle part jusqu'au moment où les flics du comté avaient remonté l'allée dans leurs voitures de la police du comté avec leurs petits bidules qui tournaient sur le toit et les bulldozers engagés à leur suite.

Au moins avaient-ils amené les bulldozers la veille et les avaient-ils laissés sur la grand-route pour que les vagueux puissent tous bien les voir, au cas où il aurait fallu leur rafraîchir la mémoire : deux Caterpillar de la taille d'une maison, de part et d'autre de l'allée. Mendocino aurait aimé mettre du sable dans les réservoirs et Pan trouvait que ce n'était pas une si mauvaise idée (gamin, il avait souvent fait ce genre de choses dans son lotissement, pour le pur et simple plaisir de se laisser aller à son instinct destructeur) mais Norm le lui avait interdit : il fallait laisser faire les autorités. Et ce n'avait pas été la joie non plus, de rester sur la colline à l'arrière, main dans la main, à chanter une chanson boiteuse de Joan Baez, lorsque le premier Caterpillar, après avoir remonté l'allée, était allé écraser la maison du fond aussi facilement que si elle avait été faite en carton et en cure-dents ; Jiminy levait le poing et jurait,

Star pleurait à chaudes larmes et Norm n'arrêtait pas de se retourner pour voir si le shérif n'arrivait pas avec un mandat d'arrêt. Des nuages de poussière virevoltaient. Les murs s'effondraient. La yourte de Harmony s'écroula sans même un soupir, et Ronnie pensa aux documentaires sur la Seconde Guerre mondiale qui obsédaient tant son père : la Bataille d'Angleterre, le Siège de Stalingrad : un mur qui tombait et voilà qu'un petit boudoir se retrouvait exposé aux yeux des passants. Et puis, vroom, vroom, une nouvelle pluie de bombes et de nouveaux nuages de poussière montaient très haut dans le ciel, très haut. « Alors, où est-ce que tu crois que Norm a l'intention de faire halte, ce soir ? », demanda Star au-dessus des pulsations ralenties de Canned Heat dispensées par une miraculeuse petite radio lycéenne à la sortie de Portland, que Pan avait su débusquer avec ses doigts de fée. « Je veux dire... *s'il* a l'intention de s'arrêter mais, avec lui, il n'y a aucune garantie, hein ?

— Ouais, dit Marco. Mais plus on roule, mieux c'est, non ?

— Ça, c'est la théorie », rétorqua Ronnie qui, avant que la caravane n'eût quitté Marginocity, était allé chercher cent pilules de Dexedrine qualité pharmacie chez un gars qu'il connaissait au River Run, à Guerneville — il les distribuait comme des bonbons, *avec profit*, à quiconque songeait à prendre le volant.

Jambes nues, Star avait posé ses pieds, nus aussi, sur le tableau de bord, comme deux oiseaux blancs voletant. Elle portait un chemisier blanc qui dévoilait le ventre, un jean coupé et probablement pas grand-chose d'autre hormis son essence naturelle, même si, parfois, elle se tamponnait un peu d'extrait de vanille derrière l'oreille et entre les seins. Ronnie se pencha sur elle pour la humer furtivement. Elle sentait la transpiration, les huiles naturelles et les adoucissants de synthèse qu'elle se passait dans les cheveux. Oui, son odeur était bien là : ce vague parfum de vanille, comme un restant de milk-shake au fond d'un verre qu'on a laissé sur le comptoir pendant une demi-heure. Elle aurait préféré voyager dans le bus. Mais qu'avait-il fait, lui ? Il avait supplié, plaidé, remué le couteau dans la plaie de sa mauvaise conscience — dont il avait fouillé les mille strates et permutations : n'avaient-ils pas traversé le pays ensemble dans cette voiture-là, au son de cette radio-là, avec ces mêmes pieds-là sur le tableau de bord ? Et tout ça, ça comptait pour du beurre ? D'accord, avait-elle fini par concéder, d'accord, sûr, ouais, bien sûr. Bien sûr, je ferai le voyage avec toi. Mais seulement si Marco vient aussi.

Elle prit la parole à ce moment-là : « Ça gâche tout le plaisir, d'aller aussi vite. Je veux profiter du pays... surtout quand on traversera le Canada. Je veux sentir la terre canadienne entre mes orteils et m'allonger au soleil canadien, même si c'est seulement pour dix minutes, humer l'air canadien, vous comprenez : c'est trop demander ? »

Les autres se turent. Le paysage défila, aquarelle aux tons de gris, de verts, de bruns. « Tous ces torrents, toutes ces rivières... c'est comme s'ils n'existaient pas, comme si je les imaginais... là, vous voyez, là-bas. J'ai envie de sortir de la voiture, de nager, de nager jusqu'en Alaska, comme dans le film de Burt Lancaster où il rentre chez lui en nageant d'une étendue d'eau à l'autre. Vous n'avez pas envie de ça, vous ? Vous n'avez pas envie de sortir et de nager ? Ou même de simplement patauger dans l'eau ?

— Burt Lancaster ? fit Ronnie. De quelle planète tu descends ? »

Marco passa son bras derrière le siège puis autour des épaules de Star pour l'attirer doucement à lui, preuve d'intimité auquel Pan ne prêta pas la moindre attention. « Ouais, mais tu as pas envie de déjà y être, là-bas ? Tu as pas envie de voir ces millions d'hectares à prendre, les lacs, les rivières ? Tu as pas envie de voir la cabane ? Te promener sur le site où on va construire ? Sans compter que (avec un sourire), elle doit être un tout petit peu gelée, ton eau, tu crois pas ? »

La voix de Lydia s'éleva du vide du siège arrière. « J'ai faim. Et je dois faire un arrêt pipi. »

Ronnie jeta un regard vers le siège arrière, où Lydia était allongée sous ses nichons, puis il échangea un regard avec Star. « Lydia a soulevé un lièvre », déclara-t-il.

Du siège arrière : « Quel lièvre ? J'ai envie de pisser, c'est tout. »

Lydia se releva et il l'étudia un instant dans le rétroviseur avant de réagir. Elle avait fière allure : sous un éclairage adéquat, elle pouvait être très séduisante, sensuelle, comme un de ces beaux brins de femmes dans les films italiens : épaules carrées, cheveux de jais flottant au vent, maquillage coulant et son regard lascif, catégorie léchons-ensemble-la-sauce-qui-reste-sur-la-cuiller. « Ce que je veux dire, c'est que, peut-être, il est temps de s'arrêter pour la nuit. Il faut trouver un endroit pour se poser, d'accord ? Et se cuisiner quelque chose ?

— Je ne sais pas, dit Star. Ouais, sûr, on pourrait s'arrêter. »

Ronnie calcula donc son coup, courut sa chance, déboîta sur la voie rapide et amena la voiture au niveau du bus ; l'air gronda contre les fenêtres, les insectes s'abandonnèrent à la force supérieure en une succession de plus en plus rapide de bings et de plocs : pourquoi, se demanda-t-il, étaient-ils uniformément jaunes à l'intérieur, est-ce que c'était leur sang, ou quoi ? Et puis il parvint à la hauteur de Norm, perché sur son siège de chauffeur, les bras autour du volant comme autour de la tête d'un monstre marin contre lequel il se serait battu, yeux shootés à la Dexedrine, regard figé, sérieux, genre c'est-moi-qui-conduis ; Ronnie tapa avec son bras gauche sur le toit de la voiture et klaxonna. Marco descendit sa vitre et cria à Norm de s'arrêter à la prochaine aire de service parce que Lydia devait faire pipi, que tout le monde avait faim et était fatigué et courbaturé d'avoir roulé toute la nuit précédente, toute la journée et, pendant cette soirée-là encore, qui étalait ses ailes sur les collines à l'horizon comme une grande chauve-souris céleste.

Norm renversa la tête en arrière et leur lança son regard distant, comme s'ils avaient été n'importe qui fonçant sur l'autoroute dans une Studebaker vermoulue immatriculée à New York, avant qu'une lueur (il les avait reconnus !), un éclat bientôt chauffé à blanc animant son regard, il n'essaie d'ouvrir la petite fenêtre triangulaire à sa gauche, tout en mettant la main à l'oreille et en mimant son étonnement. Que pouvaient-ils donc vouloir ? Avait-il donc perdu une roue ? Ou écrasé un convoi de petits réfugiés vietnamiens ? Est-ce que l'autoroute devant eux se terminait dans le précipice d'un dessin animé de Speedy Gonzales ?

Ils s'amusaient bien, c'était hilarant : n'importe quoi pour faire diversion. Côte à côte, à toute bringue, Marco criait et riait, Star et Lydia se mirent de la partie, et les passagers du bus, Premstar, Reba, firent des grimaces, tirèrent la langue comme des gamins de six ans, *Casey Jones, you better watch your speed !* Fais gaffe à la vitesse, Casey Jones ! Mais bientôt Ronnie entendit un bruit différent, un klaxon, sec et insistant ; les passagers du bus, désignant l'arrière, lui firent des signes (genre « fais gaffe ! »), et il regarda dans le rétroviseur. En un éclair, il passa de conscience à compréhension, et sa première pensée fut *les flics*, quoi d'autre ? Mais ce n'étaient pas *les flics*, c'étaient trois jeunes fouteurs de merde crâne rasé de l'Oregon, dans un pick-up Ford, de la couleur du sang artériel. Pas le genre à aimer les hippies en toutes circonstances, et Ronnie avait vu *Easy Rider* (trois fois et il y retournerait) mais ça ne comptait pas dans la dynamique de l'instant. Ils lui faisaient le signe du mets-toi-le-doigt-dans-le-cul, et ils lui collaient au cul, ils klaxonnaient. Trous du cul ! Trous du cul de bouseux ! Bouseux de trous du cul rougeauds !

Ronnie donna un coup de frein, puis un autre, et encore un, et les rustiques ne purent que l'imiter à leur tour, et le bus fila alors de l'avant comme un gros mur jaune, happant dans son sillage la Coccinelle de

Harmony, la Lincoln de Lester et la moto de Dale Murray comme s'il leur avait donné naissance, à ces trois petites machines tordues. Quand Dale Murray dépassa la Studebaker, Ronnie n'allait pas à plus de quarante et son majeur de la main droite était posé juste au-dessus du reflet de ses yeux dans le rétroviseur. Il s'attendait à ce que les bouseux le dépassent sur sa droite dans un concert de klaxons et de sifflets, mais ils restèrent sur la deuxième voie, juste derrière lui, si bien qu'il s'engagea derrière Dale Murray et accéléra.

Le conducteur du pick-up le prit au dépourvu. Il déboîta à sa suite et accéléra brusquement, pour venir tout contre son pare-chocs, comme pour y accrocher son véhicule. « Fils de pute ! » lâcha Ronnie. L'interjection sortit comme un râle abasourdi et blessé, comme si on lui avait donné un coup de poing dans l'estomac : il ne conduisait même plus, il se laissait flotter. C'est alors que Lydia, se mettant à genoux sur le siège arrière pour que leurs poursuivants puissent bien la voir, se mit à faire le signe de la paix et à leur envoyer des baisers, alternativement. Ce qui ne fit que les exciter davantage. Par deux fois, ils cognèrent dans le pare-chocs arrière de la Studebaker, à quatre-vingts, quatre-vingt-cinq kilomètres-heure : mais qu'étaient-ils donc ? pas de simples bouseux mais des bouseux fils à papa, parce que leur pare-brise arborait toutes les décalcomanies des bouseux fils à papa comme DELTA UPSILON, U. OF OREGON, GO DUCKS... comme s'il y avait eu un message là-dedans ! Ronnie se prépara au prochain coup. « Ils sont fous ou quoi ! », s'exclama Marco. Il se pencha par la fenêtre et leur montra le poing.

Le vent, furieux, faisait claquer leurs cheveux et Ronnie avait l'impression qu'il lui vidait les poumons. « Arrête-toi, hurla Marco en se tournant brusquement vers lui. Merde, arrête-toi, je te dis !

— Non, fit Star. Ne fais pas attention à eux, c'est tout.

— Ne pas faire attention à eux ? » Le visage de Marco aurait pu jaillir d'un cauchemar (Ronnie en prit note, imprima ça dans son esprit : il y avait une violente divergence d'opinion là, et il n'avait pas l'intention d'être du mauvais côté de la ligne de démarcation. Jamais.) « Je vais les tuer, bordel ! tous les trois ! T'es avec moi, Ronnie... Pan ? Tu es avec moi ? »

Les mains de Ronnie étaient figées sur le volant, ses yeux rivés sur le rétroviseur. « Paix ! répéta Star. Paix et amour, vous vous souvenez ? » Ronnie jeta un coup d'œil aux trois visages alignés au-dessus du capot du pick-up dans leur sillage, il jeta un coup d'œil aux épaules de Lydia, à l'enchevêtrement insensé et flottant de ses cheveux, et son cœur se replia sur lui-même. « Je te capte, mec », lâcha-t-il.

C'est alors que toute la caravane ralentit, réaction en chaîne, bus, Coccinelle, Lincoln, moto, Studebaker, pick-up, et que Norm fit fonctionner l'imposant clignotant orange du bus : sur quoi, le mur jaune obliqua vers une route transversale, au bord de laquelle était planté un panneau dont les lettres de trente centimètres de haut étaient porteuses de soulagement : CAMPING PUBLIC, TOUS VÉHICULES BIENVENUS, 2 $ LA NUIT.

Le pick-up va continuer sur sa lancée, songea Ronnie, c'est sûr, il va disparaître sur l'autoroute. Mais non, il les suivit, les visages derrière le pare-brise tendus, pâles, vengeurs.

L'asphalte s'évanouit sous ses roues : la Studebaker martela la surface d'un vaste camping ponctué d'ornières, d'arbres, de fumées de barbecue qui empoignaient l'air, de voitures et de Winnebago garés autour de tentes, de tables de pique-nique, d'enfants qui se pourchassaient dans un mouvement incessant, de vieux pères tartempion aux quilles blanches qui sirotaient leur bourbon dans des verres en plastique et de chiens qui jappaient avec une frénésie de propriétaires : c'était ça, l'Amérique, *America the beautiful*, la terre des braves, tous véhicules bienvenus. Lydia devait pisser. Elle avait faim. Ils avaient tous faim. Mais avant que Ronnie n'ait pu ôter la clef de contact et tirer le frein à main, les trois fils à papa de province se trouvaient à sa fenêtre et une main, une main rougeaude, un bifteck indigné, lui tirait les cheveux : il recula la tête et Star poussa alors un cri qui faillit lui arrêter le cœur. « Putain de chevelu !

— Sors de la bagnole, connard ! »

En un éclair, il comprit que ses adversaires n'étaient pas les simples fils de bonnes familles bouseuses pour lesquels il les avait pris mais des fils de bonnes familles bouseuses joueurs de football américain de surcroît, peut-être même haltérophiles vu qu'ils étaient gonflés comme des crapauds sous leur T-shirt des Oregon Ducks. L'un des trois, le conducteur, était comme une statue descendue de son piédestal, deux yeux pâles et une coupe blonde au carré criblée dans le crâne. *Fils de pute*. Un goût amer d'impuissance et de rage coagula dans la gorge de Pan, parce que ce n'était pas la première fois que ce genre de chose lui arrivait et il connaissait la suite. Il eut peur, et puis sa peur s'évanouit parce que, tout à coup, il était au-delà de la peur, au-delà de tout. Il recula à l'intérieur de l'habitacle et agrippa la poignée au moment où la main de boucher se convertissait en un poing qui explosa contre son oreille gauche avec le bruit du vent qui s'engouffre dans un tunnel.

La suite fut un peu floue parce qu'il avait été sonné — ouais, c'était ça la raison même si le speed barattait en lui comme mille petits moteurs lancés à toute vitesse sur les rails de ses veines ; il se trouvait encore sur son siège et Star berçait sa tête sur ses genoux. Mais Marco était sorti de la voiture et avait foncé dans le tas, de ça il en était certain, et puis Dale Murray et Sky Dog étaient arrivés et, ensuite, ça avait dégénéré en mêlée, des mecs partout, par terre dans la poussière et tout autour dans le camping, qui s'injuriaient et se tapaient dessus. Franklin intervint alors et, s'élançant d'un seul mouvement lisse et silencieux, il mit l'un des fils à papa de province sur le carreau avec un seul coup de poing, et voilà que tout le bus se vidait d'un pailletage de hippies aux visages blafards tandis que les vieux tartempions continuaient de siroter leur bourbon, et que tous les gamins affluaient et criaient de leurs voix immatures, aiguës et ténues.

C'est Norm qui mit un terme à la bagarre. Deux fils de famille de province étaient à terre et toute une flottille de bottes de hippies à bout carré s'acharnait sur eux à la vitesse d'un pilon à air comprimé, tandis que le troisième, le conducteur, se battait contre Dale Murray, *boum-boum*, *bing*, un vrai match de poids lourds ;

Norm s'interposa et le combat cessa instantanément, en un clin d'œil. « Assez ! », cria-t-il. « La paix ! », aboya-t-il comme il aurait beuglé « Estropiez-le ! » ou « Tuez-le ! ».

Les trois fils de famille dessinaient une mosaïque de sang par terre, traînaient les pieds et soufflaient comme des gros dans un escalier interminable. L'ennemi l'emportait en nombre, ils n'avaient rien à ajouter — mais ce n'était pas le cas de Pan, qui, lui, oh oui, la tête à la fenêtre de la Studebaker, vivait là le plus beau moment de sa vie : « La prochaine fois que vous voulez tabasser du hippie, réfléchissez-y à deux fois, bordel de merde de fils de putes... ! »

Les provinciaux fils de famille avaient déjà reflué vers leur pick-up, jeans, bottes, T-shirts, muscles... et l'un d'eux, qui avait encore du mal à respirer, le blond à la coupe au carré et au cuir chevelu qui brillait à travers comme du jambon cuit, répliqua : « Ouais, et je t'emmerde aussi, et tous autant que vous êtes. » Voilà ce qu'il cria, mais c'était pure fanfaronnade, et tout le monde le savait. Tous trois firent claquer leurs portières, s'essuyèrent les yeux pour enlever sang et poussière, léchèrent leurs lèvres fendues en se demandant ce qu'était ce tintement qu'ils avaient aux oreilles. Au moment où ils démarrèrent, Ronnie, d'un pas dansant, s'approcha du pick-up et, arborant un sourire à chier, fit le signe de la paix. Ils ne prirent même pas la peine de faire crisser les pneus.

Plus tard, quand un pichet de vin passait de main en main et que les nanas distribuaient des miches de pain et des pots de beurre de cacahuètes et de jelly, ou mélangeaient le Kool-Aid dans des cruches, tout le monde se félicita de la façon dont ils avaient réglé la situation là-bas sur la terre nue et Pan sortit tout à coup sa surprise. La veille de leur départ, avec sa Studebaker, il était allé à Guerneville, puis dans la direction des falaises de la vallée de la Russian River jusqu'à Marshall, où le Pacifique, en taraudant les rochers, dégageait une brume qui restait suspendue à la lumière du soleil comme un feu intarissable. Il faisait frais et l'eau était encore plus froide. Pan était entré dans l'eau sans enlever son jean, le couteau de chasse de Marco dans une main, deux sacs en toile dans l'autre.

Des mouettes volaient dans le ciel, des cormorans et des pélicans cisaillaient les bas-fonds verdâtres qui ondulaient au-delà des brisants. C'était la marée basse et les rochers, forteresses à moitié enfouies dans le sable, scintillaient tous d'un tapis noir de moules. Pan se mit à la tâche sous un soleil pâlot, frissonnant dans la brise qui soufflait de nulle part, évitant de son mieux les embruns, et, en une heure, il avait réussi à dégager une centaine de moules, deux cents, trois cents, quatre cents, peut-être cinq cents, mais qu'importait le nombre exact ? Au ranch, il les avait rincées et nettoyées, et tout le monde était tellement occupé à aménager le bus, à déménager les affaires, à faire les cartons, à s'éloigner des bulldozers, que personne n'avait fait attention à lui. Il avait rangé en douce les deux gros sacs de moules dans le coffre de sa Studebaker, mis de côté une livre de beurre salé et cueilli une demi-douzaine de citrons au citronnier près de la piscine. Le temps était maintenant venu de faire bouillir les moules. Maintenant, tout particulièrement, pour la bonne raison que : qui voulait du beurre de cacahuètes et de la jelly sur du pain fait maison sans goût et rassis quand on pouvait s'offrir toute l'abondance de l'océan ?

Personne ne pipa mot lorsqu'il alluma son feu dans l'un des innombrables barbecues qui poussaient à l'abri de chaque table de camping, mais Merry, dont le bustier en macramé la faisait ressembler à un cornet de glace à deux boules, s'approcha quand il installa dessus la marmite de vingt-cinq litres. Elle lui tendit le mégot qu'elle venait à peine de retirer de ses lèvres : à ce propos, personne ne se souciait de ça... de savoir d'où viendrait la dope sacramentelle pendant le long et dur hiver à venir, parce qu'on s'était embarqué dans une véritable aventure, ici et maintenant. Ronnie tira sur le joint et Merry sourit : « Qu'est-ce que tu fais cuire ? »

Il haussa les épaules, lui retourna son sourire. « Rien. Une petite surprise. Quelque chose que même les végétariens peuvent avaler. »

D'un orteil nu, elle tapota l'un des sacs. « Quoi ? — Son sourire s'épanouit. — Des palourdes ? Des langoustes ?

— Tu verras. Dans cinq minutes à peu près. Mais tu ne mangerais rien qui a une tête, hein ? Tu ne tuerais même pas un moustique, tu n'avalerais pas un moucheron, hein ? » Le joint s'était éteint. Il le lui tendit, pour la forme. « Je sais pas. Ça dépend, je suppose.

— De quoi ?

— Si j'ai très faim. De ce qui cuit dans cette marmite. Ce n'est pas de la viande, non ? »

Les autres avaient commencé de monter les tentes autour du bus. Sky Dog, Dale Murray, Lester et

Franklin s'étaient installés à part, à une table de pique-nique pas très loin, les jambes relevées sur les planchettes gauchies des sièges ; Sky Dog et Dale grattaient leur guitare. De l'autre côté du bus, il y avait un groupe de vagueux dont on ne voyait que les pieds et le bas des jambes, et Che et Sunshine se trouvaient au centre d'un groupe turbulent d'enfants de campeurs normaux, membres pâlots, cris, un ballon qui se courait après tout seul d'un bout à l'autre du camping. « Est-ce que je te ferais ça, hein ? » Pan recula d'un pas et jeta un coup d'œil au bus. Les fenêtres étaient toutes baissées de son côté et une présence invisible venait de poser le saphir sur *God Bless the Child*, un air qu'il adorait ; pendant un instant, il resta là à observer le camping et à écouter les cuivres rebondir sur les paroles. Ensuite, il se retourna vers Merry. « Où tu dors ce soir ? Dans le bus ?

— J'imagine.

— Tu veux dormir avec moi ? Ma Studebaker a une grande banquette arrière. A moins que j'installe un sac de couchage sur une table de pique-nique, s'il n'y a pas de rosée et s'il ne pleut pas...

— Et Lydia ?

— Et alors ? »

Haussant les épaules, Merry se posa sur l'angle de la table de pique-nique, une hanche en équilibre, le joint défunt entre les doigts. « Je sais pas, fit-elle. Où est-ce qu'elle dort, elle ? »

Il ne répondit pas, se contenta de déverser le contenu du premier sac en toile dans la grosse marmite luisante. C'était comme bouger un rocher. Il y eut un fracas puis un sifflement, et puis il versa le second sac. « Tu entends, dit-il, c'est une chanson de Billy Holiday, tu le savais ?

— Non, je savais pas. Je croyais que c'était de Blood, Sweat and Tears.

— La première qui l'a chantée, je veux dire... Dans les années trente ou dans ces eaux-là.

— Ah oui ? Alors, c'est vieux, hein ?

— Ouais. » Ronnie regarda les arbres, qui n'étaient pas si différents des arbres de Marginocity ; en tout cas, *lui* ne voyait guère de différence.

« Qu'est-ce que c'est, alors ? Des moules ?

— Exact. 100 % de protéines, un cadeau de la mer. Et attends de les goûter avec la sauce du chef Pan, beurre et citron. Tu as déjà mangé des moules simplement bouillies comme des palourdes ou peut-être plongées dans une marinara au dernier moment ? »

Merry n'en avait aucune idée. Et puis, elle était végétarienne. Ronnie l'observa quand la vapeur s'éleva et que le beurre fondit dans une poêle et qu'il coupa et pressa les citrons : elle avait vraiment l'air de s'intéresser au processus, vraiment. « Et Jiminy, fit-il, où est-ce qu'il dort, lui ? »

Quand elle haussait les épaules, ses seins se levaient puis retombaient. « Dans le bus, j'imagine. »

Il pensait à Lydia, il pensait à Star, à Marco et à la façon dont il avait passé son bras autour du cou de Star pour l'attirer à lui dans la Studebaker. Ronnie était allé au lycée avec Star. Ils avaient traversé les États-Unis ensemble. « Dors avec moi, dit-il à Merry. Ça fait, quoi... des semaines ? »

C'est alors que Reba déboucha de derrière les arbres avec une brassée de bois mort et les traits hermétiquement clos, Alfredo dans son sillage. Il avait une hachette dans une main et, dans l'autre, une branche de pin à moitié pourrie. Les yeux de Reba étaient rivés sur la marmite : « Qu'est-ce que c'est, ça ? fit-elle. Tu prépares quelque chose, Ronnie ? » Oh, et voilà qu'elle souriait maintenant. « Pour tout le monde ? »

Elle portait des mocassins qu'elle avait cousus elle-même et elle avait planté une plume de corbeau, bleu noir irisé, dans son bandeau perlé : ajoutez un ou deux traits de peinture de guerre et elle aurait pu jouer une squaw dans un film de John Wayne, ce qui était amusant, parce que c'est ce que Star n'arrêtait pas de répéter quand ils traversaient le pays : que tout le style hippy, c'était comme jouer aux cow-boys et aux Indiens, des bottes et des pat' d'eph, qui n'étaient rien d'autre qu'une variation sur les pantalons des Cheyennes, jusqu'aux couvertures mexicaines, aux bandeaux et aux chapeaux à large bord. A l'époque, Ronnie n'avait pas voulu le reconnaître, parce qu'il n'y avait pas pensé avant et que l'image ne cadrait pas avec l'idée qu'il se faisait de lui-même, mais Star avait raison et il le comprit à ce moment-là. Reba jouait aux cow-boys et aux Indiens, et lui aussi, comme tous les autres. « C'est des moules, annonça-t-il. Il y en a assez pour tout le camping, pour les camés comme pour les bourgeois. »

Alfredo, planté là avec ses bottes et sa chemise en jean, eut une expression dubitative, comme si ses *amigos*, dans le même western, venaient à peine de couper la corde à laquelle il était pendu. « Des moules ? répéta-t-il. D'où ça ? »

Pan se sentait bien. Pan se sentait d'humeur expansive et généreuse, fraternelle, sororale. Il leur fournit une version détaillée de son combat contre les éléments l'avant-veille.

Or, quelle fut la réaction d'Alfredo ? La réaction du membre le moins coolos, le plus coincé de tout ce cirque péripatétique ? Comment réagit-il au geste désintéressé de Pan, à toute la fierté que celui-ci avait mise dans son dévouement ? Il déclara : « Tu es complètement cinglé, mon gars. Tu ne sais pas qu'on ne doit pas les ramasser en cette saison ?

— On ne doit pas les ramasser ? De quoi tu parles ? » S'il parlait de licences, de saisons de pêche et de tout le tintouin, qu'il aille se faire voir !

« Juin n'est pas un mois en "r"... » Alfredo posa sa hachette et souleva le couvercle de la marmite. Les moules cuisaient noirement dans l'eau bouillonnante. « Merde, tu aurais pu tous nous empoisonner ! », s'exclama-t-il.

Ronnie plongea le regard dans la marmite, avant de le promener sur Merry et Reba puis de le poser sur Alfredo. « C'est de la merde, ce que tu racontes. »

D'autres s'étaient rapprochés (Maya, Angela, Jiminy) et Ronnie n'eut d'autre choix que de camper sur sa position. « De la merde ! Qu'est-ce qu'on s'en fout qu'elles soient sous quarantaine ?

— Intoxication alimentaire. Une année, il y a eu dans les quatre cents victimes à San Francisco... au début du siècle, je crois que c'était... Les dinoflagellés se concentrent là en grande quantité, comme une marée rouge, quand la température de l'eau dépasse un certain degré (l'été, seulement l'été) et les moules, les palourdes, toutes ces bestioles concentrent les toxines. Ça ne les gêne pas mais, nous, les humains, si, diablement.

— La C.I.A., tu connais ? », intervint Jiminy. Son visage n'était qu'un promontoire nasal illuminé par le soleil, maxillaire et œil ardent taillés au milieu d'un cadre chevelu. Il était ravi, aux anges, jamais il n'avait été plus heureux. « Leurs sbires l'utilisent au bout d'une aiguille, ils te piquent dans la foule, simplement, comme ça, une petite piqûre que tu sens à peine, et tu restes sur le carreau.

— Paralysé, ajouta Reba. D'abord les extrémités, puis les membres, puis tu deviens un légume et tu ne peux plus rien bouger, tu sens plus rien...

— Exact, confirma Alfredo... et puis ça te ferme tous les organes vitaux. »

Il s'était mis à flotter dans l'air une douce odeur scintillante de moules bouillies dans leur jus avec le beurre, le citron, le sel, le poivre et peut-être un soupçon d'estragon. Ronnie ne présidait pas à une table de pique-nique à deux dollars la nuit dans l'Oregon, il était dans une cage au zoo et tous ces gens, ses amis, ses compatriotes, ses frères et ses sœurs vagueux l'aiguillonnaient à travers les barreaux avec des pointes aiguisées. « Conneries ! répéta-t-il pour la troisième fois. J'y crois pas.

— Tu ferais mieux d'y croire », rétorqua Alfredo, montrant déjà les talons et entraînant tout un tas de visages avec lui. Merry avait l'air d'avoir été jetée du haut d'une falaise et Jiminy n'attendait que le signal pour se mettre à quatre pattes et aboyer.

Alfredo. Les dinoflagellés. La quarantaine. Ronnie n'acceptait rien de tout cela : c'étaient des conneries, voilà ce que c'était, un nouveau coup qu'Alfredo lui assenait, comme s'il n'avait pas pu supporter que Pan puisse réussir quoi que ce soit. Il remua les moules dans la marmite, en pêcha une et la plaça sur l'une des planches de la table. Elle était parfaite, tendre (il ne faut pas les faire cuire un instant de trop sinon elles deviennent élastiques), la coquille luisante et noire s'entrouvrait pour laisser voir la viande rose orangé à l'intérieur, et il allait la montrer à Merry et se lancer dans son numéro habituel sur les moules (les lèvres et la chair évoquent une certaine partie de l'anatomie féminine... dans les écoles de médecine, les étudiants en gynécologie doivent étudier les moules bouillies parce que la partie en question est une denrée tellement inaccessible), quand il s'aperçut que Merry, pieds nus, était partie au bras de Jiminy, pour aller consommer sa ration de pain rassis et de beurre de cacahuètes.

Seule Angela, la sœur de Verbie, petits yeux, menton en galoche, était restée pour observer Ronnie écarter les deux valves de la coquille (les moules étaient des mollusques *bivalves*, tel était le terme, qui lui revint brusquement de l'époque où il suivait les cours de biologie de M. Boscovitch, voilà ce que c'était, des mollusques *bivalves*, et elles n'en étaient que plus goûteuses) ; puis il retira le morceau rosé et brillant, et le posa sur sa langue avec circonspection. « Tu ne vas pas vraiment manger ça ? », demanda-t-elle ; et il eut l'impression de devoir jouer le rôle du « sauvage » de cirque, incisives plantées dans le cou tremblant du poulet qui se tortillait devant le souffle retenu collectivement de la foule. Sûr qu'il allait la manger, sûr.

Cela lui prit un certain temps, la langue promenant le morceau de chair dans toute la bouche, avant que les dents n'entrent en jeu. Et qu'y avait-il de mal à ça ? La mastication libéra les jus (beurre, estragon, la mer) et le goût était même agréable : c'était la meilleure moule, la plus fraîche qu'il eût jamais mangée, non ? Il mâchonna pensivement, il prit son temps. Mais, finalement, il recracha dans sa main la bestiole décolorée avant de la jeter dans les buissons.

19.

Star n'avait jamais volé de sa vie, même quand, à douze ou treize ans, elle tentait le diable et qu'il y avait un poudrier, un tube d'eye-liner qu'elle mourait d'envie d'avoir, et que personne ne regardait parce que ses copines avaient détourné l'attention de la vieille dame au comptoir, ses copines qui avaient toutes fauché quelque chose tour à tour (un peigne, un paquet de chewing-gums, des M&M) comme elles auraient rapporté un trophée militaire. Ce n'était pas une question de lâcheté : non, c'était plutôt qu'on lui avait appris à respecter la propriété privée, à agir correctement, à penser correctement, à être une bonne petite fille catholique, honnête et intègre. Or voilà qu'elle se retrouvait dans un supermarché aux portes de Seattle, fumant une cigarette devant le présentoir à fromages du rayon Laiterie, les poches qu'elle avait cousues dans la doublure de son manteau alourdies par des fromages d'importation tous plus inhabituels les uns que les autres (gouda, cheddar fumé, jarlsberg...), et qu'importe s'il faisait 28° à l'ombre et que personne d'autre ne portait un manteau ou même un pull.

Reba et Verbie poussaient un chariot dans l'allée voisine, lentement, prêtes à échanger des coupons contre des produits frais, du pain complet et des sacs de riz et de pois taille familiale, tout en glissant des boîtes de thon, de miettes de crabe et de cœurs d'artichaut dans les bourses qui pendaient avec une telle insouciance à leurs épaules. « C'est une affaire de famille, avait expliqué Reba quand elles avaient traversé le parking goudronné. Nourrir la famille, c'est le plus important. Cet endroit, toute la chaîne, ça fait partie de l'establishment, c'est eux contre nous, des millionnaires installés dans une maison mère quelque part, qui passent leur vie à flouer les gens en trichant sur le prix de la laitue. Pas la peine de pleurer sur leur sort. » Ronnie, qui les avait amenées avec sa Studebaker et n'aurait pas pu être plus d'accord avec elle, lâcha : « Putains de fascistes ! »

N'empêche, le cœur de Star battait la chamade quand elle prit une bouffée de sa cigarette et fit semblant de s'interroger sur le contenu de la boîte en carton de Quaker Oats qu'elle avait à la main ; son front se plissa et ses yeux se réduisirent à des fentes lorsqu'elle affronta la question fondamentale : flocons d'avoine 100 % naturels contre un dollar soixante-neuf *cents*. Elle ne vit pas arriver l'homme à la chemise blanche bien repassée et le nœud papillon de rigueur : « Vous trouvez votre bonheur ? », demanda-t-il.

Elle croisa son regard : un regard gris délavé, enchâssé dans un visage rose surmonté par des cheveux brillantinés, raie blanche d'une précision parfaite, comme celle des publicités dans la vitrine des coiffeurs masculins. Il avait vingt-cinq ans et il travaillait là depuis l'âge de seize ans après avoir dû quitter le lycée parce qu'il avait mis un polichinelle dans le tiroir de sa petite amie. Quelque chose comme ça, en tout cas. Il appartenait au monde bourgeois, et c'est tout ce qui comptait pour Star. C'était l'ennemi. Elle ne cilla pas, même si son cœur battait à cent à l'heure. « Non, répondit-elle, pas vraiment », et elle vit Reba et Verbie qui rentraient leurs antennes dans l'autre allée : elle se retrouvait seule. « Je cherchais des céréales vraiment nourrissantes pour ma fille. Je ne veux pas qu'elle mange toutes ces cochonneries qu'on nous a données quand on était petits, Sugar Pops, Frosted Flakes et je ne sais quoi. Alors, je me disais que des flocons d'avoine, peut-être... Des flacons d'avoine nature, rien d'autre. Avec du lait.

— Quel âge ? — Il souriait, il rayonnait, l'employé zélé face à la cliente pleine de discernement.

— Quoi ?

— Votre fille... quel âge a-t-elle ?

— Oh, elle... — Pour se couvrir, elle inventa un nom instantanément. — Jasmine ? Je l'ai appelée Jasmine, c'est joli comme nom, vous ne trouvez pas ?

— Oh, ouais. Très joli. — Il marqua une pause. — Il fait froid ici, non ? »

Un instant, Star ne sut que comprendre. Froid ? De quoi parlait-il ? Elle abaissa les yeux sur son manteau, releva la tête, et fut paniquée. « Je crains le froid, finit-elle par dire, faisant de son mieux pour ne pas se trahir. Je viens du Sud, une petite ville dans l'Arizona... Yuma... Vous en avez déjà entendu parler ?

— Non.

— *Johnny* Yuma ? », tenta-t-elle. Rien. Elle haussa les épaules. « C'est simplement qu'avec tous ces réfrigérateurs ici... pour la viande, les produits laitiers... »

Il hocha la tête et elle comprit qu'il savait exactement de quoi il retournait, il savait parfaitement ce qu'elle faisait, il voyait ça dix fois par jour. Surtout les gens comme elle, des camés, des hippies, des motards, des renégats de toutes obédiences, des *nanas*. « Moi, j'ai trois enfants. L'aîné, Robert Junior... Bobby... il va à la grande école depuis deux ans déjà. Ils mangent rien que des saloperies, les céréales les plus sucrées, des bonbons, des sucettes...

— Ah ! Jasmine... — Elle réalisa alors qu'il ne dirait rien, tant qu'elle jouait le jeu. — ... elle n'a qu'un an et demi, et elle, hum, bon, je passe sur les détails, ses mauvaises habitudes... si vous voyez ce que je veux dire... »

Oh oui, il voyait très bien... elle n'avait pas besoin de le lui raconter. Pouvait-il l'aider à choisir ses céréales ? Cream of Wheat, c'était bon, si on le faisait cuire avec du lait au lieu de l'eau, et de la blédine, bien sûr. Au fait, est-ce qu'elle était des environs, parce qu'il ne se rappelait pas l'avoir... ?

C'était donc ça. Il la draguait, comme n'importe quel autre *mec*. Juste en cas. Il tentait sa chance. « On vient à peine de s'installer. Mon mari travaille à Aerospace. » Sur quoi, elle le remercia et se retrouva coincée à la caisse à côté de celle de Reba et Verbie avec les Quaker Oats encore à la main. Son cœur jouait du tambour mais elle posa un billet froissé sur le comptoir et piocha des pièces dans son porte-monnaie, puis elle ressortit sur le parking et se dirigea vers la Studebaker : la reine du Fromage.

Ils partirent tard de Seattle ce soir-là, car, empruntant la Coccinelle de Harmony, Norm était allé rendre visite à son oncle, avec qui il était resté l'après-midi et toute la soirée pendant que les autres l'attendaient dans le bus en se demandant s'il avait décidé de déserter. Au volant du bus, il était sorti à la première bretelle et avait trouvé un endroit où garer l'engin, dans un carré d'herbes folles sur le bas-côté d'une route à deux voies. L'endroit était minable, les arbres n'étaient que des buissons ; non loin, une vague usine crachait de la fumée et ils étaient encerclés par les inévitables pavillons de banlieue américaine. Plusieurs gars ramassèrent du petit bois et des rebuts pour allumer un feu, et les filles réussirent tant bien que mal à préparer une paella, avec beaucoup de thon, des petits pois volés et les épices qui n'avaient pas été enfouies au fond d'un carton.

Les voitures fusaient tout près comme des avions à réaction. Les cris d'enfants qui jouaient dehors leur parvenaient comme bruit de fond. Ils mangèrent rapidement, presque avec mauvaise conscience, parce que ce n'était pas ce à quoi ils s'étaient attendus. Même Che et Sunshine étaient la proie d'une sorte de léthargie : désorientés, c'est à peine s'ils touchèrent le contenu de leurs assiettes. Vers huit heures, en plein milieu du repas, deux hommes en chemise sport traversèrent la chaussée ; ils venaient d'un pavillon blanc rehaussé de boiseries crème, avec une voiture rouge rutilante dans l'allée. Star entendit l'un des deux dire, à qui voulait bien l'entendre : « C'est interdit de camper ici », et l'autre : « Et les feux sont interdits. » Sur quoi, tout Marginocity remonta dans le bus et on fit le tour du quartier une ou deux fois, Lester et Ronnie à la traîne, pour revenir au point de départ, assis dans les véhicules sans nulle part où aller et sans pouvoir rien faire qu'attendre Norm. Le soir tomba. Quand il finit par arriver et que la caravane put se remettre en route, ils eurent tous l'impression qu'il les avait sauvés.

Il était plus de minuit quand Reba ouvrit les boîtes de miettes de crabe, d'huîtres fumées et de tout le reste. Star sortit les fromages. Le bus traversait le mur de la nuit à la lueur verdâtre du tableau de bord, et un doux balancement latéral leur donnait l'impression qu'ils se trouvaient dans un berceau géant. Norm avait les mains crispées sur le volant, Premstar à son côté, coincée sur le siège recouvert de vinyle craquelé. Ronnie se réduisait à deux phares qui suivaient le bus, avec Mendocino Bill, Verbie et sa sœur pour lui faire la conversation, chacun son tour. Marco, qui avait accompagné Norm chez son oncle, « pour lui tenir compagnie et pour voir exactement où était située cette montagne d'or, juste au cas où on aurait besoin de petite monnaie », était à l'arrière du bus avec Alfredo et certains autres qui jouaient aux cartes sous une lampe que Bill avait bidouillée. Les enfants dormaient. Comme presque tout le monde, d'ailleurs.

Quant à Reba, Merry, Maya, Lydia et Star, les filles, installées sur trois banquettes, elles bavardaient et festoyaient tandis que le bus filait et louvoyait sur l'autoroute et que les faibles lumières de maisons isolées, de stations essence et de fermes faisaient des appels lumineux aux fenêtres selon un code indéchiffrable. « Ça fatigue, de manger des nourritures de base tout le temps, dit Reba. La pâte de tofou. Le tahini. Le riz complet. Même si c'est bon pour la santé. Même si j'adore. Parce que *ça* (elle étala une sardine sur une fine tranche de pain blanc et se lécha les doigts)... c'est pas seulement du luxe, c'est une *nécessité*, vous comprenez ce que je veux dire ? »

On se passa des crackers de circonstance, encore du pain et une bouteille de Liebfraumilch que Reba avait libérée de la section Vins & Spiritueux du supermarché. Elles savaient toutes ce qu'elle voulait dire. Et Star mangea de grosses portions de fromage et se lécha aussi les doigts (les huîtres fumées, ça, c'était son péché mignon !) ; elle savourait l'instant. Dans la poche intérieure de son sac à dos, la poche entre l'armature et le compartiment principal, tout au fond, enveloppés dans une socquette, se trouvaient trois billets de cent dollars dont personne ne connaissait l'existence, ni Marco ni Ronnie ni Merry ni Maya. C'était ce qui lui restait de sa tirelire, l'argent qu'elle avait économisé avant d'arrêter l'enseignement, à vivre chichement chez ses parents, quand ses seules dépenses étaient quelques disques, des vêtements et parfois un Brandy Alexander ou un Black Russian au Surf « n' » Turf, l'établissement de Peterskill qui ressemblait le plus à une boîte de nuit ; le reste était passé en essence et en nourriture au cours de la traversée des États-Unis et tout, depuis, les coupons, les allocations chômage, tout ce que sa mère avait réussi à lui envoyer aux bons soins de Marginocity, avait été englouti par la caisse commune. D'aucune façon elle n'entamerait ces trois billets, pas plus pour une dépense somptuaire que pour le strict nécessaire, car Norm avait garanti qu'il subviendrait aux besoins de tous pendant tout le premier hiver ou, plus exactement, il fournirait le minimum vital.

Lydia, allongée sur la banquette en face de Star, déclara, comme si elle y pensait depuis des semaines : « Je raffole du pâté. Et des tiges de céleri avec du fromage bleu à l'intérieur... Et puis des boulettes de viande suédoises qu'on pique au bout d'un cure-dent. Des canapés et du champagne. Là où je travaillais avant, ils organisaient des cocktails : je restais plantée devant les plateaux de hors-d'œuvre et je me gavais.

— Et ça, ça ira ? », demanda Merry en se penchant en avant dans un clignotement de phares de véhicules qui les croisaient. Elle tendit à Lydia une boîte de crackers Ritz et deux boîtes de jambon au poivre. « Des langoustes, fit Merry. Au beurre fondu.

— On n'a pas vécu tant qu'on a pas goûté au Crabe Louis, au Metzger, à Tomales Bay, dit Maya. J'y ai mangé une fois, après le lycée, avec...

— Je sais, dit Reba... ce gars, Jack... avec la moustache Fu Manchu et les cheveux qui lui descendaient jusqu'aux fesses. »

Star se mit à rire. Toutes l'imitèrent.

La voix de Maya se fit toute douce. « En fait, c'était avec mes parents. Ils nous avaient emmenés, mon frère et moi, en vacances dans l'Ouest. Comme cadeau de fin d'examens. »

Personne n'eut de commentaire à faire. S'ensuivit un silence, tandis que Norm, filant vers la frontière canadienne, négociait une série d'amples tournants. Le moteur les propulsait en avant avec le bruit régulier d'une soufflerie, comme un gros aspirateur sous un capot. Le vent frappait les vitres, ainsi que quelques éclaboussures de pluie. Elles entendaient la voix de

Norm à l'avant, incessant bourdonnement de chimères, d'opinions et de faits incontestables alimenté par le speed de Ronnie et la peau *lady lotion* de Premstar — mais qui aimait Premstar, qui pouvait seulement la supporter ? Personne. Sur ce point, l'accord avait beau être tacite, il était général. « Cocktail de crevettes, annonça Reba, avalant une nouvelle sardine. Si j'avais de l'argent — elle les mâchait, littéralement, ses mots —, ce que je voudrais, c'est un bon cocktail de crevettes, de bonnes crevettes bien grasses, des crevettes longues comme le majeur, avec une sauce relevée et servies sur un peu de glace pilée, voilà ce que je voudrais toutes les fois qu'on me le demanderait. »

Star : « Des pistaches. Avec la coquille. Les doigts deviennent tout rouges. Est-ce qu'il y en a parmi vous qui peuvent se lasser de manger des pistaches ?

— Vous savez, dit Merry, d'une voix tellement basse et éteinte qu'on l'entendait à peine, j'avais seize ans la dernière fois que j'ai vu mes parents. Ça fait... environ cinq ans. Je peux pas y croire. Et je les déteste pas, rien de ça... C'est seulement la façon dont les choses ont tourné.

— Tu es d'où, déjà ? », demanda Reba.

D'une voix tellement douce qu'on aurait dit une prière, ou le titre d'une prière, Merry répondit : « Cedar Rapids.

— Cedar Rapids ? C'est où, ça ?

— Dans l'Iowa, l'informa Lydia.

— Oh, l'Iowa... », fit Reba, d'un ton qui accusait l'endroit d'être cloche, pas du tout *hip*, comme Peoria ou le New Jersey, et Star sentit l'ambiance se désagréger insensiblement. « Il y avait ce gars, commença Reba, le visage subitement illuminé par des phares, puis retournant bientôt aux ténèbres, ce *mec*, il avait vingt-trois ans, sa propre voiture, de l'argent comme je n'en avais jamais vu, des liasses de vingt dollars et je ne sais quoi. Mais ce n'est pas ce qui m'a décidée, je n'étais pas ce genre-là. Je ne suis toujours pas comme ça maintenant. L'argent, ça ne signifiait rien pour moi, sauf que ça pouvait t'acheter la liberté... et mes parents, merde ! mon école ! Vous connaissez l'histoire. Vous la connaissez toutes, pas vrai ? »

Personne ne prit la perche qu'elle tendait. Star remua sur son siège. Elle entendit Lydia dont la main avait du mal à se faufiler dans le paquet de crackers. « Il s'appelait Tommy Derwin et venait du Sud... Mobile... et son accent me faisait fondre. Il disait des choses comme : "Je suis honoréé que vous âââcceptiez de sortir avec moioioi ce soioioir, Miss Merrâââ Voioioight" » et puis il m'emmenait dans un bar de Iowa City d'où personne ne se faisait jamais virer et puis dans un motel, comme mari et femme, sur la route du retour vers Cedar Rapids. Avec lui, je réfléchissais jamais à deux fois. Il a dit : "Pâârtons pour Sâân Frââncisco, c'est là que tout se pââârsse", et je suis partie. »

Lydia passait des crackers agrémentés de jambon au poivre. Star en prit un, Reba aussi, mais Merry et Maya déclinèrent l'offre : le jambon, c'était de la viande, après tout, du cochon, du cochon mort, de quelque façon que vous le déguisiez. « Et qu'est-ce qui s'est passé ensuite... ? demanda Lydia en s'essuyant la bouche avec le dos de la main.

— On est restés dans un ou deux endroits. Des gens qu'il connaissait. On se droguait. J'ai fait caissière dans un Walgreens pendant un temps et, quand personne regardait, je fauchais plusieurs pilules dans les tubes, vous voyez, ce genre de chose... » Ce fut la tournée du fromage, et toutes observèrent Merry quand elle se coupa deux épaisses tranches qu'elle plaça sur deux crackers. « Je sais pas... dit-elle. Et puis, on a rejoint une communauté... Harrad House, vous connaissez ? Ce n'était pas comme ici, pas du tout. Beaucoup plus de sexe. Une sorte de mariage de groupe.

— Comment ça fonctionnait ? » Lydia : l'experte en résidence. « Il fallait coucher avec tout le monde ?

— Je détesterais ça, dit Star. Vraiment.

— Au contraire, ça me semble cool, répondit Lydia. Plus on est de fous plus on rit. »

Reba se mit à rire. Elle prit une bonne gorgée de vin et passa la bouteille à Lydia. « Tu dis ça maintenant mais, crois-moi, je veux dire... avant de rencontrer Alfredo, j'étais plutôt débridée, j'étais en chaleur vingt-quatre heures sur vingt-quatre, mon seul rapport avec les hommes, c'était au lit, mais ce genre de chose passe vite. Très vite. Tu crois pas, Merry ? Tu es pas d'accord avec moi ?

— C'était horrible. Il y avait beaucoup plus de gars que de filles et Tommy jouait les fantômes : je ne le voyais presque jamais. J'étais couchée la plupart du temps, et si je me refusais à un gars, un membre de la famille, on m'accusait d'être coincée, j'étais censée propager des ondes négatives et empoisonner l'atmosphère, parce que c'était comme ça, là-bas. La chambre au fond du couloir. Déshabille-toi. Cinq heures du mat, cinq heures du soir. Viens, on baise. » Elle marqua une pause et sa voix descendit sous le plancher. « Tout le monde avait sa corvée attitrée : nettoyer le sol, faire cuire les pâtes, sortir bosser et rapporter son salaire. Mon boulot à moi, c'était de baiser. Comme une machine. Comme une chèvre.

— Où est Verbie quand on a besoin d'elle... Et les Féministes, alors ? », fit Reba, à côté de la plaque. Comme d'habitude.

Star sentit son cœur lâcher — elle crut se retrouver au supermarché avec quinze dollars de fromage volé dans le manteau. « Encore une histoire de Société Kéristienne.

— De quoi ? »

Mais Star regardait par la fenêtre une scène sortie d'un autre siècle, des sapins aux pointes acérées, une ferme auréolée de son pâle halo de lumière et l'ombre de la grange à l'arrière. Ils dormaient tous, là-dedans, le fermier, la fermière, leurs enfants, le chien. Dans la cuisine, il devait y avoir une vieille table en chêne, de la vaisselle Fiesta rose et lourdingue, déjà sortie pour le petit déjeuner, un calendrier au mur. Le réfrigérateur devait cliqueter, bourdonner et puis se taire pendant un moment, et personne pour le remarquer, pas même le chien. « Je ne sais pas, dit-elle, c'est pas important. »

Ils atteignirent la frontière canadienne à deux heures du matin. Star dormait, recroquevillée sur l'une des couchettes, remuée par les mouvements du bus comme si la terre entière avait bougé, puis, à un moment, le bus eut un frémissement particulier et elle se réveilla. Ils étaient garés sur le bord de la route, sous un panneau qui indiquait FRONTIÈRE INTERNATIONALE : 5 KM. Norm remontait l'allée, il réveillait ses ouailles. « C'est la frontière, tout le monde, allez, réveillez-vous ! », s'exclamait-il, le visage comme une ampoule électrique de vingt watts suspendue dans les ténèbres, les épaules courbées, les bras pendant comme s'il en avait perdu l'usage. On y était ! Le grand moment était arrivé. Si on ne les laissait pas entrer au Canada, ils ne pourraient pas aller en Alaska et Marginordcity mourrait avant d'avoir vécu.

Marco, qui occupait la couchette sous elle, se réveilla en sursaut. Elle lui tendit la main, cheveux tombant, et se pencha sur le côté de la couchette pour pouvoir le voir. Il regardait dans le vide, les yeux mouillés juste ce qu'il fallait pour retenir la lumière et montrer qu'ils étaient ouverts. « Hé, fit-elle, aussi doucement que possible, on y est. C'est le moment de se réveiller.

— Merde ! — Il écarta la main de sa compagne. — Déjà ? » Il se redressa d'un coup et glissa de la couchette d'un seul mouvement, se passa les doigts dans les cheveux et rentra sa chemise dans le pantalon. Les autres se déplaçaient comme des zombies, se tamponnaient, lâchaient des jurons sans hausser la voix. Les chiens se mirent à geindre. Quelqu'un éternua. « Où est Ronnie ? » demanda Marco, la voix sous-tendue par un je-ne-sais-quoi que Star ne lui connaissait pas. « Où est Pan ? Où il est ? »

Il y avait quarante-huit heures que Marco n'avait plus que la frontière à la bouche, la frontière par-ci, la frontière par-là : il vaudrait mieux qu'il la passe dans le coffre de la Studebaker ou qu'il trouve un endroit perdu où il pourrait la franchir aussi facilement qu'il allait d'un bout à l'autre du bus... Star avait tenté de l'en dissuader parce que, si les douaniers ouvraient le coffre (et pourquoi ne le feraient-ils pas ?), ils l'agraferaient séance tenante, alors qu'ils étaient trente dans le bus, sans parler des deux chiens et du chat, et il y avait peu de chances qu'ils vérifient tout le monde. Surtout à quatre heures du matin. « Tu n'as pas besoin de Ronnie, dit-elle. Reste tranquillement à ta place, c'est tout. Tout se passera bien. » Elle le lui dit, le répéta, comme si les mots avaient pu agir sur la réalité. « Bon, annonça Norm, de sa voix remontée à son volume habituel, c'est-à-dire entre le beuglement et le rugissement, bon, les gars, écoutez-moi tous ! On est à cinq kilomètres de la frontière et on va la passer sans encombre, tout ira comme sur des roulettes, sans tracas, sans ennuis. Vous savez qui on est ? Tous autant que nous sommes ? Un groupe de rock. »

George le Bizarre émit un grognement. « Si, si, j'ai bien dit : un groupe de rock. Et on a des concerts à Fairbanks et à Anchorage, et où encore ? Je sais pas... Sitka. Ceux qui ont des guitares, vous les sortez, donnez-nous quelques accords et même un petit chœur, ça serait pas mal, vous voyez ce que je veux dire ? Vous me suivez ? »

Il était deux heures et demie. Ils étaient à la frontière canadienne. Personne n'avait trop envie de chanter. « Bon... Laissez-moi leur parler. Et vous, les nanas, allez, les nanas, le Miracle de Marginocity ! Essayez d'avoir l'air sexy, hein ? Vous faites le chœur. »

Les filles partirent à rire. On sentait la tension monter. Les gens se mirent à bavarder, le gars qu'on appelait Gâchis sortit son harmonica et entama un blues ; bientôt Jeffrey l'accompagnait à la guitare, et deux filles à l'arrière du bus, Erika et Dunphy, se lâchèrent sur quelques strophes au hasard de *Love in Vain*. Norm remporta ses épaules voûtées à l'avant du bus, où Premstar était perchée sur le siège du conducteur comme un cadeau qu'il aurait oublié d'ouvrir. Marco lança un regard de biais à Star, puis suivit Norm. « Norm, lui dit-il, écoute, Norm, faut que je te dise quelque chose. » Cédant brusquement à la peur, Star descendit de sa couchette et partit à ses trousses.

Les portes du bus s'ouvrirent avec un gros soupir et tous trois descendirent sur le bas-côté avec Ronnie et Mendocino Bill. Le moteur de la Studebaker tournait au ralenti derrière ses phares, dans un voile de fumée de gaz d'échappement. Du ciel tombait un crachin qui faisait briller le sol. Quelqu'un avait cassé une bouteille à cet endroit, et Star dut faire attention où elle mettait les pieds. « Alors, qu'est-ce que tu veux faire, demanda Norm, tu veux passer à pied ? Ça n'attirerait pas l'attention, tu crois, non ?

— S'ils m'attrapent, je vais en tôle.

— Cool, mec, personne ne va t'attraper. C'est le Canada, rien de plus. Un tas de péquenauds, rien de plus, j'ai pas raison, Pan ? Hein, Star ? »

Les phares de la Studebaker projetaient une lueur froide et lunaire sur le visage de Marco. Il abaissa la tête comme si la Police montée lui tombait déjà dessus en faisant craquer le fouet. « Et la voiture de Pan ? Le coffre, je veux dire... »

Norm hocha très lentement la tête. Ses yeux jouaient au yoyo derrière les carreaux de ses lunettes rafistolées. « On faisait ça quand on allait au drive-in. Un soir, on y a mis deux mecs et une nana sauf que, ensuite, j'ai pas réussi à rouvrir le coffre. — Il se mit à rire. — C'était cocasse ! Une drôle de nuit, qu'on a passée, je te le dis, moi. »

Ronnie : « Je suis pas pour. S'ils l'ouvrent, je suis dans le pétrin, pas vrai ? Je suis un contrebandier, non ? »

Personne ne dit plus rien. Star prit le bras de Marco. « Viens, dit-elle. Remontons dans le bus. On va faire face.

— Sans compter que... j'ai toute ma dope là, avoua Ronnie... *notre* dope. Dans la roue de secours. Ça serait une catastrophe. Je veux dire... s'ils la trouvaient. »

C'est alors que la Lincoln de Lester arriva à leur hauteur et, un instant plus tard, Dale Murray sur sa moto. Soudain, ils furent environnés par des bruits de moteur. Et des fumées de gaz d'échappement. Lester baissa la fenêtre. « Alors ? fit-il. On la passe ou quoi ?

— Merde, je me les gèle », dit Dale Murray. Il était trempé jusqu'aux os, les cheveux comme peints sur les deux côtés du visage. « Il va falloir qu'on s'arrête et qu'on campe quelque part, ou je crois que je vais mourir de froid, merde !

— On traverse séparément, dit Norm, parce qu'on veut pas leur montrer le grand show hippie tout d'un seul coup. Ronnie, tu passes le premier. Dale, tu passes quand tu veux, fais simplement comme si tu nous connaissais pas... personne connaît personne, d'accord ? Et, quand on aura traversé, on verra si on peut pas mettre la moto dans le bus quelque part. Ça te va ? Il est bon, mon plan ? »

Star fut la seule à parler, et c'est à peine si elle put s'entendre par-dessus le vrombissement de la moto. « Ouais, dit-elle, c'est un bon plan. »

Devant eux, la nuit resplendissait de lumières artificielles, des camions freinaient au milieu des fantômes évanescents de voitures de tourisme, le rougeoiement lointain de Vancouver était un navire spatial posé sur un champ de blé plongé dans l'obscurité. Les guérites métalliques grises du poste de douane brillaient de toutes leurs fenêtres et des silhouettes en uniforme glissaient comme des patineurs sur le chatoiement de l'asphalte. La voiture de Ronnie fit une embardée, déboîta sur la gauche pour dépasser le bus dont tous les passagers collèrent le nez contre la vitre. Ils observèrent les feux arrière de la Studebaker qui lancèrent leurs appels rouges dans un épais voile de gaz d'échappement ; une silhouette émergea du poste le plus proche. La pluie, qui redoublait, tapait avec autorité sur le toit du bus et perçait de piques d'étain la chaussée et les contours flous des châssis des voitures. La silhouette se pencha à la fenêtre de Ronnie (quinze secondes, c'est tout ce que cela prit), puis se releva et lui fit signe de passer. Star regarda la Studebaker qui démarrait pour aller se fondre dans la nuit.

Norm avait suivi un camion ; le camion prenait son temps. Personne ne pouvait voir la raison du délai parce que l'arrière du camion leur cachait ce qui se passait, mais les guitares continuèrent d'égrener leurs rengaines et ils étaient désormais une demi-douzaine à chanter des chansons des Beatles : d'abord *Rocky Raccoon*, puis *Everybody's Got Something to Hide Except Me and My Monkey*. « Tout le monde a quelque chose à cacher sauf mon singe et moi ! » Star aurait éclaté de rire si Marco n'avait pas été si mal en point. Engoncé sur son siège, à côté d'elle, il était pelotonné contre la vitre, le menton enfoui dans le col de sa veste en jean. Ses cheveux mordorés ressemblaient à des herbes folles gelées par le froid hivernal dans un terrain vague. Ses yeux se réduisaient à rien. « C'est pour toi que je fais ça, dit-il. J'espère que tu en es consciente. »

Ce fut au tour de la voiture de Lester de glisser devant le poste de douane : elle prit la place de celle de Ronnie. La même silhouette émergea du poste, vêtue d'un imperméable, cette fois : le douanier braqua une torche sur le visage de Lester. L'instant d'après, le camion avançait lentement, tous clignotants dehors, et Norm amena le bus à la hauteur du poste au moment où le douanier à la torche faisait signe à Lester de s'engager sur la voie la plus éloignée, celle qui était réservée aux fouilles et aux saisies. Lester, Franklin et Sky Dog sortirent de la voiture sous la pluie.

Or, avant que quiconque ait pu s'inquiéter de leur sort, le bus s'arrêta avec un coup de roulis, la porte s'ouvrit dans un râle et un douanier en imper jaune monta les marches. « Salut ! s'exclama Norm. C'est pas un ours, là-bas, hein ? »

Le douanier hocha la tête et parla à voix basse à Norm et à Premstar. De sa place, Star ne voyait de l'homme qu'une tache jaunâtre, comme quelque chose qui aurait poussé dans une cave. Derrière elle, tout au fond du bus, les autres chantaient *I Want to Hold Your Hand*. « Tous Américains ! », claironna Norm et puis Premstar, sa voix flottant jusqu'à Star comme un nuage de pellicules emporté par une brise stérile, abaissa le menton et confirma : « Américains ! »

Le douanier ajouta quelque chose que Star ne put entendre. « On fait que passer, expliqua Norm de sa voix tonitruante. On est un groupe de rock. On a des gros contrats en Alaska, ils nous attendent là-bas : on jouerait bien pour vous aussi au Canada mais il faudra attendre notre prochaine tournée. Notre emploi du temps est plein, vous voyez ce que je veux dire ? »

Un à un, les vagueux de Marginocity à l'arrière du bus s'arrêtèrent de chanter, conscients tout à coup qu'il se passait quelque chose à l'avant. Star se pencha afin de mieux voir. Marco se ratatina encore plus sur son siège. « *Quel groupe ?* s'exclama Norm avec incrédulité. Vous voulez dire que vous ne nous reconnaissez pas ? »

L'homme à l'imper jaune fit non de la tête. Star voyait son visage maintenant : il souriait. Elle vit l'éclat de ses dents dans son visage tellement rubicond qu'on aurait dit qu'il sortait d'une séance de plongée en apnée. « Oh, mon ami, tu me fends le cœur ! », hurla Norm et, se retournant vers l'allée du bus, il adressa à la galerie des grimaces censées traduire son désespoir. « Tu me fais mal ! Je vais te mettre sur la voie : *Sugar Magnolia* ? *Truckin* ? *Friend of the Devil* ? Non ? Oh, mon ami, tu me tues, là ! Bon, Premstar, dis-lui, toi... »

Le filet de voix de Premstar : « The Grateful Dead. »

Le douanier à l'imper jaune souriait encore, imité par Norm maintenant : on aurait dit qu'ils faisaient un concours. « Vous avez entendu parler de nous, non ?

— Oh, ouais, fit le douanier, la voix étouffée par sa capuche jaune toute molle. Sûr, ouais, j'ai entendu parler de vous.

— Je peux vous donner un autographe si vous voulez. Sans problème, mon ami », dit Norm en tendant la main — que le douanier serra.

Puis il dit quelques mots qui échappèrent à Star. Norm pivota sur son siège et plongea derechef le regard le long du couloir. « Bon, les gars, écoutez ce monsieur un instant, vous voulez... il veut vous demander à tous si vous êtes citoyens américains, d'accord ? Ça va comme ça ? »

Le douanier à l'imper jaune descendit l'allée, rougeaud, souriant, et Star découvrit qu'il était vieux (rouflaquettes grisonnantes), plus vieux encore que Norm. Il ne voulait pas d'histoires. Il ne voulait rien du tout, que descendre peinardement de ce bus et retourner dans sa guitoune. « Citoyen américain ? demanda-t-il aux premiers. Citoyenne américaine ? » Et tous de répondre « oui ». Ensuite, pour changer, il demanda « Où êtes-vous né ? » et les passagers répondirent : Buffalo, San Diego, Charleston, Staten Island, Kansas City, Hornell. Ils observèrent son visage tandis qu'il descendait l'allée, ils observèrent ses épaules quand il la remonta. Che et Sunshine dormaient. Les chiens ne dressèrent même pas la tête.

On entendit quelques rires nerveux lorsqu'il redescendit du bus, puis les rires crûrent en un déferlement débridé, irrépressible de huées, de sifflets et de cris comme des hennissements quand la porte se fut refermée, sur quoi Norm passa la vitesse et repartit vers les lumières du Canada. Seule Star se retourna. La dernière vision qu'elle eut de la douane fut Lester, contre la Lincoln sous la pluie, et un douanier en imper jaune qui le fouillait.

20.

Ils eurent beau le faire tourner à plein régime vingt-quatre heures sur vingt-quatre à travers le Canada puis sur l'infinie piste pentue et rugissante qu'était le Alaska Highway, ne s'arrêtant que pour faire le plein et sacrifier aux besoins corporels de trente-huit claustrophobes aux lèvres pincées, le bus tint le choc. Marco compta trois pannes, une juste à la sortie de Prince George, une deuxième au sommet de Muncho Pass, et puis quelque part qui n'était nulle part, mais Mendocino Bill et Tom Krishna surent faire face et en aucune occasion ils ne restèrent en rade plus d'une heure ou deux. Les marginos jouaient aux cartes, lisaient, paressaient, jouaient de la guitare. Ils faisaient l'amour sous les couvertures, se passaient des tasses de café, de coca et de tisane, de main en main et de rangée en rangée, ils se camaient, sommeillaient, se réveillaient et piquaient à nouveau du nez. Norm ne dormait quasiment pas. Et, quand cela lui arrivait, recroquevillé sur un siège comme un pantin désossé, Marco ou Alfredo le remplaçait au volant, cahotant dans un paysage qui te fatiguait les yeux tellement il était vide. Même Pan prit le relais plusieurs fois, confiant la Studebaker à Star et manœuvrant le bus aux petites heures de la nuit, quand personne d'autre ne pouvait plus garder les yeux ouverts. Il n'y avait pas de Police montée, pas de contrôles de vitesse, aucun flic d'aucune sorte, nulle part. Le paysage sortait ses griffes. Tout ce que tout le monde voulait, c'était en terminer, rien de plus.

Vanderhoof, Smithers, Cranberry Junction, Johnson's Crossing, Whitehorse, Marsh Lake, Destruction Bay, Burwash Landing, autant de points sur la carte, salut et au revoir. Ils virent un énorme derrick replié sur lui-même à Wonowon, une carcasse d'élan étendu à terre et, à côté, son petit, de la taille d'un quarter horse, fou de douleur. Un feu brûlait sur la berge de la Donjek et les flammes léchaient les cimes des arbres avant de monter dans le ciel nocturne... et pas un humain en vue. Ils firent un arrêt pipi à Haines Junction et, par inadvertance, oublièrent Jiminy sur place, de sorte qu'ils durent rebrousser chemin sur près de cent cinquante kilomètres pour le retrouver qui attendait sous la pluie près des pompes à essence, à faire du stop, le regard trahissant une sorte de désarroi cosmique. Par les fenêtres, ils voyaient les rivières couler en rayures grises, la Takini, le Goodpaster, la Tetsa, le Sikanni Chief, le Prophet, le Rabbit et la Blue.

Quand ils approchèrent de l'Alaska, intacts, aussi improbable que cela ait pu paraître lorsqu'ils s'étaient mis en route, le bus roulait encore sur ses dix roues, la Studebaker et la Coccinelle suivaient encore, et tout le monde se mit à chanter, bourré de sandwiches et d'espérances ; ils se rangèrent sur le bas-côté et s'assirent en cercle, se donnèrent la main, et Reba et Tom Krishna dirigèrent la chorale. Ils se trouvaient dans un endroit qui s'appelait Northway Junction, à soixante-trois kilomètres de la frontière et les douaniers, qui portaient des chemises en flanelle, sirotaient du café dans des tasses en polystyrène et faisaient passer tout le monde d'un signe de la main : bonjour, bienvenu aux États-Unis. Les enfants de Reba confectionnèrent des fleurs avec du fil et des écorces ; Alfredo dessina un grand mandala dans la terre à l'aide d'un bâton tordu, allant et venant au-dessus du motif, comme un sourcier qui cherche une source, jusqu'à ce qu'il finisse par apparaître, sombre sur le fond pâle du sol forestier. Ils allumèrent des bougies, de l'encens, et firent circuler l'un des gros shiloms en faïence de Harmony.

L'air était chargé des effluves de la végétation mouillée, de baies pléthoriques et d'un soleil qui s'imbibait de l'humidité ambiante pour la rendre jour après jour. Effluves qui renvoyèrent Marco à son enfance sur la côte Est : il comprit que, dans cet endroit, on n'était plus vraiment dans l'Ouest, ce n'était plus la Californie ou l'Oregon, il se retrouvait dans le même environnement que dans son enfance, les ondulations de la forêt boréale du Nord-Est se prolongeaient jusqu'ici, où, près du pôle, le globe se rétrécissait. Il se rappela avoir lu au lycée *La Vie dans les bois*, de Thoreau, et s'être émerveillé de ce qu'il y ait encore eu des caribous dans le Maine à peine un siècle plus tôt, là, parmi les sapins et les feuillus, or voilà qu'il se trouvait dans des parages où il y avait encore des caribous, où la chaîne n'avait pas été interrompue. Désarçonné par cette pensée, il parcourut une centaine de mètres à pied, et il n'aurait pas été surpris d'en voir surgir une horde, tout près. Cependant, il ne vit rien : que la poussière de la route qui s'envolait dans les branchages et recouvrait les roues sur une épaisseur d'un centimètre. Au son d'un camion qui s'essoufflait dans la montée, il retourna lentement vers le cercle de vagueux de Marginocity, où il reprit sa place.

Il n'était pas assis depuis plus d'une minute ou deux, acceptant le shilom de la main de Maya, prenant respectueusement une bouffée avant de le passer à son tour, que Star, empourprée et souriante, revenait d'une clairière dans leur dos, chargée d'une brassée de fleurs sauvages ; il l'observa lorsqu'elle se mit à danser autour du cercle, dispensant les fleurs aux uns et aux autres, avant de s'installer à côté de lui, une aigrette d'épilobe couleur lavande fichée sur chaque oreille... Quelle était cette chanson qui lui faisait grincer les dents chaque fois qu'il l'entendait... *Aller à San Francisco des fleurs dans les cheveux*... ? Le parolier minable responsable de ces fadaises aurait dû voir Star à cet instant-là ! Il en aurait appris sur les fleurs dans les cheveux...

Sa robe de grand-mère bleue et blanche mettait en valeur la couleur de ses yeux ; l'étoffe se tendit sur ses genoux et sur la longue pente lisse de ses jambes quand elle s'assit. Marco lui passa le bras autour de la taille pour l'inviter à se rapprocher de lui et, à cet instant précis, ils entendirent un bruissement d'ailes au-dessus de leur tête, et un volatile énorme, aux battements d'ailes rapides, une oie empereur, peut-être, ou un faucon, fusa parmi les arbres et disparut si vite que personne ne fut certain de ce qu'il avait vu (ils n'avaient d'ailleurs peut-être rien vu puisqu'ils avaient tous les yeux fermés à ce moment-là). Marco lâcha, tout bas : « Tu as vu ça ! »

Star se tourna vers lui comme pour l'embrasser et ses cheveux caressèrent son visage. « Oui ! Oui ! C'était fantastique, non ? Qu'est-ce que c'était... un faucon ?

— Je ne sais pas mais c'est un signe de bon augure, tu ne crois pas ? »

Tom Krishna les entraîna dans une nouvelle psalmodie. Tout le monde serra fort la main de son voisin et Star se détacha de Marco un moment et se pencha pour enlacer son voisin de gauche : George le Bizarre, qui arborait des os de poulet dans les cheveux et un collier de gousses d'ail autour du cou pour éloigner les vampires. Ensuite, elle reprit sa position et glissa ses doigts entre ceux de Marco. « Je suis tellement heureuse, dit-elle. Je n'aurais jamais cru que je pourrais être aussi heureuse, je ne m'en suis même jamais doutée. Et toi, tu n'es pas heureux ? Tu ne crois pas que tu pourrais mourir de bonheur ? »

Il acquiesça. Il aurait pu mourir de bonheur, à ce moment-là, en effet.

A Fairbanks, Norm gara le bus devant un snack et ils sortirent tous en rang d'oignon, tous, toute la famille, y compris les chiens, laissant les chèvres bêler dans leur enclos de fortune. Che et Sunshine restèrent dans le bus à courir dans l'allée comme des missiles à tête chercheuse. Les autochtones n'avaient jamais rien vu de pareil. Les voitures s'arrêtaient net au milieu de la rue. Les habitants sortaient des magasins, de chez le coiffeur, de l'hôtel de ville. Et tout Marginocity, vêtu de ses plus beaux atours, entra à tour de rôle dans le snack, dont il épuisa les réserves en milk shakes, en glaces, en fromages chauds, en salades de thon, en laitues, en tartes au citron meringuées et en soupes du jour, le tout au triple du prix pratiqué en Californie, parce qu'il fallait faire venir chaque bouchée par bateau d'en dessous le 48e parallèle. Marco compta sa part et paya pour Star aussi mais il s'engonça dans sa veste en jean et remonta son col comme pour s'y perdre : il n'avait pas encore vu un saumon. Ou un caribou. Ou un ours. Pas même un lièvre. « T'en fais pas pour l'argent », dit Star, glissant les fils brillants de ses cheveux derrière ses oreilles. Elle ne s'était pas lavée depuis une semaine. Personne ne s'était lavé, tout au plus débarbouillé de temps à autre au robinet d'un arrêt pour routiers ou d'une station-service et Norm avait refusé qu'ils s'arrêtent pour un lavage de groupe, un bain ou quoi que ce fût au bord de l'un des milliers de cours d'eau qu'ils avaient longés et de lacs à l'eau si limpide qu'on n'aurait pas dit des lacs mais une sorte de reflet du ciel. Fallait y aller, vingt-quatre heures sur vingt-quatre, telle était sa devise !

« Je ne suis pas inquiet », répondit Marco, mais, en fait, il l'était.

Star se pencha sur la table et lui prit le poignet. « On est en Amérique ici, c'est ça qui est merveilleux. On a les coupons, le chômage, l'assistance sociale, comme partout ailleurs aux États-Unis. » Dans son dos, sur le trottoir où le soleil égratignait leurs fronts pentus, enflammait leurs cheveux et faisait ressortir le relief saillant de leurs fossettes et de leurs appendices nasaux, trois femmes d'un certain âge, robes imprimées à fleurs, bouche bée et l'air revêche, les regardaient par la fenêtre comme derrière les grilles d'un zoo. S'il avait été d'humeur plus légère, Marco leur aurait fait signe, se serait léché la commissure des lèvres avec le bout de la langue ou se serait gratté les aisselles, ha... ha... ha. Mais il se contenta d'abaisser le regard. « D'ailleurs, dit Star à voix basse, j'ai mis quelques dollars de côté. Pour des urgences. Et toi, tu en es une grosse, d'urgence, tu sais... »

Il ne sut que répondre. Et puis il était agacé, las de tout ce cirque, pressé d'en finir. Où étaient les arbres à abattre, les écorces à retirer des troncs à griffer, où était la rivière, où étaient les panoramas à vous couper le souffle, les poissons, le gibier, la nature à l'état brut qui n'attendait que d'être manipulée et soumise... appréciée ? Oui, et le plaisir dans tout ça ? Quand est-ce qu'il passerait au premier plan ? Il était lessivé. Déprimé. Il avait la gorge irritée. Il avait en poche seize dollars et quatre-vingt-sept *cents*, et, quand il les aurait dépensés, il lui faudrait faire la queue longtemps pour récupérer des coupons, une quelconque assistance sociale et tout le reste que la formidable et magnanime société d'abondance voulait bien t'octroyer : comment les chèques leur parviendraient-ils, d'ailleurs, en pleine nature ? Est-ce qu'il y avait au moins un service postal sur les rives du Yukon ? Des pigeons voyageurs ? « Je suis pas inquiet », répéta-t-il.

De l'autre côté de la pièce, trop excité ne fût-ce que pour s'asseoir, Norm faisait le tour des tables en Formica, avalant un *macaroni cheese special* avec une salade Waldorf, les yeux tombés au fond des orbites tellement il était fatigué, et il exhortait les uns et les autres à terminer, allez, *mobilisez-vous !* « Encore deux cent cinquante kilomètres », leur rappelait-il d'une voix âpre, trop épuisé pour crier : « Cinq centimètres sur la carte. C'est tout, les gars, et on est à la maison. Vous le sentez pas ? Vous sentez pas la rivière ? »

Personne ne sentait rien. Ils faisaient fonctionner leurs mandibules, leurs sourires brasillaient. C'était un moment festif, sur lequel présidait un cuisinier traumatisé et une serveuse hébétée en jupe plissée et chemisier au col brodé de scènes de rodéo. Et alors, qu'est-ce que ça faisait si Fairbanks ressemblait à n'importe quel kilomètre carré de ville industrielle des États-Unis, comme Detroit, Albany ou Akron, comme les bourgs qu'ils avaient tous fuis depuis longtemps ? Ils étaient arrivés. Ils étaient en Alaska. Bientôt le terminus.

Norm tendit son assiette à la serveuse et ses ouailles commencèrent à s'extraire à contrecœur du comptoir, des tables, des toilettes bondées à l'arrière. « Marginordcity, les gars ! » lança-t-il en écartant les bras pour s'adresser à toute la salle, y compris une vieille Indienne d'un âge indéterminé, figée dans un coin derrière son livre de poche, et deux locaux aux oreilles rubicondes accroupis sur leurs tasses de café, le regard rivé sur le mur derrière le comptoir comme si les secrets de l'univers y étaient révélés en lettres infinitésimales. « Le pays du soleil de minuit ! » De sa place à côté de Star, Marco se sentait détaché de la scène : Norm, le gourou récalcitrant, agitait les bras, exalté, blanc comme linge, flasque, Norm qui ne voulait jamais guider quiconque, au bout du rouleau dans un snack plein de gras, dans une ville auprès de laquelle n'importe quel trou perdu aurait semblé être un paradis. Marco était gêné pour lui, gêné pour eux tous : l'élan d'enthousiasme qui l'avait enflammé à Northway Junction avait fait long feu. Tout ça était fou, songeait-il, toute cette aventure donquichottesque ! Ce serait un miracle s'ils duraient un mois.

Dans la rue, il partagea une cigarette avec Star, et tous les autres autour d'eux faisaient les cent pas, comme s'ils étaient venus spécialement pour ça, pour s'asseoir au soleil sur des trottoirs poussiéreux, dans cette ville frontalière horizontale, qui parvenait à avoir l'air à la fois pré- et post-industrielle, les cabanes en bois défoncées cédant le pas aux mobil-homes Quonset et aux entrepôts préfabriqués qui rampaient dans la gadoue comme des soldats blessés. Pan et Lydia s'étaient installés sur le capot de la Studebaker et l'autoradio débitait, en un filet de réminiscences, les mêmes Top 40 qu'on entendait à Tuscaloosa ou à Sioux City, tandis que Verbie et sa sœur se querellaient, ne laissant à entendre que des murmures sifflants. Les toilettes à l'arrière du snack étaient à nouveau prises d'assaut, les gens retournaient chercher des cure-dents, des menthes pour l'haleine, des chewing-gums, n'importe quoi pour repousser le moment où il faudrait remonter dans le bus, et puis Norm prit tout simplement Premstar par la main et grimpa les marches au métal usé et la compagnie suivit. Il compta rapidement ses ouailles, le moteur repartit avec une explosion râpeuse de diesel décomposé, et le bus s'écarta du trottoir avec un soubresaut, dans un nuage de fumée noire.

Ils longèrent les rues mornes du centre, traversèrent la Chena en direction de Steese Highway, repus de nourriture hors de prix, de gras, de sucre, d'acide phosphorique qui s'insinuèrent dans leurs veines comme une mort lente. Des cigarettes circulaient de main en main, un joint ou deux, une outre de vin. Maya et Merry envoyaient des baisers et adressaient le signe de la paix aux Indiens avachis et aux poivrots au regard vitreux qui semblaient les seuls habitants des lieux, les trottoirs cédèrent la place aux nids-de-poule et les nids-de-poule à la piste de terre, et puis ils furent happés par la campagne, le monde fondit sur eux avec toute sa verdure et l'ultime portion de route s'enroula autour des roues comme une mer brune et calme.

Au volant, Norm revint à la vie. Ce fut extraordinaire. Un instant, il était mort et enterré, le suivant, il ne s'arrêtait plus de bouger la tête, de bavarder, et Marco se demanda comment cela se faisait, et quelle quantité de sa sainte pharmacopée requinquante Marginocity avait emportée dans ses planques privées et communautaires : des onces, des livres, des ballots entiers ? Norm tapotait sur le volant, tournait les épaules d'un côté et de l'autre, tapait des pieds. Il se métamorphosait en guide touristique, se penchait contre le pare-brise, annonçait en gazouillant le nom de tous les ruisseaux et rigoles qu'ils traversaient, pérorait à l'intention de tous ceux qui étaient assez près pour l'entendre sur l'histoire, la géologie, la botanique du bas Yukon et sur la tradition des trappeurs et des chercheurs d'or ou, du moins, ce qui en tenait lieu en Alaska. « Vous avez vu ça ? », fit-il, désignant une étendue de broussailles délavées, striée par les fines et sombres balafres de sapins renversés et éparpillés comme si un bulldozer était passé par là.

Marco se gargarisait avec le vin. Il passa l'outre à Star et appuya le visage contre la vitre. De l'autre côté de l'allée, Premstar, les cheveux sales et aplatis, occupait une banquette à elle seule. Comme elle était en short et avait replié les jambes sur le vinyle craquelé, on avait vue sur son entrejambe — genoux cognant l'un contre l'autre en rythme, chevilles nues, ourlées et blanches. Elle lisait un magazine sur la couverture duquel figurait une vamp. Norm aurait tout aussi bien pu parler tout seul. « Vous voyez comme les arbres sont tous penchés... vous voyez ces deux-là, comme des épées croisées ? On appelle ça "la Forêt ivre", comme si les arbres étaient complètement bourrés et pouvaient pas tenir debout. » L'orateur se retourna sur son siège — les sons échappèrent, de biais, par la commissure de ses lèvres : « Marco, tu écoutes ? »

Star répondit à la place de Marco : « On écoute. On a rien d'autre à écouter...

— Premstar ? »

Premstar ne leva même pas les yeux.

Norm retourna à la route et continua à parler au pare-brise, le moteur continua de tourner et le bus de souffler sur les ornières. « C'est à cause du permafrost. A une profondeur de soixante centimètres, c'est dur comme de la roche, glacé depuis l'ère glaciaire, depuis *avant* l'ère glaciaire, du temps des mammouths et de toutes ces bêtes à fourrure... des tigres machérodes. Du méchant loup. Tu te rappelles ces mammouths, Prem, quelles saloperies c'étaient ? Premstar ! Je te parle. J'ai dit : "Tu te rappelles ces mammouths, les saloperies que c'étaient à monter ?" »

La puanteur ne fit qu'aggraver les choses. Tout le bus empestait les pieds et les corps pas lavés de toute la tribu, dont les membres depuis plusieurs jours se saupoudraient les aisselles de talc et se rinçaient les cheveux dans les toilettes de stations-service crasseuses... mais, dans les toilettes chimiques, on atteignait carrément à un autre degré de putréfaction : c'était là qu'ils évacuaient, frères et sœurs vagueux logés à la même enseigne, le fin gruau de la route. Marco se força à y pénétrer et actionna le loquet.

Il était trempé de sueur, les cheveux collés sur le front sous son bandana rouge qu'il n'avait pas retiré depuis leur départ de Californie. Il faisait sombre là-dedans et l'atmosphère était renfermée, la seule lumière étant un mince clignotement de peep-show que laissait passer un carré de grillage dans la porte. Marco avait envie de vomir, car s'il vomissait, il se sentirait mieux (du moins, en théorie) : il s'accroupit donc au-dessus de la cuvette en aluminium et se fourra deux doigts dans la gorge. Il manqua s'étouffer mais rien ne voulut sortir. Le contenu de la cuvette remuait, se balançait et répandait une odeur infecte. Marco s'adossa à la cloison en métal sonore et il était sur le point de faire un deuxième essai lorsque le plancher se déroba sous lui avant de remonter d'un coup pour le lancer tête la première contre la porte. Sur quoi, rien ne bougea plus et tout le monde sembla crier en même temps.

Marco n'avait pas le nez cassé ou, du moins, il lui semblait que non... mais le sang avait taché son T-shirt et complètement esquinté le gilet en brocart noir et or que

Star lui avait choisi dans un magasin de fripes de Ukiah, et ça, c'était dommage (chiant, vraiment chiant), parce qu'il faisait désormais partie de sa personnalité, c'était son image de marque, l'article vestimentaire qui annonçait au monde qui il était et quelles étaient ses visées dans l'existence. Ce gilet était *hip*, l'essence même du *hip*, et voilà qu'il était foutu ! Mais ce n'était pas si grave, après tout puisque, dans six mois, il porterait de la fourrure de caribou, du loup, de l'ours, de l'hermine : qu'est-ce que ça avait de si extraordinaire, l'hermine, après tout ? C'était une sorte de belette, non ?

Le sang avait séché sur sa moustache et aux commissures de ses lèvres. Il s'assit sur le bord de la route, une main frottant le sang séché, l'autre chassant les moustiques, tandis que le reste de la tribu faisait les cent pas autour du bus en regardant Mendocino Bill et Tom Krishna qui tentaient de retirer de l'essieu la roue avec le pneu en lambeaux, et, bien sûr, il avait fallu que ça tombe sur une roue intérieure... ben voyons ! Pour tout dire, au point où il en était, cela ne lui importait guère de s'être cassé le nez ou pas, il se moquait du sang et de la douleur sourde qu'il ressentait dans les sinus, il ne se rappelait même pas ce qu'il foutait dans les chiottes en alu, d'ailleurs, mais, comme tous les autres, il en aurait pleuré de frustration. D'après l'estimation de Norm, ils ne se trouvaient pas à plus de cinq ou six kilomètres de Boynton, ils auraient pu y aller *à pied*, et voilà un retard de plus, un dernier obstacle avant de pouvoir monter les tentes et abattre les arbres. Dormir par terre, pour changer, c'était tout ce qu'ils voulaient, tous. Arriver à destination. Arriver. S'asseoir autour d'un feu, redevenir une famille, en finir avec le cirque ambulant.

Star s'était assise à côté de lui mais, comme les moustiques les assaillaient férocement, elle était remontée dans le bus pour enfiler un pantalon et un gilet, et il lui avait demandé de prendre dans son sac à dos un flacon d'insecticide, qui lui apporterait, à lui aussi, un peu de soulagement. L'endroit était humide, marécageux, le sol dégelait sur soixante centimètres en été mais retenait l'eau comme un évier parce qu'elle ne pouvait pas infiltrer la couche glacée en dessous : scénario idéal pour *Culex pipiens* et ses gigotantes larves aquatiques. Ces bestioles avaient infesté ses nuits dans le Connecticut de son enfance, et l'avaient aussi suivi dans le Sud, en Floride et en Louisiane, mais les moustiques d'ici, c'était une autre paire de manches ! (Quelle introduction à la faune de l'Alaska !) Il se tapait sur les bras, se donnait des coups sur la nuque et, quand il éternuait, il expulsait de ses narines une nuée de pièces détachées d'insectes démembrés. Son nez vibrait comme une cloche qu'on vient d'agiter, et il buvait de la Spañada à même l'outre pour compenser (Alfredo avait eu un prix pour une caisse d'outres de deux litres cinq dans un avant-poste quelque part en chemin) ; à chaque gorgée, Marco s'exhortait à rester calme, à être patient, à suivre le mouvement. Du moins, n'avait-il plus la nausée : ça, au moins, c'était positif.

Il observa Star quand elle redescendit du bus, Merry, Maya et Jiminy à sa traîne : tous quatre avaient l'air de conspirateurs. Star avait mis un pantalon pat' d'eph en velours côtelé rouge et sa chemise en jean aux signes du zodiaque brodés sur les manches et à l'horizontale sur le dos à hauteur des omoplates : l'archer, le Sagittaire, bandait son arc comme pour prévenir tout malheur. Tous quatre se regroupèrent de l'autre côté de la route, visages luisants et triomphants sous la haute inclinaison du soleil, et il vit à la façon dont Star fermait la main droite qu'elle portait autre chose que l'insecticide. Il observa ses hanches qui fendaient l'air un coup en avant un coup en arrière, il observa ses sandales qui écrasaient la poussière de la route. Elle avait des traits réguliers, ses yeux étaient lumineux. Au sourire qu'elle lui adressa alors, on aurait pu croire une madone de la Renaissance — ou alors était-elle simplement camée ? Ouais, c'était peut-être plutôt ça. « Laisse-moi deviner, fit-il. Personne pouvait plus attendre, c'est ça ? »

Ils se laissèrent tomber dans les hautes herbes et le parfum familier et familial de la marijuana imprégna leurs cheveux et leurs vêtements. Il y eut un froufrou de végétation, de fleurs sauvages écrasées, déplacées (lupins, épilobes, une fleur qui ressemblait à un coquelicot) ; les genoux de Jiminy craquèrent quand il tomba à terre et inséra une demi-douzaine de bâtonnets d'encens dans la terre friable. « Correct », répondit-il, se penchant en avant pour allumer une à une, à l'aide d'un briquet, les extrémités effilées des bâtonnets d'encens. « Et on protège des moustiques ce sanctuaire, qui vous enveloppe aussi, mon ami. Fuyez, insectes importuns ! Quant au reste, soyez heureux et de bonne contenance.

— Certains d'entre nous pensaient repartir à pied, dit Maya, juste pour aller voir ce à quoi la ville ressemble...

je veux dire, on est si près... Mais Norm n'est pas d'accord. Il trouve que ça serait pas très cool. »

Les autres, sur la route, criaient en jouant avec des frisbees, les chiens irriguaient les buissons et Norm, la voix sèche, tonitruait, gesticulait et tirait sur sa barbe ; quant à Pan (... dont on distinguait les fines mèches folles de la nuque en contrebas de la ligne de végétation qui s'accrochait au talus de l'autre rive), quant à Pan, il lançait un hameçon dans la sombre surface du cours d'eau qui glissait le long de la route comme la doublure d'une veste. Il n'y avait aucune circulation. Aucune voiture ne passerait jamais. Ils auraient pu se trouver dans le Serengeti, sur la steppe du Kirghiz. « Je couvrirais cette distance en un rien de temps, déclara Marco.

— Moi aussi. » Mais Jiminy manquait de conviction. La fumée s'élevait des bâtonnets d'encens et l'air pur charriait un fardeau de feu de bois de rebut. « Juste pour voir ça, tu vois ce que je veux dire ? insista Marco. — Il ne put s'en empêcher. — Je l'ai tellement imaginé, cet endroit, que je vais être déçu. Ou peut-être pas. Peut-être que je serai agréablement surpris. Ça arrive, non ? Tu n'es pas agréablement surpris une fois sur cent ?

— Rien ne ressemble jamais à ce qu'on imagine, déclara Star. L'esprit invente sa propre réalité, et comment la réalité quotidienne pourrait-elle jamais lui arriver à la cheville ? C'est comme si tu comparais un film à un dessin animé. » Elle se trouvait là, juste à côté de lui, et tenait dans la paume de sa main la pilule veinée et mouchetée qui ressemblait à l'un de ces petits rectangles de couleur à l'aide desquels, enfant, on teignait les œufs de Pâques. « Ou même un livre, dit Maya. Un livre comparé à un film.

— Je sais pas, je crois que je suivrais l'avis de Norm », dit Merry, tombant à la renverse sur le double oreiller de ses coudes relevés et allongeant les jambes sur la chaussée, comme si elle s'était installée sur un transat. Ses pupilles dilatées lui donnaient un regard de chatte. Elle portait un jean, un poncho et un chapeau de vaquero à bord mou. Ses pieds nus et sales étaient frangés de moustiques : Marco vit qu'elle s'était passé du vernis à ongles de couleurs différentes et il avait beau ne pas être stone (pas encore, en tout cas), il songea qu'il n'avait jamais rien vu de plus beau, et pourquoi, d'ailleurs, les femmes ne se mettaient-elles pas toutes des vernis multicolores ? Et tous les hommes aussi, d'ailleurs ? « Je veux dire, pourquoi être si pressé ? dit-elle. On ne pourrait pas tout simplement se repaître de ce ciel, de ces fleurs sauvages, de cette rivière ? Je veux dire... regarde ça. Regarde, simplement. »

Marco prit cela comme une injonction et son regard remonta le tunnel ensoleillé de la route, où se trouvaient la Studebaker et la Coccinelle, toutes deux garées sur le talus qui menait à la rive, mais pas de moto, pas de Dale Murray ! Où était-il donc quand on avait besoin de lui ? Ce ne serait rien de pousser l'engin jusqu'à Boynton et retour, de voir la rivière, de plonger directement dedans, de humer la brise, alléluia ! Voir Boynton et mourir ! En fait, Dale Murray était retourné sur ses pas le lendemain de leur traversée du Canada pour aller voir ce qui était arrivé à Lester, à Franklin et à Sky Dog : et il n'avait jamais reparu. Marco n'avait aucune idée sur la question, car, au fond, il le connaissait à peine, ce gars, et il n'aurait certes pas recommandé les gens qu'il fréquentait. Mais Dale Murray avait deux jambes, deux bras, deux mains et ils auraient besoin de toutes les mains disponibles pour réussir : il s'en passerait, du temps, avant que des fugitifs de la société bidon et des hippies du week-end ne viennent les retrouver et gonfler leurs rangs, qu'on ne s'y trompe pas !

On entendit des éclats de voix près du bus, une discussion agitée entre Mendocino Bill et Norm sur la viabilité de la roue de secours (« Ça ne fait aucun doute, disait Norm. Vas-y, mets-la »). C'est alors que Star lui mit la pilule dans la main. Marco l'accepta, de la manière qu'il avait été conditionné à le faire : si quelqu'un te donnait de la drogue, tu la prenais, sans poser de question, et il alla même jusqu'à porter la main à la bouche et faire mine d'avaler. L'odeur de bois brûlé chatouilla ses narines. Le soleil plaqua une main sur sa nuque. Personne ne le regardait : tout le monde avait les yeux tournés vers le bus, de l'autre côté de la chaussée, vers Norm, vers la roue noire posée à plat, à même le sol, comme un cadavre. Ah, ils n'étaient pas encore arrivés ! Voilà ce qu'il pensa alors, et il n'allait pas célébrer quoi que ce soit avant d'être rendu. Il glissa la pilule dans la poche tachée de sang de son gilet foutu.

Star rit en réponse à une remarque de Jiminy, puis tous se mirent à rire, même lui, Marco, alors qu'il n'avait aucune idée de la raison de l'hilarité générale, ou même si le rire était la réaction appropriée à la situation. Mais, quelle importance ! La fumée s'élevait des bâtonnets d'encens, le frisbee était imbriqué dans l'air comme une brique dans un mur et ils étaient allongés sur le bord de la route et ils riaient, ils riaient tout simplement : à croire que les chalets étaient déjà montés, les bûches déjà coupées pour alimenter le poêle, les fourrures mises à sécher, l'or lavé à la battée et le garde-manger approvisionné, car aucun d'entre eux n'avait le moindre souci au monde. Merry tendit un joint à Star, qui le tint entre ses lèvres jusqu'à ce que l'extrémité rougeoie, après quoi elle le passa à Marco, qui le saisit et, à son tour, le tint à ses lèvres, avalant une profonde gorgée de fumée comme il l'avait déjà fait mille fois. Tout semblait aller au ralenti, comme si la terre s'était immobilisée sur son axe et que le fragment de ciel au-dessus de leurs têtes était tout ce dont ils auraient jamais besoin. C'est alors qu'il perçut, à la périphérie de sa vision, un mouvement infiniment paresseux, infiniment lent : les chiens émergeaient de la bande d'ombre bleue sous le bus et se redressaient avec une délicate flexion-extension de leurs pattes arrière. Tous deux fixaient intensément la route, et Freak, tendu, aux abois, lâcha un *whoof* grave et interrogateur.

Un chien était apparu dans le tournant au loin... ou, plutôt, non, c'était un loup, avec des pattes décharnées qui semblaient partir vers l'extérieur comme si on les avait installées à l'envers, un loup qui trottait sur une piste, en Alaska... Il ne fallut pas longtemps à Marco pour se relever. « Regardez, s'exclama-t-il, regardez, c'est un... » Mais il se ressaisit. Deux silhouettes étaient également apparues au tournant, un homme et une femme qui marchaient avec aisance malgré le poids de leurs sacs à dos et ce n'était pas un loup, non, pas un loup sauvage, en tout cas. Le frisbee termina sa trajectoire retombante, les marginos se relevèrent. « Norm, cria quelqu'un, hé, Norm ! »

Le randonneur était grand, musclé, svelte. Il portait une chemise en flanelle, couleur passée par le soleil, manches retroussées, et un jean tellement usé aux genoux et effrangé en de multiples endroits que celui de Marco paraissait neuf à côté. Il avait les cheveux courts, épais, drus. Il marchait comme si la marche était un sport de compétition, jeu de jambes régulier et talon ferré de ses boots attaquant la chaussée devant lui, cet homme dont la silhouette se détachait sur l'éclat de cette belle journée — Marco n'aurait su le situer : était-ce un vagueux, un employé de station-service ou le Juif errant en personne ? La femme, entre vingt et trente ans, cheveux blonds ramenés en arrière en queue-de-cheval, comme les supporters des équipes de baseball, short dévoilant les muscles du mollet et les belles lignes de ses fesses et de ses cuisses, mit une main en visière comme pour vérifier que le bus n'était pas un mirage. Une boule floue et jaunâtre fusa tout à coup sur la route, pattes jointes, muscles tendus : c'étaient Freak et Frodo qui fonçaient sur le couple, mais l'homme ne broncha pas, pas plus que son chien, qui se contenta de baisser le museau et de suivre son maître. Un instant, les chiens au poil ocre gambadèrent autour des marcheurs, soulevèrent des nuages de poussière, puis l'intervalle entre eux et le bus s'amenuisa tellement que l'homme et la femme se retrouvèrent bientôt à la hauteur des marginos : ils se retrouvèrent en leur sein sur la route déserte.

Jusque-là, Tom Krishna ne s'était préoccupé que de l'essieu, du gros pneu strié et de la roue têtue qui venait juste à l'instant de rouler enfin jusqu'au pneu de secours. Levant la tête vers le silence, il vit les marcheurs debout tout près, avec leurs sacs à dos volumineux, les chiens qui tournaient autour, et la poussière arrachée à la route, qui virevoltait. « Hé, lança-t-il en s'extrayant de sa position accroupie, ça gaze, frère ? » — et de tendre une main pleine de graisse dans l'espoir d'une poignée d'âme qui ne vint pas.

Le marcheur les regarda d'un air amusé, il les regarda tous. Le soleil rebondissait sur les lunettes de Norm, Marco resta suspendu sur le bas-côté et Merry et Maya pouffèrent. « Vous êtes... », commença l'homme, avant de marquer une pause. Son ton trahissait une blanche incrédulité. « Vous êtes pas des *hippies* ? Si ? »

Norm s'avança, mastoc dans sa salopette, bagues scintillant aux doigts. La clochette tinta à son cou. De la part des chèvres au sommet du bus : un bêlement désenchanté et pitoyable : elles voulaient descendre, elles voulaient être libérées, elles voulaient aller à Boynton et brouter en chemin. De sa voix de stentor, Norm déclina son identité : « Norm Sender ! » et de secouer la main de leur visiteur — une poignée de main traditionnelle —, avant de se tourner vers la femme et d'exhiber l'or de ses dents pourrissantes. « On est Marginocity, des avatars de la paix sur terre, de l'amour et de la conscience accrue. On vient de la lointaine Californie pour reprendre possession de la propriété de mon oncle Roy, Roy *Sender*, sur la douce, généreuse et toujours limpide Thirtymile. Et nous sommes tous très heureux de faire votre connaissance. »

Le marcheur se gratta la nuque et son regard sauta de visage en visage comme des jetons qu'on agite avant de piocher dans le sachet. « Merde, dit-il, vous êtes bien des hippies ! »

Les filles rigolaient. Les chiens dansaient. Mendocino Bill ajouta : « Ouais, c'est comme ça. Et fiers de l'être. »

C'est alors qu'une idée sembla traverser l'esprit du marcheur à la chemise en flanelle, quelque chose de tout autre, un souci qui le confondit, et Marco l'observa qui changeait son pied d'appui dans le hâle clair de la poussière de la route. Il observa la ride se creuser sur le front, le sourire s'évanouir. L'homme promena à nouveau son regard sur les visages des vagueux pour finalement revenir à Norm : « Vous avez dit *Roy Sender* ? »

21.

C'était bien ce qu'il avait dit : *Roy Sender, la propriété de Roy Sender*. Sess tenta de maîtriser ses muscles faciaux mais son corps le trahit. Il recula d'un pas pour se dégager, se passa une main sur les cheveux. C'était fou, de la folie pure, une page arrachée à un hebdomadaire : « La Nation Woodstock », « Sexe, drogue et rock n' roll », dans ce genre-là, page arrachée, matérialisée dans les trois dimensions, devenant chair et os... des arpents de chair, parce que ces filles hippies assises sur le bas-côté étaient le summum du fantasme hivernal du vieux solitaire hirsute : deux d'entre elles, la jolie blonde et la brunette au chapeau de cow-boy, les jambes allongées sur la chaussée, auraient pu figurer dans un autre genre de revues ! Sess pensa à *Playboy*, à *Dude*, et il pensa en même temps : *la Thirtymile ? la Thirtymile ?* C'est bien ce qu'avait dit le grand aux dents en or et aux mains pleines de cambouis, le *neveu*, qui lui assena alors une salve de questions : qui étaient-ils ? Où allaient-ils ? Connaissaient-ils Boynton ? Savaient-ils si c'était encore la saison du saumon, et des baies ? Elles étaient mûres, les baies, à cette saison ?

Sess lança un regard de biais à Pamela. Sa jeune épouse s'était raidie comme une anthropologue amateur qui serait tombée sur la mauvaise tribu : des chasseurs de têtes alors qu'elle serait partie en quête de vanniers. Elle ne leur concédait rien, pas même une esquisse de sourire. Et Lucius, Lucius n'était pas mieux disposé : il se rétractait contre les jambes de Sess tandis que les deux chiens à poil ocre grattaient la terre et avançaient leur truffe dans sa direction. Les autres vagueux du groupe descendaient du bus. Drôle de défilé multicolore de Halloween ! Clochettes, verroterie, bandeaux, pat' d'eph tellement larges que les pieds disparaissaient dessous, cheveux tellement comme des rivières qu'on ne distinguait plus les hommes des femmes... hum, non, en fait, on faisait tout de suite la différence, à moins d'être aveugle, parce que toutes les filles avaient dû jeter leurs soutiens-gorge au feu !

Sess serra de nouveau la main du neveu, de sa propre initiative cette fois, et, bien sûr, il était chargé, après avoir bu toute la journée, et tout exubérant d'avoir bousillé la voiture de Joe Bosky. Il arbora un grand sourire et se présenta : « Sess Harder », s'entendit-il annoncer — c'était pas croyable, hein, pas croyable ! « Et voici ma femme, Pamela. Et mon nouveau chien, Lucius. » Jusque-là, il n'avait répondu que par un grognement ou un hochement de tête aux questions dont on l'avait mitraillé, mais il se sentit soudain en verve et déclara que les saumons pullulaient et que les baies mûrissaient et qu'il était en compagnie de Roy Sender le jour où le vieux trappeur avait quitté définitivement la région. Il l'avait aidé à déménager, en fait. « C'est vrai ? Sans rire ? Vous connaissiez mon oncle ? »

Sess ne lui révéla pas que Roy Sender avait été un père pour lui — lui qui n'avait plus de père —, il ne lui dit ni que Roy Sender lui avait appris tout ce qu'il savait ni que Roy Sender n'était pas un hippy et n'aurait jamais pu en être un parce qu'il pensait dur comme fer que, dans la vie, il fallait se débrouiller tout seul, tout faire à sa manière, même dans les conditions les plus défavorables ; il ne lui dit pas que c'était le genre d'homme à se coucher et à pourrir par terre plutôt que d'accepter des subsides du gouvernement. Il ne lui raconta pas quel bonheur c'était de vivre sur la Thirtymile : la pureté de l'air, le silence intemporel, comme suspendu, des 40° en dessous de zéro et la neige qui agrippait, comme la main d'un étrangleur, la gorge de la rivière. Il se contenta d'un « Ouais... » et Pamela, muette jusque-là, s'enquit : « Washo Unified ? Vous êtes une sorte d'équipe scolaire, c'est ça ? »

Une femme était descendue du bus : brune, des nattes, les traits aiguisés et agressifs, des yeux qui vous happaient pour vous recracher l'instant d'après. Elle avait trente ans... trente, au moins, oui, et elle portait une chemise en jean délavé et une espèce de chose autour des jambes qui n'était pas vraiment un pantalon et pas vraiment une jupe. Pieds nus, sales. « On est une famille, déclara-t-elle en fonçant droit sur Pamela, à qui elle tendit les deux mains. Une famille, voilà tout. »

Pamela (le geste fit sourire Sess parce qu'elle était si bonne et douce, pas un brin de malice dans tout son corps) prit les mains de la femme et les tint dans les siennes jusqu'à ce que l'étiquette lui dictât de les lâcher. « Vous voyez cet homme là-bas ? », fit la femme : tous se tournèrent vers un homme, torse nu, la peau brune, émacié, la barbe patriarcale, touffue, bien huileuse : au bord de l'eau, il faisait des ricochets avec des galets. « C'est mon mari... et là (elle indiqua deux enfants à moitié nus qui s'agitaient, allaient et venaient sur la rive, auréolés de deux nuées équivalentes de moustiques), ce sont mes enfants. Les autres, tout le monde autour ? Ce sont mes frères et mes sœurs. »

Le neveu, qui eut du mal à rester en place pendant ce discours, balançait la tête en avant et en arrière tout en exécutant une petite danse avec les pieds. « Écoutez, dit-il, je sais pas quel est votre trip et je sais pas où vous allez camper ce soir, je sais rien sur vous, mais ce que je veux dire, c'est que tout ami de Roy est mon ami, et vous êtes les bienvenus... hum, je veux dire plus que bienvenus... vous pouvez monter dans le bus pour le reste du trajet jusqu'à Boynton et, d'ailleurs, permettez-moi, tout de suite, d'étendre l'invitation à la première fête communautaire annuelle des pèlerins de Marginordcity et de leurs camarades errants, qui sera préparée sur les berges du grand Yukon ce soir même, à l'heure où le soleil brillera, où les oiseaux gazouilleront et où la musique *hip* et joyeuse s'élèvera jusqu'aux cimes des arbres. »

Pamela répondit qu'ils étaient au regret de devoir décliner leur invitation. « On a des choses à faire, expliqua-t-elle. Et on est presque arrivés, trois kilomètres au plus. Vraiment. »

C'est alors que l'un des hippies, le front cerné d'un bandana et avec ce qui ressemblait à du sang sur la chemise, tendit à Sess une outre à vin. Sess renversa la tête et en avala une longue giclée avant de passer l'outre à Pamela. Il regarda autour de lui. Tous les hippies avaient le sourire aux lèvres. Le neveu avait l'air d'avoir été plongé dans de la crème, les fleurs sauvages tiraient sur leurs laisses, la rivière chantait. La voiture de Joe Bosky n'était plus qu'une épave (ou bien est-ce qu'on disait « étrave » ?), les lèvres de Pamela étaient brillantes de vin moelleux. « Sûr, dit Sess. On va rentrer avec vous. »

Le Three Pup présentait son immuable décor humain : Skid Denton marmonnait de la poésie française dans son godet de fine ; Lynette, les bras sur le comptoir, cadenassés contre la poitrine... et pas une clef en vue ; Richie Oliver et son prix de consolation atteignaient grâce à l'alcool une autre dimension et broyaient des cacahuètes avec l'efficace lenteur d'un veau qui mastique. Steve l'Acier était penché sur le billard en compagnie d'un homme râblé, au nase prononcé, qui devait être un touriste parce que Sess ne le connaissait pas et Tim Yule, le bout du pif encore brillant d'un peu de mucus frais et l'œillet en papier qu'il portait au mariage encore passé à la boutonnière, se tenait à côté d'eux, accroché à sa queue de billard comme si elle avait été scotchée par terre. L'endroit était imprégné de son odeur habituelle : fumet de vieille botte fourrée au bœuf haché, oignons frits et cendre froide, le tout laissé à putréfier au soleil pendant quarante-huit heures. Le juke-box déversait son habituel ânonnement d'autocommisération appalachienne et les incontournables moustiques pendaient dans l'air en ordre de bataille.

Sess passa la porte tel un ouragan, tout fracas et brio, Pamela dans une main, l'outre de vin des hippies dans l'autre ; il se sentait à la fois plus dense et plus léger que l'air... et est-ce que ça importait, s'il était accompagné par ce gros sac de neveu et toute sa clique ? C'étaient des êtres humains, après tout, comme tous les autres. La crasse en plus, peut-être, d'accord... Et paresseux comme pas deux... Et puis ils se camaient et ils baisaient comme des chiens. Mais le monde changeait : les hommes portaient les cheveux longs comme les femmes, les femmes portaient le pantalon comme les hommes et laissaient pendre leur poitrine : qui s'en plaignait ? Réveille-toi, Boynton, voilà ce que Sess pensait. Prends en marche le train du monde moderne ! Cela dit, Sess n'avait pas vraiment les idées claires mais il savait que Pamela ne lui ferait pas de remontrances : une bière, une seule pour la route et puis ils passeraient la nuit au pied-à-terre, ils remonteraient le fleuve dès l'aube et ils laisseraient Wetzel Setzler et tous les autres pères fondateurs du bourg se gratter la tête devant l'arrivée d'un bus de hippies qui ne feraient pas la différence entre un élan et un caribou. Ou entre un lièvre et un écureuil, d'ailleurs.

Au juke-box, Tammy Wynette laissa la place à Roger Miller (*King of the Road*, une chanson que Sess détestait tellement qu'il avait envie de tout casser chaque fois qu'elle passait, or elle passait constamment) et dans la brève césure grésillante entre les deux disques, toute la clientèle du Three Pup, y compris Tim Yule, se tourna vers la porte. Car à ce moment entrait le neveu tonitruant, et puis celui avec le sang sur la chemise, la petite blonde, le monstre blanchi au soleil en salopette pleine de cambouis, et toute une parade pépiante et pailletée qui remplit la salle avant que Roger Miller ait pu se traîner d'une strophe engourdissante à l'autre. « A boire pour tout le monde ! », tonitrua le neveu, dépliant un billet sur le comptoir. « La première tournée est pour Roy Sender, le *légendaire* Roy Sender ! Y a quelqu'un ici qui connaissait Roy Sender ? »

Personne ne dit mot. Pas un qui fît un mouvement ! Ils se concentrèrent tous sur Roger Miller, de l'air de qui serait à Carnegie Hall en train d'écouter Oïstrakh. Tim Yule se gratta la gorge. « Ces gars-là sont des amis à toi, Sess ? »

Pour toute réponse, Sess traversa la salle jusqu'au juke-box, auquel il donna un coup de pied qui fit déraper le saphir sur plusieurs sillons avec un sifflement statique prolongé. Ensuite, il sortit de sa poche une pièce de 25 *cents*, la glissa dans la fente, tapota B-9, *Mystic Eyes*, trois fois. Lynette, qui avait tout vu (ou faisait semblant d'avoir tout vu), se mit à ouvrir des cannettes de bière et à les aligner sur le comptoir, et, quand Van Morrison déboula après son harmonica avec sa gouale éplorée, tout le monde s'était mis à parler en même temps.

C'était une chanson courte, guère plus de deux minutes, mais au deuxième passage, deux hippies s'était déjà mis à remuer les épaules et à bouger les pieds, et, au troisième, ils dansaient, coudes en dehors, bras se contorsionnant au-dessus de la tête. Le neveu avait pris par la taille une blonde, mince, avec des chaussures à semelles compensées, une jumelle américaine de Twiggy ; une petite d'un mètre cinquante, à qui il manquait une dent et qui portait une chemise en batik, attrapa Steve l'Acier par la main, et se mit à se trémousser avec lui. Sess glissa une autre pièce de 25 *cents* dans le juke-box ; de nouveau, il appuya trois fois sur le même numéro. Skid Denton laissa échapper un grognement, Richie Oliver mit un doigt sur la tempe et appuya sur une détente imaginaire, tandis qu'un nouveau contingent de hippies affluait, pour ressortir aussitôt vers le parking, où quelqu'un avait mis les baffles du bus à fond : tout un drôle de chatoiement pailleté de musique hippie, de la guitare, s'échappa vers le marais. Il n'y avait rien eu de tel dans les parages depuis la dernière visite des extraterrestres et Sess était trop jeune pour s'en souvenir. « Sess ! cria Skid Denton au-dessus du raffut, agitant un godet plein d'eau-de-vie, comme s'il proposait un toast. Où ce que t'as déniché ces marjos, au Cirque des Frères Ringling ?

— Et chez Barnum et Bailey ! », répondit Sess à la cantonade. Il s'excusa et faufila son bras entre un individu au menton fuyant et une barbe tellement insignifiante qu'on la voyait à peine et une fille — une femme, de l'âge de Pamela — large d'épaules, dont les seins étaient offerts à la vue de tous par un bustier léopard ; il allait prendre sa deuxième cannette de bière lorsque la femme, qui avait avancé le bras en même temps, le devança. Elle laissa le goulot mousser entre son pouce et son index, puis, l'approchant des lèvres, prit une longue gorgée calculée, avant de tendre la bouteille à Sess. « Salut », fit-elle. Il vit l'épaisseur de mascara sur les cils : mauvais genre, pas l'ombre d'un doute — mais qu'est-ce qu'elle faisait donc au Three Pup ? « Je m'appelle Lydia, dit-elle. Et tu es l'ami de Norm, c'est ça ? »

Norm ? Qui, c'était, ça, Norm ? Il sourit, le gars à la barbe inexistante sourit et elle aussi. « Ouais, s'entendit-il répliquer, tout juste. »

Alors le visage de la fille rayonna carrément. « Ben, je voulais simplement te remercier, c'est tout, en notre nom à tous, parce qu'on savait vraiment pas comment on serait reçus ici... Je veux dire... on savait pas si ce serait comme dans *Easy Rider* ou *Joe* ou quoi...

— On trépidait, quoi... on trépidait, voilà... », ajouta le gars, mais ce n'était qu'un gamin, vingt ans, vingt et un ans, peut-être, la tête trop grosse et les épaules trop étroites, des yeux qui n'étaient qu'un vaste delta de veines en dents de scie. Il glissa son poignet dans celui de Sess pour tenter une pseudo-salutation hippie secrète mais la cannette de bière lui barra la route et il dut retirer la main, et se contenter de faire le signe de la paix avec deux doigts. « Paix, mec », fit-il, et de s'embarquer dans un long monologue : il avait toujours rêvé de tuer un élan, un jour, et de le dépecer, et un ours, aussi, et d'avoir une peau d'ours par terre, et de pêcher un saumon maousse et de le faire empailler par un taxidermiste, pour le mettre au-dessus de la cheminée, tu vois ce que je veux dire ? Est-ce que Sess avait une idée de l'endroit où se trouvaient les élans à cette saison, là-haut dans les collines ou près du fleuve ou quoi ?

Le tambourinage de la basse était comme une friction : le sol partait d'un côté et Sess de l'autre, alors même qu'il était parfaitement campé sur ses jambes, et immobile. Il jeta un coup d'œil à la table, là-bas, où Pamela, assise avec la femme aux nattes, agitait sa cannette de bière et déclamait, sur quoi la femme répondit (dans le vacarme, il n'entendait rien, il ne voyait que les gestes) et Pamela répliqua de plus belle. Les hippies avaient pris le relais et abreuvaient le juke-box de pièces de 25 *cents* et la seule chanson qu'ils mettaient, l'air de ce soir-là, l'hymne, c'était *Mystic Eyes*. C'était cinglé. Absurde. Quinze fois, vingt fois, vingt-cinq fois. Ils dansaient, ils tapaient du talon et se mettaient derrière le col bières, rasades de peppermint et tout ce qui leur tombait sous la main. Mouvements, bruits, couleurs imbriquées et virevoltantes des chemises des danseurs, de leurs vestes, des pattes de leurs pantalons, qui battaient au vent. *We went walkin'/Down by/The old graveyard/I looked at you...*

Sess allait répondre au gamin, il allait lui expliquer qu'on était à la saison du poisson pas du gibier, que l'élan moyen était plus gros que la cabane standard comme il en verrait tout le long du fleuve et que ce serait peut-être un gibier un peu trop conséquent pour un hippy californien au menton fuyant, aux biceps insignifiants et aux yeux injectés de sang, avant que ledit hippy n'apprenne à se retrousser les manches et à se bouger le cul mais il n'en eut pas l'occasion parce que Lynette en décida autrement. Déboulant de derrière le comptoir comme l'ombre de quelque chose de très rapide et d'immense, elle fonça sur le juke-box et débrancha la prise. La musique agonisa. L'assemblée se figea. « Maintenant, vous décampez... tous autant que vous êtes ! », hurla-t-elle d'une voix de fausset furibonde et tendue, comme si elle avait voulu poursuivre *Mystic Eyes* à l'octave au-dessus et plus haut encore. « Tous, vous décampez ! Si vous croyez que je vais me farcir ce rock n' roll de merde à la con une fois de plus, vous vous fourrez le doigt dans l'œil. Vous sortez, maintenant ! Tout le monde ! On ferme. »

De dehors, de la cour criblée de moustiques, leur parvenait maintenant le son des guitares hippies, plus audible en l'absence du tintamarre du juke-box. C'était une musique contemplative, lugubre, chaque note comme remontée d'une crevasse, exposée à l'appréciation de tous, tournée de tous les côtés, avant qu'on puisse extraire les suivantes. Sess resta figé au milieu des autres, puis il se sentit se diriger vers la porte et la promesse extirpée et triste de la musique. Il but le reste de sa bière. Il sentit la présence de Pamela à son côté. Puis ils se retrouvèrent à l'air libre, dans le doux parfum du bord du fleuve, dont l'odeur se rechargeait d'eaux de fonte, et les hippies dansaient encore tels des astronautes sur la Lune, sur le rythme drogué et tortuesque. Lucius vint renifler la main mise en coupe de Sess, qui s'aperçut qu'il ne lui avait pas donné à manger depuis qu'il l'avait déniché. Quelle négligence ! Il n'y avait pas d'autre mot. « Viens, Sess », dit Pamela, l'entraînant vers le coin de la véranda où ils avaient laissé leurs sacs à dos emplis de guimauves, de pickles à l'aneth, de râpes à fromage et de tout le reste dont ils semblaient incapables de pouvoir se passer. « Il est temps d'y aller. On a une dure journée demain. Le jardin, tu te rappelles ? Tous les troncs qu'il faut dépiauter ? Le saumon ? »

C'est alors que les yeux de Sess croisèrent ceux de la femme qui avait posé les lèvres sur sa cannette de bière : elle lui adressa un long regard soutenu et réévaluateur avec ses yeux de la couleur des lupins qui fleurissaient le long de la route ; un mince filet de soleil en biais éclairait son visage : quiconque l'avait faite, songea-t-il, quiconque avait pioché les gènes dans le chapeau parental n'avait pas fait les choses à moitié ! Mais c'est alors que la petite brune en costume de cow-boy prit le bras de Lydia, qui lui tourna le dos pour se lancer dans une danse du serpent un coup à gauche un coup à droite et Sess crut qu'on lui versait de l'huile chaude sur la braguette. « Hé, Sess. Tu te souviens de moi, ta femme ? »

Il papillota des yeux, sourit. « Tu profites du paysage ?

— Elles gaspillent pas d'argent en lingerie, pas vrai ? »

Pamela passa son bras autour de la taille de son mari. Les notes se fracturaient et explosaient comme des bulles, des bulles d'aluminium, d'étain, bulles métalliques confectionnées quelque part à Hippyland, qui fusaient maintenant à travers des baffles hippies dissimulés à l'arrière du bus hippy. C'était comment, tout ça ? Comment disaient-ils ? L'extase ! C'était l'extase. Skid Denton passa la porte flanqué de deux filles au visage lisse et il débitait de la drague sans discontinuer. « Non », répondit Pamela, se penchant contre son mari : elle se sentait bien, elle aussi, pas jalouse pour un sou, et la nuit était encore jeune, jeune encore. « Non, ça, c'est bien vrai. »

Et puis ce fut au tour de Steve l'Acier, épaules rentrées et tête baissée comme pour mieux inhaler l'essence de la petite à qui il manquait une dent : « Oh ouais, disait-il, ouais, il se met à peler, *merde, ouais* », et, au moment où il aidait Pamela à enfiler son sac à dos, Sess découvrit qu'il avait une autre bière à la main.

Le neveu était l'agent de la bière, le neveu qui se tenait là, lunettes cassées, dents en or, deux autres bières coincées entre les doigts, dont l'une qu'il tendit à Pamela ; gardant l'autre pour lui, il avala une bonne gorgée bien longue et la mousse moucheta sa barbe. « Vous savez quoi ? dit-il, éloignant le goulot de ses lèvres épanouies en un large sourire. J'aime vos goûts musicaux. »

Sess lui retourna son sourire puis se mit à genoux devant Pamela pour qu'elle puisse l'aider à enfiler son sac à dos. « Ouais, mais Lynette... il faut lui pardonner. Elle est nouvelle ici. Elle est de Seattle. Elle a un parapluie dans le cul.

— Quelle rigolade ! fit le neveu, tirant sur les racines de sa barbe comme s'il y avait égaré Dieu sait quoi. On l'a jouée combien... une cinquantaine de fois ? Mais, écoutez, je plaisantais pas pour l'invitation : les nanas auront préparé de quoi becqueter en moins d'une heure, je vous le garantis et, hum, vous savez, la route a été longue, etc., et on peut pas faire autrement que célébrer ça et faire une fête d'enfer et casser la baraque ce soir. Rien de compliqué : soupe aux lentilles, riz et légumes. Et du vin. Du vin rouge moelleux. » Il avala une autre gorgée et regarda les arbres que le soleil éclairait parderrière. « Vous campez ici ce soir ? »

Le neveu haussa les épaules. Sous les bretelles de sa salopette, il avait les épaules nues, poilues, emmitouflées de moustiques. « Sûr, pourquoi pas ?

— Mais le chalet de Roy... » Comment Sess pouvait-il lui expliquer la complexité de l'arrangement, le chalet qui n'était pas entretenu, qui ne pouvait accueillir que cinq ou six dormeurs, la traîtrise du Yukon avec sa charge de vase qui plombait vos vêtements et vous emportait au fond en un clin d'œil si on lui donnait la moindre chance... l'absence de confort minimum ? Qu'est-ce que ces vagueux avaient l'intention de manger ? Où trouveraient-ils leur rouge à lèvres rose, leur maquillage, leurs pichets de vin moelleux, leur speed, leurs tranquillisants, leur marijuana et j'en passe ? Et puis, est-ce que lui-même avait vraiment envie d'avoir des voisins, trente ou plus installés sur les berges de sa rivière, à portée de voix de ses pièges ?

« C'est très loin, intervint Pamela. Trois heures, au moins, en canoë. »

Le neveu souleva sa barbe et la laissa retomber. Lorsqu'il porta sa bière à la bouche, sa main fut une grosse phalène tout molle et voltigeant. « Oh, je suis au courant, je suis au courant, affirma-t-il. Je connais l'endroit, même si ça fait... quoi... quelque chose comme... merde... vingt ans ? Oh, mec, vingt ans, tu imagines ! » Il se mit à rire, presque en son for intérieur, et ses épaules (blanches) se tassèrent et s'effondrèrent dans un soupir sous leur couche de graisse, et la bretelle de sa salopette glissa de son épaule droite... pour révéler un tatouage tricolore : un personnage de dessin animé... lequel, déjà ? Un personnage de Disney. Un faon, les pattes croisées, les yeux énormes. Sess eut devant les yeux une image qui remonta de sa petite enfance : sa mère en robe rose et sa sœur, le poignet plongé dans un cornet de pop-corns extra-beurrés : Bambi ! Cet homme avait *Bambi* tatoué sur son épaule ! Sess n'avait jamais rien vu de pareil. Il avait contemplé des ancres, des poignards, des têtes de mort, il avait avisé des cœurs transpercés de flèches et sanguinolents, le bleu bon marché en passe d'effacer le nom d'une épouse, d'une petite amie, d'une ex, un aigle avec un poisson entre les griffes... mais *Bambi* !

« Je suis pas tombé de la dernière pluie, affirma le neveu, et je peux vous dire que je sais un peu de quoi il retourne quand je parle de la campagne, parce que j'y ai vécu trois étés et le plus gros de deux hivers, ici, avec mon oncle, quand j'étais gamin... ce qui veut pas dire que j'aie pas beaucoup à apprendre, hein, vous savez... Moi, je le sais, en tout cas. Mais on a trois canoës sur le toit du bus. » (Se retournant alors pour contempler la grosse boîte jaune sur roues, Sess fut confronté aux têtes osseuses et aux yeux en amande de deux chèvres qui auraient pu être, elles aussi, des modèles de dessins animés.) « Et j'ai fait un deal avec un pilote du bush, Joe Bosky, vous le connaissez ? Il va emmener trois cargaisons de passagers et de provisions là-haut, plein d'outils et de produits de base, parce que tous ces gens, mes frères et mes sœurs, ont besoin de... ben... de se rendre compte, vous voyez ce que je veux dire ? Je veux dire... ils croient que ça va être du tout-cuit mais moi je sais que ce sera pas le cas... »

Le neveu continua dans la même veine et Sess et Pamela restèrent plantés là comme dans une salle de conférences, sauf qu'ils tuaient des moustiques à tire-larigot et sirotaient leur bière tandis que la musique argentine et explosée en mille éclats leur pleuvait dessus. Ensuite, la blonde maigre au rouge à lèvres rose vint mettre ses bras autour du dos de l'orateur, comme sur une bouée dans un tourbillon noir en plein océan. « Alors, ce que je pensais, reprit le neveu comme il aurait entamé un discours d'adieu, c'est que, ce soir, on s'installerait simplement quelque part au bord de l'eau, et puis qu'on y resterait peut-être deux ou trois jours encore... »

S'installer où ? allait demander Sess : il n'y avait plus un seul mètre carré le long du fleuve qui ne fût pas une propriété privée ! On ne pouvait plus rien acheter, mendier ou voler à Boynton depuis que les Fédéraux avaient lancé le projet de restitution de leurs terres ancestrales aux Indiens, et tout, hors des limites de la ville, était propriété domaniale : Wetzel Seltzer, le baron local des Eaux & Forêts, pourrait se fâcher rouge écureuil. Sans compter qu'un bus plein de chevelus en grande tenue n'allait guère susciter la sympathie de quiconque les verrait s'installer dans sa propriété, sans compter qu'ils étaient apparemment déjà liés à Joe Bosky, le pire brigand des environs — autre élément qui jouerait en leur défaveur : de quelque côté qu'on regardât l'affaire, elle semblait mal engagée...

Le neveu suça le goulot de sa bière et sourit. Avec son halo d'insectes autour de la couronne d'épines qui lui servait de cheveux pas coiffés et tout gras, il paraissait tellement désemparé qu'on l'aurait dit tout juste sorti de l'œuf. « Qu'est-ce que tu dis, frère, fit-il. Vous venez avec nous ? »

Sess lança un regard de biais à Pamela. Elle lui rétorqua par un regard « rentrons-à-la-cabane-et-chargeons-le-canoë » et elle avait raison : il leur fallait remonter le fleuve, couper et sécher le saumon s'ils voulaient avoir du poisson pendant l'hiver, s'occuper des légumes, remonter le bois, construire la nouvelle pièce et y installer un poêle... sans parler des tables basses... il ne fallait surtout pas oublier les tables basses ! N'empêche, se rappela Sess, le sang de Roy Sender coulait dans les veines de ce gars-là, qui portait des sandales et une barbe de prophète, et ça n'était pas rien, ne fût-ce qu'eu égard au souvenir de Roy. Sans réfléchir, la voix huilée par toute la bière qu'il avait imbibée et le vin hippie moelleux qui, suivant de toute évidence son propre cours dans ses veines, semblait lui monter jusqu'aux oreilles (elles bourdonnaient), Sess s'entendit répondre : « Pourquoi vous ne venez pas camper chez moi ? »

CINQUIÈME PARTIE

Marginordcity

Hey, Bungalow Bill,
What did you kill ?
(Bungalow Bill, hé !
Qu'est-ce que t'as tué ?)

John LENNON,
Paul McCARTNEY,
The continuing Story
of Bungalow Bill.

22.

Jiminy boitait et avait l'air de quelqu'un qui aurait reçu un arbre sur la tête, mais ce n'était pas le cas ; il avait le bras dans une écharpe sale, faite de deux bandes de coton frangé, jadis les manches d'un polo de lycée : qui avait besoin de manches quand le soleil brillait vingt-quatre heures sur vingt-quatre ? Est-ce que je me le suis cassé ? Non ! T'es sûr ? Sûr, ouais, mec, ouais... je saurais s'il était cassé. Alors, c'est quoi, le problème ? Une entorse, mec, c'est tout. Juste une entorse.

Non que Pan l'eût accusé de vouloir se débiner, pas au moment où le moindre mec valide dans le voisinage allait devoir abattre six mille arbres par jour, sans oublier qu'Alfredo serait partout en même temps à beugler des ordres comme ce petit con d'empaffé de surgé qu'ils avaient tous dû supporter au lycée, et que Norm, Norm le bienheureux, entrerait en éruption toutes les trente secondes. S'il s'était fait une entorse au bras, à l'épaule ou au coude ou je ne sais où, s'il avait un bleu violacé qui dépassait de son short en jean, c'était compréhensible. Surtout du fait que Ronnie avait lui-même été témoin de l'accident.

Tout le monde avait terminé le hachis (riz complet et pois en boîte agrémentés de rares morceaux bien gras de saumon du Thirtymile, et que Dieu soit béni pour la sauce Spiracha — bouteille d'un litre, plus économique). Un groupe s'amusait autour de la barque en aluminium laissée par l'oncle de Norm quand il avait levé le camp pour Seattle. (C'était bizarre et incompréhensible, il avait *tout* laissé : ses bottes, ses sous-vêtements de vieillard maculés de pisse, sa collection de revues porno, sa Winchester 30-30 et son revolver Smith & Wesson dans son étui en cuir noir et usé, qui pendait à un clou au mur, alors que Norm avait juré par tous les diables que le vieillard avait un cancer de la prostate et pas la moindre intention de revenir. Jamais. Il avait même laissé un poêle prêt à l'action, avec allumettes, papier et petit bois à portée de main. Pourquoi ça ? Pourquoi avoir laissé tout ce matériel en bon état, y compris les deux couteaux de chasse qui donnaient à la version Sears Roebuck de Marco l'air de quelque chose que les boy-scouts auraient distribué en vue des ateliers de sculpture sur bois ? C'est comme ça qu'on faisait en Alaska, exactement... du moins, c'est ce que Norm prétendait : « On laisse la cabane approvisionnée et prête pour le prochain occupant, pas tant par courtoisie, comprenez-moi, que parce que c'est une question de *survie*. D'ailleurs, à quoi lui aurait servi un couteau de chasse dans une maison de vieux ? » OK. Ouais. Sûr. Tu gagnes.)

Jiminy voulait monter dans la barque. Merry aussi. A la poupe, Mendocino Bill, ce gros sac plein de hachis bien chaud, faisait emballer le moteur arrière ; Verbie, Angela et Maya étaient coincées sur le siège du milieu, et George le Bizarre était assis à la proue. « Plus de place », annonça Bill, ravalant la fine fumée bleue du moteur. Tous s'étaient épuisés à la tâche pendant la journée, avaient abattu des arbres, coupé des branches, donné des coups de pied et trébuché dans les broussailles, empêtrés dans un *blitzkrieg* de moustiques et la sueur de leur front ; maintenant, ils avaient fait passer les cigarettes, les joints et les derniers litres de vinasse et les cubis vert pâle de deux litres et demi, déjà remplis de la bière maison pleine de gaz qui, concoctée par Tom Krishna, ressemblait à de l'huile pour moteur et n'avait pas vraiment meilleur goût. Les chiens jappaient, les chèvres bêlaient, les vagueux étaient perchés sur des troncs, avec des guitares, des livres, des colliers de perles d'un bleu électrique qui figeaient et faisaient exploser la lumière quand ils les manipulaient dans une danse de doigts éclairés par le soleil. Merry : « Merde, Jiminy, j'étais là la première. » Jiminy : « Non, tu attends le prochain tour, c'est mon tour. » Et c'est à partir de là que la situation s'envenima.

Quant à lui, Pan se moquait de qui faisait un tour en barque et qui n'en faisait pas. Il se sentait bien, mieux que bien, les méninges amorcées par un éclat du morceau de hasch libanais blond qu'il avait vendu à Alfredo trois fois le prix qu'il l'avait payé et, dans son estomac, le vin opérait sa douce et glissante magie sur le matelas de purée. Il était bronzé comme un macaron. Ses muscles endurcis parce qu'il avait ramé, coupé du bois, soulevé des poids, retiré du courant le filet plein de saumons et lancé dans les trous profonds de la berge l'hameçon en argent de dix centimètres avec l'avançon en fil de fer en quête de brochets ou, plus exactement, de great northerns. Il n'arrivait pas y croire : des brochets great northern ! Il en avait attrapé douze ou treize pendant son temps libre, sans le moindre effort : il se serait cru dans les articles de *Field and Stream* ou *Outdoor Life* qui l'avaient passionné, enfant. Et quelle importance si ce n'était que du cartilage à 90 % ! Les nanas en avaient fait de la soupe de poisson, du ragoût de poisson, du porridge au poisson et des brochets meunière. Quant aux amateurs de viande rouge, dont la faction grossissait de jour en jour, il leur avait rapporté des canards, des oies, des lagopèdes et même deux rats musqués noirs bien maigres et tout trempés, que personne n'avait voulu manger sauf Norm et lui : la viande était sombre et grasse, avec un subtil arrière-goût d'insectes morts et de brindilles en décomposition. Quant à la barque, il avait la priorité à toute heure. (*La primeur*, *Pan a la primeur !* voilà ce qu'Alfredo avait déclaré au cours de l'une des interminables réunions qu'ils semblaient avoir tous les jours.) Pan était désormais, en effet, le pêcheur-chasseur attitré de la communauté tandis que Marco, Bill, Norm et les autres étaient devenus architectes et ingénieurs de la construction à temps plein, du moins pour l'heure. « Donne-moi ça. » Merry était sur le point de pleurer, elle avait haussé le ton, la frustration congestionnait sa diction et affadissait ses consonnes comme un rhume de cerveau. « Donne-moi ça, t'es qu'un petit con égoïste, tu le sais, ça ? Hein, Jiminy ? Exactement. Tu te fous de moi. Il y a que toi qui t'intéresses. »

Ronnie était assis sur la berge, au milieu d'un assortiment de fleurs sauvages qui emmagasinaient la chaleur du soleil pour la rendre à ses côtes et aux semelles de ses pieds usés par le labeur. Très calme, gagné par la paix que procure un joint après une dure journée en plein air et une double portion de hachis de saumon, il observait Jiminy danser autour de Merry : Zeus contemplant les humains depuis l'Olympe. La barque se balançait sur l'eau. Le courant clapotait. Ces deux-là manœuvraient pour la position sur le tronc flottant que le campement utilisait comme jetée à tout faire et pour y amarrer le canoë. La voix de Mendocino Bill s'éleva au-dessus des bruits de succion et du crépitement du moteur. « Allez, allez, nom de Dieu... on dirait des gamins de six ans ! »

Sur quoi Jiminy poussa Merry, qui le poussa en retour, et le voilà qui moulinait avec les bras, l'air gêné, avec une drôle de tête rétrécie et, l'instant d'après, il perdait l'équilibre et se retrouvait penaud au fond de la barque, renversant tout le monde dans la Thirtymile au passage. Les nanas sortirent du courant à toute vitesse, comme propulsées par un moteur, parce que l'eau était *glacée*, au-delà de tout ce qu'on aurait pu imaginer en Californie, et Mendocino Bill s'étouffa, cracha de l'eau, remonta en jurant, la barbe rincée, une auréole de calvitie au sommet du crâne, tandis que George le Bizarre brassait de l'eau comme un batteur humain et se débattait pour trouver un appui sur les galets glissants de la rive. Merry recula, loin des éclaboussures, les orteils enfoncés comme des doigts dans le tronc qui se balançait, sur quoi elle se retourna, grimpa au sec en exécutant un petit bond délicat et s'éloigna à grands pas dans les mauvaises herbes. Elle ne présenta aucune excuse.

Jiminy ? Il sortit de l'eau, le bras pendant et, après le premier choc, il lui fallut absolument aller trouver Reba pour qu'elle le lui bande, le rassure et lui confirme qu'il n'était probablement pas cassé. Ce qui ne fut pas rien, dans la mesure où Reba n'était pas capable de distinguer un fémur d'un humérus : elle était devenue l'autorité médicale en résidence de Marginocity en vertu du fait qu'elle avait suivi ses études d'infirmière jusqu'en milieu de première année et pouvait épater les meilleurs d'entre eux avec des termes comme « speculum » et « dépressoir ». Elle sortait toujours sa petite valise de premiers secours en vachette noire quand quelqu'un avait le moindre bobo, valise que Pan avait pris l'initiative d'inspecter, un jour qu'elle faisait un tour sur la rivière, avec l'espoir de dénicher quelque chose d'intéressant dont elle n'aurait pas remarqué la disparition — de la morphine, pourquoi pas ? Ou du Demerol. Mais elle n'avait vraiment que les trucs de base : une aiguille et du fil pour les sutures, du Mercurochrome, de la gaze et l'indispensable thermomètre rectal. Jiminy ne se défilait donc pas, pas le moins du monde. Cela dit, personne n'aurait été surpris s'il s'était retrouvé avec le bras fracturé en dix-huit endroits après être passé entre les mains de Reba.

Ronnie s'inquiéta davantage pour le moteur arrière du canoë : démarrerait-il avec des bougies saturées et de l'eau dans le circuit d'alimentation... Que devrait-il faire s'il ne démarrait pas ? Jiminy guérirait mais cette barque à moteur Johnson était la clef de l'existence de Marginordcity, la mule mécanique qui transportait sur son dos le moindre ravitaillement jusqu'au campement. Il ne ressortit pas du sable jusqu'à ce que la barque fût remise d'aplomb et que tout le monde eût maudit les responsables aussi gaillardement qu'on le pouvait dans les circonstances. Quand, en fait, il finit par se relever, ce ne fut pas pour se lamenter sur un paquet de fils mouillés et un starter incapable de produire plus qu'un toussotement énervant, tandis que Bill le barbait au plus haut point avec ses réminiscences d'autres moteurs qu'il avait connus et aimés et que Tom Krishna citait un passage approprié de la *Bhagavad Gita* : non, quand il finit par se relever, ce fut pour courir après Merry, avec l'idée de la calmer et peut-être de *se placer*, parce que Star était dans son trip Marco (elle vivait dans une tente en forme de dôme, à l'écart, sur une hauteur plus loin que la cabane à moitié finie qui serait la nouvelle salle de réunion de Marginordcity) et que Lydia était repartie à Boynton avec deux ou trois autres (elle dormait dans le bus et gérait les affaires de la communauté là-bas), hormis quoi, le choix était réduit. Maya, qui n'était déjà pas une beauté, avait enflé suite au régime quotidien de hachis, et une sorte d'acné ou d'eczéma lui bouffait le visage (*dishwater face*, peau d'eau de vaisselle, tel était le terme clinique, comme si elle avait récuré poêles et marmites avec ses joues au lieu de ses mains), Premstar était la propriété privée de Norm, du moins jusqu'à nouvel ordre, et Verbie et sa sœur étaient strictement réservées aux urgences, pour Pan, en tout cas. C'était quoi, cette chanson ? *Make An Ugly Woman Your Wife* ? Epouse une moche. Hum. Pas question. Ça ne faisait pas partie des projets de Pan.

(Quant aux autres survivantes de Marginocity, Louise, Dumphy, Erika et Rain, elles n'étaient pas son type, d'aucune manière, forme ou façon : elles faisaient partie du club des un-mantra-avant-chaque-repas, jambes poilues, odeurs corporelles âcres, secrètes comme des voleuses à moins que le sujet de la libération de la femme ne vînt sur le tapis, et alors on ne les arrêtait plus, comme Verbie. Sans compter qu'elles étaient toutes prises, et la seule à peu près potable du groupe, Erika, vivait dans une tente avec deux gars, George le Bizarre et Geoffrey, et tous les trois, ils se baisaient à tour de rôle dans des combinaisons que Pan aurait pu trouver fascinantes dans l'abstrait mais il ne fallait pas compter sur lui pour les mettre en application de près ou de loin.)

Il trouva Merry derrière le chalet d'origine, celui que l'oncle de Norm avait construit tout seul à l'aide d'une hache, d'une scie passe-partout et de ses deux patasses aux articulations d'acier. Elle était assise par terre, jambes allongées, le visage encadré par le halo de sa chevelure. Sa fureur était retombée, rien de perdu, personne de blessé sauf Jiminy, et c'était tant pis pour lui. Les troncs pelés et jaunes de la salle de réunion brillaient au soleil, les chèvres bêlaient et tiraient sur leurs cordes. Pan s'assit à côté d'elle et lui passa le bras autour des épaules. « Hé », fit-il — un simple murmure.

Un duvet scintillait sur les mollets de Merry. Elle sentait le feu de bois, le hachis, la rivière. « Jiminy peut être tellement con parfois ! », s'exclama-t-elle.

Il aurait voulu acquiescer (comme dans : *Ouais, c'est un con, alors pourquoi tu te mets pas avec moi, plutôt ?*) mais il se tut. Il l'attira plus encore contre lui et lui caressa les cheveux. « Allons, fit-il, c'est pas grave...

tout le monde est un peu tendu, c'est tout. Quand on aura construit les chalets, quand on sera installés, je veux dire, et qu'on aura le temps de prendre du bon temps... » Il disait des conneries et il le savait mais les conneries, c'était exactement ce qu'il fallait dans les circonstances : ce n'était pas le moment d'être profond, non ?

Merry balaya ses cheveux pour dégager son visage et lança à Ronnie un regard de biais. « Toi, tu n'as pas l'air si tendu que ça... Je dirais même le contraire. »

Attention, le sourire maintenant : ni vu ni connu, je te l'emballe. « Ça, c'est mon libanais blond, expliqua-t-il, mais je n'en ai pas pour toute la smala et tu sais qu'ils le reniflent tous à cent mètres à la ronde... pire qu'une meute de clebs, surtout Jiminy, et Tom Krishna... » Il marqua une pause pour un maximum d'effet (le raisonnement était incontournable), sur quoi il glissa la suggestion la plus sympa du monde sous le couvert du moment : « Tu veux venir sous ma tente un moment ? »

La tente une place, Creamsicle orange, avait été abandonnée dans un placard plein à craquer de Marginocity. Pan se l'était appropriée quand ils avaient déchargé le bus, car il n'avait pas besoin de plus d'espace pour l'instant puisqu'il ne dormait avec personne en particulier — et puis, il y gagnait en intimité et ça lui faisait un endroit pour ranger ses effets. Il l'avait plantée à deux cents mètres du chalet, sur un banc de sable en amont, et non, il n'avait pas peur des ours, grizzly ou autres, car il dormait en compagnie du Springfield avec lequel il avait tué le daim en Californie, et du Winchester que l'oncle de Norm avait laissé, sans parler du .44 magnum qu'il gardait constamment dans l'étui contre sa cuisse. Qu'un ours ose passer le museau par l'ouverture de sa tente, et il verrait ! Qu'il ose !

Il faisait chaud. La main de Merry, agrippée à la sienne, était moite. A cette heure, la moitié de la tribu était agglutinée dans le chalet, tout le monde assis à se triturer les orteils tandis que quelqu'un lisait à haute voix *Slaughterhouse Five*, et la fumée s'échappait du poêle sur lequel bouillait la grande marmite d'eau de la vaisselle. Merry et lui apercevaient leurs frères et leurs sœurs quand ils franchissaient la porte (têtes baissées, épaules basses, dos courbés, bras croisés, pieds écartés). Ronnie vit Marco là-bas. Et Star. Bien sûr, ça ne lui faisait ni chaud ni froid. De toute façon, il avait déjà lu le livre deux fois. Et puis, il préférait aller pêcher. Ou baiser, dans l'idéal, cela va sans dire.

Il lança un regard furtif à Merry. Expression neutre, menton à l'arrêt, yeux plissés face au soleil. Ses cheveux se balançaient à chacun de ses pas, voguant, moment d'arrêt, voguant de plus belle. Ses doigts étaient encore entremêlés aux siens. Il vit les chiens, deux stries de feu liquide qui se battaient pour un os dans un poudrin de soleil sur la véranda, et il entendit les gamins de Reba qui hurlaient quelque part en contrebas, tandis que Mendocino Bill et Tom Krishna essayaient de comprendre ce qui n'allait pas avec le moteur qui vrombissait et frissonnait mais refusait de redémarrer. Personne ne leur jeta le moindre regard quand il emmena Merry le long de la rive jusqu'à sa tente, molle devant une rangée d'arbres.

Dans la tente, on était tellement à l'étroit qu'ils durent s'asseoir dans la position du lotus : leurs genoux se touchaient, mains pendant à l'intérieur, mais Pan, Pan alla droit au but, se tourna pour récupérer sa pipe, les allumettes, le papier alu, le hasch et la lame de rasoir, le tout bien ficelé dans un sachet en plastique dans la poche avant de son sac à dos. Merry dit : « J'adore le bruit de la rivière », simplement pour faire la conversation parce que la conversation meublait le vide quand on te préparait un joint et Ronnie répondit quelque chose d'attendu comme : « Ouais, c'est cool », avant de lui tendre la pipe tandis qu'il allumait une allumette. Il observa ses lèvres se rétracter quand elle avala la fumée, observa la lumière s'installer sur les bagues qui ornaient ses doigts. Ils étaient dans un cocon, cachés du monde, la peau de la tente éclairée comme le verre d'une lampe-torche. Ou comme une saucisse. Oui, une saucisse ! « J'ai l'impression d'être dans une grosse saucisse orange, une chipolata », dit-il, avalant une bouffée avant de redonner instantanément la pipe à Merry, parce que c'était elle qui avait besoin de combler son retard.

Les yeux de Merry s'humectèrent tout à coup. Ils enflèrent, se fracturèrent et ses joues se dilatèrent à cause de l'effort qu'elles fournissaient pour retenir la fumée, qui était toujours précieuse mais jamais plus que lorsqu'on se trouvait sous le ciel blanc et délavé de nulle part. Et puis elle partit d'une quinte de toux, une toux sèche, jusqu'à avoir l'impression que ses poumons se boursouflaient, jusqu'à ce que ses lèvres se mouchettent de salive, et que Ronnie se mette à tousser aussi. « C'est toujours comme ça, lâcha-t-elle d'un petit souffle de voix, aigu et tremblotant, qui aurait pu être celui de Maya, parce que je crois... c'est ma théorie, en tout cas... qu'on plane autant de tousser que de prendre de la dope. »

Pan sourit. Il opina du chef. Il n'aurait pas pu être plus d'accord. Il toussa dans son poing. Après un moment, il posa la main sur les cuisses de Merry et se mit à les masser — une friction douce et hésitante. « Ça serait chouette d'avoir de la musique dans un moment pareil », dit-il, pour parler, pour que le charme ne se rompe pas, et il songea à Lydia qui, à Boynton, dans le bus, passait tous les disques qu'elle voulait, mais il chassa bien vite cette image de son esprit. « Quoique, d'une certaine façon, c'est mieux de ne pas en avoir, parce qu'on doit *resensibiliser* nos oreilles à l'environnement... les élans, les caribous, les loups... tu as entendu les *loups*, hier soir ? »

Elle avait fermé les yeux. Elle dit quelque chose à voix basse, « oui » ou peut-être « non », et puis elle rouvrit les yeux et posa ses mains sur celles de Pan pour les guider jusqu'à ses cuisses. Pendant un long moment, tous deux regardèrent leurs mains qui remontaient la solide couture latérale de son jean, poussaient, pétrissaient de concert, et puis Merry se pencha contre Ronnie et l'embrassa. Il entendait le sifflement de la rivière avec ses oreilles resensibilisées, il sentait le sang battre à ses tempes. Et puis voilà qu'il ôtait son T-shirt et essayait de défaire sa ceinture et le lourd revolver noir qu'il gardait en permanence dans son étui contre sa cuisse, comme un tueur à la télé, Matt Dillon ou

Johnny Yuma — lui, Ronnie, un vrai cow-boy, c'était pas extraordinaire, ça ? Dégageant ses jambes du jean avec un frottement maladroit contre l'étoffe orange Creamsicle de la tente, Merry, d'un seul mouvement sec, fit glisser jean et slip en même temps. La main de Pan alla droit au but et ils s'embrassèrent à nouveau, et puis...

Et puis Jiminy l'appelait, elle (« Merry ! Merry ! »), et le gravier de la rive crissait sous ses boots Dingo gorgées d'eau. « T'es par là ? Merry ? »

Pan se figea. Merry de même. Jiminy ne pouvait pas les voir, personne ne pouvait les voir. La tente n'était pas en nylon Creamsicle ultra-léger, teinté mais semi-transparent : elle était en métal, du métal doublé de plomb et vingt centimètres de béton par-dessus ! Pan explosait. La boucle de sa ceinture ne se défaisait pas. Il n'osait bouger. « Merry ? »

Les battants s'écartèrent d'un coup et, portés par la luminosité de la nuit, un ou deux moustiques entrèrent juste au moment où le visage de Jiminy apparaissait, suspendu dans l'interstice comme un second soleil. Quel moment ! Pan pris la main dans le sac, les yeux de Merry pas du tout *Merry Christmas*, l'expression de Jiminy passant par tout un éventail d'émotions contradictoires, du choc frontal, en passant par l'illumination, la concupiscence et la douleur, jusqu'à la haine. La rivière s'enroula sur elle-même et se redéroula derechef. Les oiseaux ne pipèrent mot. Sur quoi, produisant le bruit d'un galet qu'on jette de très haut dans un trou très profond dans la vaste étendue du Yukon, Jiminy tenta encore une fois sa chance : « Merry ? »

Au matin, Ronnie se proposa d'aller en barque à Boynton, pour relever deux vagueux en poste au bus (ils avaient institué un système de permissions) et rapporter les huit cent soixante-sept articles manufacturés, de toute première nécessité, qui étaient vendus en magasin et sans lesquels Marginordcity ne pourrait survivre plus de quelques jours : matériaux de construction, outils, bonbons, cigarettes, shampooing, crème solaire, chips, livres de poche bon marché, de toute qualité et sur n'importe quel sujet, du moment qu'ils étaient en anglais. Et puis il y avait le courrier, n'oublie pas le courrier ! Tout le monde lui donna sa liste : Marco, Star, Reba, Bill et Premstar, jusqu'à Jiminy — ce qui ne manquait pas de cran après ce qui s'était passé la veille. Aucun problème : ils étaient tous frères et sœurs, pas de mauvais sentiments entre nous, sans rancune, amour libre dans une société libre. Pan récolta les fonds et des morceaux de papier roulés en liasse contre des promesses et des dénis de responsabilité : « Sûr, sûr, si j'en trouve, ouais. » Tous venaient trouver l'homme du moment, tous, même Norm (« Des sucres d'orge ! », beugla Norm, qui pataugeait dans la rivière comme s'il allait prendre la tangente : il n'y avait rien qu'on ne pourrait pas réparer avec deux bougies sèches, *poutt-poutt-poutt*, *vrouumm*. « Le genre ancien, butterscotch et cannelle et je sais pas quoi. Prends une grosse boîte. Cinq kilos. Dix kilos. Cinquante ! »)

Le seul problème, c'était Verbie. Elle venait avec lui, non qu'il ait eu besoin de compagnie... il n'avait besoin de personne sauf, peut-être, de Lydia, à destination, les jambes bien écartées, mais Verbie avait appris que sa mère était à l'hôpital avec un poignant cauchemar de cancer féminin qui métamorphosait ses entrailles en bouillie, et elle voulait téléphoner chez ses parents et se charger d'une part du fardeau même si elle avait claqué la porte paternelle trois ans auparavant et n'avait jamais parlé à sa mère depuis. Ronnie ne pouvait pas décemment refuser de l'emmener. *Angela* restait. Angela se dévouerait pour Marginordcity, resterait au campement pour récurer des casseroles, dépiauter des troncs et préparer trois fois par jour des chaudrons de risotto et de hachis, alors que la mère de Verbie était aussi la sienne... c'était pas un sacrifice, ça ?

A neuf heures, le bruit du sable passé au tamis, le soleil dardant d'abord un œil puis l'autre, trop de hasch, trop de la maudite concoction maison de Tom Krishna... Pan tourna la proue de la modeste embarcation de Marginordcity dans le sens du courant de la Thirtymile, qu'il se mit à descendre. Verbie était perchée sur la planche devant lui pour faire équilibre. Hélas, c'était un ballast *parlant* et, avant même qu'ils aient dépassé le chalet de Sess Harder, elle s'était débrouillée pour changer six ou huit fois de sujet, passant sans transition des bienfaits du ginseng aux vagues successives de bombardements sur la piste Ho Chi Minh en passant par le mercure dans le thon et le sort effroyable des ouvriers agricoles parce que le boycott des laitues n'était pas assez systématique. Le regard de Ronnie passait à la droite du visage de Verbie : l'œil trop petit, le nez en lame de faucille, le trou noir là où il lui manquait une dent : elle parlait en tournant la tête vers lui comme un perroquet domestique capable de faire deux révolutions complètes sans que son débit en soit le moins du monde affecté. Il n'écoutait pas. Il essayait de se concentrer sur le paysage ou la joie d'être là, ses yeux scrutant le rivage en quête d'une cible. Parce que tel était son rôle, voilà la raison pour laquelle il était là, tout comme Sess Harder ou Joe Bosky et tous les autres. Et qui était-il ? Il était Pan, Pan du Nord : la relève de Nanouk était assurée.

En suivant le courant, il ne fallait pas plus d'un quart d'heure pour aller du chalet de Sess Harder à la convergence de la Thirtymile et du Yukon. Comme Ronnie distingua Sess et sa bourgeoise qui installaient un tronc d'arbre là où ils agrandissaient le chalet au bord de la rivière, il tira fort sur la barre vers la droite et fit virer la barque vers la rive avec l'intention de demander à Sess s'il avait besoin de quelque chose en ville, courtoisie de mise ici, le genre de chose que tout le monde ferait — le fait était, toutefois, que Ronnie ne manquait pas une occasion de parler à cet homme, de s'asseoir à ses pieds et de lui retirer des informations sur les trous à brochets, les filets et la meilleure façon de fumer et de mettre en conserve un canard. « Qu'est-ce que tu *fous* ? » Verbie s'était penchée dans le sens du virage et la brise soulevait des mèches de ses cheveux roux coupés court. Elle essaya de se retourner pour affronter Ronnie mais la force centrifuge l'en empêcha.

Pan inhala la brise, goûtant pleinement l'odeur de la rivière et la vitesse qui la lui apportait. On aurait dit que la barque planait sur l'eau. Pan ne prit pas la peine de répondre. « On n'a pas le temps, Pan. *Ronnie*. Allons !

Tu sais bien qu'on doit faire les courses chez cette merde d'épicier qui a fait toute une histoire à cause de nos coupons la dernière fois ; et puis on doit aller chercher le courrier et tout ça... et être de retour demain soir... et encore, si Lydia et Harmony sont bien allés à Fairbanks chercher le verre des fenêtres et les piles et je sais quoi encore.

— Hé, on est en *Alaska*, Verbie », rétorqua-t-il, coupant les gaz pour laisser l'embarcation poursuivre sur sa lancée jusqu'à la berge. « Ces gens sont nos voisins. Je veux dire... je veux simplement leur demander s'ils ont besoin de quelque chose... tu crois pas qu'ils feraient pareil pour nous ?

— Non, je crois pas. Pas si leur mère était en train de mourir, pas si vingt-cinq personnes dépendaient d'eux et s'ils devaient construire trois cabanes et une salle de réunion avant l'hiver. »

Voilà qui confirmait son opinion ! C'était bien une emmerdeuse. Elle était née emmerdeuse. Comme Alfredo. Comme Reba. Telles étaient les joies de la vie communautaire. « Cinq minutes, dit Pan. Je te le jure. »

C'est à peine si Sess jeta un regard à la barque lorsque, après avoir décrit une ample courbe, elle vint toucher la berge. Pamela et lui venaient tout juste de réussir à mettre le tronc en place, à hauteur de poitrine : il lissait la surface du bois avec une varlope et les copeaux jaillissaient de ses mains comme des insectes en plein champ. Il portait son jean rapiécé, ses bottes et une vieille chemise en thermolactyl aux manches arrachées, dans laquelle il avait transpiré si souvent qu'on aurait cru qu'elle avait été teinte de huit jaunes différents du plus vif au plus pâle (au plus *odorant*). Ses cheveux, qui lui tombaient dans les yeux, sur la nuque et sur les oreilles, étaient presque assez longs pour prétendre être *hip*. Et, à le voir, il ne devait guère plus user la lame de son rasoir.

Ronnie attacha l'amarre et sauta sur la rive ; Verbie, à sa suite, monta maladroitement sur le plat-bord, d'où elle sauta — elle se mouilla les pieds ce faisant : c'est alors que la bourgeoise de Sess Harder leva la tête ; elle portait un jean sale et une chemise aux motifs de tartan trois fois trop grande pour elle, les cheveux ramenés en arrière en une queue-de-cheval, les bras nus maculés de ce qui aurait pu être de la graisse ou bien de la boue. Si Sess était le vagueux patenté *(Sess Harder, ours solitaire)*, elle-même était à mi-parcours dans son évolution de reine des bals d'étudiants à pionnière, compagne de trappeur, écaillère et plumeuse d'oies et de canards. C'était pas beau, tout ça ?

La truffe levée vers le ciel, les chiens faisaient un raffut du diable, tiraient sur leurs chaînes, soulevaient des nuages de poussière. Derrière eux se trouvait le jardin, un petit quart d'arpent planté de courges, de pois et ainsi de suite... tomates sous une serre en Visquine soutenue par une structure en bois de saule ; à droite de la serre, le garde-manger, une cabane miniature installée sur des rondins à huit pieds du sol : là était stockée la viande pour l'hiver. Sess avait cloué des boîtes de Blazo aplaties autour des quatre piliers, pour décourager les belettes et les gloutons, tout ce qui pourrait avoir envie de grimper là-haut et d'emporter les tendres morceaux gelés d'élan, de canard ou de poisson auxquels permettait d'accéder, sur un côté de la réserve, une échelle rudimentaire. Et puis il y avait les séchoirs. Installés en plein soleil le long de la berge, ils étaient tellement congestionnés de saumons fendus par le milieu qu'on aurait dit des murs de chair : en fait, *c'étaient* des murs de chair, et tous fournis *gratis* par la rivière ! Que faisait-on l'été ? On rassemblait la nourriture de l'hiver. On chassait, on cultivait le sol, on pêchait, on restait éveillé toute la nuit sous le soleil qui ne se couchait jamais, une bière dans une main, une cigarette dans l'autre. Et on appelait ça « travailler » !

Ronnie traversa les herbes folles et les fleurs sauvages qui s'accrochaient à ses jambes, souriant en songeant : Sess Harder est vraiment l'archétype même de *l'homme*... tout de même, il a le monde à sa botte ! « Sess, s'exclama-t-il, ça gaze, mec ? Salut, Pamela. Alors, du nouveau ?

— Pas grand-chose », répondit Sess, rien de plus. Et de continuer de travailler, de lisser le rondin, de souffler sur les copeaux, allant jusqu'à coller la joue contre la surface aplanie du bois pour la vérifier sur toute sa longueur. Le raffut des chiens monta encore d'un cran lorsque Verbie remonta le talus *floc floc*. Pamela, agrippée à son extrémité du rondin, lui adressa un sourire de bienvenue. « Vous voulez un thé, tous les deux ? demanda-t-elle. Je peux mettre la bouilloire sur le feu.

— Oh, vous inquiétez pas pour nous, répondit la fille en tapant les talons de ses godillots comme si ça avait pu aider en quoi que ce soit à les faire sécher. On voulait simplement...

— Sûr, répondit Ronnie. Ça serait sympa. Tu as besoin d'aide, Sess ? Au fait, on s'est juste arrêtés pour vous demander si vous auriez besoin de quelque chose d'en ville parce qu'on doit aller faire des tas de courses et on se demandait simplement... je veux dire, ça nous poserait aucun problème, aucun... »

Ils burent le thé dans des tasses en faïence neuves et brillantes qui avaient l'air de sortir de leur emballage ; et on ne leur servit pas du jus de chaussette herboré mais un thé vrai de vrai, tellement fort qu'il vous attaquait les mâchoires ; ils s'assirent à la table de pique-nique dans la cour et firent une pause : Verbie parla avec Pamela et Pamela lui répondit avec la même verve et les chiens s'installèrent près d'eux au bout de leurs chaînes. Pan se sentait l'esprit net, *sain*, il voguait sur les ailes de la journée, emporté par le coup d'œil dont il jouissait ainsi sur l'intimité de Sess Harder. Il aurait voulu lui poser mille questions, mais Sess n'était pas vraiment aussi avenant que la dernière fois qu'il l'avait rencontré par hasard (au « Premier Banquet des saumons du 14 juillet des fleurs sauvages » que Norm avait institué la semaine précédente) et les seules réponses qu'il obtint furent imparties par le biais de grognements et de gestes type sémaphores. De son tas de bois, Sess, l'esprit ailleurs, surveillait son jardin et ses chiens, et, après dix minutes d'absorption de thé, il se leva et annonça : « Bon, Pamela, on se remet au boulot ? »

Verbie s'évertua à leur expliquer que c'était tout à fait normal, qu'il n'y avait aucun problème, que Pan et elle devaient y aller, vraiment, parce que x, y et z ; et elle remercia Pamela pour le thé et Sess pour la compagnie et blablabla. Mais Pan était lancé, il devait absolument faire quelque chose pour eux, exprimer son respect et sa gratitude, et il répéta plusieurs fois : « Aucun problème, mec, promis, on revient demain soir, je veux dire... du pain de mie industriel, des petits pains pour hamburgers, un demi-litre de scotch, tout ce que vous voulez » ; à tel point que Pamela finit par piocher dans sa poche de jean et, en extrayant un billet froissé de cinq dollars qui semblait dater de l'ère Roosevelt, concéda : « Des cigarettes, peut-être, alors, des Marlboro, et pourquoi pas de ces barres de chocolat Hershey, celles aux amandes, cinq ou six, et de ce bon café spécial que vend Wetzel... du Maxwell House ? Le bidon de vingt litres ? »

Ronnie et Verbie se retrouvèrent bientôt sur l'eau, quittèrent la Thirtymile, débouchèrent sur le vaste entrepôt tourbillonnant du Yukon ; Verbie était aussi ravie de parler toute seule qu'elle aurait pu l'être d'impartir son esprit et sa sagesse à une foule de plusieurs milliers d'auditeurs. Douces éclaboussures sur leurs visages, nuages claquant au-dessus de leurs têtes, et Pan qui scrutait les deux rives à l'affût de mouvements. La seule fois où il réagit à ce que Verbie racontait fut lorsqu'elle aborda le sujet de Merry et de Jiminy... Quel couple parfait ils formaient... avant d'évoquer l'incident de la veille. Quelqu'un lui avait dit que Ronnie était mêlé à l'affaire. C'était vrai ? Non, répondit-il en criant par-dessus le bruit du moteur : c'étaient des conneries, tout ça. Et il ne mentait pas, pas vraiment, il n'escamotait même pas la réalité. De la façon dont ça s'était passé, il n'était *pas* mêlé à l'affaire, si y être mêlé, c'était se mouiller la queue, parce que Merry avait refermé ses jambes d'un coup sec, elle avait remonté culotte et jean jusqu'aux hanches et était sortie de la tente en rampant, l'œil brillant, à la fois pardon et contrition face à Jiminy, et voilà qu'ils étaient remontés tous les deux, le long de la rive, le bras droit de Jiminy pris dans son attelle, et celui de Merry passé comme un pansement autour de la taille de son compagnon.

Une demi-heure s'écoula, la barque, tous gaz dehors, tirée par le courant, et Ronnie avait tourné le volume à fond pour ne pas entendre Verbie mais plutôt la façon dont le moteur annonçait sa présence au monde entier. Ronnie avait pour ainsi dire abandonné l'idée d'apercevoir un gibier un peu substantiel (un élan enfoncé jusqu'aux naseaux dans un fourré de saules ou, pourquoi pas, un aigle serrant un poisson dans ses griffes) lorsqu'une forme dans l'eau droit devant attira son attention. On aurait dit un coussin du canapé dans l'antre de sa grand-mère — ou non, plutôt, une ottomane, l'ottomane tout entière, qui aurait flotté dans l'écume... celle de l'East River plutôt que celle du Yukon. Ils étaient encore trop loin pour bien distinguer... mais, se rapprochant vite, il découvrit bientôt que la chose nageait à contre-courant, et attends ! ce n'étaient pas des oreilles, là, et un museau ?

Verbie interrompit son monologue suffisamment longtemps pour hurler « Hé, t'es pas fou ? » tandis que la barque opérait un brusque tournant vers la gauche et que l'ottomane se transformait en tête d'ours, de grizzly, la tête évidée et la bosse argentée du dos émergeant du lait glacial de la rivière comme un paradigme du pouvoir. Pan était électrifié. *Un grizzly. Son premier grizzly*. Juste là, sans défense, au milieu du courant, nageant. Pan ne songea ni à la viande ni même à la fourrure lorsqu'il passa au ralenti et avança le bras pour saisir le fusil. C'étaient les griffes qu'il convoitait. Il avait vu un Indien qui jouait au billard un soir, au Three Pup : quand l'homme se penchait en avant pour tirer une boule, son collier sortait de la chemise, et on voyait cinq griffes de grizzly accrochées à une lanière en cuir, chacune longue, épaisse et méchamment recourbée, comme les doigts d'un homme : et les doigts d'un géant, encore ! Ronnie avait tant convoité ce collier qu'il avait dit à l'Indien de dire son prix, mais l'Indien lui avait adressé un regard vide et s'était penché derechef pour tirer sa prochaine boule. Et Ronnie avait compris : on n'achetait pas un collier comme ça ; on allait dans la forêt, là où l'ours dictait sa loi, on le pistait et on le tuait.

De la main gauche, il mit au point mort et recula la barre : la barque décrivit une courbe en direction de la grosse tête flottante et de l'ombre ondulante de la masse qui suivait. Ronnie ôta le cran de sûreté et essaya d'empêcher ses mains de trembler — tremblement dû à la pure excitation de l'instant : ce serait le trip suprême, ici et maintenant : personne ne voudrait le croire, surtout pas son père, ce cul-de-jatte voûté, affalé dans son transat, Hush Puppies aux pieds, un gin-tonic serré dans une main, une cigarette dans l'autre. Sur la barque qui pencha tout à coup, Ronnie porta le fusil à l'épaule et sa tête volumineuse pivota pour faire face à la tête de l'animal, et il y eut des yeux dans cette tête, des yeux qui fixèrent ceux de Ronnie avec une expression de mortelle surprise et, qui sait, de terreur : quelle était donc cette épave qui flottait et *fonçait* droit sur lui avec des humains dessus, des humains et des *fusils*... « Ronnie ! hurla Verbie. Non ! Non ! Ronnie... *Pan*, non ! » Et avant que ce dernier n'ait eu le temps d'évaluer cette nouvelle menace, Verbie avait fait volte-face sur sa planche et porté la main vers le fusil, ce qui fit dévier Ronnie, parce qu'il sursauta au moment crucial. Il sentit la crosse taper son épaule comme si la balle sortait de la mauvaise extrémité et, simultanément, il vit l'ours s'éloigner dans une houppette rose d'écume. Ronnie l'avait blessé... ou, plutôt, non, il l'avait éraflé, la chose n'avait plus qu'une oreille — et du sang, du sang de grizzly striait l'eau de longs doigts fourchus et rougeâtres.

Verbie sauta alors sur Ronnie, poings serrés explosant sur ses avant-bras, bottes encore mouillées criblant de coups ses genoux, ses cuisses, son entrejambe, et la barque tangua et fit une embardée, le moteur se prit dans le rêve éveillé du point mort au moment où la poupe plongeait vers la droite et où un premier baquet d'eau se déversait à l'intérieur. « Trou du cul ! Connard ! Qu'est-ce qui t'a pris ? Est-ce que cette bête t'a jamais fait du mal, hein ? C'est quoi, ton problème ? Tu veux jouer au macho, c'est ça ? Il faut que tu sois le macho vingt-quatre heures sur vingt-quatre ! »

C'est alors que le moteur rendit l'âme. C'est alors que, s'agrippant au fusil de toutes ses forces, Pan s'aperçut que la grosse tête d'ottomane du grizzly avait une bouche pleine de dents et que la bête avait décidé de ne pas se diriger vers la rive. Non, l'ours, revenant à l'attaque, fendait les flots comme une torpille dans l'un de ces vieux films grenus comme *Victoire en mer*, dont le père de Ronnie ne manquait jamais la rediffusion à la télé. Jetant un coup d'œil à Verbie, Pan vit tout de suite qu'elle avait instantanément changé d'avis : Verbie la mère poule, la bouddha sur terre, la nana aux cheveux coupés à la serpe, Verbie qui n'avait jamais tort. Qui ne faillissait jamais. Qui savait tout, qui était toujours prête à faire ton éducation, vingt-quatre heures sur vingt-quatre. C'était ça, son truc, c'était ça, son trip, c'était, d'ailleurs la raison pour laquelle on l'avait affublée de ce surnom, *Verbie* la verbeuse. Or, son regard, subitement, suscita en lui une terreur telle qu'il n'en avait jamais connue, un regard qui signifiait qu'elle s'était trompée, qu'elle était intervenue quand elle n'aurait pas dû, qu'elle avait ouvert sa grande gueule de Cassandre au mauvais moment et qu'elle allait le payer, de sa vie — et de celle de Ronnie.

Ronnie la renversa rudement au fond de la barque. La grosse tête fendait l'eau, à pas plus de vingt mètres. Situation de crise. La première véritable crise que Ronnie devait affronter dans sa vie. Rien de tel ne lui était jamais arrivé, rien, et son cœur se contracta puis se décrispa lorsqu'il tira sur le starter et entendit le moteur crachoter d'abord puis expirer. Ronnie ne songea même pas au fusil. Qui, au fond de la barque, là où il l'avait lâché, gisait sous dix centimètres d'eau. Il ne pensa pas non plus au 44 mm dans son étui sur sa cuisse droite ou au couteau de chasse attaché sur sa cuisse gauche. Les *rames* ! Voilà ce qui lui vint à l'esprit. Cédant à une pure frénésie de panique fulgurante, il s'en saisit, les bloqua dans les tolets et se mit à ramer de toutes ses forces. Ce qui n'était pas grand-chose, parce qu'il n'avait pas eu de rames entre les mains depuis... il n'avait pas manœuvré une barque... depuis l'âge de douze ou treize ans. Les rames glissaient, manquaient la surface de l'eau, lâchaient un minable *chhep*. Nouvel essai : encore manqué. Mais elles finirent par fendre l'eau et par s'y maintenir, la barque plongea le nez dans le courant et la tête monumentale de l'ours, dentée et bouillonnante (elle s'était tellement rapprochée ! trois mètres, trois ou même moins...) commença à se laisser distancer, lentement, oh, très lentement, et puis Ronnie n'entendit plus le rugissement du souffle de la bête, il n'entendit plus que le grincement des tolets et le profond sifflement vengeur du fleuve.

Boynton : pas fameux comme bled ! Un vulgaire ramassis de cabanes et de chalets même pas peints, couleur de glaise, des explosions de mauvaises herbes, des caillots de détritus, des souches mortes, des pick-up rouillés, huit ou dix bateaux à moteur ramenés sur les galets de la grève ou flottant au bout de leur bosse comme des rubans sur un vélo de gamin : on aurait pu s'en passer s'il n'y avait pas eu le bus. Qui se trouvait là, bien en vue, à une quinzaine de mètres de la surface véloce du fleuve, planté dans les débris devant la cabane de Sess Harder, son « pied-à-terre », comme Skid Denton aimait à l'appeler. Lorsqu'il négocia la dernière courbe du fleuve à l'est de Boynton, Pan se concentra sur le bus (et oui, le moteur était reparti, une fois qu'il avait eu pratiqué une fellation au tuyau d'alimentation et tiré sur le starter tellement de fois qu'il avait cru qu'il allait se démettre le bras), mais le bus n'était plus jaune, ou plus strictement jaune. Il vit que Lydia et les autres tire-au-flanc y étaient allés du pinceau (exercice pour déjouer l'ennui au camp, récréation, loisirs : des vacances, pour l'amour de Dieu !) pendant que tous les autres transportaient des rondins et mangeaient du hachis de n'importe quoi dans des marmites de quarante litres. Mais comment aurait-il pu se plaindre ? C'était de *l'art*, le fruit et l'expression de la civilisation, et le bus strictement fonctionnel s'était incliné devant le violet fluorescent, le rouge cerise, le vert spectral, l'orange Day-Glo et le rose brisé en éclats. Les monstres devaient être monstrueux, n'est-ce pas ?

« Wow ! lâcha Verbie. — Première syllabe à passer ses lèvres depuis l'incident de l'ours. — *Wow*, t'as vu ça ?

— Quoi ?

— Le bus. Il est recouvert de têtes, de... comment on appelle ça, déjà ? De caricatures. De dessins animés, je veux dire. Regarde, là, ils ont représenté Norm, tu vois, près de la portière ? Et Reba. Oh, regarde, tu y es, *Pan*, là-bas, un poisson à la main, près du pot d'échappement.... »

Ronnie fit louvoyer la barque entre les obstacles mais, une fois qu'il l'eut correctement amarrée, quand il eut relevé le moteur pour le mettre hors d'eau, et laissé la barque aller à son gré, il y regarda de plus près et se reconnut là, en effet, à l'arrière du bus, avec une tête comme une ampoule et un petit corps anémique et deux poissons, deux vairons, qui pendaient du fil de fer que sa caricature avait à la main. « Pan, dit Verbie. Le grand chasseur.

— Verbie la jacasse », rétorqua-t-il.

Il mettait pied à terre et il en avait vraiment marre des conneries de Verbie : ils avaient failli y laisser la peau, est-ce qu'elle s'en rendait compte ? « Je t'y vois pas, toi, sur le bus ! » ajouta-t-il pour enfoncer le clou.

Le visage de sa compagne se serra comme un poing. Alors, à son tour, elle mit pied à terre ou, plus exactement, dans vingt centimètres d'eau ; elle était accablée, il le voyait bien (imaginez Verbie exclue du panthéon de Marginocity !), mais elle se ressaisit et, lui décochant un regard de haine à l'état pur, lui lança : « Je suis de l'autre côté, tu paries ? Ou à l'arrière, tu as qu'à regarder à l'arrière ! »

Il ne regarda nulle part. Il se foutait comme de sa première chemise de savoir s'ils avaient tapissé l'intérieur du bus avec ses portraits, s'ils avaient élevé une statue en son honneur ou bien s'ils avaient brûlé son effigie : tout ça, c'était infantile, parfaitement infantile ! Il traversa la cour, alla jusqu'au bus et passa la tête par la portière ouverte.

Il n'y avait personne à l'intérieur : ça se voyait au premier coup d'œil. Mais il n'en grimpa pas moins sur la caisse de laitier que quelqu'un avait mise là pour qu'on puisse atteindre plus facilement la première marche ; il jeta un coup d'œil dans l'allée. Le soleil qui filtrait en fines bandes régulières à travers les rideaux illuminait les particules de poussière suspendues en l'air. Pan reconnut le désordre habituel : vêtements, livres, pochettes de disques et vaisselle sale, taches de mouches et de moustiques écrasés, frottés sur le vinyle craquelé, et une odeur indéfinissable, odeur de la promiscuité, odeur de la vie communautaire. « Il y a quelqu'un ? », s'enquit-il.

Pas de réponse. C'était bizarre : où pouvaient-ils tous être en plein milieu de journée ? Dans la cabane ? Sur la rive, à jeter des pâquerettes dans la rivière ? Ils étaient allés se baguenauder dans la Studebaker ? Mais non, il la vit, par la fenêtre, garée là, abandonnée sur le bord de la piste, et la Coccinelle de Harmony, le dos rond à côté, sous un quintal de poussière. C'est alors qu'il entendit la voix de Verbie, un petit hourra de triomphe de l'autre côté du bus : « J'y suis ! Viens voir, je te l'avais dit : je suis là, avec Angela et... Ça, ça doit être Jiminy. »

Pan ressortit du bus, l'esprit aussi clair qu'il ne l'aurait jamais, puisqu'il n'avait pris ni bière ni bouffée depuis le départ ce matin-là, et il n'avait pas mangé non plus (son petit déjeuner s'était réduit au thé légèrement sucré au miel offert par Pamela et à la poignée de crackers rassis que, pour l'occasion, elle avait déployée en éventail sur la table comme un jeu de cartes). L'esprit clair ou le cerveau vide ? Le second, plus probablement. Il mourait de faim, voilà quel était le problème, il dépérissait tel un ermite dans le désert, et s'il ne se mettait pas bientôt un burger dans l'estomac et une ou deux bières, il se mettrait à délirer et à cracher du feu par les oreilles. Pendant un bon moment, il resta là à s'interroger sur l'absence des occupants du bus, à contempler le dessin d'empreintes à ses pieds dans la terre : talons de bottes, subtile ponctuation de pieds nus et petits colliers d'orteils déroulés sur le chemin qui traversait le tapis de hautes herbes foulées qui menait à la route. Et tout à coup, il comprit : ils étaient au bar (*saloon*, *road-*

house, qu'importe le nom de l'endroit pourvu qu'on ait l'ivresse). Le Three Pup. Ils étaient au Three Pup, ils buvaient des bières et, sans doute, de temps à autre, un godet d'Everclear ; ils prenaient du bon temps, salaient des frites, écoutaient le grésillement des burgers sur le gril et le cliquetis du juke-box lorsque le disque tombait et que le saphir se mettait en place. Pan remontait déjà la route lorsque Verbie surgit de derrière le bus. « Hé ! fit-elle (sa voix traînant jusqu'à n'être pas plus digne d'attention ou gênante que le constant bourdonnement des moustiques à tes oreilles), où est passé tout le monde ? »

Les nuages avaient éclipsé le soleil à l'heure où Ronnie obliqua dans Fairbanks Road. Des chiens se levèrent en tirant sur leurs chaînes et lui aboyèrent après, et d'autres chiens, à l'autre bout de Boynton, se firent leur écho. Brusquement, la brise s'était mise à souffler du nord, aussi froide que l'air qui sort d'une grotte, et il n'y avait pas besoin d'être météorologue pour savoir qu'il allait se mettre à pisser dru dans trois minutes. Ronnie avait beau entendre Verbie qui haletait dans son dos, il ne se retourna pas une seule fois. Elle avait les jambes plus courtes que lui ? C'était son problème à elle, pas le sien ! Un accident de naissance, voilà tout, une impasse de l'évolution, *la survie du plus fort, baby*, et tu ferais bien de t'y habituer ! Ronnie adressa le signe de la paix à un pick-up bleu délavé qui vint en sens inverse (il ne reconnut pas le conducteur, mais c'était peut-être ce vieux raté décharné, au cou de dindon, que les gens appelaient Herbert... ou bien Howard ?) ; il baissa la tête contre le vent et songea qu'il ferait mieux d'aller chercher sa veste en jean, qu'il avait laissée dans la barque, pensée qu'il écarta dès qu'elle lui eut traversé l'esprit : retourner là-bas, c'était repousser le moment où il décapsulerait sa première bière et entendrait le bruit de claque que ferait son premier burger quand la serveuse le retournerait sur le gril — ah, quel fumet !

Plusieurs véhicules étaient garés sur l'aire de stationnement en terre battue devant le Three Pup, dont un camion de dépannage avec un logo de Fairbanks peint sur la porte du conducteur, et ce qui ressemblait à une Mustang Shelby au bout de la poulie de remorquage. Quelque chose qui dégouttait de l'arrière de la Mustang formait une mare, de l'eau, eût-on dit, de l'eau sale mouchetée de feuilles et de serpentins d'algues, et les roues étaient enrobées, comme des roulements à billes, d'une substance qui aurait pu être de la graisse mais n'en était pas. C'était de la gadoue, de la gadoue de la couleur de la merde, suintant du châssis et formant des pâtés par terre. Pan vit tout cela, enregistra l'information, l'ignora. Il poussa la porte grillagée du Three Pup et inhala l'odeur du gril, du bourbon, du scotch et de la bière — liquides renversés moult fois, comptoir nettoyé pour être sali instantanément.

L'intérieur était sombre. (Pourquoi gaspiller de l'énergie pour faire fonctionner une ampoule de soixante watts quand on est alimenté par un générateur qui fonctionne au pétrole amené le long de la route de Fairbanks et que, de toute manière, il fait jour vingt-quatre heures sur vingt-quatre ?) Au premier abord, Ronnie ne reconnut pas à qui appartenaient, alignées au comptoir, toutes les épaules et les têtes qui s'étaient à moitié retournées vers lui. « Salut, Pan, qu'est-ce qui nous vaut ta visite ? », dit quelqu'un : c'était Harmony, Harmony, là-bas, au fond, avec sa moustache Fu Manchu couleur rouille et son bandeau à perles, un bras passé autour de la taille d'Alice ; et puis quelqu'un d'autre l'appela et le juke-box démarra avec un crissement exaspérant de violons country. Et Lydia, alors, où était-elle ?

Mais, attends une minute (ça, ça mettait vraiment au défi ses pouvoirs de perception nouvellement reconstitués) : qui c'était, ça, surgissant tel un fantôme dans un nuage de fumée de cigarettes, chapeau de proscrit au large bord abaissé sur un œil, boots Beatle à talons hauts, tapant sur les lattes usées du plancher comme les articulations d'un médium ? C'était Lester, voilà qui c'était, Lester, qui, debout, souriait à Ronnie ; on aurait cru qu'il venait de sortir sur la véranda de la maison du fond à Marginocity, un pichet de vin à la main, et que la stéréo déversait à plein tube la musique de Marvin Gaye par la porte qu'il aurait ouverte d'un grand coup de coude. Lester tenait un verre de whisky dans une main et un joint dans l'autre, et la grosse tête de Franklin et la moustache de Sky Dog se détachaient dans son dos sur fond de visages ahuris et sous le regard exorbité et les lèvres furieusement compressées de Lynette. Au bout du comptoir, Dale Murray, bagues scintillant, collier de dents jaunes pendant, s'attaquait à un burger et à une bière, tout en dévidant à Skid Denton un sac de conneries qui n'avaient d'égales que celles que Skid Denton lui dévidait, tandis qu'entre eux, perché sur un tabouret, le grand gars dégingandé que tout le monde appelait Steve l'Acier faisait figure d'arbitre. « Pan, mec, *mec* ! » fit Lester dans un souffle (imitation hyper douce d'une voix humaine) en hissant le joint à ses lèvres pour pouvoir prendre dans sa main celle de Ronnie qui revenait lentement à la vie, en vue du serrement d'âme qui réaffirmerait l'identité de la tribu et ressouderait les tuyauteries les plus profondes de la fraternité. Lester tourna la tête vers les autres pour annoncer : « Hé, regardez qui est là, l'ennemi n° 1, Pan le violeur de gamines, le mec le plus hip, le plus méchant au nord de... de quoi ?... de Fairbanks, Fairbanks, ouais. »

La séquelle consista en une tornade de serrements d'âmes, de tapes dans le dos, et Pan en fut tout abasourdi, comment ne pas l'admettre, car il avait oublié jusqu'à l'existence de ces gars-là, et il lui fallut un gros effort de réajustement pour leur redonner vie, chair et os dans le contexte perdu du Three Pup. Ça faisait combien de temps ? Un mois ? Mais le joint facilita les choses et la bière et un godet qui descendit sur un estomac vide comme du pétrole en flammes et, bientôt, Ronnie fut en pleine discussion avec les quatre arrivants, absorbant leur récit de nids-de-poule, de nazis en uniformes de la Police montée canadienne, de pneus crevés et d'élans qui dansaient au milieu de l'autoroute comme une bande de girls. « Merde, ils ont agrafé Sky dans un trou perdu de la Colombie britannique », raconta Dale Murray en se levant de son tabouret, en brandissant sa bière comme une baguette de chef d'orchestre pour les entraîner dans un nouveau crescendo d'hilarité ; Lester rit tellement qu'il dut poser son whisky et s'appuyer au comptoir. « Quel motif ? », demanda Ronnie, tandis que, la lumière du jour se chargeant d'étain, Verbie passait par la porte, l'air hébété, et que les premières gouttes se mettaient à tambouriner sur les vitres. « Il leur a montré son gros méchant chose... », commença Lester — sans pouvoir continuer : il n'en pouvait plus !

« Il a effrayé les filles, là-bas », poursuivit Franklin, un grand sourire dévoilant toutes ses dents. Et comment se sentait Pan ? Exclu. Il ressentit un pincement de jalousie : ils avaient connu l'aventure et lui avait été au régime hachis de saumon !

Sky Dog s'appuya au comptoir, alluma une cigarette et parvint à avoir l'air pitoyable et victime à la fois. Les accents country d'une chanson le cédèrent à une autre. Tout le monde au comptoir avait les yeux braqués sur lui, attendait des clarifications. « Outrage aux mœurs, déclara-t-il. Tout ce que je faisais...

— Il pissait contre un arbre, voilà ce qu'il faisait, déclara Lester, pantelant entre deux éclats de rire. Il leur a foutu une de ces trouilles à ces filles, pas vrai, Franklin ?

— Tout le bled était terrifié. »

Nouvelle salve de rires. Dale Murray y prit part, hennissant avec le reste d'entre eux. Sky Dog parut décontenancé. Il baissa la tête et haussa les épaules. « Y a pas de quoi rire, mec... Ça m'a coûté une nuit au trou.

— Correct, et à ce Noir-là que tu as sous les yeux, vingt-cinq dollars... américains. Que tu me dois encore, au fait. » Sur quoi, Lester se tourna vers Ronnie, prit une bonne et longue gorgée de whisky, et abaissa le regard sur ses boots, avant de relever les yeux. « Et toi, mon ami, fit-il dans un souffle, d'une voix si basse qu'on l'entendit à peine, t'es déguisé en quoi ? En Wild Bill Hickock ? Ou peut-être Buffalo Bill ? Un de ces Bill de bastringue, en tout cas, hein ? »

Lester était à son affaire. Il était sous les projecteurs, aussi exotique au Three Pup qu'une panthère en laisse. Les gens d'ici avaient vu des Indiens, ils avaient vu des Esquimaux, des Finnois, des Suédois, des Français, mais un Noir, c'était une autre paire de manches. Pan appréciait la chose, il imaginait combien ce devait être dur pour Lester de s'enfoncer davantage encore dans la forteresse des culs-terreux de l'ultime avant-poste du quarante-neuvième État des États-Unis, mais il y avait tout de même des limites à ce qu'il pouvait encaisser ! Il avait laissé passer le commentaire sur le violeur de gamines, mais voilà que ce gars faisait monter les enchères en se moquant de sa mise ? Eh bien, merde !
« Je sais pas de quoi tu parles, merde.

— Le pétard, répondit Lester en désignant l'étui. Et ça, c'est quoi, ça ? » et Lester s'était saisi du couteau avant que Pan n'ait pu réagir : il tourna la lame pour la faire miroiter à la mate lueur ambiante, question d'amuser la galerie. « Me dis pas que tu fais le dépeceur de mules maintenant... ou bien alors, tu t'en sers que pour te curer les ongles ?

— Les dépeceurs de mules ne dépècent rien, intervint Dale Murray. Et encore moins les mules. »

Verbie était venue à son côté : le rond pâle et inexpressif de son visage : elle cherchait quelqu'un qui pourrait lui payer une bière. « Twenty-Mule Team Borax », fut son seul commentaire.

Pan n'aurait su dire d'où lui était venue la colère ou comment elle avait monté en lui si vite, de façon si lumineuse, mais, quoi qu'il en fût, il saisit le poignet levé de Lester... le poignet attaché à la main qui tenait le couteau et, en même temps, il lui ôta le chapeau et l'envoya voler à l'autre extrémité de la salle. Le regard de Lester se figea. Les cheveux aplatis sur le crâne, laineux, sales, tirebouchonnés un peu comme des fanes de maïs, tenus par endroits par deux ou trois élastiques bleu ciel — personne n'avait jamais rien vu de tel, pas depuis Farina, en tout cas. « Et toi, t'es déguisé en quoi ? C'est toi qui as le chapeau de cow-boy ! »

A voix basse, ô combien basse : « Ça, c'est mon chapeau Jimi Hendrix, mec. » Et Lester le laissa récupérer le couteau et le replacer dans l'étui tandis que Franklin traversait la pièce et se penchait pour ramasser le chapeau. « Susceptible, Pan, t'es susceptible, se moqua Lester. Tu sais pas que je plaisante ? Tu le sais pas, hein ? »

C'est alors que Lynette, devant le gril, se retourna, main sur la hanche, et les informa que, s'ils voulaient de la bagarre, il leur faudrait aller au Nougat parce que, encore un truc comme ça et ils passaient la porte, tous autant qu'ils étaient. « Et j'autorise pas les jurons, non plus, tu devrais le savoir, *mister*, ouais, je te parle, Ronnie. Tu ferais bien de prévenir tes potes.

— Allons, mec, dit Sky Dog, allons, prends une bière et oublie ça... tu connais Lester. Il plaisante, merde, c'est tout. Il plaisante, mec... Tu sais pas encaisser la plaisanterie ? »

L'atmosphère se détendit donc et quelqu'un découvrit les deux seuls sillons de rock and roll de tout le juke-box et il y eut une tournée de bières pour tout le monde, même pour Verbie, qui termina sur les genoux de Steve l'Acier, buvant à son compte, tandis qu'il lui pétrissait les seins et lui léchait la joue comme un daim une roche salée. Sky Dog sortit un autre joint (« On a apporté une tonne de shit, mec, et ils auraient pu nous pincer à la frontière s'ils avaient été assez malins pour regarder *à l'intérieur* de la roue de secours »), et le ciel s'assombrit encore, au point qu'on aurait dit que la nuit tombait. Pan n'était pas rancunier. Il était heureux de les retrouver, tous, nouveaux visages, nouvelles histoires : de la *vie*, pour l'amour de Dieu ! et il but d'abord à la santé de Lester, pour s'acquitter de cette tâche-là, puis de Franklin, de Sky Dog. Et de Harmony, il fallait pas oublier Harmony. Et de Alice aussi.

Il trouva une liasse d'argent dans sa poche, et il ne savait même pas d'où elle venait. Il avait l'impression d'être très loin de chez lui, de n'importe quel foyer ; en contemplant ses traits rehaussés par le soleil dans la glace derrière le comptoir, il eut l'impression que sa vie ne faisait que commencer. Déjà elle l'avait entraîné vers d'étranges destinations et de plus étranges encore l'attendaient. Tom Krishna parlait sans cesse du karma, comme Norm, Verbie et Star... tous parlaient du karma. Et si c'était vrai ? Et s'il avait été un saint dans une vie antérieure et en récoltait les bénéfices dans celle-ci ? Ça, c'était une idée ! Il sourit de son reflet dans la glace et n'écouta plus ce que Sky Dog lui racontait sur la Lincoln : ils l'avaient garée à côté, en ville, il ne l'avait pas vue ? Extra, comme bagnole ! Gare à la surchauffe et elle consommait comme une cochonne mais... Ronnie aimait la façon dont sa barbe épaississait et ses cheveux... ils étaient assez longs pour cacher le col de sa chemise. Il avait vraiment l'allure *hip*, absolument, indubitablement, mais qui s'en apercevrait dans ce trou ? Qui s'en souciait ?

La pluie redoubla et le tambourinage aux fenêtres se fit encore plus impatient. Ronnie alluma une nouvelle cigarette au mégot de la précédente et perdit le compte des godets d'eau-de-vie qu'il avait sifflés, sans parler des bières. La journée semblait se concentrer sur elle-même. Verbie partit d'un petit rire sec, Lester ricana, quelqu'un lui donna une tape dans le dos. Et, quand la porte s'ouvrit, et que Lydia entra, les cheveux mouillés et pleins de paille, de brindilles et de particules de grains parce qu'elle s'était allongée dans un champ quelque part, son bustier trempé collé sur la poitrine et sa main agrippant comme celle d'une élève de terminale celle de Joe Bosky, c'est à peine s'il leva le nez. Ça ne lui faisait rien, rien du tout. Il était liquide jusqu'aux os, il était pressurisé profondément et de part en part, jusqu'au moindre centimètre carré de son corps, il avait toute une nouvelle atmosphère dans laquelle nager : regardez-moi les *couleurs* de ces poissons ! Il fouilla dans ses poches (« Non, non, Joe, je le veux, je veux te payer une bière, j'insiste... ») jusqu'à ce qu'il sorte de sa poche un billet de cinq dollars tellement usé qu'on aurait dit du velours, qu'on aurait dit qu'il avait été récupéré dans la rivière, puis pendu au séchoir pour sécher. Il le tritura entre ses doigts pendant un instant, avant de le déposer sur le comptoir.

23.

Elle chantait pour elle-même, doucement, faux, une chanson des Doors qu'elle aimait autrefois, le texte aussi insaisissable que la mélodie, *Break on through*, ne cessait-elle de répéter, *break on through to the other side*. Passe par-delà le miroir... voilà tout — tout ce qu'elle était capable de se rappeler et, s'il y avait bien quelque chose qui lui manquait, s'il y avait quelque chose qu'elle demanderait à une baguette magique, c'était bien la musique. Alfredo et Geoffrey étaient loin d'être mauvais à la guitare et les séances de chansons communautaires, c'était vraiment « réglo », comme disait Ronnie, mais ça n'était pas comparable au simple fait de pouvoir appuyer sur le bouton de la radio ou de mettre un disque sur le tourne-disques quand on en avait envie et puis de se laisser aller à la dérive. C'est ce qu'elle faisait chez ses parents, enfermée seule dans sa chambre quand la télé bourdonnait dans le néant du rez-de-chaussée et que son père s'égosillait à crier après un basketteur de deux mètres dix aux prises avec un anneau de rien du tout, et aussi dans la voiture quand sa mère jactait tentures du salon et prix du veau, et qu'une guitare solo émergeait du grésillement de la radio dans un moment de triomphe ruisselant. La musique, c'était comme la nourriture, comme l'eau, comme l'air (aussi nécessaire, aussi essentiel), et la voilà qui se retrouvait d'humeur à tout-va mais sans rien pour y sacrifier que sa propre version trébuchante qui ripait comme la peluche sur sa langue.

On ne peut pas tout avoir, se persuada-t-elle. Personne ne peut tout avoir.

Reba et Merry travaillaient à côté, dans le jardin qu'elles avaient amendé avec des crottes de chèvres et des têtes de poissons, le jardin que Norm leur avait conseillé de rayer de leur planning parce que la saison ici durait peut-être au maximum cent jours, dont trente en juin qui étaient donc déjà tous écoulés. Mais leur idée (l'idée collective des femmes) avait été la suivante : pourquoi pas tenter le coup ? Peut-être auraient-elles de la veine ? Peut-être le gel viendrait-il tard cette année, peut-être les vingt-quatre heures de soleil accéléreraient-elles le processus — germination, maturation, fructification. Elles avaient travaillé comme des folles pour nettoyer un grand carré et semer avant le 10 juillet, de préférence des légumes de saison supportant le froid (navets, choux-fleurs, choux de Bruxelles), mais également des pommes de terre, des pois gourmands, des courgettes et des potirons. Et de l'herbe, cela va de soi. Les plantes en pot mesuraient déjà plus de cinquante centimètres et croissaient si vite qu'on les voyait presque grandir à l'œil nu, et, même si elles n'avaient pas l'occasion de fleurir, au moins il y aurait les tiges et les feuilles.

Que faisaient les femmes à ce moment précis ? Elles déroulaient les grandes bâches de plastique noir que Lydia et Harmony étaient allés chercher à Fairbanks et que Ronnie avait rapportées un jour dans la barque à moteur. C'étaient des rouleaux de trente centimètres de diamètre et de quatre-vingts de long, dont le plastique était perforé tous les cinquante centimètres pour vous permettre de déchirer une feuille et d'en enrober l'intérieur de votre poubelle dans le garage de votre pavillon, sur votre lopin d'un quart d'arpent, dans une banlieue aux rangées d'arbres rectilignes. Mais, à Marginordcity, on ne se servait pas de sacs-poubelles ou plutôt si, mais seulement pour stocker des denrées comme les lentilles, le riz, les céréales, qu'on mettait ainsi hors de portée des souris, qui semblaient se faufiler partout. Les filles utilisaient de longues bandes de ce plastique pour isoler le sol autour des plantes, une astuce qu'elles tenaient de Pamela Harder.

Ça, c'était quelqu'un de tout à fait inattendu : Pamela... Star et elle n'auraient pas pu être plus différentes : Pamela était plus âgée, elle était née et avait grandi en Alaska, elle ne touchait pas à la drogue, jusqu'à présent en tout cas, et elle n'avait jamais entendu parler de The Band, de Crosby, Stills and Nash et encore moins de Abbie Hoffman, Gloria Steinem, the Fillmore East, Roach Clips, Mellow Yellow, Keith Richards ou même Mick Jagger — pourtant, quand Star descendait la rivière en barque pour aller lui rendre visite, elle avait l'impression de rencontrer l'une de ses sœurs, tellement l'atmosphère chez elle était décontractée. Elles s'installaient toutes les deux autour d'une tasse de thé, à la table de pique-nique au bord de la rivière ; de son côté, Sess coupait du bois, donnait à manger aux chiens ou partait avec son fusil, et elles bavardaient, rien d'autre, et c'était bien, parce que Pamela n'avait pas d'amies, et cela permettait à Star de rompre la routine, de ne plus voir pour un temps les mêmes visages, de ne plus s'énerver des mêmes tics, de ne pas entendre les éternelles jérémiades, les sempiternels ragots, les rumeurs qu'elle avait déjà entendus cent fois.

« Je ne veux pas te donner l'impression que je ne suis pas heureuse ici », lui avait dit Pamela la première fois qu'elle avait pris la barque juste pour prendre l'air, et puis elle avait vu la fumée, avait entendu les chiens et pensé qu'elle pourrait bien s'arrêter là pour dire bonjour à Pamela, pourquoi pas, entre femmes ? Elles avaient déjà fini une tasse de thé chacune et Pamela, poussant sur la table une assiettée de cookies aux pépites de chocolat, s'était interrompue pour doser deux nouvelles tasses. « ... Parce que je suis vraiment heureuse. Je suis la femme la plus heureuse du monde. C'est seulement que Sess... hum, il avait l'habitude d'être seul et, parfois, il chausse son humeur ni-oui-ni-non : quoi que je dise, il se contente de hocher la tête et d'évaluer les chances que j'aie envie d'entendre "oui", "non" et quelquefois "peut-être". Tu comprends ce que je veux dire ? »

Le thé était comme du carburant, tellement sucré et fort qu'il faisait mal aux dents. Star avait contemplé l'autre rive, dont les troncs d'arbres, illuminés par le soleil, ressemblaient aux planches verticales d'une barrière ; les oiseaux, de grosses taches dans les arbres, grouillaient là-bas comme des insectes et tout était calme à l'exception des coups de marteau intermittents de Sess quelque part à l'arrière du chalet. « Sûr », dit Star, son regard revenant se poser sur son hôtesse : son visage bronzé, ses ongles coupés court, ses grandes mains de travailleuse qui, à ce moment-là, caressaient la tasse, ses yeux qui étaient comme de grandes pièces dans lesquelles on aurait pu vivre. « C'est ce que je veux dire à propos de Marginordcity, le fait d'avoir tout le temps des frères et des sœurs autour de soi, surtout des sœurs...

— On ne s'ennuie jamais, n'est-ce pas ? »

Star fit flasher son sourire à fond les watts. « Oh, non, jamais.

— Vous ne vous tapez pas mutuellement sur les nerfs ?

— Oh que si ! Ça fait partie du *deal*. Norm dit que la plus grande leçon, c'est d'apprendre à penser la même chose, à anticiper, à *donner*, tu vois ce que je veux dire ? Et le flux de la vie. C'est important aussi. Sentir le flux et savoir qu'on n'est plus un "moi".

— Ah bon, c'est donc ça ? C'est ça votre but : tuer votre ego ? »

La question avait pris Star au dépourvu. Elle n'avait jamais pensé qu'ils avaient un but défini qu'on pouvait réduire à une seule phrase ou même expliquer à X ou Y : elle allait à la dérive, comme ses camarades, et elle espérait survivre, avec un peu de chance. Elle reposa sa tasse et fit tourner un globe imaginaire dans sa main. « C'est la Terre-Mère, j'imagine, dit-elle. Mère-Nature. Tu sais... rejeter les choses matérielles et vivre proche de la nature pour sentir le pouls de Dieu, et peu importe comment on appelle cette force, d'ailleurs : Gaïa, l'unité de l'être, le nirvana... Mes frères et mes sœurs en font partie, ils sont le groupe qui me soutient et je leur appartiens. Je veux dire... regarde-moi, assise au bord de cette rivière du bout du monde, dans cet endroit fabuleux, à siroter ma tasse de thé avec toi, c'est quelque chose que je n'aurais jamais pu faire toute seule.

— Mais ces cheveux ! s'exclama Pamela. Ces cheveux et vos vêtements bizarres... Et la drogue ? Quel rapport avec le retour à la nature ? » Pamela marqua une pause qu'elle mit à profit pour allumer une cigarette, une cigarette manufacturée, pas roulée maison mais sortie d'un paquet en carton lustré. Star l'observa quand elle agita l'allumette pour l'éteindre, puis quand elle la jeta par terre sous la table. « Tu sais ce que c'est, pour moi, le retour à la nature ? Simplement ceci : vivre au jour le jour, travailler dur et accepter les bienfaits de la terre, et ça n'a rien à voir avec les maquillages rituels, le L.S.D. ou les pat' d'eph... »

Star haussa les épaules. « Je sais pas. C'est difficile à expliquer. C'est *hip*, c'est tout. »

Pamela fit rouler sa tasse entre les paumes de ses mains ; ce fut à son tour de contempler la rivière. Elle poussa un soupir. « Il en faut pour tous les goûts, je suppose... »

Star allait acquiescer mais elle n'était pas certaine... : Est-ce que ce commentaire n'avait pas été une pointe — et pas des plus subtiles —, du genre : *Il en faut pour tous les goûts et vous êtes une bande de dingos aux cheveux gras, une bande de camés qui devriez remballer vos colifichets et vos sandales et retourner en Californie avant que les choses ne tournent au vinaigre*. Star était sur le point de rétorquer : *Et toi, tu te classes dans quelle catégorie ?* quand elle comprit que Pamela était exactement comme eux. Elle refusait la société toc, elle refusait le schéma métro-boulot-dodo dans une bicoque rose de banlieue, elle refusait d'acheter sa viande tout enveloppée dans de la cellophane au supermarché. Elle avait fait ça, elle avait travaillé dans un bureau à Anchorage et elle s'était marginalisée comme tous les vagueux de Marginordcity. Elle était jolie, intelligente, elle savait ce qu'elle voulait : elle avait confiance en l'avenir, voilà ce qu'elle avait en plus, elle avait cette confiance que Star n'avait jamais eue et qui devait absolument devenir un but pour elle. La pensée lui vint à l'esprit que : Et s'il n'y avait pas de Marco, pas de Norm, pas de Marginordcity ? Serait-elle capable d'affronter le vaste monde et de survivre ? Ou était-elle une énième nana tout juste sortie de l'œuf, duveteuse, toute chaude et perdue dans le vaste monde ?

Elle se trouvait bien là, sous le ciel immense, à clouer des bandes de plastique noir pour transmettre à la terre du jardin la chaleur du soleil, à travailler aussi dur que toutes les autres nanas de la communauté : on ne pouvait donc guère dire qu'elle était « perdue ». Et, ce travail-là terminé, elle irait puiser des seaux d'eau dans la rivière, et elle les verserait au pied de chaque plante ; quand cette tâche-là aussi serait accomplie, elle trairait les chèvres, elle ferait frire du riz et préparerait un saumon triyaki pour le déjeuner ; ensuite, pour conserver le contenu d'un seau d'airelles sauvages, elle lui ajouterait une cuillerée de sucre de canne pris dans le sac communautaire de cinq kilos, et aussi deux rasades d'eau-de-vie et, quand elle aurait fait *ça*, elle verrait bien ce que le reste de la journée lui réserverait.

Merry disait : « Pas du tout. Oh là là ! »

Reba perça le plastique à l'aide d'une tige de bois pour le maintenir en place. « Jiminy dit que tu l'as poussé. Tout le monde le dit... Bill, Verbie, même George le Bizarre. Et Pan. J'ai entendu dire que Pan était de la partie aussi.

— Hum, si je l'ai fait, ce n'était pas exprès. Je l'aime vraiment, tu le sais. Mais quelquefois, il perd complètement la boule. Je sais pas, moi... il se bute, un vrai gamin de six ans, pas un adulte de dix-neuf, et Ronnie, oui, il était de la partie, je suis vraiment allée à sa tente. Et on a commencé à planer. C'est tout. Mais ça regarde personne, de toute façon.

— Et Jiminy ? Ça ne le regarde pas ? Ne t'ai-je pas entendue dire que tu ferais tout pour que ça marche entre vous, que tu ne coucherais plus à gauche et à droite et bla bla bla ? »

Merry releva la tête à l'autre bout du plastique et arrêta son déroulement, et Star vit la lumière retenue comme de l'huile sur les plis noirs. A l'extrémité du jardin se trouvait le chalet d'origine, celui que l'oncle de Norm avait abandonné, avec ses rondins devenus gris avec le temps et ses arbres qui avaient poussé dans le gazon du toit. Plus loin, la nouvelle salle de réunion : un carré sans toiture pour l'instant, fait de rondins jaunes comme les dents d'une bête parce qu'on venait de leur enlever l'écorce ; une douzaine de vagueux étaient perchés dessus, munis de scies, de haches, de marteaux. Star entendait les coups étouffés du métal sur le bois, le grincement de la scie et, régulièrement, un juron. « Je sais pas, dit Merry, je peux me tromper mais c'était pas toi que j'ai vue sortir toute guillerette des buissons avec Deuce l'autre soir ?

— On était allés chercher des airelles, c'est tout. Parce que tu crois que... »

Star voyait bien qu'elle mentait. Ça ne faisait pas la moindre différence, naturellement... Si Reba voulait jouer les hypocrites, c'était son affaire. Et celle d'Alfredo. Elle lissa le plastique. Planta un pieu. D'où elle se trouvait, elle voyait la clairière qui avait été dégagée derrière elles et dont les souches saignaient jusqu'à la rive, et elle vit Che venir — avant de l'entendre. Toutes trois l'entendirent au même moment : il poussa un cri incroyable. « Ho, Reba, je crois que Che a besoin de toi », lâcha Star, et voilà que le mioche déboulait, protoplasme livide, droit et indigné, à travers la clairière, main molle en avant, pleurant, Sunshine à la traîne.

Entre des hoquets, il criait le nom de sa mère : « Reba ! Reba ! » car, jusque dans sa détresse, quelle qu'elle fût, il se rappelait qu'il ne devait pas l'appeler « Maman ! » comme n'importe quel gamin zombifié, cloîtré dans un lotissement. C'était peut-être un petit morveux stone avant l'heure, mal nourri, qui n'avait jamais été à l'école, mais, au moins, il savait ça. Reba se leva, les traits figés. Elle portait une chemise de cowboy beige et jaune avec des poches brodées. Il lui fallut une minute pour piocher ses cigarettes dans l'une des poches et le briquet dans l'autre, et quand Che fondit sur elle pour enfouir son visage hurlant dans le V de ses cuisses jointes, elle exhalait sa première bouffée. « Qu'est-ce qu'il y a encore ? », s'enquit-elle.

Il fut incapable de lui répondre. Il tapa simplement des pieds jusqu'à ce que le plastique s'affaisse et que les piquets tombent ; sur quoi, Reba le prit dans ses bras pendant que Sunshine, les mains sur les hanches, les contemplait en racontant sa propre version des événements. Nue, hâlée, la peau grêlée d'éruptions rouges et venimeuses de cent morsures de bestioles, elle était l'enfant sauvage par excellence, allaitée par les louves, nourrie de miellée et de lait de paradis. Elle avait les cheveux noués et emmêlés, blanchis par le soleil. Elle avait l'œil jaloux. « C'est pas moi, persista-t-elle tandis que son frère lançait ses accusations d'un air geignard à l'entrejambe de sa mère. C'est lui. C'est lui qui l'a fait. »

Un cri retentit au loin. Star n'en tint pas compte. Elles étaient occupées ici, ça ne se voyait donc pas ? Il y avait du travail et elle n'avait de patience ni avec les enfants beuglards ni avec leur dernière catastrophe (qui se répétait à intervalle régulier, une par heure, à l'heure même). Personne ne pouvait donc prendre un moment pour lire un livre à ces enfants ? Était-ce trop demander ?

Or les cris s'amplifiaient furieusement (« Star ! Star ! ») et elle ne tourna la tête d'un coup que pour apercevoir un groupe qui se précipitait vers l'enclos des chèvres, les deux chiens devant — envol de muscles jaunâtres en action. Reba jeta sa cigarette. Les pleurnichements de Che moururent dans sa gorge, un hoquet, un frémissement, puis plus rien. Star se leva en même temps que Merry ; le plastique noir ondula comme des vagues à leurs pieds.

Les chèvres étaient parquées dans un enclos rudimentaire en planches de bouleau et de peuplier de deux mètres cinquante de long attachées à des poteaux d'un mètre cinquante de haut, enclos auquel la communauté avait l'intention d'ajouter une toiture pour la convertir en grange pour l'hiver : on avait beaucoup débattu la question, car personne n'arrivait à accepter l'idée qu'il faudrait laisser les chèvres empuantir l'intérieur des chalets dans un concert de bêlements agrémenté de délestage de crottes ; or personne non plus ne voulait s'atteler à la tâche quand il y avait tellement d'autres tâches plus importantes, comme construire lesdits chalets, installer les poêles et couper cent stères de bois pour ne pas *se peler le cul* pendant tout l'hiver. Star comprenait quelles étaient les priorités mais elle s'en moquait. Elle avait passé outre, avait construit l'enclos toute seule, avec une hachette et un rouleau de vieux fil à linge, et la tente que Marco et elle partageaient était montée tout contre l'enclos pour qu'elle puisse jeter un œil sur ses protégées sous l'aquarelle grise de la nuit.

Les chiens aboyaient, lançaient en haletant des hoquets de revendication et de rage qui se répercutaient sur la rivière et rebondissaient encore ; l'un d'eux (Frodo) essayait d'escalader l'enclos. Star abandonna là son marteau et se mit à courir.

Tout le monde criait, s'amassait contre la barrière comme au rodéo, et la croupe de Frodo resta perchée là-haut telle une statue pendant un instant, avant de disparaître alors que Freak grattait les planches et tombait à la renverse. Ce qui se passait exactement, Star ne pouvait le distinguer de loin, mais elle entendait les chèvres qui bêlaient (elles hurlaient, elles hurlaient dans une clef qu'elle ne leur connaissait pas et qu'elle n'aurait pu imaginer) et elle devinait de vagues mouvements à travers les interstices, un instant ici, un instant là, déchirés d'un côté de l'enclos à l'autre. Lorsqu'elle parvint sur les lieux, tout était sens dessus dessous, Jiminy courait chercher un fusil dans la tente de Pan, Marco et Alfredo étaient installés à califourchon sur la barrière, des bâtons à la main, et elle ne comprit toujours pas ce qu'elle voyait, comme s'il y avait eu des failles fondamentales entre ses yeux et la partie de son cerveau qui traitait les informations visuelles. « C'est un ours ! », cria quelqu'un.

Le blanc des chèvres, l'ocre des chiens, le brun fou furieux de cette *chose* qui n'avait pas sa place dans l'enclos, tout ça n'avait aucun sens aux yeux de Star : ce n'était pas un ours mais quelque chose de tout autre, des griffes, des dents, de la fourrure dans une furie de mouvement perpétuel comme une meule qui aurait tout broyé sur son passage, le tout accompagné d'un grognement pointu, acéré, qui ne faiblissait jamais. Quand Marco et Alfredo descendirent dans l'arène avec leurs bâtons, les chèvres étaient mortes, éviscérées, et Frodo gisait par terre, la gorge tranchée — et cette chose, cette émanation du gouffre le plus profond de la partie la plus noire du dernier renfoncement, le plus sauvage, des collines qui se hérissaient autour de Star tels des garde-fous, cette chose donc montra les talons et, d'un bond, s'en fut, sombre rumeur dans les hautes herbes au-delà de l'enclos brusquement rendu au silence. Plus tard, même lorsqu'elle eut appris de quel animal il s'agissait, *Gulo luscus*, le glouton, la grande belette, tellement sanguinaire qu'on l'avait vue à l'occasion ravir leur victime à des grizzlis, Star ne comprenait toujours pas. Tout ce qu'elle savait, c'était, d'une part, que Ronnie gardait les fusils, là-bas en contrebas, dans sa petite tente près de la rivière, les *trois* fusils, et, d'autre part, qu'elle n'aurait plus à s'occuper des chèvres, non, qu'il n'y aurait plus jamais de lait, plus de yaourt, plus de fromage. Un groupe, entraîné par George le Bizarre, Mendocino Bill et Norm, voulait dépecer les chèvres et faire cuire la viande (toute l'affaire était regrettable, bien sûr, quelle poisse ! or pourquoi perdre cette viande, voilà ce qu'ils pensaient). Mais Star leur tint tête, à l'instar de cette chose... furibonde, complètement furibonde, et « Pourquoi pas dépecer Frodo pendant que vous y êtes, leur jeta-t-elle à la figure. Pourquoi ne pas le manger lui aussi ? »

Elle creusa leurs tombes de ses propres mains. Marco resta planté à quelque distance, grave, les deux mains oisives et pendantes, mais elle déclina son aide. Les moustiques lui sucèrent le sang. Transpirant, au point que les yeux finirent par lui piquer et que les pointes de ses cheveux se collèrent contre sa gorge, elle tira les carcasses des chèvres, d'Amanda et de Barbichette, eh oui, elle avait fini par réussir à les distinguer, à cette heure tardive où cela ne servait plus à rien, puisque leurs yeux s'étaient refermés sur le monde, elle les tira à travers la cour et les ensevelit.

Au matin, quand elle alla là-bas, dans les herbes folles, au milieu des souches coupées, déposer quelques fleurs sur la terre retournée, reprendre courage, se laisser aller à quelques pensées consolatrices, se persuader, peut-être, que c'était mieux ainsi, que cela faisait partie du plan d'ensemble, du flux normal des choses, il ne restait rien que deux trous vides et les longues taillades glabres que des griffes font dans la terre fraîchement remuée.

Ronnie et Verbie ne revinrent pas de Boynton le jeudi soir comme prévu et ils ne réapparurent pas davantage le vendredi. Les vagueux commencèrent à se poser des questions puis à s'inquiéter. Ils se trouvaient dans un endroit dangereux, sauvage, débridé, ponctué de chausse-trapes et, s'ils n'en avaient pas pris la pleine mesure parce qu'ils avaient été trop repliés sur eux-mêmes, concentrés qu'ils avaient été sur leurs mains et leurs pieds, à raboter des rondins, à retirer les saumons de la rivière et les airelles des collines, cette *chose*-là sortie des bois les avait rappelés à la dure réalité. Ils n'étaient plus en Californie. Ils n'étaient pas dans l'Indiana, au Texas, dans le New Jersey. Ils étaient ici, dans le bush, et ils allaient tenir, bon Dieu ! pas de doute là-dessus, parce que c'était beau ici, presque le paradis, mais c'était beaucoup plus risqué qu'aucun d'entre eux l'avait jamais imaginé au cours de leur enfance californienne, quand on n'avait à s'inquiéter que de savoir s'il y avait de l'essence dans le réservoir ou si le manioc et les artichauts étaient arrivés au supermarché. Ils avaient été endormis par le soleil, par l'air de la rivière, le parfum des arbres et les chaudes et sirupeuses journées qui duraient toujours. Or maintenant, ils avaient les nerfs à vif. Maintenant, ils savaient.

Le vendredi soir, Star sortit et scruta la rivière jusqu'à ce que ses yeux ressentent la fatigue de la concentration. Elle s'inquiétait pour Ronnie... bien sûr qu'elle s'inquiétait. C'était l'être qui lui était le plus proche, à l'exception de Marco, et elle ignorait ce que serait sa réaction s'il lui arrivait quelque chose. Il était son lien, son seul et unique lien avec son histoire passée, avec Mr. Boscovich, avec l'annuaire des étudiants, avec ses parents, même, et, décidée qu'elle était à ne jamais retourner à cette vie-là, même si elle avait détesté tout ça et le détestait encore, plus elle s'en éloignait, plus cela devenait important : cela faisait autant partie de sa personnalité que les atomes qui composaient sa matière cellulaire et les « éléments figurés » qui coulaient dans ses veines — et elle en avait besoin. Tout le monde en avait besoin. Elle en parlait tout le temps à Marco, à Merry, à Maya. Pour venir ici, pour participer à l'expérience de Marginordcity, pour faire ce qu'ils essayaient d'y faire, il fallait rompre les liens, quelque pénible que ce fût, mais ça ne signifiait pas qu'il fallût abandonner le passé, l'éradiquer comme s'il n'avait jamais existé. Autrefois, Star s'appelait Paulette. Elle avait fréquenté une école catholique. Elle avait préparé des gâteaux avec sa mère, fait de la bicyclette dans les rues baignées de soleil d'un lotissement aux chaussées immaculées et écouté les pneus arracher le macadam à chaque tour chuintant des roues des voitures ; elle était tombée amoureuse de garçons, elle avait consigné ses pensées dans son journal intime et passé la nuit à parler au téléphone avec Nancy Trowbridge et Linda Sloniker des choses qui comptaient vraiment. C'était important. Vraiment. Et Ronnie faisait partie de tout ça.

Or vendredi vint et passa, et on ne le vit pas revenir. Le samedi, il plut toute la journée et les marginos s'agglutinèrent sous les tentes et s'amassèrent dans le seul chalet en état de fonctionnement, le chalet d'origine, en fait une seule pièce pas plus grande que l'appentis en bois où le père de Star et son frère Sam s'affalaient sur le canapé pour regarder le foot le samedi après-midi. L'air était frisquet (il ne pouvait guère faire plus de 10° dehors) mais il faisait encore trop chaud dedans, beaucoup trop chaud, à cause du poêle qui fonctionnait toute la journée (pour leur permettre de faire différentes fournées) et de l'accumulation de corps entassés comme des bagages. Soit ils jouaient aux cartes, soit ils se plaignaient du temps, soit ils se shootaient — mais tous transformaient collectivement l'endroit en un véritable merdier, alors que Star et Merry tentaient de trouver un coin pour faire cuire une marmite de haricots et huit pains qui seraient forcément pâteux, pas cuits à l'intérieur et brûlés à l'extérieur : que n'auraient-elles pas donné pour un ou deux paquets de tortillas La Estrella de l'épicerie de Guerneville ! Norm avait pris possession de l'unique couchette : le chalet était celui de son oncle, après tout, et, par temps de vaches maigres, l'esprit communautaire avait ses limites : il y était allongé à l'instant même, appuyé sur un coude, à côté de Premstar. Ils jouaient au whist, le seul jeu auquel elle sût jouer, et, quand elle lui fauchait la reine de pique, elle poussait un couinement comme la Miss Watsonville qu'elle avait été.

Dehors, sous la pluie, Marco, Alfredo et quelques autres (on aurait dit Deuce, Tom Krishna, Creamola et Foster) installaient les poutres maîtresses du toit de la salle de réunion : ce serait chouette d'avoir un peu plus d'espace quand le temps se dégraderait vraiment. De l'espace en général, d'ailleurs... Star aurait pu en sourire (toujours souriante, Star : deux douces lèvres de nana pressées l'une contre l'autre dans un bonheur béat de nana hippie), mais ce qu'elle ressentait profondément, c'était qu'elle n'était pas loin de perdre complètement la boule : qu'il lui faille enjamber un autre pied nu pas lavé ou récurer une autre assiette encroûtée de la bouffe d'hier parce qu'un imbécile l'avait laissée dans la cour sans la rincer d'abord, et elle allait se mettre à hurler, et seuls un bâillon ou une camisole de force pourraient l'en empêcher !

Levant les yeux, elle les vit, là, dans le lointain proche, silhouettes recroquevillées, galopant dans leurs ponchos aux couleurs ternes, criblées de pluie, bataillant contre la boue et le poids capricieux et ingouvernable des poutres : elle aurait voulu sortir et aller leur accrocher des médailles sur le torse. Tous les autres avaient baissé les bras pour la journée : et encore ne parlait-elle que de ceux qui s'étaient donné la peine de s'extraire de leurs sacs de couchage, bien entendu ! Reba ne s'était pas beaucoup montrée, ce qui était d'ailleurs peut-être une bénédiction car, au moins, les gamins ne franchiraient pas la porte en hurlant toutes les trente secondes. Mendocino Bill avait travaillé avec Marco et les autres tout l'après-midi mais personne n'avait de poncho assez grand pour lui et, accroupi maintenant sous les avancées du toit du chalet, il feuilletait les pages fripées d'un exemplaire de *Rolling Stone* : il frissonnait tellement qu'on entendait la vitre cliqueter dans le châssis ; sa salopette était trempée, ses pieds nus en éventail étaient deux carottes de glaise durcie retirées d'un puits d'extraction. Naturellement, *il leur cachait la lumière*, c'était là le problème, mais Star n'eut pas le cœur de passer la tête par la porte pour lui demander de bouger. Elle fit volte-face, deux pas vers le poêle, et plongea une poignée d'assiettes dans la bassine. Jiminy, à ses pieds, le bras pris dans son attelle sale, sculptait des figurines dans du bois d'aune, des « poupées vaudoues », disait-il : il en avait déjà toute une collection, une pour chaque frère et sœur de Marginordcity (tellement rudimentaires qu'on aurait eu du mal à les distinguer les uns des autres). Ses cheveux lui faisaient un rideau tandis qu'il s'appliquait à sa tâche.

Star eut une vision de l'avenir, de l'hiver, sans musique, morne à en mourir, tout le monde serré dans une ou deux cabanes pas terminées, sans eau courante, sans toilettes, tout le monde tapant sur les nerfs de tout le monde, tandis que tomberait la neige et que la couche de glace épaissirait et que le vent ferait pencher les cimes des arbres comme au jour du Jugement dernier. Elle garda l'image un instant à l'esprit, puis la chassa. « Vous savez, claironna Norm, levant la voix pour se faire entendre de toute la compagnie au-dessus des craquements du poêle et du bourdonnement régulier de la pluie, il faudrait que quelqu'un prenne un canoë et descende à Boynton. Je veux dire, pour voir ce qui est arrivé à Pan et à Verbie, parce que je suis *hip* sur le fait que Verbie, au moins, ne voudrait pas nous causer du tort ici en *retardant* la livraison des vitres pour les fenêtres, des nouvelles lames pour les scies, du mélange deux-temps, des varlopes, des burins et de tous les autres objets et marchandises qui nous font si cruellement défaut ici... à moins que, peut-être, le problème de sa mère ait été, je sais pas, peut-être plus grave que ce qu'elle avait cru. » Sur quoi, il lança un regard en direction d'Angela, qui était assise dans un coin à côté de Jiminy, en train de faire un mot croisé dans un recueil de mots croisés qui avaient tous déjà été résolus, complètement, et effacés par au moins une douzaine de mains. Angela ne leva même pas la tête : on aurait cru que Norm parlait de la mère de quelqu'un d'autre. Mais il était vrai que... que pouvait-elle faire sinon sauter dans un canoë elle-même ? Ou se faire pousser des ailes ?

Jiminy : « Ils vont bien. C'est le mauvais temps, c'est tout.

— Mais... et hier, et avant-hier ! », s'exclama Star. Elle s'était installée à la table, où elle essayait de préparer de la salsa avec des tomates en boîtes et un lot d'oignons jaunes qui avaient perdu leur consistance et abandonné leur peau à une pellicule de moisissure noire... quant à ne fût-ce que songer à des piments ou à de la coriandre, il ne fallait pas y compter ! Ronnie et sa passagère auraient pu se noyer. Facilement. En fait, c'était un miracle que toute la tribu ait réussi à remonter la rivière en un seul morceau lors de la première expédition, même avec l'aide de Joe Bosky, qui avait dû faire cinq ou six allers-retours avec passagers, harnachement et provisions tandis que les canoës remontaient contre le courant et que Norm effeuillait ses liasses de billets de cent dollars pour que les moteurs continuent à ronronner et les flotteurs à glisser sur l'eau lors d'un long après-midi de folie et d'une nuit qui ne vint jamais.

Premstar se concentrait sur ses cartes et les autres regardaient par la porte ouverte, fascinés par la pluie. Norm replia sa main, leva les yeux vers Star et se gratta la barbe d'un air méditatif. « Je suppose que je ferais mieux de convoquer une réunion », finit-il par lâcher, et Star suivit son regard qui, par la porte, se perdait dans la perspective réduite qu'offrait la pluie.

Le lendemain matin, le temps était clair, le soleil déjà haut illuminait le mince nylon bleu de la tente lorsqu'elle se réveilla à côté de Marco, la gorge sèche, un goût âcre dans la bouche et l'épaule raide là où la paillasse (branches de sapin plus très fraîches) l'avait aiguillonnée à travers la peau non rembourrée du sac de couchage. Tout était humide et sentait le fétide. Star était toute glutineuse de sueur parce que le sac de couchage était fait pour les 5° en dessous de zéro et que, au moment de se coucher, elle avait remonté jusqu'en haut la fermeture à glissière, en proie à de tels frissons qu'elle avait eu du mal à retirer ses vêtements. Il pleuvait encore alors, près d'une heure après que Marco s'était pieuté, et il ne pouvait pas faire moins de, disons, 7°, mais on se serait cru dans un réfrigérateur de boucherie, et cela seul, plus que tout, lui faisait apprécier l'effort concerté qu'ils mettaient tous dans la construction des chalets sept jours sur sept. Travail d'équipe. Frères et sœurs. Tout le monde travaillant de concert, un pour tous, tous pour un.

Marco lui avait dit que certains vieux de la vieille passaient l'hiver dans une tente de toile avec rien de plus pour vaincre la bise qu'un poêle en tôle et des cartons aplatis, mais elle ne pouvait même pas imaginer la chose. Une tente ? Dans la neige ? A moins 25°, moins 30° ? C'était franchir la limite entre autarcie et ascétisme — martyre — et Star n'avait aucune intention de souffrir pour le plaisir. Le confort, ce n'était pas un péché, des murs de cinquante centimètres d'épaisseur, un feu d'enfer et une pile de sacs de couchage dans lesquels s'envelopper et rêver pendant les heures où la neige s'accumulait et où la bise chantait dans les cimes des arbres... Et pourquoi ne pas ajouter à la scène une bonne tasse de chocolat chaud et un bon bouquin ?

Ils avaient déjà choisi l'emplacement des chalets, piétiné la terre qui deviendrait leur salon, admiré la vue sur la rivière dont chacun bénéficierait, un joli petit demi-cercle de cabanes bien solides et proprettes, en rondins pelés comme dans un livre d'images : ils démarreraient leur construction dès que la salle de réunion serait achevée. La grande question était désormais : comment répartir l'espace ? Qui allait vivre avec qui et établiraient-ils un roulement au cours de l'hiver si l'un d'eux pétait vraiment les plombs ? Star pensait que Marco et elle s'installeraient avec Merry et Jiminy, voilà qui était certain, et peut-être Maya et l'un des gars — *mecs* — célibataires. Mais seulement quatre colocataires, ce serait bien et deux, encore mieux.

Elle s'étira en prenant soin de ne pas réveiller Marco qui était tourné de l'autre côté. Épuisé d'avoir travaillé toute la journée sous la pluie, il était enveloppé, tel un cadavre, dans son sac de couchage élimé du surplus de l'armée. Il était tellement à plat la veille qu'il avait manqué la réunion et, au dîner, c'est tout juste s'il avait été capable de porter la cuiller à sa bouche, et les blagues, les débats, les théories fantasques qui rendaient les repas tellement vivants et communautaires lui étaient complètement passés par-dessus la tête. Star se dit qu'elle irait au chalet voir ce que Dunphy et Erika préparaient pour le petit déjeuner (comme c'était leur tour aujourd'hui, il y avait neuf chances sur dix pour qu'elles leur fourguent des matefaims et des tranches de bacon coupées main pour les carnivores) ; elle lui apporterait une assiette dans la tente : petit déjeuner au lit et salut, bonjour, comment ça va, mon amour !

Elle s'aperçut qu'elle avait dû enlever au milieu de la nuit le T-shirt qu'elle mettait normalement pour dormir, bien qu'elle n'eût aucun souvenir de l'avoir fait et pas plus d'avoir descendu la fermeture de son sac de couchage. Ses pensées progressaient si lentement que son cerveau lui faisait l'effet d'une bouilloire vide et chacune de ses pensées était comme une infime goutte récalcitrante tombée d'un robinet mal fermé. La veille, elle avait fumé (marijuana et une ou deux bouffées du hasch qu'Alfredo avait fait circuler après la réunion) : allongée, les yeux levés vers le bleu intense et surnaturel du dôme de la tente, elle se sentit amorphe et léthargique, comme si l'un des vampires de George le Bizarre s'était glissé dans la tente au milieu de la nuit pour la vider de son sang et le remplacer par du sable.

Il lui sembla qu'elle prenait des heures ne fût-ce que pour se mettre en position assise (était-ce l'odeur du café qu'elle sentait, montant du chalet ?), avant qu'il ne lui vînt soudain à l'esprit qu'il n'y aurait pas de lait dans le café aujourd'hui, ou alors du lait en poudre, ou bien encore du lait en boîte, et il aurait le goût du métal, sorti tout droit d'une usine Elsie Borden perdue quelque part dans l'épicentre très rouillé du complexe militaro-industriel qu'ils avaient tous essayé de fuir en venant ici. Les chèvres étaient mortes, tel était le fin mot de l'affaire. Un instant, elles broutaient encore les broussailles et de tendres surgeons, avec leurs délicieux petits mouvements de tête brusques, elles contemplaient le lointain bridé de quelque profonde transe cabrine et, l'instant d'après, elles étaient retournées, tripes dehors, comme un gant sanglant. Et Frodo. Tout le monde adorait ce chien... Tu lançais un frizbee à trente mètres, cinquante mètres, et il était toujours là pour le rattraper, comme par magie, comme s'il avait chevauché les airs. Il avait même appris à sourire, ce qui était le propre des chiens vraiment hors pair : il hochait la tête et retroussait la lèvre supérieure pour révéler ses dents de devant dans une drôle de parodie canine des salutations préférées de l'espèce des maîtres. Mort lui aussi. Et Ronnie... qu'était-il arrivé à Ronnie ? Et à Verbie ?

Il avait été décrété que si ces deux-là n'étaient pas rentrés à midi, quelqu'un devrait descendre la rivière en canoë pour aller voir ce qui se passait, voir s'il y avait seulement eu du retard dans la livraison des vitres et des matériaux parce que, qui sait, la Studebaker était peut-être tombée en panne, et puis, oui, le moteur du hors-bord avait peut-être un problème ou il y avait eu un trou dans la coque, les conditions météorologiques étaient trop mauvaises, la rivière était trop dangereuse, il pouvait y avoir tant de raisons... ou bien s'agissait-il de quelque chose de plus sombre, de quelque chose que personne ne souhaitait envisager ? Sans compter que... qui partirait en éclaireur ? En fait, on avait besoin de toutes les énergies sur place, car on se battait contre le temps et chacun, y compris Jiminy avec un seul bras valide, était vital pour la cause. Finalement Angela s'était portée volontaire (c'était sa sœur, c'était sa mère) et Bill avait dit qu'il l'accompagnerait pour s'assurer qu'elle ne se perdrait pas, car, après tout, elle venait tout juste d'être libérée du pénitencier de sa vie d'adolescente à Pasadena et sa conception du monde sauvage n'avait guère dépassé jusque-là les grilles de Griffith Park.

C'était bien l'arôme du café. Il n'y avait pas de meilleure odeur. D'un coup de pied, Star dégagea ses jambes du sac de couchage et enfila sa culotte et un short, tellement humides qu'elle aurait pu s'en servir de serpillières pour nettoyer le lino chez ses parents, puis elle passa un T-shirt en batik (très *grunge*, il aurait pu appartenir à Marco — deux reniflements — ... hum, en fait, il lui appartenait effectivement) ; puis elle se pencha pour lacer ses godillots. C'est alors qu'au milieu des bruits anodins (vent dans les aunes, les saules, les peupliers et les sapins, plaintes répétées des oiseaux, froufrou de la rivière) se glissa un autre bruit qui, lui, n'était pas *naturel* : le bruit mécanique, régulier, monotone et déterminé d'un moteur à combustion.

Star sortit de la tente à temps pour distinguer le trait argenté de l'hydravion de Joe Bosky qui plongeait derrière le rideau d'arbres le long de la rivière avant d'émerger à nouveau pour glisser sur l'eau, sur deux paraboles étincelantes de lumière. Le moteur s'emballa avant de mourir lorsque l'hydravion tourna sur l'eau et que sa propulsion l'amena sur la grève de galets au pied du chalet. Lorsque Star arriva, Ronnie attachait déjà l'appareil à l'aide d'une corde qu'il fixait autour du ponton. Suivit un temps mort puis le soleil agrippa la portière de l'appareil, avant de la relâcher, et Joe Bosky apparut à côté de Ronnie, en tenue de camouflage et béret noir, et les deux hommes, penchés sur je ne sais quoi, riaient.

Il était encore tôt (vers les sept heures, pas plus) mais d'autres aussi avaient entendu le bruit du moteur et passaient la tête par l'ouverture de leur tente ou restaient plantés sur place, l'air ahuri, pieds nus, en sous-vêtements. Star fut la première à parvenir sur la rive, encore à moitié endormie ; les hautes herbes lui chatouillaient les mollets, des insectes fuyaient son sillage en sautant : sauts périlleux multicolores. Des profondeurs du chalet, Freak aboya un salut revêche. « Ronnie ! », appela Star en traversant la bande de galets, tendant les bras, le visage brusquement illuminé par une joie rayonnante — elle ne put s'en empêcher : « On s'inquiétait pour toi ! »

Ronnie ne sourit pas, ne dit pas un mot. Il la prit dans ses bras *(Pan !)* et ne se contenta pas d'une accolade fraternelle et sororale, pas cette fois, il l'enveloppa et la pressa contre lui comme s'il avait voulu la briser séance tenante. Et puis, avant qu'elle ait pu réagir, il lui renversa la tête et l'embrassa sur la bouche, un baiser goulu, trop violent, trop long, si bien qu'elle finit par devoir le repousser ; Joe Bosky, à côté, riait comme à un peep-show ou Dieu sait quoi. « Et moi, j'ai pas droit à un baiser ? », lâcha-t-il. Star goûta alors dans sa bouche le goût de Ronnie, celui des cigarettes et de... combien de nuits blanches ? « Merde ! lâcha le revenant, t'as une de ces dégaines ! »

Star monta une main à la tempe et repoussa ses cheveux en arrière : vulnérable, toujours vulnérable. « Qu'est-ce que tu crois ? Je viens à peine de me réveiller. Je ne me suis même pas coiffée, je ne me suis même pas lavée, rien...

— A moi, elle me plaît bien comme ça, déclara Joe Bosky. Je pourrais me l'étaler sur quelque chose avec du beurre et me la farcir toute la journée. » Sourire étale, constant, le sourire d'un fou : yeux reculant dans les orbites comme pour échapper à un fouet infernal. Il portait un pistolet à la ceinture, planté dans un étui comme celui de Ronnie, et il avait retroussé les manches de sa chemise pour mettre en valeur la barbaque sculptée de ses biceps. Il la dévisagea pendant un instant, puis chaussa une paire de lunettes à verres argentés qui dissimulaient son regard. Il planait, c'était certain, là-haut dans les airs, complètement camé, et Ronnie aussi. Star comprit tout cela en un éclair : l'argent des autres dépensé au bar, les plaisanteries salaces, les tapes dans le dos, les cigares, les joints, et encore une tournée et : hé, mec, on se fait une virée là-haut, on va se marginaliser à Marginordcity ?

« Où est la barque ? s'enquit Star. Où est Verbie ? »

Ronnie la regarda d'une façon qui lui rappela le Kansas, Denver, Tucumcari, le Nouveau-Mexique :

pauvre Ronnie, Ronnie la victime, Ronnie l'éternel crucifié. « Quelle *conne*, celle-là, répondit-il. Je suis désolé, mais je pouvais plus la supporter.

— Oui ? Et alors ? »

Bosky changea de pied d'appui. Visage pétrifié, bras rigides. Star eut l'impression qu'il n'était plus avec eux, du moins momentanément. Ronnie entama une phrase, avant de se raviser. Ses yeux étaient de petites pointes acérées, plantées dans le panneau en liège de son visage : *trop de carburant, trop de carburant, mec*. Son regard quitta Star pour aller se poser sur les autres vagueux qui, descendant tranquillement de leurs tentes, grattaient leurs crânes matinaux, remontaient leurs jeans comme des bouseux qui vont au bal. Ronnie haussa les épaules. « Je lui ai dit de partir, de remonter en barque sans moi. Elle est en route, avec Harmony, Alice et une partie des... avec les fenêtres, au moins. On les a survolées en chemin. En tout cas, il m'a semblé que c'étaient eux. »

La porte du chalet s'ouvrit d'un coup au moment où fut imparti ce dernier élément de clarification et Freak traversa la cour en flèche, tirant un fil d'aboiements aigus et endeuillés... car, oui, les animaux connaissent le deuil, Star en était intimement convaincue. La voix de Norm tonna derrière la porte grillagée : « Ça alors, je veux bien qu'on m'assomme avec une fleur de cannabis ! Le voici, les gars, le fils prodigue est de retour à temps pour le petit déjeuner ! » Et puis, Norm lui-même apparut sur le porche dans sa salopette, bretelles tombantes, poils sur le torse, tétons gras et ridés, et tout le reste.

Ronnie lui fit un signe et Joe Bosky leva une main flasque, sur quoi ils retournèrent tous deux vers l'hydravion pour décharger ce que Ronnie s'était souvenu de rapporter. D'abord son sac à dos, plaisamment boursouflé. Puis les fusils, les carabines qui appartenaient à Norm et à l'oncle de Norm respectivement... Mais pourquoi donc avait-il senti le besoin d'emporter les deux alors qu'il eût suffi d'une balle pour abattre cette chose qui avait tué les chèvres ? Ensuite, ils sortirent un coffre en carton stratifié blanc, avec deux trous pour faire office de poignées et l'inscription U.S. POSTAL MAIL SERVICE sur le côté... il n'avait pas oublié le courrier, il fallait au moins lui reconnaître ça. Les vagueux s'étaient agglutinés autour de lui, regards avides, chacun attendant les commandes qu'il avait passées : les revues, les barres de chocolat, l'ombre à paupières, le shampooing aux plantes et au miel, et tout le reste, or Pan avait déjà terminé, Pan revenait de l'appareil les mains vides : désolé, les gars, revenez demain, on a tout vendu. Star l'observa qui s'occupait de son propre bagage, le pistolet dans l'étui contre une cuisse, le gros couteau dans son étui contre l'autre, ses bottes je-vais-en-ville en cuir véritable, bouts carrés, talons noircis par l'eau de la rivière, sa chemise à carreaux ouverte jusqu'au quatrième bouton et les trois colliers qui se balançaient à son cou (dont Star avait elle-même enfilé les perles de deux d'entre eux pendant les longues heures passées enfermée dans la voiture lors de la monotone traversée des hauts plateaux), et elle songea : c'est fini. Il est fini.

Mais il la surprit. Soulevant son sac à dos, il passa la lanière d'un fusil sur l'épaule et se tourna vers celui de ses frères et sœurs qui se trouvait le plus près de lui, Tom Krishna, Tom, la tête baissée parce qu'il était timide, un mandala fait main avec du papier aluminium pendu à son cou et reflétant le soleil... Ronnie lui dit donc, de façon à ce que tout le monde pût entendre, que tout le reste était dans la barque, pas d'inquiétude, l'hydravion ne pouvait emporter qu'une faible quantité de marchandises, compris ? « Mais on a apporté le courrier », précisa-t-il, en donnant un coup au carton avec le bout mouillé de sa botte.

La matinée se prolongea, s'installa. Star apporta à la tente une assiette et une tasse de café, et elle observa Marco quand il mangea avec des goulées gloutonnes : la longue étendue de son torse nu qui plongeait dans les plis du sac de couchage comme s'il n'était resté que ça de lui. Après avoir fini, il nettoya l'assiette et alluma une cigarette sans changer de position. « C'est mon T-shirt que tu portes ? », demanda-t-il, et Star répondit « Ouais » avant de repartir pour aller lui chercher du rab. Tout le monde était réveillé à cette heure et poussait ses matefaims avec sa fourchette dans son assiette, s'emplissait le ventre de café sans crème et triait le courrier que Tom Krishna avait déposé sur la table de pique-nique. Il n'y avait pas de lettre pour Star (elle avait déjà vérifié) et rien non plus pour Marco, parce qu'ils étaient tous deux passés par-dessus la rambarde du monde et personne, et encore moins leurs parents, ne savaient où ils se trouvaient. Elle remplit l'assiette, noya les matefaims dans le sirop d'érable et se dit qu'elle devrait prendre le temps d'écrire à des gens, sa mère, Sam, Jojo, Suzie, parce qu'il serait agréable de recevoir une lettre de temps à autre, de correspondre, de réaffirmer qu'il existait un monde là-bas, au-delà du flot glacé de la rivière. Quand elle remonta le talus avec l'assiette remplie, le soleil polaire s'approcha d'elle et épingla son ombre par terre.

A dix heures, il faisait 21°, à en croire le thermomètre communautaire que Norm avait cloué sur la porte du chalet, et toute la communauté, même Jiminy avec son attelle et Premstar, se rassembla dans la cour, au soleil, concentré sur la tâche la plus urgente : la toiture de la salle de réunion et le remplissage des interstices entre les planches des murs. « Les finitions ! chantonna Norm, étalant la boue sur les planches. Le premier et le plus significatif des bâtiments de Marginordcity s'élève ici sous vos yeux incrédules. Que dites-vous de ça, les gars ? »

Il n'attendait pas vraiment de réponse (Norm parlait pour le plaisir d'entendre le son de sa voix, c'était d'ailleurs son rôle, en tant que gourou et meneur de ban) mais les gens se sentaient bien, ludiques, voire prêts à faire la fête. Tous étaient tout maculés de boue, d'une glaise lourde extraite du marécage derrière l'enclos aux chèvres et mélangée à de l'eau dans une caisse faite de vieilles planches, pour obtenir la consistance voulue, et ils avaient ménagé au moins deux pauses dévolues à des batailles de boue, mais les truelles continuaient d'aller bon train et les fentes d'un noir d'encre entre les rondins furent bientôt remplacées par d'élégantes et longues rayures horizontales de boue ocre qui durcissaient au soleil et oui, Virginia, cela les protégerait de la bise pendant tout l'hiver. Les solives, toute une forêt de sapins blancs dépecés et luisants et aussi droits que la nature et un peu de rabotage pouvaient les rendre furent hissés style brigade jusqu'aux poutres où se tenaient Marco et Tom Krishna, qui les installèrent sans clous, sans ligature, sans chevauchement de feuilles de métal, non, merci beaucoup, parce que le poids du gazon (de grosses plaques tourbeuses d'une épaisseur de plus de cinquante centimètres où se mêleraient toutes sortes de plantes, de fleurs et d'herbes folles comme une chevelure) les maintiendrait en place. Du moins en théorie.

Star aida Dunphy et Erika à préparer soixante sandwiches au beurre de cacahuètes et à la *jelly*, une salade de fruits (deux sortes de baies, des pêches Del Monte tout droit sorties des boîtes de conserve, des tranches de pommes à la peau talée encore intacte) et vingt litres de Kool-Aid à la cerise, légèrement additionnés d'acide, simplement pour donner à l'occasion le coup d'envoi adéquat, et Tom Krishna s'occupa de la musique, en reliant une petite stéréo portable Sears Roebuck à une batterie de voiture qu'il fallait utiliser *avec modération*, les gars, parce qu'ils n'avaient aucun moyen de la recharger. La musique, tellement surprenante, tellement immédiate et accaparante, leur fit perdre tout sens de la mesure. Ils s'arrêtèrent de travailler pour faire la farandole et danser un pas ou deux, avant de se relancer dans une bataille de boue, et puis ils mangèrent leurs sandwiches et burent une tasse de Kool-Aid, accompagnés, de tout ce temps, par les battements réguliers et mouillés du Grateful Dead qui lançait des roulements de batterie et convertissait des cordes métalliques en une pluie de verre brisé, *A Friend of the Devil is a Friend of Mine* — les amis du Diable sont mes amis. Star se surprit à enlacer tout le monde ; elle oublia la mort des chèvres, elle oublia Ronnie, qui s'était éclipsé à quatre pattes pour s'effondrer dans sa tente, et elle aurait bien, de même, oublié Joe Bosky (le salaud par excellence) s'il ne s'était trouvé là devant elle chaque fois qu'elle se retournait : il se servait du Kool-Aid, des sandwiches, se balançait sur la pointe des pieds, comme au sommet d'une pique, il envoyait des baisers, jonglait avec une hachette et deux couteaux de cuisine, dans une pantomime interminable.

Mais rien n'aurait pu entamer la bonne humeur de Star. C'était comme l'inauguration d'une grange, voilà exactement à quoi ça ressemblait, comme un événement tiré d'un livre sur la conquête de l'Ouest, or voilà qu'ils le vivaient, le créaient, le faisaient revivre dans les temps modernes, qui n'étaient jamais modernes au point de ne pas pouvoir revenir en arrière. « On dirait la construction d'une grange comme autrefois », déclara-t-elle à la cantonade, et elle aimait tellement cette idée qu'elle répéta la chose, et puis encore une troisième fois, mais personne ne fit vraiment attention à elle parce qu'ils étaient déjà tous dans leur propre trip, le trip remplissage des interstices, le trip toiture, le trip deux-pas-et-fais-tourner-ta-partenaire : le seul qui réagit, ce fut Joe Bosky, qui se trouvait là, tout à côté d'elle, jonglant encore avec ses hachettes et ses couteaux, et voilà ce qu'il lui dit : « C'est exactement comme tu dis, ma chérie, et je me paierais une grange n'importe quand avec toi. »

L'après-midi était bien entamé, la salle de réunion était étanche dedans comme dehors, la toiture était en place et enfouie sous le gazon, de sorte qu'on aurait cru que tout un pré avait été transporté de la terre dans les airs, flottant comme un tapis volant parsemé de fleurs : quel trip ! s'accorda-t-on à reconnaître — et personne, de tout ce temps, ne songea à Verbie. Le dîner était en route, filets de saumon à l'aneth rôtis sur un feu de camp, riz complet, airelles cuites à la vapeur et un pot de moutarde communautaire en accompagnement, et tout Marginordcity était détendu et avait foi en l'avenir. Ils avaient réussi ! Ils avaient parcouru tout le chemin jusqu'ici, ils avaient construit à partir de rien, avec les matériaux disponibles, des matériaux mis à leur disposition gracieusement par la nature, et, s'ils avaient réussi, ils pourraient aussi construire les chalets, et pourquoi s'arrêter à trois ? Pourquoi pas quatre, cinq ou même six ? Pourquoi ne pas construire tout un campement, comme Camp Minewa, où les filles vivaient à quatre dans un chalet, couchettes contre les murs, et plein d'espace pour toute la communauté. Marco évoqua l'idée d'une fumerie. Au déjeuner, Norm, qui militait en faveur d'un sauna et peut-être même d'un bain d'eau chaude, se lança dans un long discours (alimenté par l'acide) sur les Suédois, les roches chaudes et les sources encore plus chaudes, sur les étuves et les rites purificatoires des Chippewas, et il parla tant qu'il se fit mal à la gorge. Sûr, dirent les autres. Ouais, sûr, pourquoi pas ? Parce qu'il n'y avait rien qu'ils ne pussent faire, et si quelqu'un en doutait encore, il suffisait de contempler la salle de réunion, qui se dressait désormais, imposante et fière, là où il n'y avait avant que des broussailles, des arbres et un tas de rochers gris et morts. Tout le monde souriait, et ce n'était pas seulement l'effet de l'acide. C'était tout ce qu'il y avait de plus sincère. Bien réel. Et Verbie ? Elle remontait la rivière, non ?

Star était dehors, elle installait les affaires pour le dîner sur la table de pique-nique en rondins fendus, quand le geignement d'un moteur, net et aigu, perça le rideau d'arbres. Verbie ! se dit-elle. Et puis Harmony, Alice, le shampooing, les revues, les piles qu'elle avait commandées, et le chocolat : elle aurait fait n'importe quoi pour du chocolat ! Elle abandonna sa tâche et se laissa entraîner par ses pieds vers la rivière.

Une demi-douzaine de frères et sœurs l'avaient précédée. L'eau renvoyait des feuilles de lumière et celle-ci feuilletait ses tourbillons et ses rides ; le ciel était tellement strié de nuages qu'il ressemblait aux scènes à peindre en suivant les chiffres que Star n'avait jamais eu la patience de terminer quand elle était enfant. George le Bizarre était perché, pieds nus, sur un rocher au milieu du courant, cheveux mouillés tombant dans le dos comme un entrelacs d'algues foncées, et Erika, à côté de lui, avait de l'eau jusqu'à la taille. Le chien était là, aussi, Freak, dans l'eau jusqu'au poitrail, remuant le bout coupé de sa queue et il faisait encore chaud, très chaud, la même température qu'en plein été sur la côte du Jersey. Voilà ce qui traversa l'esprit de Star : le Jersey Shore, Ronnie, elle-même, Mike et Jojo, et certains autres locataires des bungalows des bois, le week-end qu'ils avaient passé à camper sur la plage, le soleil, le sel qui tire sur ta peau quand il sèche, les feux d'artifice la nuit, les palourdes bouillies dans leur jus. La barque approchait et elle s'aperçut que Harmony n'était pas à la barre, ni Verbie ni Alice. Verbie était installée à la proue, le masque livide de son visage balancé par les remous. Mais qui était installé sur le siège du milieu, et qui à l'arrière ?

Le moteur continuait de bourdonner. La barque s'immobilisa. Star se retourna pour lancer un regard inquiet en direction de Marco et d'Alfredo qui, agenouillés sur la toiture de la salle de réunion, inspectaient leur ouvrage. Star aurait voulu crier : « Regardez ! Regardez qui arrive ! » Mais elle se retint. Quelques autres levèrent les yeux, curieux, parce que deux arrivées en une seule journée, c'était une première à Marginordcity, et elle vit les visages s'illuminer : Jiminy et Merry à la porte du chalet, Mendocino Bill et Creamola interrompant, médusés, leur partie de palet, Premstar, les cheveux remontés en chignon sur le crâne, une revue à la main, descendant du hamac que Norm avait installé pour elle. Une brise qui souffla de la rivière fit bruire les saules de la rive. Freak se mit à aboyer.

Star se retourna juste à temps pour voir la barque glisser derrière le rocher où George le Bizarre agitait les bras et criait quelque chose d'inintelligible par-dessus le raffut du moteur ; l'espace d'un instant, il lui bloqua la vue. Ensuite la barque fit un bond en avant et Star vit qui se levait à ce moment-là sur le siège du milieu, et elle n'aurait pas été plus surprise si ça avait été Richard

M. Nixon en personne. « Dale ! cria quelqu'un. Hé, Dale ! » Sur quoi, avant qu'elle ait pu penser ou même réagir, Sky Dog glissa sous leurs yeux, une main sur la barre, l'autre faisant le signe de la paix.

24.

Ils parlaient sans discontinuer, racontaient toute l'histoire et, s'il n'avait connu la vérité, il aurait cru qu'ils venaient tout juste d'être libérés de leurs cellules, un coup sur les barreaux pour oui, deux pour non. Une véritable diarrhée verbale (une joute oratoire) : Sky Dog se précipitait dans le moindre intervalle laissé libre par Dale lorsque ce dernier devait reprendre son souffle et vice versa. Et la vérité était que tout Marginordcity avait envie de tout entendre, jusqu'au moindre détail, parce que ça changeait les idées, c'était un divertissement pour la soirée. Personne n'avait quitté la table. On fit passer une bouteille de bibine maison, de main en main, de bouche en bouche. Norm sortit un paquet de cigarettes neuf, qu'il tapota pour en faire sortir une, avant de le faire circuler. Arêtes et peaux de saumons collaient aux assiettes, le reste du riz durcit dans la marmite, les mouches bourdonnaient, les moustiques pendaient en l'air comme des décorations. Les vagueux avaient les yeux en feu. Ils riaient, bavardaient, posaient des mains communautaires sur les épaules de leurs voisins : on aurait cru un remake de la Cène de Vinci, sauf que le Christ était double, Dale Murray et Sky Dog. « Ça, c'était un trip, la moto, parce que, à... où c'était déjà, Dale ?

— Dawson.

— Ouais, à Dawson, ils avaient jamais vu une Honda, surtout un monstre comme ça, 750 cm^3, carénage Windjammer, je veux dire, tout chrome, et le premier gars à sortir de la porte du *saloon* lui en avait offert 2 200 dollars *canadiens*, et Dale, je vous dis, Dale y a pas réfléchi à deux fois.

— Exact, mec. Je vous le jure sur votre cul. »

Sur le bois dur du siège, Marco changea de point d'appui d'une fesse sur l'autre : il se serait bien passé du récit de leurs exploits et des tartines de sourires de circonstance, hochements de tête et apartés qui semblaient fasciner tout l'auditoire ; il songeait que ces deux-là auraient pu rester à Dawson, à Whitehorse ou n'importe quel autre trou d'où ils avaient rappliqué, n'importe où plutôt que venir les rejoindre. On aurait cru le retour des héros alors que le plus gros du boulot était terminé : voilà ce à quoi Marco pensait et, d'ailleurs, qu'est-ce qu'il avait jamais fait pour Marginocity, Dale Murray ? Et Sky Dog ? Marco échangea un regard avec Alfredo, appuyé sur les coudes de l'autre côté de la table, à deux places d'écart, mais Alfredo ne laissait rien voir de ses pensées. Marco rêvait ou quoi ? N'avaient-ils pas déjà banni Sky Dog une fois ?

A la tête de la table, assise à la droite de Norm, Premstar pouffait ; la marijuana (la marijuana de Sky Dog, la marijuana de Dale Murray, la marijuana de Lester et de Franklin) n'arrêtait pas de circuler. Quand le joint communautaire arriva à la hauteur de Marco, il le prit comme ses compères, pincé entre le pouce et l'index, à la suite des doigts compressés de Star, qui avaient eux-mêmes pris la suite des doigts compressés de Joe Bosky. On avait fait un sort au Kool-Aid. Marco semblait en ressentir les séquelles, un léger bourdonnement : la substance n'avait pas été préparée en vue de procurer quoi que ce soit d'intense mais simplement comme un paravent à l'abri duquel se concentrer, et il en avait pris, disons... deux tasses plusieurs heures plus tôt. Reba et Merry firent le tour de la table avec une grosse marmite au cul noirci, pleine d'un chocolat chaud dans lequel les vagueux trempaient leur tasse ; la vapeur s'élevait de la marmite en une couronne translucide. Freak, qui (enfin repu) avait arrêté de mendier de la nourriture, s'était allongé aux pieds de Star et poussait de faibles grognements tout en sondant ses testicules et en se cherchant des puces sous la queue avec sa truffe. Jiminy se leva et présenta son briquet devant le tas de broussailles et de branches de pin qu'il avait ramassées pour faire un feu et, bientôt, la fumée courait autour de la table au gré de la bise : pénible, assurément, mais seule façon d'éloigner les moustiques.

Dale Murray : « Il s'est fait asseoir, qu'est-ce que vous croyez ! »

Norm : « ... quoi à l'ordre public ? Outrage ? Tu plaisantes ! »

Marco rejeta la fumée et passa le joint à Dunphy : doigts minces et froids, doigts d'araignée, mordillés, contact super fugace d'une peau contre une autre. Dunphy lui adressa un regard vide, un demi-sourire, porta le joint aux lèvres, inhala. Marco abaissa le regard sur ses propres doigts, ses mains posées sur la table en planches mâchonnées : ongles cassés, peau des ongles déchirée, et la saleté qui infiltrait la moindre crevasse et écorchure pour former un réseau de coutures noires et mortes. Des mains de travailleur, les mains d'un homme qui abattait douze ou treize heures de boulot par jour, d'un homme qui construisait du permanent. Il fut alors envahi par une brusque bouffée de fierté. Et de joie. De joie aussi. « Fatigué ? », lui demanda Star en se collant contre lui.

En guise de réponse, il joignit les mains comme en prière, les pencha sur le côté et fit mine de poser la tête sur cet oreiller imaginaire. « Et Lester, continuait Sky Dog, vous auriez dû voir Lester... mec, les Canadiens voulaient tellement l'enfermer, question de principe, vous comprenez ? Mais il leur a fait du bluff et ses conneries habituelles, il a tellement souri à l'un des gars de là-bas... je sais pas ce que c'était, garde monté, shérif, quelque chose comme ça, quoi... j'ai cru qu'il allait fondre dans ses bottes comme une grosse motte de beurre ranci. Oh, et, merde, l'élan ! Je vous ai raconté l'histoire de l'élan ? »

Alfredo l'interrompit. Il voulait savoir où se trouvait Lester : avait-il l'intention de venir les retrouver ? Parce que, si c'était le cas, ça serait pas de la tarte, très dur après ce qui s'était passé en Californie, et il voulait pas avoir l'air d'avoir des préjugés ou quoi que ce soit, parce que c'était pas du tout ça mais...

« Il est resté au bus, dit Verbie, prenant un croissant de blanche. Avec Franklin. Ils cherchent de l'or. »

Joe Bosky lâcha un ricanement. « Putains de bleus, dit-il, Cheechakos !

— Tout ce que je sais, dit Sky Dog, c'est qu'ils ont déjà une fiole à moitié remplie de poussière d'or, et tout ce qu'ils ont fait, c'est attraper ce qui suinte d'un cours d'eau au nord de Boynton...

— La Rivière de la dernière chance », expliqua Bosky en croisant les bras. L'arête blanche d'une cicatrice se révéla sous sa moustache d'aviateur et se replia sur la chair de sa lèvre supérieure. On distinguait la moindre racine de ses cheveux. « On aurait dû l'appeler "la Rivière de la malchance". Y a rien là-dedans que ce qui est rejeté par les fosses septiques de ce bled.

— Désolé, mec, mais je l'ai vu, je te le dis... il y avait de l'or dans leur truc.

— Pyrites de fer », déclara Verbie, mais Norm intervint après elle : « Ça pourrait être de l'or, qui sait ? Le pays de l'or ? C'est ici, après tout. Et j'ai bien l'intention de nous emmener rincer un ou deux tamis, Premstar et moi. Quand les chalets seront montés. Pourquoi pas ? C'est une façon de remplir le compte en banque, les gars, et il suffit de se baisser, de cueillir ça comme on cueille les airelles et le saumon bien gras qui remonte la rivière. Est-ce qu'il faut que je rappelle à tout le monde ce qu'on fait ici ? »

Jiminy déclara qu'il voyait bien ça, de l'or... peut-être que Harmony pourrait trouver un moyen de le fondre et de fabriquer des bijoux, des figurines, des objets décoratifs... ou, peut-être qu'ils pourraient le vendre, tout simplement, et utiliser ce revenu pour l'achat de choses comme un nouveau générateur, pour qu'ils puissent écouter de la musique plus d'une fois par semaine ? Et des lumières, qu'est-ce qu'ils disaient de lumières ? Ça ne serait pas chouette d'avoir de la lumière ?

L'affaire fit plusieurs fois le tour de la table, les particules d'or (qui se révéleraient invariablement n'être que des pyrites de fer) crûrent exponentiellement dans chaque tête de margino jusqu'à ce que le cours d'eau sur l'autre rive se pare de doré et que les arbres sur les collines perdent leurs racines et se renversent car ils ne poussaient pas dans la terre mais sur des pépites ! Marco préféra ne plus écouter. Il n'avait jamais été aussi fatigué. Et, n'eût été l'exaltation dont il était la proie (la salle de réunion était achevée, les murs étaient colmatés, la toiture était en place, qui aurait cru cela possible un mois plus tôt ?), il serait déjà allé se glisser dans son sac de couchage. Mais il tint bon, caressant le bras de Star avec le bout d'un doigt très détendu, laissant la marijuana changer son sang en sirop dans ses veines.

Ils avaient construit la salle de réunion sur deux étages ; les poutres délimitaient une mezzanine en soupente pour qu'on puisse y dormir le cas échéant, ce qui était malin, heureux résultat de séances de réflexion passées, feuilles de papier et crayon en main, à discuter de la construction avec Tom, Alfredo et Norm. Norm savait ce qu'il faisait, la plupart du temps, en tout cas, et Sess Harder, à un quart d'heure en canoë, était une mine : c'était lui qui leur avait conseillé de poser des cartons aplatis sur les solives pour que la terre du gazon ne tombe pas à travers les interstices ; et l'oncle avait laissé un exemplaire tout neuf de *La Maison en rondins*, copyright 1910, qu'ils pouvaient consulter au besoin mais, surtout, Marco était tout simplement émerveillé par la *simplicité* de l'entreprise. On coupait le bois, on retirait l'écorce, on faisait des encoches aux extrémités, comme les Rondins Lincoln avec lesquels tous les petits Américains construisaient leurs forts et leurs fortins (à une autre échelle, cela va de soi) ; on creusait ensuite un trou aux quatre angles du futur chalet jusqu'à une profondeur de soixante centimètres, jusqu'au permafrost ; ensuite, on y déposait des pierres pour poser le premier carré et ainsi de suite. Après, on construisait le plancher, avec des planches de sapin coupées à la scie ; on laissait des trous pour les fenêtres et un autre de vingt centimètres de diamètre pour le tuyau du poêle, et le tour était joué ! C'était ça, en gros. Et s'ils pouvaient tous mettre la main à la pâte et construire une telle baraque, deux étages, six mètres sur cinq cinquante, alors, la construction des chalets, ce serait les doigts dans le nez !

« Et Harmony et Alice ? » La question avait été posée par Norm, penché en avant sur la table, un regard lancé à Sky Dog et à Dale Murray par-dessus le verre de ses lunettes. « Et Lydia, qu'est-ce qu'elle fait, elle ?

— Tu connais Harmony, répondit Sky Dog. Il a installé un four à côté du bus et il dit qu'il fait des expériences et qu'il n'est pas encore prêt à monter ici. En tout cas, c'est ce qu'il nous a raconté, à Dale et à moi. Sans compter que la Coccinelle a des problèmes.

— Il a commandé une nouvelle pompe, expliqua Verbie. A une boîte d'Anchorage. »

Norm planta les doigts dans sa barbe, remonta ses lunettes sur son nez. « Et Lydia ? »

Jusque-là, Joe Bosky était resté en retrait ; sa sortie sur la situation des prospections aurifères avait été sa seule contribution à la soirée. Il s'était réfugié derrière le rempart de ses verres argentés depuis le matin, stone après avoir pris tout un cocktail de substances diverses. Quand on avait proposé le chocolat chaud, il était allé jusqu'à l'hydravion d'un pas hésitant, pour revenir avec une bouteille de rhum Hudson Bay, qu'il avait posée sur la table, et deux ou trois autres, suivant son exemple, avaient ajouté une pointe de rhum au chocolat. En réponse à la question de Norm, il s'éclaircit la gorge et se pencha de côté pour cracher sur le plancher, avant de ramener la masse compacte de son visage au-dessus de la table. « Elle est à Fairbanks, annonça-t-il.

— A Fairbanks ? »

Un murmure fit le tour de la table. Si c'était vrai, c'était une nouvelle dérangeante, la preuve d'une première défection, la première trahison de leur idéal. Les vagueux se lancèrent des regards... Qui serait le prochain ? Où cela finirait-il ? Toute l'entreprise se casserait-elle la figure maintenant ? Est-ce cela que signifiait le départ de Lydia ? Marco s'affaissa au-dessus de son assiette. Il était trop fatigué pour s'en inquiéter, pour l'instant. « Que veux-tu dire... Fairbanks ? »

La voix de Joe Bosky était chargée. « Je lui ai obtenu un job dans un endroit que je connais. Un *saloon*. Elle va devenir danseuse. »

Verbie, maintenant : « Jusqu'à l'hiver seulement, c'est ce qu'elle m'a confié. Pour faire de l'argent, pour nous tous... elle le fait pour nous tous... et puis elle reviendra au bercail. Elle a dit : "C'est promis. Dis-leur que c'est une promesse."

— Et si d'autres parmi vous sont intéressées, les filles, déclara Bosky, en se tournant vers Star et en fixant sur elle son regard vide, je peux organiser ça parce que Dieu sait qu'ils manquent de femmes là-bas. Et Lydia... je veux dire, chez elle, c'est naturel, avec ce corps qu'elle a...

— Topless, c'est ça ? s'enquit Maya.

— Jusqu'au string, chérie, parce que la nudité frontale complète est encore interdite dans cet État, mais je te jure qu'elle prendra plus de pourboires en un seul soir que vous tous vous en récolterez avec vos allocations, vos coupons et je sais pas quoi encore... »

Chacun, qu'il fût conscient ou pas de le faire, se tourna vers Norm. Et ce dernier, à la tête de la table, cheveux tombant de la couronne de son bandeau, la clochette comme une râpe à fromage pendue autour du cou, reposa sa tasse de chocolat et lécha sa moustache jusqu'à ce qu'il en eût éliminé toute la mousse. « Bien, finit-il par lâcher. *Cool*. Je veux dire, on peut intégrer ça, on est d'accord là-dessus, les mecs ? Lydia va montrer ses atouts naturels et faire par-dessus le marché un peu de blé pour Marginordcity... Il y a un problème ? »

La réponse de Verbie lui revint comme un coup de fouet. « C'est de l'exploitation.

— Exploitation de quoi ?

— Du corps de la femme. C'est sexiste. Je veux dire, je vous vois pas, vous, les mecs, en train de danser sur le comptoir en slip ou je sais quoi...

— Seulement parce que personne nous l'a demandé », s'exclama Norm, et tous de rire, l'acquiescement montant et redescendant la table, et puis Sky Dog dit qu'il le ferait sans problème. « Ah oui ! rétorqua Verbie. Alors, pourquoi tu le fais pas tout de suite ? Pourquoi pas monter sur la table et nous montrer ce qu'il y a à voir, vas-y, montre-nous ce que tu as, t'es un grand garçon, vas-y... »

Sky Dog se leva d'un mouvement plutôt mal assuré et commença à défaire sa chemise et l'on entendit des sifflets mais, une fois qu'il eut enlevé sa chemise, il sembla oublier ce qu'il était censé faire (perdu dans un monde bleu azur) et il se rassit. « Dégonflé ! lança Merry.

— Tu vois, je te l'avais dit », conclut Verbie.

Sur quoi Premstar, adossée à Norm comme un mannequin peint, Premstar, la reine de beauté qui s'inquiétait davantage de ses ongles, de son rouge à lèvres et de son eye-liner que de tout ce qui pouvait advenir à Marginocity, passé ou présent, prit part à la conversation pour la première fois depuis le début de la soirée. « Et nos commandes ? s'enquit-elle. Toutes les choses que nous avons commandées à Pan, je veux dire ? Tout le monde a oublié ou quoi ? »

Moment infortuné que Ronnie choisit pour revenir de sa tente d'un pas dansant : le soleil mettait le feu aux mèches de ses cheveux, son torse caracolait au-dessus de ses hanches comme un cheval au manège, et la table se tut momentanément pour l'observer. Chacun pensait la même chose. Pan était resté crashé dans sa tente pendant tout ce temps, hors de portée, hors de son esprit, mais la barque était maintenant arrivée avec Verbie et Dale, étrange cargaison à vrai dire, et les fenêtres de la salle de réunion et des trois chalets à venir étaient bien là, pas cassées, tangibles, et les jerrycans de kérosène, l'huile et les lames pour les scies, mais rien d'autre. Pas de barres de chocolat. Pas de déodorants. Pas de livres, pas de magazines, pas de tubes de lotion solaire. Or si tout cela n'était ni dans l'hydravion ni dans le bateau, où était-ce passé ?

« Hé, Dale, lança Sky Dog, dans une tentative pour relancer la machine, tu te rappelles la merde qu'ils ont essayé de nous refiler à... où c'était déjà, Carmacks, dans ce routier... ? Burger d'élan, qu'ils appelaient ça. » Personne ne l'écoutait. Tous les regards étaient rivés sur Ronnie lorsque, traînant les pieds, remettant sa chemise dans le pantalon et chassant les moustiques d'un air absent, il s'assit à la table. Jusqu'à Freak qui leva la tête, comme pour le jauger. La fumée flottait. Un ange passa. « Hé, ça gaze ? », fit Ronnie, se penchant au-dessus de l'épaule de Marco pour regarder le contenu de la marmite. « J'arrive trop tard pour le dîner ? »

D'abord, il essaya de tout nier en bloc, recroquevillé sur le banc entre Star et Joe Bosky, raclant ce qu'il pouvait au fond de la marmite, pour l'amonceler dans la première assiette qui lui tomba sous la main, et qu'importe qu'elle ait été sale, il n'était pas regardant. Tout sourire et yeux dansant, il arborait son regard « je-suis-content-d'être-ici » ; il avait même fait un petit effort vestimentaire, chemise en jean propre et peut-être même repassée, et, autour de la tête, ce qui avait l'air d'être un bandana. Après avoir déniché une fourchette, il l'essuya sur son jean et commença à enfourner les restes de riz durcis, trop occupé à manger pour affronter la question de confiance de tout Marginordcity et les interrogations concernant la liste de deux colonnes dont il avait enveloppé la liasse de billets que ses frères et ses sœurs vagueux lui avaient confiés l'avant-veille. Marco scruta son profil, le poil parsemé de ses rouflaquettes qui se terminaient par la barbe plus parsemée encore, le tampon de muscle qui travaillait au niveau des mâchoires, mais Ronnie ne croisait le regard de personne, surtout pas celui de Premstar, qui l'avait regardé droit dans les yeux et lui avait demandé : « Et alors, elles sont où, nos affaires ? »

Elle répéta sa question et Reba, avec un regard de prédatrice, s'exclama : « Ouais, *Pan*, où elles sont ? Tu vas me dire que tu as oublié ou quoi ! »

Si Ronnie avait espéré être épargné, il allait être déçu, Marco en était pleinement conscient. Lui-même ne lui avait pas confié d'argent (il avait été trop occupé à ce moment-là pour se demander s'il avait besoin ou envie de quoi que ce soit) mais Star lui en avait confié, ce qui suffisait — largement — pour qu'il se sente impliqué. Jusque-là, il faut bien dire que Pan s'était fait plutôt discret. Il ne s'était guère impliqué dans la construction ou quoi que ce fût qui ressemblât à un vrai boulot, mais il avait au moins pris en charge le bateau et le filet que l'oncle de Norm avait laissés et il avait assidûment percé des trous dans tout ce qui bougeait dans la rivière, de la viande que personne d'autre ne serait allé chercher, du moins jusqu'à ce que les chalets soient achevés. Il fait son truc de son côté, disait Star chaque fois que son nom était mentionné en rapport avec le planning qu'Alfredo essayait perpétuellement de mettre sur pied (l'équipe latrines, l'équipe écorçage, l'équipe coupeurs de bois et l'équipe gazon pour la toiture) ; la façon qu'elle avait de voler à son secours était irritante, certes, mais Marco n'était pas jaloux — du moins ne l'aurait-il pas admis. *Bien sûr, je l'aime*, avait insisté Star, *mais comme un frère, comme mon frère Sam... non, on n'a jamais vraiment couché ensemble, ou pas d'une façon qui voulait vraiment dire quelque chose...* « C'est de l'alcool que je vois là sur la table ? Quelque chose de distillé ? Une boisson alcoolisée ? » Ronnie leva la tête et décocha un regard à la bouteille de rhum baignée de soleil, droite sur la planche à côté de Bosky. « Qu'est-ce qu'on mélange avec ?

— Nos affaires, Ronnie ! Nos affaires, rappela Reba. On parlait des affaires pour lesquelles on t'a tous donné de l'argent. Où elles sont, hein ? »

Il avança la main vers la bouteille, dénicha une tasse, se versa une rasade du breuvage. Tous à la table le regardèrent comme s'ils n'avaient jamais vu quelqu'un porter une tasse à ses lèvres et ils l'observèrent quand il sirota, avala et fit une grimace. « Je croyais que c'était... on a pas apporté ça dans l'hydravion, Joe ? Je veux dire, ce matin ? »

Joe Bosky ne lui fut d'aucun secours. Assis, figé derrière ses verres aveugles, il ne faisait même pas l'effort de chasser les moustiques amassés sur sa nuque. Une dense vomissure de fumée ratissa la table, puis se dissipa. Personne ne dit mot. « Seigneur ! fit Ronnie, se tapant sur le front. Me dites pas que j'ai laissé tout ça dans le bus !...

— Arrête ton char. T'as rien laissé nulle part, hein, mec ? » Mendocino Bill souleva sa masse à l'autre extrémité de la table. Il avait commandé du talc du

Dr Scholl, parce qu'il avait du pied-d'athlète presque continuellement et les démangeaisons le rendaient fou. « T'as foiré, c'est ça ? »

Ronnie lança sur la tablée un regard circulaire de dément, lèvres pincées, yeux sautant d'un visage à l'autre. Il calcule, se dit Marco, il puise au tréfonds de lui-même, loin dans le puits le plus noir, en quête d'un mensonge suffisamment plausible pour sauver sa tête. Marco ne ressentait aucune sympathie pour lui, aucune, et, à cet instant, il s'aperçut à quel point ce gars était négligeable, que Star eût besoin de lui comme confesseur ou pas, ou crût en avoir besoin... ou, non, surtout parce qu'elle en avait besoin. Les ombres s'épaissirent. Un faucon poussa un cri rauque du haut d'un arbre à la lisière des bois. « Alors, Pan ? s'entendit-il demander.

— Quand on parle de troisième degré ! », lâcha le coupable, yeux baissés sur la table, jouant avec sa fourchette. Soudain, il rit (un aboiement aigu et sec, qui fit sortir le chien de sa transe digestive) et il leva la tête pour lancer à Marco un regard en biais. « D'accord, fit-il, d'accord, touché. J'ai merdé. J'ai pris un verre de trop, vous savez, et j'ai simplement... Je sais pas, j'ai juste, ça m'est sorti de l'esprit... »

Il ne dut guère trouver de soutien dans le regard que Marco lui adressa alors parce qu'il baissa la tête derechef et dit, dans un murmure, à personne en particulier : « Allez-y, sortez la corde. »

Un nouvel ange passa, tout le monde avait le regard braqué sur la bobine de sa tête baissée, les bagues scintillant aux doigts de sa main droite (une bague à chaque doigt, même au pouce) tandis que, avec la lente et tremblante incertitude du pénitent, il enfournait le hachis de riz congelé. Freak se leva de dessous la table, s'étira, bâilla et fixa du regard quelque chose, au loin, vers l'orée du bois. Star resta figée sur le banc. Elle était livide, exsangue, réduite à néant. Elle adressait à Ronnie un regard que Marco ne sut déchiffrer : craignait-elle pour lui ? Était-ce cela ? ou avait-elle honte pour lui ? Éprouvait-elle de la honte et du dégoût ? Il fut plutôt surpris lorsque sa voix rompit le silence : « Alors, tu vas tous nous rendre notre argent, maintenant, c'est ça ? »

Ronnie but une nouvelle gorgée, fit une nouvelle grimace. On aurait dit un chat fouillant dans une poubelle. « Bonté divine, est-ce que quelqu'un aurait un Coca ? Ou un Pepsi ? Une Royal Crown m'irait aussi... cette merde, c'est *dur*. » Il décocha un regard à Star avant d'abaisser les yeux sur son assiette. « Eh bien, pas vraiment, fit-il, et un murmure colère monta d'un bout à l'autre de la tablée. Parce qu'il faut que vous compreniez, j'ai eu une occasion... de la came, je veux dire, la came que Lester et Franklin ont passée en fraude, parce que : où vous croyez pouvoir vous procurer de la came en Alaska ? Quand on aura fini ce qu'on a apporté, je veux dire... Alors, je me suis dit, de quoi on a le plus besoin, le besoin le plus impérieux ? De quoi on va avoir vraiment besoin pour supporter toutes ces longues nuits noires qui vont nous tomber dessus avant qu'on n'ait le temps de dire ouf ? Hein ? De l'herbe. Alors, j'ai investi pour nous tous.

— T'es un vrai altruiste, Pan », dit Reba.

Bill ne s'était pas encore rassis. Il les dominait encore tous à l'autre extrémité de la table, sa graisse devenant muscle aux bras et aux épaules, le long rai penché du soleil cristallisé dans les reflets de gras de ses cheveux lavés dans la rivière. Il avait l'air de souffrir. On aurait dit que quelqu'un venait de lui donner un coup avec un bâton acéré. « Ouais, sûr, fit-il — un grognement, la voix rauque et râpeuse d'une rage réprimée —, tu veux dire la came que t'as essayé de me vendre ce matin pour trente dollars les deux grammes ?

— Va te faire foutre, répliqua Ronnie, en se levant à son tour, tentant de dégager ses jambes de la table, tentant de prendre un air grave, furibond. C'est tout ce que j'ai à dire : va te faire foutre, gros sac de merde. »

Naturellement, Bill mordit à l'hameçon, sa carcasse se gonfla, contourna la table, fonça sur Ronnie comme une montagne en mouvement, et Marco songea : ils échangent deux ou trois coups, on les sépare et Ronnie peut retourner discrètement dans sa tente, sempiternelle victime dépitée, après quoi il fait circuler sa came, pas toute, sans doute, et certainement pas, et de loin, au prix qu'il l'a achetée et, à la fin de la soirée, on met de l'eau dans notre vin et le pécheur est pardonné. Mais, pour une fois, il se trompait. Parce que, avant que tout cet enchaînement ne puisse se produire, Joe Bosky entra dans la danse. Dieu sait comment, il réussit à se lever d'un bond et à s'extraire du banc, à temps pour intercepter Bill avant qu'il ne frappe Ronnie, qui se contractait seulement à ce moment-là pour recevoir le premier assaut. Tous les autres se levèrent simultanément, Reba en jurant, Che et Sunshine l'air perdu et ahuri, Alfredo criant : « Non, non, non ! »

Bosky n'hésita pas un instant. Il carra les épaules et tapa dans Bill comme sur un terrain de foot, casque contre sternum. Bill s'emmêla les pieds et chut lourdement. Il se releva presque tout de suite, transfiguré par la rage, mais, avant que quiconque n'ait pu intervenir, les deux poings blancs et rapides de Bosky s'abattirent sur lui (deux uppercuts) et Bill retourna au tapis. C'est alors qu'Alfredo et Deuce avancèrent pour maîtriser Bosky, lequel, néanmoins, les écarta comme si de rien n'était et se retourna pour affronter le campement entier. « Personne touche à Pan, lâcha-t-il d'un ton sec. Compris ? C'est pas correct, parce que je vais vous dire (sa voix vira au pâteux, il partit en arrière et dut se rattraper), je vais vous dire, Pan est l'ami de Joe Bosky, et personne touche à Joe Bosky. »

Marco resta comme les autres, bras ballants. Ce n'était pas sa bagarre. Mais il vit Bill se remettre debout, la lèvre fendue, une pellicule de sang rehaussant le blanc de ses dents, et Bosky au-dessus de lui dans son costume paramilitaire, et bientôt l'idée s'imposa à lui que c'était peut-être sa bagarre, après tout. Qu'est-ce que Joe Bosky foutait là, au fond ? Et puis qu'est-ce qu'il foutait avec Star ? Bosky l'avait draguée toute la journée et Marco n'avait rien dit. Peut-être, songea-t-il alors, aurait-il dû mettre le holà tout de suite.

Or voici qu'arrivait Jiminy, quatre-vingts kilos fendant la foule. « Et qui t'es, toi ?, fit-il, affrontant Bosky. Tu fais pas partie de ça, toi. T'es pas d'ici, toi.

— Exactement », fit quelqu'un, et puis Reba approcha aussi, le visage mué en masque de guerre, faisant ce que personne n'avait encore eu l'idée de faire : aider Bill à se relever.

Bill haletait. Il avait du sang sur sa salopette. Reba se tint là, à côté de lui, le regard acéré, et lui prit le bras. Elle regarda d'abord Ronnie, puis Bosky. « On a pas besoin de ce genre de conneries, ici, lança-t-elle. Tes bagarres d'ivrogne, tu les transportes ailleurs. Y a des enfants ici. »

Ce qui était vrai. Che et Sunshine étaient adossés aux entretoises du porche, cheveux dans leurs yeux réduits à des billes jumelles de caoutchouc noir malléable, que n'importe qui pouvait modeler, songea Marco, un coup qui rient, un coup qui pleurent. Quelle tristesse. « Je suis d'accord avec Reba, dit-il.

— D'accord, rétorqua Joe Bosky, je sais quand je suis indésirable, prends pas la porte sur le nez en sortant, hein ? » — et de partir en direction de l'hydravion. Il avait du mal à tenir sur ses jambes. Il n'avait pas fait cinq pas qu'il se retournait et dirigeait l'éclat de ses verres argentés sur Pan — ou Ronnie. « Alors, tu viens, fit-il, ou quoi ? »

Dix minutes plus tard, les vagueux tournaient en rond, débattaient, ronchonnaient et Bill pressait une serviette froide contre son front lorsqu'on entendit le moteur de l'hydravion démarrer avec un rugissement et un bruit de succion, comme si quelqu'un avait passé l'aspirateur sur la surface de la rivière. Puis le gémissement de plus en plus rapide de l'hélice leur parvint et ils levèrent la tête pour voir l'hydravion de Joe Bosky glisser et s'éloigner de la berge, se placer dans le sens du courant et ne foncer d'abord sur les arbres que pour s'élever un moment plus tard et flamboyer dans le ciel nocturne avec un unique reflet du soleil sur le déclin. Marco suivit du regard l'hydravion un instant, avant de prendre Star par la main et de l'emmener dans le champ de fleurs et de hautes herbes piétinées jusqu'à un endroit d'où ils pourraient contempler les rides et les tresses du courant. Il s'assit par terre et elle s'assit à côté de lui. « Exit Ronnie », lâcha-t-il.

Star ramena les genoux contre sa poitrine et les encercla avec ses bras. Pendant un moment, elle ne dit rien, se contenta de se balancer d'avant en arrière, pieds blancs joints battant la mesure au rythme du balancement de son corps. « Il reviendra, dit-elle.

— Tu le crois vraiment ? »

Elle regarda la rivière. Il était tard, minuit ou pas loin. Les couleurs s'élevaient en strates, du fer-blanc récuré de la rivière à la bande rose des collines caressées par le soleil en passant par le vert bouteille des arbres. Au-dessus de ces derniers s'esquissait un croissant de lune pâle comme glace. Star lâcha un juron et écrasa un moustique sur sa cheville, puis un autre sur son bras. « Ce que j'en pense vraiment ? finit-elle par dire, se tournant vers Marco pour soutenir son regard. Sincèrement ? »

Son compagnon haussa les épaules, comme pour dire que ça n'avait pas d'importance d'un côté comme de l'autre. « Non, lâcha-t-elle, je ne crois pas. Je crois qu'il... » Sa voix s'étrangla et il aurait voulu la bercer entre ses bras mais cet étranglement le fit hésiter : colère, haine, jalousie. « Je crois qu'il est parti, dit-elle, pour de bon. »

C'est alors qu'ils entendirent un moteur sur la rivière ; incrédules, ils levèrent les yeux parce que ça avait été une journée d'arrivées et de départs, fait sans précédent dans les brèves annales de Maginordcity : d'abord Bosky et Ronnie, puis Verbie, Sky Dog et Dale Murray, et, maintenant, qui fendait le sombre débit du courant ? Ils observèrent l'embarcation (une simple barque à fond plat, proue carrée, comme il y en avait une douzaine qui naviguaient sur la rivière) : elle prit forme et couleur, finit par émerger de l'écran noir de la frange d'arbres de l'autre rive et vira dans leur direction à une quinzaine de mètres. Une silhouette voûtée, osseuse, passa maladroitement de poupe en proue et jeta un objet sur la grève, un paquet luisant qui tomba, informe, sur les galets, et puis une paire de jambes véloces se mit à fendre l'eau à son tour au milieu des éclaboussures pour monter sur la rive et voilà que l'homme se présentait à eux : « Hé, salut ! », lança-t-il, se baissant sur le paquet et s'extrayant du fondu de la lumière qui faiblissait. « Mais... on dirait... », commença Star. Marco et elle s'étaient levés. Elle ne se rappelait pas le nom...

Marco retourna ses salutations à l'homme, qui s'approcha, ossature à nu de son visage sous la casquette à longue visière, grande taille maladroite, étonnante même, et voilà que Marco se souvint : l'homme du bar, du Three Pup, celui qu'on appelait Steve l'Acier.

Steve l'Acier portait des bottes en caoutchouc, une chemise en flanelle à carreaux et il avait les cheveux collés sur le crâne ; chacun de ses pas était comme un saut, comme si le sol était criblé de cratères. « Hé, j'espère que je vous dérange pas, les gars, si tard, mais, je, hum, hum... je cherchais Verbie. On peut la voir ? »

Star répondit par l'affirmative, oui, elle pensait que Verbie était visible, si elle n'était pas encore allée se coucher, et sa réponse se termina par une question non formulée.

Steve l'Acier leva le bras droit. Le paquet se révéla alors être composé de pattes raides, d'oreilles glabres et flasques, de vestes de fourrure luisante : un paquet de lapins ! Steve l'Acier portait plusieurs lapins pendus à un fil de fer entortillé (Marco pensa à du poisson, de sombres bandes de chair pendues par les nageoires). « Je lui ai apporté ça, expliqua Steve l'Acier. Je me suis dit que ça lui ferait une bonne surprise. Vous savez laquelle c'est, sa tente ? »

Star lança un regard à Marco. Tous deux pensaient la même chose, ils pensaient : de la viande pour une végétarienne ! Et des lapins encore, des *bunnies*, pas moins ! C'est alors que Marco reconnut la beauté de l'équation : le départ de Ronnie, il n'y avait pas plus d'une demi-heure, et voilà que se présentait son successeur. Déduisez un Pan, ajoutez un Steve l'Acier. « Je lui ai aussi apporté ça », déclara Steve — et de tendre la paume de sa main pour leur montrer un autre fil de fer entortillé auquel pendait un flacon de pharmacie plein de ce qui ressemblait à des allumettes. « Qu'est-ce que c'est ? », demanda Star. La nuit tombait, le soleil glissait derrière la colline, le croissant de lune s'éclairait de plus en plus. Star se tenait jambes écartées, mains sur les hanches, et les moustiques ne la gênaient pas même s'ils dansaient, grouillaient et jouaient leur faible musique au rythme de la mélodie de la rivière. « Ça ? Oh, c'est juste un petit quelque chose que je pensais qu'elle devrait avoir... au cas où elle se perdrait.

— Au cas où elle se perdait ? », fit Star.

Steve l'Acier retira la main, baissa la tête. « Oh, ouais, tout le monde se perd ici : ton avion a un accident, tes traces sont effacées par une bourrasque, ou tu es sorti à la poursuite d'un animal, tu te retournes et tu reconnais plus un seul arbre.

— Alors, dit Marco, c'est une sorte de boussole ?

— Oh non. » Steve sourit et, avançant la main derechef, il fit pivoter sa paume pour montrer le fil de fer et le verre brun et épais du flacon. « Tant que t'as du fil, tu peux prendre au piège un lapin, expliqua-t-il. Les allumettes, je les ai trempées moi-même dans la paraffine et j'en ai fourré le plus possible là-dedans. Parce que, tant que tu as des allumettes sèches, tu peux te faire un feu et faire rôtir ton lapin... »

Star lui adressa un regard vide. Marco ne put s'empêcher de sourire. « Vous savez..., dit Steve. En cas d'urgence. » Il donna un coup de pied dans les galets et étudia la lente rotation de la pointe de sa botte comme il l'eût fait d'une baguette de sourcier. Puis il releva la tête, souriant encore. « Ici, on appelle ça vivre au rythme de la nature. »

25.

C'était le premier jour de fraîcheur, août se réduisait en septembre, la fin de l'été le cédait au début de l'automne ; Pamela, seule dans le chalet, faisait cuire le pain dans le poêle à bois. Elle utilisait la recette de sa mère (trois tasses de farine blanche, une tasse de farine complète, trois cuillers à soupe de sucre, une cuiller à café de sel, deux tasses de levain, deux ou trois cuillers à café de graisse d'ours fondue — sauf qu'elle utilisait du beurre en conserve parce que, à sa connaissance, les ours des environs, tous encore en vie et bien-portants, gardaient judicieusement leur graisse sur eux) : elle l'avait légèrement modifiée au cours de la dizaine ou douzaine de fois qu'elle avait déjà fait le pain ici au bord de la Thirtymile mais, tout de même, si le poêle était assez chaud et si elle avait la patience de laisser lever la pâte pendant deux heures ou plus, elle obtenait d'ordinaire une belle miche luisante et bien lourde qui arrachait des superlatifs aux mâchoires lentes de Sess. Dehors, un ciel bas sur les hauteurs, de la couleur de la stéatite. Le vent, qui soufflait du nord-ouest, décrochait des feuilles aux arbres le long de la rivière, remuait les feuilles des choux-fleurs et courbait les tiges rigides des choux de Bruxelles dans le jardin. Régulièrement, une bourrasque faisait cliqueter les fenêtres.

Sess était dans la cour avec Steve l'Acier, qui s'était arrêté de retour du camp des hippies. Ils coupaient du bois (pour Steve, c'était une avance sur le repas qu'il savait qu'on ne manquerait pas de lui servir) ; ils buvaient leur bière dans des pots de Mason et gardaient un œil sur le ciel. Le temps était à la pluie ou à la neige fondue et, si le vent se maintenait, il gèlerait, c'était certain. Sess avait monté des piles de bois aux quatre coins du jardin, du bois prêt à générer de la chaleur pendant les nuits, parce que, à l'instar de tous les agriculteurs du monde, il souhaitait rallonger la saison de pousse autant que possible et on ne sait jamais, il pourrait déjà geler à pierre fendre cette nuit même et ce gel pourrait être suivi d'une semaine ou deux d'été indien. Il avait fait pousser des tomates géantes dans la serre, des Early Girls et des Beefsteaks, et les tomates-cerises avaient tellement prospéré qu'il avait fini par soulever le panneau et les laisser s'échapper et ramper partout. Ils avaient mangé des pâtissons jusqu'à n'en plus pouvoir et il y en avait plein d'autres qui ballonnaient sur la vigne, et des potirons aussi. Pamela avait fait des conserves nuit et jour, fait bouillir des haricots, des tomates et des courgettes dans la grosse marmite sur le poêle, des pois, des brocolis, tout ce qui sortait du sol dans la folle surenchère de lumière. Son jardin aromatique était une vraie jungle et la réserve était pleine de carottes, d'oignons, de pommes de terre et de navets.

Elle venait de mettre le pain dans le poêle quand on frappa à la porte. C'était Steve l'Acier. Il devait presque se plier en deux pour éviter de se cogner la tête au chambranle, ce qui lui était déjà arrivé deux fois au cours de l'après-midi et trop souvent dans le passé pour compter. Pamela ne connaissait pas sa taille exacte (1,95 mètre, 96 ?) mais il dépassait tout le monde à Boynton comme un vieil arbre ; avec sa casquette à visière longue portée plantée sur le crâne à un angle coquin, il effleurait le plafond du chalet et, pour ne fût-ce que parvenir à la table et prendre un siège, il dut se faufiler à travers un feu roulant de lanternes, de bouilloires, d'outils, de spatules et de poêles qui pendaient des poutres. Cela ne gênait guère Pamela. Elle l'aimait bien. Il pouvait bien être peu bavard et bizarre plus que la moyenne, faire déjà vieux givré de la toundra avant même d'avoir atteint la trentaine, bourré plus souvent qu'il n'était sobre mais, malgré sa masse osseuse et l'architecture slave et dure de son visage, il était doux et avait bon cœur. Il n'eut pas le temps d'ôter sa casquette et ses gants qu'elle lui tendait déjà une tasse de café, une boîte de lait concentré et le sucrier. « Tu fais le pain, hein ? fit-il, soufflant sur la tasse.

— Oui. Qu'est-ce qu'une jeune mariée peut faire, surtout par un temps pareil ? Tu crois qu'il va neiger ?

— Hum hum.

— Geler ?

— Ouais. Sans aucun doute. »

S'ensuivit un silence. Pamela ajouta des bûches au feu — le truc, c'était de garder la température constante pendant l'heure ou à peu près qu'il fallait au pain pour cuire. « Les hippies ont récolté quelque chose dans leur jardin ?

— Pas bésef. Les lapins leur ont presque tout piqué. Sans compter qu'ils s'y sont mis tard. »

Steve hocha la tête. Il but plusieurs centimètres de café, versa la moitié du sucrier dans sa tasse et remplit l'autre moitié de lait concentré. « Ils savent au moins qu'il faut allumer des feux fumigènes, le soir ? » Pamela ne pouvait s'empêcher de s'inquiéter pour eux, pour Star, surtout, et pour Merry — elle aimait bien Merry aussi et aurait voulu qu'elle traverse tout cela sans trop en souffrir, sans souffrir plus qu'elle ne pourrait le supporter. C'était fou, ils étaient tous tellement naïfs, tellement naïfs et simplistes, farcis jusqu'à la moelle de notions dingues sur tout, des origines de l'univers à la fraternité humaine et comment vivre selon l'idéal végétarien. C'étaient des enfants, ils avaient une foi entière dans la vie et ignoraient tout — même Norm Sender, alors qu'il devait bien être descendu sur cette planète quarante ans plus tôt... Ils auraient dû se douter... tous autant qu'ils étaient... que... « Je le leur ai dit, mais ils passent leur temps assis autour du poêle dans le grand local qu'ils se sont construit, tu sais, ils jouent aux cartes et à des jeux d'intérieur, ce genre de choses...

— Et Verbie, tu lui as dit ? » Pamela se versa une tasse de café et s'assit à la table, face à son invité, et l'on était tellement à l'étroit dans le chalet que leurs coudes se rencontraient chaque fois qu'ils levaient leur tasse. « Si quelqu'un arrive à faire bouger les choses, c'est elle. Elle est très dynamique. »

Steve baissa la tête et regarda ailleurs. « Oh, ouais, fit-il, je le lui ai dit. »

Nouveau silence. Une bourrasque courut sur le toit avec le bruit d'un avion près d'atterrir. Pamela regarda par la fenêtre et vit les premiers flocons poussés horizontalement. « Comment ça se passe, toi et elle ? », demanda-t-elle.

Il croisa son regard puis regarda par la fenêtre, au loin. « Apparemment, j'avais tort, fit-il. Mais ça sera pas grand-chose. Ça blanchira même pas le sol.

— Toi et Verbie, fit-elle. — Et elle sentit un sourire s'épanouir sur ses lèvres tandis qu'elle parlait. — Il y a une histoire d'amour là-dessous, non ? Allons, Steve, nous savons tous que tu l'apprécies... Star dit que tous les deux, vous y êtes allés fort ces derniers temps... »

Alors le regard de Steve revint sur son interlocutrice, deux yeux verts avec une tache noisette dans l'un d'eux. « C'est plus que ça, Pamela... je l'aime. Oui. Pour moi, c'est la chose la plus merveilleuse qui me soit jamais arrivée... je les ai aidés à terminer leurs cabanes à moitié faites, tu sais ça, hein ? Parce qu'ils sont un peu à court de main-d'œuvre depuis le départ de Pan, de Sky Dog et de comment il s'appelle déjà... celui qui a l'air d'un cheval qui avance à reculons...

— Dale.

— C'est ça, Dale... depuis qu'ils sont partis.

— Qu'est-ce qu'ils ont fait, ceux-là, ils sont retournés en Californie ?

— Non, non... ils ont tous emménagé chez Joe Bosky dans ce chalet qu'il a à Woodchopper... son antre de vieux garçon. Quatre putois dans un terrier. » Le regard de Steve l'Acier passa par-dessus l'épaule de Pamela, vers le plan intermédiaire du chalet, qui était comme n'importe quel chalet, plein à craquer, encombré et festonné de tous les objets typiques d'une vie vécue dans un endroit sans garage ni sous-sol ni trois chambres confortables ni deux salles de bains ni espace cuisine-salle à manger ni pièce à vivre. « Je ne veux pas qu'elle dorme dans une tente tout l'hiver, mais je te le dis, ils n'ont même pas encore de toits à ces cabanes et pas de poêle dedans non plus. Tu sais, je me disais comme ça... j'ai mon endroit en ville et tout, et je sais que c'est pas un palais mais... »

On cogna un coup à la porte et Sess entra, les cheveux empoussiérés de neige. Son regard trahissait une grande excitation. « Tu ferais bien d'aiguiser ton *ulu*, Pamela », s'exclama-t-il : les mots sortirent de sa bouche comme à marche forcée, comme s'il avait eu de la peine à dépenser de la salive pour les dire ; puis il décrocha le fusil de la poutre au-dessus de la tête de Pamela, avant de repasser illico par la porte, prêt à l'action. « Le jardin, dit-il en sortant, regarde ton jardin » — la porte se referma derrière lui.

Les yeux de Steve trahirent sa surprise et il se leva de table si vite qu'il heurta sa tête contre la poutre ; il se dirigea vers la porte à la suite de Sess, tandis que Pamela se précipitait dans la nouvelle pièce pour regarder par la fenêtre au-dessus du lit, d'où l'on jouissait d'une vue du jardin : un étrange élément blanc frappait le vert des feuilles et le néant noir des bâches en plastique. Elle n'eut qu'un instant, rien de plus, quelques secondes, pour bien enregistrer la forme pataude et sombre qui broutait là au milieu du potager battu par les vents, comme une vache trop bien nourrie, et puis elle entendit un coup de feu et la chose tomba sans histoire, sans une plainte, cent soixante-quinze kilos de viande, de fourrure et de graisse livrées à domicile, là dans leur jardin. Pamela eut à peine le temps de savourer sa joie, le triomphe et le succès de Sess qu'elle aperçut le petit. Il avait un an : épaules étroites, gros derrière, visage défait : il partit dans les choux de Bruxelles à la vitesse d'un boulet, si vite que la seconde balle de Sess ne réussit pas à le rattraper.

La neige ne dura pas... quelques boulettes blanches lancées contre les fenêtres et perdues dans la texture gris-vert de la forêt... mais, cette nuit-là, il gela, et le lendemain matin s'annonça frisquet. Sess se leva aux aurores et s'amusa avec les chiens dans la cour. Il en avait cinq désormais, assez pour tirer un traîneau sur sa soixantaine de kilomètres de piste, mais il répétait sans cesse qu'il aimerait en avoir deux de plus, pour la vitesse, pour descendre sa femme en grande pompe le samedi soir le long du fleuve jusqu'à Boynton pour y prendre quelques verres et un burger, et, peut-être, danser un peu au son du juke-box. Pamela avait senti le matelas rebondir quand Sess s'était levé et elle avait humé le riche arôme expiatoire du café en provenance de l'autre pièce, mais elle était restée au lit, enveloppée dans ses fourrures, à écouter le chalet reprendre vie lentement autour d'elle. Sess ne s'était pas mal débrouillé dans le genre je-fais-autant-de-raffut-que-je-peux, tintement du métal contre le métal, coup mat de la grosse poêle noire en fonte sur le fourneau, et puis le grésillement de la viande (de l'ourse, frite dans la graisse qu'elle ne portait plus sur elle dans les cours d'eau et les marais d'ici-bas. L'odeur était une nouveauté pour

Pamela ou, du moins, devait-elle remonter très loin dans sa mémoire pour s'en souvenir : elle n'avait pas mangé de viande d'ours depuis son enfance, dans la tente, avec sa mère, Pris, et l'homme à la barbe frangée de gris qu'elle appelait son père ; sa mémoire olfactive avait repêché cent autres souvenirs jusqu'à ce qu'elle sombrât dans le sommeil derechef avec à l'esprit l'image de son père revenant, d'un pas lourd, à leur campement, chargé de la partie postérieure d'un ours brun sur son épaule maculée de sang et un large sourire, large comme le Koyukuk).

C'est le son de la voix de Sess qui la réveilla, sa voix qui s'élevait haut et fort au-dessus du raffut des chiens et des coups et cris perçants d'un objet résistant, agité par une force primitive dans les hautes herbes et les saules. « Ouste ! criait-il. Ouste, petits merdeux ! » Et « *Foncez ! Foncez !* j'ai dit. *Foncez !* » Pamela leva la tête, regarda par la fenêtre. Le soleil claquait dans la cour et dans le jardin ; les feux fumigènes couvaient encore. La plupart des plantes tenaient encore debout et étaient encore vertes, mais Pamela vit les feuilles noircies par le gel des pois cassés et des tomates-cerises. Cette réalité que sa conscience intégra au moment du réveil (gel, feux fumigènes, dommage minimal, nouveau soleil, plus de soleil) elle n'eut guère le loisir de s'y attarder car la forme floue d'un homme en mouvement, d'un chien et d'un traîneau s'interposa entre la fenêtre et le jardin, avant de disparaître. « *Haw !* criait Sess. *Haw !* »

A sept heures quarante-huit à l'horloge qu'elle tenait à garder malgré les objections de Sess, elle sortit précipitamment en short et T-shirt ; ça se réchauffait — on en était aux alentours des 5, 6°. Elle observa son homme quand il obliqua à la lisière du bois, puis fonça le long de la rivière, tourna à nouveau et revint droit sur elle : les chiens tiraient sur leurs harnais et toute une galaxie de poussières et d'herbes était propulsée en l'air. Sess parvint à arrêter les chiens, plus ou moins dans la cour, en mettant le frein (une sorte d'ancre qui sauta dans tous les sens, rebondit et finalement creusa un sillon d'une trentaine de mètres) et en usant la semelle de ses bottes tout en hurlant des ordres tandis que les deux chiens de tête se jetaient à la gorge l'un de l'autre lors de l'une de ces méchantes disputes canines qui semblaient éclater toutes les cinq minutes tout au long de la journée. Sess lâcha les rênes et s'interposa entre les deux chiens, donna des coups de pied, lança des jurons, jusqu'à ce qu'ils aient fini par régler leur différend, quel qu'il fût, et s'assoient, pantelants, encore attelés. Sess était saupoudré de poussière et d'herbe, la chemise déchirée et les avant-bras bavant le sang là où les chiens l'avaient mordu. « Hé, *baby*, dit-il en souriant, ça te dit de monter ? Je te ferai faire le tour du monde... et tu sais ce que ça signifie !

— Tu as l'esprit mal tourné, Sess. »

L'instant d'après, il la tenait serrée contre lui, la balançait gentiment. « Tu sais que je ferais pas ça », lui souffla-t-il à l'oreille.

Les chiens se tournèrent pour les regarder, dix yeux de loups fixés sur le dos de Sess : Lucius, en tête, semblait être capable de courir cent cinquante kilomètres sans reprendre son souffle. Sess les avait attelés à son équipage d'exercice, une boîte étroite et lourde en bois dense et humide, avec des piquets de tremble de dix centimètres de diamètre en guise de patins et, aux quatre coins, deux paires de roues qu'il avait récupérées sur des brouettes défuntes, ou peut-être bien des tricycles d'enfants. Les roues n'avaient aucun effet. L'équipage pesait une tonne. Il voulait simplement exercer les chiens, expliqua-t-il, les habituer à travailler en équipe et à tirer du poids. « Je me disais que je pourrais les emmener sur la piste aujourd'hui, déclara-t-il, pour un petit bout de chemin seulement, pour les habituer au paysage et aux odeurs, et, peut-être, couper un peu de broussailles, des branches et je ne sais quoi. Je rentrerai ce soir. Tard. Très tard. »

Pamela exprima son étonnement. « Avec ça ? Ça va tomber en morceaux avant que tu aies fait trois kilomètres. »

Il ne tenta pas de le nier. « Il faut déjà que j'enlève les roues, je suppose, quand on arrivera au marécage... Je vais les laisser me traîner jusqu'à ce qu'ils tombent de fatigue. Ah, au fait, fais bouillir aussi longtemps que possible la viande d'ourse pour le ragoût. Ces bêtes-là ont encore plus de trichines que les cochons, c'est pour dire... »

Pamela savait ça depuis vingt ans, mais elle ne dit rien. La carcasse de l'ourse, divisée en quartiers, pendait à des piquets au fond de la réserve ; ils avaient fait frire le foie avec des oignons pour le dîner de la veille, et les gros morceaux jaunâtres de la graisse d'été avaient déjà été découpés et mis dans des boîtes de café, où ils refroidiraient et durciraient. « Et tu pourrais, ajouta-t-il (ce fut la dernière chose qu'il lui dit), tu pourrais t'occuper de cette peau, bien la racler, bien tirer dessus et l'étendre là où elle pourra sécher. »

Plus tard, quand elle se fut préparé un sandwich avec un restant de pain et eut bu assez de café pour se donner du punch, elle tira la peau de l'ours jusqu'à la table de pique-nique et s'assit au soleil afin de retirer la chair qui restait accrochée, avec le *ulu* que Sess lui avait offert comme cadeau d'anniversaire. Le *ulu* était un outil inuit, avec une lame en forme de croissant et une poignée en corne, idéal pour gratter les peaux, tâche que Pamela supposait qu'elle accomplirait régulièrement au cours des mois d'hiver, au fur et à mesure que son mari rapporterait les cadavres raidis des bêtes qu'il aurait réussi à tuer, là-bas dans les recoins secrets des immensités sauvages. Qu'éprouvait-elle ? Que ressentait-elle devant ça : cette peau nauséabonde, infestée de puces et de tiques, sous le couteau, ici et maintenant, dans un tourbillon de mouches, avec toute cette graisse et ce sang qui se glissaient sous ses ongles et jusque dans les plis et les lignes les plus infimes de ses mains : jamais elle ne réussirait à se débarrasser de leur odeur ! Elle était satisfaite. Non, elle était agacée. C'était la première fois que Sess la quittait depuis leur mariage, la première de centaines à venir et de centaines encore après ça, et tout ce qu'il espérait d'elle, c'était qu'elle reste là à l'attendre, en s'assurant que le ragoût cuise assez longtemps et qu'elle racle bien les peaux. Elle écrasa un moustique sur son bras : l'empreinte de sa main resta sur sa peau, peinte avec du sang d'ourse. Elle écarta des mouches de son visage. Était-ce vraiment la vie à laquelle elle aspirait ?

Le grattement du *ulu* ; les mouches qui tourbillonnaient autour d'elle et se posaient sur sa peau. Il n'y avait pas un bruit à des lieues à la ronde. Pamela grattait la peau par pure inertie, parce qu'elle n'avait rien de mieux à faire ; elle travailla dans une transe, dont elle ne se réveilla que lorsque le canoë apparut à l'horizon. Elle l'aperçut déjà lorsqu'il était encore à près d'un kilomètre, parce qu'elle ne pouvait se concentrer très longtemps sur les pointillés de viande rouge et de nerfs blancs avant d'avoir envie de regarder ailleurs, l'immensité... et de se mettre à rêver. Elle aperçut la planche d'aluminium qui descendait le courant dans un éclair de lumière, et deux personnes (deux femmes) qui actionnaient les rames. Elle se leva, s'essuya les mains sur un chiffon répugnant et essaya de s'arranger les cheveux. C'étaient Star (Pamela la reconnut alors) et Merry, toutes deux en poncho et coiffées de chapeaux en peau à large bord ; elles manœuvraient le canoë argenté comme si elles avaient fait ça toute leur vie. Pamela les observa quand elles obliquèrent vers la rive, puis elle leur fit un signe et descendit à leur rencontre.

Star chanta son nom quand le canoë glissa sur les galets et Merry sauta pour l'amarrer. « On a pensé qu'on viendrait te voir pour ensoleiller ta journée... tu en dis quoi ? », continua Star, descendant maladroitement du canoë en soulevant comme un trophée une bouteille de cent cinquante centilitres de vin rouge. « Les filles sont de sortie ! »

Sess n'était pas là ; la peau de l'ourse était un infâme amas informe de viande crue et d'insectes ; et le chalet empestait l'abattoir. L'hiver attendait dans les coulisses (il faisait dans les 12, 13° au soleil) et Pamela avait commencé à pleurer sur son sort, commencé à en vouloir à Sess, à se sentir abandonnée, mais voilà que ses amies venaient à sa rescousse ! Elle prit la bouteille des mains de Star, dévissa le bouchon et porta le goulot à ses lèvres, pour laisser le goût du vin adoucir l'intérieur de sa bouche et décaper ses veines. Toutes trois montèrent le coteau, bras dessus, bras-dessous, bras-dessus. « Vous ne pouvez pas savoir combien je suis heureuse de vous voir ! », dit Pamela à ses visiteuses.

Lorsqu'elles atteignirent la table de pique-nique, Merry s'arrêta net. « Mon Dieu, qu'est-ce que c'est ? fit-elle. C'est un ours ? Un grizzly ? » Merry était celle qui planait le plus de tout le lot de vagueux de Marginordcity : elle avait une bonne dose de Gracie Allen en elle (« Dis bonne nuit, Gracie ») et elle était plus perdue et décalée dans cet environnement que quiconque que Pamela aurait pu imaginer. Au Three Pup, tous les vieux givrés de la toundra, les vétérans de l'Alaska et les chasseurs du week-end lui avaient raconté leurs habituelles et horribles sornettes sur les grizzlys : leur façon de humer les lubrifiants sexuels et les sucs de la menstruation, leur force, leur témérité, les chapelets de corps démembrés qu'ils laissaient derrière eux — Merry recula donc de la table comme si la peau avait pu revenir à la vie et l'écraser dans ses bras meurtriers.

« C'est un ours brun. Une ourse. Sess l'a tuée dans le jardin hier soir.

— Ah là là ! C'est fou ! Qu'est-ce que tu vas en faire ? Un tapis ?

— Bien sûr, qu'est-ce que tu crois ? », fit Star, buvant à son tour à même le goulot. Pamela et Merry l'observèrent quand elle but, virent l'excédent qui coulait le long de son bras en rubans couleur sang. Elle s'essuya la bouche avec le dos de la main et tendit la bouteille à Pamela. « On devrait peut-être aller chercher des tasses et être un peu plus féminines, non ? », lança-t-elle, ce qui les fit éclater de rire.

« Un tapis ! lâcha Merry quand elles eurent fini de rire. C'est *cool*, je suppose. Je veux dire, surtout ici. Mais... et le reste ? la bête qui vivait encore hier là-bas dans les bois sans faire de mal à personne. Qu'est-ce qui lui arrive ?

— Ils la mangent, répondit Star.

— Non, pas ça ! fit Merry dont le regard sauta de Star à Pamela et retour.

— C'est pas vrai, Pamela ? »

Pamela se contenta de hocher la tête parce qu'elle était à ce moment-là en train d'approcher une fois de plus le goulot de ses lèvres, et au diable tout ça, au diable tout le reste, vraiment ! Voilà le genre d'humeur dans laquelle elle se trouvait !

Les mouches s'étaient installées en couches sur la viande crue encore accrochée à la peau, mais bientôt elles mourraient aussi, tuées par le froid, d'un jour à l'autre, de même que tous les moustiques assoiffés de sang à chaque instant du jour comme de la nuit. Merry se balançait sur les talons ; elle leva la main pour abaisser le bord de son chapeau et retirer les énormes disques roses de ses lunettes, afin de mieux fixer Pamela de ses yeux marron et de son regard vide. « Tu veux dire que c'est vrai ? On... vraiment ? Les gens, je veux dire, mangent vraiment les *ours* ? Les ours comme Winnie l'ourson ? Et Yogi Bear ? Et Smokey Bear ? De "Vous seuls pouvez empêcher les feux de forêt" ? — Elle pouffa. — Tu te moques de moi. Allez, dis-moi que tu te moques de moi ! »

Pamela sentit le vin qui chantait dans ses veines. Elle aurait préféré ne pas s'engager dans cette conversation. Elle n'avait pas besoin de ça. Elle voulait seulement se laisser aller. Elle haussa les épaules. « Écoute-moi, dit-elle, laisse-moi aller chercher des tasses. » Mais elle ne bougea pas. Les deux filles restèrent pétrifiées, le regard braqué sur elle. « Oui, oui, c'est vrai, reconnut-elle avec un soupir. Ici, on mange de l'ours et tout ce sur quoi on peut mettre la main : élan, lièvre, canard, poisson, lynx. C'est ce que Sess me dit, en tout cas. Et même du porc-épic et du rat musqué, j'en suis témoin. Tu ne me croiras pas, mais la chair du rat musqué est particulièrement parfumée et tendre... »

Le regard de Merry trahissait une horreur sans bornes. « Mais... tuer une créature vivante, une créature qui traverse toutes les étapes du karma jusqu'au nirvana (elle s'interrompit afin d'écraser un moustique sur son poignet avec une tape sans concession), non, ça, je ne pourrais pas.

— Tu viens de le faire.

— Quoi ? Ah, oui. ça. Je suis d'accord avec toi, je n'aurais pas dû, et je préférerais ne pas l'avoir fait... J'ai hâte qu'on soit en hiver et que la Terre-Mère leur accorde à tous le repos, vraiment... mais une bestiole comme ça, c'est une chose... je sais, je sais, ce n'est pas l'avis des jaïns... Mais les *ours*, c'est autre chose, quand même ! Ils sont presque humains, non ? »

Pamela dut réfléchir pendant une minute, plantée là dans la cour, avec les mouches qui tambourinaient, la viande qui pendait à l'ombre et le gras épais, d'un blanc jaunâtre, qui durcissait dans des boîtes sur les étagères. Elle dut réfléchir aux pièges, aux renards, aux loups de la forêt qui mâchaient leur propre chair, leurs os, leurs tendons, pour s'extraire des dents d'acier des pièges, elle dut réfléchir à l'ourson dont Sess avait fait un orphelin, l'ourson qui était trop jeune pour se construire une tanière, qui était destiné à mourir d'inanition et de froid quand viendrait la longue nuit. « Certes, finit-elle par dire, certes. »

Puis tout alla bien. Elle replia la peau à moitié dépecée et la jeta sur le séchoir à saumons comme une serviette de plage durcie par la crasse, chassa les mouches de la table, sortit trois tasses et l'une des bouteilles de rhum de Sess. « Steve l'Acier..., dit-elle en posant la bouteille et en s'asseyant à côté de Star. Il est venu dîner hier soir. Devinez de qui il n'a pas arrêté de parler ? » Ça, c'était un bon sujet de conversation ! Le niveau du vin diminua dans la bouteille, elles se servirent et se resservirent en rhum, et la meute des ragots aboya au pied de tous les arbres des environs.

L'après-midi était passé lorsque Merry et Star dévalèrent la pente jusqu'à la rivière, rebondissant des arbres comme des balles de flipper carambolant d'un champignon lumineux à l'autre lors d'une partie de flipper à l'échelle planétaire. « Heureusement que vous ne devez pas prendre le volant ! », s'exclama Pamela et toutes trois éclatèrent de rire, jusqu'à en avoir mal à la tête, jusqu'à ce qu'elles se disent qu'elles en avaient assez de rire, du moins pour aujourd'hui. Pamela les observa quand elles mirent l'embarcation à l'eau, lorsque la barque hésita dans le courant, jusqu'à ce qu'elle recouvre son équilibre, que les rames l'entraînent et que la proue se tourne vers l'amont. « Soyez prudentes ! », cria Pamela en refoulant l'image de la barque renversée, l'idée du courant froid et rapide qui emporterait ses amies. Elle leur fit un signe ; Star, qui pagayait à l'envers pour garder le cap, leva brièvement une main agrippée à la rame, sur quoi elles diminuèrent, de plus en plus, pour être enfin dévorées par le paysage.

Et puis, le silence derechef. Pamela resta sur la berge pendant un long moment, le regard vide, porté un instant sur les arbres, tous semblables, et puis sur l'eau qui bondissait, se calmait, recherchait invariablement les mêmes voies de passage, et elle éprouva une sensation qu'elle n'avait jamais ressentie. D'immanence. Une force qui emportait son esprit et la réduisait à néant : elle n'était plus Pamela Harder, debout au bord de la Thirtymile, elle n'était plus une jeune mariée abandonnée, elle n'était plus rien. Le ciel naissait des collines et fusait au-dessus de sa tête avec un souffle qui était comme la fermeture d'un sas et puis les nuages arrivèrent et masquèrent le soleil et elle ne bougea pas. Elle n'avait jamais touché à la drogue, elle avait toujours cru tout ce qu'elle avait entendu et lu sur les affres de la dépendance, sur les gens qui prenaient du L.S.D. et fixaient le soleil jusqu'à se brûler les rétines, qui se mutilaient, qui sautaient du haut des immeubles parce qu'ils croyaient être capables de voler mais, quand Star avait étalé devant elle sur la table de pique-nique les deux cigarettes de marijuana, elle avait pensé : pourquoi pas ? Si Star y trouvait son compte, et Merry aussi, pourquoi pas elle ? Il n'est aucun savoir digne de ce nom qui ne soit tiré de l'expérience.

Elle serait restée là pendant des heures, immobile, à sentir la façon dont les fils distendus de l'existence se rassemblaient en une grosse pelote, elle aurait pu être métamorphosée en pierre comme dans les contes de fées, si deux mouettes au bec jaune et à l'œil fixe ne l'avaient sortie de sa torpeur. Elles plongèrent très bas pour l'examiner, pour humer la mort en elle, la voir moulue dans les lignes de ses mains et façonnée sous ses ongles... Hurlant d'effroi, elle prit la poudre d'escampette. Elle abaissa le regard sur ses mains qui pendaient aux manches effrangées de son sweat-shirt. Elle avait les mains froides. Voilà tout : froides. La bise fit frémir les feuillages et Pamela frissonna elle-même, avant de s'en retourner vers le chalet au sommet du coteau, qu'elle mit des heures, lui sembla-t-il, à remonter, avançant dans des anneaux et des trapézoïdes intangibles qui ne cessaient d'apparaître que pour redisparaître aussitôt ; elle dépassa au ralenti la table, avec ses reliefs de croûtes de pain, les tasses, la bouteille de vin vidée, le cendrier avec, posé en travers, le mégot de marijuana long de trois centimètres, véritable condamnation à mort, et puis elle se retrouva à la porte du chalet et le ciel claqua encore et les nuages se mirent à gronder.

A l'intérieur, rien n'avait changé, tout allait bien : lieu de la routine, routine à suivre, qui n'avait rien à voir avec le fait de gratter des peaux, avec les drogues des hippies ou le fait que le ciel se déchirait. Pamela raviva le feu. Alluma une cigarette. Ajouta de l'eau dans la marmite de viande bouillie et coupa des légumes sur le hachoir. Un coup de tonnerre retentit au-dessus des monts, des éclairs illuminèrent la pièce et la pluie, surgie des bois, tomba avec un sifflement et cribla la cour de traits lestes et violents, des piqûres d'aiguilles. Star avait allumé la marijuana avec autant de désinvolture que si elle avait allumé une simple cigarette puis elle l'avait passée à Merry, qui avait inhalé la fumée pâle et effilée aux odeurs d'encens, de myrrhe, et de quoi ? D'*oliban*. Et puis, Merry lui avait passé le joint à son tour. Pamela l'avait porté à ses lèvres, avait inhalé, et on aurait dit une Marlboro sans goût. Star : « Tu veux que je te dise quelque chose ? On sait pas ce que c'est, l'amour, tant qu'on l'a pas fait après avoir fumé ça. Je te jure. C'est comme si tous tes neurones explosaient au même moment, et ta peau, ta peau, ta peau brûle littéralement d'être touchée par un homme. »

A un moment donné, elle sortit sous la pluie récupérer le rhum, les tasses et le cendrier avec le mégot mouillé de marijuana et, à un autre moment, elle fit sécher ce dernier sur le poêle et se fit chauffer un bol de bouillon d'ourse. Elle avait faim. Faim comme jamais. Elle se servit un deuxième bol. Et un troisième. Elle essuya la sauce au fond du bol avec du pain, se versa une tasse de café. La pluie continuait de tomber dru ; elle mit du bois dans le feu et laissa ses vagues inquiétudes quant à Sess entrer et ressortir de son esprit : il savait bien se débrouiller tout seul et ce n'était rien, rien que de la pluie. Plus tard, elle garda le regard rivé sur un magazine pendant ce qui lui parut des heures et, plus tard encore, elle alla jusqu'au poêle, prit le mégot séché de marijuana et le fuma jusqu'au trognon, jusqu'à ce qu'il ne restât plus que deux minces bandes de papier jaunies par la salive, qu'elle jeta dans le feu, pour dissimuler les preuves. Il faisait nuit noire lorsque Sess rentra et il avait beau empester le chien et l'humidité des bois, le chalet avait beau empester l'ourse bouillie, la graisse d'ourse et la première mort de toute une série à venir, elle le déshabilla, article par article, l'attira dans le lit et se laissa fondre dans sa masse délicieusement vivante.

26.

Sess Harder ne l'aurait jamais avoué à quiconque, et encore moins à lui-même, mais il avait froid aux mains. Or, si lui avait les mains froides, celles de Pamela devaient être glacées. Ils portaient tous deux des sous-vêtements en Thermolactyl, des chandails et les chemises assorties en flanelle à carreaux rouge et noir que la sœur de Pamela leur avait offertes en cadeau de mariage mais leurs gants étaient glissés dans leurs poches de devant, parfaitement au sec. Sess ne savait pas l'heure qu'il était (il ne le savait jamais) mais il supposait qu'il ne pouvait guère être plus de neuf heures ; la température était bloquée aux environs des – 3°, – 5° malgré les efforts précoces du soleil et, à chaque plongeon de la pagaie, la rivière lui arrachait un morceau de main. Il avait plongé la pagaie à vingt reprises dans l'eau avant de changer de main mais voilà que, cette fois, en refaisant surface, sa main mouillée, exposée au vent qui remontait la rivière depuis le sud-ouest, fut comme paralysée. Des morceaux de glace flottaient à la surface comme des croûtes grisâtres et les deux rives étaient encroûtées de même de blocs de glace. Pamela et lui produisaient de la vapeur à chaque respiration. Devant, sa compagne se penchait sur sa pagaie, changeait de main avec un mouvement rapide des poignets, et jamais une fois elle ne se plaignit.

Mi-octobre : aunes, saules et bouleaux éclatent d'un flamboiement rouge mat et jaune strié, grand gel toutes les nuits... le changement de saison était plaisant, tout le paysage avait l'air d'être sous transfusion. Sess Harder ne s'était jamais senti mieux. Il avait sa viande, l'ourse avait été une aubaine et il y avait eu un élan encore plus opportun, un gros mâle en rut qui avait bu tellement d'eau que Sess avait entendu les glouglous dans son ventre à cent pas ; en outre, il avait ponctionné cent bassines de corégones et de poissons suceurs en cours de migration annuelle dans les trous profonds de la rivière là où le gel ne les atteignait pas. Et des lapins. Les nouveau-nés de l'année, à l'affût de toute verdure qui leur permettrait d'accumuler leur graisse d'hiver, aussi faciles à prendre au piège que l'air même. La réserve était pleine, les baies étaient ramassées, les légumes en boîte, et il avait sa femme, sa douce épouse, assise devant lui, la longue courbe de son dos d'athlète surgissant de l'ancre de ses hanches et de ses flancs, manœuvrant la pagaie, les épaules ramassées, les bras taillés sur mesure, et pas un seul regard en arrière.

Ils descendaient à Boynton, d'où ils se rendraient à Fairbanks avec le camion de Richard Schrader, s'il était disponible, et Sess ne doutait pas qu'il le serait, à moins que l'arrière se soit effondré — à y réfléchir, il est vrai que cela menaçait, la dernière fois qu'il l'avait conduit. Pamela avait envie de quelques jours de vacances — tout comme lui —, des lumières de la ville, de la grande ville, une dose de plus avant que l'hiver ne s'installe pour de bon. Tous deux avaient envie de dépenser un peu de l'argent qui leur avait été donné sous forme de billets fripés, glissés dans des enveloppes blanches ou fourrés dans des cartes de mariage, et ils avaient besoin de certaines choses, manifestement, pour emplir la nouvelle pièce du chalet, et réapprovisionner leur stock de haricots secs, de riz, de thé, de café, de cigarettes, de pâtes et ainsi de suite. Et de dentifrice, ne jamais oublier le dentifrice ! Pendant tout un hiver, Sess avait dû se laver les dents avec l'index et, pendant un autre hiver, il avait utilisé un mélange de bicarbonate de soude et de sel qui attaquait les poils de la brosse à dents. Bientôt on ne pourrait plus descendre le fleuve et il leur faudrait attendre qu'il soit gelé pour pouvoir le descendre avec les chiens, et encore ne pourraient-ils alors dépasser Boynton, à moins d'hypothéquer la ferme et de prendre l'avion vers une destination où le soleil ne serait pas qu'une simple rumeur.

Ils descendaient donc le fleuve. Les mains glacées. Mais il y aurait de la chaleur à la pelle au Nougat et au Three Pup, et, quand ils atteindraient la route de Fairbanks, le soleil serait déjà haut et la température monterait jusqu'à 5° ou peut-être bien 10°, qui sait ? Un vol de macreuses fort bruyantes passa au-dessus de leurs têtes, en direction du sud — malins, ces oiseaux : autant partir quand il en était encore temps ! Sa pagaie remua de la glace. « Comment ça va devant, Pamela ? s'enquit-il. Tu as froid aux mains ? »

Elle se retourna, lui adressa un large sourire, joue creusée par une fossette, dents blanches, régulières, gencives de petite fille. « Génial », répondit-elle à la première question. Et « Oui, un peu », à la seconde.

Il l'aimait. Il l'aimait plus que tout ce qu'il aurait pu imaginer. « Continue comme ça, dit-il, fier de la robustesse de sa moitié, radieux. Quand on sera au Three Pup, dit-il, appuyant sur la pagaie, la première tournée sera pour moi.

— Dépensier ! », fit-elle, et son rire rebondit sur l'onde, atteignit la berge, où il ricocha pour leur revenir.

Tous deux avaient retiré leur chandail et leurs mains étaient parfaitement réchauffées lorsqu'ils parvinrent à l'ample méandre d'où l'on découvrait Boynton. La température avait monté plus qu'il ne s'y était attendu, vers les 15°, estimait-il, et les derniers kilomètres, entre les deux rives qui resplendissaient de teintes automnales, furent merveilleux. Son regard errait droit devant, il errait toujours, son regard de prédateur, lorsqu'un mouvement dans les eaux peu profondes de la Rivière de la dernière chance attira son attention. Il laissa la pagaie fendre l'eau et les fit dériver vers la *creek*, intrigué, parce que ce n'était ni un élan ni un ours ni un conclave de castors ; ce n'était pas une mine à moitié immergée qui aurait flotté au gré du courant et ce n'était pas un esquif non plus : c'était quelque chose d'inattendu, d'incongru, l'une de ces aberrations de la nature qui rendaient la vie tellement intéressante ici dans les terres gastes, parce que voilà que, juste au moment où l'on croyait avoir tout vu...

« Qui c'est qui patauge dans l'eau là-bas ? », demanda Pamela, dont le regard était pourtant encore plus acéré que le sien, c'était sûr ! C'est alors que la chose se précisa, que *les choses* se précisèrent. Sess vit deux silhouettes se rassembler puis se séparer comme des tessons dans un kaléidoscope, et le canoë fendit l'eau de plus en plus près, les deux silhouettes plongèrent dans l'eau puis remontèrent, pataugeurs patentés, chemises lustrées, éclat de lumière du ruban argent tressé cerclant la calotte d'un chapeau à large bord. Sess en resta ahuri, absolument ahuri. C'étaient deux Noirs, deux hippies noirs, plongés dans la vase de la Rivière de la dernière chance, étincelante de soleil : ils cherchaient de l'or.

« Salut ! lança-t-il lorsque le canoë glissa vers eux, ça gaze ? »

Aucun des deux ne répondit. Ils lui décochèrent de sombres regards fixes, méfiants et hostiles. Le courant clapotait contre leurs cuisses, contre l'enveloppe plissée de leurs bottes. Les deux chercheurs d'or contemplèrent le canoë pendant un long moment, moment d'une intense gravité, comme si l'embarcation était apparue spontanément, émanation, qui sait, de l'air et de l'eau ; ensuite, ils regardèrent d'abord Pamela puis Sess, avant de se remettre au travail, rinçant des pêches successives de sable dans la mate luisance de leurs tamis jusqu'à ce que s'écoulent tous les grains de silice retenus frauduleusement.

« Alors, ça brille ? », demanda Sess pour dire quelque chose.

Le plus petit des deux hommes leva les yeux : son visage ressemblait à une poche à tabac lissée par les abus d'une dépendance secrète. Sa voix, presque inaudible, était comme un murmure : « Non, y a que dalle ici, pas vrai, Franklin ? »

L'autre leva les yeux à son tour — un œil furibond, l'autre qui ne vous invitait guère à vous attarder. « Que dalle », confirma-t-il.

Le premier : « Cet endroit, il vaut pas un clou. Pas vrai, Franklin ?

— Comme tu dis. »

Sess déclara qu'il les reverrait sans doute plus tard et Pamela leur souhaita bonne chance, tout en manœuvrant déjà les pagaies, impatients qu'ils étaient de s'éloigner afin de pouvoir passer cet épisode à la moulinette de leur bavardage. Ils avaient parcouru trois ou quatre cents mètres lorsque Pamela, levant sa pagaie pour la laisser glisser sur l'eau, se retourna vers Sess. « Alors, c'était quoi, cette histoire ?

— J'en sais fichtre rien. Mais ils trouveraient pas une demi-once d'or à cet endroit même s'ils cherchaient pendant cent ans.

— Ce n'est pas l'impression qu'ils donnent. Ils se prennent pour les durs du *Trésor de la Sierra Madre*, comme Humphrey Bogart et je ne sais plus quel acteur...

— Walter Huston.

— C'est ça, Walter Huston. »

Le canoë dériva. Le soleil tailla des diamants dans la rivière. « C'étaient des Noirs, Pamela. Où est-ce qu'il y a des Noirs dans les parages ? »

Boynton était en vue : Pamela courba le dos et plongea la pagaie dans l'eau. « Et alors ! Sess, fit-elle, lançant les mots par-dessus son épaule. Noirs, Peaux-

Rouges, Chinois, quelle différence ça fait ? On croirait que tu n'as jamais vu de Noirs avant. »

Il allait le confirmer lorsque sauta à leurs yeux un nouvel élément, aussi étrange, à sa façon, que les deux silhouettes dans la *creek* : une explosion de couleurs. Ce n'était pas une maison à proprement parler, plutôt un préfabriqué, coincé entre la boîte en planches grises et usées de Richard Schrader, et le pied-à-terre de Sess. Sa présence le confondit pendant un instant, et puis la lumière fut : il eut la réponse à sa question en un éclair d'intuition : où est-ce qu'il y a des Noirs dans les parages ? Réponse : dans un car de hippies.

S'il avait cru trouver chaleur et convivialité au Three Pup, il s'était trompé. Lynette l'attendait de pied ferme et Skid Denton aussi. Dès qu'il ouvrit la porte pour Pamela, Lynette recula derrière le comptoir et s'exclama : « Tiens, le roi des hippies ! Ou plutôt, le *proprio* des hippies ! »

Skid Denton était engoncé sur son siège à l'extrémité du comptoir, comme d'habitude, une assiettée de frites devant lui et une chope de bière mousseuse à la main. Il se pencha en avant pour apporter sa contribution à l'échange : « On a droit à un feu d'artifice tous les soirs et leur musique de hippies s'arrête jamais. On raconte qu'ils se baisent jusqu'à épuisement par là-haut, qu'ils baisent tout sauf le chien, et qu'ils fument de l'herbe toute la journée. Ils se sont vraiment construit un chalet ?

— Celui-là avec les os dans les cheveux..., dit Lynette.

— Et les nègres. » Richie Oliver leva ses yeux rouges de son verre de scotch dilué d'eau — il avait l'air de patauger dans son whisky depuis trois jours ! « Oublions pas les nègres. »

Huit clients étaient installés au comptoir et pas un qui adressât à Sess un sourire franc — et pas plus à Pamela. Il en fut blessé : en quoi était-elle mêlée à tout ça ? Pas plus que lui-même d'ailleurs... Moins, en fait, bien moins. Il fit de son mieux pour ignorer Lynette et Skid Denton, qui était un con de première, de toute façon, et il salua chacun nominalement, tira une chaise à l'intention de Pamela, à la table près de la fenêtre, avec l'idée de commander des œufs au jambon ou du bacon ou peut-être encore un burger, et une bière et un alcool fort pour accompagner tout ça. Que je sois damné si on me vire du bar-restau de mon choix ! rumina-t-il en son for intérieur. Pamela lui adressa un sourire contraint et lui prit la main sur la table. « Lynette, lança-t-il — il haussa sans doute la voix un chouïa de trop — on peut être servis par ici, merde ou quoi ? »

Ils burent. Ils se restaurèrent. Ils prirent tout leur temps. Les clients prirent leur chaise et se plantèrent devant leur table pour ajouter leur grain de sel, l'un après l'autre, deux à la fois par moments, ou trois, et toutes les nouvelles et tous les ragots les plus torrides commencèrent avec les hippies et se terminèrent avec eux. Lynette vint aussi s'asseoir à leur table : elle les observa quand ils coupèrent leur viande et portèrent leur fourchette aux lèvres — comme s'ils avaient eu besoin d'aide —, et elle ne s'arrêta pas de parler, pas même pour reprendre son souffle. « Celui avec les os dans les cheveux et l'ail autour du cou ? M. Vampire, c'est comme ça que je l'appelle. Il est venu ici et il a commandé un bock et il a demandé s'il pouvait l'avoir à crédit et, quand je lui ai répondu qu'on faisait crédit à personne, il a passé dans tout le bar pour demander si quelqu'un pouvait pas lui refiler de la monnaie. »

Mais le bouquet, ce fut Richard Schrader (le meilleur ami de Sess dans tous les environs, son garçon d'honneur) qui déboula au Three Pup un peu plus tard. Il n'était pas chez lui quand, ayant mis pied à terre, Pamela et Sess avaient contourné le bus encarnavalé et le hippie qui, là-bas, était affairé à son four, devant sa rangée lustrée et vernissée de bols, d'assiettes et de cendriers qu'il avait exposés sur un tronc coupé dans le sens de la longueur, comme s'il avait l'intention de se mettre à son compte au milieu des herbes folles de la cour de Sess. Or voilà que Richard s'était garé dans la cour du Three Pup, et la première chose qu'il avait dite après avoir passé la porte sans (à cette saison) être suivi par une nuée de moustiques, ç'avait été : « Sess, il faut que ces gens se taillent, ils installent un cirque géant dans ma cour et je crois pas que j'ai eu plus de deux heures de sommeil par nuit depuis qu'ils sont arrivés, ils crient, ils gueulent, ils te font un de ces ramdams avec leurs guitares, leurs tambourins et je sais plus quoi, et tu sais pas qu'ils ont sorti les haut-parleurs de leur bus et qu'ils les ont montés sur le toit, pour que toute la vallée en profite et nous tous par la même occasion ? J'ai essayé de leur faire entendre raison, ouais, mais c'est "Paix, mon frère, et va te faire foutre" ».

Sess prit une autre bière. Il prit son temps. Il essuya son assiette avec une tranche de pain industriel élastique. Il demanda la carte des desserts disponibles. Il refusa un second verre d'alcool fort. De l'extérieur, il pouvait paraître calme mais, intérieurement, il bouillait : il déposa l'argent sur la table, prit les clefs du pick-up de Richard et annonça à Pamela qu'il ne s'absenterait qu'un instant. Il n'avait pas fait trois pas dehors que Lynette courait à ses trousses et le tirait par le bras. « Hé, Sess ! » cria-t-elle. Avec les ridules, pauvre vieille, qui lui plissaient les lèvres et creusaient des tranchées de désapprobation jusqu'à la base des narines et aux coins de ses yeux diminués, elle ressemblait aux cadavres séchés et congelés que les archéologues découvrent dans les Andes. « Qu'est-ce que tu es allé faire à Joe Bosky ? — Elle abaissa le regard sur la peau ridée de son avant-bras, avant de le relever. — Je ténais à t'avertir, méfie-toi de lui... »

Sess parcourut donc avec le pick-up de Richard les sept cents mètres jusqu'au centre-ville et obliqua dans la cour de son pied-à-terre, suivi par un nuage de poussière. D'un geste brusque, il mit au point mort mais laissa tourner le moteur pendant un moment avant de l'éteindre. C'est alors que la musique lui parvint aux oreilles : une voix qui beuglait au-dessus des guitares, de la batterie et du piano électrique, le tout poussé à un niveau sonore tel que les haut-parleurs ne pouvaient le contenir. La voix hurla, se ramollit sous l'effet de la distorsion, avant de repartir de plus belle. A droite se trouvaient les deux voitures, la Volkswagen et la Studebaker, qui ne semblaient pas avoir bougé depuis un mois. Le four du potier était installé à l'arrière du bus ; à cause du voile de chaleur qui s'échappait des joints, Sess voyait sa cabane, qui avait besoin d'être repeinte, comme une surface gondolée. Le bus, lui, n'avait pas besoin d'être repeint. Les hippies n'y étaient pas allés de main morte et, s'il y avait une teinte qu'ils n'avaient pas employée, Sess n'arrivait pas à voir laquelle.

L'air était pur, le soleil vaquait à ses occupations. Il faisait plus chaud qu'il n'était permis en cette saison. En descendant du pick-up, Sess, assailli par la musique, alla à la porte du bus ; il frappa sur la vitre, qui avait été peinte, comme tout le reste. Deux fois. Après avoir patienté un moment, il se mit à taper avec le poing, et c'était tant mieux, pour les marginos, qu'il n'eût pas pris un second verre d'alcool fort. « Ouvrez ! cria-t-il. Je sais pas qui est là-dedans, mais ouvrez ! »

Il sentit une infime vibration parcourir le bus, qui trembla sur ses amortisseurs, puis les panneaux de la porte se replièrent et celui qu'ils appelaient George le Bizarre apparut sur la plus haute marche, enveloppé dans une couverture d'un vert pisseux. Il était pieds nus. Sa tignasse lui faisait une deuxième couverture — on aurait dit la matière avec laquelle Jill faisait des porte-pots pour les plantes dans son appartement, une sorte de macramé, rustique et emmêlé ; elle était parsemée d'une demi-douzaine d'os d'animaux blanchis qui pendaient aux extrémités raboteuses des mèches. « Oh ! fit George le Bizarre en essayant de se rappeler à qui il avait affaire. Oh, salut !

— Écoute... (Sess sentit la colère monter en lui, une colère venue de nulle part, sans crier gare, très disproportionnée au crime commis) vous allez devoir décamper d'ici. Tous. Et emporter toute votre merde. »

George le Bizarre eut un geste vague. On aurait dit que ses jambes ne le supporteraient pas trente secondes de plus. « Oh, mec, dit-il après un moment, mais sa voix était presque inaudible à cause du raffut des haut-parleurs, il faut que tu parles à Harmony, c'est lui le mec à qui il faut que tu parles... »

Les choses en restèrent là entre eux deux car, à ce moment-là, Harmony déboucha de l'avant du bus, argile dégouttant des mains. A vue d'œil, il avait l'âge de Sess ; il faisait gonfler ses épais cheveux blonds comme une femme, effet contredit par sa féroce moustache rousse à la Fu Manchu ; d'après les maigres rapports que Sess avait déjà eus avec la tribu, celui-là semblait être le plus raisonnable — la communication était beaucoup plus facile avec lui qu'avec le neveu, qui avait tendance à parler par paragraphes entiers, comme s'il était payé au mot. Harmony eut l'air surpris. Il s'essuya les mains sur son jean, pencha la tête de côté et lança à Sess un regard de biais depuis le coin de ses lunettes à monture en acier. Il allait lâcher l'incontournable « ça gaze ? » (Sess aurait parié sa ferme) quand Sess se lança lui-même dans une tirade au cours de laquelle il énuméra toutes les infractions des hippies, décrivit les sentiments que les citoyens de Boynton entretenaient à leur égard et l'informa en termes fort peu ambigus qu'il allait devoir emmener tout son monde et se trouver un autre endroit où faire sa poterie, faire hurler sa musique et fumer sa marijuana et son L.S.D.

Sess n'avait aucune idée du temps que sa harangue prenait mais, après un moment, Harmony fut rejoint par sa compagne ou sa nana du moment ou qui sait, un petit bout de bonne femme pas très jolie mais le sourire serein, la chevelure de rigueur et des seins qui n'auraient pas déparé sur une fille de deux fois sa taille ; et le couple resta planté là à l'écouter, comme des costumes-cravates dans une salle de conférences. Lorsque Sess eut terminé, lorsqu'il eut épuisé ses réserves et se fut mis à songer à retourner au pick-up, à aller chercher Pamela pour se rendre à Fairbanks, célébrer la vie, la saison et la réserve pleine de viande déjà préparée, le disque contre lequel il avait combattu inconsciemment s'acheva sur une note par trop amplifiée, au moment où Harmony déclarait : « Je comprends, mec. » Il mit le bras autour des épaules de sa compagne et l'attira à lui. « Tu as été supercool, et on apprécie tous ça, même George le Bizarre. Écoute, on a peut-être été insouciants dans cette affaire, mais Alice et moi, on veut montrer notre appréciation. Tiens... , fit-il en désignant la longue rangée instable de cendriers et de shiloms informes, de tasses cannelées, posées sur la planche nue et ornant les souches d'arbre de la cour, choisis... »

Trois jours plus tard, quand ils revinrent de Fairbanks, le bus était encore là. Naturellement. Que croyait-il qu'ils feraient : qu'ils le passeraient à l'encre invisible ? L'engin ne voudrait sans doute même plus démarrer. Pourquoi se leurrer ? Cette affaire allait durer. Peut-être en verrait-on la fin au moment de la prochaine ère glaciaire, dans dix mille ans, quand un grand mur de glace d'un kilomètre de haut traverserait la toundra et la réduirait en miettes mais, pour l'heure, se dit Sess, mieux valait s'habituer à la chose parce que rien ne bougerait. Trois jours s'étaient écoulés et il n'arrivait pas à s'énerver. Pamela et lui avaient passé des journées formidables, une seconde lune de miel (non, leur première, en fait), à paresser, au lit, au Williwaw Motor Inn, à fumer des cigarettes, à boire du rhum-coca dans des gobelets en plastique et à contempler le tremblotement mystique du monde emprisonné et enfermé dans la petite boîte que tous les péquins appelaient par un diminutif pour exprimer leur solidarité avec elle. Ils avaient fait des achats. Ils avaient fait la tournée des bars. Malgré sa déception de n'avoir rien trouvé au chenil qui eût quatre pattes, une queue et eût pesé plus de, disons, sept kilos (chihuahua croise caniche nain croise bichon frisé dans les hauteurs défavorisées de Fairbanks), Sess n'en était pas moins content. Il remontait la rivière avec sa femme et tout le nécessaire et aussi les quelques articles de luxe qu'ils pouvaient transporter, sans oublier les poteries hippies, et il se foutait de ce qui se passerait à Boynton.

Ils arrivèrent de Fairbanks en fin d'après-midi. La bise était glaciale. Sess dépassa le Three Pup, engagea le pick-up dans l'allée de Richard et descendit à reculons jusqu'au bord du fleuve. « Est-ce qu'on a besoin de prendre quelque chose dans la cabane ? », s'interrogea-t-il tout haut tandis que Pamela lui tendait des cartons de nourriture, des bonbonnes de gaz, de l'huile pour moteur à deux-temps, un sac de chaussettes et de sous-vêtements tout neufs, et des doublures en feutre pour ses mukluks. Penché en avant, il répartissait la cargaison au fond du canoë. La bise empoigna ses cheveux et lui donna un coup de côté.

« Rien, autant que je puisse voir », répondit Pamela en se redressant. Elle scruta l'enclume de la rivière. Le ciel était noir. Des armadas de glace étaient descendues faire la guerre à l'eau libre.

« Alors, partons tout de suite, annonça Sess. J'aime pas ce ciel-là. »

Pamela portait sa parka, dont elle avait relevé la capuche dès qu'elle était descendue du pick-up. Ses mains étaient de minces volants de peau grisâtre qui s'activaient aux extrémités de ses manches, ses épaules étaient courbées contre la bise, le bout de son nez et ses joues fonçaient déjà. Lorsqu'elle prit les pagaies dans le traversin, Sess vit ses articulations blanches ressortir sur le grain sombre et huileux du bois. Adressant à son époux un sourire las, elle s'installa à la proue et il ne put que remarquer le contraste entre le présent et le jour où ils avaient remonté la rivière ensemble pour la première fois, jadis, dans la plénitude de juin, mais il était vrai qu'une petite dose d'inconfort, c'était ce que la nature réservait à chacun, sans discrimination, et bientôt Pamela retrouverait la chaleur du chalet, près du feu qui ronronnerait, une tasse de boisson chaude entre les mains. Quand ils lancèrent le canoë, la proue brisa la glace accumulée contre la rive. Personne n'avait besoin de lui préciser que ce serait la dernière descente en canoë de l'année.

Ils n'avaient pas parcouru un kilomètre, face à la bise, que Pamela se retournait vers lui. « Les clés, dit-elle. Et les clés ?

— Je les ai pas laissées dans le pick-up ?

— Vérifie dans tes poches, Sess... tu te rappelles ce qui est arrivé la dernière fois... »

Sa main était tellement engourdie qu'il eut du mal à la glisser dans sa poche. Mais que sentit-il prendre forme sous ses phalanges ? Une boîte d'allumettes, son canif, son clip à billets... et les clés du pick-up de Richard Schrader. Ils s'en retournèrent donc. Sess grimpa le talus, dépassa le bus des sangsues plongé dans le silence, glissa les clés dans le contact et redescendit sur la berge en courant, pour repartir au plus vite.

La bise, qui avait empiré, était cinglante et, pour éviter de la prendre de plein fouet, ils durent longer la rive, mais on ne pouvait guère s'en approcher : la glace qui se formait près du bord les maintenait à distance. La nuit tombait. Ils ramèrent en silence. Sess ne pensait à rien, il s'était mis en pilotage automatique, un coup d'un côté, un coup de l'autre, lorsqu'il perçut le bruit d'un avion. Il l'entendit (tous deux l'entendirent) avant de le voir et, quand il parut, surgissant de la tourmente, il n'était guère à plus de cinquante mètres et se dirigeait dans la même direction qu'eux. Le bruit explosa au-dessus de leurs têtes quand l'appareil les survola avant de négocier une ample boucle à l'avant du canoë ; puis, il revint sur eux et Sess pensa *C'est Howard Walpole ou Charlie Jimmy du Village indien à Eagle, ils viennent voir si nous n'avons pas de problème...*

Mais ce n'était pas Howard Walpole ou Charlie Jimmy. L'avion avait trois lumières or celle de l'aile gauche n'était pas en phase avec les deux autres (mauvais branchement, une ampoule mal vissée) et, lorsque l'appareil approcha encore (*fondit* sur eux, en fait), Sess reconnut les flotteurs dépourvus de peinture qui luisaient matement dans la lumière bleue clignotante. Oui, il les connaissait, ces flotteurs, des flotteurs qui accueilleraient des skis le matin venu si le temps continuait dans cette veine, et il n'avait pas besoin de voir le fuselage, lui aussi dépourvu de peinture, ou le numéro inscrit au pochoir qui s'effaçait progressivement, pour savoir à qui appartenait cet hydravion. Il fonçait sur eux, très bas au-dessus de l'eau parsemée de glace, bas dans le crépuscule, poussé par la bise. Sess n'eut pas le temps de réfléchir, n'eut pas le temps de reposer la pagaie à sa place, de faire dévier brusquement la proue ou de rechercher la protection des arbres, parce que le Cessna se retrouva droit devant lui, devant le visage de Pamela, et, tandis qu'ils baissaient la tête et que les flotteurs reprenaient de l'altitude, il ressentit le choc de la secousse, il entendit une jatte hippie se briser en mille morceaux et l'eau, l'eau du Yukon, froide comme la mort, s'engouffrer par la déchirure invisible dans la proue.

Alors, Sess passa à l'action. Il plongea la pagaie dans l'eau, avec virulence, et l'y maintint jusqu'à ce que le canoë vire de cent quatre-vingts degrés comme l'aiguille d'une boussole, sur quoi, poussés par la bise, ils redescendirent le courant. A cinq cents mètres, un bosquet ténébreux avançait dans le fleuve ; Sess cria à Pamela d'orienter le canoë vers là-bas, tandis qu'il cherchait son fusil dans l'amas ficelé de boîtes, de cartons et de poteries hippies. *Cette fois, c'est la guerre*, songea-t-il, *une seule fois encore, fils de pute, une seule fois et...*

En aval, les lumignons bleus clignotants ne s'évanouirent que pour revenir à la vie lorsque l'appareil changea de cap une fois de plus. « Baisse-toi ! », hurla Sess en mettant une balle dans le chargeur, avant d'appuyer le fusil sur le traversin pour forcer sur la pagaie et empêcher la poupe de repartir de travers. Il vit le profil de Pamela, pâle émanation sur la bande obscure du rivage. « Il... — Elle bégayait. — ... il a... ? » Ils entendirent l'avion qui gémissait en reprenant de la vitesse, ils virent les lumières se faire plus distinctes au fur et à mesure que la distance diminuait. « Tu ferais mieux de croire que oui ! », hurla Sess, enfonçant la pagaie dans l'eau avec le piston de son épaule. Ils étaient à moins de deux cents mètres de l'endroit où une couche de glace se formait sur la rive près du bosquet d'arbres.

Bosky arriva sur eux trop vite. Il croyait les trouver plus haut, à contre-courant ; le rugissement des moteurs, les flotteurs sans peinture les dépassèrent avant qu'il ait pu se pencher et ouvrir le feu, mais Sess, qui lui était prêt, laissant le canoë partir à la perpendiculaire du courant tandis que Pamela essayait de garder le contrôle de la proue, tira trois coups, trois mots de remerciement durs, gainés de cuivre, qui allèrent se perdre avec fracas dans le gouffre du ciel, sans rien atteindre d'autre, probablement, que l'air. Il n'aurait su dire. Il ne savait pas. Il était encore trop écumant d'adrénaline pour ressentir ne fût-ce que de la colère et de l'indignation. Il posa le fusil, reprit la pagaie et, l'instant d'après, ils fonçaient sur la nappe de glace près du rivage et se réfugiaient sous les arbres.

Tout fit silence. Une neige dure, violente, chassée par le vent, se mit à dégringoler du ciel, comme inopinément libérée. C'est alors que Sess entendit le fleuve, la glace sur le fleuve, qui dérapait et protestait comme quand on a les mains mouillées et qu'on les frotte l'une contre l'autre, c'est alors qu'il entendit Pamela. Recroquevillée sur elle-même, ombre parmi les ombres plus profondes, elle pleurait si doucement qu'il crut d'abord que c'était le chuchotement des flocons blancs et compacts qui se réfugiaient parmi les ultimes brins d'herbe de la saison. Il y avait désormais au fond du canoë cinq à six centimètres d'eau pour le moins, et tous deux avaient les pieds mouillés (ils portaient leurs boots de marche, daim jusqu'aux chevilles, leurs meilleurs souliers pour une virée en ville). Ils n'avaient pas de sacs de couchage, pas de tapis de sol, pas de tente — qui avait besoin d'une tente au Williwaw Motor Inn ? « Tout va bien, Pamela, lui dit-il, mais les mots avaient du mal à passer. Tout va bien, tout ira bien. »

Soit, il fallait faire un feu, mais il n'aimait pas l'idée, parce que Bosky pourrait les repérer et revenir les débusquer, c'est pourquoi il veilla d'abord à sortir de l'eau le canoë, à débarquer les provisions et les vêtements trempés, les outils, l'équipement et tout le reste dont il ne pouvait se passer, puis il installa la proue de telle manière qu'elle leur servît de paravent. Pamela travailla à son côté, sans qu'ils aient besoin de parler, de concert, pour tout débarquer, couper des branches de sapins qu'ils glissèrent sous le canoë, ramasser du bois pour en faire un tas s'ils décidaient de faire un feu, parce que, pour ça, ils devraient attendre. Entre-temps, la neige durcit ; elle crépitait sur leurs capuches et leurs manches, sous forme de boulettes et de granulés, tombant jusqu'au sol avec le doux frottement du riz qui coule d'un sac, et bientôt le néant ténébreux de la berge s'emplit de sa substance pâle et luisante. « Il ne va pas revenir, Sess, hein ? », demanda Pamela soudain, dans le vide.

Il la regarda, cette silhouette spectrale et penchée qui amassait un tas de bois et lâchait ses phrases en rapides buées emportées par la bise. « Non, répondit-il, pas avec ce temps-là et j'espère que ce fils de pute se casse la pipe et finisse dans un brasier tel qu'on ne pourra même plus l'identifier. Tu peux y croire, toi ? Tu peux croire qu'il nous a vraiment tiré dessus ? Je te l'ai dit, Pamela. Je te l'ai dit dès le début mais tu ne voulais pas me croire. »

Ils attendirent une demi-heure, frigorifiés, avant que Sess n'approche une allumette d'un tortillon d'écorce de bouleau. Le feu prit. Ils firent sécher leurs boots, leurs chaussettes, ils se séchèrent les pieds. Dans un sac à provisions en lambeaux Pamela récupéra une boîte mouillée de crackers qu'ils mangèrent avec des tranches de cheddar. Ensuite, ils laissèrent reposer leurs moteurs internes. C'était apparemment la première grande tempête de l'année : ça en avait toutes les caractéristiques, la bise, la neige en boulettes, la température qui était descendue jusqu'à – 6°, – 7°, et Sess ne doutait pas qu'elle baisserait encore et que la neige deviendrait poudreuse. Ils n'avaient pas beaucoup de marge de manœuvre s'ils voulaient rapatrier le canoë et toutes leurs provisions sur la Thirtymile avant le printemps prochain. Après un moment, il se leva et fouilla dans les bagages à la recherche d'une paire neuve de chaussettes Thermolactyl Outdoorsman (Garanties ! Gardent vos pieds au chaud par – 25°) ; il en passa une dans le trou au fond du canoë pour en faire une bonde et espéra qu'elle suffirait pour colmater la fuite. Puis ils rechargèrent et sortirent sur le fleuve en pleine tempête, opposant à celle-ci toute la force de leurs avant-bras et de leurs épaules, mains collées aux pagaies comme si elles avaient été sculptées dans la glace.

Il devait être minuit passé quand ils doublèrent Woodchopper Creek, s'écartant le plus possible du rivage au cas où Joe Bosky aurait été embusqué dans les parages ; ni l'un ni l'autre n'osait penser à ce qui avait pu se passer au chalet pendant leur absence, alors qu'il savait qu'ils étaient absents et avait tout le loisir et toutes les raisons de leur causer des dommages irréparables. La neige criblait leurs visages. Une fine croûte de glace se formait sur leur cargaison là où les gouttes tombées de la pagaie de Pamela, charriées par le vent, se déposaient, avant qu'une couche de neige ne vienne encore s'ajouter dessus. La nuit, présence dense et privée, suivait ses propres rythmes insaisissables ; Sess et Pamela n'avaient aucun droit d'être dehors à cette heure-là. Sess Harder s'en moquait. Il était content d'être là, maintenant, se sachant capable de relever le défi, heureux de vivre, heureux de chaque morsure furieuse que la pagaie infligeait à la rivière glacée. Quand ils pénétrèrent dans les eaux de la Thirtymile et qu'ils entendirent les chiens clamer leur appréhension à leur arrivée, il fut l'homme le plus heureux du monde.

SIXIÈME PARTIE

La nuit immémoriale

C'était la terre dont nous avions entendu parler,
Chaos et nuit immémoriale.

Henry David THOREAU, *Ktaadn.*

27.

C'était Halloween, le 31 octobre, le jour préféré de Pan, et de quoi disposait-il pour le célébrer ? Rien, pas de chats noirs, pas de squelettes, même pas un potiron transformé en visage humanoïde. A quatre heures de l'après-midi, il faisait nuit noire et la rivière, le grand terrain de jeu tourbillonnant et argenté qui regorgeait de poissons et de gibier, sur lequel il avait galopé tout l'été, était figée dans sa tombe de glace. *Freeze-up*, qu'on appelait ça ici. Pan était descendu, traînant les pieds, sur l'autoroute gelée de Woodchopper Creek à la lumière déclinante du jour, pour voir si le dernier passage avait été bloqué pendant la nuit. Il faisait dans les – 7°, – 8°. La bise soufflait. Il était resté là un moment, claquant des dents, sur la berge dure comme roche, à écouter le silence : c'était impressionnant, que tous les bruits de glaces en mouvement et de courants furibonds, bref, que toute cette *vie*, soient réduits à rien : pas même un murmure, pas même un remous, pas même une bulle qui éclate ; et puis, il avait grimpé le talus jusqu'au chalet et, à côté de la porte, il avait ramassé une brassée de bois.

Personne ne cligna des paupières. Il traversa le décrottoir, fit claquer la porte extérieure, se faufila, tel un contorsionniste, par l'entrebâillement de la lourde porte d'entrée, qu'il fit claquer de même, goutte au nez, doigts engourdis, bûches de pin sous le bras comme un tas de livre illisibles. Il entra auréolé d'une couverture d'air raréfié par le froid et apporta *l'odeur* du froid, une odeur quasiment chimique. Qu'adviendrait-il lorsque la température chuterait encore de vingt degrés ? De quarante ? Il traversa la pièce, attisa les charbons et ajouta le bois, et personne ne dit *Hé, mec, c'est comment dehors ?* ou *Ça y est, le passage est bloqué ?* ou encore *On a cru que tu t'étais transformé en statue de glace ou je sais pas quoi.* Tout ce qu'il entendit, ce fut : « Je fais la levée et je marque », « Deux paires » et « Trois valets et une paire de neuf ».

Joe, coincé à la table entre Sky Dog et Dale, battait les cartes. Ils jouaient au poker depuis une demi-journée au bas mot, depuis qu'ils étaient rentrés du Three Pup sur des scooters des neiges, en tout cas, et ils ne montraient aucun signe de vouloir arrêter. Un joint circulait constamment. Ils buvaient de la bière au goulot de la bouteille d'un litre et avalaient des barbis ou des Dexamil suivant le besoin. Ronnie s'était installé avec eux pendant un temps et s'était occupé de son propre bien-être pharmaceutique mais il avait épuisé cette veine-là et ce qu'il voulait maintenant, c'était de l'action : il voulait s'amuser, il voulait fêter *Halloween*, merde !

Joe avait installé un générateur parce que l'argent n'était pas un problème pour lui et il pouvait transporter de l'essence quand bon lui semblait avec son avion, c'est pourquoi les lumières fonctionnaient. D'une certaine façon, c'était bénéfique (au moins, elles chassaient l'ennui qui commençait déjà à les prendre tous au cou comme la main d'un étrangleur), mais c'était aussi une malédiction. C'était une malédiction et un sacré emmerdement dans la mesure où Pan, quelque pacifiste et *flower generation* qu'il fût, envisageait sérieusement un triple homicide et peut-être son propre suicide par-dessus le marché, dans la mesure où l'électricité était synonyme de « musique » et que, pour Joe Bosky, la musique, c'était synonyme de comédies musicales et de country : *Oklahoma !*, *La Mélodie du Bonheur*, Kitty Wells, Roy Acuff, Flatt and Scruggs, Eddy Arnold, Gene Autry... *Gene Autry*, pour l'amour de Dieu ! Ronnie n'arrivait pas à accepter ça et il se bourrait les oreilles de papier-toilette pour essayer d'oblitérer le bruit mais les beuglements vieillots, les cordes nasillardes et les envolées tyroliennes des chanteurs country lui parvenaient tout de même, polluaient sa conscience au point qu'il finissait par fredonner cette soupe ! *The hills are alive* : s'il entendait *The hills are alive* une fois de plus, il ne serait plus responsable de ses actes, non, plus du tout !

Bien sûr, l'ironie de la chose, c'était triste et tocard à admettre, c'était que la toundra était aussi morne et morte que tout le reste. Joe parlait de la vie de trappeur, de l'excitation qu'on ressentait sur la piste, à voir tout ce que la Nature t'offrait sur un plateau, mais ça s'arrêtait là. La vérité, c'est qu'il en avait sa claque de la vie de trappeur. Il se faisait du fric en livrant des alcools forts aux Esquimaux des villages abstinents de la Kobuk, en vendant des caisses de gin Fleischmann et de whisky Three Feathers et Everclear dix fois le prix qu'il payait à Fairbanks. Ronnie l'avait accompagné deux fois, juste pour voir comment c'était, et c'était la fin du monde, voilà ce que c'était. Des abris sans fenêtres, des chiens enchaînés, des rues sales, les détritus emportés par le vent, pas de routes pour y aller, pas de routes pour en revenir : par comparaison, Boynton, c'était Manhattan. Lui-même s'était fait un dollar ou deux en vendant quelques grammes de marijuana de la provision qu'il avait emportée de Marginocity : il avait bien essayé de *donner* le shit à Norm, à Marco, à Verbie et il ne se souvenait plus à qui encore mais les gens le traitaient comme un lépreux, et ce n'était pas juste, même si, en réfléchissant bien, en toute lucidité, il voyait parfaitement où il s'était fourvoyé, planté pour de bon, et il le regrettait, promis juré. Mais les Esquimaux (des demi-portions rigolos avec des cheveux comme de la graisse sur pattes, qui ne t'auraient pas regardé droit dans les yeux même si tu avais mis le feu à leur chemise), fichtre, les Esquimaux, eux, ils en redemandaient !

« Les loups, dit Joe, avec pour bruit de fond le bourdonnement de la stéréo assourdie avec du papier-toilette, c'est là-dedans qu'est le fric. Pour un pilote. »

Ronnie lisait l'un des dix-neuf livres de poche du chalet (tous par Louis L'Amour et tous chiants comme la mort) ; il posa le volume page imprimée contre son torse et but une gorgée de la flasque en argent qu'il avait gagnée à un client du Three Pup quinze jours avant (huit boules, il ne pouvait pas perdre) — et il regarda la table.

Dale Murray portait son manteau en peau de mouton et un chapeau en fourrure échangé à une vieille Indienne qui l'avait sur la tête au Nougat contre trois

Brandy Alexander (c'était tout ce qu'elle avait voulu boire) avec, en guise de crème, du lait concentré Borden en boîte et, en guise de brandy, de l'alcool éthylique teinté avec un sachet de thé. Sky Dog et lui en avaient leur claque des neiges du Nord et, depuis une bonne semaine, ils essayaient de convaincre Joe de les emmener en avion à Fairbanks, parce que, ainsi que Dale le répétait à plus soif, *La Californie, c'est là que tout se passe. Quitte cette merde. Je veux dire,* fuck *cette merde !* Et Joe répondait inlassablement *Demain, mec. Quand le temps virera au clair.* Dale leva le nez de ses cartes et demanda : « Qu'est-ce que tu veux dire, avec ton histoire de loups ? »

Sky Dog, les yeux réduits à des fentes veinées de sang, tira sur le col jadis blanc du chandail en laine qu'une nana de Marginocity lui avait tricoté en des temps plus fastes. « Tu veux dire ces gros chiens câlins qui hurlent là-bas à longueur de nuit, et le matin et l'après-midi aussi ?

— Je veux dire du fric à la pelle, voilà ce que je veux dire. Tu les tires sur fond de neige, ils ont pas d'endroit où se cacher. C'est comme tuer des mouches.

— Je croyais que t'étais trappeur, mec ? Qu'est-ce qui est arrivé au trappeur en toi ? »

Joe haussa les épaules. Il devait faire moins de 5° dans le chalet, mais il n'avait plus que son T-shirt en Thermolactyl et les tatouages qui s'enroulaient sur ses avant-bras comme des blessures de guerre — dans son cas, on aurait dû parler de blessures « géographiques » *(Celui-là, je l'ai fait faire aux Philippines, celui-là à Saigon, et celui-ci, celui-ci dans un endroit tellement crasse que t'aurais même pas envie de savoir).* « Tu as une idée du genre de travail qu'il faut abattre sur la piste ? C'est de la folie. Dingue. Il faut être une espèce d'homme des cavernes comme Cecil B. Hardon pour vouloir faire ça, une espèce de perdant congénital la tête enfouie à cinquante mètres dans le trou du cul. Moi, j'ai décidé, merde, que c'est pas pour moi, et j'ai laissé mes pièges là-bas l'hiver dernier. Il doit plus rester que les os maintenant mais ils peuvent rouiller sur place et devenir un tas de merde, je m'en balance ! Non, moi, je suis malin, j'ai pris le large. Je veux dire, ça rime à quoi d'investir dans un avion privé si c'est pas pour s'en servir, hein ? Soixante-trois loups, de toutes les teintes, depuis le noir intégral jusqu'au blanc immaculé, voilà ce que j'ai attrapé l'an dernier, et chacun cloué au sol : une prime de trente-cinq dollars la tête, plus ce que rapportent les peaux. Qui a besoin de chercher l'or quand il court sur quatre pattes ? »

Sky Dog renversa la tête d'un coup comme si on l'avait frappé. « C'est pas correct, mec, c'est pas correct, ça, je suis pas d'accord. Si tu tues tous les loups, il n'y aura plus de prédateurs et, sans prédateurs, tout l'écosystème de l'endroit sera bouleversé. Je veux dire : les élans, les caribous et je sais pas quoi encore, les lapins, ils boufferont la forêt jusqu'à la dernière racine. Au fait, je me casse. » Il serra le poing et le planta au milieu de la table.

« Ha ! C'est ce que tu dis maintenant... c'est ce que tu dis parce que tu retournes à ta réserve de Malibu où tout ce que tu as à te soucier, c'est quelles fringues tu vas mettre, mais si tu devais vivre ici, tu changerais vite de disque. » Joe se renversa en arrière sur sa chaise, qui grinça aux jointures. Il prit le litre de bière, mais le reposa sans boire. Il se pencha en avant, se versa une rasade de la bouteille de vodka qu'il gardait par terre, car elle y était au frais, parce qu'il faisait 5° à hauteur de chaise, mais peut-être – 20° au sol. « Les loups, c'est de la saloperie. Ils déchirent l'anus des élans pour avaler tout cru leurs intestins quand ils sont encore sur pied. Ils tuent tout ce qui bouge, faim ou pas faim, pour le plaisir. Non, fit-il, marquant une pause pour avaler sa vodka, je tuerais la dernière louve enceinte ici sur le plancher du chalet devant le gouverneur et tout son conseil si j'en avais la possibilité et... tu sais quoi, le gouverneur me donnerait sans doute une médaille !

— C'est qui, le gouverneur, de toute manière ? » se demanda Dale Murray tout fort. Sky Dog se gratta le cou, porta la main à la bouteille, remplit son verre. Une minute, parmi des millions de minutes, des milliards, passa.

« J'en sais rien du tout, merde », répondit Joe.

Pan, du lit près du poêle, le livre ouvert sur son torse : « Hé, les mecs, je suis désolé de vous interrompre, mais vous savez quel jour on est ? Halloween ! »

Ils lui jetèrent un regard vide. Le poêle ronfla et avala de l'air — de l'air aussi sec dans le chalet qu'il devait l'être dans le désert de l'Atacama. Au bout d'un long moment, Joe Bosky se pencha et cracha par terre. « Alors, qu'est-ce que tu veux que je fasse, dit-il, que je mette une perruque et que je me déguise en hippy ? Ou en femme, peut-être... Ça t'irait, ça ? »

Ronnie ne répondit pas : il était déjà ailleurs, transporté à son dernier Halloween, à Peterskill, sur les rives civilisées de l'Hudson, un endroit où il y avait des magasins, des bars, des boîtes de nuit, des détaillants de came : on pouvait s'y procurer toutes les sortes de dope qu'on voulait, jour et nuit, et des habits, des disques, des steaks, de la nourriture chinoise et italienne, des beignets de chez Dunkin, du poulet et des frites de chez Kentucky Fried : tel était l'endroit où il avait planté sa première bagnole, l'endroit où ses parents créchaient. Et ses amis. Ses potes. Les gens avec qui il avait grandi. Il fut soudain pris d'une telle bouffée de nostalgie, il se sentit tellement perdu, tellement vidé, qu'il dut se frapper la poitrine pour ne pas vomir le *chile con élan* qu'ils mangeaient depuis trois jours. Il eut un renvoi acide ; sa gorge était brûlante comme l'exil : il en eut les larmes aux yeux. Star et lui étaient vraiment montés au septième ciel ce soir-là. Ils étaient flamboyants, triomphants. Ils étaient d'abord allés à deux fêtes sensas, de premier ordre, et ensuite dans un club où se produisait un orchestre ; Star était déguisée en chatte, collants et tenue en velours qui lui moulait le corps partout où il le fallait, moustaches peintes sur les joues, qu'il avait effacées à force de les lui lécher pendant toute la soirée — et elle n'était pas la seule : toutes les nanas, déguisées en chatons sexy, en renards ou en vampires, exhibaient leur décolleté, leurs jambes et tout le reste. Il se demanda si quelqu'un avait jamais fait une étude là-dessus, un sociologue, parce que ces nanas s'habillaient toujours en fantasmes sexuels masculins, alors que les hommes, les mecs, choisissaient toujours des costumes absurdes. Et ça signifiait quoi ? Les hommes savaient s'amuser, faire les quatre cents coups, se camer, mais les femmes, les femelles, les nanas : elles voulaient que faire saliver les mecs, elles voulaient qu'on les adule ?

Ronnie s'était déguisé en dieu Pan, avec des cornes de diable (de récupération) qu'il avait peintes en marron, des pipeaux qu'il avait dénichés sous un tas de rebuts dans la salle de musique de leur vieille école et les bas poilus que sa mère lui avait confectionnés à la machine à coudre, et elle savait coudre, sa mère... Son costume n'était pas *du tout* absurde. Cool, plutôt. Des gens avaient surgi de nulle part pour lui faire des compliments et il se moquait de n'avoir que failli gagner le premier prix (il avait dû s'incliner devant un connard avec un masque de Spiro Agnew qui avait donc remporté l'authentique narguilé d'un mètre de haut que Alex, le propriétaire de la boîte, avait rapporté de Marrakech). C'était ce soir-là qu'il avait abandonné Ronnie, le soir où il était *devenu* Pan pour de bon. Le souvenir le poussa à se lever du lit. Il glissa les semelles en feutre dans ses souliers, enfila deux paires de chaussettes, laça ses souliers et mit plusieurs épaisseurs de vêtements.

« Où tu vas, mec ? demanda Sky Dog. Tu vas taper aux portes du voisinage pour récolter des bonbons ? »

Une douzaine de kilomètres jusqu'à Boynton (il pourrait marcher sur la rivière gelée) — six autres pour Marginordcity. Deux fois six douze, calcula-t-il, et il sortit dans l'obscurité, dans le froid, et son haleine se transforma en moteur à vapeur ; quand il atteignit le fleuve, il obliqua vers la droite, vers le nord-est, tout en pensant à Star. Ils devaient célébrer Halloween à Marginordcity ce soir, sans l'ombre d'un doute : Halloween, la fête des tordus, était dans l'air. Norm s'en serait occupé : si quelqu'un s'en était occupé, ça ne pouvait être que lui. Pan entendait la vitesse et les claquements vifs de ses pas lorsqu'il appuyait sur la fine couche de neige qui recouvrait la glace. Un pied devant l'autre : six, sept kilomètres, pas plus qu'une promenade dans le parc et il n'avait pas du tout froid, pas le moins du monde.

Un jour, Sess Harder lui avait révélé le secret des distances, à l'époque où il pouvait encore se montrer chez Sess (ce qui lui était impossible depuis qu'il avait carotté cinq dollars à Pamela, mais, hé, tant pis, hein ?). Ses semelles écrasaient la neige. La bise faiblit et la lune apparut. Il ne comprenait pas pourquoi cette rivière s'appelait la Thirtymile : est-ce qu'elle n'aurait pas dû se situer à trente *miles* de Boynton, c'est-à-dire à une bonne cinquantaine de kilomètres ? et pas à moins de la moitié ? Sess était occupé, toujours occupé, à réparer le harnais de ses chiens, et Pan restait planté à côté de lui avec sa bière de bienvenue dans une main et une cigarette dans l'autre, tandis que Sess, de sa voix grave et de son ton posé, lui inculquait des notions mathématiques : « La distance est mesurée à partir de Dawson, dans le territoire du Yukon, lui avait-il appris. A l'origine, ce qui se passait, c'est que les gens descendaient le fleuve depuis là-bas, et c'est pour ça qu'on a parlé de la Fortymile au sud-est de Eagle, et puis de la Seventymile un peu plus au nord, et ce qui est arrivé, je suppose, c'est qu'ils n'ont pas voulu appeler cette rivière la Hundredmile... c'était un nombre trop intimidant... alors, ils l'ont appelée la Thirtymile, parce qu'elle se trouve à peu près à trente *miles*, une cinquantaine de kilomètres de la Seventymile. Tu me suis ? »

Non. Non, pas vraiment. Ils auraient dû l'appeler le Filalinge, le Dinosaure ou l'Ananas crevé, ou bien la rebaptiser du nom de la mère de Jimi Hendrix : c'est ça, il ferait circuler une pétition dans ce sens dès qu'il serait retourné à la civilisation. Il poursuivit dans cette veine, une série de noms de plus en plus loufoques qui coururent dans sa tête et dans le silence et l'immensité de la rivière et des monts hérissés d'ombres et sous la lune, la *lune*, qui plongeait en lui (Halloween, ça vous dit rien, ça ?) : il ne s'était jamais senti aussi près de la nature. Il tourna encore à droite à l'embouchure de la Thirtymile, sans plus de difficulté que s'il avait obliqué de MacDougal sur Bleeker, et, quand il parvint à la hauteur du chalet de Sess Harder, dont la luminescence flottait sur fond d'arbres et l'odeur de feu de bois dans l'air comme une promesse, il passa son chemin.

Par quelque miracle, les chiens de Sess ne donnèrent pas l'alarme. En se concentrant, Pan distingua les ombres les unes des autres, reconnut le contour des niches accolées aux chevilles des arbres, mais aucun mouvement, aucun frottement de chaîne, aucun froissement de fourrure, aucun bruit hormis le souffle de la bise à ses oreilles. Les chiens dormaient, enroulés, queue contre museau, respirant aisément dans la forteresse de la nuit. Ils vivaient là, ancrés dans cet endroit, comme lui, comme Pan. Il poursuivit sa route, et ses orteils étaient peut-être légèrement engourdis (ses chaussures n'étaient pas de la meilleure qualité) mais il avait déjà connu ça, à New York. Il faisait plus froid ici, sans doute, mais pas de beaucoup. Il se rappela les – 5°, – 10° de son enfance ; la glace qui dessinait un réseau d'étoiles cristallines enchevêtrées à l'intérieur des vitres ; son père donnant des coups de pied à la porte côté conducteur de la Studebaker parce qu'elle ne démarrait pas (après avoir essayé de l'amadouer par tous les moyens) ; l'odeur métallique et suave de l'éther qu'il vaporisait dans le carburateur avec le vain espoir qu'il reviendrait à la vie. Son père : l'espace d'un éclair, son image s'imprima dans sa mémoire puis plus rien : une bobine s'effaçant dans le projecteur de son esprit. Il marchait. Il marchait dans l'immensité. La tête vide. La lune... la lune des moissons, la lune de Halloween... éclairait son chemin.

Marginordcity lui parvint d'abord sous la forme de l'odeur de la fumée qui imprégnait l'air nocturne, puis d'un faisceau de lumières tellement pâlottes et inappropriées qu'il n'était pas certain de ne pas les imaginer, pas jusqu'au moment où il gravit le talus et se retrouva dans l'allée où les cinq chalets décrivaient un croissant en surplomb de la rivière. Quatre d'entre eux avaient déjà un toit et étaient éclairés de l'intérieur, voguant haut sur l'océan de la nuit, mais le cinquième n'était qu'un muret de rondins, d'un mètre de haut au mieux, et il pensa à Mendocino Bill et à Alfredo, à leurs projets hypertrophiés : écartez-vous et regardez-nous, ici surgit la ville sur la colline, la métropole, Chichén Itza et Taj Mahal en un. Lève cette planche, mec, et pousse sur la scie. Ronnie ne dut pas moins admettre qu'ils avaient fait mieux qu'il ne l'aurait cru, parce qu'il vit les tuyaux des poêles qui sortaient des toitures, et la fumée qui était emportée par le vent était une véritable fumée bien grasse, bien réelle, or, s'il n'y a pas de fumée sans feu, là où il y a du feu, il fait chaud. Il se trouvait dans la cour... Ronnie, Pan, il revenait leur dire bonjour par une nuit à nulle autre pareille... et il hésita.

Il n'était pas revenu depuis la fin août et, même s'il avait croisé un ou deux frères et sœurs vagueux au Three Pup, au Nougat et au magasin de Setzler, il ne savait pas vraiment ce qu'ils pensaient de toute l'affaire, s'il serait le bienvenu ou pas, pardonné, oublié, balayé et repartons sur un nouveau pied. Surtout Norm. Il n'avait pas envie de voir Norm, et Alfredo non plus. Il se tenait là, dans le froid lunaire, penchant plutôt pour rentrer en catimini à Woodchopper, et merde à Marginordcity, s'ils ne voulaient pas de lui, lui ne voulait pas d'eux, lorsque un je-ne-sais-quoi modifia l'atmosphère : il entendit des rires, les sons de la convivialité, une voix qui s'élevait au-dessus d'une autre, et puis une cascade de hourras et de sifflets qui les noya toutes les deux. Il retint son souffle. Se concentra. C'est alors qu'il entendit la musique. Elle venait de la salle de réunion, plainte ténue, assourdie de cordes métalliques et boum boum répétitif d'une batterie. Il traversa la cour, fit le grand saut, poussa la porte.

Ce n'était pas ce à quoi il s'était attendu. Des vagueux étaient bien réunis là, certes, huit, dix, onze visages levés vers lui, l'observant depuis la pénombre des bougies, mais personne ne dansait ou ne parlait même, et personne ne riait plus. C'était Buffalo Springfield qui passait sur la stéréo, et la voix tendue de Neil Young, qui débitait *I Am a Child* comme si ç'avait été un air funèbre, plongeait toute la pièce, qui sentait le renfermé et puait la dope, dans la déprime : à un point tel que Ronnie aurait voulu prendre l'un des présents par le bras et lui demander *Qui est-ce qui est mort ?* Star n'était pas là, Marco n'était pas là, et Norm non plus. Ni Merry. Mais Freak était là, et Freak au moins vint lui souhaiter la bienvenue, remuant son moignon de queue et insérant son museau glacé dans la coupe que Ronnie fit de ses mains nues. Alors, personne ne le reconnaissait, personne n'avait d'opinion sur lui, pour ou contre ? « Hé, mecs, lança-t-il, tandis que les visages s'extrayaient de la pénombre. Ça gaze ? »

C'est Mendocino Bill qui brisa le silence. Il se leva du banc rudimentaire sur lequel il était assis près du poêle, gigantesque dans le chandail à grosses côtes que sa mère ou son ex devait lui avoir envoyé. Il leva les pieds avec les précautions exagérées d'un plongeur qui se fraye un chemin entre une pieuvre tueuse et une palourde géante mangeuse d'hommes. « Putain de merde ! fit-il. Regardez qui nous revient ! Hé, les gars ! » Il pivota la tête pour englober la mezzanine et les pieds chaussés de Thermolactyl, concentrés là-haut comme quelque excroissance fongique : « C'est Pan. »

Chuchotements. Neil Young continua d'assassiner son air, de tout massacrer dans les parages, et les vagueux surgirent de la pénombre comme des zombies :

Geoffrey, George le Bizarre, Dunphy, Erika, Deuce, et tous clignaient les yeux dans sa direction comme s'ils l'avaient vu à dix kilomètres de distance. C'était Pan ? C'était bien Pan ? Mais où... ? On croyait... Putain de merde ! C'est Pan. Et les rancunes semblaient s'être envolées, et ce ne furent plus que des serrements d'âmes tout à la ronde, et, tiens, mec, prends une dose de ça, et il accepta, bien sûr, mais où étaient tous les autres ? C'était Halloween, non ? Ou bien il s'était trompé dans son décompte des jours ?

Angela était là, ainsi que Maya, Creamola et Foster. « On est *hip* », déclara Bill, reculant contre le poêle pour réchauffer l'imposante masse palpitante de son dos. « C'est simplement que personne n'a vraiment, je veux dire, on a rien décidé de faire ensemble. Sans compter que les potirons avaient la taille de pamplemousses quand les premières gelées sont arrivées...

— La première neige, tu veux dire, le corrigea Creamola.

— On a sculpté une courgette », expliqua Angela. La courgette était là, en effet, sur le rebord de la fenêtre, flûte verte dégonflée dans laquelle on avait percé deux trous au travers desquels un clignotement minable émanait de ses profondeurs flasques. « Reba a déguisé Che et Sunshine en diables... ils sont venus demander des bonbons ici, et puis au chalet de Star et à celui que je partage avec Erika, George et Geoffrey. »

Ronnie vit alors que certains, certaines, s'étaient maquillés et saupoudré les joues et le front de paillettes, et George le Bizarre avait sans doute rafraîchi ses os et son ail, mais on était loin des festivités que Pan avait imaginées. Cela dit... et lui ? Comment allaient Dale et Sky ? Est-ce qu'eux aussi allaient venir ?

« Non, ils jouent aux cartes. » Il n'avait pas plus tôt parlé qu'il comprit combien sa déclaration devait paraître bancale. Le fait était que Dale et Sky Dog étaient tout aussi *personae non gratae* que lui dans ces parages, qu'ils avaient été vidés par Marco et Alfredo après deux ou trois jours bénis des dieux, de baise à tous vents, de picole et de farniente comateux au soleil, et on leur avait bien fait comprendre que Joe Bosky était de même proscrit de la communauté : Décarcasse-Toi Ou Fous Le Camp, D.T.O.F.L.C., telle semblait être la nouvelle devise de Marginordcity, et fi de A.P.T.A.L.T., Accès Pour Tous A La Terre. « Mais où sont tous les autres ? », demanda-t-il, au centre d'un cercle de visages.

Angela répondit : « Lydia est revenue. »

Lydia ! Il sentit des remous dans son aine. « Où est-elle ?

— Chez Star et Merry. C'est les seules qui l'ont acceptée. »

Voici ce qu'il apprit : Lydia, pleine aux as et chargée d'une cargaison de scotch, de bonbons au chocolat et de cigarettes, avait débarqué la semaine précédente sur le siège arrière d'un scooter des neiges gonflé à mort d'un hirsute du cru ; munie de tout un répertoire d'histoires sur la traite des blanches à Fairbanks et le tempérament du mâle dans l'Alaska, elle avait traversé Marginordcity comme une boule de feu. La fête avait duré quarante-huit heures. Les pensionnaires étaient assoiffés de distractions, n'importe quoi, n'importe qui, parce que couper du bois, c'était bien mais il y avait des limites à tout, et pareil pour les bols de hachis qu'on était prêts à bouffer, et on pouvait jouer au Monopoly jusqu'à creuser des sillons dans le carton mais, en fin de compte, on se demandait tout de même : *Est-ce vraiment à ça que ma vie se résume ?* L'hiver n'était même pas encore arrivé que les vaches maigres étaient déjà installées à Marginordcity. Des factions se formaient. Les vagueux étaient accablés par l'ennui, ils étaient d'humeur suicidaire. Ils n'avaient pas de scooters des neiges, aucun moyen d'échapper, à moins de parcourir à pied les vingt kilomètres jusqu'à Boynton par des températures effroyables, et Boynton même était isolé du monde. Et l'hirsute du cru et son scooter des neiges ? Rain avait couché avec lui... elle s'était prostituée, l'avait baisé en long, en large, et en travers : il l'avait emmenée sur son scooter blanc dans une explosion de gaz d'échappement et un panache aveuglant de neige. A l'heure qu'il était, elle était probablement de retour chez elle à San Francisco.

Pan les dévisagea tous. Il prit le joint qui arriva à sa hauteur. Il y avait de la bière, la concoction maison de Tom Krishna — pas mauvaise du tout. « Hé ! s'exclama Ronnie en prenant une gorgée à même le goulot. Tom s'améliore ! S'il sort d'ici, il devrait aller direct chez Budweiser, qu'est-ce que vous en pensez ? » Personne ne rit. Les vagueux retombèrent dans les ombres. Ronnie s'installa et se contenta de *humer* l'atmosphère pendant un moment et, lorsqu'il se sentit à l'aise, il se leva et changea le disque, mit un rock and roll pour les remuer un peu, *Excuse me while I kiss the sky*. Mais voilà que Bill, le gros sac gonflé de graisse et de poils, déclara qu'ils devaient économiser la batterie et éteignit l'appareil, sur quoi Ronnie ressortit dans la froidure, avec une seule idée en tête : Star, Merry, Lydia.

La fine pellicule de neige craqua sous ses semelles comme une salve de mitraillette. La température avait chuté, la lune hantait le ciel et les étoiles parsemées dans son sillage étaient comme des pustules sur un visage boutonneux, et il ne se faisait aucune illusion quant à Star ou à Merry, mais Lydia, au moins Lydia était folle de lui, l'avait toujours été, dès le départ. Bien sûr, elle n'était pas son type mais il venait de connaître une longue période d'abstinence chez Bosky, une combinaison de moine et de bûcheron, à porter du bois, à chasser, à alimenter le poêle quand Joe partait courir l'empyrée avec le Cessna. Un soir, ils avaient ramené deux Indiennes et, pendant un jour ou deux de beuveries, ils avaient fait toutes les permutations possibles, et il avait pris du bon temps, il ne se plaignait pas... à moins que. Ce n'était pas pour ça qu'il s'était engagé, pas le moins du monde : s'il avait eu de quoi, il serait parti illico, pour la durée de l'hiver, en tout cas. Hawaï l'attirait davantage.

La Jolla. Ensenada.

Le chalet de Star était le dernier de la rangée. Un décrottoir servait de pare-vent, il y avait des lueurs à deux fenêtres, une volute de fumée montait du poêle. Il attendit sur le seuil de la porte pendant une minute, à se demander si c'était une bonne idée ; enfin, il pénétra dans l'antre sombre du sas puis il frappa deux coups à la porte du chalet proprement dit. Rien. Il frappa encore.

Entendit des voix, le frottement de pieds sur le plancher. Puis la porte s'ouvrit en grinçant sur les gonds et Marco apparut, en jean délavé et chemise de bûcheron, l'air lointain, rigide et hostile : pas de chichis entre eux deux, pas depuis l'incident de la came, en tout cas. Tout ce que Ronnie songea à dire à ce moment-là, ce fut : « T'aurais pas des bonbons ? »

Alors, la voix de Star s'éleva des profondeurs. « Qui est-ce ? Ronnie ? C'est bien *Ronnie* ? » Sur quoi, il entendit Merry pousser un couinement, à moins que ça ait été Lydia, et une longue salve soutenue de rires de la part des trois filles, comme si le fait même qu'il existât était comique en soi. Marco hocha la tête et les trois femmes, dont émanaient des odeurs croupies, renfermées de draps, de couvertures, de chemises de nuit (odeurs de chairs), furent soudain à la porte, en pantalon et chaussettes d'intérieur, à roucouler leurs formules de bienvenue. « Entre ! insista Star. Bordel, reste pas planté là dehors... »

A l'intérieur, on se sentait autant à l'étroit que dans une cellule de prison. On pouvait presque toucher les parois de rondins en écartant les bras. Il faisait sombre, chaud, sec. Les deux couchettes encastrées dominaient les lieux et il fallait se baisser pour éviter les six tonnes de merdes qui pendaient de crochets et de fils tendus à travers la pièce : chaussettes et sous-vêtements mouillés, parkas, jeans, souliers. De l'encens brûlait dans un coin. Le poêle rougeoyait. Près de la fenêtre côté cour, un guéridon était jonché de cartes, de livres et d'assiettes sales. Ronnie s'affala sur une chaise que Star tira pour lui et il ôta ses gants tandis que les nanas tournaient autour de lui, trois paires de seins à hauteur d'yeux, visages illuminés qui le couvaient comme des antennes d'extraterrestres cherchant des signes de vie sur la planète. « Je peux pas y croire », répétait Merry, et Jiminy, s'aperçut-il soudain, était là aussi, à le fusiller du regard depuis l'une des couchettes supérieures.

Pan haussa les épaules. « Hé, c'est Halloween ! expliqua-t-il. J'ai pensé que je pourrais venir vous dire un petit bonjour. Voir comment ça se passait. »

Personne n'y trouva rien à redire et, bientôt, les trois femmes se retrouvèrent à table avec lui ; elles lui offrirent des biscuits avec des rayures orange préparés spécialement pour Halloween, allumèrent un joint et passèrent le pichet de bière maison tandis que Marco et Jiminy, sur les couchettes supérieures, conversaient à voix basse. Lydia portait un manteau en fourrure qui tombait jusqu'au plancher : « Renard bâtard ; c'est un admirateur qui me l'a donné. Il te plaît ? » Elle était belle, plus que belle, et elle avait perdu un peu de poids, non ? « T'es une vraie bombe ! », déclara-t-il, et il lui passa le bras autour des épaules.

« Ha, écoutez Pan ! dit Merry en pouffant. Tu es en manque, c'est ça ? A vivre... comme quoi, comme un bouc ? là-bas avec Joe Bosky ? Et moi ? Je suis pas une bombe, moi ? »

Elle était collée contre Star ; toutes deux se maquillaient en vue de ce qu'il faudrait bien faire passer pour une soirée de Halloween : traits noirs sur l'arête du nez et sur les pommettes, et tout le reste vert putrescent. Ce n'était pas l'année des costumes sexy ! Ni le lieu. « Oh, si, Ronnie s'entendit-il répondre. *Groovy*. Super.

— Et moi, Pan ? », demanda Star. Elle retroussa les lèvres, fit une moue et il fut incapable de déchiffrer son regard, absolument incapable... Il se demanda si elle éprouvait encore des sentiments pour lui ou si, au contraire, elle lui laissait sa liberté, au revoir, salut, sans regrets : ils avaient été ensemble dans la classe de Mr. Boscovitch, oui, et alors ? Ils avaient fait mieux que Lewis et Clark et baisé sous les étoiles et partagé leur dernier sou ? Et alors ?

Lydia : « Je m'étonne que tu sois jamais venu me voir danser... qu'est-ce qui se passe, *baby*, je t'intéresse plus ? Ou je valais pas que tu fasses quatre heures de route ? »

C'est alors que les trois femmes se lâchèrent, plaisantèrent, se mirent à siffler, à glouglouter, tapant sur la table avec les talons brillants de leurs mains. Ha ! ha ! Gros rires. Et Ronnie, Pan, se laissa prendre, inventa des excuses et ses excuses étaient de vraies excuses, des excuses vraisemblables, parce que la voiture était, en fait, comme morte, et Joe ne prenait l'avion que lorsqu'il en avait envie et il n'en avait pas eu envie récemment. Qu'était-il censé faire, marcher ?

« Alors, maintenant, je suis une bombe, hein ? Maintenant que je suis assise à dix centimètres de toi. » Les yeux mauves de Lydia lui lancèrent un regard de braise. Elle plaisantait, elle jouait avec lui, sur un ton léger et insinuant — mais, brusquement, son visage se cramponna au sien, sans prévenir. « Et je suppose, Mr. *Pan*, Mr. Love à la grosse bite, que tu veux que je me renverse sur le dos et que je le fasse avec toi comme si j'étais en manque ou quoi ? C'est ça ? »

Ronnie était dans une impasse. Il était camé, il était fatigué, il voulait baiser mais Socrate n'en aurait pas mené large avec celle-là. La seule réponse honnête eût été « oui » mais « oui » fermait la porte et « non », c'était une autre façon de s'aplatir, et Ronnie se moquait d'avoir la trique, il n'allait pas s'aplatir, surtout pas devant Lydia. Elle n'était même pas son type.

De son moment d'hésitation jaillit la voix de Marco. « Tu as pris les deux fusils et le pistolet. Ils ne t'appartiennent pas, frère, on veut que tu nous les rendes.

— Oh, Marco..., dit Star, la gorge serrée. Pas maintenant !

— Tu l'as abattu, ton élan... ? Toi et qui déjà, Bosky, Dale et Bruce ? Tu es encore avec eux ?

— Qui ça ? Tu veux dire Sky Dog ?

— Ouais. *Bruce*. C'est son vrai nom, tu le sais ? Comme toi, tu t'appelles Ronnie et comme moi, je m'appelle Marco, et Jiminy... Comment tu t'appelles, déjà, Jiminy ? »

La voix de Jiminy, un chuchotement, un chat en travers de la gorge : « Paul Atkins.

— C'est ça, Paul. Alors, Ronnie, tu l'as abattu, ton élan ? »

Autre question ardue. « Oui » et tu es foutu ; « non » et tu es incompétent et tu rends les fusils de toute manière. « Oui, s'entendit-il répondre. Un mâle. De premier choix. Joe dit qu'il devait peser cinq cents kilos. On l'a vu de l'avion, il était en terrain découvert, une grosse tache qui avançait sur la neige. Je veux dire, on a de la viande, plein. Je veux dire, si vous en voulez... »

Marco répliqua (c'était à prévoir) : « On veut surtout les fusils.

— D'accord. Je comprends. » Pan scruta la pénombre de la couchette supérieure et fixa son périscope sur le regard acéré de Marco. Il n'était pas question qu'il rende le pistolet (c'était un pur hasard s'il ne le portait pas à ce moment-là) ou le 30-06. La Winchester 30-30, peut-être. Ouais, celle-là, à la rigueur. « Demain, je le jure. »

Sur quoi Star embraya sur le jardin : elles n'en avaient presque rien tiré (elles avaient commencé trop tard, elles avaient appris une leçon !), mais la marijuana avait bien donné, pas de floraison à proprement parler, mais elles avaient fait sécher les feuilles et en avaient tiré quelque chose de pas trop mauvais. Suffisant pour te faire planer, en tout cas. S'ensuivit un silence, que Star rompit de sa voix la plus aérienne : « Allons, Jiminy, Merry, Marco, allons chercher des bonbons chez Norm ! On va laisser ces deux-là en privé pendant un moment, non ? Hein ? »

La porte ne s'était pas refermée que Lydia se levait pour ajouter deux bûches au feu, bien que, par comparaison à celui de Bosky, ce chalet fût aussi hermétique qu'une Volkswagen — il devait déjà faire plus de 30°. Lydia laissa ouverte la portière du poêle pour qu'ils puissent voir les flammes, et il apprécia le geste, mais il transpirait et il avait la gorge tellement sèche qu'il se serait fait couper la main pour un verre de thé ou de gingembre glacé ou pourquoi pas une *glace* parfum *gingembre :* aller au comptoir passer ta commande par une torride journée sous le soleil new-yorkais qui te brûle la nuque : les cigales chantent dans les arbres et la tasse en polystyrène sue dans ta main. Quel fantasme ! C'était pas amusant, ça ?... Le voilà qui était en Alaska, dans un chalet en rondins perdu dans l'immensité neigeuse, par – 30°, et tout ce à quoi il pensait, c'était une limonade glacée dans un grand verre ou une vodka-citron, un gin and tonic, n'importe quoi de froid — plus ce serait froid, mieux ce serait !

Lydia décrocha la lanterne et souffla la flamme : un fin ruban de fumée verdâtre s'éleva de l'ouverture et une bouffée révélatrice de kérosène flotta dans l'air. Elle laissa brûler les bougies. Ronnie la regarda aller et venir dans la pièce, se frayer un chemin dans le désordre, jusqu'à ce qu'elle trouve sa bourse pendue à un clou près du sac à dos High Sierra bleu marine de Star, celui qui avait traversé les États-Unis dans le coffre de la Studebaker... (Ça alors ! le sac à dos de Star ! songea Pan.) Lydia piocha un nouveau bâtonnet d'encens dans sa bourse et vint à la table pour l'allumer à la bougie qui coulait à côté de Ronnie. Elle installa le bâtonnet dans son support (clou de girofle, c'était ça, le parfum, et peut-être un soupçon de menthe), sur quoi elle sortit un joint de la poche de son manteau en renard. Elle lui adressa un large sourire, alluma le joint et le lui tendit. Puis elle laissa tomber le manteau par terre, retira son chandail et son soutien-gorge d'un seul geste fluide et secoua ses cheveux. « Tu veux que je danse pour toi ? demanda-t-elle. Pour te montrer ce que tu as manqué en ne venant pas au Chat sauvage ?

— Ouais. Ça serait bath. »

Elle se lança dans une lente et lancinante rotation de son corps, fit évoluer un hoola-hoop invisible autour de sa taille tandis que ses hanches larges tournaient et tournaient sans cesse, puis elle fit glisser son jean, le laissant également tomber par terre. « Qu'est-ce que tu en penses, Pan, Pan le satyre, tu me veux maintenant ? »

Depuis la couchette inférieure, elle l'observa qui se déshabillait ou, plus exactement, se débattait avec ses vêtements : il s'était enveloppé de tellement d'épaisseurs, les deux chemises, le chandail, le caleçon long : il avait l'impression d'avoir six ans et de se déshabiller devant sa mère après une journée de neige, or Lydia n'était pas sa mère, ça non, loin de là, et c'était préférable, parce qu'il n'aurait reculé devant rien. Les godillots : il tira sur les lacets, donna des coups de pied aux talons. « Allons, Ronnie, lâcha-t-elle dans un murmure, allongée, toute à lui, l'attendant, tu veux pas que je me mette à m'ennuyer, hein ? »

Il sauta sur elle comme une flèche à la sortie de l'arc ; s'ensuivirent les habituels mouvements de langues et de membres jusqu'à ce qu'ils aient trouvé la position adéquate sur la planche étroite du lit, le tout dans la norme ambiante du programme d'amour, d'Amour libre, mais Lydia portait encore son panty, si bien qu'en s'enfonçant en elle, il tirait sur le panty en même temps : elle jouait à quoi, elle le titillait ? « Non, dit-elle dans un murmure, en s'écartant de lui, non, on peut pas.

— Quoi, on peut pas ? De quoi tu parles ? » Il était là, en plein sur elle, ses mains parcouraient le circuit offert. « T'as pas pris ta pilule ? C'est ça ? Parce que je m'en moque... je ferai attention... »

Les yeux mauves. La voix taquine. « Non, c'est pas ça, déclara-t-elle.

— Doux Jésus ! — Ç'aurait pu être une prière... *c'était* une prière. — C'est quoi, alors ?

— Personne t'a dit ? Parce qu'on m'a traitée comme de la merde ici, Reba particulièrement, la salope... C'est elle qui a été découverte. Par Alfredo, je veux dire.

— Quoi ? C'est quoi, cette histoire ? »

Elle haussa les épaules et le lit fléchit sous son corps. « Les morpions, avoua-t-elle.

— Les morpions ?

— Je sais pas où j'ai attrapé ça, je sais vraiment pas. Et je crois pas que c'était Arnold.

— Arnold ? Arnold qui ?

— Tu le connais pas. Il a un magasin de sports... C'est lui qui m'a reconduite ici. Sur son skidoo. Depuis Fairbanks, avec arrêt de trois heures au Nougat. Il était gentil. Vraiment. »

Pan se sentit rétrécir.

« Personne a de la crème, fit Lydia. C'est ça, le problème. C'est pas comme s'il y avait une pharmacie au coin de la rue, tu vois ce que je veux dire ?

— Et alors, la belle affaire ! C'est pas comme une maladie vénérienne ou ce genre de chose. — Et c'était tout dans la tête, n'est-ce pas, parce que, tout à coup, il était de nouveau fin prêt, près de gicler. — Je veux dire, on pourrait le faire quand même, non ? »

Elle s'endormit tout de suite après, K.O., et, quand il se retira d'elle et alla se savonner et se frotter de son mieux avec un pain de savon sec et une serviette qu'il trouva pendue près de la porte, elle ronflait. Tête renversée, seins écrasés sur le buste, et tous *ces poils* ! Elle attrapait l'air et le recrachait, montant dans les aigus comme si elle avait joué des grandes orgues sans orgues. Mais ça, passe encore... Ça, il le lui pardonnait. Lydia, son bonbon *et* sa sorcière de Halloween. Il renfila ses caleçons longs, avant de les retirer à nouveau, pour bien s'inspecter encore une fois et se passer la serviette derechef sur les reins, pas de visiteurs indésirables, aucun qu'il pût voir... sur quoi il se rhabilla daredare, parce qu'il avait sept bons kilomètres à parcourir avant de pouvoir ronfler à son tour. Il lui fallut plusieurs mouvements d'épaules pour réussir à enfiler sa parka ; il avait chaud, il transpirait, et il allait sortir dans la nuit, accueillant avec plaisir l'idée du froid à venir, lorsque le sac à dos de Star attira son attention.

Depuis longtemps, en tout cas depuis qu'il avait quitté Marginordcity, il songeait à s'extraire de tout ça, à recouvrer sa liberté, à y tourner le dos, à se réhabituer à la *civilisation* — pour changer —, et il avait écrit à ses parents à trois reprises pour leur réclamer de l'argent, un aller simple, des traveller's chèques, n'importe quoi, mais il serait mort qu'ils n'auraient pas réagi différemment. D'où le sac à dos de Star. Il était là, pendu à un clou près de la bourse de Lydia. Et Ronnie savait quelque chose sur ce sac à dos que Star ignorait qu'il savait, ce qui était idiot de sa part, parce que comment pouvait-elle croire qu'il aurait passé toutes ces nuits sur la route, dans des tentes, des motels, des routiers, des fast-foods et des stations-service (Vous avez dit que c'était où, les W.-C. dames ?) sans connaître le contenu de son sac à dos aussi bien que le sien ? Ce ne serait pas vraiment du vol non plus, pas exactement, puisque les trois cents dollars cachés dans une chaussette au fond de la poche la plus secrète du sac, c'étaient trois cents dollars qu'elle lui avait soustraits : combien de fois lui avait-il offert le petit déjeuner, des boissons fraîches, des cigarettes, combien de fois avait-il payé la note du motel ou du camping ? Momentanément, certes, il regretta de devoir agir ainsi : ne s'agissait-il pas de Star, après tout, Star qu'il aimait et avait toujours aimée, du moins la dernière année, et ces trois billets étaient son sauf-conduit à elle, son billet de sortie, or voilà qu'elle se retrouverait le bec dans l'eau. Mais ne l'avait-elle pas coincé, lui-même ? Elle avait choisi Marco. Grosse erreur. Et elle avait organisé ce petit guet-apens avec Lydia ce soir, devant tout le monde : quelle façon de le congédier !

Il trouva la porte, trouva la nuit. La fumée passait devant la lune, les lumières des fenêtres de Marginordcity faisaient des découpages dans les ombres. Il n'y avait personne dans la cour, pas un bruit hormis les crissements de ses godillots sur la neige qui cédait en se lamentant. Il passa la main sous sa parka pour s'ajuster le pantalon au niveau du sexe, mais pas pour se gratter, pas encore, et puis il se lança sur l'étendue glacée de la rivière.

28.

L'air était vif, brûlé par un froid qui lui conférait une pureté parfaite, et cela fit du bien à Marco de se retrouver ainsi dehors, de respirer à pleins poumons et de parcourir les environs avec un but précis, comme s'il était chez lui dans ce cadre et aussi vital en son sein que le loup, le lièvre, l'élan, et il était plaisant d'échapper, pour quelques heures du moins, à la vie communautaire de Marginordcity. La plupart des autres se satisfaisaient de rester assis devant un jeu de cartes, un carnet à dessin, une guitare, et les heures s'égrenaient comme autant de peaux détachées d'une carcasse. Quelle est l'urgence, mec, sois cool... Mais Marco n'était pas comme ça. Il ne savait pas se relâcher. Il s'ennuyait, se sentait prisonnier. Il avait besoin de sortir, d'explorer le pays, tous les sens à l'affût, *d'apprendre* quelque chose. Les visages vannés de Marginordcity s'étaient levés vers lui, surpris : le vent soufflait dans les arbres, le feu était entretenu, le riz Caroline mijotait dans la marmite... même le chien était trop paresseux pour lever le museau du plancher. Tu sors vraiment ? Par ce temps ?

Six d'entre eux écrivaient des romans, peut-être sept, suivant que les pattes de mouches contractées qui noircissaient les pages des carnets d'Alfredo se révéleraient être de la fiction ou un essai consacré aux joies de la vie en communauté : Alfredo n'était pas encore certain mais il aurait le temps de travailler le manuscrit dans un sens comme dans l'autre, une fois que le rideau serait tombé sur la lumière du jour, ce qui ne tarderait pas (le 21 novembre, d'après Sess Harder). On tricotait beaucoup. Scrabble, dames, échecs. Et, bien sûr, les vagueux trouvaient le temps d'organiser des séances de luge, de patinage sur la rivière (Marginordcity possédait trois paires de patins), de construire des bonshommes de neige avec des racines de saule en guise de cheveux, un bandana usé et peut-être, voyons donc, une chemise verte à reflets irisés ou un gilet pailleté par-dessus le marché. On s'amusait, on jouait. Voilà tout.

Le ciel était bas. Dans la matinée, la température était montée au-dessus de 0°, grimpant l'échelle du thermomètre lors d'une ascension lente, lésineuse, un degré après l'autre. Le temps était peut-être à la neige : si seulement il avait eu l'expérience de Sess Harder, de Steve l'Acier ou du vieux Tim Yule, qui, par tous les temps, s'asseyait sur la véranda de sa maison en bois, là-bas à Boynton. Sentant l'emprise de Marginordcity se desserrer au fur et à mesure qu'il descendait vers la rivière, Marco regarda en arrière deux ou trois fois, simplement pour admirer la façon dont les bâtiments défiaient le vide environnant, pour observer les volutes de fumée des quatre poêles qui tourbillonnaient de concert vers le ciel et écouter les cris de plus en plus étouffés de Che et de Sunshine, dont les silhouettes s'amenuisèrent jusqu'à disparaître entièrement, tandis qu'ils traversaient la cour en martelant le sol, dans leurs combinaisons de neige faites maison et leurs bottes en caoutchouc rouge.

Marco avait accordé une semaine à Ronnie, et une semaine, c'était plus qu'il n'avait à offrir. Joe Bosky et Pan l'esprit-des-bois avaient peut-être leur viande, Sess Harder avait très certainement la sienne, comme sans doute tout le monde à Boynton, et la moitié des chasseurs du dimanche qui venaient de Fairbanks, d'Anchorage et de plus au sud encore, mais Marginordcity n'avait pas un steak d'avance. Or, c'était un souci, un véritable souci, parce que bientôt il serait trop tard, l'élan serait devenu trop dur et filandreux après la période du rut, et, malgré les protestations des végétariens, les marginos auraient besoin de viande pour durer jusqu'au printemps : ça ou alors ils devraient attraper les souris sous les planchers et faire bouillir leurs chaussures comme Charlot. C'était rageant : à la fin octobre, juste avant Halloween, Star et lui s'étaient réveillés au son de ce qui ressemblait au grondement de cinquante bidons de vingt-cinq litres d'essence qui auraient surgi des bois et dévalé le coteau, cognements et coups mats qui avaient résonné à travers le chalet et fait trembler le lit, au point que Marco s'était levé en vitesse et précipité sur la porte en chaussettes. Deux élans, des mâles, s'affrontaient sur la bande de galets, deux gigantesques réserves de viande suspendues, tremblantes, sur des échasses ridiculement délicates, sans la moindre considération pour le monde extérieur, obnubilés par leur combat, sous le regard de la femelle à peine visible sur fond de cimes de saules jaunâtres et dénudés en arrière-plan. Marco avait dû assister au combat en spectateur, les mains vides, comme un apprenti chasseur de l'âge de pierre. Qu'aurait-il pu faire ? Leur jeter des cailloux ?

Leur sauter sur le dos et leur trancher la gorge l'un après l'autre tandis que la tribu l'aurait contemplé en se frottant les mains ? Ronnie avait emporté les fusils comme s'ils avaient été sa propriété et Ronnie devrait les rendre, merde ! Ce n'était pas une question de qui possédait quoi, ni même de bien et de mal. C'était une foutue question de survie.

Chez Sess, il n'y avait aucun signe de vie (la fumée sortait de la cheminée mais rien ne bougeait dans la cour) : aucun problème, parce que Marco n'avait l'intention de s'arrêter qu'au retour, *les fusils sur l'épaule*. Sess était son conseiller, son mentor, l'homme qui lui enseignerait tous les us abscons du pays, et il avait déjà dû endurer l'humiliation de lui avouer qu'il n'avait pas de fusil digne de ce nom pour aller quérir la viande de la communauté (Deuce avait une .22 pour tirer les lapins et les marmottes, mais rien de plus), et il serait damné s'il se présentait à nouveau à lui dans un tel état de faiblesse. Il dépassa donc le chalet des Harder et, malgré le raffut que firent les chiens, personne ne vint à la porte — il ne vit pas même un visage à la fenêtre.

Il n'y avait pas beaucoup de neige (juste assez pour blanchir le sol) et Sess lui avait dit de ne pas s'attendre à un paysage de Père Noël, rien de ce à quoi on croyait plus au sud. L'Alaska n'était pas une carte postale. Ce n'était pas les Cascades, ce n'était pas la Sierra Nevada. Ici, à l'intérieur des terres, on était dans l'un des endroits les plus secs de l'État, et si on atteignait une petite quarantaine de centimètres de précipitations par an, c'était la fin du monde. Par contre, les précipitations restaient. Aucun dégel de tout l'hiver et, l'été, l'eau de pluie stagnait sur le permafrost : un vrai paradis pour les moustiques, les moucherons et autres infimes bestioles du monde ailé et fangeux. Marco marchait en scrutant la neige, en quête de signes, tentant de déchiffrer le paysage à la manière de Sess. Il faisait chaud, en tout cas plus de 0°, il descendit donc la fermeture à glissière de sa parka et dénoua les extrémités de son foulard. Bientôt, il sifflotait, une version stridente, les dents serrées, de *I Am a Child*... D'où cet air lui était-il donc venu ? Récemment, il s'était remis à la guitare — celle de Geoffrey — et ce serait peut-être le genre d'air à travailler, songea-t-il, rien de trop compliqué, une petite mélodie dansante, flottant sur les accords, mais pour la voix... Ça serait sans doute trop haut pour lui. Il devrait descendre d'un ou deux tons, voilà tout.

Son humeur changea du tout au tout lorsqu'il passa la courbe du fleuve après laquelle on débouchait sur Woodchopper Creek. Il ne sifflait plus, il ne pensait plus à la guitare. Il n'était jamais venu chez Bosky et il ne savait pas à quoi s'attendre — hormis la réaction merdique de Pan, sa réticence, ses mensonges éhontés, ses excuses et ses reculades. Il se l'imagina (Pan, Ronnie) avec la petite virgule perdue, relevée de sa bouche, le menton fondu dans le cou, ses yeux auxquels il s'arrangeait toujours pour donner un air blessé de victime perpétuelle sans jamais s'arrêter de vous soupeser, comme s'il ne cessait pas un instant d'évaluer sa performance. Ronnie le voleur, Ronnie le poignard dans le dos. Marco s'arma de courage, prit une immense bouffée d'air, jusqu'à se brûler les poumons. Et il ne marchait plus, il paradait, il paradait tel un soldat partant au combat : il passa ainsi la *creek*, traversa la cour, monta sur la véranda, et il était tellement tendu qu'il ne remarqua même pas l'absence du Cessna 180 de Joe Bosky, équipé désormais de skis, avec son fuselage sans peinture et le numéro grossièrement inscrit au pochoir.

Il frappa à la porte, ce qui était ridicule en soi, parce que personne ne venait jamais vous déranger dans les parages : pas de mormons, pas de vendeurs de journaux, pas de représentantes Avon, pas de voisins venus vous emprunter un peu de sucre. Personne n'avait jamais frappé à cette porte. Personne n'y frapperait jamais plus, pas même si le chalet devait durer cent ans. Le vent qui soufflait dans les branchages au-dessus de Marco rafraîchit la sueur sur son visage. « Ronnie ! cria-t-il. Ronnie, tu es là ? » Rien. Ou percevait-il du mouvement, des voix ? « Ronnie, c'est moi. Marco. »

Il allait pousser la porte (personne dans le chalet, quel miracle !) lorsqu'elle tourna sur ses gonds. Pan, pieds nus et Thermolactyl, était debout devant lui, bouche bée comme un poisson pris à l'hameçon. Pan dormait, voilà tout, une croûte jaune perlant dans les cils, cheveux aplatis sur un côté du crâne : avantage Marco. « Oh, hé, mec, marmonna l'à-peine-réveillé. Hé, c'est sympa de te voir ici. »

De l'intérieur, accablée de sommeil, la voix de Sky Dog, de *Bruce* : « Ferme cette putain de porte, tu veux ? Tu fous quoi, Pan, merde ? »

Ronnie rentra dans la pièce, épaules basses, sans s'arrêter de parler à Marco, en tournant la tête : « Tu veux du café ? J'allais en faire. »

Marco se pencha pour passer sous le linteau, pénétra dans le chalet et ferma la porte derrière lui. Le temps que ses pupilles crispées sur l'éclat de la neige et la réverbération de la glace sur la *creek* s'habituent à l'obscurité, il resta un instant sans rien voir. Mais il sentit une odeur — un curieux mélange de viande trop cuite, de mauvaises odeurs corporelles, de vêtements sales et de savon : le savon et la soude caustique que Bosky employait pour tanner ses peaux de loups, dont on sentait également le fumet : fumet des peaux et des fourrures des animaux dépecés. Ronnie était une ombre près du poêle, puis la portière de ce dernier s'ouvrit d'un coup et l'on vit soudain l'incandescence des charbons et, encadrée par l'ouverture, la silhouette d'une main au poignet étroit, qui ajoutait du bois dans le feu.

« Non, fit Marco, je ne veux pas de café. Je veux rien de toi hormis les fusils que tu as volés.

— Hé, Ronnie, mec... C'est qui, ça ? Y a quelqu'un ? Joe ? Joe, c'est toi ?

— Ta gueule, Sky, hurla Ronnie brusquement, avec une fureur non feinte. Rendors-toi, ça vaudra mieux. Merde. » Il reposa violemment la cafetière sur le poêle. « Pas moyen d'avoir la paix ici, pas une putain de minute de paix ! »

Marco se tenait juste à l'intérieur de la porte. Il ne bougeait pas. Si les choses devaient s'envenimer, qu'elles s'enveniment ! Il était prêt. Il y avait longtemps qu'il était prêt, depuis le jour de la fosse, en Californie, depuis que *Bruce* avait bousillé ses affaires et que Ronnie avait mis ses pattes sur sa Star à lui. « Les fusils », répéta-t-il.

La silhouette de Ronnie, dos rond, grosse tête, sous-vêtements Thermolactyl blanc sale collant à la peau comme les bandelettes d'une momie, se définit alors dans la profondeur et le fouillis du chalet qui s'animèrent dans son dos, au milieu d'un orage de particules de poussière et de pellicules, et puis, contre le mur du fond, deux lits, soudain, se matérialisèrent aussi, dont l'un contenait une forme humaine : Sky Dog — mystère résolu. « Qu'est-ce que tu veux dire : *volés* ? objecta Ronnie. J'ai rien volé. Norm m'a donné ces fusils parce que j'étais le seul qui était pas trop maladroit pour s'en servir, et tu le sais aussi bien que moi, *mec.* — Le mot avait été jeté à son adversaire telle une malédiction. — Alors va te faire foutre avec ton "volés". » La cafetière cliqueta sur le poêle. Les particules de poussière se déposèrent sur toutes les surfaces disponibles. Après quoi, comme s'ils n'avaient eu qu'une petite dispute philosophique, sur un point de sémantique et pas de substance, comme si l'affaire était réglée, ouverte, fermée, cadenassée, Ronnie ajouta : « Tu es sûr que tu ne veux pas prendre une tasse de café ? »

Marco vit les deux fusils, un simple coup d'œil panoramique sur la pièce et ils étaient là, suspendus à des clous plantés dans le mur au-dessus du lit vide, mais ce qu'il ne vit pas, ce fut le geste de Ronnie : Ronnie plongea la main dans la poche de sa parka, qui pendait au fil à linge au-dessus du poêle. *Suffit*, pensait Marco, furibond, en pétard : et de traverser la pièce en trois enjambées et de décrocher le fusil de dessus, le Springfield 30-06 ; il avançait la main vers le Winchester quand Sky Dog s'assit sur le lit d'en face et marmonna :

« Hé, mec, tu fais quoi, là ? » Ronnie, de son côté, tira de la poche intérieure de la parka le revolver de l'oncle de Norm, celui avec le long canon aplati, et dit : « Pose-le, mec. Pose-le et fous le camp d'ici avant qu'il t'arrive des histoires et, je te le dis, ne me pousse pas, Marco, ne me pousse pas, mec. »

Or Marco était déjà au-delà de tout ça, au-delà des menaces, de Ronnie et de Bruce, de l'emprise négligeable et toujours moindre qu'ils avaient sur sa vie : il passa sur l'épaule la lanière du Springfield aussi calmement que s'il s'était habillé dans la réclusion de sa chambre à coucher, puis il décrocha le Winchester dont il passa également la lanière sur son épaule. Il adressa un long regard à Ronnie, Ronnie à côté du poêle, en sous-vêtements, avec le pistolet qu'il avait porté tout l'été attaché à la cuisse, à présent pointé sur Marco, dans la poigne mal affirmée de sa main sur laquelle s'écrasait la lumière, au milieu de ses bagues qui luisaient et de ses doigts recourbés. « Ne me pousse pas », répéta-t-il, et, inconsciemment, il laissa son autre main descendre jusqu'à l'entrejambe de son Thermolactyl et il se mit à se gratter, ses doigts plongeant profond, grattant fort, déplacés à leur insu vers un autre impératif.

Et, brusquement, la situation devint loufoque, hilarante, comique comme dix chutes mises bout à bout : quel acteur comique aurait fait mieux ? Ronnie tenant un pistolet d'une main et se grattant de l'autre. Ronnie en sous-vêtements, les yeux accablés de sommeil, les cheveux aplatis sur un côté, aboyant... « Ne me pousse pas à bout »... et de se gratter. Marco traversa la pièce, joua des épaules pour équilibrer le poids des fusils, poussa la porte d'un coup sec vers la lumière du jour et marqua une pause. « Prends soin de toi, Pan, dit-il tout fort (il eut du mal à se retenir d'éclater de rire). Et toi aussi, Bruce. Salut, mecs. Et merci pour tout. »

Dehors, la lumière faiblissait. Le ciel s'était ramassé sur lui-même et les nuages reposaient, grumeleux et pâles, sur les cimes des arbres. L'haleine de Marco glaçait dans l'air : en avançant, il la laissait derrière lui, une bouffée après l'autre. Il avait parcouru près d'un kilomètre lorsqu'il songea à s'arrêter pour vérifier les chargeurs : à quoi lui serviraient les fusils s'il n'avait pas de munitions ? Il y avait deux cartouches dans le Springfield, une dans le Winchester. Il se sentit stupide mais il ne pouvait guère retourner sur ses pas, frapper de nouveau à la porte du chalet et demander à Ronnie de rendre les balles, qu'il pouvait très bien avoir achetées lui-même au magasin de Boynton, où n'importe qui pourrait s'en procurer aussi à condition d'avoir le courage de parcourir la quarantaine de kilomètres aller-retour. Deux fusils, trois balles. Le soir où il avait accompagné Norm chez son oncle à Seattle (ç'avait été exactement comme il se l'était imaginé dans une sorte de rêve prémonitoire : le vieillard alité, les raquettes au mur, et Marco avait beau ne pas croire au karma, au mysticisme ou à n'importe quelle sorte de prédétermination, ça avait suffi pour lui faire froid dans le dos), l'oncle avait insisté sur le fait qu'il n'avait jamais tiré plus de deux balles par an, une pour un élan, l'autre pour un ours. Eh bien, vaille que vaille ! Pour la première fois de tout l'automne, Marco était en mesure de procurer de la viande à la communauté. Et, quand il repassa les lanières des fusils sur l'épaule et se remit debout, il écouta la brise et scruta la neige avec les oreilles et les yeux d'un chasseur.

A un moment donné, il n'aurait su dire quand exactement, à une demi-heure de Woodchopper — ou moins ? —, sur la berge sud de la rivière, il découvrit les traces du passage d'un élan : les empreintes parallèles, bien nettes des sabots, le saule brouté, des crottes éparpillées, sombres sur la page blanche de la neige : il quitta donc la glace pour suivre la piste. Elle le mena vers l'intérieur, et il devait y avoir plus d'un élan, deux, peut-être trois, suivant comment on interprétait les traces — il n'était pas expert, il était le premier à le reconnaître. N'empêche : enfant, il chassait le cerf dans le Connecticut, et l'élan était une sorte de cerf, six fois plus gros, sans doute, et dangereux, capable de se retourner contre son adversaire et de l'encorner, de s'acharner sur lui, de l'écraser — mais un cerf néanmoins. Marco fit glisser de son épaule la lanière du 30-06, avec ses deux cartouches, et il s'enfonça dans l'implacable forêt de saules aussi discrètement que possible. Il retrouva les traces des élans, un autre tas de crottes et, droit devant, des traces en forme de V que n'importe quel idiot aurait pu suivre et qui s'enfonçaient dans le bosquet. Il continua, concentré sur son but, et ne remarqua guère qu'il se mettait à neiger.

S'il avait réfléchi à ce qu'il faisait, il aurait eu des raisons de s'inquiéter. Il s'aventurait en terrain inconnu, la lumière s'estompait dans le ciel et la neige commençait à tomber plus dru. Pire, il n'avait pas d'abri, pas de nourriture, pas même une pochette de survie avec papier, allumettes et tapis de sol : il était sorti se promener, une promenade d'une heure vingt sur la glace jusqu'à Woodchopper Creek, par temps clair, et il n'avait pas senti la nécessité d'emporter quoi que ce soit. Il n'aurait pas dû chasser, pas habillé comme il l'était, et sans même l'équipement le plus rudimentaire — mais il avait les fusils, et ça, c'était nouveau, et puis il avait reconnu les traces, et rien d'autre ne comptait. En fait, tandis qu'il s'enfonçait plus profondément dans les bois, il pensait aux démangeaisons de Pan : la scène était si comique, tellement symptomatique, tellement pitoyable !

Lydia avait rapporté des morpions de la ville : des poux, des poux qui s'attaquaient aux parties génitales, de petites créatures rampantes et résistantes comme des tiques, dont on se débarrassait aisément en allant directement à la pharmacie, en appliquant l'onguent approprié et en brûlant ses sous-vêtements sur le bûcher funéraire des relations intimes. Mais il n'y avait pas de pharmacie à Marginordcity, et la promenade était longue et froide jusqu'à Boynton, sans compter qu'il n'y avait aucune garantie d'y trouver ce qu'on cherchait. Les morpions s'étaient répandus dans Marginordcity comme de la teinture dans l'eau, des factions s'étaient formées et les accusations avaient plu, et les morpions (agrippés, insistants, friands de sang et de recoins secrets) étaient devenus les indicateurs d'une guerre entre Amour libre et fidélité. Star n'était pas touchée par le fléau et Marco non plus. Mais Jiminy l'avait transmis à Merry et il n'avouait pas qui le lui avait refilé ; Reba avait infecté Alfredo, et personne n'était dupe parce qu'on savait qu'elle couchait avec Deuce et Deuce (ainsi courait la rumeur) avait sauté sur Lydia, comme la moitié des autres *mecs*, parce que, de retour, elle était disponible et redevenue une nouvelle attraction. C'est pourquoi Lydia avait été mise au ban de Marginordcity, même si elle n'avait pas été consciente de ce qu'elle faisait, parce qu'il faut une semaine ou deux pour que les morpions s'accouplent, pondent et réémergent pour mordre, sucer et sécréter leurs rebuts jusqu'à ce que les boutons apparaissent et que tout le monde se mette à se gratter.

Marco trouvait ça rigolo : *La Ronde* dans la toundra. Les vieilles rancunes s'étaient réveillées. Les hypocrites avaient assailli les hypocrites. Les vagueux avaient cessé de parler aux vagueux. On se croisait dans la cour sans lever les yeux, piochait dans la marmite communautaire sa portion de riz pilaf et sa marinara végétarienne sans reconnaître l'existence de la personne assise à sa droite ou à sa gauche. En conséquence de quoi, la population des trois chalets et de la salle de réunion était soumise à un flux permanent, Deuce au pied du lit une nuit, Angela, Erika ou Geoffrey la suivante. En sa qualité de conseillère médicale, Reba avait crié plus fort que tous les autres lors d'une réunion très consciencieuse : elle avait tenu à ce que chacun, infecté ou pas, se rase le pubis et fasse tremper ses sous-vêtements dans le Clorox pour tuer les œufs quasiment invisibles des bestioles, et Mendocino Bill, qui se grattait lui aussi, avait dit que les gens devraient arrêter de venir le trouver pour lui demander de la poudre du Dr Scholl parce que celle-ci avait à peu près autant d'effet que la farine de maïs. Norm se grattait. Premstar se grattait. « Je sais que ça va brûler, les gars, avait trompété Norm, en désespoir de cause, par-dessus le grondement océanique de la communauté, mais moi, je conseille un peu de kérosène, disons la valeur d'un verre de vodka, à frotter tous les soirs pendant une semaine. »

Des morpions. *Les morpions*. Ils représentaient une forme de vie particulière sur cette planète, ils étaient programmés pour remplir une case, comme diraient les évolutionnistes. Quelle était la forme idéale de vie, existant indépendamment de tout le reste, qui ne se nourrissait sur le dos de personne, qui créait sa propre nourriture par photosynthèse ? La plante, l'arbre. Certes, mais étant donné cette forme de vie, étant donné l'arbre, la feuille, l'évolution présuppose l'insecte qui s'en nourrit et le champignon qui la détruit, et l'oiseau qui se nourrit de l'insecte et le chat qui se nourrit de l'oiseau. Voici donc Marco, un fusil à la main, le visage ponctué par les piqûres de la neige, qui traque une autre forme de vie — plus noble. Et pourquoi pas ? Si les morpions pouvaient ronger l'entrejambe de ses frères et de ses sœurs vagueux, pourquoi ne pourrait-il pas, lui, ne pourraient-ils pas, eux, ronger les cuisses d'un élan ?

La nuit était quasiment noire. Les arbres n'étaient plus que des ombres, les traces s'amenuisaient. Marco se mit à genoux pour les analyser, tous les sens à vif, à l'écoute, le regard à l'affût ; il n'osait même pas respirer. Et puis, tout à coup, levant la tête, il vit l'animal, l'élan ou, plutôt, la tête de l'élan, sortant d'un amas dense d'ombres derrière le sapin le plus proche de toute une forêt de sapins. Rusé, cet élan, narines gonflées tandis qu'il essayait de humer l'odeur de Marco, la masse du corps dissimulée derrière des feuillages, peu pressé de se commettre ! Marco attendit un très long moment, haletant, que la bête sorte de sa cache, et il essaya d'évaluer l'endroit où l'épaule se trouverait à l'instant critique pour pouvoir atteindre son point faible, ou juste derrière, et blesser l'animal à mort. Or, c'est à peine si l'animal bougeait, à peine un petit mouvement compulsif, de temps à autre, pour lui conférer un minimum d'existence animale ; tant et si bien que, en fin de compte, craignant de manquer sa chance, Marco visa — son sang bouillit dans ses veines (Ne manque pas, Marco, ne manque PAS !), il visa et il tira sur la détente. La nuit éclata en une déflagration de tonnerre et de flammes et, malgré tout — incroyable ! —, l'élan resta figé sur place. Il fallut que Marco tire une seconde balle pour que la bête s'effondre dans une sombre pâmoison ; sur quoi, les mains tremblantes, les jambes se dérobant sous lui, Marco alla voir de plus près, alla *rapporter* sa victime.

La neige passait à travers le tamis des aiguilles avec un sifflement menaçant. Marco s'avança tant bien que mal ; il lui restait une balle, celle du Winchester, et il priait que la chose fût morte : plus de sacrifice ! cela suffisait pour un jour, c'était plus que suffisant... Et, bientôt, Marco fut là, au pied de l'arbre aux jupes noires d'aiguilles entremêlées : l'écorce sentait la poix, le parfum d'ambiance et le Pine-Sol. C'est alors qu'il s'aperçut qu'il n'y avait là aucun élan, blessé ou pas, par terre dans la neige. Il entendit un cri aigu, à vous fendre le cœur, le cri d'un bébé humain embroché par un monstre à la pointe de sa baïonnette, et il regarda à terre. Il s'y trouvait bien quelque chose, une forme vivante, noire, qui remuait encore un peu, une chose sur laquelle il avait tiré quand elle était accrochée à l'écorce de l'arbre à deux mètres du sol, une chose qu'il avait prise pour la tête d'un élan. Qu'est-ce que c'était ? Faible, hérissée, la vie fuyant par le trou que Marco lui avait fait : un porc-épic, voilà ce que c'était. Le vieillard courbé et boitillant des bois, bon pour donner à manger aux chiens.

Pendant un long moment, Marco resta planté là, à observer la chose qui remuait sa tête hirsute contre le sol, un coup d'un côté, un coup de l'autre, métronome scandant le rythme de son agonie et de son incompréhension : ou était-ce sa queue ? Et de tout ce temps, le sombre battement battait au rythme de la circulation sanguine inutile de Marco. Qui se sentait ridicule, perdu, inconsolable et incompétent, honteux, coupable. La nuit s'épaississait, la neige criblait la peau nue de son visage. Avec le talon, il tapa sur la forme noire à ses pieds jusqu'à ce qu'elle cesse de bouger, avant de partir en vitesse retrouver le chemin par lequel il était venu.

29.

Elle avait toujours été un oiseau de nuit ou, du moins, était-ce ce qu'il lui plaisait de croire. Un oiseau de nuit hantait les boîtes de nuit, se couchait tard, suçait tout l'éclat des petites heures encore sombres du jour, quand le monde officiel dort et rêve de traites. Personne ne voulait être du matin, du moins personne ne voulait admettre qu'il l'était. Les gens du matin te souriaient, t'adressaient des grimaces censées être amusantes et te lançaient leur « Bonjour ! » à sept heures et demie quand tu avais du mal à te rappeler ton nom, quand tu avais passé à l'envers ton chemisier à col Peter Pan, quand les gamins, les élèves, tous ces êtres du matin, emplissaient déjà la salle de classe, soucieux de lancer leurs hormones sursollicitées à l'assaut de leurs désordres métaboliques. Sa mère était matinale. Reba... Reba était matinale.

Assise à la table de la salle commune, Star préparait encore un repas communautaire (ragoût de saumon séché, avec du riz pour la consistance, des tomates et des pois sortis de la boîte format collectivités pour ajouter une pointe de couleur) ; elle souriait en son for intérieur tandis que Merry coupait des oignons et qu'à l'aide de la poignée de son couteau, Maya tapait sur les filets de poisson, raides et séchés. Noctambule. Matinale. La distinction ne signifiait pas grand-chose à Marginordcity, puisque, désormais, il faisait nuit presque tout le temps, le genre de nuit qu'on vous servait dans les casinos de Las Vegas, pour que vous ne vous arrêtiez jamais de sortir vos dollars, la nuit des prisonniers de guerre avec un sac noir tiré sur la tête, nuit noire, nuit interminable. Il était trois heures de l'après-midi, d'après la seule montre fiable de Marginordcity, la Timex d'Alfredo, avec le bracelet en cuir façonné, de cinq centimètres de large, qui ne quittait jamais son poignet. Il faisait nuit et ils étaient plongés dans la nuit depuis un bon bout de temps. Quelqu'un annonça qu'il neigeait, quelqu'un d'autre qu'il neigeait depuis une heure. Le chien leva brièvement la tête, pour la reposer tout de suite, comme si c'était un fardeau trop lourd.

Les gens étaient répartis dans la pièce dans un capharnaüm de vêtements sales et de cheveux emmêlés, déprimés, accablés, ébouriffés, niveau d'énergie passé sous zéro : ils donnaient même l'impression qu'ils seraient incapables de porter la fourchette à la bouche quand viendrait l'heure du repas et Star s'imagina un instant en train de les nourrir, tous, de changer leurs couches, de les mettre au lit et de les border, les uns après les autres. C'était déprimant. Quand ils parlaient, c'était en chuchotant, comme si personne ne tenait à exprimer ses opinions, et l'espace confiné de la salle commune résonnait du bruit de râpe insectoïde de voix sans timbre qui sciaient la texture de l'après-midi. Les expressions étaient neutres, les yeux vidés de toute couleur. C'était une journée à se camer, et tout Marginordcity s'était évertuée à le faire. Star flottait à côté d'elle-même, allait à vau-l'eau comme le duvet des peupliers sur la rivière, à la saison où il y avait une rivière... et des peupliers. Elle se leva pour attiser le feu et faire chauffer de l'huile au fond de la marmite. Parcourant les trois pas de la table au poêle, tout ce qu'elle vit, ce furent les pâles balafres de neige contre la vitre : autant d'interférences noir et blanc sur un écran de télé. Marco était dehors, quelque part : voilà ce qu'elle pensa à ce moment-là. Il aurait dû être de retour depuis longtemps.

Merry : « Plus jamais j'adresserai la parole à Jiminy, je le jure. Pas à moins qu'il me dise qui c'était, et je le sais déjà, de toute manière, il faudrait que je sois aveugle, je veux dire... »

Maya, coupant ses oignons : « Dunphy.

— Je veux simplement l'entendre de sa bouche. La vérité, pour une fois. Une fois, j'aimerais entendre la vérité sortir de sa bouche. »

Toutes deux regardèrent vers l'autre côté de la pièce, dans la direction de Lydia, qui, assise contre le mur, enveloppée dans son manteau de fourrure, feuilletait les magazines qu'elle avait rapportés en guise de présent communautaire *(Mademoiselle*, *Cosmopolitan*, *Esquire*, *Playboy*, *Rolling Stone)*, en plus d'un nombre invraisemblable de tablettes de chocolat, de savons français et de bouteilles de whisky canadien. Sans oublier les morpions. Les morpions.

Star jeta une poignée d'ail coupé dans l'huile bouillante et tout le monde redressa la tête ostensiblement parce qu'il était impossible d'ignorer l'odeur, et puis elle alla trouver Merry, pour les oignons. On se les pelait ici, voilà ce qu'elle pensait aussi : qu'est-ce que c'était, cette histoire qu'elle avait lue au lycée, l'histoire célèbre avec ce gars, un *cheechako* — un bleu — qui n'arrive pas à allumer un feu et qui essaie de tuer un chien pour se réchauffer les mains... ? Le chien était plus malin que lui, elle se rappelait ça sinon le reste. Mais c'était un *cheechako*, c'était ça, le point crucial, un blanc-bec qui ne savait pas combien le coin était rude et la nuit implacable : un tombé de la dernière pluie, un novice. Comme Marco. Il y avait des bêtes sauvages là-bas dehors dans les bois, des loups, des ours, et cette espèce de scie circulaire noire qui vrille comme s'il était en feu (le « glouton », le bluffeur) et, s'il pouvait éviscérer une chèvre en dix secondes, que ferait-il d'un humain ? Sans compter que les gens se tiraient dessus par ici, aussi, avec des fusils, à cause de fusils, mais Ronnie ne ferait jamais ça, non...

« Ça sent bon ! — Lydia regardait par-dessus son épaule. — Qu'est-ce que tu nous sers ce soir, le saumon surprise ? »

Star sourit, dégagea ses cheveux de son visage avec le dos de la main. « Quoi d'autre ? fit-elle, remuant l'ail et les oignons dans l'huile qui claquait dans la poêle. C'est la spécialité de la maison. »

A ce moment-là, elle leva la tête et regarda, derrière Lydia, la porte. Elle avait entendu un bruit, un cognement au chambranle comme si quelqu'un était tombé raide mort sur le seuil : *Marco*, songea-t-elle, Marco. Mais la porte, lorsqu'elle s'ouvrit brusquement avant de se refermer *illico* d'un coup sec, révéla Jiminy, dans sa houppelande de l'Armée du Salut, tapant des pieds et soufflant. Il portait un bonnet en crochet qui collait au crâne et retombait sur les oreilles, et il s'était enroulé un foulard autour de la tête comme un tchador. La neige s'était cristallisée sur ses sourcils, elle formait une croûte sur le sommet de son bonnet et s'étalait en plaques sur les épaules rembourrées de son manteau. « Doux Jésus ! s'exclama-t-il, grognon, en se déshabillant, couche après couche, il fait tellement froid dehors qu'on pourrait pisser et s'appuyer sur le jet après. »

Star surprit le regard qu'il échangea avec Merry... « Salut, Mer », lança-t-il, mais les yeux de Merry le transpercèrent et le nouvel arrivé, à son tour, s'exclama : « Ça sent bon ! » Sur quoi, il s'approcha du poêle et se frotta les mains, regardant dans la marmite avec l'air de vouloir se recroqueviller complètement et plonger dedans.

« Il neige fort ? » D'une main, Star versait le contenu de la bouteille de Spiracha dans la marmite, de l'autre, elle faisait tomber du poivre blanc de la grosse boîte au couvercle rouillé : les hordes voulaient des mets relevés — les vagueux trouvaient toujours tout trop fade.

« Ça neige et ça souffle, répondit-il et tout le monde, dans la pièce, l'écouta attentivement. Je... patinais. Là-bas sur la rivière où on a nettoyé cet endroit bien plat pour faire une patinoire, vous voyez ? Et puis la neige est arrivée et a tout gâché.

— T'as pas vu Marco, non ? Parce qu'il est parti depuis ce matin.

— Quoi, chasser ?

— Non. » Star prit la longue cuiller en bois et remua vigoureusement le contenu de la marmite. « Il est descendu à Woodchopper récupérer les fusils que Ronnie s'est appropriés.

— Désolé de dire ça mais Pan est un con de première », déclara Bill. Il était penché sur le jeu d'échecs : il faisait une partie avec Harmony, ses pieds plus grands que nature, orteils relevés, pendant du bord de la mezzanine dans une paire de chaussettes à rayures rouges et blanches. « Pire, c'est un estampeur de première, comme les clodos qui sont venus au Haight et qui ont tout gâché pour tout le groupe. Y a que lui qui compte pour lui. Point à la ligne.

— Il me doit dix dollars », précisa Harmony.

Sur l'une des couchettes encastrées dans la paroi, Tom Krishna s'était enveloppé dans une couverture. Il leva le nez du livre qu'il lisait (les enseignements de quelque gourou au nom trop compliqué pour que Star puisse le prononcer ; tout ce qu'elle se rappelait, c'est qu'il avait vécu d'air et d'eau fraîche et avait atteint le *moksha* avant de mourir d'une tumeur au cerveau dans une lamaserie tibétaine). « Je lui ai donné seize dollars, la dernière fois, pour des choses personnelles, vous savez ? Et qu'est-ce que j'ai eu en retour ? Que couic. Pas même un avant-goût de l'herbe pour laquelle il a soi-disant utilisé les économies de tout le monde.

— Quelle blague ! », lâcha Bill.

La conversation (au sujet de Pan) continua et, si elle avait été déprimée plus tôt, Star se sentit bientôt carrément éplorée, comme si Pan avait dû fuir Marginordcity à quatre pattes pour aller mourir ailleurs, parce que personne ne prenait sa défense, pas même Lydia. Ensuite, Jiminy tourna son dos étique vers le poêle et demanda à

Tom Krishna si la nouvelle livraison de bière était prête et Tom répondit qu'elle l'était. Il neigeait, le chien dormait et Star s'aperçut tout à coup que personne n'avait répondu à sa question. Maya ralluma le joint qui avait circulé plus tôt et elle le passa à Merry, qui le passa à Star. Celle-ci prit une bouffée et le passa à son tour. Voilà ce que c'était, la vie en communauté : on faisait toujours tout passer à son voisin. Et l'absence de Marco ? Qui en prendrait la responsabilité ? Qui commencerait à s'inquiéter suffisamment pour organiser une battue ? Ou est-ce qu'on ferait simplement passer au voisin, comme le reste ? « Alfredo, demanda-t-elle soudain, d'une voix trop forte. Quelle heure est-il ? »

Alfredo était sur la mezzanine avec Bill et Harmony, prêt à prendre le vainqueur de la partie. Ils avaient organisé un tournoi, douze joueurs, douze parties par jour, douze jours d'affilée. Quand ce tournoi serait terminé, quand le vainqueur serait couronné, ils en organiseraient un autre. « Trois heures quarante-cinq », dit-il d'une voix sonore et prosaïque, qui aurait pu être celle d'un présentateur télé, celle de Walter Cronkite, de Huntley ou de Brinkley. Trois heures quarante-cinq. Intrusion du monde réel, du monde mécanique.

« Parce que, je sais pas... mais Marco est parti depuis midi ou à peu près... On devrait pas, je veux dire... est-ce que quelqu'un devrait pas partir à sa recherche ? »

Ils durent passer à table deux ou trois heures plus tard : ou, plus exactement, le premier service eut lieu deux ou trois heures plus tard car on ne prenait plus les repas en commun à Marginordcity. D'une part, il n'y avait pas la place. Quand on tirait la table au milieu et installait les chaises autour, on ne pouvait manger confortablement qu'à huit, si l'on peut appeler confortable la position qui consistait à se tenir en équilibre sur un rondin de sapin bancal de soixante centimètres de haut. Les autres devaient se contenter de garder à la main leur assiette remplie de riz, de haricots ou de pâtes, accroupis par terre ou sur le lit le plus proche, quand ils ne grimpaient pas sur les marches de l'échelle de la mezzanine, pour bien montrer à tout le monde que vingt-cinq mètres carrés, c'était vraiment un espace vital réduit. L'autre facteur limitatif, c'était les querelles personnelles qui se ravivaient tout d'un coup pour des broutilles, mais jamais davantage que lorsqu'on était confiné dans quatre chalets sans la possibilité d'un bon petit massage du soleil californien pour calmer les ressentiments : on passait d'un pas traînant d'un chalet à l'autre, dans une version du jeu des trois verres tellement déconcertante que même Star et Merry ne pouvaient plus tenir les comptes et savoir qui était fâché avec qui. La moitié du temps, leurs collègues vagueux se contentaient de venir prendre leur portion dans la marmite et de retourner en courant vers leur chalet, munis de leur assiette. Ce qui suscita une nouvelle règle à Marginordcity : chacun était responsable de son assiette. On grattait son initiale au fond des assiettes et des bols en émail ; certains, tel George le Bizarre, dont les couverts étaient déjà irrécupérables, mangeaient désormais dans de vieilles boîtes de pêches ou d'abricots au sirop.

Norm déboula pour dîner, suivi par Premstar, et Reba et les gamins, mais il n'était plus le bon vieux Norm que chacun connaissait. Plus de pas martial, plus de mugissements, plus de salutations adressées à ses ouailles : tête baissée, il ôta sa parka et fit tranquillement la queue comme tout le monde. Il y avait du pain complet frais sur l'étagère du haut, tout près du poêle, et il y avait du beurre qui provenait de la boîte d'un demi-kilo. A quoi il fallait ajouter le plat de saumon au riz, lourdement agrémenté de sauce au soja. Il y avait du Kool-Aid et du Tang pour arroser le tout, ainsi que trois grands pichets de deux litres et demi de la concoction houblonnée maison de Tom Krishna. Et il y avait deux plaques de brownies au caramel. Repas frugal mais copieux, et les végétariens pouvaient se féliciter que Marco n'ait pas de fusils parce que, lorsqu'il en aurait, il faudrait préparer deux repas tous les soirs, un avec de l'élan ou Dieu sait quelle bête et l'autre sans.

Il neigeait encore. Star n'était pas du genre à s'inquiéter pour rien et elle ne cédait guère à la paranoïa que pouvaient engendrer certaines qualités et variétés d'herbe (ou peut-être bien si, tout de même) mais, néanmoins, à l'heure du dîner, elle était dans un état lamentable. Toujours aucun signe de Marco ! Woodchopper Creek se trouvait à une heure et demie de marche, plus dix minutes pour régler son affaire, et comptons une heure et demie pour le retour. Trois heures dix minutes... or il était parti depuis six heures, six *au moins*. Plus tôt, quand le plat de saumon épaississait dans la poêle, elle avait enrôlé Merry et Maya et toutes trois étaient allées crier son nom dans la tourmente. Emmenant Freak avec elles dans l'espoir qu'il reconnaîtrait l'odeur de Marco, elles étaient descendues jusqu'au chalet de Sess et de

Pamela, mais Marco n'y était pas et le couple ne l'avait pas vu. Pamela lui avait assuré que ce n'était sans doute rien, qu'il était sans doute resté à Woodchopper quand la tempête avait commencé : ou bien il se serait abrité dans un abri de fortune et aurait allumé un feu, et, vraiment, Sess avait campé cent fois dans des conditions bien pires, n'est-ce pas ? Oui. Sess l'avait admis. Mais Pamela n'avait dit que ce qu'on attendait d'elle, pour calmer Star, qui, tout en planant à des hauteurs incroyables, n'avait pas manqué le regard en biais que Pamela avait échangé avec Sess. Ils avaient tous pris une tasse de thé, puis les trois filles étaient reparties pour crier le nom de Marco, s'égosiller et se brûler les poumons. Lorsqu'elles étaient rentrées, Star avait fait le tour des chalets, pensant qu'il aurait pu les manquer dans la tourmente, mais personne ne l'avait vu et quand, finalement, elle était retournée à la salle commune, à l'odeur de la nourriture et au godet de Everclear que Bill lui avait versé pour la calmer, il n'y était pas non plus.

L'inquiétude qui la taraudait à chaque battement de cœur, qui transformait la tempête en malédiction et conférait à la nourriture la saveur du carton bouilli, au point qu'elle ne put en avaler plus de deux cuillerées avant de refiler discrètement son assiette au chien, cette angoisse l'avait minée, certes, mais la suite fut pire encore. Cela se passa une heure après le dîner. Les assiettes trempaient dans la grosse bassine sur le poêle. Les autres se passaient des cigarettes, le joint sempiternel. Alfredo avait tenté de faire chanter la congrégation mais personne n'avait semblé en avoir le cœur, pas à cause de la disparition de Marco mais par ennui, le pur et simple ennui, le fait que la nourriture était toujours la même, comme les visages, comme la nuit. Il ne se passait rien. Il ne se passerait rien. Telle était la vie qu'ils s'étaient choisie. Volontairement.

Norm et Premstar étaient affalés sur l'une des couchettes inférieures, dos au mur, pieds écartés par terre. Norm avait pris un coup de vieux. Il était blanc comme un linge, tellement livide qu'on aurait cru sa peau faite avec le ventre d'un poisson éviscéré qu'on aurait recousu ensuite ; ses cheveux, lavés à la bassine, pendaient, fins, sans aucune tenue, autour des oreilles — ces oreilles dont sortaient des poils, Star le voyait maintenant, et il en avait aussi dans les narines, et d'autres qui sortaient de son col de chemise. Il n'avait pas fait réparer ses lunettes, qui donnaient l'impression d'avoir été jetées sur son visage, les masses grisâtres et sales du sparadrap de Reba maintenant ensemble les deux morceaux de la monture dans une tentative de compromis avec les forces de la gravité. Les yeux cernés de rouge, en bout de course, il reniflait, victime du rhume qui poursuivait son chemin suintant dans la masse collective de ses frères et de ses sœurs vagueux. Et il se grattait, il se grattait comme tous les autres. Pacha Norm. Norm le gourou. Norm, le phare de Marginocity !

Il se mit sur un coude, poussa un grognement. Il ressembla alors tellement au père de Star quand celui-ci essayait de se hisser de sa chaise quand son équipe préférée avait essuyé une défaite à la télévision... épaules affaissées, yeux vides, une main partant vers le creux du dos, là où une douleur résiduelle lui plantait un couteau. Norm traversa la pièce jusqu'à la table, où il se versa une tasse de bière. Pourquoi Star l'observait-elle ainsi ? Elle l'ignorait. Elle jouait aux cartes avec Merry, Maya et Lydia mais son esprit vagabondait : son regard s'était promené dans la pièce et puis s'était arrêté sur Norm, comme si elle avait deviné ce qui allait suivre, comme si elle avait eu un pressentiment, non seulement à cause de Marco, de Ronnie et de la longue descente dans la nuit, mais à cause, aussi, plus généralement, du sort de Marginordcity.

Norm renversa la tête, cheveux tombant sur les épaules, et il but bruyamment le contenu de sa tasse. « Ça, c'est de la bière ! s'exclama-t-il, réprimant un rot. C'est ce qu'il y a de mieux ici, notre plus grande réussite... la bière de Tom Krishna. On devrait la mettre en bouteilles et la vendre. "Vieille Flatulence", on l'appellerait... Pas mal comme nom, hein ? »

Personne ne rit. Mais il avait réussi son coup : il avait gagné l'attention de son auditoire, les vagueux avaient levé les yeux de leur livre, de leur partie de cartes, de leur conversation : Norm leur préparait quelque chose, tous l'avaient senti maintenant.

« Vous savez, fit-il, s'adressant à toute l'assemblée, tant que tout le monde est réuni ici, ou presque tout le monde, puisqu'il y en a qui sont rancuniers et font preuve de mauvaise volonté, ce qui représente sans doute la moitié d'entre nous, les gars, la moitié des Tordus de Marginordcity qui a pété les plombs. C'est quoi, ça, comme symbole d'amour fraternel et sororal ? — Toujours pas un seul rire. — Tant qu'on est tous réunis ici, je veux vous annoncer une nouvelle, je veux dire, en mon nom et au nom de Premstar... »

Tous les regards se tournèrent vers Premstar, immobile, icône à la bouche entrouverte en une moue synonyme d'expectative, paupières brillantes et nues parce qu'elle était à court de colle à faux cils et en était aux derniers restes amenuisés de son ombre à paupières bleu pastel. Premstar leur renvoya leur regard fixe. Elle était hors de contexte, songea Star, *prima donna* dans une communauté d'égaux, et elle n'avait aucune excuse, aucune : zéro. Elle pouvait faire la moue toute la soirée : ça ne changerait absolument rien pour les autres.

« Laisse-moi deviner, claironna Bill : l'armée de l'air va nous larguer une cargaison de survie de quatre-vingt-sept tubes d'onguent pour morpions tout droit sur la rivière gelée...

— Et six télés couleurs avec des oreilles de lapin grandes comme l'Empire State Building ! s'exclama George le Bizarre, levant sa chope de bière comme pour proposer un toast. Et la collection complète de *Playboy* depuis sa création ! »

Quelques ricanements, un rire jaune ou deux. Le poêle soupira. La neige continua de faire tic-tac sur les vitres. Merry releva la tête et soutint le regard de Star, comme pour dire : *Qu'est-ce qui va suivre ?*

Norm n'avait aucun mal à parler en public. On aurait dit un acteur, *c'était* un acteur. Il pivota sur les talons et écarta les bras comme pour embrasser tous ceux qui se penchaient au bord grossièrement équarri de la mezzanine sans rambarde — le poulailler, tout le monde au poulailler ! « Si seulement... », fit-il.

Tandis que Che et Sunshine, prenant des morceaux de poisson gorgés d'eau dans leurs assiettes auxquelles ils n'avaient pas touché, se les jetaient à la figure au cours d'une guerre d'usure, muette et embourbée, soudain, assise dans son coin, Reba prit la parole : « On a besoin d'un scooter des neiges, voilà de quoi on a besoin. Pour aller en ville acheter ce foutu onguent parce que c'est ridicule, cette histoire, et le courrier et, et...

— Et voir d'autres visages, pour changer », compléta Bill à sa place.

George le Bizarre ajouta qu'il aimerait s'en mettre quelques-uns derrière la cravate au Three Pup.

« Et du dentifrice, renchérit Maya. Du shampooing. Un flacon de vernis pour mes ongles. »

L'opinion de Jiminy était qu'ils pouvaient tous y aller à pied (« Marcher, ça fait du bien, mec, c'est le meilleur exercice qui soit. ») mais personne ne mordit à l'hameçon. L'idée était trop manifestement ridicule. Sûr, ils pouvaient couvrir les vingt kilomètres aller, certains l'avaient fait depuis que la rivière avait gelé, mais c'étaient les vingt kilomètres du retour qui posaient problème, et il n'y avait pas d'endroit où dormir à Boynton parce que le bus n'était pas chauffé et que Sess Harder leur avait interdit d'utiliser sa cabane-abri à outils, fût-ce pour la nuit. Tout le monde était revenu ici maintenant (finies les perm !) et y resterait jusqu'au dégel — en mai. Il suffisait de compter les mois : les deux dernières semaines de novembre, puis décembre, janvier, février, mars, avril. Une éternité. Une peine à purger. Déjà ils se tapaient sur les nerfs, tous autant qu'ils étaient : qu'est-ce que ce serait dans trois mois ? Dans quatre ?

Pendant une minute ou deux, la tribu joua avec l'idée, qui fut cause de rancœur et de débat comme d'habitude, puis s'ensuivit un silence, un temps mort lorsque chacun envisagea l'avenir individuel et commun, avant que Bill ne se mette à tousser dans son poing, ne lève la tête et ne demande à Norm ce qu'il avait en tête.

Norm passa un masque. Son visage n'exprima rien, sauf son regard, affûté brusquement dans les profondeurs des deux trous (ses yeux cernés de rouge) qu'il y avait percés. « C'est rien, vraiment, pas grand-chose, rien qui vaille de *s'énerver*, les mecs. » Il marqua une pause et, bien que tous aient été occupés à ce moment-là, tous, autant qu'ils étaient, tendirent l'oreille. « Hum, c'est Premstar, fit-il. Premstar ne se sent pas bien depuis quelque temps... »

De nouveau, tous les yeux se braquèrent sur elle. Elle leur lança un regard indigné depuis la grotte de son intimité, tout hérissée d'une espèce d'hostilité, sûr, mais elle n'avait pas l'air d'être plus mal en point que les autres. Et elle était jolie. Jolie comme une reine de beauté. Ce qui, en soi, était impardonnable.

« Et j'ai eu des nouvelles du ranch ; j'attendais le moment adéquat pour vous faire part... des nouvelles. Il y en a une bonne et une mauvaise. La bonne, c'est que mon avocat là-bas réfute le droit du comté à saisir ma propriété... je veux dire, je pourrais encore la vendre, payer les impôts que je dois, et récupérer l'argent, je veux dire les *fonds* pour vraiment faire quelque chose ici. Je veux dire... nouveaux bâtiments, sauna, scooters des neiges, quelque chose pour chacun d'entre nous... on peut vraiment faire fonctionner cet endroit, les gars, le rendre vivable, confortable, même. Et autarcique, autosuffisant, c'est sûr. C'est mon but, exactement... »

Et la mauvaise nouvelle ? s'interrogea Star, et son cœur battit la chamade : elle n'avait pas besoin de mauvaises nouvelles, alors que Marco était seul dehors dans la nuit, perdu sans doute, peut-être blessé. Mais Bill la coiffa au poteau : « Et la mauvaise nouvelle, c'est quoi ? »

Plus de subterfuges maintenant, impossible de faire machine arrière : Norm tendit le cou, défiant la salle. « Je dois me casser, annonça-t-il. Prem et moi. Mais simplement pour un tout petit bout de temps, une simple *parenthèse*, parce qu'ils veulent que je me présente à la cour, et... hum, je me suis arrangé avec Joe Bosky. Il va nous emmener dans son avion jusqu'à l'aérodrome de Fairbanks, je veux dire... quand le temps le permettra. » Norm scruta chaque visage dans le chalet, cochant chacun l'un après l'autre. « Sans compter que Prem..., conclut-il, Prem est malade. »

Cela prit une minute. Ils étaient en état de choc, voilà la vérité. Ils étaient abasourdis. K.-O. Personne n'aurait pu deviner, pas dans leur pire... Star observa les visages qui s'embrasaient, les yeux réduits en cendres. Ils étaient tous incapables de parler. Personne n'aurait pu prononcer le moindre mot. Norm venait de lancer une torche sur le toit de chaume de la salle de réunion, il venait d'attaquer le village au napalm, de disperser les réfugiés. Elle se sentit se lever de son siège comme si elle était entrée dans une autre dimension : n'était-ce pas le genre de sensation qu'on éprouvait au moment de mourir, cette impression d'être en dehors de soi-même, de planer au-dessus de la scène en pure et pleine harmonie avec le monde ? Elle planait, elle courait avec les nuages, qu'elle transperça bientôt pour plonger dans la nuit stérile des étoiles, des planètes et de leur chaleur froide, ô combien froide ! Et voilà que s'élevaient des voix colères, des voix effrayées qui fusèrent tout autour d'elle comme si elles avaient voulu l'abattre. « M... mais M... arco, dit-elle en bégayant, tu ne comprends pas, tu ne peux pas partir, personne ne peut partir... Marco est là-bas dehors ! »

Elle sortit dans la nuit, cria le nom de Marco, mais ses cris moururent dans sa gorge : il ne revenait pas, personne ne revenait, Marco était mort, Marginordcity était morte, et pourquoi ne serait-elle pas morte, elle aussi ? Le vent lui jetait de la neige dessus, secouait ses épaules, passait une langue sèche et froide sous son col et à l'arrière de son pantalon. Elle se blottit dans sa parka et fit le tour du domaine, monta jusqu'à l'enclos des chèvres, descendit jusqu'à la rivière pour revenir ensuite aux chalets, et ses traces se remplissaient immédiatement de neige dès qu'elle avait levé le pied. Les nuages étaient immobilisés, les collines immuables et muettes, pétrifiées sur les lances des arbres. La neige, qui lui montait jusqu'aux genoux, s'était mise à voltiger maintenant ; les flocons étaient plus architecturés, plus définis. Star ne sentait plus ses orteils. Ses pieds étaient des blocs, ses phalanges étaient engourdies. Elle était gelée. Elle était impuissante. Elle était désespérée. Elle fit le tour des environs une fois encore, résistant, hurlant : « Marco ! Marco ! » Elle s'interrompit, prêta l'oreille, appela derechef. Aucune réponse.

Elle rentra au chalet, mit du bois dans le feu. Elle était seule, du moins pour l'instant, parce que tous les autres se trouvaient encore à la salle de réunion, à débattre, à crier, à se repaître de mauvaises vibrations et de négativité, et ceux qui n'étaient pas présents à l'heure du dîner y étaient maintenant : elle avait discerné leurs silhouettes pressées, pelotonnées contre la neige : c'était la panique, oh, oui, une vraie panique, cette fois ! Elle essaya de recouvrer son équilibre. Tenta de se raisonner, de s'éloigner du bord du précipice où elle s'était enferrée. Ce dont elle avait besoin par-dessus tout, c'était de se calmer, de réfléchir lentement, de façon ordonnée. Marco s'était perdu. Norm tirait sa révérence. Comme l'avait écrit Eliot, *Tout se désintègre et le centre cède*. Star se représenta en veuve de Marginordcity, se mettant discrètement à la coule avec Geoffrey ou George le Bizarre, épluchant les pommes de terre, jetant des seaux gelés de déchets humains sur le tas de détritus, vivant au jour le jour la lente désagrégation de tout ce à quoi elle avait cru, de tout ce qu'elle avait construit et pour quoi elle s'était battue ; peut-être élèverait-elle des tumulus en mémoire de Marco, à la façon des Indiens, et elle pleurerait sur les pierres et sur les gerçures de ses mains, et tout le trip hippy, idéaliste, naïf et impossible dans lequel elle s'était engagée depuis qu'elle avait quitté ses parents. Quelle idiote ! songea-t-elle. Ce qu'elle avait été idiote !

C'est alors qu'elle pensa à son argent. Les trois billets pâles, vert argent, rigides, enveloppés dans une chaussette, dans la poche intérieure de son sac à dos : tout à la fois police d'assurance, prix du taxi, billet d'autocar et d'avion, bref, son billet de sortie. Ronnie était parti, comme Sky Dog, Dale Murray, Rain, Lester et Franklin ; Norm était sur le départ. Verbie vivait en ville avec Steve l'Acier dans une location avec électricité et eau courante. Lydia était simplement garée là, dans le plus temporaire des arrangements, personne n'était dupe. Pourquoi elle-même devrait-elle se sacrifier ? Pourquoi devrait-elle s'exténuer à remplir son rôle ingrat de *nana* et de bonne à tout faire ? Elle sauta du lit et prit son sac à dos.

Elle fouilla sous ses hauts d'été, ses shorts, ses sandales, un paquet de lettres qu'elle aurait voulu envoyer, du matériel de camping, des livres, de la crème solaire, trois, quatre, cinq paires de chaussettes propres, son poncho, mais, quand elle arriva à la poche intérieure, tout au fond, elle était vide. Il devait y avoir erreur. Elle renversa le sac sur le lit, fouilla toutes les poches, toutes les pochettes et les plis de vêtements, elle étendit tout pour bien vérifier, songeant tout du long au jour où elle parcourrait seule, à pied, la vingtaine de kilomètres qui la séparaient de Boynton, où elle suivrait la rivière, comme on suit une autoroute : elle déboulerait au Three Pup et proposerait à un pilote de la toundra de l'emmener — elle choisirait sans doute Howard : lui, il le ferait, sans problème. Elle lui proposerait cinquante dollars et garderait le reste pour un billet aller, pour rentrer chez elle, pas en Floride, pas à Hawaï, mais bien *chez elle* : et elle s'imaginait installée dans un siège inclinable, un plateau-repas sur les genoux (de la nourriture pré-emballée, de la nourriture civilisée), parce que sa mère l'aurait accueillie à bras ouverts, à la grille de Mon Chalet Sauvage, avec Sam et le chien, sans oublier son père, s'il pouvait prendre un congé. Elle fondit en larmes. Elle ne put retenir ses larmes.

Longtemps, elle resta assise, à contempler le motif dessiné par ses effets étalés sur le lit. Ensuite, elle passa tout au peigne fin, une fois de plus, la cage thoracique agitée par d'intenses convulsions ; elle s'essuya le nez et les yeux avec le revers de la manche. Puis, elle se leva et chercha partout dans le chalet, scruta les longueurs d'étagères, secoua les livres de poche, tout en sachant qu'elle n'avait jamais changé l'argent de place — sauf si elle perdait la tête, sauf si elle était somnambule, sauf si elle se rêvait dans une autre dimension. Elle revint sur ses pas. Elle fouilla à nouveau le sac vide, et encore une fois, pour finalement sortir son canif et découdre la doublure de la poche — mais sa main ne rencontra jamais que du nylon, du nylon bleu nuit, fabriqué à Taiwan.

L'argent ne pouvait pas s'être évaporé. Il n'avait pas pu lui pousser des jambes tout à coup, il n'était pas parti en courant. Quelqu'un l'avait volé, c'était la seule solution possible : un voleur, quelqu'un qui avait le culot, et le loisir, de fouiller dans ses affaires dans son dos : Merry ? Maya ? Jiminy ? Marco. Mais non. Elle ne pouvait pas le croire d'aucun d'entre eux ; d'ailleurs, personne ne savait que l'argent était caché là : c'était son secret, sa *planque*. Star était *anéantie*. C'était la fin de la fraternité et de la sororité, telle était donc la conclusion de toute l'affaire : trahison, égoïsme, bassesse, vol. Où était le flux vital ? Où était la révolution ? Il lui vint à l'esprit que chacun d'entre eux devait avoir une planque, quelque chose qu'il conservait de par soi, égoïstement, même Marco, même Merry, et il était donc logique qu'ils se soupçonnent tous, et « spolient » (c'était bien le mot, n'est-ce pas ?) autrui.

Une fois encore, elle repassa en détail toutes ses affaires, au désespoir, jetant par-dessus son épaule chaussettes tortillées, chandails dépliés, livres de poche au dos plissé, et elle regardait en même temps la porte et prêtait l'oreille à d'éventuels bruits de pas, comme si elle avait pu les entendre à travers l'écran de l'orage, à deux doigts de « spolier » Jiminy, Merry ou Marco, lorsque, tout à coup, elle pensa à Ronnie. Il s'était retrouvé seul dans le chalet, avec Lydia, et si quelqu'un connaissait son secret, ce ne pouvait être que lui, si quelqu'un avait eu le front de fouiller dans ses affaires, si quelqu'un n'avait pu ne fût-ce que songer à la voler, à lui mentir, à tricher avec elle, à la doubler, à l'offrir en pâture à des mecs dans des tipis, tout en jouant les victimes tout le temps, ce ne pouvait être que Ronnie. C'est Ronnie qui avait son fric. Ronnie !

Elle scruta la pièce dévastée. On aurait dit une fosse, une cage. C'était enfumé, ça empestait, tout était sens dessus dessous : aucune fuite possible. Les joints du tuyau de poêle n'étaient pas ajustés correctement, les bourrasques soufflaient à travers cent fentes à la fois, la porte était un tunnel — et peu importait le nombre de chiffons et de papiers qu'ils avaient pu mettre dans les interstices autour du chambranle. C'était désespéré, tout était désespéré, et Star n'arrivait pas à s'arrêter de pleurer. Le temps passa, les minutes, les heures, qu'en savait-elle ? Le bois dans le poêle devint charbon puis cendres. Elle grelottait. Assise là à frissonner, sans la volonté de mettre du bois dans le poêle ou même de s'envelopper dans une couverture. Et puis la porte ferrailla sur ses gonds, elle leva le regard et Marco apparut.

Marco : une forme blanche, du blanc partout, il en était plâtré, la moustache gelée, les lèvres blanchâtres, la peau des pommettes de la teinte et de la texture d'un écoulement de cire. Il ne dénoua pas son foulard, n'ôta pas son chapeau, ne tira pas sur les bandoulières des fusils qu'il avait passés sur l'épaule : il se contenta d'avancer dans la pièce, glissant sur ses pieds raidis, pour venir prendre Star dans le traquenard de ses bras.

30.

Pamela était assise à la fenêtre du chalet plongé dans l'obscurité, elle allumait une cigarette après l'autre et fixait des yeux la cour éclairée par le clair de lune. C'était sa forme de récréation préférée, une fois qu'elle avait préparé le repas, qu'elle avait lavé les plats et travaillé sur les peaux aussi longtemps que l'ennui le lui avait permis, une fois qu'elle avait reprisé les vêtements de Sess et reprisé derechef, au point que ses pantalons et ses chemises auraient pu tenir droit tout seuls et faire le tour de la pièce comme des édredons ambulants, une fois que tout ça était terminé, une fois que le bois avait été charrié à l'intérieur, qu'elle s'était occupé du poêle et que la levure du pain du lendemain était mise à lever dans la casserole, elle s'asseyait et regardait par la fenêtre. Depuis une semaine, le temps était clair et froid, et la lune, qui était devenue son soleil, omniprésente, sans entraves d'aucune sorte, illuminait la neige des collines comme un décor de théâtre. Elle était sortie plus tôt (à cinq heures du soir, suivant son réveil, qui était devenu l'obsession de Sess : le tic-tac le rendait fou, prétendait-il, et sans cesse il se demandait tout fort pourquoi, de toute manière, elle voulait tant savoir l'heure qu'il était !). Elle avait observé dehors la façon dont le pouls et les titubations des lumières septentrionales étaient devenus verts, puis jaune-vert, puis avaient viré au violet, au rouge, jusqu'à ce qu'elle eût ressenti le froid et fût rentrée à l'intérieur. Rester assise là, à la fenêtre, c'était mieux que lire un roman, jouer au solitaire ou faire des mots croisés. C'était son moment de repos, son moment de contemplation, et elle scrutait le paysage de la même manière que d'autres auraient fixé un tableau ou un écran de télévision. Un renard en fourrure d'hiver traversait la cour, une fois, deux fois par jour. Des chouettes montaient la garde dans les arbres. Des corbeaux se déplaçaient, telles des hardes noires rejetées par la nuit. Par deux fois Pamela avait ressenti un inexprimable glissement dans le courant des choses et n'avait levé les yeux que pour voir une cohorte de loups poinçonner la croûte de neige sur l'ample amphithéâtre de la berge.

Quant au réveil, elle tenait absolument à sa présence. Certes, elle s'était donnée entièrement à son homme et, certes, elle se fiait à son jugement, lui attribuait une grande valeur, et elle attendait de lui nourriture et protection, tout ça... Elle comprenait son point de vue. Vivre ici, dans la toundra, c'était vivre dans un temps primitif, un temps intemporel, et avoir un réveil qui marquait les minutes artificielles des heures créées par les hommes allait à l'encontre de cette philosophie, minait toute l'éthique de son mode de vie naturel. Mais il fallait faire des concessions, tel était son point de vue, ou bien il fallait vivre dans une caverne et frotter des morceaux de bois les uns contre les autres : et la scie électrique alors ! la perceuse, la canne à pêche en fibre de verre, le moteur hors-bord que Sess envisageait d'acheter au printemps ? Ils étaient nécessaires, arguait-il, c'étaient des outils qui t'aidaient à mieux vivre, parce que ce n'était pas à elle qu'il devrait rappeler, n'est-ce pas, combien il était ténu, le fil qui maintenait unies leurs vies sous le ciel implacable, là où il pouvait arriver une catastrophe à chaque minute de chaque jour.

D'accord. Pour lui, c'était la scie électrique et le hors-bord, mais, pour elle, c'était le réveil, le calendrier et le thermomètre. Sans son réveil, elle n'aurait pas su s'il était six heures du soir ou six heures du matin et les gens pouvaient toujours objecter que ça ne faisait pas la moindre différence, parce que le matin et le soir étaient des concepts humains comme les jours de la semaine et le décompte des années à partir de la naissance du Christ, comme si cela avait la moindre importance, comme si c'était quelque chose de réel, comme si Dieu existait et que le dessein divin était un fait avéré ! Elle s'en moquait. Elle aimait les chiffres, elle aimait les nombres, elle avait besoin de savoir qu'il était 6 h 25 le 18 décembre 1970, *Anno Domini*, et de savoir que le thermomètre indiquait – 40° quand elle avait vérifié la dernière fois, et rien ne l'empêchait de se lever et de sortir pour aller vérifier encore à combien il avait chuté dans l'intervalle. Elle pourrait bien faire ça. Et elle pourrait également tenir un journal intime, pour raconter des choses simples, des faits tout simples : le jour, l'heure, la température, ce qu'ils mangeaient, ce qu'il y avait dans le ciel, dans les arbres, par terre : ça, c'était son affaire, son *truc à elle*, comme Star aurait dit, et qui aurait pu lui refuser ce droit ? Pas Sess.

Certainement pas Sess. Qu'il soit donc réveillé la nuit par le tic-tac du réveil ! Ça ne le tuerait pas.

Elle était sur le point de se lever et de faire précisément cela (vérifier la température) quand elle distingua une ombre droite se détacher des arbres et monter le talus de la berge vers le chalet avec les mouvements lents et déconnectés d'une silhouette dans un rêve. Elle garda le mégot de sa cigarette sur les lèvres, inhala la fumée jusqu'au filtre et observa. La silhouette se rapprocha, recroquevillée, fouettant la neige avec ses membres qui se séparaient, se rejoignaient, pour se séparer encore, et Pamela sentit ses entrailles exulter : c'était Star, qui venait la libérer du fardeau de la contemplation. Que disait... quel mot Star employait-elle toujours, aussi ? C'était *far out* — génial ! C'était la fête.

Elle était à la porte avant que Star n'ait pu frapper, car elle craignait que, voyant les fenêtres sans lumière, sa visiteuse ne pense qu'il n'y avait personne au chalet et ne retourne au camp hippy. « Alors ça, bonjour, bonjour ! fit-elle, la faisant vite entrer, quelle surprise, quelle agréable surprise, et Joyeux Noël, est-ce que je t'ai déjà souhaité un Joyeux Noël ? »

Star accepta une tasse de thé, l'onéreux Darjeeling que Pamela conservait dans une boîte en fer hermétique pour ses invités, et Pamela se mit tout à coup à s'activer dans la pièce, attisa le feu, alluma les lampes, sortit une assiette de crackers et de fromage, du pain, du beurre, de la confiture aux deux baies, des cuillers et un couteau (où était le couteau ?), sans s'arrêter de parler un seul instant, de parler comme si elle avait été longtemps prisonnière d'une tribu de sourds-muets sur une île déserte. Elle parla tant, suivant un débit tel, sans s'interrompre, qu'il lui fallut un bon quart d'heure pour s'apercevoir que Star n'était pas tout à fait là. Star se taisait ou ne disait pas grand-chose, elle se contentait de répondre oui ou non à l'avalanche de questions dont Pamela la submergeait, elle hochait la tête, émettait un grognement ou intervenait avec un *Ouais... ouais* ou un *Je sais ce que tu veux dire...* bref, Pamela faisait les questions et les réponses. Mais Pamela finit par se ressaisir. Elle se mordit la langue. Se força à prendre une bonne gorgée de thé, qui avait déjà refroidi dans la tasse devant elle. « Bon, lâcha-t-elle, bon (de l'air d'avoir résolu une équation sur laquelle se serait acharnée toute une équipe de mathématiciens pendant des semaines), et si tu me racontais tout ? »

Elle alluma une nouvelle cigarette. Star fit de même. Elles gardèrent le goût du tabac sur leur langue pendant un moment, se regardèrent dans les yeux, puis rejetèrent la fumée simultanément. « C'est à propos de Marco ? s'enquit Pamela dans un long soupir traînant de fumée recyclée. C'est ça ? Tu t'inquiètes pour lui ? »

Star haussa les épaules. C'était un tout petit bout de femme et elle n'avait jamais semblé plus perdue ou enfant qu'à ce moment-là, avec sa raie au milieu bien nette et les cheveux ramenés derrière les oreilles comme si c'était sa mère qui l'avait coiffée, les épaules maigres et voûtées, les yeux éteints par le chagrin récurrent d'une enfant. Marco courait la piste avec Sess (il voulait apprendre sur le tas et Sess l'avait pris sous son aile) : ils campaient à la dure, par des températures qui, en une nuit, tomberaient sans doute sous les – 40°. Ou non, plus exactement, ils ne campaient pas vraiment : Roy Sender avait construit deux cabanes en rondins et gazon en des points stratégiques sur la soixantaine de kilomètres de la piste, des cabanes qui, malgré leur sol en terre battue, l'absence de tous les conforts d'un chalet à l'année, et juste une lucarne à elles deux, étaient dotées de poêles en tôle que Sess maintenait toujours en état, et des brassées de petit bois et de belles bûches à portée de main. Sans compter que Sess s'était procuré les deux chiens supplémentaires qu'il convoitait depuis longtemps : les chiens de Howard Walpole, en fait, aigres comme du vinaigre mais ils tiraient à plein collier. Howard n'avait plus besoin de ces chiens-là parce qu'il s'était mis à la vitesse pour s'essayer aux courses, pour le plaisir, disait-il. (Star avait-elle entendu la rumeur selon laquelle on allait relancer l'Iditarod, avec chèques à l'appui pour les vainqueurs ? Cela dit, tout le monde savait qu'il ne lèverait jamais les fesses suffisamment longtemps de son scooter des neiges pour ne fût-ce qu'atteler les chiens qui lui restaient !) Sess pouvait donc ainsi parcourir la distance beaucoup plus rapidement que l'année précédente.

« Parce que, si c'est ce qui te tracasse, ma chérie, je peux te rassurer tout de suite : Sess sait ce qu'il fait. C'est le meilleur de toute la région : demande à n'importe qui. » Elle lâcha un petit rire. Elle se le représenta là-bas dans les immensités blanches, dans sa parka rapiécée qu'elle avait doublée de glouton (la meilleure fourrure disponible car elle ne givrait pas au contact de l'haleine), debout, svelte, à l'arrière du traîneau, plissant les yeux face au vent, vigoureux, muscles jouant dans les bras. « C'est pour ça que je l'ai choisi, tu sais. Et, écoute, – 35, – 40, ce n'est pas critique, pas vraiment. A – 60, je commencerais à m'inquiéter — à nouveau, elle rit. Et encore... seulement un peu. Sess est malin. Il pourrait survivre à n'importe quoi là-bas dehors. Mais, dis-moi, Marco... il s'est bien sorti de ses engelures ? Ça remonte à quand, déjà, il y a un mois ? »

Il faisait froid à la table. La bise semblait toujours réussir à se faufiler dans les fissures, les plus infimes interstices, comme si elle n'avait rien aimé tant qu'exposer les défauts du chalet. Pamela ressentit l'envie de se lever pour régler le tirage du poêle et peut-être ajouter du bois, mais un je-ne-sais-quoi la retint collée à la chaise, quelque chose qui commençait tout juste de se dérouler, comme une bobine de fil qui aurait confortablement raconté des histoires, donné des nouvelles des gens et de leurs tracas.

Star se borna à hausser les épaules, comme si elle n'avait pas connu d'autre geste. « Je suppose, fit-elle. Ouais, il s'en est remis. Il lui reste deux lignes blanches, on dirait des cicatrices, quelque chose comme ça, au-dessus des pommettes (mais tu l'as vu, non ?) et ses doigts de pieds vont mieux, tu sais, ceux qui étaient devenus tout noirs, son petit orteil et celui d'à côté, au pied droit ? » Elle porta son regard sur l'autre extrémité de la pièce, sourcils froncés, doigts blancs tortillant les pointes de ses cheveux : elle se représentait la chose. Aucun bruit sinon le faible cliquetis et les soupirs du poêle qui aspirait l'air.

« Reba disait qu'il fallait les couper et Norm qu'ils tomberaient d'eux-mêmes après avoir pourri. Mais Reba a répondu que c'est ce qui se passait dans le cas des *ongles*, pas des orteils. Bref, ils ont guéri, miraculeusement. Ils ne sont pas jolis jolis et il a perdu les deux ongles, mais il n'y a pas d'infection. J'étais mortifiée parce qu'il voulait que je les lui coupe avec une hachette, tu vois ça... tu imagines ! Moi ? Avec une hachette ! »

Elles se mirent à rire, de l'horreur que ç'aurait été, et elles inhalèrent la fumée de leur cigarette ; Pamela mit du bois dans le feu et toutes deux allèrent s'asseoir sur le lit, repliant leurs pieds sous leurs fesses, pleines de compassion. Après un moment, Star dit : « Ce n'est pas ce qui me déprime, je sais qu'il est en sécurité, que Sess ne perd jamais son sang-froid...

— Avec cette température, ça serait un comble ! »

Star esquissa un sourire. « Non. Ce qu'il y a, c'est que je m'inquiète pour Maginordcity. Tout se casse la figure. Tu sais que George le Bizarre, Erika et Geoffrey sont partis, rien qu'avec ce qu'ils avaient sur le dos ? »

Non, Pamela l'ignorait. Elle avait entendu dire que le neveu était parti, avec la petite au visage tout lisse et aux faux cils, et une poignée d'autres vagueux n'arrêtaient pas de tarabuster Sess pour qu'il les emmène en traîneau, eux, leurs guitares et elle ne se rappelait plus quoi, à Boynton (ils paieraient ce qu'il leur demanderait, n'importe quoi). Et il était d'accord, car le liquide, après tout, il en avait besoin, mais la piste passait d'abord, parce qu'une fois qu'on avait posé les pièges, on était forcé, par toutes les forces de l'univers, de s'en occuper, ne serait-ce que pour amoindrir la souffrance des êtres vivants qui te fournissaient ta subsistance, parce que ça ne se faisait pas, de gaspiller, jamais... gaspiller, c'était pire qu'un péché, c'était la mort même.

« C'est triste », lâcha-t-elle, et elle le pensait. Elle s'était habituée à avoir des voisines, Star, Merry, Maya, des gens avec qui elle pouvait bavarder, d'autres femmes. L'hiver précédent, elle habitait un appartement, dans une ville, elle travaillait dans un bureau avec des quantités de collègues. Elle pouvait aller au cinéma, courir les magasins, les bars, les restaurants. Maintenant, elle avait ses fourrures, elle avait Sess. Elle était heureuse, assurément, elle le savait, plus heureuse qu'elle ne l'avait jamais été, mais les nuits inextirpables s'accumulaient déjà, les nuits de folle agitation, les nuits où Sess ne suffisait pas, où personne n'aurait suffi. Et il y avait autre chose... quelque chose de plus important que tout ça, sa nouvelle à elle, son secret, et si Star n'était plus là pour l'entendre, elle deviendrait folle, à devoir le garder par-devers elle.

Le visage de Star flottait à côté d'elle à la faible lueur de la lampe, d'une douce joliesse, intact, un visage pas plus hippy que le sien. « Ils mangent tous séparément maintenant, déclara sa visiteuse. Et la bouffe... ils se battent pour la bouffe.

— Mais je croyais que tu m'avais dit que vous aviez des réserves, qu'il y en avait bien assez... tu ne m'avais pas raconté que Norm avait laissé l'équivalent de six mois de produits de base ? Tu m'avais bien dit qu'il avait dépensé des milliers de dollars... ?

— Nous ne manquons de rien. C'est plutôt une question de chapardage... je suppose que c'est ça, le mot. Les autres font des descentes dans le garde-manger, ils prennent ce qu'ils veulent, des amandes, des raisins secs : tous les fruits secs ont disparu. Et le lait en poudre. Le chocolat aussi. — Star fit une grimace, leva les mains, les laissa retomber. — La farine est pleine de petites taches noires... au début, je croyais que c'était du poivre, que quelqu'un avait dû laisser tomber le poivrier en panant le poisson mais, en fait, c'étaient des chiures de souris, des millions de chiures de souris. Et puis, il y a Reba... elle se croit responsable du groupe depuis le départ de Norm, elle n'arrête pas de convoquer des assemblées, elle et Alfredo, pour, ouvrez les guillemets : "Évoquer la question de la nourriture." Personne ne vient.

— On n'est pas encore à Noël », lâcha Pamela. Elle ignorait pourquoi elle avait dit ça, elle ne voulait pas paraître négative. Mais ces vagueux, ces *hippies* devaient comprendre ce dans quoi ils s'étaient embarqués. C'était comme la fable que sa mère leur lisait, à Pris et à elle, quand elles étaient enfants, une fable d'Esope, lui semblait-elle se souvenir, sur la cigale et la fourmi.

« Je sais, dit Star dans un murmure, je sais. »

Plus tard, lorsqu'elles eurent terminé une seconde théière et les sandwiches à l'élan, aux oignons et à la sauce au radis noir que Pamela avait préparés, Star lui demanda si ça la gênerait qu'elle passe la nuit chez elle : le parcours, et ce qui se passait là-haut, c'était trop pour elle désormais et elle ne se sentait pas de rentrer le soir même. C'était d'accord ? Ça ne la gênait pas, vraiment ? Bien sûr que non, pas du tout : Pamela l'installerait là, dans le vieux lit de Sess : est-ce qu'elle pouvait imaginer qu'avant son arrivée, il dormait seul, sur cette paillasse étroite... tout l'hiver dernier ?

Elle lui prêta une chemise de nuit en flanelle, l'enveloppa dans le sac de couchage de Sess, en écureuil, et l'enfouit sous des fourrures de sa collection : ils en avaient tout un assortiment, du genre que les élégantes de New York et de Chicago, sveltes et perchées sur leurs hauts talons, se seraient arrachées. Pamela fut ravie, cela la transporta des années en arrière. C'était comme retomber en enfance : sa sœur Pris à côté d'elle, la courbure de la tente au-dessus, le confort apporté par les ronflements de leur mère endormie sur le lit de camp, dans l'angle, ou alors, c'était comme avoir une copine du voisinage qui passait la nuit à la maison, quand on ne dort pas de la nuit, pas jusqu'à l'aube. Il était passé minuit quand elle éteignit la lumière et regagna son lit dans la nouvelle pièce, décontractée, paisible, et fatiguée, d'une fatigue réparatrice ; elle réfléchissait à la symétrie de la situation : les filles ici, couchées sous un même toit, les hommes dehors, pelotonnés l'un contre l'autre dans le poing glacé de la nuit.

Le matin, elles s'attardèrent autour de leur tasse de café, du pain tout juste sorti du four, d'une brouillade au jambon préparée avec des œufs en poudre, des tomates et des poivrons. Elles observèrent la lumière qui croissait dans un lent déplacement d'ombres jusqu'à ce qu'elle s'installe dans la pâle aquarelle qui, en cette saison, tenait lieu d'aurore, de crépuscule et de midi. Elles écoutèrent la radio : histoires de toundra sur K.F.A.R., bavardages de piste de trappeurs sur K.J.N.P. ; elles furent enchantées d'apprendre qu'Olive Swisstack embrassait du fond du cœur Tommy, de Barrow, que l'ex-belle-mère d'Ivor Jonson lui demandait de l'appeler d'urgence, et que Jim Drudge envoyait un message radio de Fort Yukon pour dire qu'il se portait comme un charme et qu'il en était bien content. Sur quoi elles allumèrent leur première cigarette de la journée avant d'entamer une partie d'échecs dans une atmosphère très détendue.

« Tu sais, Star, dit Pamela quand elle eut reposé son roi et annoncé "échec et mat" d'une voix douce et très terre à terre, il y a quelque chose que je voulais te dire hier soir et qui n'est pas sorti, finalement. »

Star leva les yeux — elle manipulait à ce moment-là le fou qui ne lui était malheureusement plus d'une grande utilité ; à côté de son coude, sa tasse à moitié vide, une cigarette (la sienne ou celle de Pamela ?) se consumait lentement dans le cendrier.

C'était agréable, très agréable : le rougeoiement de la lumière qui filtrait par la fenêtre, la douce respiration du poêle, le silence. Pamela fut touchée par la sérénité. C'était comme si elle dormait encore ou si elle était étendue sur une serviette, sur une plage des tropiques, dodelinant de la tête au-dessus d'un roman à couverture lustrée calé sur sa poitrine. « Je suis enceinte, annonça-t-elle. Je ne l'ai pas encore annoncé à Sess. »

Elle regardait derrière Star, au-delà de la vitre, vers le lointain, puis son regard revint se poser sur le visage de son amie, plongea dans ses yeux. « Tu es la première à qui je le dis. »

31.

Ce qui passait pour de la lumière, à cette époque de l'année, c'était une simple lueur décolorée à l'horizon, qui n'avait de lumière que le nom, une triste incandescence dans le ciel, au sud, une incandescence faible et pâle qui n'était là que pour te rappeler ce que tu manquais. Le soleil resplendissait à Miami, il était éblouissant à San Diego, et, en Patagonie ou au détroit de McMurdo, il n'y avait pas moyen d'éliminer la lumière : là-bas, c'était comme si le globe était tombé sur la tête et que tout ce qu'on pouvait lui sortir du crâne, c'étaient quelques ombres qui tombaient dans la nuit récalcitrante de l'univers. Voilà ce à quoi Pan songeait tandis que le moteur débitait en grondant son message monotone et répétitif *(tout va bien, tout va bien, tout va bien)*, que les extrémités des ailes reflétaient un éclat venu d'on ne savait où, et que les lumières clignotaient à contretemps, au point qu'il finit par entrer dans le genre de transe à laquelle il serait parvenu dans une boîte de nuit, sous un stroboscope, quand la musique était tellement forte qu'il n'aurait pas même pu décliner son identité.

Il faisait froid. En fait, il gelait à pierre fendre. Au sol, on avoisinait les – 40, or, à deux mille mètres d'altitude, où ils se trouvaient, là où l'air se raréfiait, il faisait encore plus froid. Joe avait mis le radiateur à fond mais on s'en apercevait à peine, tant le vent pénétrait en hurlant à travers les interstices de la portière et autour du pare-brise : pourquoi ne pouvait-on construire des engins étanches ? Pourquoi ne pouvait-on les isoler ou concevoir un chauffage vraiment efficace ? Pan ne sentait plus ses orteils. Sous sa chemise, les perles de son collier étaient autant de petites boules de glace. Un fluide glacial et limpide qui coulait de ses narines mouillait le dessus de ses gants. Au désespoir, il se passa les bras autour des épaules ; il frissonnait tellement qu'il avait l'impression que ses plombages allaient sauter.

A son côté, Joe restait comme un roc. Ses épaules seules emplissaient le cockpit, sa masse était encore exagérée par la doublure de sa parka. Il gardait en permanence un doigt ganté sur la barre, regardait par le pare-brise ou sur les côtés, pas plus concerné par les rafales hurlantes de l'Arctique qui souffletaient son visage qu'un ours blanc recroquevillé sur la banquise. Il n'avait pas prononcé ou plutôt beuglé un mot depuis plus d'un quart d'heure mais Pan ne s'attendait pas à ce qu'il parle, puisque, de toute manière, on n'entendait rien à cause du bruit du moteur. Il souffrait donc en silence, se concentrait sur la perspective du retour au chalet, de l'instant où les skis toucheraient la glace recouverte de neige, quand ils atterriraient et qu'il sortirait tant bien que mal de cette boîte à torture, sur le feu qu'il allumerait dans le poêle. Il laissa le temps à un frisson de lui traverser le corps puis il porta la main à l'arrière, vers son sac, d'où il sortit sa fiole en métal argenté.

La fiole contenait du rhum Hudson Bay, la même merde, en gros, que le Bacardi 151 qu'ils utilisaient pour les flambées au Surf 'n' Turf : dégueulasse, un goût de kérosène, mais ce genre de tord-boyaux remplissait son rôle. Il te réchauffait. Il te brûlait du palais jusqu'au rectum : Pan se rappelait encore Mr. Boscovich, qui, au tableau, dessinait le diagramme de la digestion chez l'être humain : *neuf mètres*, récitait-il — on aurait dit qu'il déclamait. *Est-ce que l'un de vous peut me convertir ça en pieds ?* Pan rit à ce souvenir, avant de dévisser la capsule. Il porta la fiole à ses lèvres et, comme l'avion fut parcouru de soubresauts avant de se rétablir, un peu d'alcool lui coula dans la barbe, pour aller planter de menues perles noires d'humidité sur son jean, mais la gorgée remplit son rôle, elle le brûla tellement à l'intérieur qu'il dut se frapper la poitrine pour s'empêcher de tout rendre. Ensuite, il tapa sur le bras de Joe en lui proposant la fiole par gestes. « Tu veux une gorgée ? », hurla-t-il inutilement.

Joe lui lança un regard appuyé, comme pour le jauger, comme s'ils ne partageaient pas le même chalet depuis plus de trois mois et n'étaient pas enfermés dans la même carlingue depuis le matin ; enfin, il fit non de la tête, lentement, et laissa un sourire triste emplir le trou de sa bouche qui perforait sa barbe. « Pas quand je suis au balai, hurla-t-il.

— Pas même une petite goutte ?

— Ne me tente pas. »

Ils revenaient d'Ambler, sur la Kobuk, où ils avaient poussé jusqu'à une cabane sur une île à l'ouest de la ville : ils y avaient déchargé huit caisses de bourbon, de rhum et de vodka achetées trois jours auparavant à Fairbanks. La cabane penchait sur les étais incertains de ses pilotis, mélancolique, apparemment abandonnée, or elle était pleine à craquer de gens qui faisaient une fête : quelle surprise ! Ils l'avaient dévisagé, depuis les puits de leurs yeux, tous, hommes et femmes, tous le même visage, le visage que Gengis Khân devait avoir lorsqu'il venait de conquérir un village perdu, de violer toutes les femmes, de manger tous les chiens et de liquider jusqu'à la dernière goutte d'alcool de riz qu'il avait pu trouver dans les parages. Mais c'était cool, parce qu'ils avaient les cheveux longs et passaient leur temps à planer, goûtant à tout ce qui pouvait leur tomber sous la main, et ils n'avaient jamais ne fût-ce qu'entendu parler d'horaires de bureau, de cravates, de Wall Street et de Mr. Jones. Ils chassaient encore le caribou quand les hordes traversaient la rivière à l'automne, bien que, désormais, la chasse ait été réduite à approcher les animaux dans une embarcation à fond plat lorsqu'ils se retrouvaient dans l'eau et sans défense, et à les tirer à bout portant avec un pistolet ; tous avaient des scooters des neiges et des hors-bords, et ils commandaient leurs vêtements sur catalogue. Mais ils mangeaient de la langue de caribou et de la glace esquimau (de la graisse de caribou montée avec un quintal de sucre, le tout saupoudré de quelques baies. Pan avait goûté ça : « De la glace, frère, ça c'est de glace ! », lui avait dit Joe Bosky pour l'encourager, mais il avait recraché la mixture séance tenante dans sa main et toute l'assemblée s'était fendue la poire, ça avait été la chose la plus rigolote qu'ils avaient jamais vue, l'homme blanc !). Ils mangeaient aussi des Cheerio, des Frito, des Ho-Ho et des sandwiches à la mayonnaise Hellmann sur du pain Wonder, le tout transporté par avion jusqu'au magasin esquimau par les pilotes de la toundra qui étaient leur seul contact avec le monde extérieur.

Joe lui dit qu'autrefois les Esquimaux de la côte (ceux qui habitaient dans des igloos, comme Nanouk) pissaient tous dans la même cuve, dans laquelle ils se lavaient ensuite, pour éliminer la graisse sur la peau et peut-être aussi décourager les poux, mais ces gens qui faisaient la fête, les petits Gengis Khân avec leurs mauvaises dents et leurs yeux très écartés, n'allaient pas jusque-là, du moins pas d'après ce que Pan avait pu voir. Mais ce qu'ils puaient, bonté divine, ils empestaient, corps, haleine et cheveux ! Leurs chiens étaient les plus mal soignés qu'il eût jamais vus, dix ou douze attachés dans les cours, pas de chenils, rien du tout. Efflanqués, laids, hurlant, mâchant des têtes de caribou, des sabots d'élans et le genre de reliefs de poissons que Sylvestre le chat ramasse au fond des poubelles dans les dessins animés. En un mot, pathétiques !

Bosky et lui étaient restés là-bas environ une heure. Pan avait vendu un sachet de quinze grammes d'herbe à un Esquimau qu'il avait vaguement reconnu d'une précédente virée de distribution de whisky, il avait bu un ou deux rhum-coca, inhalé la puanteur de la pièce et s'était joint aux ricanements, avant de remonter dans l'avion : le double contrôle (barre au tableau de bord, pédales-gouvernail au sol) remuait tout seul comme si une présence invisible s'était assise entre ses genoux. Ils avaient décollé de la rivière gelée : la cabane, le village, les saules nus et déplumés, et les conifères aux arêtes molles avaient reflué, diminué sous les ailes de l'avion, et puis il y avait eu l'horizon et la promesse de la lumière du Sud.

Pan avait fait suffisamment de courses avec Joe pour reconnaître les repères sur le chemin du retour : le siphon blanc du lac de Norutak, le mont des Indiens, qui, avec ses mille quatre cents mètres d'altitude, dépassait des collines environnantes comme un cône Dairy Queen renversé, la Koyukuk, gribouillis insensé sur le visage de la nuit qui épaississait, et, finalement, les lumières de Stevens Village et la large cuvette du Yukon. A cet endroit, le fleuve coulait vers l'ouest mais il changeait de direction à Fort Yukon, où il obliquait vers le nord presque continûment à partir de la frontière canadienne, si bien que le suivre aurait représenté une perte de temps. De ce fait, il était logique que Joe traversât le fleuve à Stevens Village et filât vers l'intérieur des terres pour le retrouver à Boynton, et Pan ne s'inquiéta donc pas quand le fleuve disparut derrière eux et que s'élevèrent à nouveau, devant, de sombres vallonnements : c'était la route directe, le ticket le plus rapide vers le poêle, le sac de couchage et le burger à l'élan sur un pain décongelé, accompagné de frites et de chou en salade. Dans quarante-huit heures, Joe et lui s'envoleraient pour Boynton, où ils célébreraient sa soirée d'adieux au Nougat, puisqu'il avait décidé de rentrer au bercail, à Peterskill, à temps pour passer Noël en famille, et ça ne serait pas rien : toutes les histoires qu'il pourrait raconter ! Sans compter que les frimas, là-bas, ce serait de la gnognote : il pourrait se balader en T-shirt, en polo et short (« Quoi, t'appelles ça *froid*, frère ? »). Et les concerts ! le Fillmore, le nouvel endroit à Porchester, John Maall, B.B.King, Taj Mahal ! Que Star se fasse foutre ! Que Marginordcity aille se faire voir ! Qu'ils aillent tous se faire pendre ! Il était rétamé, il grelottait, il rêvassait. Il avala une nouvelle rasade : question de se réconforter, rien de plus.

C'est alors que, peu à peu, il s'aperçut qu'ils ne rentraient pas directement au bercail : ils survolèrent Woodchopper — ou, plutôt, ce qu'il était persuadé être Woodchopper — puis ils descendirent vers la fondrière faite de cours d'eau et de hauteurs déchiquetées du bassin de la Thirtymile. L'éclat de la lune, qui s'était hissée dans le ciel, grasse, froide et pleine, se reflétait sur la neige qui en était plus lumineuse qu'elle ne l'avait été de jour. Tout se détachait sur elle, les clairières, les marais, jusqu'à une piste empruntée par des animaux. Joe vira sur l'aile et fit encore perdre de l'altitude à l'appareil : ils descendirent à une centaine de mètres d'altitude. De son regard fureteur, entraîné à distinguer les formes et les ombres, il semblait rechercher quelque chose.

« Hé, Joe ! cria Ronnie. Hé, mec, qu'est-ce que tu fais ? On rentre pas chez nous ? »

Joe fit pivoter la lourde sphère de son crâne pour lui lancer un regard significatif, avant de se retourner et de regarder par la fenêtre. « Passe-moi le fusil, se contenta-t-il de dire. Tu veux ? »

En dépit de lui-même, en dépit du froid, du carcan qu'il endurait et de ses *envies*, Pan se surprit à sourire : « Tu vas filer le train à un loup ou deux ? »

Le moteur les propulsait dans la nuit, au-dessus de l'abattée des arbres, des sauts des collines et des plongeons des déclivités. « Vérifie la culasse pour moi », cria Joe.

Pas de problème, songea Ronnie. Et aussi : *D'accord, pourquoi pas ?* Il y avait des loups en bas, du fric sur pieds ou, plus exactement, sur pattes, des dollars bien verts courtesy Dame-Nature, comme Joe présentait toujours la chose. Trois jours plus tôt, en revenant de Fairbanks avec les caisses d'alcool, ils étaient sortis : le plan d'origine était de s'envoler directement pour Ambler mais Joe avait aperçu des traces de loups dans la neige et s'était pris au jeu. Un élan gisait, mort, dans un pâté Rorschach de boucles et de spirales de traces de pattes rougies par le sang. Les loups étaient à leur besogne, six ou sept, gris stéatite virant au noir, yeux gloutons, têtes tournées à un drôle d'angle pour évaluer la menace cliquetante venue du ciel, sur quoi ils avaient détalé ; Joe les avait harcelés et avait viré sur l'aile pour revenir sur eux. Une fois l'appareil stabilisé et positionné derrière les formes noires et éperdues plus bas, il avait crié : « Prends le balai ! » et Pan avait maintenu l'équilibre de l'avion tandis que Joe se penchait par la fenêtre pour viser.

La neige avait fait des gerbes quand il avait manqué, blanches floraisons dans un lit ombreux, et Pan avait tout vu même s'il se concentrait sur sa tâche. *Crack ! Crack ! Crack !* Les loups coulaient comme de l'eau.

Une longue minute s'était écoulée puis ils avaient disparu dans le sillage de l'avion, jusqu'à ce que Joe eût repris la manette pour faire pivoter l'appareil, sur quoi il avait redonné les commandes à Pan. A cette seconde tentative, lorsqu'il s'était penché au-dehors de la carlingue, avait visé dans la lunette et tiré, l'un des traits sombres s'était comprimé brusquement, comme s'il avait été maintenu au sol par un talon d'acier, et ce n'avait plus été un trait abstrait mais un loup qui se tordait de douleur. Ils avaient poursuivi la meute et abattu un second loup plus d'un kilomètre plus loin, avant d'effectuer un nouveau virage pour revenir sur leurs pas et trouver un endroit où atterrir. Il y avait de la neige jusqu'aux genoux. Le premier loup avait eu la colonne vertébrale brisée. Étendu dans la neige, il les contemplait, sans comprendre, lui qui avait grandi, avait été élevé dans des caches secrètes, s'était nourri d'élans, de lapins, de campagnols et de caribous, désormais impuissant, le regard perdu. « Achève-le, avait ordonné Joe, mais abîme pas la fourrure, vise l'œil. »

Pan se pencha pour voir la cible que Joe avait choisie aujourd'hui, tandis que son compagnon prenait à l'arrière le fusil, tout droit sorti de la vitrine de l'armurerie de Gros Ray à Fairbanks, payé avec les dollars des Esquimaux, un Holland & Holland 375, avec une lunette Weaver de 4x4. Joe recula la culasse et le tendit à Pan. Il y avait des traces dans la neige, il les distinguait bien, une piste probablement due à une meute importante, une piste qui louvoyait dans les bosquets d'arbres, disparaissait par moments pendant des secondes entières avant de réapparaître le long du fleuve en direction du sud. Jamais la lune n'avait été aussi claire, jamais de toute l'expérience de Pan, or il l'avait trop souvent vue suspendue tout là-haut pour pouvoir compter, dans les impasses à l'arrière des boîtes de nuit, à travers le pare-brise de sa voiture, grosse et lumineuse, magnifiée par la panoplie complète de la pharmacopée de ses yeux fureteurs. Ce soir, cependant, ce soir, elle leur revenait comme un boomerang, et tout en devenait argenté, la parka de Joe, son visage, ses mains sur les manettes, mais où étaient les loups ?

Et puis, soudain, d'en dessous les arbres, ils apparurent, une meute qui courait en formation, et Joe cria : « Prends le manche, prends-le ! » L'air à l'intérieur du cockpit passa de glacial à critique lorsque Joe ouvrit la fenêtre et que la brise gelée leur fouetta le visage. Pan, le manche en main, virait à gauche et Joe visait mais... ce n'étaient pas des loups, ça non, c'étaient pas des loups, c'étaient des chiens, et ils tiraient un traîneau, et deux silhouettes se dégagèrent du palimpseste qui s'inscrivait d'une écriture fleurie dans la neige plus bas, des gens, des hommes, mais qu'arrivait-il à Joe ? Il était devenu aveugle ou quoi ! « Joe ! cria Ronnie. Joe, c'est pas des loups ! »

Qu'importe. Puisque Ronnie tenait l'avion bien penché et que Joe tirait, une, deux, trois fois ; l'inclinaison s'accentua et Joe jurait (« Merde ! Merde et putain de merde ! ») et ni l'un ni l'autre ne vit que les extrémités des ailes étaient presque à la verticale, jusqu'à ce que Joe pose le fusil, et les sorte de la vrille, réussisse à leur faire éviter *in extremis* le rideau d'arbres juste devant eux. Le moteur hurla et il y eut une secousse, une claque mouillée, dure, méchamment amplifiée, comme d'une peau contre une autre, et l'extrémité de l'aile droite se révéla brusquement avoir une pliure, et tout l'appareil se mit à trembler, sur le point, eût-on dit, de se briser en mille morceaux.

Joe se démena. Joe s'y connaissait en pilotage. Joe n'allait pas crasher un avion qui lui avait coûté quinze mille dollars simplement parce que l'extrémité d'une de ses ailes s'était repliée sur elle-même comme une boîte de bière, oh, non, pas Joe ! Ils parcoururent quatre ou cinq kilomètres, dans la direction, tant bien que mal, du fleuve... ils étaient à quelle altitude maintenant, pourquoi ne tirait-il pas sur le manche et ne redressait-il pas l'appareil ?... avant que Pan ne comprenne qu'ils étaient en train de tomber. Il y avait quelque chose en face, pas le fleuve, juste une clairière au milieu des arbres, marécage, monticules d'herbes mortes couronnées de neige comme autant de poings brandis par le sol, et puis ils touchèrent terre, train d'atterrissage voilé sous le ventre de l'appareil, fuselage tanguant impitoyablement vers la gauche, droit dans les écorces menaçantes et impénétrables des troncs d'arbres.

Les gens n'aimaient guère Joe Bosky, on le respectait, on le craignait, peut-être, mais ce n'était pas le genre de mec dont on aurait loué la délicatesse, l'amabilité ou les bonnes manières. Mais il plaisait à Ronnie. Ronnie entretenait avec lui une espèce de relation de cadet à aîné et, s'il y avait une qualité qu'on devait reconnaître à Joe, c'était bien qu'il connaissait son affaire et, si tu regardais bien, si tu l'écoutais, si tu faisais gaffe, tu apprenais tout ce qu'il fallait savoir sur le pays. Sur les fusils. Sur le pilotage. Il avait déjà donné à Pan une demi-douzaine de leçons et l'avait laissé piloter quand ils s'étaient rendus banalement d'un point A à un point B et Pan lui en était reconnaissant. Il se disait qu'un jour (un été, l'été suivant, pourquoi pas ?), il pourrait peut-être revenir dans le pays et essayer de devenir pilote de la toundra, de guider les chasseurs et les pêcheurs : battre le temps, chevaucher le vent, sortir et rentrer à sa guise ! Bosky avait une autre qualité, c'était qu'il avait eu beau faire partie de la machine de guerre à une époque (il avait été G.I., pas moins !), il était plutôt cool sur la question : pas de patriotisme exacerbé, c'était pas un fasciste et il ne se fâchait pas tout rouge dès qu'il était question des mines de Claymore, des Viets et de tout le reste. Quel était son but dans la vie ? lui avait demandé Pan un soir, à table avec Sky et Dale (ils mangeaient alors avec les doigts de la viande d'élan, noire et douceâtre). Prendre du bon temps. Se soûler, baiser, faire du barouf et être redevable à personne. « Alors, t'es un épicurien ? » était intervenu Dale. « Plutôt deux fois qu'une », avait confirmé Joe.

Joe saurait quoi faire dans la situation... sauf qu'il restait muet. Il n'avait lâché qu'un mot une fois que, il y avait un peu plus d'une heure, Pan ayant coupé sa ceinture de sécurité avec son couteau de chasse, il l'avait tiré du cockpit en accordéon : « Fais un feu. » Le problème s'était d'ailleurs résolu de lui-même, car, lorsqu'ils avaient obliqué vers les arbres, l'aile gauche s'était repliée contre le fuselage, le réservoir s'était détaché, et ils avaient eu de la chance de s'extraire de là avant que tout n'explose. Pan n'avait pas plus tôt tiré Joe dans la neige qu'il y avait eu une étincelle, un coup sourd et que leur taxi du retour au bercail s'était transformé en feu d'artifice. Il n'en restait plus désormais qu'une odeur de brûlé dans l'air et le froid revenait, et Joe n'était plus en mesure de fournir le moindre conseil à quiconque.

Ronnie sentait son cœur changer constamment les vitesses dans sa poitrine. Ils étaient dans la mouise, pas la peine de se voiler la face, mais il n'avait pas les idées très claires, parce qu'il s'était cogné la tête une ou deux fois sur le tableau de bord, qui semblait le poursuivre, comme s'il s'était animé, dans le seul but de faire de la bouillie de sa cervelle ; et cette croûte de liquide congelé qui se craquelait chaque fois qu'il répondait par une grimace involontaire au trouble incarnat de douleur qui s'était logé dans son épaule gauche et éloignait son bras comme si celui-ci ne voulait plus lui appartenir, oui, c'était du sang. Joe s'était évanoui. Il n'était pas mort, puisqu'il respirait encore (Ronnie n'était pas médecin, certes...) et quelle différence ça faisait, de toute manière, sans médicaments, sans instruments, sans outils hormis son canif et le poids mort de son pistolet attaché à la cuisse ? N'empêche, il coupa deux douzaines de branches qu'il réunit pour en faire un abri et empêcher le sol de pomper la chaleur vitale de Joe. Il essaya de faire prendre un feu. Il avait cherché au plus près des troncs des branches sèches et jaunies et il les avait attachées sur ses genoux pour en faire une belle petite pyramide branlante de petit bois, puis, des tas de neige il avait retiré des branches plus grosses ; il avait des allumettes et même plusieurs bouts de papier au fond de son sac à dos — le seul article de survie qu'il avait réussi à retirer de l'avion avant l'explosion.

La lune pesa tout à coup comme une chape lorsqu'il s'accroupit et ôta ses gants un instant pour allumer une allumette sur la surface peu coopérante d'un morceau de carton mou (insupportable, cette lune, écrasante... !) ; ses mains avaient beau avoir autant de dextérité que des gants de boxe, il survivrait ! non seulement à ça mais à tout ce que les forces du mal alentour pourraient mettre en travers de son chemin, parce que l'allumette finit par prendre, parce que le vent retint son souffle et que le petit paquet d'aiguilles de pins se mit à rougeoyer, à craquer et à se montrer de plus en plus gourmand. Pan renfila donc ses gants. Cassa des branches autour de lui, et les flammes grimpèrent dans l'air et le feu finit par être animé de sa vie propre. « Joe, fit-il, Joe, on a du feu ! » Mais Joe ne réagit pas, Joe était froid, Joe était H.S.

Pan s'accroupit près du feu, frappa ses mains l'une contre l'autre. Personne ne viendrait à leur secours aussi loin. Les gars du traîneau ne devaient pas être bien loin mais pourquoi se seraient-ils dérangés ? Ce ne pouvait être que Sess Harder et sa bourgeoise (qui d'autre, à moins que Bosky ait complètement perdu la boule), et Sess aurait payé, et des places de premier rang encore, pour voir Bosky mort ! Tout reposait donc entre ses mains, les mains de Pan. Il attendrait le matin, la faible éclaircie et le rougeoiement qui teindraient les collines au sud : cela lui indiquerait la direction à suivre, il rejoindrait la rivière par l'est puis remonterait au nord, vers Marginordcity. Il en était capable. Il était valide. Il était jeune. Il connaissait ces collines, il connaissait la rivière. Il lui faudrait alimenter le feu pour Joe, lui faire un feu d'enfer, et laisser une montagne de bois de chauffe pour que, lorsqu'il reviendrait à lui, *s'il* revenait à lui, Joe puisse rester en vie jusqu'à ce qu'Alfredo, Bill et les autres... *Reba...* viennent à sa rescousse.

Tel était le plan de Pan. C'était un plan de solitaire, un plan ardu, mais tout se passerait bien. Le feu repoussait la nuit. Le froid commença à reculer, à refluer dans les ombres et, bien qu'il ne sentît plus ses pieds, Pan avait des fourmis dans les doigts : c'était bon signe. Quand ta température du corps baissait, le sang alimentait tes organes pour maintenir la matrice en marche mais les extrémités étaient sacrifiées : simple adaptation, question de survie, et où était donc cet ours dont il avait coupé l'oreille ? Il devait hiberner, comme tous les autres taupes et rongeurs de Marginordcity : autre système de survie ! Pan sentait ses doigts, ce qui signifiait qu'il n'y avait pas de dégâts de ce côté-là, ou rien de méchant, en tout cas : il préférerait mourir plutôt que de se retrouver comme Billy Bartro, l'élève de son lycée qui avait deux moignons cautérisés à une main et trois doigts à l'autre parce qu'il avait essayé de confectionner une bombe au sous-sol : il devait passer le restant de ses jours avec des gants de golf gris tourterelle, comme un foutu majordome dans un roman anglais ! Non, lui-même allait bien. Cool.

C'est alors qu'il pensa à sa fiole. Il avait posé son sac à dos contre un arbre à l'écart du cercle de feu (il n'avait pas envie de le voir partir en flammes à son tour !). Il se leva et alla le chercher. Une rasade ou deux, voilà ce dont il avait besoin. Pour se réchauffer. Se calmer les nerfs. Il n'irait nulle part, pas avant le matin, et la nuit serait difficile, interminable. Autant s'accorder un remontant. Il alla chercher son sac puis se rassit près du feu. Il pensa à Joe un instant : devrait-il essayer de lui faire avaler quelque chose de force, comme dans les films, voir s'il pourrait le sortir de son coma ? Non, il devait d'abord s'occuper de lui-même. Il s'était vraiment esquinté le bras gauche, froissé un muscle ou quelque chose dans le genre : la douleur remonta jusque dans l'articulation de l'épaule avant de redescendre quand il essaya d'approcher la fiole de la poitrine pour dévisser le bouchon. Ce n'était pas de la tarte, surtout avec les gants, mais il se débrouilla (il le fallait, il lui fallait garder la tête froide) ; bientôt, il portait à la bouche le goulot avec ses incrustations en argent et avalait une bonne gorgée.

C'était une erreur. Il en prit conscience instantanément. Sa gorge se contracta, il se plia en deux, son corps entier, sous le choc, fut secoué par une secousse. Ses entrailles se glacèrent. Le liquide avait été refroidi par son séjour sous les arbres et Pan s'était versé une nouvelle mort dans la gorge. S'il avait pu la régurgiter ! Pas moyen. Il finit à quatre pattes, étouffant — étouffant, toussant, vomissant. Le feu se riait de lui ; Joe Bosky, muet, était avachi sur un trône de branches de sapin. Pan continua de s'étouffer tant que la *matière* cellulaire dont étaient constituées les parois de son pharynx, de son œsophage et des muscles tendus de ses membres l'empêcha de s'effondrer.

32.

La première nuit sur la piste, ils campèrent dans une cabane qui semblait surgie de la terre même, guère différente, qualitativement, d'un amas de rochers ou d'un bosquet d'arbres. Sa toiture était très pentue et les plaques de gazon ancien qui la recouvraient avaient donné naissance à des bouleaux, des trembles et un enchevêtrement sinueux de cannes nues et de branches glabres. Il y avait une réserve à l'avant, où le quartier antérieur d'un élan, enveloppé dans du canevas, pendait, rigide, au bout d'un fil de fer : mais, dans le flux de la nuit, ç'aurait pu être autre chose, quelque chose de plus macabre, de plus noir, et Marco dut y regarder à deux fois pour être convaincu. Les chiens, eux, n'eurent aucun scrupule : ils s'élancèrent vers la cabane et s'assirent sur le seuil, impatients, encore attelés, tandis que la lune projetait des images de leur haleine, qui s'élevait au-dessus de leurs formes sombres et voûtées.

Il distingua bientôt les niches, alignées sous les arbres, de simples caisses faites avec des rondins coiffés de monticules symétriques de paille couverts de neige. Derrière la cabane se trouvait une colline, aux contours adoucis par la lueur de la lune, et, devant, un cours d'eau. Rien ne bougeait. Si l'on n'avait pas su qu'il y avait là une cabane, on aurait pu passer à moins de cent pas sans la voir, hormis peut-être un reflet sur les vitres de l'unique fenêtre, et encore, à la bonne saison et à la bonne heure du jour.

Sess et lui avaient pris les rênes à tour de rôle et, à tour de rôle, couru à côté du traîneau ; c'est lui qui avait parcouru au pas de course les deux derniers kilomètres, et il transpirait sous sa parka, ce qui n'était pas bien : c'était dangereux, parce que la sueur gèlerait et le refroidirait — ce serait fatal s'il ne se réchauffait pas bientôt à un feu. « Quelle est la température, tu crois ? », avait-il demandé à Sess une demi-heure plus tôt, lorsqu'ils avaient mis dans le traîneau la dernière des cinq martres rigides qu'ils avaient attrapées, avant de remettre le piège : Sess avait souri, fait tomber la glace de sa moustache avec une mitaine et répondu : « – 40, j'imagine. »

Au-dessus du chambranle de la porte était cloué un thermomètre ; après avoir aidé Sess à attacher les chiens et à leur donner à chacun leur ration de saumon séché, Marco l'avait consulté au clair de lune. Le mercure était coincé dans l'intervalle nul entre les marques – 40° et – 42°. « Bonne estimation », fit-il, tandis qu'ils pénétraient dans le sombre néant de la cabane vide et de ses odeurs (appâts rancis, pétrole lampant, sapin, poisson, arcanes intestinales de lynx, martres et renards) immobilisées par la main du froid.

« Merde ! répliqua Sess, on a perdu un degré rien que le temps de le dire, mais on a qu'à faire un bon feu et se mettre à l'aise, qu'est-ce que tu en dis ?

— Ça me semble un bon plan. Qu'est-ce que je peux faire ? »

Dans l'obscurité, dans l'air glacé, Sess alluma la lampe et l'espace encombré et exigu de la pièce prit forme. « Rien, répondit-il. Assieds-toi et mets-toi à ton aise. » Pris de frissons, Marco obtempéra et observa le petit bois dans le poêle en tôle attirer la lumière de l'allumette et la bouilloire se dessiner dessus ; Sess se pencha, prit sur le sol en terre battue une marmite au cul noir et, malgré son poids, la souleva jusqu'au poêle d'un seul mouvement fluide qui culmina avec le fracas sonore et résistant du métal qui cogne le métal. « Rester simple, dit Sess, c'est ma devise. »

Ils se rapprochèrent tous deux du poêle tandis que le feu prenait et que les flammes s'élevaient dans un rugissement d'air aspiré. La pièce revint à la vie comme des aiguilles de montre progressivement relâchées. Les odeurs revinrent. En quête d'équilibre, la bouilloire cahota et cliqueta. « Qu'y a-t-il à manger ? », s'enquit Marco : il n'avait jamais eu aussi faim de sa vie, besoin de sucre, de gras, de lard, de boulettes de beurre, de la graisse fondamentale de l'existence, pas étonnant que les Esquimaux aient carburé à la graisse de phoque : on avait vraiment besoin de rajuster son carburateur dans ce climat !

« Ragoût d'élan. » Sess fouillait sur l'étagère derrière le poêle, il cherchait des bols, des cuillers, des tasses. « Préparé lors de mon dernier passage... Ce qu'on fait, c'est qu'on coupe un bon morceau de ce flanc d'élan dehors, puis on le fait frire dans la graisse d'ours avec de la farine, des oignons, du sel et du poivre, un peu de Tabasco, tous les légumes qu'on a sous la main... pois secs et lentilles dans le cas présent... ensuite on couvre tout d'eau, on fait bouillir et on verse le riz dedans. Et *voilà* ! Ragoût d'élan à la Harder ! La beauté de la chose, c'est qu'on pose la marmite par terre quand on ferme la baraque et qu'en moins d'une heure, le tout est congelé et plus dur que la pierre. — Il se frotta les mains et les tendit vers le poêle. — C'est Roy qui m'a appris la recette.

— Et maintenant, c'est toi qui me l'apprends.

— Exact. C'est moi qui te l'apprends. »

Si, précédemment, il avait eu des doutes (camper, *siwash* —comme on disait dans la région — par – 40 !), le ragoût les estompa au point qu'il commença à s'imaginer à la place de Sess, à l'aise dans ce pays, quelles que fussent les conditions, à prendre ce que la nature lui donnerait, à vivre à petite échelle, à des années-lumière des banlieues avec leurs buissons taillés convulsivement, leurs pelouses régulières et leurs arbustes d'ornement, parce que quiconque avait aménagé cet endroit qu'on voyait par la fenêtre avait fait du beau boulot et personne pouvait dire le contraire ! Le ragoût était délicieux. Marco en prit trois bolées et lécha le bol à la fin avec le pain de pilote que Sess conservait dans un bocal hermétique sur l'étagère. Ils prirent du café, avec du sucre et du lait concentré, et, pour le dessert, des airelles à moitié fondues dans un sirop épais, sans compter trois rasades de E&J chacun. Coincés autour de la petite table près de la fenêtre, ils trituraient leurs tasses en contemplant la façon dont la lune se déplaçait, louvoyait, poursuivait sa course parmi les arbres. Ils parlèrent du métier de trappeur, de pièges et d'appâts, de Marginordcity et des femmes.

« Je suis pas surpris, vraiment, d'apprendre que le neveu s'est fait la malle, dit Sess, dans la mesure où sa copine, c'est le type parfait de la citadine !

— Il reviendra », répondit Marco, et il ne l'eut pas plus tôt dit, dans ce lieu où il n'y avait rien qu'un poêle de fortune et une paroi de sapin à moitié vermoulue qui l'empêchait de devenir une énième victime du climat, ponctuation mortelle d'un énième conte moral, qu'il en douta lui-même. Lorsque Norm était parti, tout Marginordcity avait cédé à la panique et, le moment de panique passé, avait sombré dans le deuil. Norm était leur roc, leur fondateur, leur gourou : c'est lui qui les avait tous emmenés là dans ce désert par l'irréductible pouvoir de sa vision, de son argent, de son énergie, or voilà qu'il avait déserté. Star avait tellement pleurniché que Marco avait cru qu'elle se ferait éclater les côtes. Reba avait avalé du Seconal par cuillerées entières. Jiminy avait voulu scier les skis de l'avion de Bosky, menotter Norm au besoin, tout, kidnapper Premstar ! Bill avait hurlé à la face de Norm pendant toute une journée et encore le lendemain matin : on entendait sa voix redémarrer toutes les cinq minutes comme une scie électrique et puis retomber, jusqu'à devenir le son incontournable de Marginordcity, audible jusque dans le chalet le plus excentré de la communauté. Et puis l'avion était arrivé, Norm et Premstar avaient grimpé dedans, paix, frères et sœurs, et qu'ils aillent tous se faire foutre...

« Ouais, dit Sess, j'en suis sûr. S'il se trouve une autre nana. »

Marco haussa les épaules. Ils avaient éteint la lanterne pour économiser le carburant et leur permettre de mieux voir la nuit dehors. « Je sais pas, fit-il, peut-être qu'on n'a pas besoin de lui. Son départ fait peut-être partie du dessein général.

— Quel dessein général ? Tu ne vas pas me faire le coup du mystique, hein ? Tiens, tu prends une autre goutte d'eau-de-vie ? C'est bon pour la santé.

— Je veux dire, il y a des gens qui sont sérieux et d'autres pas : l'Alaska ! Allons en Alaska, les enfants, on dansera au clair de lune ! Tu vois ce que je veux dire... ? On verra comment ça va se passer maintenant qu'on est tout seuls.

— Lydia, dit Sess. C'est la bonne. Si je pouvais choisir, c'est elle que je choisirais. Mais ne le dis pas à Pamela. — Il plongea le regard dans sa tasse. — Au fait, juste par curiosité, est-ce que tu as jamais... ? »

Marco hocha la tête. « Pas mon type. Mais je suppose que tu as entendu dire qu'elle nous a rapporté un petit cadeau de Fairbanks, hein ?

— Un cadeau ?

— Ouais, fit Marco, levant les yeux au ciel. Des morpions. »

Sess se pencha sur la table. Il souriait. « Tu veux pas dire le roi de l'Alaska, hein ?

— J'en ai pas eu. Star non plus. Ça parle de soi-même.

— Oh, tu es accro, frère, accro... Finies les errances de la jeunesse ! — Il porta la tasse aux lèvres, la reposa. — Mais, sérieux, on a besoin d'une femme dans ce pays. Si tu penses vraiment t'installer, je veux dire. Sans Pamela, je serais fou furieux en ce moment même, je chercherais la bagarre au Three Pup, je m'effondrerais par terre là-bas, trop mal en point pour parcourir ma piste ou pour avoir fait cesser les souffrances de ce lynx, aujourd'hui, avec un simple bâton... Il faudrait d'ailleurs que je le traîne jusqu'ici et que je le dépèce. — S'ensuivit un silence. — Reste avec elle, reprit Sess après un moment. C'est le conseil que je te donne. Cela dit, écoute-moi, on a une longue journée, demain, on monte au camp suivant, sur la Rivière Sans Nom, et, en ce qui me concerne, je tiens plus debout, pas toi ? »

Ils se levèrent aux premières lueurs, juste après neuf heures, dans la progressive et mate révélation de formes et d'ombres à l'extérieur. Pour le déjeuner, ce fut ragoût d'élan derechef. Les chiens eurent leur saumon séché, avalé dans une frénésie de grondements, yeux exorbités et bataille acharnée pour la meilleure place. Le ciel était bas et ferreux. La température était de – 38° et remontait.

Marco aida Sess à mettre de l'ordre dans la cabane : ragoût d'élan sur le plancher, eau dans la bouilloire, petit bois et bûches de bouleau et de peuplier coupées à la largeur du poêle entassés dans un coffre rudimentaire calé dans un coin, après quoi ils attelèrent les chiens. Marco n'aimait guère ces chiens-là : sauvages, robe et fourrure aléatoires, pattes grêles et anguleuses, taille étroite, épaules larges. Chez lui, dans le Connecticut, dépourvus d'élégance, incapables de séduire quiconque, de se faire adopter, ils auraient tous dépéri au chenil pendant les deux semaines réglementaires et puis on les aurait supprimés l'un après l'autre, en leur caressant gentiment les oreilles, avant de leur planter l'aiguille d'un geste aussi efficace que rapide. Les deux plus près du traîneau, les *wheeldogs*, avaient été baptisés Lester et Franklin, référence (et hommage, prétendait-il) de Sess Harder aux vagueux de Marginordcity qu'il avait vus filtrer l'eau dans la rivière absolument pas aurifère par une magnifique journée d'été ; juste derrière Lucius, le *lead dog*, courait Sky — question de continuer la plaisanterie. « Il faudrait pas que tout ça tourne à une histoire de chiens galeux ! », s'était exclamé Marco quand il avait fait les présentations devant le chalet de la Thirtymile, et Sess avait aimé cet esprit. « J'aurais dû en appeler un Norm », avait-il répliqué.

Mais à – 38°, il n'était plus temps de plaisanter. Les chiens n'attendaient que de retourner à leurs harnais, de se mettre en route (on n'arrivait guère à les ralentir pendant les deux premières heures). Marco se fit d'ailleurs mordre par deux fois lorsqu'il essaya de harnacher Sky et les morsures traversèrent le gant et la peau : si c'était pas un mauvais karma, ça ! « Merde, lança-t-il, en parlant fort pour se faire entendre malgré le raffut des clébards, ils sont toujours comme ça ? »

Sess s'était tout simplement interposé dans une bataille à trois, avait réarrangé les côtes canines à coups de mocassins et tapé du poing sur les grosses têtes poilues. « Les chiens doivent avoir du tempérament », répliqua-t-il. Et ils se mirent en route.

Vitesse, exaltation pure... l'air était tellement froid qu'il te brûlait les poumons, les bras pompaient comme ceux d'un marathonien, un coup sur les patins, un coup de côté, habités par l'élan d'une force irrépressible qui passait comme une décharge électrique des colonnes vertébrales et des pattes barattantes des chiens-loups jusqu'aux tréfonds bouillonnants de ton corps. Marco n'avait jamais rien ressenti de tel. Ils fusèrent sur la piste, trop excités pour sentir le froid, jusqu'à ce qu'ils parviennent au premier piège, jusqu'à ce que les chiens le sentent et s'arrêtent net.

L'appât avait disparu, le piège avait sauté et il y avait des traces de lynx : mortelles ponctuations sur la neige. Sess montra à Marco comment retendre le piège, le saupoudrer de quelques poignées de neige pour le dissimuler, puis clouer une aile d'oie en décomposition marinée dans de l'huile de ricin à un mètre de hauteur sur un tronc d'arbre juste en retrait. Le meilleur appât ? Ce qui puait le plus. Pour attirer les martres, Sess mettait les intestins et les œufs de saumons pêchés l'été passé, après les avoir mis à fermenter dans un bocal de miel au soleil pendant deux semaines. « C'est pas grand-chose, l'assura Sess. Simplement des astuces. N'importe qui peut apprendre ça. »

Ils restèrent plantés là, à regarder le piège ; les chiens, dans leur harnachement, étaient enroulés queue contre truffe ; la moindre brise agitait les cimes des arbres. « Même Joe Bosky ? s'enquit Marco. Même Pan ? »

Sess ne prit pas la peine de répondre : la question l'irritait trop. Marco s'en aperçut et se mordit la langue. Jusque-là, Sess et lui s'étaient entendus à merveille, toujours d'accord, et Sess, comprenant que Marco pouvait tenir le rythme, qu'il en voulait, que ce n'était pas un touriste, lui avait donné plus de responsabilités : atteler les chiens, les nourrir, les faire courir, préparer le feu pour le café de midi.

Sess étudiait les traces disséminées, mains sur les hanches, parka tellement rapetassée qu'on ne voyait plus la couleur d'origine, traits figés, gravés, eût-on dit, par une émotion rentrée, comme une sculpture du chef Joseph Nez Percé. La doublure en glouton de sa capuche prenait la brise, et Marco observa ses longs poils bruns remuer et se coller les uns contre les autres : ça lui rappela les chèvres et l'impuissance qu'il avait ressentie devant l'enclos à Marginordcity, face à la présence implacable surgie des bois. Que feraient-ils s'ils se retrouvaient face à face avec un glouton ou avec un ours ? Ils n'avaient qu'un .22 parce que Sess avait refusé que Marco emporte son fusil : trop tard pour l'élan, ç'aurait été se charger inutilement. Les ours hibernaient à cette saison. Mais pas les loups. Et qu'en était-il du cauchemar légendaire du Nord, le grizzly, qui hibernait trop tôt et se réveillait la faim au ventre, à l'affût de la viande et de la graisse qui lui étaient indispensables ? Que pourrait faire un .22 face à un grizzly ?

La nuit tombait quand ils dépassèrent un passage de la piste tout en montées et en descentes, pendant lequel les chiens ralentirent et se mirent à regarder vers l'arrière. Il y avait devant un autre piège, mais quelque chose ne tournait pas rond. Une bête était prise, trop grosse pour une martre ou un pékan, une bête qui n'était pas morte et gelée comme la manche d'un manteau de fourrure suspendu dans une chambre froide mais, au contraire, une bête bien vivante, l'œil jaune, agitée de spasmes, tandis qu'elle tirait sur la laisse brun grisâtre de sa patte arrière gauche. Ce n'était pas un loup, mais un coyote : sa fourrure ne valait rien parce qu'aucune bourgeoise luxueusement emmitouflée de Park Avenue ou de Lake Shore Drive n'aurait voulu mettre les pieds dans un restaurant avec ça sur le dos.

Les chiens furent pris de frénésie. Ils humèrent la mort et poussèrent des hurlements furibonds ; frustrés, ils firent un vrai sabbat, tirèrent sur leur laisse dans un enchevêtrement de mâchoires cliquetantes et de pattes mal placées. Sess attacha le traîneau à un arbre, à une trentaine de mètres de distance, et deux chiens se précipitèrent jusqu'à la limite de la marge de manœuvre de l'animal qui, retenu prisonnier par sa patte arrière, s'élançait vers eux et donnait des coups de dents. Il y avait du sang sur la neige. Le coyote avait essayé de rogner sa fourrure, sa peau, le cartilage et l'os pour se libérer, mais il était trop tard désormais parce que des chiens étaient arrivés, et des hommes, dont l'un avait un fusil et l'autre un bâton. « Merde, je préférerais me lancer là-dedans, l'assommer et le libérer si je le pouvais, affirma Sess, mais il a encore trop d'énergie. Je ne peux pas prendre le risque. »

L'animal était cloué là, mutilé, une terreur inconsolable dans les yeux, même s'il se démenait, grondait et menaçait : et le *peace and love* dans tout ça ? *quid* du pacifisme et de l'idéal végétarien ? Quoique plus petit qu'un berger allemand, il en avait la robe, la même couleur brun grisâtre foncé, et les mêmes jars terminés par une pointe de noir. Marco sentit son estomac se crisper. Est-ce qu'on pouvait vivre dans ce pays sans subir ça ? Pouvait-on se nourrir uniquement de poisson ? De ce qu'on pouvait collecter au cours de l'été en rejoignant une brigade antifeux ? De la sécurité sociale, des allocations chômage, des ragoûts de thon et de macaronis au fromage ? La fumée lui sortait de la bouche. Sess lui tendit le .22. « Vas-y, dit-il. Fais cesser ses souffrances. »

L'obscurité, brusquement — ou, du moins, c'est ce qui sembla à Marco. Le coyote ne se débattait plus. Il s'accroupit, hors d'haleine, tête baissée, les yeux vidés de leur feu. Marco ne porta même pas le fusil à l'épaule. « J'en suis incapable », avoua-t-il en rendant le fusil à Sess. Il se détourna pour aller s'occuper des chiens. L'instant d'après, le silence se dégorgea avec un unique coup de fusil.

Plus tard, quand les nuages se furent dissipés et que la lune dominait l'horizon, ils se retrouvèrent dans une clairière au bord du fleuve, à moins d'un quart d'heure de la cabane sur la Rivière Sans Nom, leur destination pour la nuit. Le coyote, gelé, les pattes raides, était attaché au sommet du traîneau comme un excédent de bagage. « Dépèce-le et porte-le à ta petite amie, dit Sess. Cloue-le au mur, fais-en une descente de lit. Dis-lui que c'est le premier que tu as tué. » Les chiens avaient ralenti l'allure à présent, surtout les deux qui se trouvaient devant, Lester et Franklin. Ils s'élançaient, puis se retenaient, hanches parcourues de crispations, pattes battant à contretemps. Marco était monté sur les patins et Sess courait à côté. C'est alors qu'ils avaient entendu l'avion, un faible vrombissement de fracas mécanique dans l'air trop froid pour ne fût-ce que renvoyer un écho.

Ils avaient continué. La cabane leur tendait les bras, et un feu de bois, une autre marmite de ragoût d'élan (ou bien un potage d'élan, ou encore de l'élan frit dans du lard avec des pommes de terre et des oignons décongelés et peut-être des carottes séchées en prime) : un avion, ça ne les concernait pas. C'était sans doute quelqu'un de Eagle qui se rendait à Boynton, à Fairbanks, voire à Delta. Marco oublia le vrombissement. Il avançait presque comme dans un rêve, tous les sens sur le qui-vive, comme s'il avait pris de l'acide, à l'écoute de la moindre ombre de la piste devant eux, du goût et de l'odeur de l'air tassé, du froufrou rapide des pattes des chiens sur la neige, du formidable et merveilleux moteur de sa propre respiration et de l'invincible battement de son cœur solide comme un roc. C'était son grand moment, son moment de parfaite harmonie avec l'univers : il le ressentait dans toutes les cellules de son corps. Il n'avait même pas froid. Pas le moins du monde.

Or le vrombissement discret qui aurait pu n'être que le bourdonnement d'un moustique à l'oreille d'un dormeur par une nuit d'été agitée s'amplifia, gagna en volume, s'affirma comme une présence retentissante et menaçante, et il ne put plus l'ignorer. Il regarda les croupes tendues des chiens, les contours sombres des arbres au loin, puis il regarda Sess, et c'est à ce moment-là que l'avion surgit des cimes des arbres dans leur dos, à une soixantaine de mètres au-dessus du sol, pas plus : il les harcelait. Sess n'arrêta pas de courir. Il cria un ordre aux chiens, leur ordonna d'accélérer le rythme. Et puis à Marco, le tout dans un flot de nuit, de neige et de vent généré par leur avancée, leur fuite, car c'était bien cela, ils *fuyaient*, et Sess hurla un nom : « Bosky ! »

Tous deux avaient observé l'appareil quand il avait atteint l'extrémité de la clairière, pour amorcer un virage sur l'aile et revenir sur eux, et ils n'avaient rien pu faire, ils n'avaient pas eu le temps de s'interroger sur la haine et l'entêtement qui l'avaient amené là, pas le temps de raisonner, pas le temps de parler. Ils avaient couru. Et Bosky avait fondu sur eux. Il y avait eu des coups de fusil, de cela Marco était certain, la neige avait fait des gerbes près de lui, un chien avait hurlé et trébuché dans le harnais et les autres avaient continué leur chemin, dans le sombre flot de la nécessité : ensuite, l'explosion, comme un objet lancé à grande vitesse qui heurte un autre objet immobile, un unique coup mat ; eux-mêmes s'étaient mis à l'abri des arbres et l'avion avait disparu.

D'abord, Sess fit s'arrêter les chiens sous les arbres et il attacha le traîneau. Puis il sortit le .22 du fourreau qu'il avait confectionné, sous le guidon de gauche, et il tira deux coups inutiles dans la nuit. « Le fils de pute ! lâcha-t-il. Cinglé, connard ! Salaud ! Je te ferai la peau ! »

Brusquement, il fit froid. Extrêmement froid. Le genre de froid qui te transperçait quel que soit le nombre d'épaisseurs de vêtements que tu aies mis sur le dos. Marco était engourdi, tout engourdi. C'est à peine s'il comprenait ce qui s'était passé, il avait plongé d'un rêve éveillé dans le suaire d'un cauchemar, mais il eut néanmoins la présence d'esprit de s'occuper du chien. Le chien qui était blessé. Il l'entendait geindre, un son comme un infime grognement, comme un violon qui monte au sommet de son registre. « Sess, dit-il dans le suaire paralysant du silence, je crois qu'un des chiens est blessé. »

A la patte ou à l'ergot — Marco ne pouvait pas bien voir à cause des jeux d'ombre et de lumière du clair de lune. Il resta planté là, impuissant, tandis que Sess se penchait sur le chien, le détachait, le portait dans ses bras jusqu'au traîneau. Marco observa Sess lorsqu'il le posa dans le traîneau, à côté de la carcasse aux pattes raides du coyote, il observa Sess lorsque celui-ci réarrangea les chiens — haleine des chiens et de l'homme suspendue, dense, dans l'air. Pendant le déroulement de ces opérations, quand exactement, après quelques secondes, après quelques minutes ?... Marco n'aurait su le dire... quoi qu'il en soit, il entendit un bruit au loin et il vit un éclair lumineux à quelque quatre ou cinq kilomètres. « Bien », lâcha Sess dans sa barbe, travaillant dans le froid, et chaque pause, chaque syllabe était un moteur qui soufflait dans la nuit : « Bien... ce fils de pute ! Bien. Je souhaite qu'il flambe et qu'il crève. »

Il ne leur fallut que quelques minutes pour rejoindre la cabane ; quelques minutes supplémentaires et ils répétaient le rituel de la veille (dételer les chiens, les attacher, allumer le feu, mettre sur le poêle la bouilloire et la grosse marmite au cul noirci) mais c'est à peine s'ils échangèrent trois mots. On aurait dit une équipe de relève : méthodiques, insensibles, ils suivaient la logique et les impératifs du moment. Sess amena le chien blessé à l'intérieur (c'était Sky, un œil bleu grand ouvert, l'autre marron foncé, indifférent) ; il l'installa par terre sous la lumière de la lanterne. Le chien gémissait doucement et Marco vit qu'il avait perdu l'extrémité de la patte droite, les coussinets, en tout cas. Sess traversa la pièce et revint avec une chemise en flanelle usée d'avoir été lavée si souvent, dans laquelle il déchira des lanières. « Est-ce que je peux aider ? », s'enquit Marco. Sess répondit qu'il pouvait sortir et nourrir les autres chiens : ça, ce serait utile...

Ils durent attendre d'avoir fini de manger pour qu'ils accusent le coup et puissent finalement parler de l'incident. Il régnait un profond silence. Le chien était ressorti, la patte enflée par le bandage qu'il avait sans nul doute déjà réduit en lambeaux. Les parois de la cabane (plus rudimentaire, plus ancienne que celle de la veille, construite par Roy Sender en personne à une époque où les avions ne régnaient pas encore sur le pays...), les murs de rondins avaient fini par retenir la chaleur du poêle ; la bouilloire lâchait des nuées de vapeur et chacun des deux hommes contemplait les restes de poudre de café au fond de sa tasse. Marco se leva pour se réchauffer les mains au poêle. « Tu crois qu'ils ont cassé leur pipe, c'est ça ? », demanda-t-il.

Sess leva la tête et se contenta de répondre : « Ouais.

— Tu crois qu'ils sont morts ?

— Je l'espère. Je prie Dieu qu'ils le soient. Parce que, sinon, c'est moi qui devrai les tuer.

— Je dis "ils", précisa Marco — et il dut utiliser l'une de ses mitaines pour prendre la bouilloire sur le poêle et verser le café brûlant dans sa tasse —, mais Bosky était peut-être seul, non ? »

Sess tendit sa tasse. « On ne peut pas piloter et tirer en même temps.

— Alors, c'était Ronnie ? Tu crois que Ronnie était dans l'avion aussi ?

— Le fils de pute ! Fils de pute hippy ! Lui aussi, je lui ferai la peau. »

En fin de compte, sans vraiment se consulter ou prendre même le temps de réfléchir à la chose, tous deux se rhabillèrent, deux chemises, chandail, parka ; Sess mit l'écharpe tricotée par Pamela et Marco laça ses bottes tandis que Sess enfilait ses mukluks, et puis ils sortirent dans la nuit, – 40 et la température chutait encore. Les chiens remuèrent, l'un d'eux poussa un aboiement interrogateur avant qu'ils ne s'immobilisent tous derechef. Sess avait son .22 long rifle à la main. La neige glissait sous leurs pieds.

Ils remontèrent la piste jusqu'à la clairière puis obliquèrent vers l'intérieur des terres dans la direction prise par l'avion ; ils marchèrent à bonne allure ; les rais penchés de la lune éclairaient leur chemin à travers les arbres. Dans les parages, hors des sentiers battus, la végétation était dense mais les deux hommes, inquiets, avançaient comme s'ils n'avaient fait qu'arpenter un long couloir d'hôtel, franchissant une succession de portes de sécurité l'une après l'autre. Marco laissa errer son esprit, il pensa à Star, à Noël qui approchait, il se demanda quel cadeau il pourrait lui faire, compte tenu de ses maigres ressources. Il se dit qu'il pourrait fabriquer quelque chose. Quelque chose à se mettre dans les cheveux : une barrette taillée dans du bois ou bien des boucles d'oreille en os, un bijou rustique dans ce genre... Ensuite, il pensa à Ronnie. Pan. Si Pan était bien dans cet avion, et il ne pouvait en être autrement, alors, à l'heure qu'il était, il était mort, il serait la première victime de Marginordcity, le premier post-mortem. Norm reviendrait. Et peut-même George le Bizarre, Verbie et certains autres. Mais Pan, non... L'idée le glaça. Sauf qu'il était déjà transi : alors, disons plutôt que l'idée le déprima, martela l'étrangeté de l'affaire : se retrouver à marcher dans les collines les plus isolées qu'on pourrait souhaiter trouver ici-bas, à côté d'un homme armé d'un fusil, dans la nuit la plus profonde qu'on puisse imaginer. Et où était son père à l'heure qu'il était ? Et le comité d'incorporation, et le général Hershey ?

« Là-bas », indiqua Sess. Sa voix parut désincarnée, comme surgie du paysage même — ventriloquisme de la nuit. « Tu vois... cette lueur ? »

Ils gravirent un coteau, du sommet duquel ils contemplèrent une lueur ô combien déplacée dans ce désert, un feu, un feu de joie, qui mordait vivement sa longe sur le sol surnaturel, couleur dans un lieu incolore. Deux silhouettes étaient allongées près du feu, l'une sur la neige, l'autre adossée à un tronc d'arbre, sur un lit de branches de sapins ; plus loin, la forme compacte d'un avion calciné. Rien ne bougeait que le cercle de feu, qui ne s'élevait que pour mieux mourir, crachant des braises dans le ciel, vacillant et flamboyant derechef.

Marco dévala la pente, tapant dans les congères, fracassant les membres et les doigts crochus de saules, de trembles, de bouleaux et de cassis nains ; indifférent à tout, sauf à l'urgence que lui imposait... quoi donc ? Sess courait derrière, fusil à la main. Marco s'approcha d'abord de Ronnie, de Pan : il essaya de le retourner mais Pan était retenu au sol par une flaque de sang et de mucosités, et il était rigide, mort, mort, c'était certain, aussi raide, mort et gelé que le coyote attaché au traîneau. Marco n'aimait pas Pan. Il ne l'avait jamais aimé. Mais il n'avait pas souhaité qu'il finisse ainsi.

Il leva la tête en entendant le bruissement dans la neige des mukluks de Sess en moleskine, cousus main, le doux susurrement des pas de son compagnon. Sess contemplait Joe Bosky, Joe Bosky, qui, les yeux ouverts, essayait de parler. Il n'avait pas une goutte de sang sur lui, sa parka blanche était aussi pure et immaculée que la neige à peine collée sur l'écorce de la terre. Ses yeux brillaient à la lueur du feu et il avait envie de bouger, ça se voyait, de se lever, d'accepter ce nouveau défi, mais il en était physiquement incapable. Un mot vint alors à l'esprit de Marco, tout droit sorti des journaux, des rubriques nécrologiques : hémorragie interne.

Les hémorragies externes, ce n'était déjà pas de la tarte dans les parages, mais les internes, ce qui n'était pas visible à l'œil nu, c'était quasiment désespéré. Ils devraient remonter jusqu'au traîneau, installer dessus Joe Bosky, dépasser Marginordcity, le chalet de Sess, Woodchopper, tout ça avant d'atteindre Boynton, d'où il devrait ensuite être transporté en avion jusqu'à Fairbanks, à l'hôpital, et le tout avec des hémorragies internes, des organes crevés, la colonne vertébrale brisée... le lent écoulement secret de son sang. Sess, au même instant, plantait le canon de son fusil sur le visage de Bosky, la gueule de l'arme sur l'arête du nez, le froid baiser du canon définissant l'endroit où se rejoignaient les sourcils noirs et broussailleux, et Joe Bosky tentait désespérément de dire quelque chose, et ce qu'il dit, lorsque Sess retira l'arme pour la remettre sur l'épaule, son épaule blanche, baignée de clair de lune, ce qu'il dit, fut bref : « Va te faire foutre. »

33.

D'abord, elle ne sut que dire, elle pensait à Che et à Sunshine, à leurs visages braillards et à leurs pieds inconsolables et trépignants, au raffut qu'ils faisaient, à leur crasse (ils étaient toujours sales, ils étaient *nés* sales) puis elle détourna le regard, tenta de recouvrer son calme. Elle caressa le rebord de sa tasse de café, alluma son sourire à fond les watts et, alors qu'elle aurait voulu dire *Non, oh, non... !* (même réaction que si on lui avait annoncé qu'une amie avait le cancer, une peine de cœur ou était la proie de n'importe quel chagrin ou affliction), elle réussit finalement à lâcher, dans un souffle, deux ou trois mots appropriés ou, du moins, obligeants. Mais ensuite, sans réfléchir : « Est-ce que tu... je veux dire... est-ce que tu as... ? »

Pamela éclata de rire : elle dut poser sa tasse tant elle rit, les yeux réduits à des fentes, des demi-cercles, les mains aux tempes, comme pour garder la tête rivée aux épaules. « A te voir, on dirait que je viens de t'annoncer qu'il y a le feu à la toiture ou quelque chose dans le genre... vraiment, Star, tu devrais te voir ! » Elle partit d'une nouvelle quinte de rire et tapa bruyamment sur la table avec le plat de la main. « Mon Dieu, que tu es marrante ! »

Star rit aussi, se dégela : sûr, d'accord, elle méritait la moquerie mais, tout en riant, au milieu de leurs rires à toutes les deux, elle pensait à elle-même, à ce qu'elle ferait si cela lui arrivait, à elle. Elle avait fait provision de pilules : elles l'avaient toutes fait, ç'avait été l'idée de Reba, son obsession, à vrai dire, mais elle avait épuisé ses réserves depuis des semaines. Quand Marco et elle faisaient l'amour, désormais, c'était avec toutes les précautions imaginables, l'amour restreint, menace des répercussions planant sur l'acte, et il se retirait toujours d'elle au moment crucial *(coitus interruptus)* comme si cela pouvait éviter l'inévitable. Combien de ses camarades de l'école catholique en étaient déjà à leur deuxième ou troisième enfant ? Elle se tuerait si ça lui arrivait. Elle se ferait avorter. Mais où ça ? Comment ? On lui avait dit que les femmes indiennes avaient une méthode, avaient recours à une racine qu'elles faisaient bouillir dans une décoction ou bien elles en faisaient un cataplasme qui attirait le fœtus comme du pus...

« Vois-tu... tu es censée me féliciter ! Tu es censée hurler et sauter de joie... toutes les deux, on est censées hurler et sauter de joie ! Je vais avoir un bébé. Tu es la première à qui je l'annonce et, à ta tête, on croirait que tu m'as retrouvée flottant dans la rivière, dans un sac. »

Star avait envie d'une cigarette. Elle avait déjà eu sa première de la journée et elle essayait de réduire sa consommation, pas seulement à cause de la dépense et du fait que tes frères et sœurs vagueux n'arrêtaient pas de t'en piquer nuit et jour, mais parce que fumer était devenu une habitude, or elle ne voulait pas s'encombrer d'habitudes, hormis l'amour et la gentillesse. Pamela avait posé son paquet de Marlboro sur la table entre elles deux. Star sortit une cigarette du paquet, l'alluma, rejeta la fumée. « Pardon..., répliqua-t-elle, c'est simplement que je n'arrive pas à imaginer... pour moi-même, tu sais... Je veux dire, j'ai tellement de choses à vivre avant... » Cela ne sonnait pas juste à ses propres oreilles — non, cela ne sonnait pas juste du tout. Elle essaya de se ressaisir, parce que Pamela — son amie, sa sœur —, ne riait plus. « Tu préférerais un garçon ou une fille ? », finit-elle par demander.

Pamela, alors, se laissa aller : tout était formidable, elle était contente d'elle-même, rayonnante. Elle préférait une fille, ne pouvait imaginer rien d'autre mais, quand Sess et elle avaient évoqué la question (sur le plan purement théorique), il avait penché en faveur d'un garçon, ce qui était naturel, au fond. Il n'en faisait pas toute une histoire mais, bien sûr, il voulait voir une nouvelle génération prendre la relève sur place, et à un garçon il pourrait apprendre tout ce qu'il savait, comment vivre de la nature tout en la respectant. « Sess préférerait un garçon, lâcha-t-elle en prenant à son tour une cigarette dans le paquet. Mais c'était le cas de mon père aussi...

— Et il a eu deux filles ?

— Exactement. »

Ce qui déclencha une nouvelle salve de fous rires.

Elles fumèrent leurs cigarettes et s'abîmèrent dans leurs pensées respectives, burent du café, firent encore une partie d'échecs (que Star remporta) puis la belle, que remporta Pamela. Ensemble, elles préparèrent le déjeuner, un bouillon épaissi avec des pâtes aux œufs et des légumes sortis du garde-manger des Harder, et puis elles s'installèrent près du poêle pour lire. Elles n'en avaient pas discuté mais l'arrangement tacite auquel elles étaient parvenues presque par télépathie était que Star resterait jusqu'à ce que leurs hommes rentrent de la piste. Star avait fait la vaisselle et l'avait essuyée (elle avait insisté, si, si...) et ordonné à Pamela de rester assise près de la fenêtre tandis qu'elle plaçait tout correctement sur les étagères. Elle y mit un point d'honneur : elle savait parfaitement où tout devait être rangé, comme si elle avait été chez elle. Et les casseroles resplendirent quand elle les eut nettoyées.

Après un moment, Star passa du fauteuil au lit et posa une couverture sur ses jambes. Elle sentit la nicotine et le café ricocher contre les parois de ses vaisseaux sanguins mais elle n'était ni excitée ni étourdie par la caféine, elle avait les idées claires, au contraire, elle était calme et bien éveillée. Elle avait apporté un livre de Richard Fariña, *Been Down So Long It Looks Like Up to Me*, le bouquin le plus *hip* du moment, recommandé par toute la communauté, corné et remâché si souvent que ce devait être le volume le plus minable de la bibliothèque de Marginordcity. C'était pas mal, rigolo, dingo. Mais le milieu décrit, le lycée, la came, le mépris de la société petite-bourgeoise, tout ça lui semblait étranger désormais. Ou loin d'elle : un monde meilleur. Elle s'endormit bientôt.

Quand elle se réveilla, la lampe était allumée et l'air embaumait une bonne odeur de cuisson. Pamela s'affairait près du poêle, les cheveux ramenés en chignon au sommet du crâne, luisant à la douce lueur vacillante de la mèche de la lampe. Les fenêtres étaient noir de jais.

Des collines leur parvint l'écho d'une voix lointaine, un son décousu, perdu dans le silence ; une autre voix répondit. « Quelle heure est-il ? », demanda-t-elle en s'extrayant de l'oreiller. Elle eut l'impression d'émerger d'un sommeil éternel.

« Encore tôt. Quatre heures et quart.

— Je ne m'y habituerai jamais. »

Pamela sortait un plat du four (un gâteau dans un moule rond). Le moule à bout de bras, elle interrompit son geste pour regarder dans la direction de Star ; l'odeur sucrée emplit la pièce jusque dans ses moindres recoins. « Tu t'y feras, dit-elle. Tu peux me croire. »

Elles dégustaient le gâteau (nourriture d'ange, à peine refroidi, glaçage au fondant chocolat) lorsqu'elles s'aperçurent d'un changement subtil dans la teneur de la nuit, l'infime tintement de l'attache d'un harnais, un bruit comme si la terre inspirait et exhalait : elles se levèrent, furent bientôt à la porte du décrottoir, à scruter la cour au clair de lune. C'étaient leurs hommes, Sess, Marco ; les chiens, patients, encore harnachés, à la queue leu leu, attendaient d'être libérés, attachés et nourris. Pamela rentra dans la pièce pour mettre la bouilloire sur le feu, Star la suivit pour mettre sa parka ; l'instant d'après, elles étaient ressorties et le choc de l'air superfroid cautérisa la nicotine de leurs poumons.

Une embrassade succincte, un homme, une femme, et Pamela fut au milieu des chiens, les détacha, les mena chacun à sa niche, à son pieu. Star resta là dans le froid, sautant d'un pied sur l'autre, désireuse d'aider mais, sans connaître les chiens, ignorant ce qu'il fallait faire, elle finit par reculer et attendre. Un chien, blessé, remarqua-t-elle, avait été transporté sur le traîneau, qui semblait être surchargé, alourdi à l'excès... et où étaient les fourrures, d'ailleurs ? Elle attendait les fourrures avec impatience, comme une femme de chercheur d'or aurait pu espérer le bocal de poussières d'or ramenées de plis secrets des collines, sans penser, cela dit, au meurtre des animaux et à la mécanique de leur souffrance, parce qu'elle ne voulait pas voir cela en face, elle ne voulait pas savoir, même pas imaginer l'horreur. Les fourrures, les fourrures seules, voilà tout ce qui l'intéressait. Leur beauté, leur prix, vison, loutre, renard, livrés de nulle part, par magie, comme le saumon qui pullulait dans les cours d'eau des environs et les canards dans le ciel. Mais où étaient-elles donc ? Et qu'est-ce qui dépassait du traîneau... des bottes ? Une paire de rechange ?

Elle s'apprêtait à parler quand Marco émergea de nulle part lui aussi, du scintillement bleuté de la neige, quand il la prit dans ses bras et l'entraîna vers le décrottoir et le chalet. Sa barbe n'était qu'un bloc de glace. Ses yeux étaient lézardés et fendillés. Le bout de son long nez était d'une drôle de couleur. « Il s'est passé quelque chose », lâcha-t-il.

Elle entendit des bruits dehors, la voix de Sess, celle de Pamela, les chiens qui jappaient et réclamaient leur pitance. « Quoi ? », s'enquit Star, s'efforçant de décrypter l'expression de son compagnon avant qu'il ne se détourne d'elle et n'approche les mains du poêle. Une ombre passa, sur le chalet, sur Marginordcity. « Quoi ? qu'est-ce qui est arrivé ?

— Ronnie.

— Ronnie ? » Elle ne comprenait pas. Qu'est-ce que Ronnie pouvait avoir à faire avec un chien blessé et trois jours à cavaler sur les hauteurs et dans les ravins par – 40° ? Ronnie le voleur ? Ronnie le non-pertinent ? Qui se souciait de lui ? Ouais, qui s'intéressait sincèrement à lui ? Ils étaient allés à l'école ensemble. Il avait été son petit ami. Il lui avait volé son argent.

Marco ne la regardait pas en face. Cela l'effraya.

« Quoi ? exigea-t-elle de savoir. Qu'est-ce qui est arrivé ?

— Il a... ils ont essayé, lui et Bosky... de l'avion... Il est mort. Il est mort. »

Elle ne comprenait toujours pas. « Qui ? Tu veux dire Joe Bosky ?

— Eux deux. Ils ont eu un accident d'avion. »

Alors, elle dut s'asseoir. Pamela était rentrée dans la pièce, et Sess juste derrière ; la porte se referma d'un coup sec, l'ultime courant d'air froid prisonnier se dissipa dans la chaleur des quatre parois, l'espace réduit du chalet encombré, soudain, par des épaules, des visages, des membres, trois êtres en parka qui allaient d'un côté et de l'autre, se fuyant les uns les autres : on se serait cru frayant son chemin dans la foule de Grand Central à l'heure de pointe ou quoi ? *Ronnie ? Mort ?*

Star finit (bien plus tard, il devait s'être écoulé une heure ou plus) par sortir dans la cour, main agrippée à celle de Marco, pour aller voir le cadavre de Ronnie sur le traîneau, parce qu'elle n'arrivait toujours pas à y croire, elle n'arrivait pas à croire que quiconque puisse mourir (les vieux, peut-être, oui, eux), personne de sa connaissance, pas quelqu'un comme Ronnie. Comme

Pan. Ils avaient traversé les États-Unis ensemble. Il l'avait fait rire. Il s'était collé contre elle dans le silence de sa chambre, sur le siège de la voiture, dans des lits durs comme fer, amidonnés et stériles de motels, dans des villes anonymes, il lui avait fait la lecture, avait chanté pour elle, avait chanté ses louanges, l'avait aimée. Or voici qu'il était congelé sur le traîneau, une ombre, une masse morte de néant collée dans la mort contre la masse morte de Joe Bosky — Bosky dont c'étaient les bottes qui dépassaient du bas du traîneau, enveloppant ses pieds gelés. Pendant un long moment, Star contempla le sombre tertre du traîneau. Sess et Pamela étaient emmurés dans le chalet ; Marco se tenait à côté d'elle. Elle essaya de pleurer, mais rien ne vint. « Je veux le voir », dit-elle, trahie par sa voix.

L'haleine de Marco fuit de ses lèvres, argentée, animée d'une vie propre. « Non, je t'assure. Vraiment, c'est préférable... Viens, rentrons. On passera la nuit ici et on avisera demain matin. D'accord ? »

Non, elle n'était pas d'accord. Elle fit un pas en avant, les chiens remuèrent leur chaîne, les étoiles refluèrent, tant et si bien que la nuit tout entière sembla plaider l'intercession. Elle retira la couverture et la lune lui dévoila ce qu'il y avait là.

« Mais, ce n'est pas Pan », déclara-t-elle.

C'était exact. C'était une chose torturée jusqu'à l'impossibilité : rien de naturel, rien d'identifiable, pas même un visage, car il se détournait d'elle sous sa capuche gelée, ce n'était que l'inclinaison d'un visage, rien de plus, ç'aurait pu être n'importe qui. « Viens, Star », lui souffla Marco à l'oreille. C'est alors qu'elle vit les cheveux, débordant de la bobine de la tête, longueur maximum, *hip*, très *hip*, aussi *hip* que quiconque aurait pu espérer ou rêver, et elle retira son gant un instant pour les sentir vivre sous la pression de ses doigts.

Le soir de Noël, juste après que la lumière du jour se fut estompée dans le ciel, il se mit à neiger. Marco et Jiminy avaient coupé un sapin, qu'ils avaient installé au fond de la salle de réunion, et tout le monde se réunit autour d'un lait de poule (rhum, lait concentré, fouetté avec de la noix de muscade, sucre et œufs en poudre) pour le décorer avec des germandrées en fil de coton, des chutes de papier aluminium, des colliers de verroterie et des guirlandes en papier. La batterie de douze volts, récemment rechargée à Boynton et rapportée sur le scooter des neiges de Steve l'Acier, était raccordée à la stéréo de la mezzanine, de sorte qu'il y avait de la musique, et les gens fouillaient dans les albums pour trouver leurs airs préférés, rien de religieux, pas vraiment, pas d'hymnes ou de chants de Noël, mais de la musique mystique, Ravi Shankar, Mahavishnu, John McLaughlin, Coltrane, Rollins, Dylan.

Il y avait quatre fours à Marginordcity, un dans chacun des trois chalets terminés, plus la vieille cuisinière Great Majestic qu'ils avaient remontée en barque pour la cuisine commune dans la salle de réunion ; les quatre fonctionnaient. Ils faisaient cuire deux dindes et une oie que Sess Harder leur avait achetées congelées au magasin de Boynton, et deux perdrix que Marco avait réussi à tuer sous un arbre quelque part, le tout avec pommes de terre, farce et sauce ; pour les végétariens, il y avait un ragoût de brocolis au fromage, des lasagnes végétariennes et une purée de navets. Sans compter les gâteaux. Des tonnes de gâteaux.

Star était au centre de l'animation, elle jonglait avec les plats sur la cuisinière, tranchait, coupait menu, fouettait, et la musique la pénétrait si pleinement qu'un second système circulatoire semblait fonctionner en elle, en parfaite symbiose avec le premier, celui qu'elle avait reçu à la naissance et, quand on lui tendit un joint, elle le prit, le porta brièvement aux lèvres et le passa à sa voisine. Elle fredonnait, chantait, inventait des paroles sur des musiques qui n'en avaient pas. La sauce épaissit, la neige cessa de tomber. Lydia dansait avec Tom Krishna et Deuce, Jiminy dansait tout seul, Harmony et Alice distribuaient une tasse en céramique personnalisée à chacun des dix-huit rescapés de Marginordcity (chaque tasse ornée d'un portrait en relief et relativement ressemblant du destinataire) ; Marco s'approcha et lui fit la surprise de lui offrir une paire de boucles d'oreilles qu'il avait sculptées dans un bois de caribou (elles représentaient le signe de la paix). Et juste au moment où elle songeait que tout ça n'aurait pu être plus parfait, ne voilà-t-il pas que Pamela passe la porte, avec deux cakes et une bouteille d'eau-de-vie sous le bras !

S'ensuivit un concert de salutations. Les assiettes étaient déjà disposées sur la planche de contre-plaqué avec laquelle ils avaient rallongé la table, les plats fumaient, le chien (Freak) avait l'air d'attendre quelque chose de fabuleux. Star prit le manteau de Pamela et le lança à Mendocino Bill sur la mezzanine, parce que c'est là qu'ils avaient installé le vestiaire — il n'y avait pas de place ailleurs. Pamela resta un moment immobile, à dégager son énergie positive, avant de se mettre à embrasser tout le monde. Elle était en beauté — saine, fraîche et jolie —, visage rougi par le vent, raie au milieu, ses cheveux blonds tendance miel cascadaient sur son pull, cachant les cerfs qui dansaient sur sa poitrine. Elle portait le bandeau à perles que Star lui avait offert. « Tu sais à quoi tu ressembles ? fit Star en lui tendant le joint qui s'était alors retrouvé dans sa main comme par magie.

— Non, à quoi ?

— A une hippy !

— Tu veux dire une *nana* hippy ? »

Il fallut un instant à Star pour saisir l'humour. « Tu te moques de moi ?

— Moi ? Jamais ! »

Star regarda Pamela quand elle fit mine d'aspirer la fumée, puis elle lui reprit le joint. « Alors, où est Sess ? », s'enquit-elle.

Haussement d'épaules. « Sur sa piste. Mais il va revenir. Il a intérêt. — D'un brusque mouvement de tête, elle repoussa ses cheveux en arrière. — C'est notre premier Noël ensemble. Je le tuerai s'il ne revient pas à temps. »

Aux yeux de Star, l'idée parut saugrenue : pourquoi Sess ne reviendrait-il pas à temps ? Pourquoi aurait-il voulu s'attarder là-bas dehors en pleine nature ? Elle ne voyait rien, au-delà des fenêtres, que la nuit, le froid, et les collines qui moutonnaient vers une autre chaîne de collines plus loin. La vie, à des kilomètres à la ronde, était concentrée exactement où elle se trouvait elle-même, là où il y avait à manger, de la musique, de la bière, du vin. Là où il y avait du lait de poule, des gâteaux. Là où on riait, où il y avait de la convivialité. Où il y avait des gens. Des frères et des sœurs. « Oh, il arrivera à temps, s'exclama-t-elle. J'en suis sûre. »

Après le repas arrivèrent Verbie et Steve l'Acier, élargissant la fête jusqu'à tout là-bas, à Boynton, et l'on dansa, tout le monde, tout Marginordcity, même Che et Sunshine, et il n'y avait rien qui clochait et personne qui faisait la tête, mentait, exagérait, trichait, volait, et personne pour dire que quelque chose clochait, personne. A minuit, Bill descendit de la mezzanine, s'affubla d'une barbe en coton hydrophile et se mit sur le dos tout ce que Marginordcity possédait d'habit rouge pour se déguiser en Père Noël ventru. Il annonça ensuite qu'il avait un cadeau, là juste dehors sur le seuil pour tous les convives. Ceux-ci remuèrent, échangèrent des regards. Dehors ? Il y eut des gémissements, des sifflets. « Tu ne racontes pas de blagues ? demanda Merry.

— Crois-moi, fit Bill, charmeur. Ça va te plaire. »

Star flottait, nichée entre Marco et Pamela sur la couchette près du poêle : rassasiée, bien au chaud, elle laissait la musique l'envahir. Il y avait une heure qu'elle n'avait pas dit un mot. Elle avait de la peine pour Pamela parce que Sess n'était pas arrivé : c'était le seul bémol de la soirée (le bousillage, la panade), la seule chose qui n'avait pas marché. Elle voyait bien que Pamela était inquiète. Au fil des heures, Star avait décliné tous les lieux communs de circonstance et elle avait fini par épuiser sa réserve, puis un joint avait circulé, suivi d'un pichet de vin, et elle s'était lovée contre Marco, s'était laissée aller à ses rêveries. Or voilà que Bill pérorait maintenant au milieu de la pièce, et les gens se réveillaient progressivement : c'était Noël, il avait une surprise, des cadeaux. Pour tous, prétendait-il.

Il fallut un bon moment, le temps que les convives enfilent tous leurs vestes et leurs bottes, trouvent leurs gants et leurs écharpes dans le tas de vêtements empilés sur la mezzanine, mais ils finirent par sortir, à la queue leu leu, dans le froid. Bill en chef de file. Il se planta là, dans la cour devant la salle de réunion, Père Noël bras écartés, avec ses faux cheveux et sa fausse barbe en coton hydrophile. Le ciel était, avec ce froid, d'une infinie clarté, jusqu'à la porte des étoiles. « Regardez-moi ça ! », cria-t-il. Tous levèrent la tête et virent la lumière qui clignotait, la lumière cosmique, d'un jaune verdâtre, bleue, une touche de rouge, une lumière infatigable, une lumière qui, s'élevant de la carapace noire de l'horizon, éclata, explosa et se renouvela une fois de plus entièrement.

34.

Il avançait aussi vite que possible, maintenant que la tempête avait cessé et que le croissant de lune déchirait les lambeaux de nuages pour éclairer son chemin. Le vent lui fouettait le visage, le froid chevauchait ses épaules comme un auto-stoppeur. Aucun bruit sinon le murmure des patins du traîneau dans la poudreuse et le léger tintement, dans le vent, des attaches gelées des harnais des chiens. Il était tard, très tard, il lui restait encore quinze à vingt kilomètres à parcourir, il pensait à Pamela qui l'attendait au camp des hippies, à Noël, et au cadeau qu'il avait caché dans le chenil à l'arrière du chalet avant même leur mariage, à une époque où ce dernier n'était qu'une vague lueur d'espoir à l'horizon, le cadeau qu'il avait maintenant avec lui dans le traîneau : il l'y avait enfoui, bien enveloppé dans un pailletage de papier-cadeau à motifs de bougies, de cloches, de houx et autres symboles de Noël, trois jours plus tôt, tôt le matin, quand Pamela était encore en pantoufles, avant le lever du jour. Ensuite, il avait attelé les chiens, il l'avait embrassée à la porte avant de traverser la cour et de plonger sous les arbres en lui promettant : oui, dans trois jours, à Noël, chez les hippies.

Les chiens savaient qu'ils rentraient au bercail, six seulement désormais parce que Sky ne courrait plus jamais... ils avançaient en équipe, réglés et efficaces comme les roues d'une locomotive, fusant dans la nuit, à peine conscients de la présence de leur maître. Ils avançaient bien à quinze kilomètres-heure, de sorte qu'il arriverait bientôt, bien avant minuit, en tout cas, s'il pouvait se fier aux étoiles. Le cadeau n'était rien qu'il eût fabriqué ou acheté, rien qu'on aurait pu commander ou trouver dans un magasin. C'était un présent de la nature, comme les fourrures, le saumon, les élans, comme l'or. Il l'avait trouvé dépassant sur la berge de la rivière, après que la fonte des glaces avait dégagé la terre pour le révéler, éclat jaunâtre sur le gris alluvial et mat des galets. Il avait tout de suite su ce que c'était (Charlie Jimmy, du village indien de Eagle, lui en avait montré une un jour) : la défense recourbée, à la surface un peu granuleuse, d'un mastodonte, intacte, certes un peu terreuse, mais un objet magique, une bénédiction, un totem de jouvence et d'accroissement de tes prouesses, pour que tu ne fasses plus qu'un avec le gel, la fonte des glaces et le cycle des vies perdues et retrouvées.

Il plissa les yeux contre les assauts du vent et se représenta la bête, les fûts de ses pattes, la riche fourrure rougeâtre sur un kilomètre de cuir, l'existence hivernale fainéante et chaotique des hordes ombreuses n'émergeant tels des fantômes des crêtes torturées et des plaines battues par les vents que pour s'évanouir à nouveau comme si elles n'avaient jamais existé. Pamela aimerait-elle son cadeau ? Il n'en avait aucune idée. On pouvait le tailler, bien sûr, en faire un bijou, un bibelot, des pièces d'échecs, mais, à ses yeux, c'eût été le profaner. Elle pourrait dormir avec, s'en servir comme un charme de fertilité, sauf qu'elle n'avait pas besoin de charmes, non, pas sa Pamela. Il sourit à l'idée, ce qui fit craquer la glace à la commissure de ses lèvres.

Il était en retard parce qu'il avait eu un accident, le genre d'accident qui arrive une ou deux fois l'an, même quand on est très prudent. Il quittait la cabane de la Rivière sans Nom avec les fourrures qu'il venait de collecter et celles de la semaine précédente, qu'il avait dû laisser sur place pour pouvoir emporter les dépouilles de Bosky et de Pan, les deux macchabées, raides et congelés ; il avait mal évalué la largeur de la rivière dont la couverture de glace débordait. Le temps s'était un peu radouci pendant quelques jours avant de redescendre sous zéro et l'eau de la rivière était remontée à travers la glace, pour geler à nouveau en surface superficiellement : il avait plongé jusqu'à hauteur des mollets avant de pouvoir remonter sur les patins. Il ne s'était pas mouillé (les trois paires de chaussettes et les deux doublures en feutre l'avaient sauvé ce coup-ci) mais il avait tout de même dû s'arrêter, attacher le traîneau, faire un feu à l'abri d'une saillie rocheuse et tout faire sécher.

Ce n'était pas une catastrophe. C'était simplement un incident de parcours sans gravité. Et il avait profité de cet arrêt forcé pour vérifier que les pattes des chiens n'étaient pas prises par la glace, n'avaient pas d'égratignures ou de coupures, il les avait frottées avec une crème et puis il s'était étendu sous sa bâche, il avait contemplé le feu, tandis que la neige qui filtrait à travers les branches gommait le ciel. Il avait ainsi eu le temps de réfléchir, parce que la semaine passée avait été chaotique, avec les interrogatoires du shérif et de l'assistant du shérif, la tournée au Three Pup en mémoire des disparus, de nouveaux interrogatoires, les formulaires à remplir, la vie en ville, les obsèques. Bosky était mort de froid, tout comme Pan : après avoir agi d'une manière tellement inconsidérée et insensée que même les givrés de la toundra ne pouvaient y croire... A moins que... Il était arrivé la même chose à un soldat de Fort William qui était parti en manœuvres un jour, oh, il y avait trois ou quatre hivers : il avait décidé de contrevenir au règlement et de s'autoriser un petit plaisir lors de son tour de garde au plus froid de la nuit. C'était pas une honte ! Quel gâchis ! Mais, dans le coin, ça arrivait que les avions se cassent la figure et que les passagers meurent de froid. Ça se passait comme ça, dans le coin.

Ce que personne ne savait, sauf Marco et lui, c'est que Ronnie... Pan... était déjà mort quand ils étaient arrivés, mais que Bosky était encore suffisamment en vie et conscient pour aligner ses fameux deux derniers mots à la suite. Moment ardu. Le moment après lequel Sess courait depuis deux ans sinon davantage. Il s'était tenu là, au-dessus du mourant, son .22 long rifle à la main, et il était sur le point d'appuyer sur la détente, parce qu'il était hors de lui, certes, il y avait ça, naturellement, la colère et la haine, mais il y avait aussi eu autre chose, disons, la compassion, disons : l'habitude. Il avait levé le canon du fusil pour achever Bosky comme il aurait achevé n'importe quelle créature vertébrée brisée en mille morceaux, tombée ou prise dans un piège prévu pour un animal plus gros, la mort en un instant de préférence à la mort en une heure : c'était une pure question de mansuétude dans un lieu où il n'y en avait pas à revendre. Mais Sess n'avait pas tiré. Un impact de balle aurait nécessité des explications, lesquelles l'auraient entraîné dans une série de mensonges et de faux-semblants dans laquelle il n'avait pas voulu se laisser entraîner. Sans compter que Bosky ne méritait pas une cartouche : mieux valait la garder pour un putois enragé, un porc-épic, un rat. Après avoir recueilli en bonne et due forme les dernières paroles du mourant, il avait fini par se détourner de lui, et il n'en avait pas non plus discuté avec Marco — il n'était pas d'humeur. Ni à discuter ni à faire preuve d'esprit démocratique. Les deux hommes s'étaient donc éloignés du feu, du lieu du crash, du cadavre et de l'autre carcasse dont la chair se congelait peu à peu, pour revenir le matin venu et charger leur fardeau humain sur le traîneau. « Pas besoin, dit Sess à Marco, de raconter tout ça. L'avion s'est cassé la figure, un point, c'est tout, et on les a ramenés. »

Fin de l'histoire. Il ne s'était jamais réjoui de la mort de personne et, d'ailleurs, d'aucune créature quelle qu'elle fût, mais force était de reconnaître que Noël avait été précoce pour lui cette année. Au printemps, quelqu'un, un parent au dos voûté, en larmes, une tante ou un frère, une sœur à l'œil cerné de noir, viendrait chercher de menus objets, d'une valeur sentimentale, dans le chalet de Woodchopper Creek, après quoi l'endroit resterait ouvert, pour quiconque serait intéressé... sauf que personne ne le serait. Au fil des ans, les poutres pourriraient, le gazon céderait à l'attrait de la terre, les murs gondoleraient, les lattes céderaient. Des oiseaux nicheraient dans les conduits de cheminée, des souris dans les tiroirs du bureau. Une nuit, au plus profond de l'hiver, un loup pénétrerait à la dérobée dans la cour, suivrait de vagues effluves, des odeurs de Bosky, de Pan, de Sky Dog et lèverait la patte pour les éliminer à jamais.

Sess appréciait cela : l'ordre naturel des choses : qui remuait tout pour tout reposer ensuite. Les lumières septentrionales s'étaient éteintes et dissipaient les nuages. La neige chuchotait à ses pieds, lui parlait, chantait à l'unisson avec la nuit. Sess rentrait chez lui, debout sur les patins du traîneau, la respiration facile, un homme vêtu de fourrure à la tête d'un équipage de chiens dans un lieu sauvage et rude, un homme qui rentrait auprès de sa femme.

Table

Du même auteur :

WATER MUSIC, *roman*, traduit par Robert Pépin, Phébus, 1988.

LA BELLE AFFAIRE, *roman*, traduit par Gérard Piloquet, Phébus, 1991. Seuil, 1993.

AU BOUT DU MONDE, *roman*, traduit par Jef Tombeur, Grasset, 1991.

SI LE FLEUVE ÉTAIT WHISKY, *nouvelles*, traduit par Robert Pépin, Grasset, 1992.

L'ORIENT, C'EST L'ORIENT, *roman*, traduit par Robert Pépin, Grasset, 1993.

AUX BONS SOINS DU DOCTEUR KELLOGG, *roman*, *La route de Wellville*, traduit par Robert Pépin, Grasset, 1994.

HISTOIRES SANS HÉROS, *nouvelles*, traduit par Robert Pépin, Grasset, 1996.

AMÉRICA, *roman*, traduit par Robert Pépin, Grasset, 1997.

RIVEN ROCK, *roman*, traduit par Robert Pépin, Grasset, 1998.

25 HISTOIRES D'AMOUR, *nouvelles*, traduit par Robert Pépin et Jef Tombeur, Grasset, 2000.

25 HISTOIRES DE MORT, *nouvelles*, traduit par Robert Pépin et Bernard Leprêtre, Grasset, 2002.

UN AMI DE LA TERRE, *roman*, traduit par Robert Pépin, Grasset, 2002.

LE CERCLE DES INITIÉS, traduit par Bernard Turle, Grasset, 2005.

T.C. Boyle
dans Le Livre de Poche

Riven Rock n° 15184

Genève, 1904. Les jeunes mariés Katherine Dexter et Stanley McCormick posent pour la photo sur la pelouse de Prangins, le château de Katherine. À 29 ans, délicieuse innocente, elle est la première femme docteur ès sciences du MIT, et l'une des dirigeantes du mouvement féministe. Lui est le plus jeune fils de Cyrus et Nettie McCormick, les inventeurs de la moissonneuse-batteuse. Mondains et millionnaires, Stanley et Katherine sont les mariés de l'année – qui plus est, ils semblent amoureux... Mais Stanley ne va pas bien. Bientôt il entend des voix et n'arrive plus à contrôler ses accès de violence à l'égard des femmes. Il agresse même la sienne, qu'il aime tendrement. Le diagnostic tombe : Stanley devra être enfermé à Riven Rock, un institut spécialisé. Il ne doit plus voir de femmes. Jamais ! Dès lors, Katherine observe son mari avec une paire de jumelles, accroupie dans un massif de bégonias, et attend, telle une naturaliste étudiant les habitudes de quelque animal sauvage. Elle revient chaque année, apportant des cadeaux et des nouvelles du monde extérieur. Un jour, espère-t-elle, un des psychiatres qu'elle a engagés lui rendra Stanley, débarrassé de ses démons et aspirant à l'amour... T.C. Boyle nous conte dans ce roman le destin d'un couple hors du commun, produit de l'histoire américaine – couple mythique, partagé entre l'amour, la violence, les combats du monde extérieur et la fidélité aux être chers.

Un ami de la Terre nº 15429

Californie, 2025. L'effet de serre, les pluies acides et les épidémies ont fait disparaître les principaux mammifères et ont ravagé la planète. Ty Tierwater, « écoguerrier » des années 1980, dirige une ménagerie d'animaux en voie d'extinction. À 76 ans, il soigne tant bien que mal les derniers spécimens de grands fauves, lorsque Andrea, son ex-femme, débarque à l'improviste. Ty replonge douloureusement dans ses souvenirs. Il se rappelle ses années de militantisme au sein de l'association « La Terre pour toujours » et les excès dans lesquels Andrea l'a souvent entraîné. Comment passe-t-on du stade de consommateur sans conscience politique à celui d'écoterroriste qui affirme haut et fort qu'« être un ami de Terre, c'est avant tout être un ennemi du peuple » ? *Newsweek* présente T.C. Boyle comme « l'écrivain contemporain le plus imaginatif de tous les États-Unis ». Avec *Un ami de la Terre*, il a choisi un mélange détonant d'idéalisme et de satire. Plus qu'une fable écologique, voire prophétique, ce roman est une exploration des loufoqueries humaines et une critique décapante de l'uniformisation qui nous menace...

25 histoires d'amour nº 15339

Que Lassie abandonne le petit Timmy pour partir avec un coyote, qu'une chercheuse d'un centre de primatologie tombe amoureuse d'un grand singe, que Ladingue, militante anti-alcoolique, dévaste les bars des villes ou que la liaison secrète d'Eisenhower et Nina Khrouchtchev mette en péril l'équilibre du monde, c'est la vie... On retrouve dans les histoires de T.C. Boyle des excentriques, des charlatans, d'exotiques chercheurs de vérité ou bien des gens simples, vulnérables, qui essaient d'une façon ou d'une autre de se connecter à un monde inamical. Mythiques ou réalistes, entre la farce et la tragédie, mêlant ironie et émotion, ces histoires mettent en scène les obsessions de l'homme : la libido, la volonté de pouvoir ou celle de se protéger du monde extérieur ; elles sont une tendre, voire cynique, satire de notre société moderne. Boyle est maître dans l'art de tourner en dérision nos frayeurs et nos craintes ; son humour et son talent éclatent : brillant, cruel, hilarant.

Composition réalisée par Softwin

Imprimé en France sur Presse Offset par

BRODARD & TAUPIN

GROUPE CPI

La Flèche (Sarthe).
N° d'imprimeur : 31648 – Dépôt légal Éditeur : 62134-10/2005
Édition 01
LIBRAIRIE GÉNÉRALE FRANÇAISE – 31, rue de Fleurus – 75278 Paris cedex 06.
ISBN : 2 - 253 - 10909 - 6

31/0909/7